# 人民艺术家·王蒙
# 创作70年全稿

## 小说编

## 青 狐

· 8 ·

人民文学出版社

王　蒙

到了二十一世纪开始的年代,人们仍然时时想起第一次与青狐见面的情形。那是个穿棉袄、戴套袖、大毛窝的拉锁没有拉紧的贫苦谦逊的中年女人,她的蜡黄的脸上泛着一层光泽。任何人都会忍不住多看她一眼,她长得太有意思了。

她的脸孔的正面观感是一个六角形,额骨、颧骨、颌骨各成顶点。两个颧骨又高又宽,颌骨也比一般人突出。眉毛像两片树叶,不是柳叶,而是竹叶。靠近鼻梁的双眉像是一个极锐的锐角三角形底边,眉毛的顶点在额角两端,细长有力,像是用毛笔描画出来的,也可以说是两把牛耳尖刀,刀柄在靠近鼻梁处,刀尖指向额角。

她的丹凤眼高高吊起,比京剧坤角儿的眼睛吊得还高。两眼细长,离得很远,两个外眼角远远向太阳穴伸延,你不由感觉到,她的聪明是无限的。她的两目甚至不像是在一个平面上向前看视,而是略分在左侧和右侧,左眼看前看左,右眼看前看右。这样的眼睛更像是某种兽类的眼,比如马,比如鹿,当然也比如狼和狐狸。她偶然也会大睁眼睛,于是整个一张脸流光明丽,令人晕眩。没有多长时间,她的眼睛又眯上了,于是古井无波,枯树无花。

她的鼻梁也比一般人长,给人一种舒展端庄之感。只是她的鼻头太像蒜头,令人不免为之扼腕。她的嘴巴看着也不小,一笑便咧到了两侧,一半在左下巴,一半在右下巴。上嘴唇如两座小丘,下嘴唇如一叶扁舟。她的嘴也更像是一头美丽的兽。

她的五官都很有特色,她的脸型却令人不敢恭维。然而只要她稍稍低下一点头,鼻子的蒜头形便完全看不到了,整个鼻梁与鼻头连在一起宛如一枚箭镞,别有一种英武和挺拔。再低一点头,颧骨也看不见了,全脸好像一把刚刚打开的折扇,棱角没有了,留下的是欧罗巴式的古典。而从侧面看,她的面孔令人惊艳,她的额头稍稍凸起,她的下巴又长又尖,如一把美丽的铲子。她的眼窝很深,连带着使脸面的中部变作盆地,整个脸侧看如初七或者二十三的略亏两个百分点的半个月亮。鼻梁无懈可击,鼻头微微翘起,着实是招人爱怜。

看完她的下颚以后,钱文判定她的面孔像一只奇特的狐狸,《封神演义》与《西游记》上的说法叫做玉面狐狸。这里有一种明晃晃的天才,有一种炫目刺心的个性,有一种装不下的生命力,有一种怎么看也看不尽的叫做移步换景的变幻。初看也许你不觉得她长得特别美,但是越看越爱看,叫做耐看。这样的面孔后面流露着野性、悲苦、贪婪和按也按不下去、捂也捂不住的锋芒。古今中外,这样的面貌无与伦比,你看过她一眼晚上入睡以后就会做梦,你看过她一眼就想看第二眼,而且一直看了几分钟了,你还说不清楚闹不清楚她到底是什么样的相貌,然而你再也忘不了。这里根本不牵涉美丽或者不够美丽的评说。你可能认为她长得十分有魅惑力,也可能认为她长得够丑够"葛"的。跳出三界外,不在五行中,她的异貌不接受庸俗男子的品头论足,然而没有一个男人能够见到她而不感受冲击,没有一个男人看到她以后不企图把她的形象牢牢记住,却又怎么也记不下来,于是辗转思慕无已。

而这样的不凡女子经过了大时代的栽培,已经和你我一样的平稳、朴素、勤俭、胆怯,已经和光同尘,与泥土菜根融为一体。请看她的套袖,一副洗得发白的竹布色的套袖,显得多么安全:像洗衣店的洗衣工还是餐馆的洗碗工?在二十世纪七十年代末,女作家是戴着套袖参加文学艺术乃至政治思想的研讨会的。我爱你,劳工中华!

人可以成为另一个人而再不是他或她自己吗?那时候她叫倩

姑,后来叫青姑了,青姑不是比倩姑少一个单立人吗,她是不是希望自己变得更朴素更单纯一些呢?那么把姑改成狐呢,这个事就麻烦了。包括开明如钱文者,听到一个女作家名为什么什么"狐",也是一头冷汗。

本来她可以名为青月的,那样会好得多。她有一种月亮的清辉和寒气,有一种太阴之气的弥漫,所以是玉面狐狸,是红色的火狐,是黑色的大耳狐,也时而成为雪地极地的银狐。相传有心的狐狸夜夜拜月苦修,吸日月主要应该是月之精华,最后才修炼成美丽的天才的有毒的芬芳的女作家女艺术家。这样的女人是精灵尤物、彩蘑罂粟、天仙神女、妖魅冤孽,她们使乏味的人间多了一点神奇,使平凡萎缩丑陋肮脏的男人们在一个短时间蓬勃起来、燃烧起来、英俊起来,然而美人仍然受到提防和质疑,受到审查和歧视。美的品质远比丑更可疑、更危险,美是狐狸、狼和潘金莲,而龟、蜗牛和武大郎的品质才是善。长期以来,我们的口号是做老黄牛、做革命的傻子,即使是"心灵美"的提法,由于容纳了一个"美"字,开始的时候也受到了老同志的质疑。如此,化成了美女的狐狸会因为难成正果,再变回去,重新成为一只拖着粗重的长尾巴的狐狸。这样,她的千百年的苦修付诸东流。苦啊。

莫非这是上帝的意思?上帝说:你们来到了,你们降生了。我让你们来到,我让你们降生,乃是为了让你们尝遍人间的苦。只有这样,你们方能皈依天国,你们方能得到永生。

# 第 一 章

卢倩姑相信她的厄运是从长相与头发的颜色开始的。十一岁时,由于身体的变化使她意识到自己与自己讨厌的众多蠢女人并无不同。从那以后,她的头发就愈来愈黄了。妈妈说:"怎么变成了个黄毛丫头?"妈妈回忆她四岁那年出疹子,吃了太多的凉药。"唉,那时候我抱着你,一夜一夜地给你唱歌呀,你从小就拧(读 nìng)啊,你只许我唱一个歌呀……"

"什么歌?"倩姑问。

"春风飘摇来到这小小的园里……苦恼有谁人知?"

"不好听。"倩姑说。

"死丫头,你不让我唱旁的歌,我唱'小小姑娘,清早起床,提着花篮上市场',你又哭又抓人;我唱'秋香,你的爸爸呢,你的妈妈呢',好家伙,你在我的怀里尥蹶儿。孩子你别怨我,你五天没有拉屎,我能不给你吃泻火清毒的药吗?得往下'打'呀!后来又打大发了,你拉稀拉得嘴唇都绿了,这不,头发也不黑了。也不要紧,头发黄,脸型儿也变了,像外国人……"

像外国人?妈妈从哪里获得了这样的灵感,三十年前就提出了**外国人**的概念。其实她的头发只是有一点褐黑就是了,如果放到现在,根本显不出来。后来到了二十一世纪,走到大街上,有多少打工仔打工妹艺术家和公关小姐把头发干脆染成了金黄色啊,刘德华也染过亚麻色的黄头发。而从前,头发不够黑使倩姑几乎抬不起头来。

"小杂毛儿""小洋人""洋娃娃"和"黄毛丫头"在班上叫开了。而且她长得高,而且她走路从来是挺着胸,虽然胸部并不丰满,但是敢于惯于挺起来,已经不那么像中国人了。而且,她上大学的时候夏天中午在户外照过一张照片,结果是眼窝深陷,眼圈暗得像是化了浓妆,看着这张照片,她自己也觉得有那么点像外国人了。中国人本来应该是小眼睛,平平的脸庞如——她有一个刻薄的形容词——"柿饼",非常中国的食品,把一个汁液充盈的柿子压扁,把一个立体的水果晾得干干的平板如饼。

她不能不惊讶于自己的五官配置,她在十一岁时照过一次镜子,吓得差点闭过气去。那不是一个女孩,镜子里映出的是一只狼崽儿!看她的两侧分开的眼睛和嘴巴!看她的尖尖的下巴和嘴喙!看她的颧骨和生硬的轮廓!这样的十龄女孩,没有丝毫低眉顺眼的贤淑,没有丝毫舒适受用的温柔,没有丝毫源远流长的东方文化的积淀,而有的却是洋人的脱离猿猴不久的兽性兽型。

你让她怎么样活下去!

她申请入团,长期不被批准。她检查自己的肮脏错误的思想,最可怕的是她说她喜欢男生,她常常想象与男生单独在一起的情形,想到男生有而女生没有的那话儿。她的坦白交代近于暴露狂。既然我老是入不了团,一定是自己太丑恶了,不是让我"脱裤子割尾巴"吗?那就狠狠地脱吧,脱掉裤子以后,请各位愿意割哪儿就割哪儿吧。

她的发狂暴露使团支部的委员们面红耳赤,羞恼愤慨:"太堕落了,太腐朽了!"组织委员说:"同学们反映你压根儿就让人看着别扭。"天!

……然后是政治运动里她的可疑处境,她甚至检查过自己的思想:爱读巴尔扎克、契诃夫却不爱读《水浒传》与山药蛋派,爱吃冰激凌不爱吃老豆腐,爱闻香水不爱闻庄稼最需要的大粪,爱听表扬不爱听批评,爱穿高跟半高跟皮鞋不爱穿大毛窝,爱喝咖啡不爱喝酸豆汁。最后一遍检查她是声泪俱下地做的,果然,她引起了众怒。一个女同志逼着她给讲一讲什么叫咖啡,她说咖啡不就是烟袋油子吗? 不就是土烟膏子吗? 不就是染衣服用的吗? 你卢倩姑的头发都改成咖啡色的了,你想唬谁呀你? 你是中国人吗? 喝那个还不如喝屎汤子呢你! 你还扬着脖子呢你,你还伸着脖子呢你,你还挑着眉毛呢你,你还臭美呢你,像你这样的要是苏修美帝打进来你靠得住吗你?

于是她拱起肩缩起脖低下眉顺下眼俯下头来。她想象在苏修美帝突破我军防线的前夕,首先是她被处决。到了那个时候谁管得了谁? 到了"文革"开始的时候她当真有点水蛇腰和小罗锅了,她的改造自己的努力总算没有白费。

到了"文革"中清理阶级队伍的时候,一名因为姓洪而洪与红谐音因而气度不凡的工宣队员一次又一次地找她谈话要她交代与外国的关系,而且说即使是里通外国的问题,只要态度好,仍然可以按人民内部矛盾问题处理。

一天晚上洪师傅与她谈话,三谈两说,洪师傅抱住了她的身体而且伸出嘴巴向她脸上乱蹭。她突然产生了灵感和勇气,啪! 给了洪师傅一个耳光,打完耳光她吓得要死,回头一看,师傅已经跪在了她的面前……

然而群众反映仍然对她十分不利,那个对咖啡深恶痛绝的女同志说:"怎么洪师傅不找别人呀? 怎么这事不出在我身上呀? 还是卢倩姑自身有问题! 听见吗,同志们,我说是她本身有问题!"她恨不得直接对着卢倩姑的耳朵喊叫。

卢倩姑终于忍不住了,她喊道:"就你那个猪八戒样子,你不觉得给无产阶级丢人吗? 你要当无产阶级,配吗? 你看看人家李铁梅、吴清华、江水英、方海珍和阿庆嫂吧,那才是无产阶级的光辉形象呢!"

她的话使人们笑得前仰后合。她受到了鼓励,她一不做二不休,大叫道:"去她的吧,谁怕谁呀? 我才是无产阶级呢! 到现在我连手表都没有,我当过童工,我的亲爸爸是长征老同志,我的后爸爸是铁路上扳道岔儿的,和李玉和一个工种。我上哪儿是资产阶级去?我舅舅又没有当过日伪警察,我上哪儿有问题去?我没入党没入团那是因为刘少奇的资产阶级反动路线,怎么着,你?"

她说她的舅舅不是日伪警察,是因为对方的舅舅似乎有这一类的问题,她也学会了政治讹诈,她喝道:"都是毛主席教育出来的,谁怕谁?"

她有这么股疯劲。平时,她多半都是诚惶诚恐,低眉顺眼,装傻充愣的一副小媳妇样子,偶尔发作一回,就会突然成了泼妇成了二百五成了恶婆婆。她矫情起来也是一套套的马列主义一套套的造反有理一顶顶的政治帽子,哪怕事后吓得尿湿了裤衩。(她确实吓死了,因为她居然一激动编了一套瞎话:说自己的狗屁继父扳过道岔!)

对于自己的偶尔发作,她有一套理论:"实在不行就闹它一通,省得我憋在心里长癌。闹一通,我发泄出来了,我不憋得慌了,他(她)傻在那儿啦,让他(她)长癌吧!"

这样那样就到了一九七七年,她用差不多半年时间写了一篇小说。她写一个离大陆十分遥远的海岛渔村,一个哲学家受到坏人的迫害"下放"到这里,哲学家在艰难的情况下为渔民做了许多好事,后来有一点爱情的插曲,有波折,最后在一次台风期间他失踪了。

她写这篇东西和她学生时代的一次恋爱经历有关,一九五五年,她一进高中就爱上了一个自称一定要学哲学的学生。他们在新生联欢中就相识了,他们翩翩起舞,跳了三支曲子,一支是《彩云追月》,一支是南斯拉夫的《深深的海洋》,一支是《快乐的寡妇》。那时候高中生可以随便跳舞,搞点恋爱也不像后来那样犯忌。一九五五年真是一个美好的年代,虽然已经开始抓胡风了。那时候很自由,不像后来管得那样严。可惜一九五七年一搞"反右",未来的哲学家被揪了出来,没等她反应过来,哲学家跳楼自杀了。倩姑恨他:一个男生怎么这样娇嫩,这样的人不该生活在咱们这方。

这是她生平受到的第二次严重打击。第一次打击与她的继父有关,长大后在初中三年级发作过一次癔症以后,她再也不敢不肯不愿想它。后来继父一直卧床不起,卧着床还审问妈妈倩姑这个野种到底是谁的种子。是的,在这一次癔症以后,她的头发进一步黄了,她的眼睛进一步吊起来了,她的嘴喙进一步像狐狸了,对这一切她自己也起疑。

海岛渔村她只去过一次。非常奇怪,在"文革"已经搞了七年、卢倩姑已经再也不读小说不做梦不听音乐以后,一张口就是妈的皮操狗日的扯鸡巴蛋至少是王八蛋丫挺的混球儿毙了你以后,领导不知从哪里得知了她对文学的爱好和特长,竟然让她去海岛"深入生活",目的是写几首歌词,好排练了参加业余文艺会演。她去了,在海岛受了不少罪,可是事后回想起来,又觉得海岛的生活格外迷人。而且她悟到,虽然她为自己的怪模怪样而自惭形秽,其实她的模样非常吸引男性。

她没有写出任何鼓舞批林批孔的歌词,却悄悄地写了小说。她写小说的最初经验像是唱一首歌,她着迷般地一股脑儿写进去那么多美好的言词:人生、幸福、爱情、记住、天空、大地、草地、鲜花、想你、奔跑、快乐、忧伤、旋转、飘荡……这些她爱它们像爱自己的生命一样的词儿,她都写到小说里了。她最喜爱的是"缤纷"和"飞扬",写到这两个词她就仿佛看到了成千上万的彩色气球在面前升起,又好像是一群鸽子带着响哨在空中飞过,又好像是夕阳的金晖照耀在了秋天的布满五颜六色的树叶的林间。写到这些可爱的词儿们,连她的钢笔行书字也写得特别好,潇洒挺拔,刚柔相济。她没完没了地写了海、波浪、潮汐、泡沫、日出、月落、渔船、海鸟和岩石。她反复比较,觉得自己写得其实比海明威好。她又反复考虑,给自己起了一个笔名叫青姑,给小说起了一个题目叫《遥远》。

她的小说稿连续两次被退回来了。她变得更苍老,更萎缩,更凄凉也更丑陋了。她三十九岁,她觉得自己的一生就这样过去了。她连眼泪也没有了。谁都不知道她写小说的事,她是直接把稿子送到编辑部,送到一脸文学的深度近视的老男编辑手里的。送去以后,她就隔三岔五地去催问结果,这使她从编辑部同仁的脸孔上看到了轻蔑与厌恶。老编辑一见着她先皱眉,干脆教训她说:"你不能妨碍我们的工作呀,我们这里一天收到一麻袋稿子,我们不可能立马儿看完,你不要来得这么勤嘛。"

"我有一个要求,你们看完我的稿子,不论什么意见,请你们把稿子留在编辑部,我自己来取,不必给我寄信,不必花邮票钱。"她壮怀激烈地说,脸红得超过了"偷汉子"被抓住。

我他妈的皮,她想。我操你妈,她又想。经过了那么多年锻炼、学习、改造,她才不怕遭人讨厌呢:你讨厌我,我还讨厌你呢!

一脸文学苦相的老编辑冷淡地对她说:"你的稿子不真实,倾向也不怎么好,我们不准备用。"多一句解释都没有。她想满不在乎地骂一句,做出来的却是一副奴颜婢膝、十足马屁精的神情。她含着泪向老编辑道了谢,走了。

然后她找到了第二家大型文学刊物,这一家刊物不像头一家那样老牌正宗,刚创办半年,然而赶上了新浪潮,显得思想解放先锋前沿。她也是自己找着去的,把稿子送到了一位气喘吁吁的大姐手里。大姐要了她的公用传呼电话,然后两个月过去了,没有音信。

王八蛋!她收到了退稿信。幸好,退稿信直接落到了她的手里。如果是落在同事手里,她的脸皮还往哪里搁!

她退而把稿子给了一家刚刚复刊的小刊物。她的稿子很快登出来了,小说标题改成了《阿珍》,反应极佳。作协的一位领导著文说她的作品的发表像是吹起了一股清新的风。一位老诗人说"对于这样才华洋溢的作品我们已经久违了"。被称为思想家的重型理论家杨巨艇在一篇记者访谈中称她的作品向社会提出了十二个重大问题。另一位德高望重的老太太则对记者说她读了青姑的作品激动得哭了。同时倩姑接到了上百封读者来信,其中有她极佩服的思想家杨巨艇的和电影导演蓝英的。她哭了几夜,她想起了三十多年来她受的苦,她的一档子接一档子的背运,她是天生的丧门星、白虎星、扫帚星。如今她一鸣惊人。

有趣的是,退了她的稿子的一号大刊与二号大刊也纷纷给她挂传呼电话,给她发贺年卡,给她发约稿信,不是一般的铅印约稿信而是手写的热情洋溢的信,那样热情的信连她恋爱时也没有从男友那里得到过。她觉得腾云驾雾一般。她没事就找出这些信看。想不到我卢倩姑也有今天,她肚子里脏话连篇,自我庆幸。

兴奋中到了一九七八年十一月初,寒风已经扫尽了这个城市的落叶,暖气还不开,她穿上小棉袄,冻得牙花和腮帮子疼。她的继父卧床已经十四年,除了骂人的时候清醒,其他时间昏睡。实际上已经与她分居多年的她的所谓丈夫小牛出差去东北了。其实他去哪儿与她无关。她和母亲在暮色苍茫中包饺子,她们在听收音机里播送的郭兰英歌唱陕北革命根据地的"信天游":"一道道那个山来哟一道道水,咱们中央噢红军到陕北……"连这样革命革得回肠揪肺的歌曲也已经十几年不让唱了。妈妈问:"你又写新的了么?"她点点头,现在她的写作已经成为家里的中心话题。

她走进卫生间小解,每小便一次她也不平一回。如果她是男人,"他"可以大模大样地往那儿一站,掏出来就尿。现在呢,麻烦多了。然而,更不平处在于,除了不能站着小解以外,现在的她,与男人又有什么区别?

这时候她听到了母亲的狂叫声,听到这声音她还以为母亲被狗咬了或者遭到了暴力袭击。她连裤子都顾不得提,尿到半截就往外跑。"怎么了?"她连忙问。尿已经把内裤连同罩裤湿了一片。

母亲大口喘着气,好像犯了心肌梗死,她手提着新买的半导体收音机,调整着旋钮,一个温厚的男低音出现了,正在朗诵青姑的小说《阿珍》。

青姑立时屏住了气,系裤子的动作停止了,她提着裤子,听到了一串串珠玉一样的语言,听到了沉稳雅致的声音:

  海浪翻滚着推向远方，日光在波峰上跳舞，一次又一次的深情，一次又一次的遗憾，一次又一次的失望和希望向遥远的天边伸延，终于，减弱了，黯淡了，平静了。于是大海无声无息，于是大海在衰弱地低语……

这是她的文字吗？

  波涛仍然翻滚，即使在梦里也掀起了一次又一次巨浪……

这是梦吗？广播员浑厚的声音过去梦里也没有听过。但是念巨浪的"巨"的时候，广播员没有强调圆唇母音，听起来好像"意浪"，该死！

  梦里，人们仍然感觉到他的灵魂，海的灵魂，不安而且痛苦，激动而又怀疑，永远的波涛，永远的疑惑，永远的辽阔，永远的试探，永远的涨潮与退潮……

这几句读得太动人了。不。这不可能是她的文字，她已经麻木不仁，她已经粗话连篇，她习惯的语词是"购货本""坚决拥护""有处理（减价）的（商品）吗"和"狗急了还跳墙呢"一类，如果不是"他妈的"直到"操你妈"的话。她常说的感叹语是："哎哟，我的腿肚子（腰眼儿、脚后跟儿、麻筋儿）！"她最喜欢用的形容词是"疼""酸麻""糊涂""瞎么觑眼"和"五迷三道"……她早已经忘记了海、云、梦、太阳和灵魂，她早已不会说悲哀、痛苦、希望和辽阔，连"疑惑"是什么意思她也疑惑了，疑惑不就是嘀咕吗？干吗不说嘀咕偏说疑惑呢？还有"黑夜过去是白天""冬去春来，柳条发芽"……也已经不是她的语言了。收音机里被一个浑厚的嗓音朗诵着的所有这些词语都使她觉得陌生。不，这不是她写的，而是另一个天使，用着天国里的语言、天国里的心，暂时的、偶然的、莫名其妙地选中了她或碰上了她，假她的手，写出了绝对与她的思想感情无关的文字。

那个青姑写得多好，我这个倩姑的生活是多么丑恶。

直到朗诵完了,娘儿俩仍然紧屏住气,谁也不愿意说一句什么话使自己也使别人回到现实生活中来。

"妈妈!"倩姑终于叫道,"你怎么知道收音机里有?"

"我不知道这声音是从哪里传来的,一定是窗户,我们的窗户传来了你的作品:'我缓缓地转过身去……'不知道是谁家在收广播,我赶紧拧开了话匣子……"母亲说。

在倩姑的怀疑的目光前,母亲背诵了倩姑的小说,有些段落,母亲已经完全背下来了。母亲的声音苍老了也沙哑了,背诵使母亲干咳起来,母亲的声音比广播员的声音更撕人心魄。

倩姑抱住了母亲,娘啊,相依为命的娘啊。"儿死后,把儿埋在大路上……"一叫娘她就想起了《洪湖赤卫队》,想起了女游击队长韩英准备就义时对"娘"的大段抒情唱段。她已经不可能想别的了。她倩姑命硬,命苦,命孤,她没有——实际上她们娘儿俩都没有而名义上都有——丈夫,没有孩子,没有朋友,没有感情的依托与灵魂的依靠。然而她有娘,娘有她,娘就是她的,她就是娘的丈夫、情人、孩子、朋友、所有。

看来,母亲在倩姑寄出稿件以前就通读了她的手稿。她没有与倩姑打招呼就掌握了倩姑的一切,包括秘密,包括灵感。这又使倩姑觉得别扭。

这是没有办法的,多年来,娘儿俩就是这样的"忘年交",你的就是我的,我的就是你的,而且,如果不是母亲早已对她的处女作烂熟于胸,她怎么发现得了电台的广播?她不发现,倩姑怎么可能听到广播?想到可能与自己的处女作的广播失之交臂,倩姑觉得没有勇气再想下去。

继父醒了,可能是被她们的动静吵醒的,他不甘寂寞地嘟囔起来,母亲认为他是在骂人。在差不多失去了一切意识和运动能力以后,他还有少许骂人的能力顽强地保存着。过去遇到这种情况,母亲会赶紧过去劝慰,而今天,在被青姑的小说熏陶以后,她们都涨了行市,母亲只是砰地摔响了关紧了继父的卧室也是她自己的卧室的房门,她宁愿不承认他的存在。

而且,那个神奇的青姑的小说里写了爱情,伟大的、令倩姑倒了半辈子霉的爱情。哲学家在海岛上与当地的一个小学老师相识。美丽的小学老师名叫阿珍,她唱歌给哲学家听,煮米粥熬小鱼给哲学家吃,而且常常听哲学家讨论生命、良心、爱和宇宙。青姑写道:

……她听不懂那些深奥的名词,但是她用心感觉着它们,她用微笑补充着解释着它们,她用温柔的目光捕捉着它们,她用莫名的快乐完美着它们。于是哲学家也为自己的想法而欢乐了,为思想找到生命找到活力了,为概念而燃烧而热烈了,为所经历的难以置信的种种试炼而感到骄傲了。

女儿与母亲背诵这一段的时候有点打磕巴儿。然而这样高雅深奥的句子并没有继续多久,因为哲学家的身份是不允许恋爱的,而阿珍的青春也是禁止爱情的。那时爱情意味着资产阶级、异己、腐化、不革命直到反革命。哲学家与阿珍的爱情被告密者发现了。告密者也是一个不幸的女人,名叫红霞,她本来是话剧演员,由于与胡风分子有染被下放到这里,她有双料的麻烦,既算胡风分子又算腐化分子。她一心想表现得好一些以早日回到人民队伍文艺队伍,主要是回到家里看顾她四岁的女儿。有一个未证实的舆论,说她女儿长得不像她的丈夫倒像某个更加倒霉的剧作家——胡风分子。甚至可以说告密者红霞长得很漂亮,她丰满而且高大,目光流动,脸色红扑扑,一股热力四下散放。有一次哲学家与红霞握手,握完了手哲学家的手像烤过火一样的发烫。更重要的,红霞的文化积淀与阿珍无法相提并论,她知道莫泊桑,她知道舒伯特,她知道凡·高和高更,她会背诵莎士比亚的戏里边的一段朱丽叶的英语台词。如果单看外形,哲学家弄不清是告密妇人红霞更吸引他还是海岛女教师阿珍更吸引他。而且,红霞也爱唱歌会唱歌,问题是红霞一次连唱几支修正主义的爱情歌给哲学家听,哲学家听得入迷,听得落了泪,他忘情地为这个和他的命运有某些相似之处的女人鼓起掌来。红霞害怕了,她忽然想到也许哲学家会去告她的密,揭发她唱了修正主义的歌。她和他的身份同属于下放的知识分子,她必须和他竞争调回大城市的名额,如果哲学家去告发红霞念念不忘修正主义的爱情歌曲,也许可以立功提前回到城市。同命运的人是不共戴天的,于是她抢在前面,为防止被告密而告了(哲学家与阿珍恋爱的)密。青姑写这一段的时候有一种恶毒的快意,她知道自己发现了人性中最丑恶的那一点。

二十年后,青姑(那时已经叫青狐了)听人们讲广东人吃猴子的故事:一群猴子关在铁笼子里,由顾客前来挑选,顾客指指点点地挑了一只猴子。猴子是聪明的,它完全理解什么样的命运等待着它,吓得浑身筛糠,往后退缩隐藏。这时,别的猴子就会立即将它扭送到人前,因为它们害怕人们抓不着选中的猴子而以自己顶替。为了保住自己,它们愿意充当吃猴子的人的鹰犬。青狐想,这可怕的猴性兼人性我早就揭示出来了。

这是我写的吗?一个窝囊的、粗俗的、倒血霉的女人,也能写出末日审判一样的庄严无情的句子,再不是窝囊的粗俗的倒血霉的声调而是天堂的钟鼓、是天使的宣示、是天启的辉煌啦!

这一段刚刚开始,广播朗诵到了时间,宣布感谢收听,明天同一时间再见。

青姑的感觉像是洗了一次澡,从头到脚,温暖的清水、洁体的肥皂、痛快的抚摸漫过她的全身、冲刷所有的污垢、打开每一个毛孔,有一种特别的舒适、特别的芳香、特别的感应从身体上通过。她又像是一架钢琴,朗诵的每一个字像是点抹敲击的手指,于是她响动起来、兴奋起来、轰鸣起来。她脑子里嗡嗡的,身上震麻着,灵魂哭泣着、沉醉着。她好像是一湖清水,朗读的词句如同微风,吹起她美丽的涟漪,她对微风充溢着感激之情。她继续包饺子,她煮饺子,她吃饺子和腌萝卜酱黄瓜小菜。她与母亲不停地谈话。她擦桌子洗碗扫地倒垃圾。她兴致勃勃,不时发出爽朗的笑声。然而她又心不在焉,她的心里不断地响起一架钢琴的和声,她的身体的每一个部件每一个器官每一根神经每一个毛孔都在震颤、都在发声、都在回应与共鸣。她的心里不断震荡起一圈圈的涟漪、一层层的波浪和细碎的灵魂的低语。真好,这是真的,我的时代终于到来了。梦实现了,苦和罪有了报偿:我的小说、我的语言、我的悲愤、我的爱情、我的愚蠢和孤独、我的胡思乱想和信口开河、我的狼一样的面容和狐一样的神情,都成了,都发光了,不再是那个可怜的、沉默的、萎缩的卢倩姑了,而是另一个人,是青光闪闪的姑娘,是月亮一样孤傲地高踞中天、被众人仰望的小说家。她乐得合不上嘴。她出色地胜任愉快地做着所有的家务同时与母亲交谈着,然而她同时立即忘记着一切,除去她的小说。年华老大,一波三折,在已经绝望了一次又一次之后,最后最后发表出来的小说,那小说围绕着她贯穿着她激荡着她。

母亲说:"倩姑,我爱看你的小说的后半部分,我知道女人能够被爱情两个字害得有多么苦。"好像母亲这样说了,但即使母亲这样说了青姑也没有在意,她的心花正在开放,她的美酒正在流淌。她微笑着与母亲谈话,她似乎同时在与小说里的人物和小说朗诵者谈话。她毫不在乎母亲对她的小说的解读,如果那是解读的话。

……她学会了游泳。梦里她在波涛滚滚的海面上漂浮前进,她变成了一条大鱼、大船,呜呜、嗡嗡、飒飒……她叫着,笑着,摇着,起伏着。突然,她沉下去了,漆黑无底,无依无傍。

她被叫醒了。

母亲推醒了她,有人敲门。天色还黑黑的,时间是早晨六点过一分,不应该有人在这么早来敲她们的门的。

她匆匆披上衣服,扣子系错了也顾不得整理。她开开门,吹来的是一阵刺骨的寒风。夜里来寒流了,她想。她看到的是丈夫小牛单位的党委书记老李和另外两个女同志。老李面色很难看,他说:"卢倩姑同志,有事情,是这样,您一定要坚强一些。"

# 第 二 章

　　卢倩姑最不愿意想的就是她的婚姻和爱情,如果说她有过一点所谓爱情的经验的话。

　　她想写小说是为了她的永远无法实现无法表达的爱情。不论旁人怎么说,她自我欣赏自我陶醉于自己的爱情故事。红霞与阿珍,哲学家的惶惑与悲哀。所有的读者和论者都以为青姑的小说是为哲学家鸣冤叫屈的,是一篇鸣冤的即"伤痕"作品。这是真的,她开头想把哲学家写成一个背负十字架的圣徒,他的痛苦是千百万个中国的有心人的痛苦,他的忧思是整个国家和民族的忧思。像她所描写的那样,他的皱纹里包含着太多的沉重,他的笑容里包含着太多的苦涩,他的目光里包含着太多的希望所以也就包含了太多的失望。她想把阿珍写成一个天使,她的使命是给哲人以坚定和信心,给受难者以安慰和温暖,她的爱情白璧无瑕,她的身体纯洁光亮,她的抚摸能融化冰雪,她的爱就是献身——献身,就是把身体献出来。这有点庸俗也有点无耻,然而她作为一个女人,作为阿珍的创造者,她的真实感受就是如此。卢倩姑见到她佩服的她敬仰的她喜爱的男人身上就会发热,腰腹就会在内中扭来扭去颠来颠去。除了献出自己的身体,她简直不知道用什么别的办法去喜爱那个男人、支持那个男人、温暖那个男人、满足那个男人。她深信,一个女人把身体献出来了,这就是伟大、这就是动人、这就是美丽、这就是壮烈牺牲,而她自己一辈子没有遇见过她当真愿意为之献身的男子。在她换衣裳的时候,在她洗澡的时候,在她解衣入睡的时候,她不明白,为什么她的身体——她的修长她的洁净她的起伏与伸延、扩张,滋润与光滑——竟是白白地创造出来的。

而红霞是另一种坏女人,倩姑一辈子吃够了坏女人的亏,她吃坏女人的亏比吃坏男人的亏还多。但是她不愿意把坏人写得太平面太符号,她知道坏女人也是女人,也具有女人的一切悲伤和诱惑、苦恼和甜蜜,具有唯独女人才有的那种随时会发疯的神经。

只有青姑自己意识得到,她写着写着,忽然,她开始恨起哲学家来了。她其实不那么喜欢哲学家了。她愈来愈意识到,政治上,哲学家是无瑕的与冤枉的。爱情上,哲学家表现了所有男人都有的贪婪、软弱、自私和糊涂。男人在爱情上糊涂得像一头种公猪,像一只落在面汤锅里的耗子。种猪只知道开栏以后往母猪身上上,嗷嗷地叫着、冲着、压着,一分钟后偃旗息鼓,活像一只泄了气的气球、一只被曝瘪了的柿子,也像在烟灰缸边缘弹下的一支香烟的烟灰,烟灰仍还可以摆出一点形状,泄了气的男人已经是彻底凑不成个儿了。而面汤里的耗子哪怕是一个天才,哪怕发明过火车头与原子弹,哪怕会在万人大会上发表演说,也永远不懂女人、不懂爱情、不懂灵也不懂肉。

她的含义是:哲学家已经与阿珍难解难分了,阿珍是抱着献身的热情把自己给了哲学家的。哲学家是抱着占有的快乐得到了阿珍的纯洁和青春的。哲学家充裕了、饱满了,像一粒干瘪的种子吸收了雨水一样鼓胀了、发芽了、生机勃勃了,于是他反过来对红霞也产生了兴趣,仿佛一个饥饿者吃了一个苹果,他反而更饥渴更急迫了,吃过苹果的男子立即把目光投向了甜瓜……而且还有羊蹄。对于一个哲学家来说,阿珍是太单纯太晶莹太羞涩了,他正是在得到阿珍以后才变成了自信的男子,他觉得自己还需要红霞。他在得到露珠和花蕾以后渴望着烈火和毒蛇,在吃完杏仁豆腐以后更想吃剁椒猪头鱼脑。只是像一个旁观者旁听者一样地屏住呼吸,听了一段自己写的小说的朗读以后,青姑才意识到,关键不完全在于政治,不在于你怕我揭发你、我怕你揭发我。更深的因素是哲学家的心有旁骛与红霞对阿珍的嫉妒。一篇小说写出来发表出来就像一个孩子从你的子宫里分娩出世,然后他或她就不再属于你,他或她会长大、会闹腾、会生病也会美自己的容,不光是读者,作者也会不断地从自己的作品中有所发现有所感悟有所震惊。

她是下意识地觉察到这一点的,她不可以这样写,她必须写出好人和坏人,然后人们才会认可。但是红霞的形象仍然引起了争论,有人说写得深刻,有人说写得莫名其妙,还有人说不健康,还有人说红霞的形象反映了作者的低级趣味。评论者几乎一致认为对哲学家与红霞的交往的描写过于暧昧,损害了哲学家的形象。

青姑偶然自我分析一下,虽然分析不是她的特长也不是她的爱好。青姑感觉到在写哲学家的时候她的所有关于男人的经验都活泛起来生动起来了。她感到奇怪,在她那么多的对一个理想的男人的期待里又包含着那么多的对男人的不信任乃至敌意。她既得意又愧悔,为什么她常常成为男人的目标,从小?因为她太像一只畜类,这只畜类如果不是最美丽的那就是最丑陋的,反正是地上无双,天上无二。而在她这样的珍禽异兽、生猛活物面前,所有的男人都加在一起仍然显得苍白、软弱、疲沓、庸俗、怯懦……正是由于男人的卑劣与渺小,各国尤其是中国才出现了那么多针对女人的管束、压制、恶毒、道德戒律。她的这一重大发现埋藏在她的心里,像是一颗氢弹隐蔽在发射井里。她等待发射已经等待了半辈子。

她的生活中的未来哲学家死掉以后,她过早地尝到了孤独与绝望的滋味。咀嚼着撕心裂肺的痛苦,她上了大学,她升入了二年级,她的学年考试成绩一塌糊涂,她没了上进的心。二年级头一天就认识了后来担任她们班政治辅导员的一位南方人,他教政治,也算教哲学,因为哲学就是《实践论》与《矛盾论》,而"二论"就是最宝贵的政治。辅导员长得不错,但是卢倩姑从心里烦他,尤其烦他一开口那份娘娘腔。

辅导员对她一见钟情，没完没了地与她搭讪，一会儿送她一包话梅，一会儿给她一条纱巾。他甚至送给她一台老旧的手摇留声机和三张老唱片。她勉勉强强地听过这三张唱片：郭兰英的《绣金匾》、楼乾贵的《在那遥远的地方》与柴可夫斯基的《天鹅湖》序曲。那时的唱片旋转速度是每分钟七十八转，一张唱片只够听十来分钟，差不多等于一个曲段。辅导员送的唱机，放上唱片，旋转的速度忽快忽慢，声乐和器乐都像是莫名的号哭。辅导员与她的关系在全班全校闹得满园风雨，为此辅导员被调离了她所在的班级，改任校教育工会的什么委员。然而他仍然动不动约她一起去电影院去公园去小饭馆。她没有拒绝，那个时期所有的问题在于她应该拒绝的时候却没有拒绝，她其实一点也谈不到喜欢那个说话分不清之和兹、吃和呲、湿和斯的人的腔调。他唯一使她感觉兴趣的是他的头发，他的头发出奇的浓密黑亮，正是她所没有的。她接受了他的邀请和他一起出去，似乎只是为了得到机会摸一下他的头发。她想象着自己把一只手的五个手指通通伸到辅导员的头发丛里，划拉划拉，胡噜胡噜，把他的头发弄乱的感觉。

后面是一个无地自容的故事，没有等到她胡噜辅导员的头发，在一次周末看完电影、跳完交际舞以后，她和辅导员一起去吃夜宵。吃完夜宵，辅导员搂住了她，她拒绝，她左躲右摇，还是没有躲开辅导员的亲吻。她叫了一声就浑身瘫软了，像是一把火把她烧化了。她仿佛晕过去了，她发抖，她又哭又笑又挣扎，清醒过来以后发现自己是在他的床上。她忽然感到愤怒，忽然感到仇恨，忽然感到快乐有趣，不管不顾，她又登上了一个新台阶。她哭了一场又一场，却没有感到丝毫的耻辱。

母亲立即发现了她的异常。母亲盘问她，她不说。母亲打了她一个嘴巴，她撞了一头，把母亲撞倒在地上。她冷笑着暗示，不要忘记为了继父的事她与母亲的交易。娘儿俩突然成了死敌，事态的发展使两个人惊心动魄。

然后母女俩抱头痛哭。她们都是女人,她们命中注定要承受生为人女、人妻特别是男人的欲望的对象的耻辱与痛苦。

事情发生了几个月以后,她的怀孕像原子弹爆炸一样地……这是一片惊心动魄的空白,这是一次血腥的屠杀,双重的或者三重的屠杀。在不清不楚的一切发生了以后,她出院了,然后她被迫写了材料。她被叫去交代"生活"问题,审问者暗示她是不是吃了或者喝了辅导员的什么东西晕了过去才发生了后来的一切。她转了半天腰子才明白,审问者是要她揭发辅导员给她下了蒙汗药。这个意思把她吓死了。这使她想起了所有的三流言情小说。她坚决拒绝证明那个人给她下过蒙汗药。直到这个时候她才恍然大悟她未必多么讨厌那个人,她无师自通地相信,如果她把自己描绘成玉洁冰清的受害者,辅导员的出路只能是接受一颗执行死刑的子弹。而不揭发辅导员,就等于揭发自己,等于承认自己是个烂货。如此这般,她被勒令提前离校,匆匆就业。那个年月至少在就业方面远比往后顺当。她在小学里教了三个月书,由于一直绷着小脸,她在孩子里头威信很高,她的班课堂秩序很不错,在那个三天两头搞评比的年月,她居然评上过一次先进。后来赶上一九六二年调整政策,她接到学校通知,为她恢复了学籍。她深深感到了宽大、温暖、救苦救难的观音一般的慈悲,令她匍匐无地。稀里糊涂地过了两个月,她以大学本科毕业生的身份被分配到一个没有多少事的大单位里了。她不明白,为什么既没让她做毕业论文,也没让她做毕业设计。而原先的辅导员以坏分子的名义被送去劳动教养——后来这个人就永远地消失了。是辅导员害了她一辈子还是她害了辅导员一辈子呢?她始终弄不清。

据母亲说,她在梦里哭诉过,说是"没有小耗子啊,没有小耗子啊……"下面的话妈妈听不清楚。

而她自己清楚,她说的是没有下药。她有几次梦见了辅导员,辅导员快死了。她告诉辅导员,她宁可自己被开除,绝对坚持辅导员没有下药。可是她弄不清楚,为什么没有下药,辅导员仍然被送去"教养"了。

可能她就是因了这个弄不清楚才走上文学道路。她读了很多描写不成功不像样的爱情的小说：《安娜·卡列尼娜》《复活》《带小狗的女人》《珍妮》《幽谷百合》《我的安东尼雅》……若明若暗，如喜如悲，文学似乎能够给苦恼的人生刷一层甜酸油漆，给苦恼的人一些慰藉，给单身女人或者男子一点代爱情、准爱情，画饼充饥。

如果她有一个好丈夫，有一个幸福的家庭，如果她得到了爱情或者得到过爱情，天可怜见，她宁愿把什么文学呀小说呀诗集呀扔到抽水马桶里。

一年后"文革"开始，她不再能明目张胆地读资产阶级的文学书，她就与本单位的丧妻的小领导结了婚，她只想快快嫁个人，像所有正派女人一样过正常的日子。那个领导对她还不错，她知足。她甚至享受到了主任夫人的荣耀和权势。炸藕盒呀，擦洗自行车呀，买肉票油票上的肉和油呀，揩窗台呀，夜晚上床熄灯亲热亲热哼哼唧唧然后死猪一样地睡过去呀……至少有几个月她觉得生活很幸福。然而她与小领导在一起从来没有献身的热情，每次鼓捣完了她只觉得无聊，只觉得下流，只觉得是自己失身，她甚至想如果不是她而是一个婊子，他们是不是也是这样？想来想去她变得十分乏味然后是厌烦，味同嚼蜡，味同用一块洗脚布擦肮脏的桌子再擦饭碗。尤其可恶的是她的心情已经这样坏了而丈夫一无所知，倒像他们有多么和谐多么美满。丈夫在与她睡觉的时候甚至十分乐于提到他的已死的前妻，说是他的这两个妻子的器官并没有任何不同，不同的在于腔调和声息，尤其是气味。他学他的前妻，像学一只母猪。然后他学倩姑，好像在学一只猴儿。他喋喋不休地分析说她的前妻有一种绵羊的味道，而倩姑是一种泡着许多水草并且按时喂了鱼虫的养龙睛鱼的鱼缸的味道。

倩姑一声不吭，她告诉自己不要爆炸，要忍住。

"我知道你是一个烂货，烂一点儿香。我就喜欢吃烂苹果、烂桃、臭鸡蛋……"

倩姑无法忍受这样的侮辱,她确实是一脚把丈夫从本来并不宽大的双人床上踹到了地上。

然后是两个人大打出手,她挨了两个嘴巴,她撞掉了丈夫的一颗门牙。两个人一面打一面引用毛主席的语录。倩姑当时认真地觉得自己是感谢毛主席的,是毛主席给了自己力量和勇气,面对体力胜过自己的男人,敢于斗争,敢于胜利,妇女能顶半边天,时代不同了男女都一样(这些话都出自毛主席语录)。

一直到后来,卢倩姑仍然认定毛泽东是一个女权主义者,是后现代解构派的大师。她后来读那些知名的洋"新左派"的文章的时候,她觉得还是毛泽东的思想更先进更超前更原创。其实那些"西(方)马(克思主义)",那些新左派,都是拾毛主席的牙慧。

冬天,她的丈夫得了感冒,吃了点阿司匹林,夜里突然一头冷汗,呻吟不止。送到医院,丈夫断了气,怎么急救也不灵了。她无法面对丈夫猝死这样一个事实,朋友们同事们也无法接受这个事实,所有的人都盘问她她丈夫是什么病,而对她的"感冒说"不以为然,拒绝接受她的丈夫死于感冒的说明。这使她觉得是自己做错了什么事,她应该对丈夫的死负责,看来很像是她谋杀了亲夫。我们的口号是关心他人比关心自己为重,所以不是公安局而是同志们要求她说明丈夫的死因。最最离奇的是,几个月前发生的她把丈夫踹到床下的故事不胫而走,并且与丈夫的因感冒不治而亡联系在了一起。就是说,人们认定是由于她把丈夫踢到了床下才使丈夫着了凉,着了凉才感冒,感了冒才死亡的。这样的推论甚至能够使卢倩姑也为之喝彩:它严丝合缝,合乎逻辑。忽然,她无师自通地明白了,她想起了一个词:白虎星,看来她卢倩姑就是白虎星。

接着是一个比她小两岁的大学毕业生,她习惯于叫他小牛,其实他不姓牛而是姓钮。他长着运动员似的四肢和胸脯。小牛死乞白赖地追求她,她拒绝了。她说自己太大了,又结过婚。"我的名声不好。"她坦率地说,而且不止是对追求她的小牛说,她见了领导也抢先把这话说出去,说后效果反而不错,听了她这话的人都认为她是真诚透亮的。而小牛说娶一个大媳妇让他觉得特别"值"就是说特别"过瘾"。"娶到大媳妇是本事。"小牛说。这个话说得她心里痒痒的。小牛给她写了不少情诗,小牛的情诗里写卢倩姑是一只狐狸,是一块糯米枣糕,是一只羽毛洁白的鸽子。在"文革"的年代他能写这样的诗,这样富有想象力,使倩姑认定小牛是一个英雄,可能是硕果仅存的一位英雄,也是一个诗人,仅存的诗人。

她答应了。在她的前夫死后不到一周年,倩姑与新来的小牛结婚了。对此群众反映也不好。但她心里明白,如果不结婚,群众舆论对她更不好。她已经被认为是一个不清不白的人,而且克夫乃至涉嫌杀夫。任何一个男子与她多说两句话或她向哪个男人笑了一下都逃不脱群众的雪亮的眼睛。

与小牛结婚以后她过过几个幸福的夜晚。她跟着小牛变得年轻了。小牛的笨拙、幼稚、手忙脚乱和傻卖力气使她觉得自己是在玩赏一个小狗熊。然而,羞于说羞于挂齿甚至羞于想的第一次倒胃口的经验来自他的一次不合时宜的排气。医生管放屁叫做排气,后者显然是一个文雅的说法。那天他热情澎湃,已经小有经验,满嘴的黄词粉调。倩姑已经感到了他的粗俗,但也还有趣,何况那个年代大家都愿意当无产阶级或者贫下中农,不能要求一个男人太文太细。她那天洗了太多的衣裳,有点腰疼,有点怨小牛不干家务。腰疼实在是男人和女人的杀手,是婚姻和爱情的克星。外国人是怎么想的,她不知道,反正所有的中国人都认为腰疼是性放纵的结果,是性生活的一面黄牌、红牌,或者黑牌。再说安全工具也令她觉得多少有点木然,有点像戴着口罩与人亲嘴。如此这般,她还是强打兴致曲意承欢⋯⋯终于,渐入佳境,她哼出了一点声音。忽然,她想起了前夫死鬼对她的出声的嘲弄与模仿。像只猴子?她一阵分心,听到的是小牛的巨大的排气。她突然冷得像冰一样了。她突然觉得小牛在她身上是如此沉重、如此压迫、如此污浊和粗俗。她顿悟了,原来一个男人乃至所有的男人都可以如此讨厌如此无聊如此低劣。

可能小牛也感到了她的突然麻木不仁,小牛问:"你怎么了?"

没有回答。小牛出了一点声音,那声音的含义是:"好模好样的,怎么突然跟我一团晦气了?"

仍然没有回应。小牛气了三分钟,乏劲儿一上来就睡着了,刚一入睡就打起呼噜来,打呼噜的声音极大,倩姑觉得身旁躺着的是一台蒸汽机车。哐喊哐喊,呼哧呼哧,滋滋——唧唧。反正小牛已经完了事了,反正他睡觉就行了。这是男人吗?与种公畜有什么区别?

开始的时候她住在小牛家里,说是家其实是办公楼顶层的一个房间,做饭上厕所都不方便。在不适时的排气事件的第二天,倩姑坚持要回母亲那里吃晚饭。结婚以后,不论这一次还是上一次,她天天惦记母亲。结婚以前,也不论是哪一次,她天天惦记男人,至少是友好的与可取的男人。在两种惦记两种取向中分裂和挣扎,这就是她的命运。一天不见母亲就觉得母亲的恩惠比天高比海深。

她买了几两肉,又带了一把蒜苗,到了母亲那里也就是她自己的家以后,她操起菜勺炒好了蒜苗,配上拍黄瓜吃米饭。她这是为了摆脱昨夜的晦气,也正好可以对母亲尽一尽心。她用一个月的肉票买了肉,用比正式上市以后贵三倍的价钱买了头一茬蒜苗,大米则是用粮票买的几个月仅有的几斤小站米。

然而小牛完全没有感觉到她对母亲的孝心,他大概认定今天的菜与饭都是他们家的票证与人民币换来的,他自然而然地应该在吃上起主导作用:他的粮食定量是每月三十二斤,而倩姑的定量是二十九斤,倩姑的母亲的定量是二十六斤,从国家的政策上可以看出他应该在吃饭上优先。

偏偏母亲一见姑爷就羞于动筷子,倩姑越是要她吃她越是不吃。一开始,小牛也让了让丈母娘,见岳母硬是抿着嘴不吃,他也烦了。爱吃不吃,装什么孙子?于是他在吃上占尽先机,他把一个肉丝炒蒜苗吃得呲牙咧嘴、有声有色、情意淋漓。开饭不到五分钟,他已经把蒜苗特别是其中的肉丝吃掉了五分之二。倩姑向他使眼色,他浑然无觉。倩姑拉他的衣襟,他不为所动。倩姑用筷子敲他的筷子,他回头向倩姑瞪了一眼。倩姑干脆把装肉丝蒜苗的盘子从小牛眼前拿开,递给母亲。母亲偏偏一口不吃,还一味地说自己不饿,说是中午吃撑着了,而且一再声言:"让小牛吃……"

没有比在丈母娘面前被限制用餐更丢脸的了,小牛干脆再盛上一碗米饭,把肉丝蒜苗菜盘拿起来,用筷子一拨拉,把剩余的所有一下子倒入自己的饭碗里。

一连两天,两个人谁也没有搭理谁。

第三天下班以后小牛摆出主动和解的姿态,说他买到了一斤栗子,想给丈母娘送去。那个年头买到栗子实在是完成了一项伟业,成绩大大超过用肉票上的肉炒一盘蒜苗。市里的领导同志专门讲过,欧美人的圣诞节蛋糕上一定要有栗子(栗子粉?),我们一定要把栗子卖给他们以换来必要的钢铁机器重工业产品,这等于明说从此国人不要再吃栗子。任何城市乡村也没有发过栗子票。北京市民的购货本上有粉丝、火柴、肥皂、白糖、食用碱,节日期间有白酒,每季度还有芝麻酱。这最后一项据说是老舍同志亲自向彭真同志提出建议,为了照顾市民们吃拍黄瓜的习惯而破格加上的。但是绝对没有栗子。

那么为什么小牛买到了栗子呢?小牛分析,有一些出口不合格的产品,改卖国内,叫做"出口转内销"。某年某月某日,突然来了一批栗子,每人限购一斤或半斤,卖完为止,全凭运气。那时的人们觉悟比较高,食品店从业人员不懂得以"权"谋私,不懂得信息就是财富,很少有人泄露这方面的消息,买上栗子的人纯属偶然,纯粹是走对了点儿。

这样的在欧美人看来不合格而对于国人来说如同珍馐仙果的栗子,被小牛买到了,而且他主动提出孝敬丈母娘,倩姑岂有不满意之理?倩姑乃点了点头。

小牛送去栗子,岳母偏偏不收,说闺女最爱吃的就是栗子,此栗子必须给倩姑吃。拿到倩姑那里,则说妈妈最爱吃板栗,退回来纯粹是客气,并怀疑小牛送栗子的态度不端正不诚恳,她了解妈妈,妈妈宁可饿死不吃嗟来之食。小牛又跑了一次丈母娘家,又不成功。

小牛终于无法再忍受下去,他说:"娘说给闺女吃,女儿说给娘吃,跑了三趟了,还那儿谦让呢。怎么就没有一个人想到我也是个人,我也爱吃,是我排了一个小时队,是我花钱买的,我到现在光为了送栗子来回跑,连晚饭还没吃……"

妈妈两次退回栗子,倩姑也不高兴。她已经想到,不论是单位的小领导还是小牛,妈妈都不喜欢。从倩姑小的时候妈妈就给闺女讲自己的故事,她生活在"五四"以后的狂飙突进时期,她看中了一个男人,家长不同意,她随着那个男人私奔了,生了倩姑。倩姑六岁上,那个人抛弃了她,走了再没有回来。她的一辈子就这样毁了,她后来再次结婚更是一败涂地。她不忍心眼看着倩姑再重复自己的路。她为倩姑的执意嫁人伤心愤怒已极。第一次嫁小领导,妈妈摔碎了她们家的茶壶,茶壶是倩姑的姥爷留下来的。第二次嫁给小牛,妈妈绝食近一个星期。而平时最亲爱妈妈、百依百顺着妈妈、处处想着妈妈的倩姑,一遇自己的婚姻大事就拗得如同野驴:

"是个崖我也要往下跳!"

倩姑向妈妈这样声明了不知多少次。她本能地感觉到,在婚姻问题上,妈妈的忠告有忠告的意思,但更有一种莫名的敌意。

"你不就是不让我嫁人,好一辈子陪着你吗?"多少次,倩姑想给妈妈挑明,给妈妈痛快的一击。

但是她不想向小牛说清自己的分析,毕竟对她来说妈妈更亲,她与妈妈已经相依为命几十年,与小牛共处才几个月。

她憋气,她不理小牛。

小牛憋气,完全不懂这娘儿俩怎么这么不好伺候。他一怒之下,自己吃了五枚栗子。五枚之后,他看着倩姑。倩姑仍然不理他。他又吃了五枚。

然后他管住了自己,为了爱情,为了妻子,底下的栗子不吃也罢。

然后他拼命讨好地说一些莫名其妙的话,不停地莫名其妙地大笑微笑,围着倩姑转悠。

卢倩姑则没来由地即有来由地冷言冷语,说一些刁钻古怪的话,而且不断发出冷笑。

于是小牛正式为头两天吃肉丝蒜苗的事向倩姑道歉,并表示要给倩姑下跪。

卢倩姑说:"我需要这个吗?我成了什么人啦?夜叉?大虫?白骨精?"

于是小牛哈哈大笑:"你要我干点什么活儿好呢?"

卢:"不敢,你瞧着办吧。"

牛:"好好,我去刷碗。"

卢:"洗碗管什么?"

牛:"你这是怎么了?话怎么还是横着出来呀。"

卢:"咻!"

小牛忽然急了:"有话就说,有屁就放好不好?我已经尽了百分之五百的努力了。还要我怎么样?别哭丧!你只要发话,从身上割下三斤肉来给丈母娘送去也行啊。"

卢:"有——屁——就——放!那是你,你才是有屁就放!"卢倩姑满眼是泪了。

牛:"你到底要干什么?"说到屁,小牛其实已经脸红了。

卢:"我哭不哭丧关你什么事,我在家里算个人吗?你心里有我这个人吗?"

牛:"我的一切不都是围着你转吗?瞧你这脾气。"

卢:"对对,我脾气不好,我故意捣乱,我有神经病,我是白虎星。围着我转?我最伤心的就是说什么围着我转。干吗让人围着转啊?

围着转还能是真心吗？你应该知道，已经有两个男人死在我手里了，我是谋害亲夫的人。是你非要跟我结婚的。我要是是个死人你就满意了吧？我要是个机器你就满意了吧？我要是个木头橛子你就满意了吧？我要是没有妈你就满意了吧？有什么办法呢，她这么老了还没死……"

……这次小牛动了拳头。卢倩姑再也受不了啦，她向小牛撞头，又哭又闹，躺在地上打滚，从室内滚到室外，从四楼滚到了二楼，整个一个楼道充满了她的哭声。

于是小牛走了，一连几天没有回来。卢倩姑回到了母亲家里。

说是小牛由于长久没有吃过栗子而此次一口气吃了十枚，而后又与老婆大打出手，栗子存了食，他当晚患了肠套叠，住进医院做了急腹症手术。可能是由于小牛的坚持或者撒谎，倩姑是事后才知道小牛的住院与手术的，她没到医院去过。她埋怨小牛对她封锁消息，小牛埋怨她根本不管他的死活。

但是他们都没有提出离婚，卢倩姑知道，她再不能离婚了，再离婚她说不定也会走上被劳动教养之路。而小牛呢，娶一次老婆也已经够他受的了。

卢倩姑死也不能明白，为什么爱情在小说里诗歌里戏剧里是那样美妙、那样幸福、那样滋味无穷，而在现实生活当中，她看到的感到的只有男人的兽性和女人的毒狠、男人的粗俗和女人的苍白、男人的丑态百出和女人的哭哭啼啼、男人的麻木不仁和女人的琐碎无聊，现实生活中的爱情带着占有、带着欺骗、带着交易、带着一股子臭屁和尿臊味儿。

与小牛分居十年，卢倩姑等到了发挥自己的聪明才智的好时候。她写出了一个海岛民办学校教师阿珍的爱情，那是一种献身的激情。为了一个尊严而智慧的受到了不公正待遇的男人，她不惜献出自己的青春美貌、自己的玉洁冰清，不惜牺牲自己的未来。她本来已经被妇联评上了先进工作者，已经准备到北京去接受毛主席的接见。然而,当她爱上了哲学家的时候,她可以牺牲一切。哲学家喜欢她却不敢爱她。哲学家畏畏缩缩、含含糊糊,面对着阿珍的牺牲和献身,这位该死的哲学家刚刚热烈到一半燃烧到一半,突然吓得萎缩发抖。而哲学家终于被天使般的阿珍培养成了真正的男人以后,他直起腰来以后,立刻又贪婪地盯住了红霞。红霞揭发了他与阿珍的不合法的爱情故事。阿珍的脖子上挂着一双破鞋游街,她被学校开除了。哲学家坦白交代了她与阿珍的"不正当关系"问题。许多渔民而不仅仅是搞极左的坏人,饶有兴趣地听取和追问哲学家与阿珍的"关系"的细节,他们边听边笑边批边骂得到了极大的满足。"不要脸!""浪死人啦!""无耻已极!""羞死啦!""作死哟!""造孽呀!"各种色情评点充溢在会场,给寂寞单调的小岛带来了快活、带来了生机。阿珍被迫嫁给了当地一个渔民。哲学家在一次台风抢险中光荣牺牲。后来,在"四人帮"倒台以后,哲学家所在单位为哲学家平了反,小岛镇党委追认哲学家是烈士,并为他的骨灰修了坟。全镇人民聚集在树立了写着烈士名字的木牌的烈士墓前表示决心学习烈士的公而忘私、奋不顾身的精神,决心开创小岛社会主义事业的新局面。许多在审问哲学家的过程中听到了黄色故事、得到了快活的渔民,又一次在烈士墓前为烈士的先进事迹而激动,为烈士事迹而激发起崇高激情。他们最后喊起了口号:"向哲学家学习!""向哲学家致敬!""团结起来,建设海岛!""全心全意为人民服务……"

只有一个人没有参加这次崇高的集会,她就是阿珍。

事后回想起来,卢倩姑的这篇小说是糊里糊涂写的,她是在小说发表以后,才大量阅读起铺天盖地而来的"伤痕文学"的,当她从大量文学期刊中咂摸出一些滋味一些标准以后,即在与文坛发生了关系之后,她才发现自己的小说是何等的胡扯八道、不合规格,难怪开始两家大刊物拒绝发表她的作品。如果是她自己做编辑,她会不会不退这样的作品呢?她不敢肯定。

所以,一九七八年十一月,广播电台连续播放她的这篇小说朗诵,使她感到了意外的惊喜。

她的惊喜从来不会延续很久,因为紧接着便是得到了通知:她的丈夫——至少是法律上的丈夫——小牛因车祸丧生。

又死了?卢倩姑是凶恶的么?我究竟缺了什么阴德,造了什么罪孽?她一再责问自己。她为什么对丈夫的死无动于衷?她是不是因为小牛的死而感到了一丝轻松?爱情与婚姻,还有男人,对于她就是这样的可有可无、无胜于有么?她是不是——有那么一些女人是不是——生来就硬是丧门星、白虎星、黑煞星、扫帚星最后是白骨精?她的狼一样的眼睛和嘴巴,她的过高的颧骨,古往今来,都被认为是克夫的相貌。她的克夫到底秘密在何处?小牛到底有什么罪?为什么一个无罪的男人、一个与自己正经结了婚的男人,后来硬是让她那么厌烦?小牛生理上真的算是有什么问题吗?她老是想,她自认为并不太在乎男女之间的那点生理交合,从小她就坚信那些主要是男人的事,男人对于女人就是有那么一种糟蹋玩弄污辱压迫至少是占有的冲动。问题是如果他真的爱她而她也真的爱他,她就愿意让他占有让他享受让他满足让他可着劲儿糟蹋自己。她要的可是感情,是体贴,是默契,是无言的应对,是心连心。她甚至表示过如果真的是心连着心,心挨着心,没有那话儿她也可以适应。而如果她得不到尊重,得不到理解,就算天天在床上闹一个惊天动地她也不干。小牛听了她的这话哈哈大笑,认为她是"吹牛不上税""站着说话不腰疼"。她则说小牛是用词不当,文不对题。

她不需要辩论,愈是辩论她愈是厌烦和失望。她对小牛说过许多次,她对她的第一个丈夫也说过许多次。在她的处女作《阿珍》里,阿珍也对哲学家说过许多次。当哲学家因为虚弱和灰心丧气,有时候甚至不能燃烧不能挺拔起来的时候,阿珍说:只要你对我真好,我们那样不那样没有关系。这话阿珍她说的时候含着泪,而青姑她写下来的时候更是泪如雨下。她要为天下亿万痴情女一恸。然而,不论是现实生活中的小领导和小牛还是小说中的哲学家,他们都不懂得她或阿珍是在说什么。"我难道对你不是真好吗？我不是除了你以外并没有与别的女人有关系吗？我……虽然不算是十分强壮，不也还是挺有劲儿挺让你满意的吗？我绝对不差呀。我不是刚刚给你买了一双皮鞋吗？你上次发烧，我不是给你抓药、给你熬姜汤还给你煮挂面了吗？生活难道不是现实的吗？爱情难道不是一天一天的实际的日子吗？你究竟需要我怎样对你好呢？"现实中的男人这样问。

小说中的哲学家也永远弄不明白为什么阿珍会常常悲伤。阿珍一次又一次地对哲学家说："我觉得你并不怎么了解我。"太可怕了，一句话使幸福地在天空飞翔的哲学家砰然堕到了地面上，于是女人得到的是永远的虚空。

不仅是卢倩姑，卢倩姑的母亲也不喜欢小牛。她对小牛的死不置一词。

于是卢倩姑终于心怦怦然，她感到了恐怖，不是因为小牛的死，而是因为自己和母亲对他的死无动于衷。

世界上的许多事物到底是互相关联的还是各不相干的？是偶然的还是由冥冥中的什么意志或者什么定数决定的呢？

就在得知了小牛的死以后，到了该继续听《阿珍》的时间，她发现，《阿珍》停播了。

小牛的死并没有阻挡倩姑挂念《阿珍》的朗诵，她在街口花七分钱买了一张《广播节目报》，用红笔将播送《阿珍》的时间画了出来。那张报放在她的床头柜上，那张报似乎闪着光含着笑发着热，那张报似乎变成了一瓶鲜花，美艳得令青姑沉迷。

这样，到了预定时间却找不到《阿珍》的踪迹的时候，卢倩姑立刻拿起了这一期《广播节目报》，即前一期《广播节目报》，每一期节目报都是预报一周后的广播节目的。

报上讲得一清二楚，这个时间段、这个千周和频率、这个台就是播送"小说朗诵《阿珍》"的。《广播节目报》上还有一段介绍：

《阿珍》是青年女作家青姑的处女作,小说凄婉清丽,曲折动人,别具一格,颇有新意,语言生动抒情,如诗如歌。小说发表后立即引起了轰动,我们特请著名话剧演员蓝英朗诵,并由广播交响乐团配乐伴奏……

　　"青年女作家"云云使她羞愧中发作起了兴奋。却原来,倒了那么多霉、过了那么多黯淡的庸庸碌碌的日子、死了两个丈夫、被人指了那么多次脊梁骨,在她差不多已经甘愿认定自己就是个灾星就是个妖婆即刻便是老妖婆之后,她仍然是青年女作家! 她的人生才刚刚开始,她的一切还都在未来! 倒遍血霉人未老,风景从此美好! 她篡改了毛主席的词。

　　而"处女作"一词中的处女,又使她勃然大怒。我他妈的从生下来就不是处女了! 她的下一篇小说一定要做如是宣告。杀千刀的处女啊! 她想起了六十年代她在南方农村搞社会主义教育即"四清"运动时候看到过的一种控诉地主阶级罪恶的展品,那是老地主家用的铁裤衩,据说像是中世纪欧洲的贞操带。老地主出门的时候给自己的妻妾穿上铁裤衩,铁裤衩留了小解大解的二孔,却挡住了通道,而且带着狼牙锯齿。铁裤衩的钥匙只掌握在老地主一个人手里。真是血海深仇呀,专制而又虚弱的臭男人们! 就冲这一条,不土改不斗地主不来它个血流成河行吗?

　　当找不到应有的广播的时候,报上的好评与预报就变成了讽刺。在广播节目改变了以后,《广播节目报》的预告就一文不值。她明白了,文字的力量在于它们是可以兑现的,能够兑现的文字就像能够兑现的支票,它们是多么光彩多么神气多么令人眼馋! 而今呢,作废了,没用了,一文不值了。越是看《广播节目报》上的预告越是感觉到自己的可怜、报纸预告的可怜。青姑觉得奇怪,她并没有指望电台广播她的小说——写得远远没有达到她的理想的小说。是电台硬要播送她的小说,是电台硬要在《广播节目报》上吹嘘她的小说,这一切她连知道都不知道。没有哪家伟大的人民喉舌的电台会把一个青年女作家放在眼里。电台当然不会预先告诉任何一个作者,是母亲偶然听到广播,是母亲使她半截停止了小解收听到了自己的小说。真是可怕,如果不是妈妈偶然听到,她到今日还不知道自己的作品在空中传播,她会与自己的作品失之交臂,她会失去所有的感受,就像一个胎儿没有等到降生便被人工流产了一样。她知道这最后一个比喻有点不伦不类,但是她想到了人工流产,她想到了自己的比人工流产更可怕更血腥的经验,她永远忘不掉那种谋杀的负罪感,那种不是她的孩子而是**她自己**——没有降生便被谋杀的恐怖。

而在听了一次广播以后、在见了阳光以后、在领略了世界的所有美好以后,她多么想活下去、她多么想以丈夫新丧之身——她认定,小牛的死亡也是她为《阿珍》付出的代价——继续听阿珍的故事、哲学家的故事、红霞的故事、花明柳暗、谷深潭幽、情迷思远,还有那么多愤激、那么多思恋、那么多眼泪、那么多盼望、那么多死也死得过死得值的强梁!

她渴望收音机里继续广播她的小说。她太需要这个广播了。而这一切,突然,没有了。就像办事刚办出了一点兴趣,叫做刚刚得趣,突然停止了。等待高潮的她遭遇的却是骚扰。正像她没有想过会有一样,她也没有想过它会突然没有。或者是流产,从子宫里刮出来的只是血肉模糊的一团。她的爱情和她的文学为什么从一开始就是那样的不祥,那样的与凶兆与噩耗联系在一起?从未来的哲学家算起,已经有四个男人死在她的手里了。

"我有大罪……"在母亲与继父熟睡以后,她自己对自己说。她的声音吓了自己一跳。她接着听到了母亲屋里的响动。

# 第 三 章

第二天早上母亲对她说:"我听到你夜里的梦话了。"梦话?倩姑想。母亲又说:"生为一个女人,这就是最大的罪孽。我从小就想,有一个人真的爱我,哪怕他是一个要饭的花子我也愿意跟着他走遍天涯海角。为了找到这个人,我可以不要脸面,我可以毁了我自己。这不是冤孽是什么?可是,别傻了,没有,没有的。所有的亲人都是生人,所有的爱人都是仇人,所有的男人都是靠不住和不中用的……"

"没有没有,我夜里没有说梦话。"倩姑嘴硬。

倩姑一阵反感,她的母亲太关心她、太了解她了。母女俩相依为命,谁也离不开谁。但是这种亲密一体的感觉特别是洞察她的一切的感觉使倩姑有时候感到恐怖,感到痛恨。她不论走到哪里,都有一个母亲跟着她,陪着她,监督着她其实是损(读 shún)着她。

"不用抬杠了,我全明白。"母亲说,"我这一辈子就像个要饭花子,我伸着手,不是讨干饭,只是讨一点点真情,一点点爱。一辈子了,什么也没有讨到。能够毁掉一个女人、欺骗一个女人的,不就是'爱情'两个字儿吗?"慈祥的、衰老的母亲的眼角上涌出了泪珠。母亲的嘴角上有一股残酷的表情,这是倩姑从来没有看到过的。

母亲的话深刻得惊人。母亲的天才思想,太可怕了。

母亲也明白了,在女儿不幸的时候,她是女儿的唯一的知心人,是永远的母亲、永远的庇护和温暖。在女儿突然有了希望,有了转机,有了自己的疯狂和幸福的时候,她便会碍手碍脚。

这世上,有几个女人是幸福的?有几个女人实现了自己的梦?

这世上,有哪个女人完全不敌视另一个女人?

传出了小道消息,白部长在一个场合讲了意见:《阿珍》属于坏小说,它没有把批判的锋芒集中对准王、张、江、姚"四人帮",它没有创造出与"四人帮"进行针锋相对斗争的中国人民中国知识分子的高大形象,它不能够给读者以信心、力量和方向。尤其是,据说白部长说,小说的爱情描写是不健康不正派的,是与社会主义的道德准则格格不入的,等等。

奇怪,白部长在"文革"当中也是受迫害的,他糊里糊涂被关了七年,林彪事件后他放了出来,一露头先亮相,写文章批他所隶属的"文艺黑线",批与他关系密切的战友和师长"四条汉子",连犁原和张银波也被他点了名。后来他有一篇很有名的被称作与"四人帮""争功"的大文章发表在头号大报上,"争功文章"的观点是,所有"四人帮"批过的东西其实他都批过斗过,他早就和"文艺黑线"划清界线了,而"四人帮"硬说他们才是打响了批"文艺黑线"的第一枪的。可是,到现在他连工作都没有分配,他的身份只不过是一个莫名其妙的古籍书店的业务员,他怎么就上纲上线地指导上了呢?他怎么大模大样地"批判"上了呢?而且,一个古籍书店的业务员一开口,怎么电台就不敢不遵从,甚至《广播节目报》上早就预告过的节目也不作数了呢!

白部长真伟大。

是不是她太"作"(读 zuō)了?一个《阿珍》,已经"妨"(读 fāng)死了丈夫,已经"妨"乱了电台和报纸,已经使她见到植物人似的继父就想下毒手了。

已经使她烦她的永远离不开的亲娘了。

倒是在电台停播《阿珍》之后,在她得知了传闻中的白大人的批判之后,她突然恢复了踏实宁静。多么有趣,她们这一代人,听到任何好消息都会激动和错乱,(十二年后,青狐是最早使用电脑做文字处理的中国作家之一。她的说法是:一辈子了,一听到好消息就出乱码,要不就死机。)而听到任何坏消息,都认为理所当然。却原来她的生活中什么事情也没有发生,除了失去了名义上的丈夫以外,她的小说发表与没有发表没有任何不同,她仍然是一副倒血霉的德性,一副白虎星的气数。她仍然只能过着平庸的琐屑的磨损着自己的与别人的灵魂的日子。

多么野蛮的生活啊!多么卑鄙的人类啊!多么险恶的用心啊!多么丑陋的卢倩姑呀!她叹息着,觉得自己有点儿像契诃夫,又比契诃夫激烈一些,比契诃夫多了一点儿鲁迅和毛泽东。

她想起她与小牛关于契诃夫的一次谈话。小牛说,他硬着头皮读了契诃夫的一篇小说——那是倩姑"逼"着他读的,他觉得契诃夫好像是流行性乙型肝炎病毒,谁读了他的作品,谁就会传染上乙肝,变得面黄肌瘦、四肢乏力,拉的屎也苍白,失去了颜色。而契诃夫来到中国应该去蹬平板三轮,他一定会得到新生,会得到人民的宽大处理。

小牛对自己的幽默与口才十分得意,连最最崇拜契诃夫的倩姑也笑了。笑完了倩姑觉得悲凉。

我也是乙肝病毒吗?一九七九年三月,卢倩姑想。白部长是板蓝根,他会扼制住我的。

然而这时候她收到了文学大刊的开会请柬,雪白和坚硬的大信封,坚硬的卡片。请柬上说:

> 兹定于三月二十四日假京华大饭店青云厅举行"文学的走向"讨论会,本刊素仰
> 
> 先生/女士　在文学上的造诣与贡献,敬请出席发言。

怎么会是青云厅?有一个"青"字,像是专为她准备的!吉兆呀!

她专门到美白理发厅去做了头发,花了两块五毛钱。她的微微发黄的头发的边缘全部向内卷去,她显得年轻、利索而且朴素。理完了发她又一次一次地照镜子,她发现自己眼睛里噙着的泪。她笑了,吃吃地傻笑着,终于失声痛哭起来。

理发前她去大众浴池洗了淋浴,虽然浴室又黑又脏又臭,虽然莲蓬头大部分已经卸掉,头顶上只是一股细而有力的水向下喷射——在这样的喷头下洗浴倒像是接受消防水枪的射击。虽然她觉得在大淋浴室淋浴时与各位赤身裸体的阶级姐妹"赤诚相见"——相互看见歪七扭八的乳房与肥瘦撇拐的大腿以及杂乱弯曲的阴毛——实在是恐怖无比,而浴室的气味更是令人窒息。她是一个女人,然而女人的身体与气味令她深恶痛绝。她宁愿与一群猴一群老鼠一群四脚蛇一群屎壳郎一起沐浴,只要不是女人。然而,没有办法,为了她的第一次神圣的文学社交,为了周旋于显然属于上流社会的文坛,她还是忍着呕吐不厌其烦地洗了又洗,搓了又搓。用干湿毛巾搓洗再用手指手掌搓洗,打了肥皂搓洗,将肥皂用热水冲掉搓洗。她的估计是搓掉了二斤泥巴橛儿。洗完淋浴,她觉得自己轻了许多。

她为穿什么样的衣服去参加"文学走向"(瞧人家这题目!)讨论会而煞费苦心。在极肮脏的地方洗过淋浴,她坚信已经把自己洗得玉洁冰清如同月光如同豆腐脑儿,她从里到外一层层考虑着自己的衣装。她穿上了高领针织棉毛衫,或名秋衣,她以为是球衣之误;她又试了圆领秋衣与方领秋衣;最后选择了的确凉衬衫。她试了绒衣与一件破了袖子的毛背心,最后选择了一件母亲传给她的皮坎肩。她试了灰人字呢短大衣,又换了下来,那样的大衣太资产阶级了。虽然现在一切都在发生变化,然而吃一堑长一智,她再也不会为屁大的穿戴事宜而往枪口上撞。她穿上蓝斜纹布棉衣,棉衣大襟上有一块油渍,那是在干校喂猪时留下的纪念,穿上它看来看去好像还在"五七干校"喂猪,根本反映不出粉碎"四人帮"后她这样的人的新的精神风貌。她还幼稚而且克夫,她必须低调处理自己的新来乍到——

几十年她并没有白活。但毕竟不好自己恶心自己,她又换上一件中式对襟缎子面花棉袄,也不好,太像地主婆。于是她在花棉袄外边罩上一件旧蓝布罩衣,把花袄的彩色与花饰遮盖起来。最最不可思议的是,她不知道从哪儿来的灵感,在出家门以前戴上了两只洗得灰里透白的套袖。妈妈在她的身后喊叫:"倩姑你这是干什么去呀?你去考厨子吗?你去推碾子吗?你去染毛线吗?"

妈妈的反对反而鼓励了她,她就是不告诉妈妈她去干什么。她要以另外一种面貌出现在文学界。妈妈不是了解她的一切吗?你猜去吧,你猜,我去干什么?

青姑——从这一天她只认为自己是青姑了,卢倩姑的时代已经一去不返——喜欢做一点特立独行的事,喜欢与众不同,她喜欢与最亲爱的母亲作对甚至是与自己作对。她干脆再脱下已经穿好的半高跟毛皮鞋,她穿上了其中一只的脚面上的拉锁已经损坏,只能拉到一半的棉鞋,北方人称为毛窝的。这样,她的穿戴已经低于任何一个食品店里的售货员与无轨电车上的售票员了。她又洗澡又理发又穿花袄,难道就是为打扮成这副模样吗?活该,你们认为我是炊事员、洗染工或者农妇好了。这就是写出了骇世惊俗的小说《阿珍》的青姑,她一直过着平庸野蛮卑贱粗糙的生活,生活已经褪尽了她身上的光彩,生活已经删净了她举止的风仪,生活已经晾干了她生命的汁液。让我以我的粗鄙和寒碜为生活唱一曲哀歌,一曲抗议捣乱歌曲吧。

她心里骂着脏话倒了两次车来到京华饭店所在的东交民巷。毕竟是东交民巷,是外国人在大清王朝享受治外法权的地方,是中国人的耻辱。又是全市绿化程度最高,建筑也相当清爽的一条美丽的街。平常,卢倩姑很少到这边来,现在,在她的全新的生活掀开了一页,全新的可能出现在她的面前,而她又觉得一切都已经一塌糊涂,一切都已经无可救药,这是一个又得意又窝囊又恐惧又迷醉的人生时刻。她来到这里,她走在玉兰花形路灯下边,走在排排洋槐下边,即使是冬天,洋槐与华灯仍然孕育着生机。今天,风吹起来,开始有一股温暖。树枝上各种蓓蕾都憋着生机。她也憋着干点什么,闹点什么,哪怕她丑陋、憔悴、灰溜溜、木答答,长得像一只狗头。上中学时她被一个嫉妒她的功课成绩的女生起绰号为"狗头",一开头,这个绰号几乎把她气死。但是绰号不胫而走,她越是生气人们叫起她的这个绰号来越是觉得有趣,后来她干脆转了思路,人而狗模狗样,正是贵人,非常人所能比拟。她不敢想狐狸和狼。她没有狐狸和狼的野性和大器,她没有人的教养和高贵,何不一狗?她想哭,想笑,想唱歌跳舞,想爆炸,想找那些对她的不幸的青春时期的灾难负有责任的坏蛋拼命。她从小没少在银幕上看到我们的英雄拉响了手榴弹的弦冲向敌军的方队,那痛快。她再次喟然叹息。

京华饭店是五十年代末期修建的一座饭店,主楼高七层,这在当时已经算是很高。灯火辉煌的门前有一座供坐汽车的人上下车的平台,平台上是伸展而出的防雨屋顶,平台两端是徐上徐下的斜面车道,门口挂着一位人人敬爱的前国家领导人题写的旅店名牌。这位领导人的名字和书法使青姑想起了几十年来她已经熟悉了的领导人大人物的名单和想象中的他们的生活圈子。她一直生活在大人物们的塑造教育指导关怀之下。她也属于那种掉到蜜罐子里不知道甜的一代。她是蜜里长期浸泡的蜜饯一路。这样的饭店本来是塑造者指导者们制蜜与造罐者们出没的地方,敬爱的、伟大的、慈祥的与洞察一切的。刚刚走上平台,她已经闻到大门内溢出的咖啡、奶油、马铃薯与化妆品的混合味道。这样的味道对于她青姑这样的普通人来说距离遥远,难以高攀。青姑的精神为之一抖。她进这个旅馆门的时候觉得是在进入一个不属于她的世界。这里是天堂,只有天使才有入场券,然而她门儿清自己绝非天使。或者这里是地狱,只有魔鬼才敢登堂入室,然而她不愿意做魔鬼。

一个带箭头的牌子指明"文学走向"讨论会改在六楼外宾休息室。"外宾"两个字也使她快乐得肉麻。多么无耻,自幼接受爱国主义教育的结果是自觉地认定外宾(外则宾,宾则贵)比自己高一大等,用可望而不可即的垂涎的眼光注视着一切带有外宾字样的地点和商品。这时她听到了身后的叫声:"青姑同志!您是青姑同志?"

她转身,一个矮个子、大头、娃娃脸的男子已经站在她面前。那是一张笑容可掬的圆脸,只是在看眼角的时候你才会发现他未必年轻,他的疲劳的眼神与眼角的过分的纹路甚至使青姑觉得他是一个纵欲者。然而他的嘴唇红得像女孩。他向她伸出了手,自我介绍说:"我是雪山,下雪的雪,高山的山。我住得离您很近。"他停顿了一下等候青姑的反应,青姑听着这个名字蹊跷,眼睛不由得眨了眨。雪山脸上显出失望和轻蔑的表情,似乎暗中摇了摇头说:"你呀,连我都不知道,你还搞什么文学创作?"青姑略一尴尬,慌忙做出一种有眼不识泰山的惊喜表情:"啊,啊,你就是雪山?你就住在我们楼区?真是的真是的,我太麻木不仁了。我怎么搞的?太对不起了。"

于是雪山脸上显出宽厚的笑容,他把手一挥表示并不计较青姑对自己无知,同时把手定格在自己的右边,他介绍走过来与他并肩向青姑眯眯笑着的一位高大英俊、长着一个特殊巨大的头颅的男子说:"这是杨巨艇老师,名震遐迩的杨巨艇。"雪山的态度和声调好像是在主持节目。果然,杨巨艇的大名使青姑的脸刷地红了,她在这个名字面前战栗了。早在五十年代,杨巨艇发表过三篇关于文学的社会使命的文章,谈及文学的巨大社会作用:一本《汤姆叔叔的小屋》唤起了解放黑奴的美国南北战争,几本狄更斯的小说引起了政治家对童工问题的注意,使英国童工问题的解决取得了重大进展。杨巨艇还论述了社会主义社会的主要矛盾:新与旧的斗争,人民与新官僚阶级资产阶级之间的矛盾。杨巨艇提出了我们的文学应该鞭挞生活中的假恶丑,应该成为火炬与旗帜,应该成为良心和神经,应该成为探照灯与显微镜,应该成为社会主义的先进力量的喉舌。一九五七年"反右"斗争中他被斗了个不亦乐乎,报纸详细报道了他被批斗的经过和细节,声称他已经被批倒批臭,事实上从此他享誉全球。青姑读他的文字的时候,他的义正词严高屋建瓴令卢倩姑一阵阵地冷一阵阵地热,拳头握紧,颈项强直。她为之灵魂激动,生理澎湃,充实而又自信:她觉得读起杨巨艇的文字就像是在天上飞翔,渺小的人从而发育成了巨人,而她的热泪就要像瀑布一样地冲决屏障。

后来呢,她的《阿珍》发表了,她竟然收到杨巨艇的来信。来信说:"青姑同志,你写得很好,我们感谢你。"青姑一直琢磨,什么叫"我们"? 他和他的家人吗? 他和他的同行吗? 他代表中国人民吗? 至少代表一切有良心有志气的知识分子吗? 杨巨艇太伟大了,杨巨艇简直像是毛主席! 她实在想不出别的形容来了。

不久,在一篇访谈中,杨巨艇说自从"反右"以来,他已经灰心丧气,对一切不抱希望,是青姑的小说《阿珍》唤醒他的灵魂,是《阿珍》使他认定新的希望新的变化出现了,是《阿珍》使他感到:"巨艇本无恙,当惊世界殊!"《阿珍》是中华大地的第一声春雷,从此春潮澎湃,势不可当!

竟有这么高的评价! 他真能上纲上线呀。杨巨艇还分析说她的作品向社会提出了十二个问题,涉及司法、人事、舆论、道德以及传统与现代、集体与个人、边疆与内地、内陆与海岛、城市与乡村的关系诸方面。青姑想给他回一封信却找不到他的地址,寄给她的信封的右下方寄信人地址处写的是"内详"二字。有什么办法呢? 他是个大人物,他不能给随便什么初出茅庐的珠啊姑啊张啊刘啊都留下地址。

这像一部意大利新现实主义影片,片名是《没有留下地址》。

现在,杨巨艇站在了她的面前,高大,长发(令人想起雄狮的鬃毛),稍稍欹一点前顶,巨大的微微扬起的头颅,骄傲地抿在一起的嘴巴,显得有点冷酷也有点自负,戴着宽边黑框巨型眼镜的神采,特别是脸上的深重的皱纹,使卢倩姑想起这个名人的深邃思想、巨大勇气和坎坷经历,她只觉得怎么看这个人也看不够。

而现在他笑得天真甜美,像一个儿童。他用全脸的笑容沐浴着青姑,使青姑通体顺舒,他含笑打量着青姑,丝毫不隐蔽对青姑的欣赏。他的嘴是坚定和冷静的,然而他的眼睛温柔,近看你会发现他长着有点女性的双眼皮、大眼睛。他的目光继他的名字之后使青姑的脸又红了一下。他们握了手,青姑感到奇怪的是他的手会如此绵软,像女人而且是胖女人。他们一起乘上了电梯,那时候他们很少有乘电梯的经验,技术不合格或安装有缺陷的电梯开动的时候猛然一晃,使幸福得有点晕眩的青姑差一点摔倒。杨巨艇轻轻用手臂挡了她一下,使青姑感到无比温暖。许多年来,她已经没有见过懂礼貌懂得照顾女人的男人了,这真不可思议。经过了"肃反""反右""文革""下放",各种批斗各种"脱裤子割尾巴"各种一不怕痛二不怕丑一不怕苦二不怕死不是我吃掉你就是你吃掉我……居然还有男人保持着那么一点骑士风度。你个×养的呀!青姑笑出了声,笑得有点愚蠢,像个傻×,这使她第三次脸红一阵白一阵。

电梯的正面,整个一面是顶天立地的穿衣镜,青姑从镜中看到了自己绯红的脸,看到了自己臃肿的衣衫,特别是那种农村老大妈的毛窝,她也看到了自己的面孔透露出来的憔悴、穷苦、卑微、讨好别人的愚傻、不成样子的即抓不成个儿的六神无主。她像是一只掉到水里刚刚爬上岸来的老狗,鲁迅指示要一直打下去的那种,现在正被什么人带到资产阶级的客厅里来。只是从目光的闪烁里,从目光的明灭与灼人之中,她隐隐还可以辨认出自己的一点不安、一点才华、一点火热、一点风度。徐娘半老,风韵犹存,她想起了这该死的俗话,她想起了所有男子对女人的肆意玩弄和嘲笑糟践,她的思路又转到母亲的惨痛话语上去了。

而她现在正是从电梯走入天堂,电梯的显示灯神妙无比,上与下的箭头令人醉迷,上与下的箭头令她想起男根。过道的壁灯华丽奇巧,会议室里挂着蜡烛丛式的伞形吊灯,天鹅绒面的沙发与丝织靠背垫七彩缤纷。倒退二十年,青姑真愿意在这里与她的男友并排坐下相依热吻。那只落了水的狗突然浮现于台面上,浮现于大庭广众之中。

一个个文学家神气活现。青姑过去还没有接触过这样聪明和神气的人群。青姑常常奇怪,她周围的那些好人正派人积极的人为什么一个个都长得那样丑陋,举止又是那样拙笨和粗俗。电影上偶尔有几个长得帅气一点的男人,不是老资格的敌特就是准备当叛徒。这回就不一样喽:犁原的出现竟使青姑想起了梅兰芳,他有一种眉清目秀和潇洒倜傥的劲儿,只是他频频的咳嗽与说话时不时出现的尖厉的噪音——好像他的脑门子上长了一根破锯条——令她想不通。钱文的形象谨小慎微,甚至有点其貌不扬,然而他的笑声的儒雅与动作的利索很快给了她好感。雪山热情地把青姑介绍给钱文,倒像青姑是雪山的老相识。钱文与她握手的时候手攥得非常轻却又非常有力和动作迅速,青姑从来还没有见识过这样恰到好处的男人的手。她最害怕的是男同志握着你的手不撒开,有的还轻轻地拍打或者摩(读 mā)挲起你的手来没完。她在新闻纪录片上发现,伟大的毛主席就喜欢握着对方的手不松开,但也仅限于男性外宾。同时,钱文在握手的时候对她说:"阿珍真好。"这话说得含含糊糊,语法上不怎么完整,但是青姑还是很喜欢这句普普通通的赞扬,它的亲切胜过了文学评论的术语套话。而且,钱文说话的声音也好听,那声音是从胸腔而不是从喉咙更不像犁原是从脑门儿上发出来的。

在座的有一个相貌不凡的女子,她是一个大报的编辑,高鼻大眼,厚唇浓眉(她的长眉立即使青姑想起了周总理),声音洪亮而又清脆,举止洒脱,进入会场如入无人之境。雪山连忙趋前相见,并向青姑招手要她过来晋见。青姑不太情愿,但还是为这女子的相貌所折服,谦卑地苦笑着走了过来。她恍惚听到雪山说"这是紫罗兰同志"。她没听明白这个名字,"紫罗兰"?那不是花吗?好像是带法国味儿的花。这位"紫罗兰"倒是很热情地摇了摇青姑的手,说:"欢迎欢迎,欢迎文坛的生力军!"这位紫罗兰的口气至少像是文联作协的领导人,令青姑敬服。同时大模大样的"紫罗兰"模仿的胡同串子的京腔京韵,却毕竟是后学的"继发性"——非原生性——口音与她的一副天真烂漫的笑容颇具征服与吸引力,使青姑与她见面之后自惭形秽之余还挺开心。这位营养与发育都良好的女性,笑起来不但尽兴,而且还有一些媚态,她笑的时候脖子带着面孔轻轻地一扭,这一扭令青姑心折。

青姑想起自己不知什么时候养成的习惯,只要一笑,不由得脖子一缩,有时候还吐或欲吐未吐一下舌头。怎么会这样恶心?

这时进来一位干瘦而又神采奕奕的老者,一进门就用江浙口音吟诵了一段类似楚辞的话,除了"吉日良辰"几个音以外,其他的青姑全听不懂。他的到来使全场起立,他不一一去握手,而是招一招手,向众人致意。雪山照例忙不迭地跑过去,伸出了手,老者却因有别的老人招呼他而转过了脸,这使青姑很替雪山不好意思。雪山却完全无所谓,他不屈不挠地在一旁等候。青姑想,这样的性格为什么起名叫什么雪山,叫火盆岂不更好?

一个又一个神态各异但都透着不凡的男女进来了,他们的一举手一投足一咳嗽一眯缝眼一颦一笑都与青姑接触惯了的俗人不同,都显出一种才华一种自得一种威风一种舒适,青姑叹为观止:过去,我是白活了您哪!

而且他们个个大名鼎鼎:这个出版过小说集,那个刚刚在文学月刊上发过头条,这个写过马雅可夫斯基的楼梯式政治抒情诗,那个参加过亚非作家会议,这个的笔名好像一朵名贵的花种,那个的笔名里有一个没有几个人认得的繁体汉字,这个说话带湖南腔——可能像毛主席,那个咳嗽如同奏起打击乐器。来的人越来越多,有两个人坐着轮椅,服务员与家属共同推着他们前来,不用说,这是被"四人帮"残酷迫害的。有美髯公,有须发皆白的。与他们见面,他们大多不知道青姑是何许人也。而青姑已经被雪山与杨巨艇拉到了前排座位,这使青姑十分不安。每来一个人她就想退缩到后面去,但后面几排也坐满了,她觉得自己是上了雪山的当,她根本不应该坐在这里。

穿着黑色制服打着紫领结的男服务员与穿着少见的紫色套裙的女服务员走过来,送来一小盘一小盘的小块热毛巾,送来香喷喷的茶,还把茶水倒在每个客人面前的洁白的茶碗里。那些带"耳朵"的茶碗外面是米黄色的,更衬托出碗的内壁纯白如玉如雪。青姑模仿着旁人,拿起毛巾揩了一下面孔,又抹了抹手,立时觉得神清气爽,脸净手洁。再喝一口香片茶,果然口齿生香。她在舒适中向沙发背一靠,微微一笑,眼睛里全是屋顶上的令人晕眩的华灯。灯光似乎流动起来了,形成了莫名的一条条光的线、一束束光的花、一张张光的网。她当真有一种醉意,她闻见不只一种香气,有茶的、化妆品的和室内一种熏香的。她已经闻惯了葱花、油烟、排流不畅的恭桶和常常没有机会和条件及时洗澡的身体的气味了,她已经认定人生的气味就是腥臭和俗恶的了。然而,今天,一切都变了。她觉得自己身上也在出现某种过往的年代不曾有过的神气。"资产阶级",让人伺候的"资产阶级",她心里突然出现了这么一个词。令人垂涎欲滴的"资产阶级"呀……文学原来是在这样高雅地方讨论的,如果她整天在这样高级的地方谈文学,她就会是另一个美雅淑静的她,而文学也一定是另一种精巧的与完好的文学了吧。那么那些从来没有进过高雅地方的读者,会不会因为读了常在高雅的地方活动的作家的著作,也变得高雅起来呢?

她想起了自己大半辈子的无产阶级生活来了,她想起了母亲、继父、第一个和第二个丈夫。他们都是无产阶级,他们只能只应该生活在腥臭和恶俗里,他们一辈子没有进过华灯高照的殿堂,没有用过服务员端过来的香茶和热毛巾,没有吮吸过这样高雅的气息。资产阶级和无产阶级的对立永远不可调和,她咬了咬牙齿。就在这一瞬间,她突然想到,往这所饭店扔一束大杀伤力手榴弹,如何?

要不干脆写一篇小说,就写一个农家姑娘,嗓子特别好,她一夜成名,成了左近无人不知的民间歌唱家。有一次她被邀请到一个华丽的厅堂演唱,厅堂的华丽使她难以控制自己,她唱到一半突然大哭,失声失语。她被送到了特殊医院。后来她不再唱歌,但是领导的春天般的温暖使她梦想成真,领导关心她帮助她,她做了华丽厅堂的服务员领班。她工作得十分出色,她成功了,她在这个厅堂里结识了一位英俊青年,那青年向她目光一闪……

然而,她们的爱情不可能成功,女歌手伸出并且张开的乞讨爱情的手掌中,最后只能是空空如也。这是威严的宿命,这是铁定的天条,这是她青姑的永远的文学主题。在这样美好的会议上,她打了一个冷战。

## 第 四 章

　　……会议的进行使青姑心旷神怡而又似懂非懂。文学界的人都是语言大师,他们嬉笑怒骂,语带玄机,妙趣横生,天花坠地,信口开河,进退如意,针针见血,痛快淋漓。他们正话反说,反话正说,旁敲侧击,夹枪带戟,指桑骂槐,围魏救赵,横扫千军如卷席,把"文化革命"极左的一套骂了个见底,把他们不喜欢的人嘲弄了个六够,把他们的敌手控诉了个慷慨愤激。青姑闹不清楚,他们的对手、他们不喜欢的人是谁,反正人都有不喜欢的人都有对手。他们发言的尖锐激烈使青姑想到了周立波描写土地改革的小说《暴风骤雨》。青姑仿佛明白了,暴风骤雨就是要靠作家们呼唤出来。

　　雪山大讲了一通民主的重要性。他说:"没有民主,实现中国的现代化,六啊!您还搞社会主义呢,连开明的封建主义都做不到,您瞧这事儿!那些个县委书记地委书记,连歌曲《莫斯科郊外的晚上》都不知道,他们说什么?说是唱一个'莫斯科近郊的晚半响儿'。就像那位'文革'中做到了政治局委员的姐们儿,不知道李时珍、曹雪芹,会见外宾时候,外宾提到李时珍曹雪芹,您猜她说什么,她问翻译:'李时珍同志、曹雪芹同志来了没有?'听说现在的文化部门的领导人连秦兆阳都不知道,别人说到秦兆阳,他问:'秦兆阳是谁?'让这样的人来领导,领导个甩呀!跟他说恢复作协,他说什么?他说:'做鞋?还做袜子呢!'"

　　雪山说得激动了,他愈说愈快,词儿也愈说愈多,他好像在说相声《报菜名》或者"报影片名",那种技巧叫做"贯口"。他问:"什么叫无产阶级?无产阶级就是把班达拉奈克夫人叫成班禅夫人吗?无产阶级就是把衷心感谢说成是哀心感谢吗?无产阶级就是把意识流说成是床上流吗?无产阶级就是要让一个小排长专门去批判爱因斯坦吗?同志们,这是不行的,这样下去,是糟蹋了无产阶级,糟蹋了普罗革命啦!是糟蹋了社会主义啦!同志们,这怎么能算是马克思列宁主义呢?这只能算是修正主义呀!这只能算是考茨基和伯恩施坦呀!只能算是牛克思主义呀!还是华国锋同志说得对呀,对呀,华国锋同志是怎么说的呢?反正伟大领袖毛主席说过:'没有文化的军队是愚蠢的军队!'说得对呀,大娃利西其斯大林!"他用苏联电影上的一句台词结束了自己的发言。

  雪山的发言,粗中有细,笑中有真,扯中有的,抡中有自己的用意。青姑惊奇的是,他怎么如此得心应手地想骂哪个领导就骂哪个领导,他是从哪里得到了真传?要是没有真传谁敢在正式的会议上如此粪土当今万户侯!而且青姑明白,雪山的荒诞不经的取笑中颇有政治性讨好性的东西,他是融投其所好于漫不经心的狂放之中。在文质彬彬咬文嚼字的一些大知识分子式的发言之后,他的市井语调深受与会者的欢迎。青姑心想,不可大意,今天能混到这里来的都有两把刷子,别看据她所知雪山没有什么特别引人注目的作品,也没有什么头衔,愈是这样的人愈是身怀绝技,他不会平白无故地跑到这儿来开会的。

  还有一件小事。雪山说到考茨基时,他不把"考"读成第三声,即不读成"烤"而读成第一声,读成"尻";说到伯恩施坦,他不把"施坦"读成"湿毯"而是读成"死蛋","伯"则读成"铹","恩"是轻轻带过。尻茨基和铹~死蛋,绝了!这样你就觉得他的人名读法更像原文。这使青姑想起老舍的话剧《茶馆》,戏里的小刘麻子说到国民党的一位要员:人家不说"(很)好"而说"(很)蒿"——"多有洋味儿啊!"她登时与小刘麻子沟通了感觉:对雪山五体投地。

杨巨艇的神态与说话都令青姑沉醉。他经常是微扬着头,轻蹙着眉,一脸的深思与忧患沉重。他像是一头雄狮,他在做兽王的怒吼。与雪山说话时的兴奋、眉飞色舞与洋洋得意的狂放青春状态不同,杨巨艇说话的时候多的是寻找、用力(像是挥动了重锤)、悲愤和一种宣示的庄严。他的每一个字的吐出都是一次发力,都是懔然大义,像大锤打在铁砧上,铿锵有声。像苏联歌曲所歌唱的:

> 我们大家,
> 都是熔铁匠,
> 锻炼着幸福的钥匙。
> 快把那铁锤,
> 高高地举起,
> 打呀打呀打……

他说话的时候脸上泛着高尚的光芒,泛着勇敢的决绝,泛着感天动地的自信。他说话的样子像是在点燃火药引信,像是在揿动武器电钮。他肯定会感到,他的思想他的话语正在改变着什么、宣示着什么。听他的话的时候一道又一道的痉挛从青姑的后脊梁骨上伸展放射,布向全身。他讲的所有的词儿都令青姑心颤:民主、人道、智慧、文明、进步、世界、潮流、关怀、爱心、美、一切为了人……这样的词儿令青姑费了老大的劲儿才忍住自己的热泪:原来在我的身旁还有这样的思想、这样的讨论。另一面,他痛斥着愚蠢、粗暴、刚愎、顽固、保守、专制、野蛮、白痴、麻木、卑鄙、凶残……他的话使你相信他就是民主人道智慧文明的化身,他就是愚蠢野蛮专制凶残的掘墓人。当然,做到他所说的一切不是简单的事,但至少他说出来了,证明有人想到了。而她至今还没有听到过。

忽然,杨巨艇放大了声音,谈起青姑的《阿珍》来了,他说:"怎么回事?我们一面批'四人帮'一面像'四人帮'一样行事,一面提倡民主一面实行禁锢?白部长实际上至今仍然坚持姚文元的那一套。他在一个秘密会议上说什么青胡是狐狸精,并且说'伤痕文学'是政治手淫,为什么用这样的语言?为什么用这种污辱女性的语言?我们应该挺身而出保卫青胡同志,保卫我们的才华横溢的女作家!为什么停播《阿珍》的小说朗诵?这难道不是骇人听闻的吗?难道我们的权利我们的思想我们的艺术仍然要这样地被瞎指挥,仍然要听命于长官意志吗?"

随着杨巨艇发言的结束,青姑几乎喊叫出来:"乌——拉——"同时她发现,抱打不平的杨巨艇叫错了她的名字,他把青姑说成青胡了。为什么是青胡呢,杨巨艇把姑读成了胡,难道他花了眼了吗?他读了别字?不可能,这么简单的字。哦,哦,也许是"青狐"吧,不是青胡,青胡是没有讲儿的。是青狐,就是青色的狐狸。是因为白部长说她是狐狸精。但她立即觉得,青狐这个名字远远好过青姑。姑有什么好?哪怕是青的。而狐仙的青辉,多么迷人。狐狸精?好的,我就是青狐。妈的×,要不我就改名?我接受杨巨艇给我起的新笔名。

这时一位银髯老人咕哝了几句话,青姑没有听清楚,然而会场上的人却交头接耳地议论起来:"列宁说的,在哪里说的?没有听说过呀。"

雪山带头,为杨巨艇的发言鼓掌。

最后入场的那位老人缓缓地理髯,问道:"白部长说过青姑是狐狸精么?"

犁原笑了,他四下看了看,见没有什么人出来证明或者证伪此事,便说:"不一定是原话,但是白部长确实对《阿珍》等一批作品说了不好的话。"他沉了沉,又补充说:"我想大概是这样的吧。"

老人指了一下杨巨艇:"你的发言的基调我是同意的,有些细节还是严谨一点更好。同志们,不要授人以柄呀。"

大家纷纷点头,表示同意银须美髯老人——青姑已经知道,人们称他为瞿老,瞿秋白的瞿——的话。这时紫罗兰哈哈一笑,她挥了挥手,说:"不要那么前怕狼后怕虎的嘛!"她的非同凡响的话语特别是不凡的姿态与腔调立即使众人一震。

"我们与白部长的争论是原则性的争论,是大是大非的争论。第一,要不要彻底揭批'四人帮'?第二,要不要把实践看做检验真理的唯一标准?第三,是不是还要继续批邓?第四,文艺战线要不要拨乱反正?对文艺战线的污蔑不实之词要不要彻底推倒?第五,对待目前涌现的文艺界的新生力量是热情扶持还是百般挑剔?第六……第七……白部长虽然是我的近亲,然而,不是东风压倒西风,就是西风压倒东风,在路线问题上是没有调和的余地的!甭怕!我才不怕呢,我不信邪!"

严正的开篇,亲切的结尾,紫罗兰的发言纲上得高、谱拿得大、词儿抡得圆、线收得快,紫罗兰的声音也发得好,有共鸣、有板眼、有起伏,似话剧台词又似居家闲话,像京油子又像南方人的官话。她发言的时候的调门儿与她闲谈的时候有明显的不同,一下子就从胡同里的话变成官话了。而且,她说话像女人说话又像男人发言,样板戏《海港》的主角方海珍就是这么个劲儿,动作幅度大,说话像做结论……光那种自信与威风就是一般女人所不可能有的。

而且,紫罗兰的厚嘴唇在发言的时候显得特别可爱。青姑似乎感到了她的滔滔不绝地讲着话的舌头的热力,她看到了那鲜红多汁的舌头。真是叹为闻止,叹为观止,真是不入文坛焉知文坛的风光,不近作家哪知作家的魅力!

紫罗兰谈了一下对"政治手淫"这个词的看法。白部长说这个词是列宁的原话,所以瞿老提醒杨巨艇不要放肆攻击。但是紫罗兰指出,列宁用这个词(如果当真是用过的话)与白部长用这个词是两码事。列宁有列宁的针对性,列宁有列宁的水平和英明。列宁用这个词必然是准确的与天才的,但是白部长用这个词就是粗野的与下流的,这有什么新鲜?同志们要注意,白部长并不是列宁!这就叫打着红旗反红旗,同一个红旗,看你谁打也看你打谁!

打红旗的比喻使青姑听着有点费解,但是紫罗兰的热情与煽动性使她只能点头称是。

钱文也说到了《阿珍》的事。他说《阿珍》里的人物塑造不落窠臼,作品的意蕴含而不露,读完了令人久久不能忘怀,是真正的文学作品。钱文的话没有说完,风风火火地进来一位人物,这位中年人看起来五十多岁了,微微发胖,方脸大口,身穿一身毛哔叽中山服,头发也理得整齐,只是眼角上有眼屎,说话的时候嘴角上泛着白沫。他一张嘴,浓烈的西部口音,洋溢着一种泥土气息。他先是抱怨电话通知没有讲清楚,他跑到另一个城区的另一个饭店去了,但是他决心找到这个会,他非参加这个会不可,他被压迫得太久太久了,他有太多的话要说。于是他开始大骂起赵青山来,说是任何场合只要有赵青山,他就坚决抵制。

雪山主动对青姑耳语,说:"这就是袁达观,外号袁大头,'文革'以前可红了一阵子,《春天的歌》《幸福桥》《大路朝天》等好几个电影都是他写的……"

在袁大头骂赵青山的时候犁原显得有些不耐烦,他不等袁某说完就插嘴说:"赵青山的事没有什么了不起,对今天的文艺运动也没有什么影响。其实赵青山这个人我还算是了解的,他为人还是厚道的……"

紫罗兰突然发起了火:"要解决问题就抓大的,是谁真心解放思想,是谁还在留恋'文化大革命'那一套,是谁不承认新时期的文学成就,是赵青山么?赵青山算老几?当然,咱们大伙儿有气,这个我也理解,能没有气吗?我早就说过,天塌下来地接着,脑袋掉了碗大的疤,为革命,砍头只当风吹帽,就江青那两下子,她其实还不如西太后呢……问题是我们的一些老同志,他们也受够了'四人帮'的迫害,他们也吃够了'文化大革命'的苦,为什么他们刚一恢复工作——不对了,有的还没有恢复工作,就又'左'起来啦?他们死抱着整人有理的逻辑不放。您说这事糟心不糟心?文艺工作如果还是由这样的人管,我们能放心吗?我们的血,我们的泪,不是白流了吗?

我们要说话,我们要说话,我们就是要说话呀!"

连说三遍"我们要说话",紫罗兰的好听的迷人的声音与动人的样子活像一个撒娇的孩子。

袁达观显然也不是善罢甘休的,他说:"可以不提赵青山,但是同志们呀,你们还不知道赵青山贴上'四人帮'以后那副不可一世的样子吗……"他绘声绘色地讲起赵青山批判"文艺黑线"的状况来了,接着话锋一转,他问:"还有王模楷呢,他是什么东西,跟着'四人帮'上天安门?还有洪无穷呢,洪无穷居然调到北京来了,北京市的户口,你当那是闹着玩儿的啦?为什么不把他送回到边疆去?拨乱反正,拨乱反正,这些个事情都应该拨乱反正!毛主席早就说过,颠倒它一个个儿,再倒它一个个儿!"

说曹操曹操就到,就在此时,门迟迟疑疑地被推开,进来一个不知道是电工还是管儿工的人。只是在犁原向他招手和招呼之后,雪山才认出并告诉青姑:"赵青山。"

赵青山的出现使全场一怔,特别是在袁达观刚刚声讨了他以后,他的出现使青姑的心一下子提到了嗓子眼儿那里。他毕竟也是红极一时的人啊,"文革"当中,几乎就剩了他一个。赵青山衣着朴素,瞪着两只发红的大眼,一脑门子汗珠,满脸通红,他进了外宾休息室,直挺挺地站在那里,半晌,叫了一声:"犁原校长!"他快哭出来了。

青姑不知道为什么称呼犁原为校长,但是犁原对赵青山比旁人更友好也更自然,他说:"坐吧,欢迎你来参加我们的会。我们在谈文坛的拨乱反正的问题,你也可以听一听嘛,有不同的意见你也可以提嘛。"

短短几句话,显示了犁原的风度与胸怀,同时也有分寸与矜持,全场为之松了一口气,青姑为之叫好,她于是相信,毕竟犁原与棍子打手们是两码事,而世道也与"文革"时期不一样了。

袁达观很不舒服地动了一动,哼了一声。大家向他看去,他撇了撇嘴,做出一副保留采取行动权利的很主动的表情。

赵青山说:"我马上就走,我知道,这个会没有我。从'四人帮'倒了,我就变成了输光了一切的赌徒。我的错我来担。我是个农民的孩子,我是在党亲手培养下拿起了这一管笔。'四人帮'想利用我,我不知道,我以为他们代表毛主席。但是我没有投靠他们,不是因为我觉悟高,我的文化我的觉悟都不够,我真想能做到他们指到哪里我就打到哪里。是我水平太低,我又胆小,我没有胆子,他们想干的事我是一件也不敢干。我的政治水平是没有的啊,除了爱毛主席爱共产党,我是吗也不知道……"

"赵青山同志,我们在开我们的会!"袁达观严肃地说。

"是,是是,我害怕呀,我哪儿敢害人呀,我对不起党,我对不起毛主席,我对不起各位革命的老前辈呀!"赵青山做出了号啕痛哭的样子,然而他并没有泪。

"好好,你的事情我们以后再谈。我对你还是有一些了解的,'文革'前夕,你还偷偷地给我通风报信的嘛。这种事情我们经过了很多了嘛,一个运动来了,政策变了,总是要审查一下的嘛。你要相信人民,相信党的嘛。"犁原说。

赵青山转身就走,他给大家鞠了一个大躬。钱文毕竟与他有几面之交,他抢过去与他握了一个手。

紫罗兰向钱文挥了一下手,好像是示意不必多理赵青山,也可能是向赵青山挥手,示意要他快走。

青姑看傻了,真是开眼。"四人帮"倒台以后,报刊上批判赵青山的文章出来了,青姑之流只不过是看西洋景而已。包括倒台与被批判,对于青姑之流来说,也是可望而不可即的天庭里的好戏。如今,赵青山从天庭,从西洋镜箱里走到她面前来了,或者说是她也走进西洋镜,走上天庭了。绝了。

赵青山临出门的时候跟跄了一下,他的样子更是让青姑同情了。

雪山附耳对青姑说:"你不要相信他。滑头!他最会苦肉计了。"

青姑皱了皱眉。

后面的发言愈来愈热烈,青狐——她心目中认定还是正式更名为青狐的好——开始感到听不太明白了,他们谈的与热衷的可能并不是青狐熟悉的东西。然而总的来说,她来到这里,感到了志同道合、大开眼界、同仇敌忾,当然也免不了一头雾水。犁原几次要她发言,她实在觉得自己不会说,她勉强说了几句文学要成为真正的文学什么的,便没了词儿了。她说话有点儿结巴加大舌头,她感到了会议主持者对她的失望。

然而这时杨巨艇坐过来了,杨巨艇笑容可掬地与她说起悄悄话。青胡(狐)同志呀,噢,青狐(胡)同志你呀,你住在哪里?现在做什么工作?家里有几口人?有时间写作吗?有自己的写作房间吗?从你那里到这儿需要转几次车?费了多少时间?唉,这么多时间如果用来读书写作该多好!中国啊,中国啊,多少有才能的人把时间都费在别处啦……

底下的话她记不起来了,从杨巨艇坐过来起,她的受宠若惊的感觉便攫住了她,她什么也听不见也不想了。她心目里只剩下了杨巨艇的巨大的微微扬起的头颅、优雅的绅士风度和也许算得上甜蜜的微笑、频频紧皱的眉毛、深邃的灵光闪现的眼珠,还有他说话的抑扬顿挫的喊喊嚓嚓声。他的皱纹显示着关心爱护,他的表情里包含着友谊,他的神态里流露着智慧。她想着杨巨艇的勇敢、渊博和深沉,她非常感动。杨巨艇说话时离她太近了,她甚至闻到了他嘴里的气味,当然那气味谈不上芬芳也说不上高雅,但至少并不恶俗,那里边有少量的香烟味儿和一些炸油条的味儿,看来他并不贪吃,他的嘴里发出的不是反胃的臭气。青狐的鼻翼的轻微抖动可能让杨巨艇觉察到了什么,他用右手拢了一下遮挡了一下嘴巴,把脸凑得更近了,近得青狐甚至有点不好意思,他几乎吻上了她,而她不由得低下了头,她的头发蓬松地贴近杨巨艇。她突然感到这样的送过去头发的样子其实更显亲密乃至狎昵,她赶紧又抬起了头。她看到杨巨艇用左手遮着自己的嘴。您可真是天真可爱,青狐笑了。

　　然后她听到了各种频率的声音、各种口音、各种笑骂和叹息,她观察着各种手势、各种姿态。有的人说着说着站立了起来,有的说着说着悲愤地说不下去,上来几个年轻人给说不下去的老人揉胸和倒茶,众人忙不迭地给以安慰和鼓励。他们都很幸福,第一次参加文艺界的活动的卢倩姑也很幸福,能够在会议上哽咽和笑骂的人有福了,如今天下是他们的啦。人就是这么有意思,你窝窝囊囊地过了几十年再几十年,你凑合着,你将就对付着,你傻呵呵乐呵呵的,你买上一斤鸡蛋就美得直尥蹶儿……突然,你成了个什么人物,突然,你悲愤,你委屈,你苦大仇深啦您哪!

　　周立波的《暴风骤雨》!

　　她捕捉不住话题了。人们谈到了李谷一的歌曲《乡恋》,报刊上出现了批评,说是不该用气声,批评的文字暗示说李谷一模仿了港台歌星例如邓丽君。于是从李谷一谈到了邓丽君。人们说邓丽君在香港早就过了时了,现在被我们捡了起来,丢人啦,我们愧对聂耳与冼星海的在天之灵。另一个人却说刚刚走红得不得了的某文学新人自称不听邓丽君的歌就写不出东西来。视邓丽君为洪水猛兽,这才是滑天下之大稽。谁知道,从邓丽君又谈起日本电影《望乡》,说是由于片中有裸体镜头,有关部门的领导不准这个电影在中国上映,于是一片笑声:为什么有些人不抓生产不管教育不发展科技却专管脐下三寸?然后从《望乡》谈到了样板戏,为什么样板戏上的人物都没有配偶没有爱情?没有爱情没有配偶国人仍然照生孩子不误,人口仍然照增不误。雪山大放厥词:"那点事有什么了不起?既然男人和女人可以握手——握手也是肉体接触嘛,为什么就不能那样?"于是众人摆手摇头耻笑叹气,表示不能接受雪山的观点,一致认定握手是握手,那样是那样,难以相提并论。然后说到机场的一处浮雕,表现少数民族生活的,上有人体形象,于是问题又扯到了民族政策,为什么把我们民族的女性下体暴露给别的民族的男人看?问题严重了。

上级决定,把有女体的浮雕用幕布遮挡起来。遮蔽,是我们对付大千世界的重要手段……

　　一位面部无表情的年长女同志突然发言,她用平板的语调大讲一些重要人士对于文艺界的批评——可不仅仅是白部长,所有文艺界给予好评的作品几乎都受到了非议,这个渲染黑暗面,那个夸大消极情绪,有的只提出问题却不能解决问题,有的分不清一个指头和九个指头,干脆说是混淆了延安和西安,还有资产阶级人性论,实在是思想混乱,方向迷失……她的发言就像念丧经一样,令人丧气。

　　雪山告诉青狐,这是张银波同志,一家文学出版社的负责人。

　　本来,不论是从外表从声调到内容,青狐对张银波是毫无好感的,忽然,张银波谈起《阿珍》来了。她谈得非常热情,她认为这是新时期难得的好作品,没有条条框框,发人深省,提出了耐人深思的问题。谈到这里她愤慨起来了,她也点着名批评起了白部长和赵青山,不知道她哪儿来的情报,似乎赵青山也对《阿珍》说了不以为然的话。青狐大为感动,深感人不可貌相,言不可以皮相。这位老太太,竟是敢想敢说,侠肝义胆!

　　犁原和紫罗兰似乎对大家的发言不太满意,他们一再强调发言要抓住中心。中心是什么呢?青狐不甚明白。神采奕奕的瞿老倒是不慌不忙,任凭大家东拉西扯,他只是最后点化了一下,说这问题那问题,关键是领导问题。于是犁原和紫罗兰的脸上立刻显出了欣慰的笑容。于是大家也纷纷点头称是。于是会议一下子就抓住了中心。这时候,雪山做了惊人发言,他一改单口相声的语气,严肃地把过去与当今文艺界的领导分成了几类:一种是上了"四人帮"贼船硬是下不来的;一种是过去犯过极左的错误、经过"文革"已经大彻大悟改弦更张从而受到广大文艺工作者欢迎的;一种是坚持极左路线坚持做解放思想三中全会路线的对立面的;一种是外行却又瞎指挥跑到文艺界作威作福的;一种是头脑清醒是非明晰过去受过误解打击而现在刚刚翻过身来然而仍觉底气不足而且仍然得不到应有的信任的……他如数家珍,指名道姓,挥斥方遒,尽收眼底。如果让什么人什么人主持文艺工作,中国的文艺还有希望么?中国的思想解放还有希望么?江青的极左路线还能清算么?拨乱反正的伟业还能完成么?不,不可能的。只有像什么什么人那样,中国的文艺才有希望中国共产党的思想路线才有希望,这难道还有疑问么?胳臂拧得过大腿么?螳螂的小臂挡得住滚滚的历史的车轮么?青狐傻了,却原来雪山有这么大的道行,却原来雪山掺和着最高层的意识形态的决策,他说话的神气活像是刚刚开完政治局的会议!了得!

在快乐的晕眩与振奋之中,青狐兴致勃勃地却又略带疑惑地开完了会,她要走了,雪山和杨巨艇邀请她去地下一层咖啡厅喝咖啡。她犹豫了一下,随他们向地下室走去。软软的地毯,丰厚的气味,绵绵的音乐,淡淡的烟雾,甜甜的环境。她一下子瘫软下来了,好像她已经打了几十年仗,好像她已经大睁着眼睛过了几十年,好像她练一个亮相的姿势已经几十年,忽然,人家对她说:"干吗呢?歇一歇吧。"于是她就地融化。

他们要了三杯咖啡,价目表上标明,每杯咖啡人民币六元。六元?可以买六斤猪肉,也可以买四十多斤大米。青狐的心颤动了。她不由得摸了摸自己的提包,里面装着四十元,是她一个月的薪水的一半,她决心为这三杯咖啡付账,她不能当一个文坛上的乞丐。她喝了一口咖啡,她没有喝过这样浓的咖啡,她想起了舅舅是伪警察的女同志讲的"咖啡就是烟袋油子"来了,好像真还有点像。她过去喝过上海出的方糖块似的"咖啡茶",以为那就是最好的咖啡、最西化也最资产阶级的咖啡了。现在想起来,那种咖啡茶其实更像是泔水。酒吧的咖啡桌上摆着随意使用的白砂糖罐和浓缩牛奶盅。砂糖罐里伸出一个金属管,金属管的口开成斜面,你慢慢一倒,出来一些糖,倒得猛了,砂糖堵住了金属口,反而倒不出来了。浓缩牛奶的成色与瓷器也都玲珑可爱,盅虽小,有嘴有柄,像一个不盖盖的小壶。白糖、牛奶,这都是凭票供应的稀罕物呀,这里竟可以摆到桌子上随意享用,就冲这一点也够她卢倩姑哭一鼻子啦!

音乐更是暖洋洋、软绵绵,叫人心舒意美,融魄销魂!不是别人,正是那个令一些人如坐针毡的异类歌手李谷一和朱逢博,她们软软地唱着《洁白的羽毛寄深情》《我心中的玫瑰》《太阳岛上》和《乡恋》。幸亏这里还不敢放邓丽君,如果邓丽君在公共场合唱起《何日君再来》和《夜来香》,不等于几十年都白干了吗?不等于革命先烈的鲜血都白流了吗?我们不是生活在一个铁与血的忘我的粗粝的时代么?在这样的时代,不是连卢倩姑也满嘴脏话两个月不洗澡发言批判苏修以前先讲几句操他妈么?她又如何能听到李谷一朱逢博的歌而不浑身颤抖!

"生活本来是美好的。我们有权利过美好的生活。"杨巨艇好像猜到了青狐的心思,他微笑着说,他的笑容与腹腔共鸣的声音也与《乡恋》《太阳岛上》一样温柔熨帖。

真是个怪人,谈起政治来像是冷面杀手,像是到处打抱不平的绿林好汉,与青狐说起话来却软得像朱逢博的歌儿,因为我是个女的?青狐想,我还像个女的?时代不同了,男女都一样,毛主席的指示多么光明!"那么邓丽君呢?你喜欢邓丽君吗?邓丽君也与男人一样了吗?"她不知道为什么,这样问杨巨艇。

"邓丽君……这个邓丽君……"杨巨艇沉吟着,他好像没有听清青狐的话,"邓丽君当然是女人了。"

"邓丽君,没劲!"雪山不屑地说。

青狐摆摆手,示意雪山先不要说什么,她想听的是杨巨艇的意见。

"现在的问题在于中层干部,中央是要改革的,人民是要求改革的,然而省一级地区一级的干部呢?那就不好说了。"

杨巨艇点起了一支烟,缓缓地说。他的面孔不再温馨甜美,而是冷峻坚毅。

又过了足足一分钟,杨巨艇想起来了,他说:"邓丽君,当然也没有什么不可以,可邓丽君也算不了什么,邓丽君,亡不了国也救不了国。中国现在需要的是民主、是现代化、是法制、是步子要更快一点、是胆子要更大一点。领导层要更新,问题在这里,问题不在邓丽君不邓丽君。中国搞得好了,会有许多许多邓丽君,所有的喜欢邓丽君的地方都会出现邓丽君,或者李香兰,或者周璇,或者什么来着,就说是陈冲和刘晓庆吧,大家都要唱出民主和现代化的声音。说到底文艺还是要为政治服务,不能说过去搞极左了文艺就服务,现在搞民主了,文艺反而不关心政治啦。"

青狐哈哈大笑起来了,笑得十分开心。笑完了,她又对杨巨艇的文艺为政治服务论感到一丝不安,有的话她也听不大明白。对于凡夫俗子来说,伟大的人都有那么一点可怕。伟大的人其实不会考虑风花雪月的雕虫小技。伟大的人希望邓丽君和刘晓庆都加入自己的航母舰队。与巨大的航空母舰相比,她太渺小。

她只是一只小小的狐狸。最终确定了自己的笔名,带着一种挑战的勇敢,又带着一种女性的娇气,更是由于对杨巨艇的一见倾心、如醉如痴,她突然后悔起来。她的《遥远》或者《阿珍》发表得太急了,发表它的时候她还没有碰到杨巨艇,还没有接受"青狐"的命名。《阿珍》的背景完全不应该放在海岛,而应该放在深山。在深山里有一只狐狸,人们相传这只狐狸修炼了许多年,然后这只狐狸变成了阿珍……她要写出山的幽深、狐的痛苦、人的祸害、月的清凉、水的纯净、石的乖僻、兽的活泼、鹰的阴鸷、森林的庄严和爱情的神秘,她本来应该写出一篇只有她才能写出的怪作品,惊世骇俗、万人瞠目,结果她写出来的只是大路货,叫做"伤痕文学"!

她再一次流下眼泪来了,她的眼泪使杨巨艇慌乱异常。她低了一下头,她做到了及时的破涕为笑。文学啊,我已经属于你。她分外满意,莫名的眼泪至少已经引起了注意。

## 第 五 章

紫罗兰告诉钱文:"你先不要走。"

模模糊糊,紫罗兰在钱文的心目中有一些美好的印象。自从一九五七年以来,这些印象已经渐渐消失。对于钱文来说,紫罗兰这样的天之骄子(又是娇女)属于中华人民共和国进行"反右"斗争前的那个时代。还在五十年代,在一次有领导同志参加的庆贺新年的青年作家活动中,他见过紫罗兰。紫罗兰从那时候就有些个才貌出众,大模大样,自信自美,一往无前。你走近她,你会感到她身上的一股能量,她的周围会出现一个电磁效应场。即使在冬天,你本来身上很冷的,但一经与紫罗兰接近,就会从脑瓜顶上冒汗。那一次举行舞会,紫罗兰有幸抢在头里,她必然抢在头里:这不但是一个出风头或者性格外向内向的问题,而且是一个政治上与党的领导毫无距离、亲如一家的问题。那次紫罗兰与一位敬爱的领导人跳了交谊舞。而在那种场合,钱文却自惭形秽、畏畏缩缩、脸如苦瓜、腿如拌蒜。后来紫罗兰应群众的要求在乐队伴奏下即席唱歌,为首长伴舞。她唱了《青年圆舞曲》《鸽子》《多瑙河之波》《波兰圆舞曲》和《垦春泥》。她的嗓子洪亮有余而甘甜不足,但是一个青年作家而能大大方方地唱歌的,除了紫罗兰再没有见过。与那些两眼因熬夜而布满血丝、两手因吸烟而熏得黢黑、鼻头由于贪杯而变得通红、上衣的扣子对不上扣眼、下身的裤勾忘了扣、说起话来前言不搭后语、见到领导像是耗子见到了猫——至少是像猫见到了狗的作家相比,紫罗兰是多么的不同啊,紫罗兰是多么的可爱啊。而且她的名字起得是多么好啊,让你想起高贵的花朵,也想起法国的左翼作家罗曼·罗兰。短短的一次邂逅,紫罗兰的热力、紫罗兰的风度、紫罗兰的聪明和紫罗兰的歌声,都留在了钱文的心里。

何况此后钱文得知,她的先生是一位年轻的老革命、一个重要的文艺刊物的主编、文学评论家白有光,白有光其实早就是文艺界的一个头脑儿了。白有光的堂兄则是白部长。而且她自己深得一位德高望重的老首长的器重与宠爱,对这位老同志人们是不敢随便提起他的尊姓大名的,人们要看看周围,确定没有阶级敌人偷听,再低下头,用耳语的方式说"×老"。

有一种流言蜚语甚至干脆认定她就是"×老"的女儿,是长征前被苏区一家老农领养,后来历经惊险曲折、生离死别、革命与反革命间的血海深仇,成长为一个革命的文艺战士,而且成了白部长的堂弟媳。但是她与父亲的关系则由于种种政治上的原因和维护老首长家庭和睦的考虑,暂不公开。革命强调的不是血缘关系,而是如样板戏《红灯记》里李玉和的一家:"我们三个,本不是一家人。你爹,不是你的亲爹,你奶奶,也不是你的亲奶奶!"亲不亲,阶级分! 一切事都要小道理服从大道理,真话并不等于真理。值得骄傲的不是她有一个什么样的父亲,而是她有一个不是亲爹、胜似亲爹的革命老父! 这个故事本身就像一部曲折离奇的革命通俗演义,为钱文所理不清楚。

反正紫罗兰绝非等闲之辈,反正她已经出版过两本书、出过一次国,一次出国就历游了苏联、民主德国、保加利亚和罗马尼亚。她在国外看过一次莫斯科狄纳莫足球队与列宁格勒足球队的比赛,那阵子说起苏联的足球,她如数家珍。那个年代出国基本上是周恩来总理的事,其余能出国的人也都是总理派的、总理批的、总理关照过的,在总理无微不至的具体指导安排组织调度掌握下进行的。

她本人原来在文工团工作,不但唱过歌也跳过舞演过歌剧还编过快板,编着编着她成了真正的作家。现在她是一个大报的名编辑兼记者。她写的控诉"四人帮"迫害几位老领导的文章令人下泪,真是文酣兴畅、心灵笔巧。钱文对她羡慕又佩服。至于钱文当年在"反右"当中翻车以后,在大恐怖大失态大泄气那个时期,更是一个天上一个地下,视紫罗兰艳若天人、贵若金枝。就是说,在牢牢地当上了"右派"以后,钱文自觉不配再见她,也不配再想到她了。

这次在京华饭店见到紫罗兰,钱文高兴。经过十年"文革",紫罗兰仍然丰满匀称,容光焕发,特别是她的大眼睛,灵动明亮,意气风发。她的厚嘴唇给你以内容感与空间感、质地感,双手也长而美,白净富态,浑圆灵活,动作具有相当力度,既不同于农妇的操劳胼胝之手,更不同于布尔乔亚的慵懒香嫩之手。她的手是又舒服、又享受、又指挥、又坚定、又机敏、又甜美的手! 如果说她的手"秀色可餐",那应当是极为贴切的,她的手吃起来一定比猪手、牛蹄、凤爪可爱得多。她说话发言少有身体任何部分的小动作,而是一挥手一投足都有一种无可商议的决断性。她的说话介于标准的普通话与北京胡同腔、口语与话剧台词之间,兼有京腔的机敏(油滑)和国语的正规(像煞有介事)。她说话有时强调自己的京腔,有时强调自己的正规一面。她的面孔一直含笑,舒展万状,略显大大咧咧,笑而不讨好。但也不单纯是矫揉弄姿,不是谦逊,而是大方、自信、舒舒服服的别样风情万种。是高高在上,是胸有成竹,是内心充实而且乐在不言之中。

与她坐近了,你很快会嗅到一种类似茉莉花茶而且是特级花茶的香味。时间再长一点,气味中好像还会出现一点河南小磨香油的味道,好像是香油点在了白菜心切就的丝儿上。再多亲近一些,你会从紫罗兰身上嗅到一种——真对不起——类似猫屎的香气(绝不是臭气)。在钱文幼小的时候,家里做饭烧水直到冬天取暖,都是用煤球炉子,而点燃煤球之前先要点燃劈柴。那时各家养猫的非常之多,常有猫把屎拉在煤球堆或者劈柴堆上。烧火的时候你就会闻到混合了猫的排泄物的气味的煤烟或木柴烟气。奇怪的是,有时这种气味偏臭,也不完全是臭,另一些时候,这种混合烟气则主要是香,是一种葱香与化学香的混合,与烧葱叶烧芫荽的气味十分接近。

见到这样的女性,你有一点六神无主。你如同见到一位首长,见到一座高峰,见到一泓大湖,见到一头大象,至少是见到一名女子篮球运动员。你有一种被征服被压过一头的感觉,但也有一种踏实和佩服,甚至是一种幸福和满足:看看人家,那眼、那脸、那腰、那腿、那命、那谈吐、那做派!你无论如何必须承认,与她为伍是一件提气的事情。

紫罗兰在文学会后叫住钱文,见服务员正在打扫这间外宾休息室,便无可商量地带着他在楼的七层找到了一个雅致的小房间,坐到金丝绒面大沙发上,脚踩着厚厚的艺术地毯,侃侃而谈起来。屋里有一点高级香烟味道,还有一点白兰地酒的味道,再有就是紫罗兰的非同凡响的气味了。紫罗兰把她面前的沙发桌上的茶杯一推,亲切而又严肃地对钱文说:"目前文艺界的形势非常复杂,你刚从边疆回来,恐怕有点隔膜,我已经告诉雪山找你谈谈,他算得上门儿清。现在是一个关键时刻,如果让我那位哥哥(她学着京剧湖广韵道白的腔调,把哥哥说成蝈蝈了)掌了权,丫挺的就要吃二遍苦受二茬罪了。"

"蝈蝈"指的是白部长,白部长的与众不同的超级强硬见解,钱文已经略有耳闻。吃二遍苦云云是报纸上的套话,近二十年来一抓阶级斗争就强调不能怎么样怎么样,不能让某某人得了逞,否则就是二遍苦二茬罪,这样就得一遍遍一茬茬地斗争下去。丫挺的云云,那是北京青年的话,原话本来是"丫头养的",说得快了"头养"反切变成了"挺",话语也显得干净多了。用"丫挺的"称呼自己,则是紫罗兰同志此次与钱文谈心时的一次独特创造、一次创举、一次活学化用。这些话虽然来路完全不同,却都透着某种时尚和流行,紫罗兰乐此不疲、胜任愉快、花样翻新地用着这些熟语,有点借此表现自己的与时共进、与民共享,还表现出一种或表演着一种平民化作风与青春韵律。她采取这种做派这种语言是很自然的,是比自然还要自然的,只是钱文听着稍有生硬。

这时一个西服革履,打着黑领结的服务员小阿哥进到这间小室。他看见他们俩,有几分惊讶,但又不敢造次,畏畏缩缩地问道:"您二位……"钱文觉得他的意思是他们二人不该擅入这间也许已经安排了别的用途或者要依一定的程序简单地说是要给钱才可以利用的房间,他本能地面带歉意地一笑,准备回答:"噢,我们马上就走……"然而,他还没来得及说话,只见紫罗兰杏眼一瞪,左手飒爽一挥,说了声:"出去!"她的声音并没有提高,毋宁说她是压低了声音说的话,然而她的声音里有一种自信和威严,有一种绝对命令的不可抗拒性,撵你没商量。男服务员面带迷惑,然而多一句话也没敢问,灰溜溜地退走了。

有权过问房间的用场的饭店工作人员退去了,钱文却再也坐不安稳。紫罗兰则说话正在兴头上,给钱文讲文艺界的"路线斗争",讲得生动活泼、趣话连篇、东拉西扯、老幼咸宜。紫罗兰说话时候的手的动作也极神气可爱,这次与钱文说话,她的手的动作非同寻常地多起来了。她的用来轰服务员的左手与右手不停地动着,手指颀长,丰满不失秀媚,描描画画、曲曲直直、晃晃悠悠、捏捏揉揉、攥攥放放,使钱文有眼花缭乱之感。内容是眼花缭乱的,语词是眼花缭乱的,声调是眼花缭乱的,手势也是眼花缭乱的。这种手势与声调有一种特殊的青睐。钱文感谢,他也非常佩服紫罗兰,但是他在某一方面也是特别认死理的人,他认定了那位嗫嗫嚅嚅的男服务员更有权威安排这间雅致的小屋,他多一分钟也不想再坐下去。多年的低人一等的生活也培养了他胆小怕事、遇事缩头的习惯。其次他觉得这次的紫罗兰的声气有点不对,紫罗兰应该,天生应该是无比优越自我感觉良好的,刚才轰服务员的样子就是证明。但是她与钱文说话时,有意地拿出一种接近"群众"、接近下层、同情"牛鬼蛇神",甚至还带着点犯上的准(假)右派腔的天真烂漫,同时对钱文又有某种俯就,反使钱文不解不安。

紫罗兰突然压低了声音,嗔怪而又带几分疼爱地凑近钱文,钱文更加强烈地嗅到了紫罗兰身上的混合香气,这香气也是令人眼(鼻、耳、身、心和各部位)花缭乱的。她对钱文说:"受了这么多苦,你怎么还是个东郭先生?我看着你跑过去与赵青山握手我就有气。就在前天,赵青山还到白部长那里去过,他是专讲你们的坏话。还有咱们那位犁原同志,只知道到处买好,他老是要当导师当园丁当别林斯基和保护青年作家小雏鸡的老母鸡,南京人叫做老姆孜。他哪里知道赵青山的厉害!少数民族有一句谚语:老实人的犄角长在肚子里。你听明白了吗?你们总是一有机会就要表演自己的亲爱温柔、宽宏大量,可如果白部长得了势,不会对你们亲爱温柔、宽宏大量的!我明明白白告诉你,他对我们说过,他认为根本不应该给右派分子们改正!"

　　钱文皱了一下眉,不免感到晦气。跑到京华饭店开会,本来是有点尾巴翘翘之意,紫罗兰却半无意半有意地教训他。毕竟是有"右派"前科之人,他必须听从志大气粗的人的引导。于是他也表现了执拗,自觉低一头的人的坚持性有时候可能超过永远有理者。不管丫挺的紫罗兰有多少军机大事,也不论他会吃受几茬几遍苦罪,他首先不想随便占人家的高级会客室。他起身向外走。分手的时候他终于答应紫罗兰与雪山最近见一次面,同时他答应了出席两天后的晚餐小聚。同时他感到可乐,想不到雪山竟成了紫夫人的亲信。他们可不是一样的人:紫夫人是居高临下,雪山是居下蹿高钻高攀高。

　　钱文觉得有趣。初回北京,他的感觉是与五十年代的他的对接。经过二十多年中断,一切再从一九五七年开始。很快他就发现,五十年代已经不复存在,他不可能,谁也不可能再接上五十年代。往事飘然逝去,你恋往事,往事不在乎你。回来没多久,他已经得到了那么多全然不同的经验和感觉。与边疆的人比较,这些人像是生活在天上,至少是生活在京华饭店的气味芬芳的贵宾室里。这个贵宾室不但有花一样的吊灯、花一样的沙发、花一样的芬芳,有花一样的人出没,这里还翻滚着飘浮着花朵一样、灯光一样、彩色气球一样的词语:民主、自由、思想、观念、艺术、探索、现代、意识、使命、中央以及世界……这些令人眼花缭乱或者耳花缭乱的词语在边疆人的园田里是无法生长的。那里闻到的只有,最多只有羊肉羊油的甘甜夹杂着腥膻的气息、沙尘的气息、盐碱和硝土的气息与波涛滚滚的大河的鱼腥气。那里的词语是完全另样的:馍、口粮、原粮、指标、土方、石方与塌方、旋风(那里还不会说龙卷风)、土坯还有麦秸、副科级与班组长什么的。那边的人尿的尿也散发着大尾巴羊的膻气和含硝含盐碱的沙土气,而京华饭店里的标着"American Standard"(美标)的小便器里冒出来的是一种热气腾腾的自信的正宗的浓臊窜腻的味道,那是吃西餐或者喝粤式靓汤的人才生产得出来的高级尿臊。

他还觉得出席今天的会像是参观一个灯火通明的溜冰场,所有发言者、出席者都在冰场上或急或缓或生疏或熟谙或花样翻新或笨手笨脚地翩翩滑行。杨巨艇是大跑刀,他左一下右一下,一刀撂倒一个,势不可当。雪山是冰上的华尔兹,得心应手,穿插环绕。紫罗兰当然就是冰场皇后,风驰电掣,腾空飞翔,忽而就地旋转如一个陀螺,忽而展臂亮相,千种妩媚,万种威风。说时迟那时快,她又怒了,像洪水泛滥一样地左冲右突,使你不禁心惊胆战。青姑呢,那是第一次上冰场的学员,她小心翼翼,退让谦虚,然而她潜力无限,绝非等闲,迟早会在冰场上一显绝技。而久违了的犁原像是教练,他时而前撑,时而后退,时而示范,时而叫停……冰场上放送着弦乐四重奏,小步舞曲、谐谑曲与探戈。乐曲绕过来又绕过去,伸出来又收回去,而他们的讨论变成了集体的冰上舞蹈。他只感到了自己的笨拙,自己的不适应,自己的脖颈上冒着凉气,他就像一峰已经习惯于戈壁缓步的掉了太多的毛的秃骆驼,突然被牵到了灯火辉煌、乐声震天的豪华溜冰场上。

生逢其盛。差点趴下。

钱文想起了报章上关于"第二次解放"的形容。厉害,一辈子光解放就碰上两遭。第一次扭着秧歌欢迎威武入城的中国人民解放军,他看见了站立在敞篷车上的伟大领袖毛主席。第二次,他欢呼"四人帮"倒台,确实也闹了个喜泪涟涟。然后是马不停蹄,眼花缭乱,锦上添花再加雪里送炭。所有不敢想的事情都发生了,在一步一步地回到了一九五七年翻车的地方,然后重新出发叫做"踏上征程"的时候,他感到的已经不是获得了第二次解放而是开始了第二次人生,简直是重新投胎一次。

既是重新投胎,便觉得一切似曾相识,一切又都久违,恍如隔世。他天真不起来,太激动不起来,不激动又不可能,鸳梦重温?他想起了前几天与东菊一起在电影资料馆看的美国四十年代电影,一个失去了记忆的人,一会儿回到这部分记忆里,一会儿又回到那部分记忆里。一个人的灵魂分割成两半,一个人在从前的我与另一个现在的我中间荡秋千。别人看着是那样可笑,而他自身是那样痛苦。他也是鸳梦重温么?当二十年后他重新恢复了党籍并由原单位开出了党员关系介绍信的时候,他觉得依稀如梦。当介绍信开过去不久又因调回再开介绍信进京的时候,他觉得恍惚如戏。导演是谁呢?他只是按导演的意志行事罢了。他不是盼了许多年了么?他不是盼望着挺起胸膛做人的那一天么?如今这一切梦想成真,他为什么却精神恍惚?

然而在写作的时候是美妙的,写作的时候他变得聪明、深沉、远大、悲怆而且人五人六。与上一辈子相比,这种写作美妙得比过去清醒。写着写着他会突然问自己:这种写法不会引起政治上的误会或者麻烦吧?在上一辈子,写作是至高无上的。在这一辈子,写作是至高无上的诸事之一。他必须睁着眼睛写作,睁着眼睛生活,睁着眼睛张着耳朵听一个比一个高明伟大的发言。比如紫罗兰,她当然是好意的与了不起的,她当然可以把名正言顺的男服务员轰走。她为什么要指挥我?她的处境她的关切重点,我哪里知道?她到底要什么?不知为什么,钱文感觉到她那里除了民主、事业、真实、文学与艺术家的自由以外,还有一点陌生的却也是迷人的运筹帷幄,纵横捭阖,肚里谋略?

叫做颐指气使。乖乖!

还有雪山,雪山这个人像火盆子,讨人喜欢,见了哪个作家都立即给戴上高帽子。作家是一些没有多少社会经验的人,作家是一些自命清高而又不能免俗的人,他们需要吹捧,需要各种利益而且绝对是一个不服一个。他们的俗务俗肠是不可以自己去奔走自己去争取自己去操办的,所以作家当中需要雪山这样的角色。他能说、能跑、能联系人、能吹能捧、能造势、能经营、能把大家串在一起。自打从边疆归来,他就事事听到雪山,会会见到雪山,场场离不开雪山。他是大家的好哥们儿。

而可尊敬的犁原怎么磨磨唧唧,欲言又止?听说"文革"当中他已经内定了死刑,差点儿就被枪毙了。现在的犁原与他所尊敬的银髯瞿老,他们是一些可爱的人,他们真心欢呼天怒人怨的"文革"的结束与新的路线的变为现实,但他们身上也有一股子与人奋斗其乐无穷的精气神儿。岂好辩哉,不得已也。

而袁达观好像有不少意见。无定向导弹,这也是经过雪山的口传出来的,雪山说袁大头有这样一个绰号,倒是挺妙。

从袁达观身上也可以看到,有个靶子,有个人斗,必要。再说你斗得合乎潮流,合乎中央掌握的大方向,因此你的斗争带有打遍天下无敌手的性质,斗的结局肯定是胜利,是七比零或者十五比零,永远毋劳考虑斗败的可能。

杨巨艇现在如日中天,给人以"先生不出,如苍生何"的感觉。他的声音与做派都很不错,在一出样板戏里,按照于会泳规定的"三突出"的原则,他杨巨艇一定是那个戏剧人物中应该突出的正面人物、正面人物中应该突出的英雄人物、英雄人物中应该突出的主要英雄人物。

可喜的是……就这么说说,中国就"民主"啦?

然而钱文是不是太精明,太不会上当了呢?水至清则无鱼,人至察则无徒,毛泽东早就说过。

走出京华饭店,钱文找出五分钱,到公用电话上给东菊打了一个电话。从边疆回到首都已经五个月了,他们还没有房子住,暂时住在一个小小的招待所,把儿子放在姥姥家,把仅有的一点家什存放在公用小仓库。小招待所没有食堂更没有做饭的地方,他们整天吃小馆。今天会开得比预计的长了,钱文就把东菊约出来。他听到了全招待所唯一一个电话被拨通了的声音,他很高兴。他老远的从电话里听到胖胖的女服务员大喊大叫:"六号,电话!"六号就是他们,他们就是六号。他清晰地听到了东菊的脚步声,拿起电话的沙沙与嘎嘎声,在讲话以前他甚至听到了东菊的呼吸声。那是快乐的兴奋的呼吸,与他们已经习惯了的忧愁与恐惧的叹息不同。不等他说话,东菊问:"你看到晚报了吗?"钱文有点埋怨,怎么不等我说话就先说起话来了呢,万一这个给六号的电话不是我打给你而是别人打给我的呢?现在,哪天不得接上七个八个各地文学刊物和报章的约稿电话?

东菊告诉钱文,钱文的新作发表了,占今天晚报的一个整版。钱文今天忙于开会,还不知道,他高兴地说了一句:"晚报的读者,比日报还多得多呢!"

他们在东华门附近的一个小小山东馆子见面,东菊拿来了载有钱文的新作的晚报。与六十年代畏畏缩缩地夹杂着发一点他们的作品不同,十七年后,他们这些一九五七年翻车的倒霉蛋儿全都大模大样地"复出"了。还是一个鸟样的人,六十年代并没有少长一个鸡巴——那时却活像一些个刚刚挤净了睾丸的牛崽,他在边疆看到过的,经过了那样处理的牛娃子哆嗦着后腿,剩下的空卵皮抹上碘酒以后痛痛地抽搐……无怪乎他那么心疼那些牛崽呢,这也是同病相怜!而现在的他们也并没有多出一条大腿,他们也还没有摸着补药壮阳药牛鞭鹿茸。我们这里,人们看重的是政治进补。说底气足就底气足起来了,他们连点菜的气度也不像从前了。

他们点了一个木樨肉、一个虾仁油菜、一碟干烧黄鱼、一碗蛋花汤和两盘炒疙瘩。山东式炒菜的葱花炝锅的香味、酱油突然碰到热油的气味与带点甘甜的猪肉味弥漫在破破烂烂的小厅。经过二十多年的动荡和超高频率大交响之后,庸俗的钱文觉得木樨肉的香气很可珍贵。木樨肉本来是最俗最俗的菜,而吃菜大概是人生最俗最俗的事情,至少比饮茶饮酒庸俗。而当你被剥夺了吃木樨肉的可能之后,你才可能悟到吃木樨肉的可贵。为了庆贺又一篇新作的发表,他们点了两杯啤酒。两个人点的菜是七块多钱,已属高级享受。要先算账先交费。"文革"过去,现在的人已经不一定吃完饭准会交钱了。现在的馆子成了什么样子了啊,桌子摇摇晃晃,椅子也不知道什么时候会突然摔倒。然而,然而能很容易地吃上木樨肉已经够惊人的了,何况还有黄鱼!毛主席都为中国的吃肉问题发愁,他老人家曾经说是不信社会主义国家就吃不上肉。呜呼,搞了个吃不上肉的社会主义。炒疙瘩还是他们在一九六〇年困难时期吃过的,大概那时什么都没有了,没有菜也没有肉,更不用说什么豆腐粉条和鱼虾了,便把面粉和成硬团,蹾成个儿,切成小疙瘩,再下一点作料一炒。想不到今天在各方面供应大大改善了的时候,这里还卖炒疙瘩。而今天吃炒疙瘩的心情和一九六〇年时候相比,自然不一样了。

"人太可怜了,人是随着环境随着历史走的。人其实是掌握不了自己的命运的呀。"钱文叹道。

"我们是没有办法掌握自己的命运,可是我总相信我们能等到更好的那一天,我们不是已经等到这一天了吗?"

他们彼此碰杯,他们说是要各自为对方买一件毛线衣。他们引用着南斯拉夫一部电影里的名言:"谁活着谁就看得见。"如果他们不等到"四人帮"倒台就死了,不是什么也看不见了吗?不是连这舒心的啤酒就香喷喷油汪汪的木樨肉也享受不到了吗?贺龙呀陈毅呀傅雷呀老舍呀顾圣婴呀,他们又看见了什么呢?

在酒足饭饱的快乐的轻微晕眩之中,他们走出小馆。打一个嗝儿,气味是温饱和芳香的,打嗝儿的气味里有一种幸福感和自信感。还不仅是酒足饭饱呢,啤酒与炒疙瘩都剩下了,有那么多年在农村改造的经验,钱文心疼得不得了,却硬是吃不下去了。罪过呀,钱文懊悔不已,为什么不少要一点菜呢?已经忘记了在权家店喝两顿粥的日子了么?多一口食,就浪费就奢侈就撑出病了,而少了也不过一口食,就虚弱就浮肿就阳痿就百病丛生。弱者,你的名字是男人和女人!

华灯初上,灯与街都更破了,然而人们的信心在增加,走了那么多弯路,做了那么多蠢事,即使是一头驴也该学得聪明一点了。他想起过去嘲笑父亲的话来了,一顿好饭之前和之后,世界观是会发生变化的。

在一株树芽饱满欲放的大槐树下,他们找到了阅报栏,照明光线很足有新出的晚报。好几个人在读钱文的新作,钱文与东菊在一旁斜眼观看,感到一种特殊满足。能够表达,能够抒写,能够引起共鸣与回应,能够与那么多人说心里话,多好!他们同时在报纸上看到一些文艺界批判"四人帮"的极左路线的消息,这些消息就像灵丹妙药一样,治疗着他们心头的创伤。

钱文想起晚报编辑,一个小老头儿曾经给钱文打电话,说由于副刊必须腾出版面刊载紫罗兰的一篇杂文,钱文的诗"多"了三行,请钱文删去三行。钱文配合愉快地立即删掉了三行,以维护紫罗兰同志的杂文的完整。

一阵风吹过来炸制食品的甜香。食油已经充裕。饭后他们身上暖了起来,于是他们断定,春天就在今晚这一刻到来。北京,初春,槐树,自行车一辆辆驶过。有一排卖小吃的摊贩:馅饼,豌豆黄,烧饼夹肉和豆面丸子汤。还没有私人练摊,食品摊贩不过是国营小铺把买卖做到了门口,把服务伸延到门口。这已经给钱文一点新的观感。街边的灯光下,不是标语、不是语录牌、不是站岗的民兵,至少不仅仅是上述那些而是丸子汤、是生活、是普普通通的人吃东西。这通俗的生活也令人温暖乃至兴奋。

"咱们的命就算够好的,死了一回,走了一回,哭了一回又笑了一回,咱们才四十多岁!真是踏遍青山人未老,风景哪边都好!这就叫'别来无恙'!东菊,你知道中国的古话我最喜欢的是什么吗?就是'别来无恙'四个字。我读《史记》上的范雎列传,读到须贾问他'故人别来无恙乎',我的眼泪都流出来了。"钱文感叹。

"你是真高兴呀,你一下子命运就发生了一百八十度的大变化。我呢?当然,你的高兴就是我的高兴。我又怎么样呢?我能怎么样呢?我的工作,我的生活其实至少是暂时并没有发生多么大的变化。"东菊说。

钱文噤住了。他从来没有想过,并不是每一个人都因为政治形势的变化而同等程度地翻天覆地。那么东菊,他能给东菊提出点什么建议什么思路来呢。一切也就是这样了。然而,就连东菊对所发生的一切的体会也与他不同,她不会那么狂喜的。何况还有许多衣不蔽体的人,还有许多在一些大单位门前静坐的上访者,还有的人背着沉重的包袱,还有的人生计全无,有的人连户口也没有。也许冬天是过去了,然而冬天遗留的问题使春天变得如此艰难麻烦,他不知道做点什么才好。他想起了京华饭店的讨论会上一位文学教授的发言,教授说,现在的形势使他想起鲁迅的《起死》,这篇文字描写一个被劫财害命的死者被庄周救活,可是复活了的髑髅揪住救他的人,要自己的衣衫自己的财物,最后巡士(警察)来了也无计可施。他也想起早在边疆就听人说过的名言:"'四人帮'倒的那个时候,大家高兴了可一阵子,完事了呢,您说怎么着,外甥打灯笼——照旧(舅)!"

东菊又说:"形势当然重要了。可形势毕竟不决定于我们。我们的命运只有短短几十年,我们到底能够怎么过日子?"

钱文反而糊涂了。

他想起了今天会前犁原对他讲的情况:一大批党内的学者、知识分子去开"理论务虚会",大家本来是很兴奋地在那里批极左的,然而批着批着又传出了新的精神,好像还是得反右,光贯彻三中全会精神还不行,更要坚持四项基本原则,就是说坚持社会主义制度、坚持无产阶级专政、坚持共产党的领导、坚持马列主义毛泽东思想。犁原说得不很明确,但是显然他的思想受到了震动。钱文明白——不能说是非常明白,但是基本上明白——中国的事情啊,永远不会像想象得那么简单。他把这个情况告诉了东菊。

他们并肩走到了(筒子)护城河边,故宫的角楼在含芽待发的垂柳的枝条下显出别来无恙的身影,只是一切的一切都更破旧败落了。一个崭新的国家,一个经过无数流血牺牲才建立起来的人民共和国,才二十多年,就显出了破落的景象。让人心疼。

他们缓缓地走着,忽然听到了乐器声和歌声。面前聚集着一群青年人,他们正在热情地连笑带唱。走近了一点才发现,人群的中心是靠着筒子河岸的几个青年,一个长发青年弹着吉他,一个女孩子拉着小提琴。还有一个穿得破破烂烂的高个男子,吹着一根长笛。他们演奏的乐曲钱文听来十分生疏,不是古典乐曲,不是革命歌曲,不是俄苏音乐,不是亚非拉音乐也不是民歌旋律。他们奏的曲子听起来很忧伤,一抖颤一抖颤,一忽悠一忽悠,好像一个发高烧的病人在叹息,又像一个漫长的不停地抽噎着的哭泣。怎么会有这样的曲子?这样异己的东西也进来了吗?

周围的青年人鼓起掌,他们在高声喝彩。钱文和东菊呆在了那里,继续听着这在河边演奏的陌生的曲调。好像从远方吹来了一股风,好像大地在摇晃,好像他们突然来到了一个陌生的地方,好像一群鸟儿从他们的头上飞过。这个世界当真发生了变化?现在的变化已经不是他们能够预计的了,虽然,他们早就意识到早就盼望着发生一点新鲜的事情了。

曲调简单起来了。随着似曾相识的曲调,众人唱了起来:

哎哟哎哟哎哟……
大雁往北又往南,

花开花谢是年年，
月儿缺了再变圆，
人过了青春无少年！
…………

上山下乡好几年，
少年放羊在边关，
保送大学没有份儿啊，
不走后门儿你就泪涟涟！

咳咳，呵呵……
生下来就挨那个饿呀，
上学就停那个课呀，
毕业就下那个乡呀，
回来就没那个工作呀！

没钱没家还没那个业呀，
整天那个呵呵地乐呀，
丈夫有泪不轻那个弹呀，
过了青春那个没少年呀……

钱文身上觉得一阵冷气，他示意东菊赶快离开这个地方，他不愿意听到发牢骚的话不好听的话缺少光明和信念的话，听到这种话他就恶心和恐惧和心乱。他分不清人们是在哭还是在笑，经过"文化大革命"，人们已经分不清哭和笑了。

然而东菊示意他看，他不知道东菊是要他看什么。当然，这又是令人兴奋的，一代青年正在长成，他们有他们的方式，他们有他们的手段，他们有他们的悲欢。江山代有才人出，各领风骚几十年！生活，永远不会停歇，甚至"文化大革命"也没有能阻止生活的运行。

东菊一味地让他看,过了一瞬他才看到,是一个青年人骑车过来了,那个青年人他似曾相识,愈来愈相识,然而他仍然不能相信,那就是他们的儿子钱远行。钱远行把破自行车往护城河边的柳树上一靠,也不锁车,走入奏乐与唱歌的那一群,接过吉他,扑棱扑棱地弹奏起来了。

# 第 六 章

京华饭店的座谈会后三个月的一个晚上,你与五十年代的一批好友在文化宫会面。这次约会令你感念不已。

一九七八年冬,你还在边疆,你还在等待事情的变化。你已经感到按老样子混不下去了,但是你提醒自己不要抱过大的期望,为了避免期望之后的透心凉彻骨。"四人帮"已经倒了,各种庆祝与欢呼已经过去了,下一步会怎么样呢?人人仍然是你看着我我看着你,都学乖了,枪打出头鸟,谁也不敢放开胆迈第一步。报纸呀电台呀宣传的调子是来了个一百八十度的大转变,那玩意儿好办,一夜之间就可以做到易帜转弯改腔换调,吗事也不耽误,照样邪乎照样横。翻手为云,覆手为雨,叫做易如反掌。可当真做点什么事,比如把斗错了的人请回来,就不简单了,一下子摆在那儿了,请神容易送神难,到时候有个风吹草动,碍手碍脚的事儿就多了,这也叫做"病来如山倒,病去如抽丝"吧。如此这般,谁身上不是长着八双眼睛,谁不是吞吞吐吐,左顾右盼,喜是暗喜,惊是窃惊,盼是唯恐一场空,回顾更是犹自胆战,却又颇觉庆幸。

就在你冷静观察谨慎行事的一九七八年冬天,忽然,一天晚上邻居来敲你家的门,原来是一个大信封写着你的名字却错送到了邻居家。你不解地打开信封,看到了首都出版的一张大报。报纸头一版是要闻,全是你办事我放心、英明领袖与抓(阶级斗争的)纲治国、揭批"四人帮"什么的。第四版是国际新闻,是黎巴嫩和安哥拉、日本首相和英国女王、伊朗的霍梅尼和伊拉克的萨达姆。这样的报纸对于你是亲切的熟悉的,不读也像是早已读过的老报。然而,当你打开报纸,看了第二版以后再把目光转到第三版副刊的时候,你一下子怔在了那里。因为赫然在目的是你的名字!

人生能有几次这样的惊喜?那天晚上吃的是包谷面的菜团子,刚卸过大白菜,用卸菜过程中掰下来的菜帮子做了馅。后来你相信菜团子会给人带来好运。在第三版副刊的左下角,圈着花边——你想起了鲁迅所说的"花边文学"——用楷体字排着你的新诗《想念》,标题是长宋。这首诗是你寄给米其南的,一九七七年春天,你收到了米其南的辗转投递到了的信。那真是一封劫后余生的信。那封信一开头就说:"你还活着么?真希望你能活着收到我的信……我已经很久很久不再希望有今天了,所有的希望都让人痛苦、让人煎熬、让人疯狂,而我相信没有希望的人生才是最好的——比有着最好的希望的人生更好的——人生……最近,刚刚有北京的朋友把聂绀弩的诗抄给我:'哀莫大于心不死,无端幻想要全删'……有一次我在梦里见到了你,你浑身是血,那是一九六七年六月二十六日,我认定了你是在一九六七年六月二十六日被打死的。在另一次梦里,你对我说:'七月八日,七月八日……'你好像还说是阴历。于是过后我认定了我将死于七月八日,我将在某一个七月八日后与你见面……"

于是你给米其南回了信,并且写了一首诗给小米。

> ……也许会在天上想念你,
> 也许会想念在天上的你,
> 也许会相信充满想念的日子,
> 直到想念变成平静的黑色。

> ……也许想念会唤回笑容,
> 连同共玫瑰盛开的美名。
> 春风拂过尚未返青的麦地,

春雨梦见了满树桃花绯红。

也许飓风将想念连根吹跑,
想念的碎片仍然在空中飘摇。
满天都传布着想念的声息：
青春,你好！ 光明,你好！
…………

你丝毫没有想到要把这首诗发表,你自己甚至觉得这诗写得太不够工农,不够粗犷,表达不出你二十年的体力劳动加思想改造,也是十年生聚十年教训啊。

谁想得到,小米这个家伙把它拿给了首都的最大的报纸！

这是我吗？这是我的诗句吗？这是真的吗？

你喜欢长宋体的标题,那样的标题给人一种雕刻感,像是看到了一个经过了锤炼、经过了锻造与打磨的金属制品。你更喜欢楷体字的正文,那样的字秀气、谦虚、温和、彬彬有礼,有天生的抒情风格。而当诗歌发表在堂堂正正的报纸上,就有了一种威严、一种正规、一种不可更易的执着、一颗历尽磨难未改初衷的心。你在报纸上的诗宣布了你的户口,证明了你的合法存在。

可惜,你没有记住这个日子的阳历和阴历,然而你还是记住了:一九七八年,十一月下旬,不薄的积雪,风声,屋里炉灶上和铁锅里逸出了烟煤烟气和菜子油的味道,还有蒸熟了的白菜帮子和肥猪肉炼成的油渣的焦煳味。窗玻璃上是厚厚的霜花,暗淡的灯泡下砖地显得漆黑,这是一个瑟缩的、照例的、销磨得没有办法再销磨的夜晚。二十多年了,你过惯了这样的夜晚,作为早些时候气吞山河运筹帷幄的小革命家峥嵘岁月的后续与平衡,作为一种找补,泥瓦工叫做"找齐儿"的。这样的夜晚唯一的活动就是吃饭,吃饱了,于是万事大吉,于是回味白菜和萝卜、玉米粉和面粉,然后想象明日的萝卜和白菜、面粉和玉米粉。

然而,从吃菜团子这一天的晚上开始,人生的一个新阶段又开始了。

这是你的复活节。

耶稣可以复活,人也可以复活。早在这一年的秋天,你读到了《阿珍》,你不敢相信,这是一篇合法地刊登出来的小说作品。似曾相识,小说里有了爱情、有了人性、有了风景、有了冤屈和悲伤、有了个人的恩怨情仇,还有人的死亡,还有耐人寻味的人物。是真的?小说又变成小说了,诗歌又变成诗歌了,人又变成人了。你觉得有点儿怕。

就是小说作者的署名也与"文革"期间不同了,不是卫东,不是向阳,不是红岗,不是尊鲁,不是左战,而是青姑。青姑是谁?她带来了一股妖气或说仙气,世界当真是不同了。

"有这个必要吗?"你问自己。你不敢肯定。已经化为齑粉的,有必要或能够再拼凑和黏合成人形吗?已经抛入历史的垃圾堆的,能够重新走上历史的前台?已经又倒又臭了的,能够重整旗鼓吗?

或者,再过三五个月或者三五年,又是一场斗争,把一切已有的和软弱的、精致的和感情的、狂喜的和优雅的,全部打下去,鸡飞狗跳,灰飞烟灭。

历史能够这样轻率,能够这样水性杨花、朝三暮四、视人的命运如儿戏?

如今,已经不是名不见经传的青姑的,而是你自己的作品出现了。这难道也可能?而且一周以后就收到了几个老友的信:

"我向你报到……"

"致以马特洛索夫的敬礼……"

"青春好像一只小鸟,飞去而又飞回……"(写信人改了《茶花女》中《饮酒歌》的唱词。)

"只要我们的心不老,我们的灵魂里没有起皱纹。"(出自苏尔科夫的诗?)

许多年前,这里说的是一九五三年,举行过一次马特洛索夫夏令营,在王蒙著《青春万岁》里曾经提到过这个夏令营,王氏《青春万岁》的原稿上曾经特别标明:"谨以此书献给马特洛索夫夏令营的朋友们",为此曾有好友提出,这样写不适合中国人的习惯。就让我们假设,"季节"和"后季节"里的钱文,也有过马特洛索夫夏令营的经历吧。当年十几岁的孩子,到了二十世纪七十年代后期,已经是四十郎当岁了。在二十年岁月的风浪里骤然失去的一切天真和美好,涌了回来,接续着马特洛索夫夏令营的记忆。

　　……之后是梦一样的日子,云一样的日子。这好比一个牵强的童话:一个人刚过了二十岁就到了三十岁,过三十岁生日的时候他惊叹不已,怎么? 都三十了? 就是说再没有十九岁、二十岁、二十几岁的日子了么? 十九岁和二十岁的日子是有过的,二十三岁以后呢? 二十三岁以后的日子哪里去了? 从三十岁转眼就跳到了四十岁,过四十岁生日的时候你甚至看到了自己的尽头,人生的真谛就是对于少年意气的嘲笑! 不是所有的日子,而是所有的一厢情愿都变成你欠生活的债务,你必须一笔笔逐渐偿还或者加利息偿还。又过完了四十五岁生日,一样的苍凉,一样的潦倒,一样的困惑,一样的无可等待地等待着,你总相信你在盼望着什么,仍然相信你在等待着什么,前面一定会有点儿什么。所有的信念和光明不可能一下子无影无迹,正如它们永远不可能完全地不留遗憾地大功告成。本来就是如此,不是说人生一定要有个什么逻辑。不合逻辑地活着吧,不合逻辑就是人生的逻辑。就这样无可无不可了,想开了彻悟了平和了也无所谓了。忽然,又是未必合乎逻辑地,人们确认你拥有了自己的并没有与二十一二岁断开的光辉灿烂的生命。就是说正在十二分的青春的时候突然你不再青春,你突然失去了青春;而在青春成为往事以后,那失去多年的壮志豪情、书生意气、似锦前程、灿烂光明又回来了。这是奇迹还是轻佻? 为什么这些对你来说重于泰山的事情,对于大大小小的上帝们、对于人们的命运的主宰者,考量指挥起来其实轻于鸿毛,不过是两句话,不过是选择一个动词——是改正而不是平反、是扩大而不是错搞,然后是一点点远远算不上什么的手续——过场。与惊天动地的"反右派"斗争相比,这改正是何等的平淡无奇枯燥乏味乃至草草了事呀。

仍然有幽默,说是江南的一个省份有许多被打发到乡下的干部知识分子急于回城,却苦于找不到他们的档案,无法证明他们是或者不是"右派"。或者也许他们是因为偷窃或者因为流氓作风即与异性睡了不该睡的觉而被筛下去的,据说其中也不排除没有任何问题只是为了积极带头才在务农光荣的口号下自愿申请下乡者。现在呢,政策只偏爱"右派","右派"是可以改正与回城恢复干部或者教师之类的身份的,虽然有的地方规定不能补发工资却可以给几百块钱的安家费。在国家尚十分困难的时刻,竟有这样的好事!那么,所有在农村吃够了苦头的原国家干部,谁不愿意证明自己是被错划的"右派"?谁不愿意享受对待错划"右派"的政策?但何以甄别?该省采取了由两名已确定身份的错划"右派"提供证明的方法:两人介绍,上级批准,才当得成"右派",与加入光荣伟大正确的最好的组织的手续差不多。中国人都是好面子讲人情的,朋友有难找上来,你怎么能不给他一个"右派"证明?有几个人是由于情面而混入"右派"队伍的呢?

杨枝净水洒下,捉弄和玩笑结束,失去了的都又回来了,除了青春,除了时间,除了萧连甲和廖琼琼……还有鲁什么来着?你已经连他们的名字也记不起来了。他们确实已经实现了"除名"。"除名"两个字,用得清洁卫生,像是穿着白大褂的医生的一种小手术。"开除"好像是摘除某个坏死的器官,而"除名"则好比是点掉一个痦子或者挖掉一个鸡眼。你毕竟还活着,你并没有《天方夜谭》里的那个被置放在瓶子里的魔鬼的心境,等一万年也罢,一百万年也罢,你只有感谢那位善良的渔夫。何况,你曾经反省过:如果你有机会,你不是也想把你心目中的魔鬼放到瓶子里边去吗?

于是非常快乐。一种包含了而且跨越了悲凉的快乐，一种再也挤不出泪水来的微笑。于是你回到了最初的地方，以青春和革命的名义，以不应该忘却的往事的名义。二十多年前曾以同样的名义把一些人摧毁。

　　于是计划了这次聚会，这次证明青春和革命确实曾经与你们同在，而且很可能或者已经再次与你们同在的聚会。

　　是一九七九年盛夏，是断断续续阵阵雷雨的一天。由于阴云，天色擦黑得早。盛暑酷晒与随后的雷雨带来的些许清凉交织在一起，一阵热蒸气和一阵凉风交替抚摸着面孔，人们呼叫着真热和真凉快。当年的新民主主义青年团团员、共产主义青年团团员、青年团和少年儿童队、少年先锋队的干部，后来的二十年至少是十年当过"右派分子""右倾机会主义分子""走资派""保皇派""牛鬼蛇神"，至少（这里有一个温柔的说法）叫做被冲激（最好是冲激，像是一种类似冲浪、划水、冲凉和吃冰激凌的超级爽快的享受）过的中年人们又像孩子一样地聚在一起。你们各自带来了果料面包、香肠、烙饼、炒鸡蛋、火腿、馒头、油条、肉松、豆腐干，你们完全共产主义地或者如林彪所说是公产主义地你吃我的我吃你的，而且都认为别人带的东西比自己好吃。你们叙述自己二十多年来特别是十多年来的经历，与其说是在讲自己的苦难不如说是在讲自己的奇遇和趣闻，笑声和眼泪在一起，饱经劫难的沧桑感与仍然年轻如故的童心混在了一起。

　　一个混血儿讲了她的奇妙的故事。她的妈妈是加入了中国籍的德国人，早在抗日战争时期就到了延安。"文革"开始以后，她家的电话被拆走了，有人找他们就打公用电话。一次是公用电话传呼找她妈妈，她妈妈急急忙忙跑下楼去回电话。下楼以后发现自己忘记了带传呼纸条，那纸条上写着对方的电话号码。于是德裔中国老革命家在楼前喊叫，女儿打开窗子以后把纸条向楼下扔。传呼电话的纸片在空中飘飘悠悠，一个小脚侦缉队员（街道积极分子）看到了此情此景，认定那是敌机空投下来的密电码，便跳将起来与她妈妈抢纸片。两个六十多岁的女人好像在比赛旱地拔葱式的就地弹跳功夫，此起彼伏，又像争篮板球，引起了围观。话没有说完，已经惹得大家笑得趴在了地上。

另一位学俄语的老友讲他在"文革"后期"清理阶级队伍"期间被"全托"——用托儿所的术语表示不准回家，无事可做时他拿出原文的《列宁文集》来读。工宣队的师傅过来监督检查，喝问道："看什么呢？"答："列宁。"师傅不太相信，把书拿过去检查，全是俄文。工宣队师傅不知就里，喝道："谁说这是列宁，长得一点儿都不像嘛！"原因是这本文集扉页上印的是列宁年轻时的照片……

关于列宁青年时代照片的故事同样引起了哄笑。哄笑中你们流露出了自己的得意，毕竟能够从原文读《列宁文集》的是你们这些人啊！

一位朋友说："你应该反过来给他上纲，他这是炮打列宁！"

懂俄语的人连忙摆手。他的长项是读原文的列宁，他的短项是给不懂原文的工人弟兄扣帽子。

有一个故事实在令你们笑不出来。她是从一个遥远的北方小城来到这里的，她在"文革"中被说成是某个反革命集团的成员，对她和其他被认为是"成员"的人进行了无数次批斗，其他人经不住斗，都自杀了。她不想死，她要挺住一口气看看结果，于是她跪在台上与其他"成员"的灵牌一起接受批斗。斗完了关在摄氏零下几十度的房间里，没有任何御寒物品。她冻得胃部痉挛，把晚上吃过的东西全部呕吐出来了。然后她挨打，打她的时候放样板戏的著名唱段，到现在她一听样板戏的唱段就浑身发抖，腹部绞痛……

然而你的精神很好，你熬过来了，你胜利了，江青失败了。你和千千万万善良的人们笑到了最后，笑得最好！大家安慰她说。

你们更喜欢说往日的光明和欢乐，谁谁在哪里打腰鼓欢迎解放军，谁谁在哪里呼口号支援朝鲜前线，谁谁高举着共青团的旗帜，谁谁因为受了批评而哭鼻子。还有互相起的绰号，还有第一次爱情，还有毕业前夕的谈心,还有在大华电影院看的电影乱乱哄哄,杂杂闹闹,哭哭啼啼,唱唱叫叫。你们唱解放前学生运动时期的歌曲《团结就是力量》和《跌倒算什么》,唱迎接解放军入城时的歌曲《解放区的天是晴朗的天》和《咱们工人有力量》,唱"大旗一举满天红啊"的渡江歌曲,唱"雄赳赳,气昂昂"的抗美援朝歌曲。一想到抗美援朝就又唱起了苏联歌曲《共青团员之歌》,那种"再见吧妈妈"的苏联青年参加红军参加卫国战争的情感正与当时的中国青年"抗美援朝。保家卫国"的情感相通。你们唱"右派分子想反也反不了……"立刻,你们一点也不尴尬了,阶级敌人的屎盆子已经与你们无干而是转赠于江青、姚文元,还有勃列日涅夫了。真叫地道!你们一直唱到《唱支山歌给党听》《革命人永远是年轻》《全世界无产者联合起来》,一直唱到《大海航行靠舵手》和语录歌:"领导我们事业的核心力量是中国共产党,""马克思主义的道理千条万绪……造反有理!"什么样的时代!这样的一代人,真是世界上几千年才有一次,中国几百年才有一次。

就在你们回忆过往的激情岁月的时候,钱文的心稍稍那么紧了一下。急切地回忆过往的黄金时代,不正是说明那个时代已经匆匆掠过了么?

正唱得欢,突然,雷电大作,青光闪闪,大雨倾盆,轰隆轰隆,你们笑了起来,兴奋了起来,一面往古柏树冠下和大殿廊檐下跑着躲雨,一面咯咯咯地笑个不住。一时雨说停就停了,弯弯的月亮使你们唱起了当年露营时候唱过的朝鲜歌曲《小白船》。月亮清明无比,她是经过了雷雨的洗涤,成为了刚刚出浴的新鲜无瑕的月亮。弯月四周云霞无限,薄如轻纱的,厚如山峰的,急剧移动的,温柔飘飞的,重叠增势的……明明灭灭,万态千姿。又突然,月被云遮,光明光暗,被云遮住以后月旁出现了几颗小星,而天空云海如万顷波涛,翻滚变幻。云海活起来了,黑夜活起来了,光亮的小白船也颠簸旋转摇动起来。突然回到青年时代的你们顾不得老是把目光盯住星月,你们开始一对对跳起交谊舞来。真是凑趣,却原来还有人带着录放机,放送起莫名其妙的乱砸乱敲的音乐。音乐不是当年的苏联风味而是美式的了。中国人一生必须准备好不断改变角色,必须个个有很宽的戏路子,必须掌握住不同潮流的舞曲节拍。中国人的胸怀个个宽阔如太平洋。中国人的全身关节都必须安装好了滚珠轴承,你常常需要转弯子,转早了转快了不成,转晚了转慢了也不成。全世界的各个国家各个民族各个地区,如果碰到了中国人近百年碰到的情势,未必有哪个民族哪个国家哪个地区的人会比中国人跳舞跳得好。

忽然,又是一场大雨,没有人再躲避了,你们跳舞跳得更加痛快,雨声夹杂着他们的笑声和叫声,还有人学公鸡打了一声鸣,不知道是什么意思。有的人在嘶吼,在狂笑,在大叫。然后月亮又亮起来了,一阵夏日清风,吹得树上的积水忽闪闪地从脖子上和面孔上飞驰而过,吹得古老的针叶树林芳香沁人。远处又一阵轰隆隆的雷声,如车轮辗过,天上又一道道闪电,如追逐逞威。月亮的光辉时隐时现,映射出道道团团黑云像大写意的泼墨一样在浸润散播。笑声引起雷声,雷声引起叫声,闪电引起合唱般的"啊——啊——""合唱"引起轰然的大笑。一个大霹雷,引起了恐怖的尖叫,一声尖叫,引起了一片嘲笑,声音刚刚停歇,一首老歌的领唱响入云霄:

> 我们,唱一首最亲爱的歌,
> 这歌声飞过那高山和大河,
> 歌唱我们广阔的土地,
> 歌唱我们亲爱的祖国……

于是你们齐声应和。一个尖厉的声音叫道:"噢,瞧我的嗓子!"

直到文化宫的工作人员宣布静园并且催促你们离去,直到你们发现天已放晴,而你们的衣裳已经被雨全部浇湿之后又已全部被风吹干,直到夏天的感觉已经被清冷的近于秋天的感觉所代替,直到你们冷得有点发抖了,你们才依依不舍地离去。

在公园门口,你看到了一个奇观,一个妇女正在给一个身材高大的人下跪,周围围满了看热闹的人。一个警察手足无措地无力地喊着:"不要围观,不要围着看……"然而他的维持秩序的努力淹没在嘈杂的人声中了。你的同伴们也好奇地——应该说是扫兴地——还应该说是不祥地在这个场面前停止了脚步。身材高大的人正在劝下跪的妇女站起来,公园门口的警察也走过来劝群众散去,但是他们都没有成功。

在混乱的议论声中你恍惚听到了一个名字——杨巨艇。

这是杨巨艇,一个从外地进京上访的女人正在给他下跪。钱文走过去想与杨巨艇打一个招呼,但杨巨艇忙着劝给他下跪的女人,他无暇错一下眼珠。而这时,参加聚会的朋友们跟过来与钱文告别,告别完毕以后,杨巨艇与下跪女人已经不见了。

许多年前你们有过一面之交,你们共同参加过一次会议。你拜读过杨巨艇的巨笔如椽的社会批判文字,也听过他的气势不凡的发言。他的泰山压顶、他的以匡世救世为己任,给你留下了深刻印象,但是你模模糊糊觉得他是另一种类型的人。

……终于等到了这一天。延迟了很久,冻结了很久,青春才有了这么一个迟到的从而显得略微夸张乃至做作的尾声。这是没有办法的事,欢乐、激情、轻信、幻想一直与你们的生命,至少是与你们过去的生命同在。

再以后,你们这一代人的青年时代彻底结束。

再以后,钱文忽然生出一个恶毒的想法:怎么大家都那样狂喜?怎么大家都那样痛批"四人帮"?而在"文革"开始的时候,大家不都是热泪盈眶地高呼毛主席万岁吗?后来,包括他钱文不是也曾经津津有味地议论刘少奇的被批斗吗?他不敢再想下去了。他能承认、他敢于承认的只是,他自己、他现在的狂喜是真诚的。

而在公园门口看到的上访妇女给杨巨艇下跪的场面,令钱文心慌意乱。

回到家里,雪山正等着他,他已经等了两个半小时,他的顽强令钱文感动。他拿着一本日语教科书,自称等候钱文的时候他一直在读日语,这更使钱文佩服。钱文的小学时代是在日本军占领下的北平度过的,他也被迫学过日语,他便与雪山歪七扭八地讲了几句"哇答枯其"和"哟洛喜"。看到雪山一副呆木的样子,钱文知道自己的日语学得太差了,不由得向雪山连声致歉。

然后雪山滔滔不绝,他给钱文讲了文艺界两部分人的情况。一部分人拥护邓小平的改革开放、拨乱反正、解放思想、实事求是,另一部分人停留在"左"的立场上,他们要搞秋后算账,他们视当代的中青年作家为危险人物,他们总是想再搞一次"反右",再搞一次"文化大革命"。"文革"前的十七年主要问题是什么？我们认为是"左",他们却认为有"左"也有右。"文革"要不要彻底否定？我们认为应该,他们却认为"文革"只是方法错了,出发点与精神实质是好的。"伤痕文学"有没有存在的价值？我们认为有、很有、大大的有,他们却认为不见得,他们认为"伤痕文学"中有许多反面的东西。文学界的"反右"是不是搞错了？我们认为是,他们却认为因人而异,有的错了,有的则是部分错了,部分对了,有的压根儿就该搞该斗,只不过是有些过头话过头事儿罢了。现在的文艺界是不是应该大力反"左"防"左"？我们说是的,他们却说有"左"防"左",有右防右,尤其是要防右。他们不准放映《望乡》。他们完全否定李谷一的唱法,他们把歌曲《乡恋》视若洪水猛兽。他们不承认十七年及以前的无数大批判有问题,他们声称绝不忏悔、绝不道歉……

而这些问题又与中央的情况有关,中央也有什么什么人支持改革开放,什么什么人不支持改革开放……

如此这般,惊心动魄。说完,雪山突然又说起了袁达观,说是"四人帮"倒台以后,袁达观从他下放劳动的地方回到北京,身上揣着两部作品,一部批邓批"走资派"的,另一部批"四人帮"的,他自称:"怎么也难不倒咱们！"令钱文瞠目结舌。

雪山回头就走,他说这个晚上他还要拜访两位作家,向他们介绍讲解形势。他补充说,是紫罗兰与白有光让他到处跑一跑的。

他走的时候落下了日语教科书,钱文在后面追,追得气喘吁吁,还是没有追上。这不是影响他的日语学习吗？钱文更是抱歉不止。各有所长,看来对雪山也不可等闲视之,钱文摇摇头,又是一声叹息。

……美丽的日子,美丽的回忆,美丽的联欢会。而在今天的聚会上,他们都怀念五十年代,都相信那是最美最真的理想天堂。那过往的夸张和简单、轻信和煽情,那过往的对于天堂的幻想和自以为是,也许正是通向苦难通向灾异的原由？不能够太相信梦境,不应该过分相信回忆。由于失却而更加珍贵的回忆、完美无缺如诗如火如梦的回忆也许太廉价了。

这有一点残酷,你剥夺了伟大成就与美好梦想,还要剥夺回忆吗？现实感一定是沉重的？梦与回忆,不也是现实的一点颜色？如果你擎得起沉甸甸的现实,同时高歌一曲：

> 唱支歌儿给我听吧,
> 快乐的风啊,
> 快乐的风啊……
>
> 谁愿意为胜利而斗争,
> 请与我们一起歌唱：
> 希望,就能实现,
> 做,就能成功,
> 寻找,就能得到！

伟大的十月革命开始的社会主义实验曾经带来怎样的自信！我们有多少好歌儿,动人的歌儿,振奋人的歌儿！甚至"大跃进"的歌曲也是难忘的:戴花要戴大红花,骑马要骑千里马……公社是棵长青藤,社员都是藤上的瓜……麦苗儿青来菜花儿黄,毛主席来到咱们农庄……哪个歌儿不让你热泪滚滚,心花怒放?

"文革"中也不乏好歌儿,《大海航行靠舵手》不用说了,《藏族人民歌唱毛主席》不用说了,就连语录歌也动人心魄:我们共产党人好比种子,人民好比土地……我们的教育方针,应该使受教育者在德育、智育、体育几方面都得到发展……都唱得荡气回肠。

你和你的朋友们唱罢了所有这些歌儿。你听到朋友们讲的趣话,说共产党靠唱歌打败了国民党。这虽然不经,却也反映了歌曲在革命和政治高潮中的作用,反映了反动派硬是没有歌唱。

以后呢?唱歌的时代难道也会过去?

# 第 七 章

在参加完了京华饭店的会议并且与杨巨艇、雪山共同去了咖啡厅以后,青姑特别高兴。回家后她吃了米饭与菠菜豆腐,她又热了剩粥,就着酱甘露把粥全部喝了下去。然后她泡了茶,往常,她晚餐后是从来不喝茶的。临睡临睡了,她又去烧了一壶热水自己跑到卫生间里冲澡。会前她已经到公共浴池洗了一次,不知道为什么,参加这次会议她竟出了那么多汗,京华饭店是太暖和了,而她也太汗流浃背了。

她已经有二十年没有这样痛痛快快地出过大汗了。

冲澡的时候她甚至欣赏了一回自己。头一天冲澡的时候她对自己和旁人的感觉还只是汗臭,只是腋下的酸气,是身体本身的单薄、平庸、枯干和无依无傍。她总觉得自己像是一截枯树,一根收获过后剩在田里的秫秸秆,一片渐渐枯干着的菜叶。而今天,她竟然感到了自己的苗条和灵动、圆润和汁液,一转身一抬手一弯腰,她觉得有一股水在体内外晃动。她想,她毕竟是一个女人,而是女人就会有那么一点潮气和妖气。当她用脸盆把调好的温度适宜的水举起,倾倒在自己的布满浴皂泡沫的身体上的时候,她舒服得呻吟起来。是时候了,她想,也许真的有了这么一天,一股子热情、一股子天才、一股子无以排解的怨恨和焦急会使她绽放成一朵大丽菊。

她想起了那个死鬼男人说的她的身体有一股鱼缸味道的话。龙睛鱼、鱼虫,无非是说她身上有股腥味,其实她完全不必那么动怒,这未必是坏话。一瞬间她变得宽容而且通情达理。也许腥味里有某种吸引人的东西,可怜的小领导,现在一个科处长又能被谁放在眼里?真正的问题是她不喜欢他,不愿意让他调笑,如果她喜欢的人,她说不定喜欢他这样体察自己的气味,说不定她愿意让他把鼻子伸过来,让他闻个够! 在热水的冲洗下,她自己也闻到了自己的一股好像是春天的煮荸荠的气味,她有点儿喜欢这股气味,淡淡的芳香、微微的春天的鱼腥气、轻轻的暖意,还有一股细细的汗酸。这些都是洗不完洗不净的。生命是什么呢? 是形状、是感觉、是痛苦也是气味。为什么就没有一个人真正怜爱她理解她包括她身上的气味? 为什么她这一辈子注定了——不论她是吐气如兰也好,还是气如鳄鱼(她为什么想到了鳄鱼?)也好——只能是被窝儿里放屁:独吞?

她随即听见了妈妈的咳嗽,也许妈妈的咳嗽不是巧合,而是提醒她不要太忘情。妈妈的一生提醒着女人有多么容易老,而女人老了该有多么不幸。她从妈妈身上看到了自己的明天,她的上下牙打起战来了。还在她八九岁的时候,看到二十多岁三十岁的女性,她羡慕得要死,她盼望自己快快长大。而同时,她看到那些五六十岁的老太婆,她们满脸皱纹地穿戴打扮,她们躬腰驼背地走路过街,她们发稀眉白地东张西望,她奇怪,这些丑陋的老太婆为什么不自杀,都老太婆了怎么还能活?

她已经到了该自杀的年纪了。

那么,一个到了这把年纪的人,要不要把笔名改成青狐呢?

什么是狐? 是狐狸。狐狸是柔软的、润泽的,可以胀大如象,可以收缩如鼠。狐狸是通灵的,可以吸日月之精华,可以集山川之秀异,可以招人喜爱,可以叫人烦恼。狐狸是轻巧的,可以万里奔跑无声,可以上天入地无迹。狐狸是奇妙的,可以千姿百态,可以隐于万象。狐狸又是女性的,她美如玫、细如眉、媚如妹、神秘如鬼魅。狐狸是野性的,她疯如狂风,她出没深谷狭缝,她机变嘲讽,她狡诈狠毒如三针就可以螫死一匹马的大黄蜂。

而青狐,不是说青色的皮毛,而指她置身于月光沐浴之下,并代表着表达着一种淡淡的青光、一双幽幽的眼珠、一曲幽幽的吟唱。

青姑还是青狐?

狐了又当如何?

不狐也得狐,不狐也是狐。你以为你是谁:革命大姐?红色娘子军?"三八红旗手"?或者贤妻良母?满门忠烈?贵夫人、淑女、名媛、千金小姐、第一夫人哪怕是第一千夫人?

同时她再一次后悔,为什么不把阿珍的背景写到深山里写到野狐出没的地方呢?如果不是写成海岛而写成深山,将会增加多少情趣!青姑一夜无眠。阴历十五,月光透过破窗帘照在她的床头。她的窗帘实在太破,快四十的人了,连一套新窗帘都买不起。然而,她喜欢月光,她想由于窗帘的破烂而透进了月光,那是一件很美的事情。她常常在满月时分失眠,这种失眠也许并不令她十分心焦,反而多少是她的一种享受。她的半辈子生活就这样无趣地过来了,像一碟拌白菜帮子,不但没有油、糖,连盐也没有……而且虚假,她一直在扮演着别一个木然的千篇一律的角色而不是她自身。如果连满月时分的失眠都中止了,如果她能在银色的月光下流着口水打着呼噜放着消化不良的臭屁入睡,她活着还有什么意思?只是在少有的幸福的失眠的夜晚,她多少保留了一点小资产,还能胡思乱想一下文学、爱情、唱歌还有自己的身体和灵魂,还有月亮和天空、风和晃来晃去的树叶。这种失眠其实是一种精神贵族的特殊功课,是一种本小姐的谱儿。这样的失眠是猪八戒摆手——不是猴(侍候)儿,不再注意周围,而只下决心陪一陪自己。

好像是一九六七年,她在中秋之夜不能入眠,她默唱了一宿"街头月,月如霜,冷冷地照在屋檐上……"她其实一点儿也不喜欢这首歌。她干脆也并不喜欢周璇,周璇长相太薄、太可怜,她的命运那样悲惨其实一相面就能预见到。但是一九六七年的中秋夜她抓住这首歌就像在狂涛里抓住了一根稻草。七十年代还有一次,她在正月十五的夜里一直想哭。后来她哭了一会儿,便想为什么哭,后来就不哭了,便又想为什么不哭,为什么甚至哭都哭不出来了,后来又流了眼泪,便追想自己少女时代以来的几次大哭。后来又想到当天下午的一个送蜂窝煤的汉子,他的一条腿有点跛,他的衣裳已经破成了丝丝缕缕,但是他仍然显得壮实,却原来在饥饿中也有人长得雄壮。她希望有一次机会抱住一个雄壮的男人,抱一次就行,然后她不要认识这个男人,这个男人更不能认识她。二十多年来,她早就不相信爱情了,但还相信有一种生物叫做男人。她恨自己为什么老是注意男人,她从小就知道,男人没有一个好的。妈妈多次向她说过。

睡了,没有睡,这中间也有灰色地带么?多少次了,她清楚地知道自己一夜没睡,然而,第二天听到母亲说夜间发生的事:一只猫在对面房檐上叫,声音大得宛如在耳边。一阵狂风刮开了窗子,后来赶忙关上了。后来是一阵夜雨,刷啦刷啦,多半还下了雹子,后来就停了。这些事她都不甚分明,若知若不知,若有若没有。这是不是说明她其实是睡了一会儿呢?

而一九七九年初夏的这一个晚上,她躺在床上一直想着的是一匹马和一个人。那个人像是杨巨艇,至少那个人有杨巨艇的伟岸与杨巨艇的微笑。一个勇敢的犀利的、思想与言语都所向无敌的大男人能笑得那样温柔甘美,是青姑从来没有见过的。她活了三十八年了,第一次看到一个伟岸的男人向她笑得甜蜜、舒适、开心和充满了生机。一笑你就觉得那已经不是他了,那已经不是一个肉身的凡人,而是一尊神明、一种快乐、一个理想,并且是一种通电效应。杨巨艇的笑容是一个身体加灵魂的粉碎和溶解,是他与引起他的笑容的对象的共同消失。她回忆这个笑容,咀嚼这个笑容,享受吮吸抚摸和占有着这个笑容。笑容如水如汤,她正在用这汤水漱口和洗涤全身。笑容如水晶球如玉如意,她正在用这水晶球玉如意在皮肤上滚过来揉过去,按摩遍全身体。她要把这个笑容装到心底,装到胸里和腹里。她的胸间,她的肚子上和肚脐眼儿里,还有她的腿间和手心脚心,她的腋下和唇边,到处都有一片笑容在滚动、在磨擦、在发热、在粘连、在扩张和抖动。

于是她骑上了一匹马,胡思乱想,她低声对自己说:这不是做梦,做梦是人睡着以后的事,而我是在失眠,失眠的时候也有幻觉,然而同时,我不会被幻觉攫获,我同时仍然清醒,就是说我知道现在已经是夜里三点多了。我知道我是躺在床上,床上当然没有马,我也不可能骑上任何动物,但是我不妨逮住一匹马,我骑着它从高空坠落,我向着地面飞下,灯火、树木和房屋正在接近,这真怕人,眼看着城市、生活、大地……眼看着自己熟悉的喜爱的觉得温暖的一切在离自己越来越近,然而又明白地知道当碰触到地面的那一刹那,将发出砰的一声巨响,将传出一声半路就憋回去的惊呼,将溅出一腔鲜血,将变成粉身碎骨。

为、为什么还没有落地,还没有撞击,还没有爆炸升腾?呵,却原来不是坠落、不是抛掷、不是无依无靠地跌向死亡的黑洞,而是飞翔、是优游自在的行行停停、是宇宙精灵的自由漫走。她骑着马飞翔,太快乐了,太舒适了。不能再沉入这样的仙境梦境幻境了,如果继续骑飞马而游太空,就要真的像个傻子一样睡着了,一切美梦也就失去了。没有睡,没有梦;真睡了,也没有梦。

然而这并不是马!青姑叫了起来,因为她发现那马其实就是杨巨艇。那马不住地扬起头抖动马鬃、打响鼻和长嘶。马甚至说话了,好像是说"然而"和"甚至",好像是说"消除"和"头脑",好像还说了"前进""时代""召唤"和"民主",然后他扇动翅膀,他亮开四蹄,他高飞入云。她不懂得杨巨艇所说的话,那不像是说话,而像朗诵,也许更像呻吟。在这个场合这个时刻,任何话语尤其是政治的哲学的抽象而严肃的话语都是不合适的。她注意的只是杨巨艇这个人或者这匹神马。如果一匹神奇的与英俊的马匹突然给你讲起民主与自由、现代化与工业化,那……果然,它服从了青姑,蹲下了,向青姑微笑着。青姑在这微笑里与它结合在一起,他们一起在天空飞翔,在海里遨游,如醉如痴,无耻癫狂。她喃喃地叫着,醒了过来,在醒来的时候看到杨巨艇满脸是血。她叫了一声。

还好,没有吵醒旁人。她充满罪恶感,想不到自己到这岁数了还有这样见不得人的梦。人,特别是女人,为什么会这样卑贱,像一条母狗,汪汪地、噢噢地、咯咯地叫着闹着可怜着与疼痛着、折磨着与乞求着、辗转着与腻歪着……我怎么到这岁数了还这个样子!这是绝对不可以的,这是绝对的秘密,她在这方面已经犯够了"错误"啦。好在梦只是梦,哪怕是醒着的梦。

她有多少次梦见自己光着屁股出现在大庭广众之中,她的乳房颤颤悠悠晃晃荡荡,她的屁股圆圆乎乎满满堂堂,她的肩膀扭扭摆摆皱皱巴巴,她是何等的狼狈何等的羞耻何等的无脸见人。她甚至好几次想,这不可能吧,我怎么可能一丝不挂地走出室外?我有多少件衣服呀,我至少要穿上裤衩和马甲、披上大褂,至少也可以披上一块毛巾呀!我怎么可能丢人现眼到如今这一步呢?

幸好,每次做完了不雅的梦,不论她在梦中如何坐实,确信自己就是真的赤身露体丢了大人了,臊得再不能活了,最后,她都能回到现实中来。现实中她不但没有在室外裸体,就是在卧室之内在床上在被子下面,她也是全副武装穿得严严实实。她睡觉的习惯是不但穿上裤衩,而且穿上背心,不但穿上背心,而且穿上棉毛衫和一件她自己特制的半截棉毛裤。她捂得滴水不漏,她坚信**捂是一切道德规范的核心**,她为了生活在这个世界上而不至于被认做妖精魔鬼害虫和病菌,她必须捂了再捂,捂了再捂。

她常常想起她所在的单位的一个笑话,她的单位有一位女子,好像她有点外国血统,审干的时候查过她的外祖母,说是她的太外祖母即母亲的母亲的母亲在一九〇〇年被侵入中国的八国联军洋毛子强奸了,才有了她妈。当然,这一点并没有查清楚,所以这位女同志一直被看做历史不清血统不明者。这位历史不清的姑娘据说在下乡搞"四清"的时候和一位有妇之夫发生了**不正当的**关系。她是结婚不久就被派下乡的,她犯了"错误"被提前调回。据说她回到家里,拿着自己的松松垮垮的大裤衩子给丈夫看,说就是因为它太大太松了,被人一拽就全秃噜下来了,才出了不该出的事。事实胜于雄辩,老公一看,裤衩子就是松松垮垮。他后悔莫及,承担了自己应该承担的虑事不周的责任。夫妻抱头痛哭,二人和好如初。这样的场面和对话是谁眼见耳听的,是怎样传出来的,天知道。但是捂好了才有道德的天才命题却从此更加深入卢倩姑的芳心,这是一个活生生的教材。她从而想到了老地主给作妾的女人制作的铁裤衩,如果给全国十三岁以上的女子一人发一个铁裤衩,这个国家的面貌将是怎样的清洁美好,没有低级趣味。

自从二十世纪六十年代以来,她一直捂得严严的,为什么在梦里却脱得精光?只此一端也证明改造的路有多么长!愈是梦里脱得光愈是要把自己捂严实,六十年代以来她购买服装的首要标准就是看能不能把自己捂死。而她愈是白天把自己捂得严实,愈是会在梦里把自己脱光。

只是她常常按捺不住一个冲动,她想把自己梦中脱光的经验告诉众人,坦白出来。她参加过各种运动,交心、放包袱、灵魂深处爆发革命、狠斗私字一闪念……她多想把自己在梦中的丑恶表现交代给领导、交代给群众、交代给朋友们啊。她真心想做一个干干净净的女子,但是她一直苦恼于自己的肮脏和下流,她当真没有办法可想了,她只想干脆当众从思想上精神上脱光,为了克服梦里的光溜溜的丢丑。

身上还是有一点热。

再次做过这样的梦以后,她终于铁了心,就叫**青狐**。

这时妈妈悄悄地敲响了她的卧房的门。

本来家里能够走动的只有她们母女俩,继父只是个活死人。母亲多次劝她晚上不必关门插门,倩姑坚决不听。三更半夜地老太太来敲门,青狐觉得讨厌,就假装睡着,不给她开门。

母亲坚持敲,女儿坚持"睡"。

敲了五分钟,睡了五分钟。

然后母亲隔着门说话,母亲之了解女儿正如女儿之了解母亲。母亲含含糊糊地说:"倩姑,你有心事我知道,我早看出来了。你哼哼了大半夜。唉,造孽呀!你还有希望,有可能得到幸福。但是也不容易,实在不容易啊!我要告诉你的是:不要相信文艺人,不要相信作家诗人,不要相信名人!天下的女人都在等着他们……"

"混蛋!"倩姑几乎大骂出声,她一家伙坐起来,光着脚冲向门口,她想一头向母亲撞去,她想杀死母亲。母亲就是她身边的恶魔,母亲在她身边,她就永远不会有幸福不会有爱情不会有家庭不会有对男人的任何信任。母亲从小占领了她的全部灵魂全部生命,母亲每天二十四小时侦察她监控她指挥她干扰她。即使和那个辅导员和那个科长过不成日子,她起码是可以与小牛过活的,然而母亲先是不吃肉丝蒜苗,后来又是不收那个年头比黄金还宝贵的糖炒栗子……一切灾难的根源是她妈,就因为她妈太爱她了,有毒的爱、排他的爱、自私的爱、占领式的爱,我他妈的再也不要你的爱了!!!

开开门的一刹那,在透进来的月光照耀下,她看到的是母亲的半秃的白发,是母亲的半驼的身体,是母亲眼角上的泪水。她一下子坐到了地上。

妈妈!她叫了起来。

……她迫不及待地写一篇新构思的小说,也可以说压根儿没有什么构思。她只是感觉到自己应该写了,她急不可耐地要写,而且要放开了写、匪夷所思地写、哭出眼泪地写。她写一个聪慧也算美丽的姑娘,这个姑娘名叫山桃。山桃?名字显得俗了些,但是她忽然喜欢起这种名字、喜欢起似无产阶级实非无产阶级的、满不论(读 lìn)的、敢于挑战的傻乎乎的女人气来了。山桃生活在一个贫困黯淡的家庭里,直到十九岁,她没有照过相。她的小说的题目就叫做《照片》,与人名一样的俗。到了十九岁那一年……那么十九岁那一年山桃在做什么呢？对不起，还没有想好，她可以是在上学，可以是已经回乡生产，可以是新考上乡镇企业的学徒、车工或者挡车工或者电工或者钳工吧，后两样女性从事的很少，所以有趣。报上说乡镇企业与包产到户一样，都是中国农民的伟大创造，农民先创造出来，领导观察思考了一段，才给予肯定的。山桃在十九岁那一年照了一张特别美丽的照片，美丽得她自己都惊奇不已，美丽得她不敢见人示人，那年头人们宁愿接受丑陋也不愿意遭遇美丽。她偷偷地放大了一张十二英寸大的，而且请照相馆为这张巨幅照片（那时候一般人家有张四英寸照片就够惊人的）上了彩色，她为此用掉了自己半年的零花钱。可是在她取照片的时候，她丢掉了这张最美丽的照片以及底版、发票还有装照片的纸袋。怎么丢的？可能是摔了一跤，可能是由于一阵旋风，可能是有一个小偷。或者干脆不说是怎么丢的，丢了就是丢了，带几分神秘，带几分宿命，留几分悬念。总而言之，她的空前绝后的美丽相片蓦地无影无踪了。

那么，那么，这篇小说的题目就不应该是《照片》了，这篇小说的题目可以定为《丢失》或者《遗失》或者《风》或者《偷》。

相信后两个单字命名更吸引人些。

照片丢失，这就牵扯到狐狸上了。山桃父母所在的山村过去盛传着狐仙的故事，说是这里常有狐仙出没，它们或者她们常常和人们特别是青年们开玩笑。她们把一个姑娘的手绢拿到一个想媳妇想疯了的小伙儿手里。她们把在青纱帐中野合的青年男女的内裤偷走，完了事，裤衩没有了。隔了几天，在一家寡妇门楣上发现了男青年的裤衩。她们尤其喜欢让你丢掉你最珍贵的东西，你喜欢什么重视什么就丢什么。狐仙捉弄人只是为了纯洁的快乐，是非功利的"为艺术而艺术"。

农业合作化以后，狐仙从这里销声匿迹了。

如今，狐仙重出江湖。

那么，山桃长得应该是什么样子？那种叫做肖像描写的该怎么样进行？把她写成一个玉洁冰清清纯如雪的少女？写成一个地火欲燃或已燃的常常脸红的女子？或者把她写成一个极富特点的、刚毅刺人的、有着尖利的下巴和微微翘起的鼻子的女孩？写成一个云山雾罩的,生活在自己的梦幻中的女子？这最后一种女孩的目光是散乱的、内向的、长着厚嘴唇与浓眉毛长睫毛与密厚的黑发的。

而此篇小说需要的是一种什么调子呢？谈起小说的调子,青狐感动得要大叫。写小说和发表小说以前,她什么时候想过在乎过自己的或者别人的调子？亲切与含蓄的？热烈而狂暴的？古怪与稀奇的？潇洒不羁的或者娓娓动听的？大开大阖的或者细雨和风的？天花乱坠的或者欲说还休的？

噢,写小说是这样的快乐！这样的大权在握！比处、室、局、部长的权力大,比书记的权力大！于是她成为上帝,她制造宇宙,塑造风景、创立生命,诞生神鬼妖仙、狐鼠鹿雉……她证实悲欢,主宰命运,裸露自身,比据说的外国的裸体公园更过瘾更放得开。她在裁判胜负和生死,宣布判决和收授投诉,报复恶人和感激良善。有冤的报冤！有爱的报爱！她憋了十年二十年三十年四十年,现在她发出了声音！一声喊叫传四方！

在她欲痴欲颠欲仙欲燃的时候她听到了公用传呼电话员的吆喝：

"卢倩姑电话！卢倩姑卢家的电话！"

住在这个楼里的人家都没有电话,只有司局级干部的家才有资格装电话。这个楼的居民就是被传呼去接公用电话也很少见,那时人们还不习惯用电话,不想用这种于对方非常麻烦于自己也绝不方便的通讯方式。还要破费：打一次公用电话四分,被传呼一次二分,带留言是三分。这样,卢倩姑听到传呼员的吆喝,反而有一种得意洋洋兼由于太过神气而不免不好意思的感觉了。

是杨巨艇,他在一个有电话可用的地方给她挂了电话。他说："青姑,呵青姑么？(该死！我改名叫"青狐"了,他老先生倒又叫起

"青姑"来了。)今天下午五点在电影资料馆有一个内部电影,叫什么来着?对了,那个《六宫粉黛》,是香港和美国人联合拍的,其实是写俄国作曲家李姆斯基·柯萨科夫的,他写了《谢赫拉萨达》组曲。对对,就是《一千零一夜》,谢赫拉萨达就是那个会讲故事的公主……是的是的,我有两张票,可是我的家人都没有时间,我们俩一起去看好吗?"

青狐高兴得说不出话来,她想的只是山桃应该把那张丢掉了的照片重新找到,完璧归赵,故事从头说起。她想,山桃丢失照片的故事并不是一个悲剧,而是一个大团圆的好戏。她想,为什么杨巨艇知道她最喜爱李姆斯基·柯萨科夫的《谢赫拉萨达》组曲?谢赫拉萨达就是那个大臣的女儿,因为自己的后妃的偷情而暴怒的哈里发,每天都要娶一个女人,第二天早晨把她杀掉。女人的命运古今中外都是如此。这回轮到谢赫拉萨达下嫁,入夜以后给陪伴她的妹妹讲故事。由于故事没有讲完而哈里发也被故事所吸引,便没有杀谢赫拉萨达,或者更正确一点说是推迟了杀谢赫拉萨达的时间。以后的每一天都重复前一天的过程,终于,野蛮的哈里发改变了自己的嗜血的律令。粗暴的男人就是在谢赫拉萨达这样的会讲故事的女人的感化下从野兽变成了人的。如今,她也会讲故事了。

她喜欢这个故事也喜欢李姆斯基的组曲。她曾经在那个辅导员的家里听过他买的苏联原版唱片,那时的唱片售价是人民币八毛钱一张。她喜欢乐曲的东方的情调和表现神奇的女子的旋律的梦幻味道。

还有一个亮点,电影资料馆。她还从来没有去过电影资料馆,但是她知道去电影资料馆是那个年代的一大时髦、一大乐趣、一大(身)份儿。所谓住在她的楼下实为住在相距三百米但属于同一居民区的一层楼的雪山,在京华饭店会议之后,来"看望"过她两次,除了动员她参与"倒白(部长)"战斗以外,还向她大讲特讲了在电影资料馆看过的"(内部)参考片",他讲了就是说他看过了老片子《飘》

《出水芙蓉》《魂断蓝桥》……和新影片《巴顿将军》《新梅隆镇》《猜一猜,今天谁来吃晚餐》《回首往事》,还有一部从头到尾所有角色不讲一句话的法国电影,从头到尾都是跳交谊舞,片名雪山忘记了。他说得青姑瞠目结舌,垂涎欲滴,像个乡下的大山桃。山桃有一张大照片,结果照片还丢了,而雪山却看过了如他自己所说,过去只有江青和王洪文才看得上的电影。王洪文看一个老掉了牙的《出水芙蓉》都看得发傻,可怜的土包子!

而听了法国的不说话光跳舞的电影,青狐更是露了怯,她问:"那不成了无声片了吗?不成了舞蹈片了吗?"

雪山还不错,耐心地向青狐进行当今电影潮流的启蒙教育。可惜的是青狐无法想象电影资料馆里的影片风貌,愈是如饥似渴地听取雪山的教导,愈是不得要领,最后是更加糊涂。她一下子觉得雪山高大了许多。

而现在电影资料馆与杨巨艇一起向她招手!

她接完了或者正确地说是回完了杨巨艇的电话,连忙跑到理发馆。她不知道怎么对女理发师讲好,因为这家理发馆对她太熟悉了。但是头几个月的青狐即还没有去过京华饭店的青姑与今天的已经去过京华饭店的青姑是不同的两个人了,她已经进入了文艺界,她已经与瞿老、犁原、钱文、紫罗兰、张银波、袁达观等人见过面并与他们平起平坐,她已经听过了也学着说了一些倾向、典型、主题、题材、表现、氛围、鞭挞、细节、结构、语言之类的词儿了。有了这些词儿她感觉自己胸部高耸、眼睛明亮、鼻梁挺拔、腰肢柔韧。那么,她应该有不同的发型了。而杨巨艇的热情相约更使她觉得不好好理一次发就对不起人家。她与理发员反复研究,决定立即烫发。冷烫一次,最快可在一小时四十分钟内完成,她还有这个时间。当她的头发一绺绺被卷起来梳起来以后,她为自己终于可以费一些时间为自己做一些事而感动莫名,泪如雨下。她一面听凭理发师拿着药水处理她的头发,一面不停地提出一些问题一些担心一些建议,最后理发师懒得再理她,她却坚持用变得更温柔的声音与理发师谈话。几十年过去,她早已学会强赔笑脸,假作殷勤。她想克制一下,她知道在卷发的过程中她最好合眼假寐。然而一种热力在胸中翻滚,她硬是静不下来。卷完了,她又起急,硬让理发师把热风罩调到最高温度,她似乎是把头伸到了炼狱的火炉里。她的头皮显然已经几处烫伤,头发几处烫焦,发出不似烤白薯,类似烤白薯的气味。她便开始抱怨,抱怨得理发师生气了,罢工了,人家不干了,躲到一边用一只原来装蜂蜜的空玻璃瓶喝茶去了。青狐大骇,心想自己无理,自己是消费者而人家是劳动者、国家主人。忙低头认罪,连说对不起,才请回了属于领导阶级一员的理发师。还好,理发师给她做头发的时候,她变得很乖,理发师也做得很好,吹风机头摆来摇去,没有再烫掉她的几层头皮。只是经过这一点曲折以后,她的时间益发紧了。她换了十几年来不敢穿出去的一件缎面罩衣,一件西式黑绸裙,她还换上了一双五十年代买下、没有穿过几次就压在了箱子底、有一年雨季还发了一点霉的半高跟系带皮便鞋。这次,青狐穿起衣服来好像换了另一个人。她是雄赳赳,气昂昂。只是好久没有穿高跟哪怕是半高跟鞋了,穿上这样的鞋,她直不起腰来,而越是弯腰就越前倾,她感到自己马上就会跌跤。为了追公共汽车她几乎摔倒在车站前。

她到达电影资料馆的时候开演时间已经过了三分钟,她几乎哭了出来。但她终于能挺起胸膛穿着半高跟鞋走路了,中国女人为了能挺起胸走路大概用了几千年的时间——还是不敢太挺。她有生以来第一次挺着那么高的胸(其实仍然平板窝囊)到需要特权才能进入的电影资料馆看"参考片",赫赫有名的杨巨艇相约陪伴,这是何等的幸福荣耀。杨巨艇拉住她的手说:"你真漂亮!"她的心怦怦怒跳,她晕。

他们进了放映厅,原来电影刚刚放,银幕上出现的只是片头字幕。青狐心花怒放,好像当真骑上了一匹飞马遨游。

她立刻感觉到了电影资料馆与普通电影院的不同,很简单,在普通电影院,你闻到的是一股热气臭气,而在电影资料馆的内部放映厅,你闻到的是一股香气。

她看的是沙俄海军军官李姆斯基·柯萨科夫,心里想的身上感觉的却只有杨巨艇。她不时转头看一下杨巨艇,觉得他的侧影有一点像李姆斯基·柯萨科夫。在影院的黑暗与银幕的彩光中,杨巨艇的轮廓十分动人,只是他的嘴唇不时嚅一嚅努一努,有点多余,有点烦人。而且,他今天在电话里怎么又叫她青姑了呢?大人物就是这样心不在焉吗?大人物对旁人的、小人物的名字都是马马虎虎的吗?

富有灵感的作曲家的激情和智慧就是杨巨艇的激情和智慧。而那个酒馆里的应召女郎或者随便什么女郎呢?那就是她青狐自己。可悲的是她比影片中的女郎岁数大得太多了,她远远没有这位女郎的光彩。对于女郎而言,美丽和聪慧就是一切,美丽和聪慧的女郎就是天使,她就是她,她就是小提琴的主题,她就是中音提琴的再现,她就是敲响了的定音鼓,她就是鸣咽的萨克斯管。花花绿绿的色彩,她已经忘记世界上有这么多缤纷的颜色了。缤纷,缤纷,这两个字她当年是何等喜爱。看到这两个字她就有一点飘飘然,像登上了云端,像穿过了彩光,像沐浴了雨一样的花瓣。而就在李姆斯基·柯萨科夫与美丽聪慧的女郎热烈地拥抱的时候,作曲家的头脑里突然产生了灵感,突然奏响了旋律,于是他走了神儿,于是他拿起笔,在一张破旧的招贴画上记下自己的五线谱。是关于谢赫拉萨达的灵感么?为了传说里的美丽的公主,李姆斯基·柯萨科夫失去了怀抱里的美女。他的走神儿于音乐使美丽的女郎失望地离开了他。这就是艺术的代价了。

真是一个残酷的故事。不祥。一切高尚领域的活动与成就都是以荒谬的与不近人情的事件为代价的。美人悻悻地去了。这说的不就是杨巨艇吗?杨巨艇每天都沉浸在对中国的与世界的生产力、生产关系、上层建筑、社会机制、官员作风与士农工商的命运的研究当中,不就与天才的沙俄海军军官李姆斯基·柯萨科夫的沉浸于音乐一样吗?可爱的与可怜的李姆斯基·柯萨科夫啊,幸福的与无知的应召女郎呀,还有丢了照片的山桃呵——原来每个人都注定要失去一样或者好几样最宝贵最不应该失去的东西,这是命——让我怎么主宰与编造你们?

然而这时,她听到了杨巨艇的愈来愈大的呻吟声。

# 第 八 章

一九七九年十月钱文得到通知,到一位高级领导同志家里开座谈会。会前雪山奉紫罗兰之命再次专门来找钱文,他背着挎包,里面装了不少书,免不了有那本落在钱文家里后来才拿走了的日文书。他见到钱文先宣讲学日语的重要。他反驳那种认为英语比较更有用的观点,他说中国人学英美,隔得太远,容易食洋不化,画虎类犬,而通过日本学欧美的先进,是最便捷稳妥之路。钱文闻之大骇,想不到雪山同志还是一个"知日派"。他知道日本政府的一个国策,就是在世界各国培养不叫"亲日派"而叫"知日派"的人物。

于是钱文和他随便谈起日本的历史和文学,谈到了日本文学经典《万叶集》和《源氏物语》,日本的奈良时代、平安时代、镰仓时代、德川幕府与明治维新,谈到日本历任首相伊藤博文、东条英机、岸信介还有佐藤荣作,谈到日本共产党的领导人野坂参三、德田球一、宫本显治和宫本的夫人作家中条百合子(后采用夫姓为宫本百合子)。他发现,雪山知道的则是日本乒乓球女运动员松琦君代与电影女演员栗原小卷、男演员高仓健。钱文暗自悟到,才华横溢的标志不在于能够知道许多东西,而在于多少知道点就能抡它一个昏天黑地。

雪山一头大汗,更是一脸兴奋,谈日本受挫丝毫不影响他的好心情,他来找钱文不是为了研究日本的历史与文学。钱文又不是日本学专家。他的兴奋灶是我国文艺事业的走势与领导权问题。而在中国,看一看文艺格局就能判断政治形势,听几出戏就能懂得中央的权力分配。他提到这一点就喜上眉梢,得意已极。他的话也多得从四面溢出。他的中心意思与前一阵紫罗兰讲的差不多,都是说现在白部长非常危险,即将掌权,他掌了权文艺界全都会遭殃——他的思想体系其实与张春桥、姚文元没有两样。白部长骂青狐的小说是以小资产阶级的面貌改造党。他顺便告诉钱文青姑已经正式将笔名改为青狐,这是根据杨巨艇的口误改过来的。说到这里,雪山挤了一下眼睛。白部长骂钱文的诗是危险的信号。他认为中国目前的局势与一九五七年"反右"前夕差不多……白部长的意思是再搞一次"反右"。这个话确实令钱文受刺激,怦怦然。

钱文对白部长了解不多,从内心里他不能说是喜欢这个人,原因是他写的文章有些让人读了不太舒服。他动不动就是"我的内心里充满了激情""我的热泪充盈在我的眼眶里",连文尾的小注也与他人不同,白部长的小注不仅有例如写于某时某地,而且多是写于"火热的斗争前线""严酷的考验时刻""鲜红的太阳最早升起的地方"或者"激情如潮,终夜不寐之时"……不可思议,一个老作家会这样写文章。他需要表白自己有激情?

然而白部长仍然是重要的,几十年来,他是指向哪里打到哪里,诚于中而形于外,在"反右"斗争初期,钱文有幸在一次批判斗争大会上听到白部长批判"右派"的发言,他义愤得满眼含着泪,说话又是深切的腹、胸腔共鸣,你当然相信,他是顾全大局的,他的一切激动和深沉都是从大局出发的。偏偏文艺界有这么一拨子冲动浮躁名利熏心的小头小脑的机灵鬼,燕雀安知部长之志?

但是他钱文同时不明白:为什么从紫罗兰到雪山到犁原都那么紧紧盯住了白部长?白部长说了什么,雪山从哪里知道?他与白部长没有什么直接关系,他有什么必要又有什么过得硬的根据去猛攻白部长?即使扳倒二十个白部长也轮不到他接管什么制高点。他有什么理由登堂入室,这样把自己不当外人?

钱文想起了据说出自赵青山之口的名言:"别以为自己就是人

民的儿子了,做得好,也不过是人民的**侄子**!"

钱文又想起了一位誉满全球的老诗人对白部长的评论,极挖苦的评论:"白××是一位没有著名作品的著名作家。"

然而无可怀疑,这里头包含着乐趣。好像拔河,你本来与胜负无关,顺便拉了一下便宜手,即参加某一方稍稍一揪,你只用了二两劲,你感到有门儿,你一下子来了精神,你用了更大的劲头,你咬紧牙关,你沁出汗珠,你绝对不可以失败,你眼看着己方的人愈来愈多,眼看着绳子向己方移动,于是你喊叫起来,你把一切都押在己方的取胜上了。

人其实是天生好斗的。雪山,还有杨巨艇,还有最近陆续回到大城市的王模楷、米其南,还有袁达观,还有犁原、张银波……更不要说初出茅庐的卢倩姑了,渐渐都进入了倒白的大军。他们惊魂乍定,刚刚露头,四顾生疏,深浅难测,怎么可能一家伙就掺和到按理应该属于中央有关部门的工作范围职权范围中去!怎么写爱情小说写抒情诗写报屁股文字的人一个个都成了路线斗争,而且是组织路线的行家里手!

"文革"中有个词叫做**路线交底**。"文革"以后大家都对共产党和共产党斗,书记和书记或副书记或×长斗习以为常。不但人物要斗,喽啰也要选准目标,跟随这一方或另一方斗。组织安排人们参加这种内斗,就叫路线交底。

当然,他愿意相信,他们交底的是正确路线。用毛主席的语言说,叫做人们已经不再那么书生气了。

在白部长与另一位白同志,即紫罗兰的丈夫白有光之间,他同样选择白有光。

雪山苦口婆心地对钱文宣讲:坏人的一个特点就是抱团,抱成一团的鼠辈,能够战胜不抱团的雄狮。正确路线也要抱在一起,也要掌握权力,否则什么都是瞎掰。

钱文脑子里出现了列宁的教导:无产阶级除了组织以外,没有别的武器。

这么说,正确路线也要学习错误路线的做法吗?"以其人之道还治其人之身",不是等于承认"其人之道"的颠扑不破吗?

钱文听着,略略点着头,不置可否。雪山不厌其烦车轱辘话来回说,于是钱文不断给他倒凉开水。钱文一再问他是不是太热了,要不要脱下一件衣服。从雪山一进屋他就觉出天热来了,他一面听雪山的"路线交底",一面吸溜着鼻子,觉得房间里蓦然间多了许多汗味儿。

然后钱文跟他谈起杨巨艇最近的一篇文章,无非是想换一个话题。

雪山怔了一下,他当然看出来了,他对钱文的路线交底效果不佳。现在的钱文已经不是当年的轻信的钱文了。

雪山改换话题说:"你知道吗?青狐现在跟杨巨艇很不错呢。"他挤了一下眼睛。

"哦?"钱文一笑。

"你知道吗? 他们俩一起看电影,后来,青狐就住在杨巨艇家里了。"

钱文摇摇头。他不想听这些,他尤其不愿意雪山当着东菊的面说这些。

"中国人的性观念,实在是太落后、太落后、太落后了!"雪山有点长太息以掩涕。

钱文笑了,他闻见了更加浓烈的从雪山的领口冒出的汗馊味儿。可能他家里的洗澡条件不好。可能他年轻而且健壮,内分泌比较发达。有一说是雪山身上有少数民族血统。这是不是一种国情呢?还是各国都难免呢? 就是说,总是需要一些没有著名作品的著名作家、不会跳舞至少是不再跳舞的著名舞蹈家、没有了嗓子与身段的著名京剧艺术家。

雪山告辞的时候天下起了雨,钱文留他一起吃饭。雪山说他还要到三个地方,一副要事在身,与天、地、人斗其乐无穷的样子。钱文把自己的伞给了雪山,雪山表示第二天他还要到这边来,就会把伞还回来。钱文觉得自己对雪山的态度有点冷,便没话搭拉话地问雪山兜里有没有坐公共汽车的零钱。谁知雪山还当真翻了一回衣袋,证明他真的没有带钱,说是换衣服换的,并从这件事说起了毛主席从不接触钱,极端厌恶钱,见到钱赶紧躲开。然后叹息毛主席确实是没有用钱的必要与机会,比如说能设想主席去一个小卖部哪怕是中南海的小商店买包中华牌香烟吗?如果主席缺了香烟要自己去买,主席的秘书与警卫,是不是都该枪毙?

钱文想说,雪山同志已经有了主席的心胸了。他怕被认为是讽刺,便什么也没有说,而只是从口袋里找出了几块钱的零票,给了雪山。

零票当然无所谓,只是伞也从此失去了踪迹。

因为要举行一个大活动,上边召开座谈会,要听听文艺界的意见,这倒不是坏事。钱文按照通知指示,来到一个三进的红门大院,进入了最里面一进院子里的一个大白天也灯火通明的大会议室。每个人面前都摆着雪白的瓷茶碗,穿着紫色制服的服务员提着茶壶给大家倒茶。茶水绿黄相间,与明亮的茶碗相映鲜丽,冒着小小的热气,发出佐茶的茉莉花香。

这里的茶碗也与众不同,世上原来有那么白细如雪、滑腻如脂的瓷器。钱文抬头看看大会客室的吊灯,一盏盏照明灯泡显出这么大的气魄,令钱文佩服。他又想,吊灯这样巨大这样沉重,会不会开着开着会突然坠落下来,砸着与会同志们的脑袋呢?

领导同志讲得高瞻远瞩,讲从现在到世纪末中央要做几件要事,要这个要那个,"文革"期间搞错了的,现在都要纠正过来。"文革"当中失去了的,现在都要找补回来。要建设现代化的国家,要振兴中华,要富强、民主、文明,党风与社会风气都要好上加好……领导同志激情满怀地描绘今后十年五十年的蓝图,很好的蓝图。钱文发现,我们的一些领导其实非常单纯,他们预定了一个目标,从此盯着这个目标,就这一个心眼儿。他们坚信只要好好地向着这个目标努力,拼命干革命,就没有克服不了的困难,就没有拿不下来的堡垒,日子就肯定是天天向上,国家就肯定是兴旺发达,江山就是铁打铜铸。

就像六十年代的一支歌:

在祖国和平的土地上,
生活天天向上升,
青年人都有远大的理想,
老年人愈活愈年轻,
我们工人劳动最光荣,
生产记录日日新……

领导同志的想法与这首歌曲一样,单纯健康!真是赤子之心哟!这个时候有一部电影放映,很受欢迎:《海外赤子》。女歌唱家叶佩英为影片配唱主题歌,她百灵鸟一样地高歌:"我爱你,中国!"

"文艺家们的任务也是很重很重,要给读者鼓劲加油……"领导同志讲话讲得辛苦,讲得又急又有一点口吃,口吃了再重复说:"大家受苦了,但是中国的文艺家从来都是与党同甘苦共命运的,现在要多写文章多出好作品……"

领导同志讲得用力,也挺动情,是爱国忧国谋国治国之豪情。我们的领导个个都盼着中华振兴,一日千里,雄踞东方,世界第一!为了这样的目标领导们都快累死了!

钱文已经好久没有听到过这样的讲话了,回想二十多年前,这样的讲话对于他就像每天必需的粮食空气和水一样。大、穷、乱、脏、无知又受欺侮的中国,需要有一批民族的精华献身的赤子,每天日以继夜地为国家操劳为国家运筹帷幄。他像干枯的禾苗接受雨露一样接受着这样的讲话……后来呢,后来,现在听起来是愿望依旧而心情难表了。久违了,似曾相识的治国安邦方略和献身奋斗热情!

如果说京华饭店的会议是一场冰上舞蹈的表演,那么这次会议就好像在倾听一个钢琴家演奏,激情洋溢、技巧娴熟、华彩缤纷、击打铿锵,毕竟是革命家鼓动家群众领袖出身的领导人啊。

包括毛泽东,他也描绘过各种蓝图。他老人家的蓝图更像是提琴演奏,上天入地、盘旋呼啸、八荒四极、揽月捉鳖。然后提琴曲变成了冲锋号,杀呀……

即使最好的领导,他们对文学的期待也主要是为读者**鼓劲**。是的,作家应该是伟大事业的拉拉队。文学应该是行军的快板,拉纤的号子,打铁的叮当,大炮的轰鸣。党在冲杀、在奋斗、在坚持、在流血流汗、在与敌人肉搏、在勉为其难、在气喘吁吁、在用尽自己的最后一丝力气,作家就不应该喊两声好吗?作家还要哭丧败兴颓唐泄气挑刺儿找茬儿阴阳怪气儿吗?钱文非常惭愧。愧对领导也愧对同行。愧对文学也愧对政治。愧对写作也愧对革命。什么时候才能把文学的作用使命功能文学家的追求与革命家政治家的雄图即国家的大局民族的大局人民百姓的大局说清楚搞明白呢?

领导同志拿出香烟,贪婪地吸着。领导同志太辛苦了。这么辛苦地工作还不可能把国家的事办得妥妥当当,中国真费劲!

头两天晚上钱文与东菊一道在一家小川菜馆子吃担担面的时候碰到了周碧云、满莎夫妇。满莎立刻表达了对现在的作品的不满:"现在的作品包括你的作品叫人读了不能增加信心嘛,我读了你的诗啦,我什么也没有得到,我看不到希望啊……"

钱文分辩说:"我们刚刚经过了一场噩梦,写下这个来,这是一种心情、一个记录,也是一个梳理。珍惜现在才能创造更好的未来。再说文学毕竟是现实的产物,你总不能说现实是由文学创造的吧……"

这最后两句话有点绕。满莎翻了翻眼,再次强调说,他对现有的文学作品不能鼓劲感到十分不满。

而钱文承认,他为文学现状所做的辩护是无力的。

不只是满莎,许多革命干部都对现在的文艺不满,五十年代的长篇小说多好啊,三红(《红岩》《红日》《红旗谱》)一创(《创业史》)多好啊!《林海雪原》《青春之歌》《烈火金钢》《保卫延安》多好啊!

也是,人们在忙于拨乱反正,忙于发展生产、解决冤假错案、追悼亡灵、抚恤家属、接待每天成千上万的上访者,人们忙于给癌症病人开刀、给嗷嗷待哺者以稀粥、给锁着铐着的成千上万的囚犯——无辜者以公道、给活埋在矿井里的工人以救援、给无家可归者以庇护,人们还要把长年两地分居的夫妻调到一起、教育无照经营的摊贩、给困难户调剂住房、打击抢劫杀人罪犯、补路修桥修建公厕清理下水道……作家们呢?他们念念叨叨,他们哼哼唧唧,他们这边扎一下痒穴,那边捅一下麻筋儿,一个个摆出忧国忧民、人类良知的架势……你说咋办?他只有向满莎夫妇抱歉地笑了。

一个自以为是像模像样的作家,他或者她想的则是建造一座精神的殿堂,奏响一曲精神的悲歌,浇灌一株精神的长青大树。他们爱谈人生的深层次的痛苦,他们关注的是理想与价值、是宇宙的秘密与生活的终极、是艺术、是文学史、是李白与杜甫、是托尔斯泰与巴尔扎克、是文化的奇葩、是语言的瑰宝、是精神的一切能力与向度的可能性……是十年、二十年、五十年和几百年后人们捧读与感动惊叹的传世之作。非常不好意思,然而这是事实,几百年后,也许有个把作家一两篇作品存留下来。而那个时候,文学家这些要求与不满,将不会有什么人顾及,不会有什么人记得。

座谈会的开始静默了一会儿,紫罗兰便大声发言,她一上来就展开了对白部长的点名批评,真刀真枪,刺刀见红。

紫罗兰大声说:"白××同志的问题是政治的问题,是品质的问题,是抵制中央的政治路线与思想路线的问题,这个问题不解决,我们不放心,我们不答应!"

"紫罗兰给咱们定调子呢。"雪山对钱文耳语,"只有清除白部长,她老公白有光才能接班掌权。"

什么?雪山怎么又这样说上了?怎么他怎么说怎么有理?她看

了看雪山,一副笑嘻嘻的样子,活像是幼儿园里的孩子做过家家的游戏。同时,紫罗兰的发言也使他心悸,好一个紫罗兰,敢下辣手!

散会以后,从领导同志的大红门走出去几步以后,紫罗兰激动地说:"今天的会开得不好,火力分散,不顾大局,咱们这些作家吧,干脆说:没戏!"

钱文不太在意,问题不在于他无意利用这个机会攻击白部长,问题在于这些话与他对紫罗兰的印象不符,说下大天,紫罗兰是个懂文学懂艺术的人,她会唱歌也会写作,而且是女性,女中豪杰。她大脸盘大眼睛长眉毛目光如水厚嘴唇,长着一头浓密的漆黑头发,热力炽人。她的长相注定了她的性格应该是浪漫、豪爽、冲动乃至于性灵的,她肯定是性情中人。她怎么可能迷恋于权力斗争、人际斗争呢?长得好看的女子应该更快乐也更光明,哪怕是更天真烂漫和更不设防。这不会是真实的紫罗兰吧,艺术和人生中有那么多不同类型的角色,为什么她们偏偏去选一个最不适合她们扮演的角色,选一个与她们的本性相距十万八千里的角色?

钱文暗中也在问自己:那么,你是什么角色?

领导同志的"钢琴演奏"是艺术的、豪放的、理论的也是大纲式的更是情感的,如高天劲风,如阳光明媚,如山河壮美,如鹏鸟展翅。而紫罗兰们的告状对于高级领导来说其实是琐屑的、形而下的、抠抠唆唆的。一个很好的钢琴演奏家碰到了低水准的管弦乐队,怎么能演出一部精彩的钢琴协奏曲?

会上还有一个人的发言让钱文非常难受,那是说话嗓大气粗的袁达观。奇怪,这个会他也来了,而且居然迟到了十五分钟。一来到这儿他就大大咧咧起来,似乎他是领导同志的老相识。别人说话他不断地插话,真不知道这是一种什么习惯。他说是他写了一个很好的"反右"题材的剧本,电影厂本来已经决定开拍,后来受到了白部长的破坏,不拍了。原因是白部长是"反右"的积极分子,是靠"反右"起家的,白部长最怕的就是人家说"反右"搞得不对。白部长今天这个样子不是偶然的,在延安他就专门打别人的小报告,把别人打成反革命,他再去睡人家的老婆。钱文看得清清楚楚,领导同志这时候皱了一下眉。然后袁达观的发言改为对电影厂的批评:说是他们那里只重视演员和导演,不重视作家,根据是没有给剧本作者分配更好一点的房子,没有通知作家参加欢迎外宾的宴会,排名单时把作者放在了后边,还有,让钱文听了特别尴尬的是,只安排了演员和导演当政协委员与人大代表,没有给作家安排这些政治荣誉。

会议结束了,领导同志继续讲了一些高瞻远瞩的感人的话。钢琴曲进入了高难度的尾声。可惜的是,钢琴一上来就把调子起高了,到了结尾时刻,反而不显高亢,再高,难免声嘶力竭。为中国人民而操心,这真感人、真难,也真引人、熬人、烫人、磨人。钱文一想到中国,为她抛头颅洒热血肝脑涂地的劲头就上来了。与此同时,他的脑海里出现了刘小玲,热情的刘小玲没有等到真正可以为了中国而热血沸腾的这一天!

散会以后钱文与卢倩姑被雪山拉到他的一个铁哥们儿家里,那是一个刚刚走红的电影导演蓝英,说到蓝英的名字,钱文与青狐经过雪山点拨才明白,虽然这个名字有点像女性,但蓝导演是一个大男人。他导了一部写"文革"悲剧的小片子,只上演一个小时十五分钟,大部分景都在城市、街道和室内。影片讲一个天真的少女,父母在"文革"中受到迫害,她走失街头,几次几乎被坏人诱骗,最后被一个不留姓名的男青年好心搭救的故事。男青年为了救她触犯了"四人帮"的爪牙,被一批盖世太保式的人物带走了。最后少女的父母得到了平反,少女(已经成长为一个美丽的大姑娘了)恢复了她的令人羡慕和受到各方面照顾的地位。这时她想起那位男青年来了,然而她却无处寻找……钱文听到这位导演的名字便对他增加了敬意,而青狐更是显出一种机遇难得乃至兴奋莫名的样子。

导演的家位于邻近城市的古迹——一座市内寺庙的地方,是个大杂院,一进又一进,想当年也是个特大号的宅门官府,现在是乱七八糟。前院有叫卖摊煎饼的小推车,第二院贴着专做字画裱糊的广告,从房间里散发出变了质的糨糊的酸味。第三院的绳子上晾着戏装,钱文奇怪为什么天黑了人们还不赶快把戏装收拾起来。直到第五个院子才找到了导演的家,导演的房子虽然狭小并且破破烂烂,但是他自己在房边用类似帆布的一种什么纺织品搭了一个大席棚,与房屋连起来,挺别致。雪山叫了一声,导演出来了,是一个连鬓大胡子,眉粗眼亮艺术天才型男子,说话发声是优美的低音,那富有共鸣和感染力的声音使钱文想起十月革命后出走的俄罗斯男低音夏里亚平和五十年代被美国政府封杀的黑人歌手罗伯逊。

钱文禁不住赞道:"原来是一位好嗓子的美髯公!"青狐也说:"您好帅呀!"雪山连忙用夸张的语气介绍二位生客,说他们一位是当今泰斗,另一位是耀眼新星。导演对此并不在意,看来他这儿的各色客人太多太多了,他无意弄清谁谁是谁谁。而钱文在想,这样的庙旁五进大院,当初究竟是什么人的公馆呢?从院子里可以看到寺庙中的藏式佛塔的黑黝黝的身影。进棚子以后立刻满眼雪亮,看来电灯是白天黑夜地开着,与领导同志的会议室一样。四壁挂着各式各样的小画,有摄影也有绘画,有素描也有莫名其妙的抽象画,一幅红红绿绿的画像是一堆大肠杆菌,还有一幅画远看像是女性生殖器,近看才知道是半个切开的苹果,另一幅画远看像是红头绿毛黄嘴鹦鹉,近看才知道是一位外国哲学教授的肖像。青狐认为这是现代派的绘画,而男低音导演坚持说那只不过是经过处理的彩色照片,钱文骇然。

"你给我写过信。就是我的小说《阿珍》刚发表没有多久的时候。"青狐试探地,又有些讨好地对导演说。

奇怪,导演听了茫然,两眼空空洞洞,就像青狐说的不是事实似的,这使青狐尴尬了起来。

美髯公也不说什么待客的话而是立即给来客放录音,他放的是美国黑人女歌星洛兹的歌。她嗓音嘶哑,超等沙瓤,又说又唱,又喊又闹,掌声与欢呼声连成一片,气氛十分热烈。同时,导演并不回答三位客人的问话,而是我行我素地给三位倒茶水。茶水已经不太热了,像是剩茶根儿。青狐嫌洛兹唱得太吵就捂上了耳朵,主人见状,按下停止键,换磁带,放台湾歌星凤飞飞的歌曲。

"你们这是从哪里来?"导演问雪山。

雪山说了以后,导演问道:"你们这是什么脾气呀,整天谈政治,你们又不是政治局的⋯⋯"他好像说了非常挖苦的话,青狐没有听清,凤飞飞的嗓子太好了。然后两个人放低了声音,嘀嘀咕咕,"不要脸""肚子""一进门就趴在他身上了",飘过来几个词,他们是在说哪个人的私生活吗?

⋯⋯流行歌放了好一会儿,开始出现了钱文熟悉的歌,《五月的风》,是谁?叫什么奚秀兰的唱的,"五月的风儿吹在花上,朵朵的花儿吐露着芬芳⋯⋯"于是显出了懒散,显出了无奈,又显出了空荡荡的从容。许多年过去了,从来没有这样空荡和从容过。《天涯歌女》,一九五七年放过的,可怜的周璇的歌声后来随着"反右"斗争的开始而结束了。"郎呀,咱们俩是一条心⋯⋯"为什么那么天真那么无助,那么小孩子般的幼稚和善良!世上当真有这种幼稚和善良么?啊,天乎,竟然唱起了《夜来香》,那不是扮作中国人的日本女子李香兰唱过的么?"我爱这夜色茫茫,我爱这夜莺凄怆,更爱那花一样的雾吻着夜来香⋯⋯"夜来香,究竟是什么花?钱文不记得了,而歌声竟确实有那么点凄怆和迷茫。难道,难道清明的、目标确定的与忙碌的和激动的世界转了一个圈儿以后又回到了迷茫和空洞?那么再听到"好花不长开,好景不长在,今宵离别后,何日君再来⋯⋯"也就是顺理成章的了。"来来来,再喝一杯⋯⋯"莫非就比"革命人永远是年轻,他好像大松树冬夏长青⋯⋯"更强大?靡靡之音就比战斗的进行曲更持久?不可思议,也许是太可怕了。钱文从骇异渐渐觉出了轻松,世界似乎正在变得空旷和无所谓,否则,这个大棚,这个胡子,怎么可能不让他想起牛鬼蛇神、群魔乱舞之类的词句?他慨叹世界的变化之速,他怀疑这种不成体统的局面能不能延续下去,毕竟,蒋经国的军队并没有打来呀。他模模糊糊有一种孙猴子逃不出如来佛的手心的感觉:也许会闹出什么问题?也许会被当做什么什么新动向汇报上去?也许听歌会听出事儿来?

但是他没有一味想下去,他看到不知怎么的青狐与导演坐得很近并交谈起来了。他听见青狐说:"然而,结尾不应该是那样的,我想,电影结束的时候应该有一个歇息,就是说要渐渐平淡下去。平淡的结束才是最好的结尾,结尾不能再掀起一个什么高潮,结尾的高潮会使人觉得虚假,就像吃饭,您不能在快吃完了的时候再上主菜……"

钱文觉得奇怪,青狐也夸夸其谈了,她似乎不是这样的人,她一直是很收敛的。

导演渐渐露出感兴趣的样子,他在辩解,引用了一批外国名片的名字:《夏伯阳》《乡村女教师》《飘》《居里夫人》《巴顿将军》……也不还有什么。

导演话锋一转,他建议青狐把《阿珍》改编成电影剧本,他甚至说打算让张瑜演阿珍、刘晓庆演红霞、郭凯敏演哲学家,如此这般,说得青狐脖子都红了。不知为什么,钱文的脸也红了,一切都太快了、太具体了,似乎略去了许多中间阶段,似乎从一月份的严冬一下子变到了七月份的三伏,似乎上午的小草下午就变成了参天的大树。

只有雪山击掌称快,他告诉青狐:"这是咱家里的事儿,蓝导说了要拍电影,那就是要拍电影,我们等着看八十年代第一年的最佳故事片《阿珍奇恋》,说不定够得上一个国际金奖!板上钉钉,齐啦!"

……回家以后,钱文费了许多唇舌解释为什么这一天回家回得这样晚。他似乎无可解释也压根儿不需要解释,他的解释东菊也不要听。但是他敏感地也许并没有敏感地觉察到了东菊的不快,否则,他回来得那样晚,东菊至少应该问问他去干什么了见到谁了有什么见闻有什么可笑或者可恼的事儿没有。但是他回家后看到的东菊却是默默的,他的解释的反应也是完全的安静。这是怎么回事呢?他的无人要听的解释越是进行下去,就越是没有意思。他想大叫一声,这是怎么回事呀,是不是我愈倒霉愈好？是不是大家甚至包括东菊已经习惯于我处于无人问津的状态了？他想改换一个话题,改说天气与槐树,改说窗帘与穿衣镜,东菊仍然是毫无反应。

只是到了第二天,他与东菊谈起了青狐的小说。东菊说起了她阅读青狐小说的感觉,她说她喜欢青狐叙述的方式,诗一样的语言,充满感情,话里有话,有点悲愤填膺,继而气迷心,却又无可奈何,变成幽默,变成傻呵呵。她重复了青狐小说中的几句话,令钱文大惊。东菊评论说:"然而,青狐的小说有点车轱辘话,说的话成了山,愈说愈会说,还是那几句话。这样写下去,不管写什么,老是那点烦闷,就像驴拉磨呀似的。"钱文觉得东菊的话不够公正,但是也不想反驳。后来又说到杨巨艇,钱文把雪山的传言告诉给东菊。东菊用鼻子哼了一下,她忽然说:"我觉得杨巨艇有点过于伟大了。"钱文又是一怔,琢磨起她的话的意思。

"这就对啦,你们可要热闹一阵子啦。'文革'当中也流行过非常精彩的话,那时人们说:'人人都要表演一番的,你想让他不表演也不可能。'现在呢,变了,一切都正在变化着,现在的舞台更大了,愈来愈大了,人儿们是更欢势啦。各人演各人的戏吧。"

说着,叶东菊给了钱文一封信,是米其南的妻子小名叫小六儿的写来的,她原来并不认识钱文,她说她是在米其南最困难的时候嫁给米其南的,她用非常文学的语言描写了她对米其南的爱、对米其南的支持。钱文读着读着甚至忘记了这是一位半陌生半熟悉的女子给他的信,而以为是一篇来稿。来信说,米其南刚刚处境好了一点儿,就到处拈花惹草起来了。发表了一篇小说,他就与一个女编辑又与一个文学女青年睡上了……她知道,米其南从心里佩服的只有钱文,她希望钱文能伸出指引之手,不仅是为了她们的家庭,更是为了米其南的才能不至于挥霍在莫名其妙的几个小女子身上。

嗯,钱文呻吟了一声。

## 第 九 章

　　山桃的照片丢了,她的照片被一个画家拾了去。那个画家正处在倒霉的时刻。那个画家为照片的形象所倾倒,昼思夜想如梦如痴。"文革"开始,画家更加没有活路。画家准备自杀,他预备了三十片安眠药片。他吃了所有这些药片。他迷迷糊糊,他拿起了这张拾到的照片,他看到照片里的人活起来了,梦中的姑娘告诉他她名叫山桃,美丽的姑娘劝告他要顶住,要坚强地活下去。他爬到了卫生间。他呕吐得一塌糊涂……

　　一个人吃了三十片安眠药却没有死,因为药力不够?因为画家的顽强的生命力?因为服药前他喝了太多的劣质茶水?因为有一张山桃的照片?

　　或者什么也不因为,只因为这是小说。

　　画家在"文革"当中受了许多罪,他常常拿出山桃的照片来欣赏。画家所在的美术家协会里有一个不走运的女青年,她见到人们都在画画,自己也画,她认为既然自己在美术家协会里供职,就证明自己是画家。她把自己的画拿给画家,画家没有在意,因为那只是中下水平的东西。她受到了极大伤害。"文革"的发生使她找到了报复的机会,她指出她在美术家协会一直受到资产阶级权威的迫害。她检举说,男画家是美蒋特务,他有一张秘密的联络图和秘密的联络信号。画家由于回答不出照片上的人是谁而受尽了折磨。他最后还是挺过来了。后来"文革"终于过去,画家迎来了自己的生命的迟到的春天,他突然大发光芒,他以照片上的与他想象里的"山桃"作素材,画了许多画,他的创作震惊了全国和世界。他到处寻找山桃,没有人理解他,大家都劝他停止这无谓的寻找,领导认为他是患了妄想型的或强迫观念型精神病……后来画家终于找到了已经徐娘半老的山桃,山桃早已经结婚生子。画家悲伤,得了病,死去了。而那个检举画家的女青年,由于在"文革"中行为的不端也备受轻视和非议。后来她在一篇小说中看到了类似照片的故事,她怀疑是她的事被某个恶毒作家拿去当了素材,她无法忍受,她得了早年间叫做"夹恼伤寒"的病,悄悄地走了。

青狐最得意的是她对画家吃安眠药死而复生的过程的描写。她写道:

> 他的手心里充满了白色的药片,他优美地扬起了头,素常他扬头是表示思考,是准备讲话——要讲一点深刻的常人难于接受的道理,是示意保留就是说不完全赞成,或者是将要笑一下,正确地说多半是冷笑,因为他很少笑。他刷的一下用同样优美的动作把手里的药片全部倒到了自己的喉咙里,优美的右手在倒空了药片以后又高高地举了这么一下,像是举起一面旗帜,像是举起一束火炬。想象着自己的优美和决绝,他突然冒出了庄严的泪水,他几乎是干吞了大多数药片,然后才直起头用左手拿起水杯,他的泪水流到杯子里,他咕咚咕咚把水喝了下去,剩余的药片被水冲进了喉咙如同沙石被山洪冲进了山谷……
>
> 突然,他的全身发起冷来,他的眼前是一片漆黑,这样快么?不,不可能,他确实地感到的是头脑变得沉重和麻木,比如说他姓什么,究竟姓什么呢?他已经说不清楚了。他感到的是蒙头盖脸的风雨,狂风暴雨闪电雷不鸣,就是说,没有一点声音。为什么暴风雨没有了声音,就像火没有了温热,花没有了芳香。莫非他已经死了?花瓣像雨点一样地落下,树叶在天空飘飞,山峰崩颓,地面裂缝,他的游魂飞快地飘移来飘移去,如水上的一片

落叶。他要嚎叫,他要痛哭,然而,他叫不出声音哭不出声音来。这就是死亡么?然后死亡也就不再是死亡,死亡就是死者的生命,诞生就是死者的死亡。

而这时他听到了一丝敲击,一点碰撞。虚空裂开了一道细缝,无声裂开了一道细缝,永远的死亡裂开了一道细缝。"山桃,"他听到了自己的呓语,他看到了一个少女的笑容……

她不知道自己写得好不好,但是她渴望写死亡、写自杀、写神秘、写莫名的爱、写仇恨、写命运,也写复活、失落与找寻。她渴望写出杨巨艇的精神。

毫无道理,她写着画家,想着的是杨巨艇。

小说已经基本上写完一稿了,她才弄清楚里边的关键性的情节:山桃的照片是怎么丢的?她无须明确回答这个问题,她可以也必须给读者留下发挥想象力的余地。她也不能完全回避,不能断臂残肢,更不能缺少中心环节。

山桃所在的山乡深处,传说有一只狐狸,被年轻人崇拜为狐仙。狐仙专门关心人间风月,代理红线老人的职责,因为这里太偏僻太贫穷,这里是一个被红线老人遗忘的角落。这里出现过许多男女痴情奇事:老年间一位六十岁的老妪生了孩子;民国期间一位姑姑爱上了侄子;"文革"当中有一个青年农民因流氓罪被处死,罪犯被处死以后,所谓被罪犯强暴的女孩子突然自杀了。狐仙搞得满乡不得安宁,好几个上边派下来的工作队一到来都是先搞批判狐仙,狐仙一度的确是销声匿迹了。那是因为毛主席,毛主席比什么神仙鬼怪都更硬气。然而毛主席百年以后,狐仙的故事似乎又回来了。所以人们相信,山桃照片的丢失也是狐仙所为,至少是类似狐仙的某某所为。

这样,小说不就一下子有了神采了吗?

与小说同时或者说同步,她一次一次地想着,应该说是从早到晚地想着杨巨艇。那天看电影时杨巨艇发作了疝气症。青狐为了照顾他没有能够看完李姆斯基·柯萨科夫创作《谢赫拉萨达》组曲的过程。她自己沉浸到一个不同的组曲当中了。

杨巨艇说她的妻子带着小儿子到南方奔丧去了,而她的大女儿在石家庄上大学。这好像是小鼓的连续敲击。他家里没人。这像是巴松莫名其妙地响了一下。什么,杨巨艇的大女儿都上了大学了,青春时代已经属于他的独生女了? 这么说,他已经向着或者超过五十岁走了。这是从天而降的小提琴齐奏。这使青狐怃然,她心疼起杨巨艇来。这是第一提琴的独奏。反一个"右派",改一阵子造,再改正过来,说是当年没有"反"对"划"对,杨某人只是个常人而已,并不像原来说的那样多一只犄角少一个鼻孔,杨巨艇并没有杀人放火也没有投毒下蛊……叫做一个同志的问题就这样搞清楚了,然后二十多年就过去了,于是当年的青年就不再年轻再不年轻永不年轻啦。

青狐把他送到医院。这像是急板。费了几个小时,到晚上十点多,才暂时止住了杨巨艇的疼痛。她不放心,又陪他回到了他家。一家四口竟然住在一间狭窄的房子里,东西乱放乱摆,左一只袜子,右一只球鞋——带着橡胶的臭味,墙上斜靠着一个洗脸盆,墙角有一把砸钉子用的小锤子,床头堆着信件,床栏杆上搭着毛巾,还有满地的报纸杂志,显示了房屋主人对于世界大事国家大事的关注和使命感。青狐酸楚地服侍杨巨艇躺好,要了与他爱人联系的电话号码,但是杨巨艇坚持不必给妻子电话,他说他常犯这样的病,过去那一阵也就好了。

为什么会是这样? 他是一个天才,他是一个思想家,他是一个斗士,他早就提出了中国需要民主需要文化需要知识分子地位的提高需要司法独立等等,他名震寰宇,在青狐这样的人中无人不晓。而且,他是一个多么体面的男人! 伟岸的身躯、凸显的轮廓、巨大的头颅、紧锁的双眉,还有说话时候发出的浑厚的声音,他有这么好的腹腔颅腔鼻腔共鸣,他也许应该去学唱意大利歌剧……然而我们国家,我们国家的麻烦太多了,我们的国家需要他这样的人为之思考为之操心……他的日子怎么过得这样狼狈?

在她告辞将要离开杨家的时候,杨巨艇从床上伸出了苍白的大手。他握住了青狐的手,再不肯放开,像一个,像一个孩子不肯放开自己的妈妈——巨大的他在病中又是多么虚弱。他挽留了青狐,使青狐面红耳赤。青狐只觉得自己想大哭一场。

杨巨艇问她,听说你改了笔名叫"青狐"了,是吗?青狐说什么呢?是你先把我叫做"qīng hú"的啊,而现在你忘了。青狐终于伤心地落下了眼泪。

迁延到午夜,青狐才离开杨巨艇的家,他的家离她的家很远,一个在城市西南,一个在东北郊。她需要倒三次车才能到,坐了一次车以后,已经错过了后面的两次末班车,于是青狐走路回家。她丝毫没有考虑路途的遥远与行走的辛苦,她一直含着泪。她走在街上,心却还留在杨家。她的身上还有破烂不堪的杨家的气味,她的手上还有对伟大和虚弱的杨巨艇的手心的感觉,她的心里只有杨巨艇,她真想帮他收拾收拾屋子。她担心他会不会一天突然往手心里放上三十片安眠药片,像阮玲玉那样,像话剧《日出》里的主角陈白露那样。她想多拉一会儿杨巨艇的手。真奇怪,那么大的手掌,那么多体力劳动留下的茧子,然而他的手在她的手心里是那样柔软、那样无力,像是棉花做的。她应该安慰他照料他支撑他托住他。她应该把他搂在怀里。不,她没有别的思想:坏的思想坏的欲望见不得人的念头。她只是为国为民为知识界为未来,干脆说吧是为她自己而觉得应当给杨巨艇更多一点温柔、安慰、照顾。她也许可以给他当老妈子,他更重要,他的政论和哲学思考比她的胡诌八扯的小说重要得多伟大得多。和他在一起她感到了快乐、感到了沉重、感到了一股气势包围着她托举着她振奋着她。

青狐走了一个多小时,走得身上是又冷又出汗。她一直觉得是她与杨巨艇一道走,不是并排走,不是牵手走,不是拥抱着走,而是合成了一个人走,他把她抱在怀里,她把他抱在怀里,她把他含在口里,他把她含在口里,他附着在她脸上,她黏合在他身上,他已经进入她的身躯和内脏,她神采奕奕,如有天助。她已经得到他的身体和灵魂。她深夜走那么长的路却一点也不怕一点也不累,她好久没有这么快乐过了。

回到家,她仍然兴奋不已,她觉得自己的心已经留在了杨家。妈妈为她的迟归而心惊肉跳,妈妈没有睡觉而是和衣等待着她,而且妈妈说她一晚上下楼去了七次迎她。她说妈妈是多此一举。妈妈生气了,扭身就走,她也不管。她不想告诉妈妈任何事,有一些事就是对亲娘也不愿说的。没有别的什么的时候,她和妈妈好像是一个人,她发愁妈妈也发愁,妈妈大笑她也就跟着大笑起来。但是在她心目中,至少是心目中,还时不时的有一个高大的男性的影子出现,而这样的影子,哪怕只是影子,她不能与**妈妈**共享。

直到此后很久很久,想起那一天妈妈下楼七次等待,而她深夜(凌晨?)回家后不搭理她妈妈,她就被一种罪恶感压得抬不起头来。

她直觉地感到,杨巨艇缺少一个好妻子,在他犯疝气的时候她竟不在他的身边,他竟不让给她打电话。有杨巨艇这样的丈夫而不陪伴他,而不小心翼翼地服侍他,这是对人的迫害,是对历史和祖国犯下的一种罪行。她有点愤怒有点悲伤,想起杨巨艇的妻子,她的情绪变得恶劣。

同时她也突然后悔,人生能有几十年,青春早已经不属于她和杨巨艇了,热情也罢,浪漫也罢,早就被生活剥夺了。她一无所有,她一事无成,在她出生的时候已经注定了她属于这必定牺牲的一代人,她已经被多次宣布为不道德不检点不马列不健康……她为什么还把自己当做一个淑女一个修道院的圣徒?为什么她非要回家?杨巨艇小声说:"你不要走了……"他说话的声音像蚊子一样,他是多么的可怜多么的无助。为什么她就不能照顾他一夜呢?她可以坐在一边,她可以靠在一边,她可以躺在一边,她可以紧紧地抱住杨巨艇,她相信那样的话杨巨艇就能够更快更安全地度过这场疝气的发作,他的细胞他的智慧他的心胸就会减少许多消耗。

已经很久很久了,她已经没有想过要抱哪个男人了,哪怕只是这么空想一下,她也觉得很舒服,很有味儿。如果是枯萎的花儿,只一想就变得滋润了,如果是凋零的树叶,只这么一想就长出新绿。生活,什么是生活?长了锈的、发了霉的、变了形的与挤干了汁液的,生活仍然是生活,仍然有重新变得活泼和湿润的可能!奇怪,为什么人的思想要那么肮脏?为什么一个女人一个男人就不能亲亲密密而又干干净净,她就愿意与杨巨艇热烈忘情地拥抱在一起而不涉淫乱。她是这样的人,杨巨艇也是这样的人,杨巨艇正发作着疝气,难道她还有什么想法?有什么办法?她从小就愿意和男人在一起,她相信男女在一起是最最幸福的事,是上天赐给人的快乐和满足,她并不愿意与男人干那些个下身的动作,她从来一想都觉得恶心,她从来没有在那种体操与物理学的磨擦与润滑上体验过美丽和浪漫、幸福和高尚。她回忆起来就觉得自己是像猪只或者羊只一样被摆在肉案子上听凭刀斧棍刺切割拍剁和穿来穿去。即使往最好里想,那也只是一次次外科至少是皮肤科手术。

她已经四十来岁了,从十二岁以来,她就做着爱情的梦,是高雅的、诗一样的、无比纯洁的爱情。她想象着一个她爱也爱她的人,她为了他他为了她都能赴汤蹈火,她有了她他有了她再无别求,他就是她的全部她就是他的世界和全部生命,她说一个字他就能听到全篇,他笑一笑她就能做到他想要做的一切。她常常想着他们一起散步、一起骑马、一起游泳、一起滑雪,他们会拉着手一起飞翔,他们会一起大笑不住,他们的笑声也是天设地造的和谐。她想他会挖出一勺冰激凌喂给她吃。她想她会在炎热的夏季拿起一个麦管给他吸冰镇酸梅汤,那酸梅汤会流到他的嘴里她的嘴里他的嘴里然后又是她的嘴里。多么有趣,多么天真,多么忘情……

然而她仅有的性经验却使她觉得在与男人的那种关系中她得到的差不多只是强奸,和她发生过性关系的男人到了那个当儿全都俗恶不堪、丑陋不堪、挤鼻皱眼、口角流涎,连几句有情有义的话都没有就开始脱她的衣裳,还没听清楚她想要说的话就硬是压上去挤进去了,像是谋杀,像是抢劫,像是强暴。她没有得到过诗意。她愈想愈伤心。

然而杨巨艇不是这样的,一想到杨巨艇青狐的细胞就发热发胀,她的感觉是她突然得救了。她看到了杨巨艇,便觉得自己活了起来,年轻了起来,飞扬了起来,笑容舒展了起来,连眼睛也比平日更湿润,像是含着欢喜与痛惜的泪。杨巨艇可不是一般的浊物,他有思想,而且他为他的思想付出了代价,为他的思想受尽了痛苦,为他的思想几乎献出他的一切。这样的男人是圣徒,是真理的使者,是普罗米修斯,是丹柯。她终于,最后最后,找到了这样的男人了。在不折不扣地承认她已经爱上了杨巨艇的时刻,她只觉得浑身高热、天旋地转、歌声盈耳、热泪盈眶。

然而她犯了最大的一个错误,她没有把杨巨艇惯常使用的公用电话号码记清楚,也没有记清杨巨艇家的详细的与规范的地址。她在送疝气中的杨巨艇去医院急诊又把他送回家后的第二天想给杨巨艇打个电话问候,却没有办法打。她记的电话号是错的,人家告诉她那不是公用电话,人家也不知道有个什么地址什么门牌什么杨巨艇。对于青狐来说是如雷贯耳的杨巨艇,对于那个普通的接电话的人却是什么都不是。青狐一次又一次地拨通这个电话,让人家给她找杨巨艇,接电话的人也急了,人家说:"大姐,我不是跟您说了好几回了吗?我们这儿没有洋鸡丁,也没有土鸡丁,连鸡蛋儿也没有啊。"青狐解释说不是鸡丁,是巨大的巨、舰艇的艇。于是人家说:"唉哟,咱们这个小胡同里,别说巨艇,小船也过不来啊。"北京人就是那么贫,不给你办事还净说便宜话。

于是青狐一再地拨114查号台,人家说压根儿没有这样的街道和胡同。她和人家争吵起来,后面排着队等着打公用电话的人与她争吵起来——她也没有电话好打,她也得打公用电话查问公用电话,连电话号码都不知道却占电话占了那么长时间,惹得全体排队打公用电话的公民一起向她抗议。她想坐公共汽车去找一趟杨巨艇,她却无论如何想不起杨巨艇的确切住址。头一天晚上去的过程,对于她像梦游。

青狐接到了去领导同志家开座谈会的通知,她去了。她本来兴冲冲地以为能在这里看到杨巨艇,但是杨巨艇没来。雪山给她解释,杨巨艇不算文艺界的,那个人整天谈政治,是单相思的政治家。她不喜欢雪山谈杨巨艇的口气,她不明白为什么雪山一会儿夸张而且严肃,一会儿又拿一切寻开心。雪山总是自己与自己矛盾,所以他无往而不利。

她也不喜欢紫罗兰的大眼睛和厚嘴唇,那样的女人一定是贪得无厌和得寸进尺。紫罗兰讲的那些人事上的事更使她惊讶,她从这里悟到了为什么中国的文学家写不好文章而中国的女人不像女人。男男女女,人人都在合纵连横,春秋战国。袁达观更使她悲哀,他更与文学无干,那只是一个利欲熏心的食客或者干脆是小市民。从头发梢到脚指甲,袁达观哪里有丝毫的作家的高雅?青狐甚至恶狠狠地想,如果她给他几十块钱,他会不会趴在地上学狗叫?如果给他几百块钱呢,他会不会当众舔干净一盆子芝麻酱?她为什么会想到芝麻酱,她自己也不明白,那只是为了不去想很像芝麻酱的另一种东西。其实她自己是很爱吃芝麻酱饼与芝麻酱面的。

也许她太刻薄,太恶毒了?她为什么对与自己做派不一的人怀了那么大的敌意?然而她与钱文取得了共鸣,她一直注意着钱文的表情,她看得出来钱文一直注意控制自己,特别是当领导同志讲话的时候钱文几乎是目不旁视,他似乎不经意地频频点着头,好像从领导同志的话里得到了很大的启发和感动。钱文的那种动作甚至使青狐想他是不是一个马屁精。青狐不禁对正在点头称是状的钱文微笑。钱文显然发现了青狐的目光与笑容、善意和些微的嘲弄,钱文回她一个快乐而且应该说是纯洁的笑容。而袁达观发言要求各种待遇的时候,钱文的面孔则应该说是绝望和愤怒的了。他不由自主地回头看了青狐一眼,他的嘴嗫了嗫,他的眉毛上扬了一下。青狐觉得,他的动作已经说明了一切,他与青狐已经取得了很好的沟通,以致直到散会,青狐一直想笑。

同时,青狐也看到,显然是紫罗兰与钱文更熟悉一些,他们一见面就说上了话。而且紫罗兰有一种对所有的作家特别是男性作家拥有特权的表现,她问这个作家为什么不把新书送给她,问另一个作家为什么过她家的门而没有去找她,然后责备一个作家没有关心她的染病。她对钱文也是这样说话,好像钱文欠她二百块钱:"哼,回北京那么长时间了,连个电话也不给我打。什么什么?不知道电话号码?你不会问吗?雪山那里就有我的电话号码啊,问题是你想起来过吗?"

青狐听得有点讨厌,更有点羡慕。

青狐还发现,在开会过程中紫罗兰时而脸转向钱文,甚至隔着旁人拉一拉钱文的衣角,与钱文时而相视而笑,又时而摇一摇头,时而撇一撇嘴。青狐的感觉是他们二人一直在眉来眼去,虽然在这里用"眉来眼去"形容是十分的不合适。

只是在散会以后,在她与钱文雪山一起到了电影导演蓝英家以后,青狐的心情才变好了。

电影导演的外表与风度、言谈与做派令青狐一见难忘。他好像不属于她的时代她的地域她的国度,电影导演更像是外国小说至少是一九四九年以前的中国小说例如徐訏的小说中的人物。现在真的有了这样的人物了,就是说允许这样的人物存在了。这使她大为兴奋,这像梦,她从小就做,做了半辈子了的梦。

找不到也没有碰到杨巨艇,但是与蓝英导演见面了,她既悲且喜。

而到导演建议她把《阿珍》改成电影剧本的时候,这个梦一下子就做大发了,她一下子觉得自己不仅是做梦的人而且变成了梦中的人了。就是说,她觉得自己在做梦中的梦,一个本来叫做卢倩姑的人,快要四十岁了才梦到自己发表了一篇——请注意至今只有一篇——小说,梦到自己进入了文艺界,进入到一个走红的颇有名气的电影导演家里。而在这个梦中的导演家里,卢倩姑又进一步梦到已经成为青狐的卢倩姑,卢倩姑梦见了梦中的青狐被建议——她不敢梦成被邀请——弄一个电影剧本,使她的感情她的思想她的梦变成银幕上的电影!她是梦的主体,她是梦的对象,她是梦者,她是被梦者。这本身就是梦中的梦,就是小说中的小说。梦喜欢更多的梦,小说派生更多的小说,感情呼唤更多的感情,遐想激活了更多得多的遐想。小说多了生活中就会直接出现小说,就像爱情多了到处都出现爱情,政治多了到处都会是政治,阶级斗争多了斗争便无时不有时时有、无处不在处处在。这像梦,像小说,像文字游戏,像幻想遐想狂想。她的头脑里立即出现了即梦见了她的小说改编的电影,美丽的纯洁的和悲剧的女角色,另一个美丽的邪恶的和虽然没有能力争得幸福却绰绰有余地制造着无数痛苦的女角色。天才的与高尚的、沉默的与坚毅的、最终却是麻木的与冷酷的男角色,他一直被误解被迫害被污辱,然而他走到哪里都给哪里的女人带来悲剧,带来毁灭。他又是注意的中心,是目光的聚焦之点。有许多海的场面,有许多浪花和波涛,有许多音乐和歌曲,有海岸和船只,有高扬着的和低垂着的帆,白色的或者灰色的,还有一个帆是橘黄色的。

这里,最最不合逻辑、最最拟喻不伦的是,她觉得,至少是梦中觉得,她就是阿珍,紫罗兰就是红霞,哲学家就是杨巨艇加蓝英。简直乱了套了。写小说,最后总是要写出神经病来的。

她不敢相信导演是认真的。她也不敢不信。她不敢放弃。她已经快要四十岁,她必须抓紧一切机会,她必须一步到位。她必须死马当活马医,她必须重视导演蓝英(这个名字甚至使她想起《洪湖赤卫队》里的女游击队长韩英)对改编《阿珍》的看法,如果她的小说当真变成一部由著名导演导的大牌明星演的电影,上百万千万的人看她的电影,她将与大明星们一道与观众见面,杨巨艇他们将出席她的电影的首映式!这才是青狐——不赶上现在这样的好时候只能默默无闻一辈子的卢倩姑！

看来,她只能是豁出去了。她想起一个恶毒的比喻:她一个二十二级的闲差干部现在突然应一名大导演之邀写电影,就好比一个四十岁的老姑娘突然出嫁。她就是像一个四十岁的老处女,突然迎来了新婚第一夜,迎来了生猛男人的一切的勇强坚挺与残酷无情。她能不呼天抢地哇哇哭叫吗？

她仍然不能明白,导演为什么不承认给她写过信呢？她记错了？他忘记了？那封信也是狐仙写的？狐仙从未定稿小说《山桃》当中走入了她的生活？从此,她的生活里将会出现多少不明不白的事情啊！

活报应。以虚构而使人们倾倒、使读者崇拜、使人们心醉神往的作家,自己尝到了真实与虚构混成一片的惶惑与迷茫。

经过了无望的挣扎,她对找到杨巨艇的地址与(公用传呼)电话不再抱有希望。她对不起杨巨艇。至少是对不起那张没有能看完的影片《六宫粉黛》的票,对不起电影资料馆对文艺家们的青睐,对不起俄罗斯作曲家李姆斯基·柯萨科夫和聪明的阿拉伯女孩谢赫拉萨达。许多大事情阴差阳错,成败系于一件小事。这件小事也许会改变一个人或者几个人的命运,这件小事就是她记错了杨巨艇告诉了她的他使用的公用传呼电话号码中的一个数字。

青狐只能潜心创作,用文学虚构代替真正的生活。文学哭诉着瞄准着热恋着生活,却又成为生活的代用品。这就叫画饼充饥,这就叫望梅止渴。

她要把阿珍改成电影,然后也许是一年以后,也许时间稍稍长一点,她准备邀请杨巨艇参加她的电影的首映式。她希望这部片子比《六宫粉黛》拍得更好。她只消告诉电影发行公司:"你们找一下杨巨艇嘛。"公司就会派交通员骑着摩托车把请柬送到杨巨艇手里,而杨巨艇会为这纸请柬惊喜万状,会为自己没有及时给青狐留下地址而悔恨不已。再不用她苦苦地查找杨巨艇的电话和地址。

她更要对新作《山桃》精益求精,完成一篇杰作。她理应更上一层楼,她理应把自己的全部才华全部神经抡圆。她要把她的一肚子愤懑,一肚子善良,一肚子坏水儿全用上。小说的结尾她改了一次又一次,她几乎丧失了信心,但是男主人公的形象使她兴奋,她一来二去以杨巨艇的外形为外形来描写她的小说新作里的经历怪异的画家,她怀着钦佩与爱怜来写这个人物,写来写去总是不满意。现在,忽然灵机一动,画家的外形绝对不能是杨巨艇式的,而只能是蓝英式的。嗓音低沉的美髯公,这就对了,她写了几句话就找到了感觉。画家复出以后在自己住的院子里搭起了一个棚子,这个棚子的描写也直接取材于蓝英导演的家。

闪电一般,她的眼前一亮:原来杨巨艇就是蓝英,蓝英就是杨巨艇。他们俩相差十万八千里,所以说他们俩的合二而一,只存在于蛮不讲理的青狐式的头脑里,这是她青光闪闪的狐狸式的天才创造发明,是异想天开,是她在虚构的代生活代世界里以造物者的身份降下的不容分说的懿旨。

啊,多难的世界,沉重的中国,沉甸甸的杨巨艇,和后来偶然邂逅的轻飘飘的艺术家蓝英!蓝英是多么缺少杨巨艇的分量,而杨巨艇又是多么缺少蓝英的飘逸。与蓝英相比,杨巨艇像一台打夯机。与杨巨艇相比,蓝英像一只蝴蝶。巨艇高大,而蓝英敦实。巨艇严肃,而蓝英自在。巨艇钻牛角尖,而蓝英瞬息万变。巨艇独上高楼,蓝英无往而不适。巨艇是花岗岩雕就的石像,蓝英是浪花映射出来的彩虹。两个人是多么不同,又都是多么可爱!

而这就是她的理想、她的追求,她愿意为之去死:杨巨艇的头脑、蓝英的气质,杨巨艇的身材、蓝英的面容,杨巨艇的气概、蓝英的机智,杨巨艇的电钻一样的洞穿钢铁的笃诚认真、蓝英的永远灿烂的微笑……如果这样的男人尚未在世界上诞生,那么,就让青狐创造一个吧。

# 第 十 章

　　于是她改写她的新小说的结尾。她写画家见到山桃,山桃虽然年纪不小了,然而风姿绰约,气质依然,狐仙不老山不老,山桃烂漫春烂漫。他们一见如故,因为山桃梦里也多次见过画家。他们突破了一切世俗限制,他们顶住了一切压力,一起去了江南,去了杭州,去了灵隐、花港、苏堤、白堤、三潭印月和平湖秋月,他们在钱塘江观潮,他们双双跳到了潮水里——也有一说是"四人帮"的爪牙把他们推进江水的,因为他们是"四人帮"匪徒的一项秘密罪行的唯二见证,他们知道一个"文革"中的政治凶杀案的始末。

　　其实到现在青狐还没到杭州去过呢,她只是在电视风光片和白娘子的故事里知道了杭州和它的景点的名称。然而她仍然写得有劲,写了她心目中的杭州和在杭州的那么多经历和体味。她千真万确地感受到,她就是山桃,画家就是杨巨艇加蓝英,她写画家与山桃的拥抱就像是想象她与杨巨艇或者蓝英的拥抱,她写到画家的时候竟然闻到了杨巨艇的男性的与辛酸的汗味。是的,画家应该也时而犯疝气。她写到山桃的时候竟然不住地用舌头舔自己的嘴唇而且身体扭来扭去。

　　而杭州,就是属于她的天堂。她从小没有认真读过几篇中国古典文学著作,但是她会背诵白居易的"江南忆,最忆是杭州……"不一定非要去杭州游览,只要有一颗憧憬杭州的心。

　　真是好极了,这么一写就更像小说。故事里套着故事,情节里勾着情节,真实里掺着虚幻,幻想里含着真实,这才叫小说。然而,她又分明知道,她的写山桃和画家的小说可能不被接受,习惯成自然,现在中国人的阅读习惯已经呆板化狭窄化了。

她好像是在等待着,她等了好几天,她给新小说定了稿,然而,也又觉得自己已经绕进去了,她掉到了情节、语言、结构的迷宫里,怎么也找不到出口。照片上的山桃,实际的山桃,画家梦里的山桃,她腹稿中的山桃,是一个山桃吗?是四个山桃吗?如果是,铁一样的真实的逻辑会不会压得小说喘不过气来呢?如果不是,它们之间又是什么关系呢?山桃与画家与青狐之间又是什么关系呢?他们都是她身上的毫毛变的吗?如果说她爱过哲学家,生活里的与小说里的,如果说她对杨巨艇也对蓝英有好感,那么她爱不爱这个画家呢?

山桃桃山、画家家画、梦人人梦、知音音知,这样的一些似通非通的短语,使她快要爆炸。语言怎么这么可怕?蛇一样纠缠,火一样燃烧,像符咒一样控制着人,像酒像麻醉品一样使人五迷三道。

她尤其不敢想的是,这个山桃和画家与杨巨艇与蓝英又有什么关系?杨巨艇未必喜欢画,杨巨艇也未必会爱上梦中的姑娘,该死的杨巨艇的救世伟业呀。至于蓝英呢,她估计他一次至少能爱上一打女人。

是不是她快要疯了?

那么她在等待谁?当然不是才见过一次面的导演。那么,一个小时和一个小时,一个白天和一个夜晚,一个整天又一个整天,她没有等到杨巨艇,她淡淡地一笑。

她突然顿悟了,这只不过是小说,小说解放了人的心灵,使人的思想开阔到了极致,放肆到了极致。

事实上,她与杨巨艇之间什么也没发生。

这就是她的生活,她的命运,她的小说。命运和小说对着干,小说的神奇反衬命运的贫乏,小说的多情证明生活的干枯。

她的下一篇小说要写的就是一个自以为发生了的爱情,一切跟真的爱情一样,一样真实、一样强烈、一样美好。然而,就是没有发生。一场盛宴,没有上菜。一场大雪,没有降下。一个大海,没有海水。一次怀孕,没有生产和小产。好像是一场春梦,醒来了什么都不存在。

有一点像习惯性泻肚,泻了再吃,吃了再泻,不足为奇。梦了再没,没了再梦,永远不接受教训。不可能因为泻肚而停食,正如你不可能因为需要饮食而停止泻肚——因为她还活着。只要活着,这就是她的永远的法则:希望等待,梦幻高烧,然后什么都没发生,肥皂泡破裂,梦醒过来,半开的花瓣重新合上。她吃饭和做饭,穿衣和补衣,购物和找钱,拉尿和放屁。她活了一个月又一个月,她老了一年又一年,她冷了一次又一次,她的多余的精力只够与态度不好的售货员吵几次架,当她到商场购物的时候。

她真的动了情,她在见到蓝英以后别开生面地完成了《山桃》,总算寄出。此后她努力控制自己不去想新的小说构思,不去想自以为发生了,实际上什么也没有发生的所谓爱情。

而在青狐动手改编《阿珍》的时候,她越来越多地想起美髯公式的导演。这也成了文学艺术构思的一个组成部分。本来,文学只是她的生活的一部分,最近,她尝到了她的生活变成了她的文学构思文学体验的一部分的滋味。

她还能有什么生活呢?只剩下了点文学自欺欺人而已。

本来她完全不想将已经发表的作品炒来炒去,但想到了美髯公导演,她决心把电影剧本改好。他的胡须使他看上去好像一幅画,他生活在另一个世界里,飘飘然地飞翔,唧唧然地得意。有了美髯以后,反衬得他的眼睛深邃而且美丽。那眼睛中闪耀着谦和而又得意洋洋的光芒。那也是一种人,投身到艺术事业,每一个细胞都流露着灵感、激情和特立独行,他用不着过问别的事,政治学习与肉票油票都用不着他操心。她后来知道,他在"文革"当中也拍过与"党内走资本主义的当权派作斗争"的影片。他对那种影片的兴趣可能同样在于男女演员的形象和风度、画面与构图、光影与色彩、效果与配音、刺激与噱头……那样的生活与趣味不也是很好的么？胡须、共鸣、各种流行音乐"盒带"的收藏、先进得了不得的录放机，让这样的人去拍与"走资派"斗争的影片，就如同邀请一只猴子到熊窝里落户，从熊窝里出来，猴子还是猴子。出熊窝而不染，出"文革"而故我依然。

男人留了胡子以后，他的笑容与目光有了背景，有了衬托，显得特别明朗乃至妩媚和温存。那胡子是专门为妇人们留起来的吧。她设想着抚摸那胡子的滋味儿，扎手，喜人。这成为她改编剧本的一个力量。要不，她有那么多新题材要写，她才不想再回到《阿珍》上去。干脆，她的《阿珍》里的哲学家也留着一点小胡须吧？

要命，从此她的一切遐想再也离不开杨巨艇与蓝英了。

杨巨艇有点让她伤心，病怎么样了？她惦记着，他却一个信儿也没有。

就在她电影剧本写得不亦乐乎的时候，这天下午四点钟，杨巨艇敲响了她的门。他的到来使青狐喜出望外，因为从看电影犯疝气算，已经过了两个月，她已经对与杨巨艇来往放弃了希望。那时是初夏，现在已是阴雨连绵的夏末，闷憋得你喘不过气，现在不是交往和串门儿的时候，不是友谊和恋爱的时候，甚至也不是文学和艺术的时候。现在只有汗、只有痱子和婴儿痱子粉、只有电风扇、雨衣雨伞和十滴水、藿香正气水充塞在人们的生活里。就在这个时候，杨巨艇来了。杨巨艇说，上次犯病的第二天他就全没有事了。他去了一趟南方，去考察一个女科学家的遭遇，那是一个很好的科学家，是一个天才，然而受到了官僚主义的压制。他在南方待了一个月，写了一篇文章叫《野蛮与愚蠢还能肆虐多久》，即将发表。另外他的工作有了新安排，他要到一个社会科学研究部门担任领导的副职。

青狐不禁用幽怨的目光看着他。至少他也应该给青狐一个信儿，是青狐陪他从电影院到了医院，又扶着他回了家，又在他家里陪了他好几个小时。是杨巨艇拉着她的手不放，害得她错过了末班车，深夜走了一个多小时才回到家。但是杨巨艇浑然无觉,大人物大概都是最重视自己的,他们坚信,只有他关心的东西最重要。他旁若无人地兴致勃勃地谈他的新论,猛烈抨击各级领导干部不学无术、缺乏常识、鼠目寸光、草菅人命。他说他碰到的一个乡长不知道什么是作协,竟以为是"做鞋"。他说有一个县委什么什么部长竟然把《莫斯科郊外的晚上》说成是"莫斯科的晚半晌儿"。他说有一个地区专员每次讲话都说是"致以哀心的感谢",而一个妇联主席竟把做绝育手术说成是"劁掉""骟掉"。于是害怕劁掉、骟掉的农民,听说计划生育干部来检查工作了,赶快爬到树上。还有一个乡干部给他爸爸出殡时请了二百多个和尚念经。还有在"四人帮"时期大为行时的那位学毛著的模范,他接见外宾的时候外宾提到了《本草纲目》的作者李时珍,他竟然问:"李时珍同志来了吗……"

杨巨艇谈起这些时有一种热烈和忘我,眼睛瞪得老大,呼吸粗重,脑门上沁着汗珠,样子叫人心疼得不行。于是青狐和他抬杠,要教训教训他。杨巨艇说谁谁谁不知道谁是李时珍。她说,那要什么紧,不知道李时珍有什么关系,只要他把自己分内的工作做好,称职,为大家谋福利,不知道李时珍并不会给国家人民造成损失。杨巨艇说某某领导把苏联的著名歌曲叫成"莫斯科的晚半晌儿"。青狐抬杠道:第一,本来傍晚就是晚半晌儿。第二,不知道傍晚这个词儿的人照样可以是好人,给大家办好事的人。第三,她不排除一种可能性,就是说这位同志压根儿就对"傍晚"一词门儿清,但是他不喜欢"傍晚"这种"字儿话",于是这位好同志故意把一个"字儿话"说成人话,就是说把傍晚说成晚半晌儿。第四,青狐指出,晚半晌儿呀,李时珍同志呀,这一类故事她的耳朵已经听出茧子来了,光雪山那儿就讲过好几回,这不过是一些个鸡毛蒜皮。如果大家都说这些东西,那说明什么呢?说明当真无话可说了。

青狐的反驳使杨巨艇满头大汗,那种认真出汗的样子使青狐十分开心,她去卫生间洗了一条热毛巾递给杨巨艇。在杨巨艇被她驳得狼狈不堪的时候,她哈哈哈笑了起来,她说:"我逗你玩儿呢,我才不为那些草包辩护呢!只是,你为什么那样操心呢?你上次犯了病,差点儿把我吓死!"

杨巨艇完全不能理解青狐为什么突然换了口气。他不好意思地捏一捏自己的脸又攥一攥拳头,鼻子吭吭了几下,不知道说什么好了。

他多么傻。又一阵爱怜的波浪从青狐心头涌起。十几分钟以前,她想念他而联系不上他,他在她的心目中还是高大的、神奇的、令人羡慕与崇拜的,而他来到了她家,喝了她亲手给他冲泡的二级茉莉花茶,发表了一通针砭时弊、忧国忧民的高论,她怎么忽然觉得他是那么愚傻和需要照顾了呢?

伟人是不可以亲近的。伟人也绝对不应该亲近任何凡人。

杨巨艇也微微感觉到了不妥。多年来,他习惯于与志同道合的朋友议论国是,慷慨陈词,以心为炬,以笔为旗。也有时候是碰到异类,见面一两分钟,一听人家的话茬儿,知道不对路,道不同不相为谋,他也从不与这些人争论,大路朝天,各走半边。他也有过与入世未深的年轻人谈话的经验,他们之间的谈话其实就是他给他们上课,辅导释疑,一般是他滔滔不绝而听者点头称是,最不好的情况最多是听者面露疑色。再有就是他与某个开明的领导人说话——不开明的人他们当然互相回避。他对领导一贯是一边点头致敬一边坚持自己的论点,力图影响一下领导,让开明的领导采取更加开明的方针,树立更加开放的认识;而那种领导也是努力作虚怀若谷状,同时苦口婆心地劝诱他谨言慎行,办事说话都能更有准头些。每次与领导接触,谈完了彼此都觉得对方已经受到了自己的影响,事情正在往积极方面转化。

至于青狐这样的女人,他几乎没有怎么接触过。解放初期他曾应邀到一个女子中学演讲,主要内容是讲苏联和东欧民主国家的一些情况,什么古比雪夫水电站的建设啦、巴库油田啦、柏林危机啦、捷克政变啦等等。据说女学生们对他的形象和风度的兴趣大大超过了对于他讲的苏联和东欧人民民主国家的兴趣,而他那时正集中精力研究国际形势特别是努力研读马林科夫、莫洛托夫、米高扬、维辛斯基,直到哲学家兼政治家外交家普·弗·尤金的长篇大论,他对苏联的一举一动一言一语确实差不多做到了倒背如流的程度,连他讲话的语法也受到了俄罗斯语、斯拉夫语系语法的影响。他看到了听自己的大报告的女生们的激动的眼神、通红的面庞和听到了她们的不停的掌声笑声和激动的呼吸声,他闻到了她们的汗味儿头发味儿和化妆品味儿,他完全没有联想到这和他本人有什么关系,他知道的关心的只是宣讲先进的苏联所代表所发明的真理颠扑不破、威力无穷、战无不胜。

后来搜集反映的时候,他才知道,女学生对他的讲话没有什么说法,大家注意的是他的长相和风度。

然后,他一想到女人就害怕起来,他的婚姻生活使他的自信心受到了打击。而"反右"斗争中,本单位的一些成事不足、败事有余的女同志,一下子充当了批判他的主力。这一批被他忽略了很久的存在,突然强大地显示起自己的伟力:没有这样的政治运动他根本就不会在意她们。她们糊里糊涂却义愤填膺,结结巴巴却凶狠凌厉,不知所云却又势如破竹,一个个气喘吁吁、面红耳赤、深忆细找、揭发批判得他目瞪口呆。有的女同志连他的文章的标题都搞错了,把"板栗"之乡读成了"饭票"之乡,把"登峰造极"读成了"豆峰告吸",但批起他来并不含糊。

而现在的青狐,既不像崇拜他的女学生,也不像批判他的女杀手。她有一搭无一搭地与他说着话,没完没了地与他抬着杠。她脸色微红,高挑的眼睛湿润放光,酒靥似有似无,眉毛轻抬,半黄半黑的头发摇摆,声音飘然,呼吸可闻,不住地打量他撩拨他责怪他,不知所以地向他笑个不住。她既不像他的信徒,又不像他的对立面,既不像是在与他讨论救国救民的大事大计,又不像是无聊地磨牙……而且青狐的容貌是这样的与众不同,她的侧脸像半轮明月,她的大眼睛自来吊得比京剧坤角还高,她的中年妇人的脸突然容光焕发,她的下巴高高撅起,她竟然像一只特别美丽的狐狸。杨巨艇突然心乱了。

"你知道,"他微微喘息着说,"五十年代时候我常常被一些女中的团委请去做报告,结果,那些女学生根本听不进去我的报告,却只知道议论我的长相……其实我在这方面是相当迟钝相当软弱干脆说相当自卑的。我其实……我其实更愿意与她们讨论人生的意义,原则性与灵活性……这个这个……我觉得,你长得像一只……"杨巨艇干脆不知道自己是在说什么了。而这个时候青狐忽然抓住了他的手,而他也突然把青狐搂到了自己的怀里。这一切可能只有一秒钟,他事后怎么也想不起来事情是怎么发生的了。然而这个时候听到了母亲的咳嗽,该死的母亲的喉炎与支气管炎!

然后青狐的脸变得煞白煞白,白得完全失去了血色,像是突然发作了供血障碍或者其他令人晕眩的病症。能、不能,能、绝不能,她一辈子的经验与她一辈子的愿望残酷血战。杨巨艇的脸则完全红了,红了整整五秒钟。他突然找到了话题,他颤抖着声音问道:"你看了《新观察》上那个大诗人的文章了吧?他说现在的问题是'肠梗阻',就是说,中央是要改革的,人民群众也是要改革的,然而中层干部为既得利益不愿意改革。他写得多么精辟多么形象呀,你说怎么样?"

青狐只觉得一阵冷气袭来,她什么话也说不出来了,她悄悄地调整自己的呼吸。好一个肠梗阻!青狐欲哭无泪。杨巨艇似乎没有注意到她的反应,只是继续就中国的中层干部的保守、狭隘、愚昧发表意见。

青狐咬了咬牙,她表示要去给杨巨艇包饺子,她介绍自己的母亲来陪杨巨艇聊天。杨巨艇发现,与老太太谈国家大事比与青狐谈得好。老太太谈了自己对"肠梗阻"的看法,老太太说:"那敢情好!那敢情简单啦,好办啦!上边好下边好中间不好,上下一夹攻不就得了嘛!说得可真是小葱拌豆腐——一清二白。得了吧,人家各有各的情况,各有各的道理。改革、维新、革命、洋务、五族共和、君主立宪、新生活运动、王道乐土、治安强化、委员长、总司令、红太阳、多快好省、三面红旗、破四旧立四新、富国强兵、德先生赛先生、苏联的今天就是我们的明天、年年讲月月讲日日讲……我见得多了,您!"

老太太的政治经验令杨巨艇吃惊,他忽然感到,他的那些政治经济理论只不过是为男人们准备的,女人好像有另外的思维方式与表达方式,女人需要的是另一套政治经济社会理论、主张、词语。他不应该与女人讨论中央、地方、基层和民主监督与决策机制,他不应该与女人讨论人事晋升与奖惩制度,他也不应该与女人讨论目前党和政府的信访办事机构的工作效率与工作态度问题。那么他应该与女人们讨论……讨论什么呢?

青狐留他吃了饺子,青狐的饺子极佳。她在猪肉馅里加上了剁碎的虾仁,她把肉馅加了水加了酱油搅成糊状,这样馅子吃到嘴里细嫩鲜美。包饺子的面她也是和了又和,醒了又醒,完美无缺。青狐还拍了黄瓜,剥了与切了松花蛋炸了香酥的虾片给杨巨艇就啤酒。只是杨巨艇仍然只顾着与青狐的母亲谈论中央的改革派人物与保守派人物的内部斗争,他看出,母亲显然比女儿有更高的政治积极性与理论自觉。他没有忘记对饺子做出反应,吃不停筷,赞不绝口。说是吃了几十年饺子了,从来没吃过这么香的饺子,醋蒜姜丝拌黄瓜也很好,他礼貌文雅而又真诚。但从来到走,一共六个多小时,他没有问过一句青狐最近在写什么,或者青狐有没有孩子,或者青狐的爸爸得的是什么病……他只是在热烈地宣讲着,与假想的对手辩论着。青狐想,一个女人包好饺子显然比写东西或者生孩子更重要。也许今后她不写小说了,她的作品是饺子。她热烈而专注地看着他,一会儿脸红着一会儿脸白着看着他,含泪看着他。她觉得他有趣,觉得他伟大,觉得他不可理喻。这个可怜的傻孩子,怎么看也看不够!

他在的时候青狐一直含着泪,她控制不住地流起泪来,幸亏杨巨艇并没有怎么注意她的表情。他走了以后,青狐好好地擦了个澡,然后躺在床上,不由得发笑。"你呀,你呀!"这是一首苏联歌曲的词儿。她只有等到杨巨艇走了以后,才说出了:"你呀,你呀!"同时,她突然感到,她差不多已经是杨巨艇的朋友——恋人了,至少是文学的虚构的代朋友——恋人了。她已经有了自己喜爱的对象,是不是那样了这样了,这完全不要紧。至少这是一篇美丽的小说故事:一个人就在她的身边,就在她的怀抱里,她的房间里充满了这个人的呼吸,她的耳旁充满了这个人的声音,她的脑海里堆积着这个人的身影,她的眼前这个人的面容和表情像拉洋片儿一样变化着与展现着。她想起她过去的许多经历,她甚至觉得很肮脏、很腥膻、很千篇一律,像是一个完全没有前途的运动员在练操,那操练得疲倦而且乏味,丑陋而且单调,还不如包饺子或者擀面条。他们永远不能与杨巨艇相比。她为什么倒在了杨巨艇的怀里?这实在是对于杨巨艇的亵渎。想一想杨巨艇脱下裤子露出一个小小的蔫蔫的悬垂小把戏或者大大的紧绷绷的红里透紫的胡萝卜的情景吧,真是对人的污辱,对能够进行形而上的思辨的思想者与知识精英的污辱!她要的不是那个,她要的就是杨巨艇谈论国家大事,谈论干部的选拔与群众的来信来访……还有什么来着,谈论肠梗阻和脑血栓、缺钙无骨和站不稳的帕金森症。杨巨艇喜欢用一个崭新的名词叫做价值观,他好像说的不是工人的劳动价值或者剩余价值。那么他说的是什么?他真是有一副侠义心肠,他怎么那么同情与关注那些在中央机关大门前静坐的和像在大街上摆摊一样用一张脏兮兮的字纸陈述自己的苦情的上访者呢?那些上访者衣不蔽体、满脸污垢、表情呆木、态度顽强,青狐走路碰到他们,都是赶紧绕开躲开。为什么杨巨艇那样救世主,对他们十分地感兴趣呢?男人啊……

她后悔得不得了,她怎么能把杨巨艇与蓝英相提并论!

他俩都是高尚的人,他俩将保持高尚的、超凡拔俗的友谊关系。

而蓝英呢,她已经感觉到了,蓝英恐怕是个混蛋。

她的第一个电影剧本改了一次又一次,然后一次又一次被稀里糊涂地否定掉或磨磨唧唧地拖下去；还要再**磨一磨**，（发明这个磨字的人，岂无后乎？）还要再加强一下动作性情节性，还要再加上一个光明的尾巴。电影与小说不同，电影是立起来的，而小说是平面的。电影是集体的工作，而小说是个人的。电影是要通过领导拍板才能上马的，每个人都会对电影提出意见：导演、制片主任、书记、厂长、演员、灯光、音响……而小说只要过了责任编辑与主编的关就能面世。多少电影先期避孕，多少电影胎死子宫，多少电影一出生就打入冷宫……如此这般，蓝英向青狐进行开蒙教育。

此后几个星期，再加几个星期，已经不是星期而是几个月了。她终于与拖拖拉拉、说话没有准头、约定和许诺与放屁没有任何两样的导演蓝英彻底掰了。她断定，不仅蓝英是靠不住的，所有电影制片厂、所有电影界的导演、演员、摄影、场记、剪辑都多半是骗子。她见人就破口大骂起搞电影的人们来了，她引用江青同志的名言："电影片子，就是电影骗子嘛！"

《阿珍》没有拍摄，始终没有"立"起来。十年后青狐只要一提起蓝英就破口大骂，从祖宗八代一直骂到蓝英的小孩，说蓝英的孩子一定没长屁股眼儿。

从此她死了心只写小说散文。她飞快地写了另一篇小说，写那个似有似无、空空如也的爱情。这篇小说在她的心中已经烂熟，与其说是她写出来的，不如说是小说自己跳出来的，跳出来就又完整又精彩。她得意洋洋，踌躇意满。

写完了，意犹未尽，便再写一篇：一个侠义心肠的男子，救助一个负屈含冤的女工程师。女工程师因为长得漂亮而遭到厄运：她的眼睛长得像京剧里的花旦，两边梢吊了起来。她喜欢梳一种坚挺的发式，先硬硬地竖起来，再向后披垂，这种马尾发式在过去是骇人听闻的。她的脸上身上总是飘着淡淡的香味。在那个年代，长得漂亮、长头发与带香味起码说明第一，她的出身不好，资产阶级小姐与国民党军统特务才长得好看呢；第二，作风不好，否则干吗打扮得像坏人；第三,可能是敌人的糖衣炮弹,叫做美人计嘛;第四,是一个单位一个领导蜕化变质腐败堕落的根源。清理阶级队伍的时候宣传队专门开会研究过她的头发与香味,认为她的头发式样没有什么不妥与她的脸上的香味只不过是四合一香皂的气味的观点,被认定属于右倾机会主义……在最最艰难的环境中,侠义男人帮助了他,每天从自己的嘴里省下粮票买芝麻烧饼与脆腌萝卜干给她吃,还支援过她一支牙刷和一筒牙膏。后来由于男子的仗义执言,女工程师终于沉冤昭雪。女工程师决定以身相许,这才知道侠义男子早在前十年已经糊里糊涂结了婚。那是一个没有爱情的模范婚姻,他们有两个儿子一个女儿,有两间房子一套小板凳,两个半导体收音机和一辆自行车。夫妻俩还有一百多块的月收入和一千多块钱的定期储蓄,养过两条金鱼和一只小花猫,两盆万年青和一盆君子兰,用着两个钢精锅和一个烙饼的平锅……总而言之,该有的什么都有了,就是没有爱情。而男子与美丽的女工程师之间,除了纯情什么都没有,他们从来没有身体的过于亲密的接触,除了握手只有握手,连互相拥搂着跳一次交谊舞的事儿都没有。然而他们充满了爱情。爱情像风,吹拂过每一个细小的角落;爱情像雨,滋润着每一株禾苗和每一朵小花;爱情像太阳,照亮了他们的饱经忧患的心,使他们兴奋也使他们晕眩;爱情像毒蛇,咬啮着他们的灵魂,缠绕着他们的身体,使他们永远不能得到平静和安宁;爱情像疾病,分裂着扭曲的细胞、窒息着心胸、高烧着温度。后来女工程师得了绝症,她在病榻上为侠义男子用一种特殊的黑胶泥捏了一个小酒杯,在她弥留之际把杯子给了她爱了半生的男子。此后,男子永远用这个歪七扭八的酒杯喝酒,也奇怪了,不论什么酒水,一斟到这个黑胶泥杯子里就异香扑鼻,令人陶醉,端起酒杯,心旷神怡,饮下酒水,飘然欲仙……

　　写完这篇小说青狐自己好像是喝过了什么灵汁妙液一般,一通百通,一顺百顺,几十篇几百篇小说从她的肚子里往外挤。人生处处是情,在在皆景,她的写小说的灵感像爆炸一样,满天飞舞,俯拾即是。早晨的豆浆不好喝,是豆粉冲的而不是鲜磨的,她马上想起了一个忧伤的故事:一个浪迹天涯的歌人,晚年时历尽千辛万苦回到了故乡,想喝一碗热气腾腾的豆浆,但是他喝到的已经是掺了假的伪豆浆了。

在街上看见一个梳着两支抓髻的小女孩嚎啕大哭,在哭泣的小女孩前面不远是负气扬言不再要她的母亲,母亲硬着心肠迈开大步沙沙沙地走路……她又想写一个孩子和母亲的故事:由于父亲的变心,家里只剩下了母女,女儿的存在使母亲难以再往前走,母亲其实是有意无意地虐待着女儿。于是五岁的女儿离家出走,她见到男人就叫爸爸。后来她长大了,她爱上的是一个年龄等于她的年龄的三倍的老男人。她爱上了这样一个男人,这个男人却因此而被认为是有恋童癖的老流氓而被送去劳动改造,老头儿死了,女子被认为是妖孽。

有一天晚上青狐出门遭雨,她避雨避到了一家已经打烊的店铺的门廊下,她突然觉得兴味盎然,就想写一个避雨的故事:一对年轻的恋人,一个农村来的小贩,一个老妪和一个病人,他们从互相提防到相濡以沫,从狼狈不堪到油然得趣,从埋怨老天爷到感谢上苍。他们各自本有自己外出的目的,骤雨破坏了他们的计划,他们没有实现自己的计划,但是他们比实现了预期的目的更快活,并且从避雨中得到了一点关于人生的启示。

呵,这将是一个多么幽美的故事!她的文字写得更是新奇,若即若离、若分若连、若小说若散文若诗、若文章若梦呓、若无心若有意、若成品若草稿、若行云流水若标新立异。

还有临街的窗口飘出来的变得温柔了的音乐,多情的柴科夫斯基与青春的莫扎特,恢宏的贝多芬与瑰丽的肖邦,还有李谷一与朱逢博,还有乔羽与陈晓光的歌词,谷建芬、施光南、王立平、徐沛东……的作曲,还有刘晓庆与陈冲、郭凯敏与张瑜的电影,还有瞬间闪光、再无作者消息的小说《吉他的朋友》与《杨柏的污染》。青狐当然也喜欢早晨突然出现在街头的炸油条与豆腐脑儿,芝麻烧饼与摊煎饼卷鸡蛋。那么多年了,这些都成了旧梦与一次次抑制下去的口水。还有戴着不肯摘去商标的蛤蟆(大镜片)墨镜——近来按香港的习惯被叫做盲公镜、提着录音机放着郑绪岚的《太阳岛上》招摇过市的流里流气的小伙子。还有只有用外汇券才能买到的崂山矿泉水、不知从哪里进口的透明长筒丝袜、十字路口首次出现的星海牌钢琴与大白兔牌奶油糖广告……这难道不都是小说的材料?青狐的小说在满中国飞,这一篇发表在南京那一篇发表在广州,这一篇发表在西安那一篇发表在哈尔滨。她要漫游中国,漫游世界。然后从广州,从西安和哈尔滨……汇来了稿费,绿色的邮汇单,复杂的待填表格,大写的中文数字与阿拉伯数字,壹佰圆和伍拾圆,拾圆和伍圆的美丽的人民币像花雨一样落在她的身上。而各地的约稿信件约稿电话电报也纷至沓来,令人心花怒放。

　　她也喜欢看报纸上的文学月刊与文学出版广告,她喜欢看刊物目录中的她的名字与她的小说的题目。作品名称与作者姓名用的是不同的字体,她愈看愈觉得好看。还有报刊上的正文里,提到、介绍到、评论到她和她的作品,不论说好说坏,都使她觉得有趣。这是我吗?这篇小说是我写的吗?惹得人们喝彩,惹得人们起火,惹得人们争论又惹得人们动脑筋瞎分析来分析去的小说就是她这个坏蛋瞎编出来的吗?这可真逗!我喜欢这个!我要的就是这个!胡风的自我扩张论可真棒,说到了点子上了。我就要满四十岁了,作为一个女人,我已经老皮老肉的啦。我的头发已经开始脱落,我的眼睛已经开始昏花,我的乳房已经开始向下耷拉,我的眼角已经不忍卒睹,我已经自我萎缩啦。就在这个时候我开始了我的生活,我他妈的自我扩张起来了!

　　这还没完呢,今天收到驻守在喀喇昆仑山的边防军的来信,明天是海南岛的一个老妪来信诉说她四十一次不成功的爱情经历。"把我的故事写下来吧。"她说。对自己的遭遇充满信心,不仅是她,人人都相信自己应该成为一部长篇小说的主人公，人人觉得自己的不幸经历应该成为一篇精彩绝伦的小说。当人们尽其一生什么都没实现什么都没得到时候，难道还不应该得到一个初出茅庐的小说作者如青狐者的描写吗？倒霉的他或她至少还能得到读者的一掬同情之泪！

如果没有《红楼梦》，林黛玉的一辈子当然就是白活了，而有了《红楼梦》呢，林妹妹的一生就赛过了正宫娘娘！中国的读者世界第一，中国人太需要文学太需要小说了，在一个世世代代有那么多人吃都吃不饱的地方，多么需要小说的画饼充饥！在一个世世代代有那么多人挺不起胸抬不起头的地方，多么需要在小说里永垂不朽！在一个世世代代你不了解我我不同情你的地方，多么需要在小说里引一掬同情之泪！

在中国写小说的人幸运极了。事后，青狐甚至也觉得关于照片的故事写得玄了一点，竟引起了对号入座的回应。一位在柴达木盆地工作的地质工作者来信询问小说写的是不是他的经历。而一位老杭州写信来说，他看了青狐的关于山桃的照片的小说里对于杭州的描写，他怀疑她是化了名的他的中学时代的好友。天啊，在中国任何一篇匪夷所思的小说都会不是和这个人就是和那个人的经历符合。每篇小说都会被一百个人如果不是一千或者一万个人认领。在青狐的周围，有狐仙也有白骨精，有猪八戒也有贾宝玉，有唐·吉诃德也有欧也妮·葛朗台，有诸葛亮也有潘金莲，有比诺乔木偶也有钦差大臣赫列斯达阔夫。天上的云，地上的风，早晨的露水，晚间的灯，一声咳嗽和一阵狂笑，一听罐头与一个垃圾箱，飞翔着、漂流着、负载着与装运着的都是无奇不有的小说故事！每天每天，每时每时，有多少值得一写的美好的故事！

与此同时，青狐的腰肢重新直挺，她的扁平的胸部不再凹陷，她脸上的窝囊与苦瓜相、傻×样儿不复存在，她不再像首次出席京华饭店的会议时那样畏畏缩缩，她的眉眼中更多的是透露出一种不屑、满不在乎和等待时机的忍耐。只有常常陷入某种专注的表情,才保留了过去的卢倩姑的那种与生俱来的痴情,使你感到这个冰雪聪明的狐狸状的女子,她的心里脑里,仍然少了不知一根什么弦儿。

说不准是不是由于少了这根弦儿,青狐爆炸了,青狐的创作才能爆炸了,青狐的无限热情散开了,**青狐变成了被自己发射向天空的焰火礼花**,青狐发出了五颜六色的光辉,青狐组成了转瞬即逝的各色图案,青狐俯视着地球,青狐俯视着人间,青狐以自己的才华浇灌着贫瘠的寂寞的呆木的祖国大地。

# 第十一章

　　中国的情况是复杂的,就在二十世纪八十年代初,人们欢呼"文革"的结束,空前的思想解放与社会政治生活的民主化进程迅猛发展的同时,领导指出:出现了另一方面的复杂情势——出现了被称为"资产阶级自由化"的思潮,即对无产阶级专政或曰人民民主专政政权的挑战。一些领导人在一起闲谈:为什么整知识分子的时候一片万岁欢呼,而现在愈是抬举他们就愈是难办。上面在大力宣传四项基本原则的前提下连连采取了避免局势失控、加强人民民主专政的措施。先是取缔西单民主墙,接着修改宪法上关于大鸣大放大辩论大字报"四大"的条文。一个"文化大革命"已经把"四大"表演到了极致,已经证明了中国的"四大",很容易变成流氓无产阶级的"四大",变成无政府状态的代名词。

　　接着取缔了非体制的文艺出版物与一些大学和社会上的自发性文学社团。就一些文艺作品的倾向性问题展开了或明或暗的批判。其中一个重大事件是一九八一年批判白桦的电影剧本《苦恋》(已拍摄完成,影片名《太阳和人》,未获准放映)。邓小平过问和部署了这一批判,使之控制在一定的范围内,不过分铺张,与过往年代的文艺大批判和搞运动的做法显示了区别。

　　此时一些刚刚从"文革"的苦海中露出头来,肚子里的苦水还没有吐净的文艺人,不完全理解领导的战略方针,顾虑忧心,交头接耳。对于"资产阶级自由化"一词,他们是越琢磨越钻牛角尖。他们经历了不少极左,心有余悸,刚刚尝到了一点点解放思想、艺术民主的甜头,意犹未尽。怎么刚刚"化"了这么一点自由,却又与资产阶级结了不解之缘?他们的文字训诂癖到了这里,难分难解,煎熬矛盾,解释不了这个短语的修饰词对于主干词的规定性。毛主席也一直反对一言堂嘛。为什么摆脱不了一放就乱、一乱就统、一统就死的怪圈?一位诗人为诗曰《冻雨》,说是一滴一滴又一滴,冻雨下降了。还有什么要"收"了,"寒流"来了之类的非正规非正当说法窃窃私语,广泛流传。香港之类的地方的一些媒体更是频频发出大陆形势逆转的报道。

而另一些对近年的形势发展看不惯或感到失落的文艺家,特别是"文革"后感到被挤到了边缘的领导人与文艺家,早就根据他们多年的政治经验认定文艺人们的跳腾是兔子尾巴长不了,早晚会挨整也早该整了。还有一些急于出道的各色人等,他们搞文艺搞了很久了,一直默默无闻;他们常常感受到文艺界"成功人士"的压制。他们深感神州大陆的文坛已经被所谓思想解放的领导加"伤痕文学"的积极分子们占了一个风雨不透,他们时刻准备参加能够改变现状的政治出击。他们也渴望着来它一个"资源重组"或者用当年"文革"中的语言来说,"重新组织"文艺队伍。于是一些人摩拳擦掌,义愤填膺,请缨请功。积多年经验,他们深知我们的社会我们的工作的一些规律,深信咋咋唬唬喊喊喳喳的文人们知识分子们成事不足败事有余,办事不灵空谈有余,给鼻子上脸,给个竹竿就要上房。其实呢,小小猴儿跳不出如来佛的手心,归根结蒂,为了巩固政权还是要反右。

据说康生有一枚私章,上书"左比右好",这是天机。

与此同时,在这个阶段,打"民意牌"仍然很有用,针对白部长的情况反映、书面材料、告状信、集体签名信……一件又一件地送达从善如流的上级,各种会上会下公开私下的对待白部长的批评性议论和不利信息蔚然成风。这样,在"文革"后各个领导官复原职、升迁高就、光荣复出、风头十足的年代,白部长最终与任何关键性职位无缘,给了个闲职靠边,当然也有人说是由于他年纪偏高。时曰:"年龄是个宝,文凭不可少,后台最重要,德才做参考。"当然,这种流行话本身就立意低下,不足为训。

而白有光终于得到了他梦寐以求的职务,众望所归,皆大欢喜。紫罗兰的称意自不必说。都说紫罗兰亲自披挂上阵,东征西讨,立功不小。特别是在她所接触的老领导中通报情况,引导舆论,针针扎在穴位上。据雪山说,白有光就职后,祝贺与联络感情的电话从清晨到深夜,响个不停,开始时紫罗兰甚喜,过了一天,她就受不了了,最后,她拔掉了电话线而且改了电话号码。现时,紫罗兰眼睛放光,笑得合不上嘴,对文艺界的一些不良现象如米其南的男女关系问题,则表现出了义愤填膺的高尚情绪。紫罗兰还创造了一个新称谓,用"我们家的那个白部长"指白有光,与原来公认的白部长有所区别,并说明她们家的白部长已经与原来的老白部长同级,同时隐含着"试看今日之世界,竟是谁家天下"的豪情。

就是旁人也对白有光的起飞感到快慰。犁原早就对老白部长又怕又烦,只要见到白部长他就自动矮了三分,光是白部长的那个抒情男中音就使他感到如泰山压顶。现在好了,他舒畅多了。青狐啥也不知情,但是雪山向她讲过白部长对她的小说的险恶批评。她想无论如何,《阿珍》的小说朗诵节目仅仅播放了一次就突然停播,乃是白部长的淫威所致。她在一次会议上见过老白部长,只见他一身的清洁,胡子刮得倍儿干净,一脸深沉,不苟言笑,与张三握手的时候向李四注视,与王五握手的时候向赵七皱眉,一口的哼哼唧唧中高屋建瓴。由于激情,他说话常不清楚,也是由于深情,他说话常带鼻腔胸腔和腹腔共鸣,如果不是作为发言而是作为准意大利歌剧的罗曼斯即咏叹调来听,也许白部长的声音是美妙的。

在那次开会的时候,青狐发着发着言,忽然看到了白部长腾地立起,翘然挺拔,伟岸均匀,庞然大物。青狐吓了一跳,生恐自己的发言中有什么不对头的地方触犯了白部长,用雪山的行话说就是撞到了白部长枪口上。她吓得忘了词,半天说不出话来。说时迟那时快,只见白公走到衣架前将黑呢大衣往肩上一披一挑,用一个极潇洒的姿势走了出去。主持会的人好像看出了青狐的畏惧之心,解释说:"上茅房。"

后来过了许多年,青狐学会了一个伟大的新词,叫做"失语",无话可说或说不出话来不说无话而说"失语",一下子就显出了超水准的学问。想想仅仅因为白部长的一次如厕,硬是搞得未来的大作家当时的红作家青狐失语,青狐能不为此位吓人的白部长的吃瘪和紫罗兰她们家的新白部长的飞腾而欢喜么?

这也算人性恶:见到一个人太威风太占地方了,就乐于看到他碰钉子。伟人脑门子上的肿包,使凡人们何等快意!

这里请读者允许小说作者王某人插一句话,王某在一九八七年底的《收获》杂志上发表过一个中篇小说《一嚏千娇》,该小说的主人公喷公——老喷,其实差不多干脆就是本长篇小说里的白部长,读者不妨参考着那一个中篇来读本长篇《青狐》。

毕竟是一个欢欣鼓舞的年代,虽然有迂人愚人多情多感之人所谓冻雨寒流之类的过门频频奏起,党的十一届三中全会以来的全面复苏全面振兴的形势仍然是大好,不是小好,而且是一天比一天好。《人民日报》副刊上一会儿让说恭喜发财,一会儿提倡女人要穿裙子,一会儿提倡吃面包,最惊人的是提倡废除筷子改用刀叉的文章也上了党报,而正版上更提出了松绑、观念更新、转轨变型、找明白人、能挣会花。尤其是不断传来广东、深圳、珠海的各种消息:月工资已经上千,房屋已经私有,"港纸"已经通行,称呼已恢复为"先生""小姐",电视机能收到香港节目,人们分手时不说再见而说"白白"……令人晕菜。文学刊物上则提出要寻找自我,要肯定人性人情人道,陆续否定了文艺为政治服务的说法……几十年来销声匿迹的名人名家权威大亨们一个个粉墨登场,煞有介事……这样的热热闹闹、天天真真、太阳一天一新的日子,前所未有,过了这个村没有这个店。

在这样的背景下,人们为新白部长上任着实乐了一阵子。

不久,却又是雪山发布了"狼来了"的消息:"你知道吗?现在小白部长找人谈话都是半躺着。他是躺着理事的……"

一九八一年七月,在钱文家里,穿着最时兴的浅色化纤短夹克衫和一条当时颇有点骇世嫉俗的牛仔裤,雪山滔滔不绝地说起紫罗兰一家的坏话。

钱文向他摆手,不希望他再说下去。几十年来,他与东菊信守一个原则,不在背后说旁人的坏话。而且他们已经有这方面的经验,说人者人恒说之,在 A 前骂 B 者,在 C 前必骂 A。再说,白有光才上去,这么快就骂起他们来,有点太通俗了。没上台以前今天觉得这个人好,明天觉得那个人好,而一旦上了台,今天骂这个人,明天骂那个人,也忒浅薄了些。

前一段为了防范喷公即老白部长的成事,可以说雪山完全成了紫罗兰的马前卒、敢死队,至少也是紫罗兰的联络员、办事员和喇叭筒。紫罗兰的多少心计多少"指示"多少信息是雪山替她传播和实行的呀。紫雪二人,堪称亲如姐弟。

"丫挺的就跟挤公共汽车一样,没上车吧,就叫'往前挤一挤,往前挤一挤',等一踩到那个车的踏板上——你知道吗?侯宝林管这块板叫变心板——马上话风就变了,说什么呢?说是'等下一趟,等下一趟'。唉,他不再对着车上的人喊,立即变成对着车下的人吆喝喽。钱文,你无论如何应该找白有光进个言,不要改口改得太快,要改口也要给大家打个招呼嘛。上台以前,紫罗兰整天鼓动大家反老白部长的极左,现在她怎么说?她说的可都是文艺工作者的问题了……你知道紫罗兰姐妹儿家的小白部长现在想树谁当样板?袁达观!就是袁大头呀。袁达观对小白部长的仕途本来并不热心,他甚至还里通老白部长,但是小白部长一上去,他立即贴了上去,说是紫罗兰与她那位部长都有听力方面的毛病,而袁达观不知道从哪儿学了一种给耳朵扎针包括掏耳朵眼儿的技术,他穿上白大褂戴上口罩,回回给两口子掏耳朵眼儿。他写的那篇臭小说叫什么《找回来》,就是主题先行的那种把丢失了的时间找回来,为了找回来加班加点亲人病了不闻不问的小说,说是小白部长坚持要给它评奖呢!我他妈的气得肝儿疼!"

说来说去,钱文才知道,第一,白有光找雪山正式谈了一次,谈话的时候白有光躺在一张破躺椅上,大夏天的他的躺椅上居然铺着一张黑狗皮。他躺在黑狗皮上,看也不看雪山一眼地向雪山声明,他与雪山除了同志关系没有别的关系,除了工作来往没有别的来往。他的就任某职务是上边定的,是党的安排,与他雪山有什么关系?雪山不能拿着他白有光的名字在社会上招摇撞骗。

(于是钱文明白,一定是雪山到处宣扬白有光之有今天,他雪山立下了汗马功劳。一定是雪山到处散布,他与白有光紫罗兰如何如何之铁之瓷。这当然是做下属的人的大忌。)

第二,那次谈话,紫罗兰不在家。这也并非偶然。是的,白有光确实很少直接与雪山打交道,即使过去还没上"变心板",白有光对他也一直是绷着脸的。斗智斗勇的种种举措都是紫夫人面授机宜、指导实施,雪山随机应变、超额完成的,而白有光的表现不如说是含含蓄蓄、委委曲曲,有点受气包的架势。

雪山介绍:照说是紫夫人跟他雪山更铁,更无话不谈。紫夫人的性格与白有光也不完全一样。梦寐以求一个重要的领导职务,有了这个职务他们就成了文坛要人,对此,两位是一样的心思。讲哥们儿义气,讲私下运作,讲利益公平以及各种传帮拉带,夹枪藏棒,则全是紫罗兰的事儿。紫罗兰是哭哭笑笑,嗔嗔闹闹,忽然笑容如灿烂阳光,忽然怒气如弥天风暴。然后关切慈祥如妈妈奶奶,活泼伶俐如撒娇细娃。忽然斗志昂扬如游侠剑客,忽然上纲上线如专案组的行家,忽然春风得意如放飞入云的屁股帘儿风筝。紫罗兰真是一片看不完的、移步换景、变化无穷的风光,是文武坤乱不挡全活儿干将。雪山叹道:紫罗兰真神女也!

雪山在钱文面前还说了一句吞吞吐吐的话:"紫罗兰也压抑呀,其实她还是够意思的……"

提到紫罗兰,雪山即使骂着也还是伸出了大拇指,脸上现出了一种亲昵的表情。

而与妻子相比,白有光是相当藏而不露的。在雪山面前,当紫罗兰与雪山计划对付老白部长的策略的时候,白有光总是说:"不要把别的同志想得那么不好,党的政策还是讲要敬老尊贤的嘛。"这时紫罗兰就会挥手示意白有光离开,一副"我有体己话正与雪山同志商议""我们俩的事你少管"的架势,好不亲热。

那么此次,小白部长找他雪山谈话而让紫罗兰回避,也是留有余地,不掰开面儿的意思。

雪山在受了小白部长的呲叨以后便给紫罗兰打电话,费了千辛万苦,打了几十次电话才找到紫罗兰。紫罗兰表示最近太忙,没有时间与雪山见面。雪山说:"是是是,我知道您二位最近是真忙。"紫罗兰忽然在电话里变了声,正言厉色地驳斥道:"什么叫最近忙,**我们一直忙!**"伶牙俐齿如雪山也一口气噎在那里,半天喘不过气儿来。

于是雪山干脆登门拜访,过去常开的白有光家房门,如今锁得严严实实。按铃敲门之后,出来的是保姆,通名道姓之后,保姆把门再锁上,回去通报,又整整过了五分钟——这五分钟雪山已经如火烧火燎,将爆即炸。保姆出来了,说:"不在家。"砰的一声,门又关上了。

"其实,这一切都是合乎逻辑的,是必然的。"钱文听完只发表了这一句评论,你雪山再死说活说,我反正不开口了。

"怎么能翻脸不认人? 头两天还恨不得跟我……"雪山忽然面红耳赤起来,不干不净地骂着"国骂":"我不东跑西奔,屁颠儿屁颠儿的,咱们的作家就得任凭老白部长宰割。事都是人干出来的,不一样的人结果能一样么? 凭什么我们老是在野,凭什么我们老是听喝儿? 全他妈的清高,全他妈的纯洁,全他妈的坐在云头儿高瞻远瞩,忧愤深沉。秀才造反三年不成,三十年三百年也不成哟!"

钱文反倒笑了。

"其实,关于秀才造反的话,毛主席早就说过。你现在倒是挺掌握主席思想的了。"钱文想跟他逗两句。

"你知道吗?"雪山忽然改换了话题,他的突然改题的本领令钱文佩服,"你知道么,王模楷的新作《车间内外》受到了上边的肯定,一开始还说他是污蔑咱们的国营企业呢。幸亏上边看了,说:'很好嘛,实际上问题比王模楷写的要严峻得多呀!'最近××省开三级干部会议,印发了王模楷的小说作为会议参考材料。可怜咱们袁达观外号叫袁大头呀,'四人帮'一倒他先是折腾赵青山,接着攻王模楷,做的都是赔本儿赚吆喝的买卖,咱们这儿还真吃这一套。三吆两喊袁大头也成了代表人物啦,说是听汇报的时候,一直还有领导同志问:那么袁达观同志对这个问题是什么看法呢?好在袁大头的《找回来》已经受到了小白部长的高度评价,耳朵眼儿又掏得好,转眼间就会飞黄腾达啦。就连赵青山也成了白有光的座上客了。老钱,你还记得紫罗兰不让你与赵青山打招呼的事么?老钱,你怎么不想想,君子欺之以方,在不是你吃掉我就是我吃掉你的世界上,非得当他妈的谦谦君子,您就认倒霉吧您嘞。说是王模楷下一个中篇小说下个月在上海发表,是写老干部的,他们在'文革'中受到考验,他们官复原职以后旧病复发,听说写得非常尖锐也非常深刻,行啊,你们这批'右派'作家,一出场果然是身手不凡呀。"雪山东一榔头西一棒子,句句都不落空。

"还有杨巨艇呢,你知道吗?××市委把他告到中纪委那边去了,他到××市去,那边是全力招待,六七个人给他往火车站抬东西,结果,回到北京,他写了一篇文章,说是那个市委里头存在着改革派与保守派的斗争,书记与市长都是保守派,一个副市长和一个女教授是改革派……他还暗示,虽然保守派千方百计地拉拢他,但是在大是大非的问题上,他不能和稀泥,不能捣糨糊,不能不秉笔直书……咱们这位杨大爷,真叫巨艇,他有一股子冒死直谏的劲儿,哪壶不开提哪壶,哪儿定了嘎巴儿揭哪层!"

"你还在学习日语吗?"看到了雪山书包里惯常携带的日语教科书第一册,钱文问他。

"溲爹斯奈。"雪山作了肯定的回答,他问钱文,"你说哪种语言好学一点?太难,太难呀。毛主席三大战役都打赢了,可是英语硬是没有学会,他老人家下过决心学英语呀。你知道我为什么学外语吗?我要把中国的文学介绍到外国去,我们也要拿诺贝尔文学奖。我们再不能闭关锁国,干吃亏啦!什么海明威,什么伊·萨·辛格,什么川端康成,六哇,我看还不如咱们的钱文、咱们的王模楷、咱们的青狐呢。你等着,十年以后,我日语学好了,我先把你们推到日本去,从日本再走向世界!阿衣乌耶噢哟,叽劈哭开阔哟,溲爹斯奈呀!"

钱文说:"瞧你说的,怎么愈来愈不沾边儿啦!"钱文这样说着,但是心里却乐滋滋的。人为什么这样无聊呢?即使是虚假的、云山雾罩的、令人起鸡皮疙瘩的恭维话,明知道只是信口开河的高帽子,听起来仍然有几分快意。东菊在挑剔他某些时候的说话态度时曾经告诉他,她宁愿要虚伪的礼貌,也不愿意要真实的粗野;她宁愿听虚情假意的甜言蜜语,也不愿意听毫无顾忌的直言不讳。他曾经惊奇怎么女人有这样的准则,却原来男人,大男人也是同样的虚荣和虚弱。

"我们的日子真好混呀!"雪山走掉以后,钱文对东菊说,"骂几句人,你就是英雄。溲爹斯奈,你就是在学日语。东跑跑西颠颠,你就是活动家乃至斗士。记两篇日记,你成了学习'毛著'的模范。发两篇文章,你连班也不需要上了。汇报两次情况呢,你成了积极分子。咱们这里真是自在,真是养人哪。一位山东作家说得好:咱们这个社会主义大国是又禁(读 jīn)吃又禁糟(读 zào,挥霍浪费),就是不禁说呀!"

东菊没有说什么。

东菊有什么心事么？也许是钱文多心，他觉得东菊的话似乎比过去少了。

"这个这个，"钱文有点不好意思，"雪山这个人就是这样，有时候人五人六，有时候说话太放肆、太粗。他也不打一声招呼就闯进来了，来了就是各种小道消息。有时候还骂骂咧咧，叽叽咕咕。总体来说，他倒也不算是坏人……"

钱文愈解释，愈觉得自己无趣。

东菊仍然不说话。钱文有点躁了。

"这是真的，"钱文说，"我有时候想回到边疆，想抛弃现在的一切。"钱文悻悻地说，"又是写作啦，又是座谈啦，又是拥护谁不拥护谁、同意谁不同意谁啦，还有呢，还有这个当个什么什么理事，那个当个什么什么主席啦，其实都没有什么意思……"看看东菊仍然不说话，钱文更是上火了，也就说得更激动了，"干脆我们还是去养鸡吧，母鸡咕咕嗒嗒地叫着，新下的鸡蛋热得暖手。干脆我们还是去挖菜窖盖小房吧，一铁锨一铁锨把土挖出来，一铲泥一铲泥抹上去，弄几根歪歪扭扭的木头当椽子，多快乐呀。文学文学，真是该死的文学呀，没有几年人就让文学搞成了废物，偏偏文学老是觉得自己了不起！"

"何必这样说呢，我想不至于吧。"东菊轻轻叹了一口气，"先说重要的事吧，今天公安局来了一个李处长，说远行的事。"

"什么？"一提公安局，钱文一惊。

"是这样，远行昨天晚上在闹市区卖他们自己出版的文学杂志，受到了公安人员阻止，他不听，被带到派出所问话，并且向他发出了警告，说是他们那刊物未经批准就印刷发行，属于非法出版物。远行后来虽然没怎么样，但是他很激动也很不满，我没有办法说服他。"

"远行哪里去了？"钱文紧张起来。

"在他的学校里，我想是在学校。白天他回来了一个小时，说是有同学等他，忙忙叨叨的样子。我觉得他是在恋爱，我想是这样。他回来以后就照镜子,扯了半天。"

嗷,他们这一代人会怎么样呢?小学,中学,他们都没有好好念书,"文革"当中,什么都是一片混乱。幸好,还赶上了恢复高考,稀里糊涂上了大学,大学里接触到的是"四人帮"倒台后的各种控诉和批判,是上访和请愿,是"文革"后全国的满目疮痍。应该对他们说点什么?应该让他们那年轻的心承受些什么,接受些什么,拒绝些什么,什么又热烈些什么?他读过钱远行和他的同龄人的作品,他留下了非常沉重的印象。有一首诗是写鸟儿的,一只鸟巢被小小的孩子掏掉了,雏鸟落到了地上,死了,雏鸟的父母飞回来,哀哀地飞鸣。他还看过远行写的一篇小说。本来,远行是死活不让父亲看的,后来钱文表示他只是为了满足一下好奇心,看了以后什么话也不会说,他绝对不干涉儿子的文学活动。但是他看了以后大吃一惊,因为小说写的是一桩强奸案,写的是一个纯洁美丽的女儿,被她所极端尊敬和信赖的领导强奸了。他很奇怪也很忧虑,问题不在于小说本身,而且他的小说也还没有发表,问题在于这样的心情、这样的目光是怎么样产生出来的?他又能对儿子说点什么、做点什么呢?

也许是他自己老了、乏了、身心疲惫了,再不敢接受新的挑战新的刺激。万家墨面的无声时期,拉屎放屁都要向小组长请示汇报的时期他反而能鼾声如雷,而获得了第二次解放啦,文艺繁荣啦,他看着看着,兴奋之余,忽然感到了心惊肉跳!

就在那次筒子河边看到了远行的吉他之夜之后,他与远行进行过一次婉转的却是失败的谈话。

在钱文回到首都以后,钱远行也考到了首都的一家大专。他的高考成绩不算太好,报考的名牌大学都没有考上,但总算学了一样,不过由于学校没有足够的宿舍,他是走读生。这使钱文觉得别扭,觉得他不像是在上大学倒像是留了级继续读中学。尤其是,钱文从来没有看到过儿子在家里读书做功课,只看到他读外国小说、当代文学杂志,弹吉他和睡觉。他很散漫,有时下了课才下午三点多钟就到了家,然后一觉睡到八九点,吃饭时间也叫不醒他。有时候他情绪低落,到了家什么话也没有,一副人人欠他一百吊钱的样子。有时候他回到家来照半天镜子,对着镜子撇嘴、微笑、吸鼻子、哼哼唧唧。有时候弹着吉他唱一些他所不熟悉的反正是不怎么健康的歌,而钱文热心教他唱的苏联歌曲和陕北、东北民歌,直到北欧与中欧的名曲,他都不屑地嗤之以鼻。更可怕的是他会忽然怪吼一声,令人肝胆俱裂,而你问他怎么了怎么了的时候,他根本不予回答。

钱文与东菊谈过,是的,青春期呀青春期,他与东菊的青春期沉醉在政治里革命里,革命与政治的巨大魅力和火热激情足以把青春期的一切饥渴和躁动包容。回想激动的五十年代,谁不是青春期?人人恋爱,人人革命,伟大的祖国和伟大的革命也是处在青春期。而现在的和平稳定、不搞运动、埋头建设、点滴做起,对于青春期来说是太平庸太寂寞了。

"你在想一些什么?我怎么没有见到过你好好学习自己的专业呀?"钱文问儿子说。

"憋得慌。"儿子漫不经心,答非所问。

"总要念念书嘛。"父亲拼命说得温和些。他看着儿子过早地长得浓密的黑髭,觉得危险。

"没什么意思。嗯,我没有不念书。除非……"

"除非什么?"钱文觉得不太对劲。

"梭拉西多,梭拉西多,瑞瑞瑞多瑞西拉梭拉多梭米瑞……"儿子随便哼着,最后变成了与遗体告别的哀乐旋律。

钱文有点躁,他开始对儿子讲青年时期的宝贵,青年时期为一生奠定了基础,青年时代最敏锐最热烈最真诚,青年时期的一切都将永远地存留下来,影响深远。他自己就是在青年时代选择了革命,他在青年时期热心于追求真理,他在青年时期阅读了《社会发展史纲》《辩证唯物主义与历史唯物主义》即《联共(布)党史简明教程》第四章、《共产党宣言》《反杜林论》与从《诗经》到鲁迅、从《伊里亚特》到辛克莱和阿拉贡的大量中外文学经典著作。

远行笑了,父亲的吹嘘反而拉近了他与儿子的距离,他这一笑的潜台词可以说是"爹哟,您原来是这样幼稚!"他轻快地反问:"那么,您读过萨特的《存在与虚无》和海德格尔的《同一与区别》还有胡塞尔的《现象学》吗?您至少应该读读卢卡契、布哈林、普列汉诺夫与托洛茨基的书吧?他们可都是老牌马克思主义者。您读过福克纳的《喧哗与骚动》、塞林格的《麦田守望者》、海勒的《第二十二条军规》吗?您看过金庸、古龙、梁羽生、琼瑶、三毛、亦舒和席慕容吗?还有北岛的诗和刘树华还有圆形的小说呢?"

钱文吓了一跳,这个懒洋洋的,在他的心目中无所用心和无所事事的儿子怎么一家伙报了这么多书名,天啊,这究竟是发生了什么事?说相声都可以上"贯口"了。当然,他对这些也不是一无所知。卢卡契在匈牙利事件中的命运,他一直很关心,总还算好,没有把他与伊姆雷·纳吉一起枪毙。年轻的女作家刘树华的《吉他的朋友》,他也欣赏,只是后来再见不到她的新作了。然而,这些不是经典,这些不能让他满足。

"你都读过了?"钱文问的时候声音有点发抖。

"有的看了,有的翻了翻,没意思就不看,还有的只是听说过,其实连封面是什么样子我也不知道。"

"混蛋。"钱文有一种被耍弄的感觉。"那个什么什么,你说的圆形的小说是怎么回事?北岛的诗我倒是读过一点儿,他写得不错,只是有时候文字有点玄虚。圆形呢,圆形是谁?"

远行不答,哈哈大笑。

钱文明白了是怎么回事,圆形者,远行也。他又骂了一句。

远行突然不笑了,恶狠狠地说:"其实一了百了,死了,也就是永远解脱了。"

他的语言与表情说变就变,令钱文脊梁骨上冒凉气。

钱文有点气恼地讲了讲人生的道路、学习的重要、青春的美妙与危险,交友也罢,读书也罢,都要有所选择,保持清醒,而遇到比较复杂的状况和问题,一定要多加考虑,他的父母都愿意做他的参谋。

他有点色厉内荏。他觉得他是把金玉良言、经验之谈掏心掏肺地交给儿子,然而,他讲得没有信心。

而儿子的冷漠的、逆反的、心不在焉的态度终于使他爆炸了,他大喝一声:"你怎么这么混账!"

完了,在他用了"混账"一词的时候,他马上想到了巴金的《家》里高觉新的三爸、四爸、高老太爷,还有冯乐山,直到《红楼梦》里的贾政,他甚至想到了杀掉自己的儿子的彼得大帝与伊凡雷帝。

几天以后是东菊告诉他,儿子正在经历第一次不成功的苦恋。他爱上了一个比他还高大的同班女生,是东北一个少数民族的人,他遭到了拒绝,他产生了自杀的想法,他已经开始积存安眠药。

钱文一听,大惊失色,如同挨了一记重拳,他的胸口憋闷,心跳加速,他无法理解,也说不上话来。

曾几何时,他与年轻人已经这样陌生,他与儿子已经这样陌生了。

# 第 十 二 章

关于白有光与白部长的关系,说法各种各样。有的说他们是堂兄弟,有的说他们是同姓而已,说话口音根本不一样。白部长说的是略带奇特口音(不知所由)的比广播员还清晰的共鸣醇厚的普通话,而白有光说话带点湖南味道,嗓音中常常夹有噪音。有人说白有光是由于崇拜毛主席才不知不觉地把话说成了湖南味道的。还有人说白有光给白部长当过秘书,白有光是孤儿,他本来闹不清自己的姓,参加革命后他给自己起名"火炬",给白部长当了秘书以后才更名白有光。更微妙的是从犁原那边,或者更正确地说是从李秀秀嘴里传出了一个通俗三角爱情故事。

据李秀秀说她是从杨巨艇那边问出了青狐家的住址,她这个不速之客便来了。她坐下来,先说是给青狐送一罐有染发功能的发蜡。她说她发现美丽至极的青狐有了白发,一想到这个她就掉泪。一般的搞写作的女人都挺难看,好看的女人谁坐在冷板凳上写文章?人家不是当演员就是当高干夫人去了,女作家里难得有一个顺眼的。而青狐有一种气质,有一种魅力,有一种灵性,有一种幽幽的才华。李秀秀说,按她老家的说法,青狐的面孔十分奇特,这种脸型应该叫做瓦刀脸或者瓜子脸。(青狐想,胡放屁!)但是这种脸型长在了青狐头上,实在是别有风味,很有杀伤力。(青狐问:"什么?杀伤力?")李秀秀说,软弱的美丽只能被玩弄被蹂躏,而坚强的美丽见啥灭啥。李秀秀说她愈是从侧面看青狐愈是觉得她的脸孔像略亏的半轮明月,而青狐的眼睛足以迷魂夺魄。李秀秀说青狐出现在哪里,哪里就有一轮青月升起。李秀秀说她自从见到了青狐就昼思暮想,无比爱慕,寝食不安。女作家中,竟有这等容貌!有这样的女作家她也不枉搞了半辈子文艺打杂!

正面地或者旁敲侧击地谈起她的容貌的人不在少数,其中百分之三十是客套,百分之二十是没话找话,百分之四十六是为之一惊一震,受到了她的独特容貌的冲击。另有百分之四是别有用心,是男人的吃豆腐与女人的嫉妒。但是她虽然门儿清,她虽然从未因为这样的低级赞美而昏头昏脑,但是内心深处她又希望别人注意她的特异的容貌,在千人一面万人一腔的日子里,她的长相还总算能证明她的真实与独特的存在。

青狐一边觉得李秀秀无礼乃至有点恶心,一边又爱听她说话,特别是那些直言不讳的粗俗的话。李秀秀真是一个庸俗得可爱的人,她的又庸俗又可爱恰如菜肴中的大葱抹酱或者红炖猪蹄,或者干脆说像是东北乡间菜而不像粤菜淮扬菜法式意式西餐,不那么雅致正规更不美观,还有点儿腻歪,上不了台盘,但又亲切刺激,勾人馋虫。

她最高兴的是听李秀秀讲她的新作:《山桃》《梦里》《夜半琴声》《如画》《丁香树》《避雨》《老流氓》和《远去的铃声》。李秀秀如数家珍地历数青狐最近遍地开花的小说新作,哪个哪个发表在哪本刊物上,哪个哪个发表在哪张报纸上,刊物是哪一期,报纸的年、月、日,比青狐自己还背诵得利索。李秀秀说:"真棒!一九八〇年哪里是什么猴年,去年分明是(青)狐狸年!"

同时她又不爱听李秀秀提及她的白发。李秀秀提到杨巨艇也使青狐生疑,杨巨艇为什么会把她的住址给了李秀秀?她甚至怨起杨巨艇来了。她敏感到杨巨艇在女人面前是个软弱的没有主意的不会说"不"的人。她突然心灰意冷,连喘气也显得粗重了。只是李秀秀讲话正在兴头上,没有发现她的异态。

也许这时说两句关于李秀秀的话不是多余的。在《踌躇的季节》里李秀秀开始出场,她是某一个儿童文学杂志的编辑,是廖琼琼介绍她与钱文相识的。她说话有一种齿音。在《狂欢的季节》里,李秀秀给犁原通风报信,并在犁原最最寂寞的岁月中给他以呵护。以温馨哀愁始以闹剧终的是她一次深夜待在犁原家里不肯走,多年独身的她令多年独身的犁原大骇,找来了亲戚轰赶她。中国的文学评论家兼文艺领导人呀!

李秀秀说她的发蜡是定居在法国的一位华裔女作家送给她的,而发蜡本身产自希腊。每次洗完头发,甚至没洗也不要紧,你可以用一点发蜡,多少不拘,这样既滋润头发,又自然而然地把头发染成自然而然的黑褐色。秀秀说,她曾经想把发蜡送给犁原,因为她觉得犁原的长相像梅兰芳,像梅兰芳的男人的头发应该保持黑亮。然而,犁原这个教条主义、假道学、形右实极左的死官僚,"他根本不配接受我的发蜡!"说着,李秀秀的眼泪出来了。

一番话下来,青狐的面部表情松弛了也和善了许多。法国与希腊云云,使青狐觉得大补。形右实左(很新鲜的提法)云云,使青狐听了大快。一般地说,两个女人在一块儿,必须是一个哭了另一个才能笑。李秀秀提到犁原时那种自己吃了瘪的样子使青狐愉快。青狐进入文坛不久,但关于秀秀与犁原的笑话已经略有所闻。青狐给秀秀沏茶倒水,端来一盘那一年突然大红特红,红得连小平同志做报告时都提到过的"傻子瓜子"。一个个体户经营"傻子瓜子"成功,但也有一些违规行为,邓小平主张从宽处理,以利活跃经济。

李秀秀喝了茶又给青狐讲起了据说是来自犁原之口的白、紫、白故事。她一面心情良好地讲故事一面嗑瓜子,故事讲得飞快,瓜子也嗑得飞快,瓜子皮粘满了上下唇和嘴角,之后就粘到了腮帮子,而经过一番眉飞色舞的讲述,瓜子皮也就自然而然地落了下来。瓜子皮下落时李秀秀都有一只手等在那里,接住从面皮上落下的瓜子皮,很有技术。最妙的是,青狐发现,女人脸上粘上一点黑色傻子瓜子皮,面孔会变得灵动美丽,随意附着在脸上的心状瓜子皮吸引你去清洁与抚摸对方的脸,无规则的暂时粘着给你动感和灵感,尤其是性感,虽然那个时候性感一词尚未被国人普遍接受。如果是一个男人,他将多么乐意去吻一个随机粘附着黑瓜子皮的女人的面孔。青狐也忍不住把瓜子皮从李秀秀的脸蛋上拂落,她爱怜地抚摸了一下又轻轻拍了两下李秀秀的脸蛋,李秀秀闭了一下眼睛,显出一种十分受用的神态。

"过两年你得了**诺尔贝**(!)文学奖,我要写一篇文章:《大作家青狐拍我的脸蛋》。"

青狐笑了,对客人的态度一下子从冷淡转为欢迎了。

青狐突然喜欢起李秀秀来了,原因之一是青狐实在是没有办法,她长得那么难看,和她在一起更陪衬出自己的美丽,和她一道,使她无疑地感到居高临下的优越与宽容。

此前青狐也听李秀秀讲过"诺尔贝文学奖"的事,开始以为是口误,后来才明白了李秀秀的天才,说诺贝尔,太艳羡了。说错一个顺序,也算一种解构和避讳。

然后这个丑陋的、由于粘附了更加丑陋的瓜子皮而突然大放光芒乃至美丽起来的脸孔详细介绍二白一紫的事:

一九四九年以后,白部长带着他的秘书或堂弟白有光进城接管权力也接管财产,文工团原来的歌舞演员、当时的编导紫罗兰爱上了时任宣传文化理论工作领导的白部长。这是一个没有前途的爱情。白部长有一位夫人也是老革命,地位比白部长还显赫,因为她在领袖人物的身边当过翻译也做过秘书。战争中白夫人遭到国民党飞机轰炸,受了伤,基本上不能过夫妻生活,这使白部长非常苦恼。而我们当时树立的先进人物之一种便是丈夫瘫痪、下萎以后,妻子照样侍奉身边,并连带着侍奉瞎公公与跛婆婆。对男子虽然没有这样大树特树,但是要求自己严格的好同志也知道该当如何自律。白部长的处境使许多女性同情他爱怜他追求他更佩服他。因为恰恰是此种情况下,白部长正气凛然,坐怀不乱,举止雅静,不苟言笑。紫罗兰则与一般女子不同,你架子大我架子更大,你浩然之气我无坚不摧,你自我感觉良好我自我感觉优秀,你是领导我是领导的领导。人们说这是紫罗兰的一种特异功能,她喜欢领导,亲近领导,视一切大小领导为密友,视自己为一切大小领导的宠爱者或一切大小领导为她的宠物。她长得就是大模大样嘛。有许多人长得蛮好,例如电影明星小鹃,但是与紫罗兰比,小鹃总是显得薄,显得苦相,还显得寒酸,即使换上好衣裳戴上高档首饰,也还是显出暴发户的小家子气。比如她一笑就咧嘴一高兴就抬眉毛,一微笑就眯缝眼睛一不赞成就扭下巴。而紫罗兰的大眼大嘴浓眉毛与大下巴却显出无穷的自信,她的一笑显示出一种高高在上的骄傲,她的长眉一扬与嘴角微落加上杏眼圆睁,令多少男人胆虚。

"你知道紫罗兰这种形象应该怎么形容吗?只有用文言文'风姿绰约'四个字,什么,你不认识'绰'字?你有《辞源》《辞海》什么的吗?"

说到这里青狐觉得有点不自在,因为秀秀说的小鹃的那些不怎么样的表情与姿势她青狐都有,她青狐就是如此。李秀秀是不是指桑骂槐,借题发挥呢?不过不至于吧,她与李秀秀上无仇下无冤,而且是互有好感,为什么会骂她呢?

"可是,"李秀秀突然显出了一种极其诡秘的表情,她看一下四周,又看一下门窗,压低声音,把嘴巴凑到青狐耳朵边,使青狐感到耳朵被一股湿热蒸汽侵袭,特别是耳朵眼儿里似乎进去了李秀秀的口气,她的耳朵眼立即又痒又痛,躲又躲不开,她甚至产生了一种被李秀秀强暴的感觉。

"你听说了吧?紫罗兰和××……"

李秀秀的眼睛一眨一眨,突然显得美丽起来。

然后是李秀秀的笑声,天籁一样的笑声。

青狐唔了一声,没有什么太大的反应。

李秀秀说,早在一九五一年批《武训传》的时候,白部长对紫罗兰就很赏识了,不知道是个什么场合,紫罗兰说过:"我才不爱看《武训传》呢,多窝囊呀!"于是传出来,除了毛主席以外,只有最早写了批判文章的杨耳即许立群同志,另外就是紫罗兰,他们发现了影片《武训传》的反动性。而在举国大批《武训传》之后,紫罗兰曾经向白部长凛然地却也是不无娇嗔地建议:"我认为应该把这部电影的编导叫孙什么瑜来着,干脆枪毙!"白部长很受感动,在给下属做报告时举了这个例子,证明我们的人民我们的青年我们的妇女有多么好有多么坚定的阶级立场,而被批判的电影有多么坏。后来把紫罗兰调到了机关,经常请她参与一些重要讲话的起草。后来她去了报社。她文笔过得去,尤其是能发现问题能说一气。人们说,虽然她当过歌唱演员,其实她是说得比写得好,写得比唱得好,唱得又比干得好。而她的本领在于把说、写、唱、干直到表演全部结合起来,就什么都很好了,就谁也比不过她了。

李秀秀引用犁原的话说,你要是听紫罗兰说话,头五分钟你会觉得她可以当政治局委员当终身教授,再听十分钟,你觉得她可以当一个局长或者讲师,再听十分钟呢,她最多当个处长还凑合,再听下去,根本就不是那么回事了,还是让她当一个三流歌手去吧。至于白部长与紫罗兰的个人关系,虽然有好事者猜测议论编派不已,倒是没有什么真凭实据。几年后,白部长的所谓堂弟或秘书白有光与紫罗兰结婚,各种信口开河也就不攻自破了。

**或者更厉害了**。李秀秀突然降低了说话速度,慢慢地、得意地、一个字一个字地说。然后她抬起眼皮看一看青狐,审视着她的话的震撼力。

青狐眨了眨眼,脸上没有表情。

妈的,李秀秀暗中骂道,当编辑这么多年,我们把多少癞蛤蟆扶成了白天鹅!唉,这世界哪里有公正啊!"四人帮"当政也好,英明领袖主持工作也好,强极了的同志管事也好,抬轿的永远是抬轿的,坐轿的永远坐轿。抬轿的以给某某抬过轿为荣,坐轿的对谁给自己抬过轿压根儿不以为意。

她接着说下去：如果看面孔，白有光的五官确实有点像白部长，只是人显得委顿。白部长人高马大，白有光个子未必矮多少，但是他常常哈着腰缩着脖，有块头也显不出来。白部长走路缓慢，但一贯迈着大步。白有光走道则是趿趿拉拉，抬不起脚专门磨鞋底子。老乡纳的底子，别人一双布鞋可以穿仨月到半年，他只能穿两个星期。为这事他在小组会上受过批评，他差点开了小差，成了革命队伍的叛徒！哈哈哈！白部长目光如手电筒，白有光看人黑眼珠往左转转再往右挪挪，还爱眨巴眼。白部长说话有腔有调、有板有眼、抑扬顿挫，高低轻重、快慢节奏都很有讲究。贺绿汀和楼乾贵都说过，白部长如果搞声乐，一定有成就。白有光说话总给人以喊喊喳喳的感觉，而且愈说声愈小，好像他不是用嘴说话而是用脚指头缝儿说话似的。

什么叫用脚指头缝儿说话呢？青狐问。

我是说，他的声音憋在鞋里袜子里和脚气药里了。

你哪儿知道他上不上脚气药儿啊。

你是大作家，我们是给大作家抬轿的催巴儿，你会形容出花儿来，我们就不能形容出个狗尾巴草来了吗？哈哈！

李秀秀继续说：在白部长身边工作期间，白有光在报刊上发表过歌词、戏词、诗、散文、二人转剧本和表态文章批判文章——用他自己的话说，工作需要什么我就上什么，需要狗上树咱们就狗上树，需要鸡下河咱们就鸡下河。一般反映他的文字形有些灵气，内容、方向上又有白部长给他把关，他的影响与地位节节上升，到一九五二年他离开白部长身边，独当一面的时候，他已经是文化科的副科长了。

白有光的风格也很容易受到赞美，就是说他容易让人觉得比较稳重，比较谦虚，比较靠得住——少年老成的啦。咱们就是喜欢这样的人嘛，一个像我这样说话连珠炮、走道儿跑又跳的人，一看就是副科以下干部。而这个白有光呢，不像知识分子干部或文人那样酸那样臭，就是说锋芒外露、言过其实；又不像某些个工农干部那样懵懵懂懂,怔怔忡忡。白有光是个心眼儿兜,要不他眼珠子乱转悠专门用余光看人!在革命事业大发展的年代,他被誉为"内秀",赞为"茶壶里煮饺子"……心里有数的白有光由科长而处长而局长,也是芝麻开花节节高,蔫不唧唧一个劲儿地往上拱。

到了"文革"前夕,对于文艺界的压力愈来愈大。人家白部长自有渠道,早几天得知了江青受林彪委托召开文艺工作座谈会的"精神"。白部长急于自保,他及时做了一个长篇报告,一赞扬毛主席,二赞扬鲁迅,三赞扬几名初学写作的青年农民与连队战士。同时猛烈攻击全国文艺界,特别是作家协会,称他们是中国的裴多菲俱乐部,他猛烈攻击文艺方面的领导,说他要退出全国的作协,另外组织工农作家队伍。他是要把自己及时择出来,他其实是想往江青那边靠。

而这个时候据说紫罗兰已经另有高枝高人可以依靠了。她从一个老领导——你听说过吧?都说紫罗兰是焦老的干女儿——那里听到了对江青的某些说法,她当机立断,严厉告诫白有光不要玩火,一声别吭,夹尾低头,装傻充愣。"咱们有几个脑袋,敢掺和这个!"

"可是首长……"说是白有光按照他一贯的习惯称呼着白部长,想说点什么。

"他跟咱们不一样,"说是紫罗兰打断他的话,不容分说地说,"他已经上了船了,困兽犹斗,绝处求生。我们呢,最多是个小判官,我们不是阎王爷也不是小鬼更不是革命群众,我们犯不着。记住,从嘴巴到尾巴,你全给我夹紧喽!"

"你,你,不是说你最崇敬首长了吗?"

"放屁!什么首长不首长!我这个人身正不怕影子斜,篱牢不怕犬入,嫁鸡随鸡嫁狗随狗,毛主席早就说过,鸡毛也要上天!屁帘儿风筝照样胜过图 154 喷气式!"

紫罗兰是这么说的?怎么口吻像李秀秀?她们两口子说的话,怎么传出来的?青狐提出了几点疑问。虽然是质疑,口气是前所未有的亲热。

"你不明白，"秀秀答道，"白有光有一个特点，他自己拿着紫罗兰当宝贝不说，他还到处宣传，他的一举一动一行凡正确的都是紫罗兰的指导，一切归功于紫罗兰，直到现今他当了这么大的官啦，他主持几百人的大会，硬是整段整段地引用着紫罗兰语录，这个谁不知道？这么说吧，信不信由你，说不说由我，我其实还没说到正题呢，底下就要说到你身上了。还有瓜子没有？怎么才这么点就吃完啦？"

"你听白有光说的？"

"他当然不会对我说。可他的一举一动都要告诉犁原啊，他们的关系非同一般啊。闹得犁原也能背诵紫罗兰的名言，虽然不太情愿，但是也能背诵个一套一套的。"

瓜子没有了，青狐给李秀秀端来一盘蜜枣，于是秀秀边吃蜜枣边继续说下去，在继续讲白有光以前，她声明关于"犁原与我的事""待会儿再告诉你"，这也算是安民告示了。

总而言之，李秀秀介绍，从那时候白有光就与白部长分道扬镳了。白部长弄巧成拙，"文革"领导小组说是白部长剽窃江青讲话精神，妄图混淆黑白，以假乱真，他是那个妖精扮美女，狼扮新娘。运动一开始白部长就扣到笆篱子里头喽。人家白有光倒是以屈为伸，在一九六七年号召革命的领导干部亮相和成立"三结合"的革命委员会的时候被解放出来了。白部长一直关到林彪倒台，一九七三年春节前夕才恢复了自由。"四人帮"倒了，白部长急急忙忙写了一篇义正词严的文章批判"文艺黑线"。也有人说他老人家是出狱以后写的，等"四人帮"倒了报纸才肯给他发表。反正是没弄对付。而等到三中全会文艺界也开始了拨乱反正以后，白部长又发表了一些不合时宜的主张。对于"伤痕文学"，他主张一分为二，有的对批判"四人帮"有积极意义，但是有的情绪灰暗，有的给社会主义抹黑，有的助长离心倾向，对党不利。对于中青年作家，白部长强调既要热情鼓励也要严格要求，不能棒杀也不能捧杀，不能迁就迎合。"他尤其反对你的作品,说应该给各地的文学刊物打个招呼,不要那么热衷于发你的作品。"

"为什么?需要他老人家抬举吗?"

"他说是,"李秀秀有点犹豫,看样子白部长的话有点重,"他说'青狐的作品有一种异己的邪恶……'好像是,好像是什么来着,好像说是在卖弄风情,在发泄敌意……"

"王八蛋!"青狐这样骂完了觉得自己的档次往上走了走,在中国,王八蛋是只有大人物才喜欢骂的,鲁迅小说名篇《离婚》里,爱姑绝对骂不出来,而大老爷才骂"王八蛋"。其实类似的话她在京华饭店的会上已经听杨巨艇说过。

她的"王八蛋"骂得很坚决,但是她心里有些不安。到现在为止,她几乎没有听过谁说老白部长的好话,但是又是人人怵他三分。她突然悟到了,在中国,只有"左"一点横一点,才威风。

李秀秀认为,白部长讲的这些意见本来从理论上看是没有问题的,但是紫罗兰却大肆反对,连白有光都觉得有点过了。紫罗兰的说法是,一切决定于时间地点条件,到什么山上唱什么歌儿,走到哪儿说到哪儿。经过"文革",什么情况什么心气儿什么拦路虎?白部长要干什么?白部长要为自己争什么?还不明白吗?他争了一辈子啦,他就是要争一个关键的文艺领导职位。他是斗斗斗,斗上来的。别看他的文章写得一般,开起批判会来他可是一马当先,哭哭笑笑,能批出花样儿来。他的批判咏叹调早在解放区就是有名的男声高、中、低音混声独唱!

这些,咱们以后再细说。其实呢,谁也不是傻子,谁看不出来?搞文艺的都是人精人核儿!总之,紫罗兰认准了,一个白部长梦寐以求的职位正等待着白有光。第一,白部长老了。第二,白部长在"文革"当中其实曾经试图跟江青的,问题是人家不要,他才成了被迫害的老同志了。第三,他今天的言论证明,他是反对三中全会的路线的。第四,如今的人五人六都是受够了极左路线的迫害的,你不让他们反左,这不是倒行逆施,与人民为敌吗？紫罗兰说:"白部长是最虚伪的,别人不知道,我还不知道吗？"紫罗兰那叫做针针都扎到了命门穴上喽！听说紫罗兰亲自出马,往上边报材料,又发动了整个文艺界特别是中青年作家给领导上眼药,证明白部长是反对三中全会的。紫罗兰对白部长是下了狠招子了！这不,白部长没有当成,是白有光当上他梦寐以求的那个官啦。今后再提白部长,按理说应该是指紫姐姐的老公白有光喽。

"当个文艺官儿有什么意思？还不是得靠作品？"青狐说。

"我说大作家天才作家呀您哪,您是刚从月球上下来的外星人吗,您？有了官衔儿,不会写作的也是作家,没了官衔儿,唉,像您这样的还行,像我们这样的,一辈子就完啦。"李秀秀大笑。

能够笑着说这些胡话了,人们的境遇还真不坏呢。

"你应该去当领导,你与紫罗兰正相反,你是听十分钟觉得你是个编辑,听二十分钟,觉得你应该当社长,三十分钟呢,就觉得你可以当个市委书记,管个意识形态呀什么的了。你的水平绝对不比某某某低！"青狐说,她真诚地惊奇,怎么中国认字的人个个都是候补书记的料子！

"……反正不管您怎么说,白部长没有得到那个关键的职位,白有光得到了。"

"我不管那个。"青狐表示不感兴趣。

"可他们管你呀。白有光一上任就召开会议研究你的小说的倾向问题,犁原没有去开会,为这事现在紫罗兰到处骂犁原啊。"

恐怕是得骂犁原,就冲李秀秀传出来的这些个话,我要是紫罗兰的话也得跟犁原翻了脸。可是,我怎么会这样想呢？

哼！青狐冷笑了一声:"这么说,白部长也好,犁原也好,白有光也好,都是要批我的小说的了。"

"你是说犁原也说你的小说的坏话吗？噢,我对你讲过的。犁原这个人是这样,坏话他很喜欢说,但只是私下说说罢了,写成文章,他是只说好话不说坏话的。你知道最近法院里要抓米其南,是犁原拼命保住的他。包括赵青山与王模楷,犁原都写了材料保护他们。犁原是个善人,你看不出来吗?"

这都什么跟什么呀,敢情李秀秀不仅可以管宣传,还可以管组织人事——青狐心想。米其南的作品她早就读过,印象一般。最近倒是在一次会议上见过米其南,她的印象不错,人还算清秀,也很谦虚,两个过早出现的眼袋令人觉到他的早衰,他说话的一股黏糊劲儿与过分清晰的发音搅在一起,使青狐想起一块奶油与巧克力都放得过多的蛋糕。他第一次见到青狐就死死盯着青狐的脸,那两只眼睛几乎可以用"脉脉含情"四个字形容,这给青狐一种异样的感觉。

那么,他能出什么事,以至于面临被逮捕的危险呢?

李秀秀真是无价之宝,不等她问,她就解释道:"最近一个文学女青年,一个米其南的崇拜者拿着自己的新作去找米老师指导。米其南指导着指导着,就把人家给那个了。人家女孩儿才上高中,才十八岁,而且人家大有来历,这样,就把米其南告了。"

青狐一听脸就红了,她不知为什么想起了自己,她想起了自己的纯洁的童贞自己的青春自己的幻梦……

"您不知道男作家们之间说起女人来都说些什么,您都不能相信!"李秀秀补充说。

"流氓!牲口!猪!"青狐骂道。

"也有好人,就是犁原,可犁原也太不通人性了,'文革'当中,他判过死刑,后来谁理他?谁敢与他来往?只有我,我一个人疼他爱他照顾他,我给他买冰糖,我给他买伤湿止痛膏,我给他包饺子,我给他洗了多少衣裳,除了内裤,什么都洗过了。我就不相信他没有爱上我,可最后最后,在最关键的那个晚上,他把我硬是轰走了……"

李秀秀说得泪如雨下。

如此这般,从米其南的"花哨"说到犁原的"各色"以及犁原与廖琼琼的故事,当然更无所不至地说了她与犁原的"情史"。从紫罗兰的秘密——她与白部长的恩怨情仇以及她与雪山的不可思议的特殊关系到杨巨艇的近况,李秀秀跟青狐谈了个够。趁热打铁,李秀秀接着说出了一套惊天动地的话。

她竟然说在哪里哪里开理论研讨会的时候,她在杨巨艇的房间里一直待到了凌晨两点,她坐到了杨巨艇的腿上,杨巨艇搂住她而且摸了她的许多部位。但是最后杨巨艇说他那个东西不行了,刚才好像还挺行,后来就不行了。如此这般,什么事也没发生。

混蛋! 青狐的心怦怦乱跳。这不可能,这不可能,根本不可能! 她顺手推了李秀秀一下,李秀秀几乎倒在了地上。但是她正在谈她在杨巨艇腿上的经历,正处于兴奋状态,她不但没有怀疑青狐是故意推她,而且稳住身体把头埋在青狐膝上,面红耳赤却也滋味无穷地咯咯咯乐了起来。

青狐恨不得捂上耳朵,恨不得立即把秀秀轰出门去。从小就是这样,世界上有许多美好的东西,就像又细又白的瓷器,然后一件又一件地打碎了。似乎有这么一种人,以打碎旁人的瓷器为己任,以打碎一切瓷器为其一生的使命。他们她们要把黏痰唾到每一片花瓣上,把脏水泼到每一个角落里,让病毒感染每一个细胞……而她们他们自身却又是诚实和动机无瑕的。她与青狐大讲她与杨巨艇的故事,能有什么动机呢? 光荣? 完全没有。利益,上哪儿找利益去? 寻开心? 这又实在不是开心故事。这样的传话,不是传别人而是传自己,莫非是反映了傻傻的李秀秀对杨巨艇至终不渝的爱戴与崇拜?

已经什么都没有了,还有为艺术而艺术的纯洁。对于中国女人来说,性并不是那么重要。请问,有几个中国女人敢重视敢正视、敢表达敢要求性的欢喜性的淋漓尽致?

那么男人呢? 男人敢情是这样没有出息? 像杨巨艇这样伟岸的男人,喜欢(!)上了李秀秀?

不!

李秀秀这时给她的印象像一个猴子,可能是由于她的窄脸和她

青　狐

的挤在一起的小眼睛吧？还由于她说话时脸上肌肉的乱动和手势的不稳定。她在说什么？这样一只猴子爬到了杨巨艇的身上？她又不像猴子了，她更像一只螳螂，尖尖的下巴，无神的、似乎是眼神散乱的眼睛。是的，螳螂的眼睛是一个集合体。她的眼睛实际上是几百只眼睛吗？我的天！她长着几百条舌头，她的几百条舌头同时讲述着天知道的她与杨巨艇的故事。杨巨艇是个大人物，他的形象、他的身躯、他的思想、他的姿势，都是非同寻常的。她青狐甚至是愿意有许多女子围绕着他崇拜着他委身给他，但总不能是一只螳螂一只猴子。哪怕是潘金莲，如果是潘金莲跟了杨巨艇，青狐也会为杨巨艇高兴，像巨艇那样的好男人，怎么应该也得到一个漂亮女人。就让巨艇玩玩吧，他不应该玩玩吗？而面对一只螳螂，西门庆也会败下阵来。多么可怕多么赤裸裸的故事！为什么，真的，真的，假的，假的，得得得，哒哒哒，嘀嘀嘀……青狐不知道怎么回事，她的牙床在咯咯地抖，上牙与下牙碰撞出了声音。她背部的肌肉在抽搐，她忽然一阵恶心，两眼发黑，李秀秀说话的声音愈来愈小……青狐最后昏过去了。

青狐再也记不起她是怎么样苏醒过来，怎么把李秀秀打发走的了。反正她恢复知觉后得到的第一个灵感是，她关心的重点已经不是李秀秀与杨巨艇了，也不是白部长与小白部长对于她的作品的评价。她忽然激动起来，那个被米其南欺负了的女孩子究竟是谁，为什么是十八岁，为什么是十八岁呀！

而在李秀秀走了以后，妈妈过来问倩姑，出了什么事？是不是李秀秀讲到杨巨艇的什么事情了？

倩姑哭了，她没的说，不想说，不用说，她只是与母亲抱头大哭。她说命中注定，她只有一个亲人就是妈妈。妈妈说，命中注定，她也只有一个亲人就是闺女。倩姑一边哭一边想，母女抱头大哭，这个场面更像"三言二拍"里的描写。虽然她走上文学道路是受了俄罗斯、法兰西、英吉利与美利坚文学的影响，她宁愿选择屠格涅夫契诃夫莫泊桑梅里美狄更斯霍桑……但是只要一回到真实的生活，她还是更

173

接近冯梦龙和凌濛初的"三言二拍"。

她在一个场合见到雪山,雪山脸上带着诡秘的样子问她:"你听说了吗?"她觉察到,雪山也是要给她讲述他的版本的关于杨巨艇与李秀秀的故事。她已经判定,雪山差不多就是男人版的李秀秀,当然,至少在长相方面,雪山比李秀秀还是可爱些。青狐不听雪山说话,抬腿就走,她只想在这个低级下流的故事面前逃之夭夭。

然而她还是低估了传话者的顽强与坚定。第二天,李秀秀又不请自到了。不论青狐对待她如何地皱眉撇嘴,她一见青狐的面就滔滔不绝地讲起来了。她说是雪山叫她来一趟,叫她一定要告诉青狐,就是说一定要让青狐知晓,大前天,雪山在东城大街上骑着自行车赶路,听到杨巨艇叫他,杨巨艇是坐着一辆伏尔加牌汽车从他身旁驶过,为与雪山谈话,杨巨艇硬是下了汽车,挥手让汽车离去,他与下了自行车的雪山并排走着边走边说。他自己说,现在外边到处传他与李秀秀怎么样怎么样,其实他从十年前就已经办不了事了。他吃过许多药,都不管事。他让雪山介绍药物。最重要的是,杨巨艇分析说,自从"反右"以来,他的家伙就办不了事啦,极左极左,把人都摧毁了,遑论那点物件!他说他估计,由于连年政治运动和极左路线,特别是由于"文化大革命"和"破四旧",中国的男人至少有百分之七十一是办不成事更办不好事情的。说到这里,李秀秀笑得直不起腰来了,连青狐也不由得莞尔一笑,同时她觉得秀秀和她作为两名"寡妇",说这个未免太过分了。

这个螳螂,这只猴子!这只红焖猪脚!这只碎蘑菇炖成的小柴鸡!她在青狐旁边的时候句句话都让青狐讨厌,她一离开,青狐还真是若有所失,若有所思。

三天以后,李秀秀又来了,而青狐不论心里如何想,却硬是没有轰她,而且反过来,对李秀秀挺欢迎。又说起了相同的话题,李秀秀笑着喘着说:"咱们是多么倒霉呀!咱们以后只能上外国找鬼子去啦!这年头儿,您想找西门庆是再也找不到了。几十年政治运动过去,幸存的只剩下了武大郎儿们啦!现在文学界最优秀的男子只有米其南,听说三中全会以来他已经干了十几个了。难得呀,又是戴帽子又是脱胎换骨,又是瓜菜代粮又是天天读,他上了床照样生龙活虎!天才!男子汉!可这样的作家太少了太少了,咱们的作家里头,愈是大人物愈是一塌糊涂……哈哈哈!"

一辈子了,李秀秀就没有这样痛快过,在青狐面前她宁愿自己当一个女丑,当一个憨直粗鄙插科打诨的傻娘儿们,只要能让青狐多笑一笑。这个长得狐狸一样奇异的人精青狐呀,笑起来竟像男人一样的冒着傻气。她们两人分别看,都挺精的,而一旦两个女人凑到一起,就变成了两个傻婆娘。真是解放思想啊,真是个性解放啊,真是男女平等啊,真是弗洛伊德性欲大爆炸啊,现在不单是恋爱的季节,而且(至少口头上)是性爆炸的季节啦。写小说反映这一段生活,最好叫"爆炸的季节""泛滥的季节"或者"放浪的季节",泛滥与放浪,基本发音是一致的。她李秀秀已经四十多岁了,一事无成,每月工资不过七十四块,嫁过一次人很快就离了婚,她追求犁原她是被犁原硬轰走的呀……别的不行,还不能放浪地胡说八道几句吗?

她又发挥道:"这些个窝囊废呀,就是个强奸犯也比他们强啊。"她痛快了,她前所未有地满足了。

却原来这也是一个洗礼:当青狐听到李秀秀——为什么是李秀秀本人?真是匪夷所思呀——讲这些乌七八糟的事的时候,她多么想把秀秀杀掉!如果她是一个美国人或者俄国人,她一定会把李秀秀杀死,超级大国的人啊,就是不一样!

然而,事实上她并没有杀她打她,没有不准她进门,没有掩住自己的耳朵。完全没有,与其说是拒绝,不如说是一面拒绝一面仔细地听着她的叙述。就是说与混账的弗洛伊德分析的一样,她像一个性欲望强烈的被强暴的女人,开始是被强暴,后来不知不觉地变成了某种迎合。其实不仅是女人,不论男人女人,不论是什么龌龊的事情,贪污也好受贿也好认贼作父也好卖友求荣也好吮痈舐痔也好,人们都是既被强暴又做了迎合的。青狐心目中的杨巨艇和李秀秀舌头底下的杨巨艇,青狐心目中的文艺界与作家们尤其是领导们与李秀秀舌头底下的文艺界与作家们尤其是领导们,青狐心目中的文学与李秀秀口中的文学,到底哪一个更真实彻底呢?

这以后,青狐有点怕见杨巨艇,直到怕见她认为可能知道杨巨艇的事、可能听过李秀秀和雪山的嚼舌头的人。倒像是她而不是李秀秀与杨巨艇做了什么不体面的事。她又常常想着她见到杨巨艇时杨巨艇会有的表情,她心疼杨巨艇的可能有的表情,如果杨巨艇不是什么伟人不是神灵不是救世主,那么他就是个善良软弱的人,他的疝气、他的家、他的永远的笑容、他的实际上办不了事的器材设备……他需要掩盖他的软弱与无助。他实际上纯洁天真,稚态可掬,一厢情愿,燃烧着义正词严的火焰……这个没有长大也不会长大的孩子!

青狐梦见了李秀秀,李秀秀正领着群众喊口号:"寻找男子汉!"醒过来才明白,这样的口号在文坛已经流行多日了。

青狐毕竟不是初出茅庐的习作者卢倩姑了。她把泪咽到肚子里,拜托李秀秀打听那个上了米其南的当的女孩儿的姓名。她感到在这个话题上,李秀秀几次都是欲言又止。她想,与其跟李秀秀谈杨巨艇,不如谈米其南。包打听李秀秀面露难色,显然这比打听紫罗兰与白有光以及更上层的机密更难。她当着青狐的面沉思起来了,那种沉思几乎有点像杨巨艇的忧国忧民,最后她与青狐击掌:"有了,我去找犁原,犁原如果同意我说我就说。我答应过犁原,绝对不对任何人说的……然而你是不一样的。我永远不会做对不起犁原同志的事,据说,关于那个女孩子的事的控告信的复印件就在犁原那里。"

"这个,算了,不要说了。"青狐可不想再扯到"犁原同志"那里。

李秀秀含含糊糊地说了句粗话,青狐没听清楚。再问,秀秀不肯再说,而是仰天狂笑。

几天后,秀秀给青狐打公用传呼电话:"那个女孩子姓焦。不错,就是她。"

# 第 十 三 章

在《踌躇的季节》里米其南已经出场,他虽然只比钱文小十几天,却天真活泼得多。他俊俏、热情、乐观得紧,甚至戴上"右派"帽子也没有真正使他灰心丧气。他出生在江南水乡一个小镇,从小聪明伶俐英俊,是鸡窝里飞出的金凤凰。他无师自通地把人生目标定为走出水乡,走出小镇,融合到大城市。他做到了,却不无艰难危险:他的高考成绩在本乡虽说是首屈一指,与那些大中城市的毕业生尖子还是没有办法比拟。他报的学中文的志愿全部落空,幸亏他表示了坚决服从组织分配,才阴差阳错地分到了一所财经专科学校学成本会计。

他的江南才子眉清目秀的相貌,通常会被轻佻地叫做"小白脸"。他的样子很受女同学的青睐,何况学财经的院系里本来就是女多男少,四顾裙衩,他有如鱼得水之感,可惜的是没有几个女孩儿被他看得中。其实在家乡小镇早就有找上门来的女子家长和准媒妁了,解放以后媒妁这个古老的职业是被批判被废除了,但还是有说合撮合婚姻的义务型、业余爱好型而不是经营型的活动。幸亏米其南主意正决心死,总算没有小小年纪就讨上一门大媳妇,冲这点他也拥护新社会。

然而这又是一个微妙的经验,遇到人们来给他说媳妇的时候,他惊惧、反感、厌恶,恨不得逃之夭夭。当事情终于平息下来以后,他又觉得晕晕乎乎甜甜蜜蜜,似乎是那么多女人愿意来到他这边,各类媳妇就在身边,任他选任他摸任他捏拿任他随便享用,那种感觉真是妙极了。女人,女人,女人,他愈想愈乐,他甚至想到了中国历代的皇帝,三宫六院七十二嫔妃,从小人们就给他讲过皇帝的威风和乐趣,他觉得很有点意思。

他上大专的时候"反右""反修"都还没有开始,大学生们每个周末还可以跳一场交际舞,伴奏着《步步高》《彩云追月》《快乐的寡妇》和《花之圆舞曲》,青年男女脸对脸胸对胸,腰对腰腿对腿,眼睛看着眼睛,呼吸对着呼吸,你进我退,你扭我摇,你转我旋,你飘我移,米其南觉得非常快乐也非常得意。他知道班上的和别的班的,认识的与不认识的女生都在等待他的邀舞,等待他的手臂环绕她们的腰肢,等待他的笑容贴近她们的脸蛋,等待他的温柔的自大的目光注视她们的欲遮还露、欲放还收的全部春色。

女生们对于他来说是俯拾即是,左右逢源。他今天与这个女生一起在图书馆做作业,明天和另一个女生坐在食堂的同一条板凳上共进醋熘辣白菜。今天和这个女生对着托排球,明天和另一个女生合唱苏联歌曲《春天的花园花儿开得美丽》。有一个女生长得显大,身上的肉挺多挺鼓挺圆,他从头一天就觉得她发育完成,如同盛开的花朵乃至红透了的苹果,再不采摘就会凋谢坠落,太可惜了。他又有点害怕,觉得对方气盛劲足,手大脚大鼻子盘也太大太蒜头。要他这种白衣秀士型锦毛鼠型的男子去抚爱对方那种母大虫型母夜叉型的女性,他只觉得怯场三分,覆盖不住,支持不了,阴盛阳衰。但是对方却似对他一往情深,今天送他一条手绢,明天在饭厅里为他先买下一份甲菜。而在课后锻炼身体期间,她专门让米其南保护她玩"虎伏"。虎伏一转,她披头散发,全身各个部位以不同的方向与角度在米其南面前旋转展示,虽然穿着运动衣裤,但是米其南还是恍如看穿了衣裤后面的身体。她又怕又叫又笑,面红耳赤,气喘吁吁,使得米其南器官膨胀,心跳击鼓,热汗淋漓,魂飞天外。他像喝醉了酒一样地晕眩摇晃起来,他不由得俯下身亲了这位"大"女生的额头一下。

这是他从外国影片上学的,他知道这样亲额头是一种父性的亲吻,与男女恋爱中的嘴对嘴的亲吻完全不同。他是一个从小就爱看电影爱得要命的人。在江南小镇,在新中国成立的头十几年,看电影是那里的老百姓的文娱生活的极乐之境,在旧中国,穷乡僻镇根本不知道电影为何物。再往后来,慢慢有了更多文娱、体育、商贸、民俗活动,看电影在他的生活中的地位也就不再那么压倒一切了。

然而他无论如何想不到,那位"大"女生突然大叫,叫完了就是哭,哭完了又是叫又是撞头又是扬言不能活了。依这位女生的说法,他似乎已经涉嫌强暴。

这是他碰到的第一个人生之谜:他究竟怎么了?这个问题比较容易回答——他亲了一下女生的额头,他的行为太不检点了,他缺少对于女性的尊重和爱惜。他羞得无地自容,别人会相信,他自己也相信,他干脆与一个流氓差不多。他为这件事吓了个半死,他已经预料,他会从此送去劳动教养,虽然与劳改犯不同,却与劳改犯差不多,从此他的一生彻底毁灭。而那个凸胸翘臀的女生到底是怎么回事呢?她像一个大孩子、傻孩子,天真烂漫,洁白无瑕。他相信,女性的孩子气是她们引诱男生、耍弄男生、折磨男生的最有力的武器。一个一米七二的大个子小女孩,这就是陷阱,这就是地狱……她怎么会疯了一样地大闹起来了呢?他直觉地认定多半是那个女生以此为手段强迫他必须娶她,也许几个月后那个女生会生一个孩子,而且会宣布那个孩子是属于他米其南的,原因仅仅是他吻了她的额头。他当时想表态,只要不送他去劳动教养,他愿意娶她为妻,他愿意承担一切后果。

然而事后他才明白,即使被送去"劳教",也比娶她为妻好些。

他从这个事件里得到了惨重的教训,他追求的是美丽,碰到的却是丑恶。他的自我感觉极其良好,遭遇的却是狗血喷头。他做的是缤纷花朵之梦,陷入的却是狗屎泥塘。校方领导还不错,对他的涉嫌流氓行为一事,只是一般性地进行了批评教育,不了了之。他也从此大为收敛,竟日低头不语,目不斜视,读书,再读书,他的文学修养文学追求就是在这个事件之后奠定的。

同时他决定,他要报复,他要得到,他要报仇,他要从胜利走向胜利。

所以他必须出人头地,他必须让所有的女生刮目相看,他必须让她们围绕在他的身边。

没有比他这个"青年作家"更窝囊的了。他写出了电影剧本,他写出了小说,小说刚刚发表,电影剧本正在拍摄,"反右"斗争开始。他的电影还没有出世便基本上被判了死刑,他的小说还来不及被阅读,已经天生成为批判的靶子。他完全不懂得反右、右派云云有什么大干系,他也听不懂那些批判他的发言,什么"大是大非",什么"反党反社会主义",什么"给新社会抹黑",什么"煽风点火,唯恐天下不乱",听得他一头雾水,莫名就里。他那时已经结识了几个一心一意要当作家的朋友,他向他们叙述自己被"揪出来",被批斗的故事,讲得文文绉绉,细声细气,好像是在讲一件与自己不相干的事。

在批斗最高潮的时候,他构思并起草了一篇新小说。他写一个青年女子,一直梦想着自己的爱情,但是每遇到一个她喜欢同时人家也对她有好感的男子,她就如临大敌,惊惧万分。每当对方对她有一点亲昵的表示,她或则逃之夭夭,或则壁垒森严,拒之于千里之外。她失去了一个又一个机会,她伤害了一个又一个她喜欢的也喜欢她的男子,最后她变成了一个性情乖张的半老处女,最后,她自杀了。后来又觉得自杀的结局不好,改为在一个夏季的雷暴天气离家出走,向着雷鸣闪电和狂风暴雨走去。他想这个结尾可能更好一些。又过了几天,他觉得这个结尾也不好,因为未免与曹禺的话剧《原野》雷同。又过了几天,要给他定案了,他所在的那个国防工厂领导"反右"运动的五人小组找他谈话,劝导他全面清理交代自己的反动思想反动作品反动言论。他干脆把自己的新作草稿交了上去。

朦胧中他有一个想法:包括"反右"五人领导小组,一切领导和

青　狐

一切方面越是知道他善于写作越好。因为他的文学创作有一个现实的动机，他想离开工厂离开会计工作，而他碰到的最大障碍是同科室的会计出纳们不相信、不理会、不接受、不（被）触动他具有无比的文学才华这样一个基本事实。他的直接领导和众位同事，只承认他是一个每月"挣"、故而是每月"值"四十六元七角工资的勉勉强强的会计——他在会计工作上的表现极其一般。他应该让更多的掌握他的命运的人知道他的文学事业，他的创作才能，他的连续写作、出成果的能力。他当时的遗憾和恐惧不在于被打成"右派"，而在于他表现出来的才能远远不及他的潜能的百分之一，他发表的作品微乎其微，就在这个时候发生了麻烦。他虽然完全不明白"右派"云云的厉害，但是他产生了一种紧迫感，他的时间已经不多，他的机会已经不多，他必须表现出自己的写作才华，多一点，再多一点。就是说，只要人们承认了他的才能他的著作，被打成右派乎、左派乎、有点反革命乎、有点资产阶级乎、调戏女生乎，那都好说。

　　所以他把五人"反右"领导小组与他的谈话，判断为要他交出全部创作的暗示，他有一种兴奋感。在那一瞬间他又构思了一篇新小说：一个短跑运动员受到无限期停赛的处分，他痛苦万分。最后他被抛到了跑道的起跑线上，法官责令他必须在十一秒内跑完百米，跑不下来，枪毙。短跑运动员兴奋快乐达到了极点，他在连续许多年营养不良并中断了训练的背景下，以十秒零二的成绩跑下来了，超过了他原来的个人纪录……然后，他心脏病发作，含笑而去。地方体委为他举行了隆重的葬礼，有人说他是跑"炸了肺"，有人说他的死亡光辉灿烂，了无遗憾。

　　他是抱着创造新纪录的短跑运动员的心情交出自己的关于乖僻女生的新作的。他喜多于忧，得意多于惧怕。他不愿意写检讨却极乐意上缴文稿。唯一的缺憾是能够上缴的作品太少，如果一缴就缴它个百把万字，如果上缴的稿子像一摞城墙厚砖一样，哈哈，弄得领导小组人员天天读他的作品，弄得各位同事都为他的作品而神魂颠倒,那将是何等浪漫神奇的体验！那就像一个足球球员,用非常规非典型的方法倒踢紫金冠,射进去一个足球,妙哉爽也！

这样,在下午上缴了关于乖僻女生的作品以后,当晚,他开了一整夜夜车,完成了《短跑运动员之死》的最新创作。他像那个短跑运动员一样,危险的处境使他焕发了天才,沸腾了激情,灵感全面开花,巧思俯拾即是,他登上山巅,天风浩浩,白云悠悠,晴川历历,美景连连,长啸震天动地。第二天一早,他把新作带到了五人领导小组,他哼起了一首曲子,是圣·桑的《天鹅之死》。

他的行为骇人听闻,引起全厂公愤,是可忍孰不可忍？毛主席常用的句子与句式已经家喻户晓,溶化在血液里落实在口头上——虽然没有几个人读懂了这句并不艰深的半文言,大多数人以为这句话的意思是"是可以忍受的抑或不可以忍受的"呢,而这句话其实是反问,"是"是代名词,话的意思是:"连这个都忍下来了,还有什么不可以忍受的吗？"呜呼,哀哉,尚飨。不仅是领导,就连临时工也认定米其南的向无产阶级专政挑衅的行为是不可忍的。工厂大门上悬挂着两丈宽的横幅:"**粉碎右派分子米其南的猖狂反扑！！！**"工厂确实变成了与米其南决战的辽阔战场,变成了血战到底的火线。

……如此这般,这是米其南的人生中的第二个谜。他并无不满,并无不忿,反正大家都认为他是反党反社会主义的"右派"分子,看来他也就一定是的了。大屁股女生的哭叫使他感到了自己的流氓性,全厂职工的义愤使他接受了自己的右派性。反正他已经当过作家了,他的《短跑运动员之死》堪称绝唱,音乐里有《天鹅之死》,文学里有米其南的《……之死》,花开并蒂,枝结连理,对对双双,天造地就。他就这样地达到了人生巅峰,风光过了,燃烧过了,情发过了,潮涨过了。各人有各人的辉煌,歌德伟大一生,曹雪芹辉煌身后,茅盾又是作家又是文化部长又是全国政协副主席,浩然永远不会忘记人民、人民也不会忘记他的《艳阳天》与《金光大道》独领风骚、十年绝唱。而他米其南在全厂职工的愤怒中享受了他一生中的巅峰体验,电闪雷鸣,刀枪斧钺,千夫所指,十目所视,死而无憾。

其后的强迫劳动也好,低(粮食)指标也好,三天两头的批判斗争也好,降级降薪也好,取消或减少休假也好……他颇有几分含笑俯首,暗中得意,逆来顺受的意思。随他去,压根儿他也不懂政治,无兴趣于政治。共产党能把中国这个烂摊子收拾成那样,他心悦诚服。戴上"右派"帽子后的干活、吃饭、睡觉、低头、听喝(喝令、喝斥、喝呼等)的日子他也无所谓。反正已经都承认他是作家了。于是每次思想汇报他都检讨自己的"作家"包袱、"作家优越感"。他的检讨使众人感到无法容忍,恨不得扇他两个耳茄子:"你丫挺的都什么份儿上了,还张口作家闭口作家的!"你越急越气他就越得意于自己的最后两篇作品,他相信这两篇作品的内容与背景早晚会使他名扬海内外,风流传千古。

然而也有遗憾、有惦念,就是那个练虎伏的丰满足实的女生。与她相比,他虽然俊俏,却瘦小了些、孱弱了些。只是体力劳动变成他的主要生活内容以后,他才体会到那种夜叉式大虫式的女子的好处。才劳动了三天,他的手指头就变得粗壮多了,他的一切器官都在变粗变壮,毛主席的政策天恩浩荡!他需要的正是力量、块头、重量、面积和体积,弹性、韧性和厚度、深度、浓度,尤其是热度和烈度。她在他吻了她的额头以后又哭又闹,其实她想的、闹的、要的不就是他的××吗?而他想的、虽然不闹虽然躲避实质上却是梦寐以求的、为了它什么都可以牺牲的,不就是那个什么吗?他本来事前有机会、有必要,事后有机会、有必要与她结合融合交媾豁出羞豁出疼豁出死豁出被戴上流氓坏分子帽子就地枪决。那样枪决了也不算枉活一世。然而他……一片空白。

在他被工厂赶出来,到了江南从事无冬无夏无忙无闲的水稻田作业的时候,在食不果腹、衣衫褴褛、蓬首垢面、腰酸腿木、眼直颈硬之际,他不再关心文学、不再思考艺术、不再惦记父母(在"大跃进"的年代,他的父母相继去世),也根本不考虑前途、不考虑自己的存在与处境。行了,他的文学灵气已经基本散尽,他的俊俏和温柔已经是陈年往事。剩下的唯一吸引他活下去的光点就是那一件事,他还没有做过体验过得到过温暖过满足过一次。他唯一的生命体验只有膨胀,只有干枯,只有悬空孤零零,只有僵硬干巴巴,只有没有着落的劲力和劲力造成的匮乏,只有向空气发威的高射炮和把自身烧毁烧尽的炸药烈火,只有向着悬崖石壁撞去的钢钎撬棍。砰砰砰砰,砰砰砰砰,他每天想,他每天烧,他唯一的出路是自己撞死自己。

一九六〇年深秋,有一次他和一批与他同命运的人得到了一个因为秋雨连绵而休息半天的机会,他被委派去一个距他们的农场十六公里的乡村合作社门市部买散装白酒。在雨天来回走三十二公里,虽然很苦,但是他乐于接受这个不是来自领导而是来自同病相怜的难友的委托。他乐于在凄风苦雨的泥泞中择路徐行,心事若有若无,心情若悲若痴,腹内若饥若饱,四顾若白若黑,"远路应悲春晼晚,残宵犹得梦依稀",像李商隐的诗,又比李商隐乐观粗野得多,此中滋味,倒也难得一遇。

在卖酒的地方他遇到了一个轮廓庞大而骨瘦如柴、面有菜色的中年女人。他看了她一眼,几乎叫了起来,她长得太像那个练虎伏的被他吻过额头的女同学了。他叫了一声:"你……"他看到了那个女子的茫然的神色,他再也受不了了,他面红耳赤,气喘吁吁,他只想立刻抱住她。中年妇人正在与卖酒的一位服务员说话,她说话的声音很好听,有点低哑,有点粘连,让他想起江南吃的糯米年糕和芝麻酥糖。但是芝麻酥糖太甜了,他马上想起了一枚大圆茄子。他为什么想起茄子,他不知道,但是他确实想起了茄子,穿着深色罩衣,白色的、带着一点点籽粒的瓤子,又软又硬、又潮又润、又腥又甜、又圆又鲜。

女子说话断断续续,气不够用,他判断这是由于粮食不够吃。这里的农业人口粮食指标太低了,而她本来应该吃得很多,长成一个丰满的大块头,长成半座山,长成一只肥羊的。

他拿着一个当时算是新潮的白塑料大醋壶,买了三公斤散装白酒。他已经很饿了,他买了两块二两一块的所谓牛舌饼。大概原来这里是卖烧饼的,但是烧饼是要在表面沾上一点芝麻的,而自从"大跃进"大天灾以来,芝麻不好找了,烙烧饼的人便发明了牛舌饼,除了面粉和一点盐以外,什么额外的材料也不需要。

他仔细地闻着牛舌饼的香气,他一再告诫自己不要急于吃掉,待会儿再吃,一定要闻够了香味再细嚼慢咽。如果按正常速度吃,他用三四分钟就会吃完这两块牛舌饼,那就太惨了,太快了,肠胃根本得不到饱的感觉,连进过食的记忆也不会留下。只有把牛舌饼闻成醇酒,看成鲜花,嚼成烂泥,把烂泥嚼成泥浆,把泥浆嚼成稀汁,把稀汁嚼得无影无踪,羽化登仙,泻地无迹,庶几算是吃了点东西。

他嚼了一口牛舌饼,他抬起了头,他看见苍白的女人用怎样的目光看他的牛舌饼和他的吃相。他心痛得要命,他暖热得发烧,他决定不吃第二块牛舌饼了。

他拿起没有吃的那块完整的牛舌饼,向那个女人一晃,再使了一个眼色,女人跟上来了。

……后来的事他忘记了,他大度地气贯山河地把手里的牛舌饼给了这个饥饿的女人,女人疯狂地吃起这块饼来。他像疯子一样地叫着"姐"抱住了她,他忘记了后来的事。反正是一片阴霾,一片泥泞,一片疯狂。那天晚上他很晚很晚才回到了劳动的处所,他空腹喝了许多酒,酒也是粮食,他们都相信,虽然这种散酒是用秫秸秆造的。醉酒之后,他走进厕所,抄起准备好了的剪刀向自己的物件铰去。

是剪刀质量太差了?是他其实下不了那么大的决心?他铰得自己杀猪般嚎叫起来,但是家伙上没有剪出一道口儿,更没有出血——倒是流了一手的尿。他的惨叫也没有引起任何人注意,因为他与大家一样,已经被秫秸提炼出来的酒精击中靶心。人们又哭又叫又跳又闹,疯闹中,只留下了一点绝对的清醒,即使鬼哭狼嚎,也没有一句政治上不正确的言论,只有自我批判、自我嘲讽、互相戏弄直至谩骂,还有掏心倾肺的对党的歌颂。一位"难友"喝多了以后,一面喊着万岁一面打自己的嘴巴子。

就在这个时候,给他"摘帽子"的报批件批下来了,同时来了调令,电影制片厂调他去参加一个创作组,虽然是叨陪末座。与他合作过的导演,向他"借"走了他本应得到的三千元片酬中的两千五百元,却一直惦记着有机会的时候帮助他。不算不著名的导演是文艺界一个以思想开明著称的大人物的儿子。全靠来头不小的导演,默默无闻的米其南才搭上了"反右"运动前"青年作家"的最后一班车,他即使当上了"右派"也还有作家的桂冠可以自我欣赏。导演声称自己要借两千五百元钱买一套荣宝斋出品的木板水印明清画册孝敬他的老爹,敬爱的文学青年导师。理由高雅,钱数合适——钱再多米其南可能出不起,钱再少不值出口一借。导演来历不凡,活动能力也极强,他对米其南关照有加,从上级那里得到了口风,就是说只要把米其南的名字放在最后,或者给他起一个人不知鬼不觉的笔名,或者更好的是不署他的名,不管怎么样,他照样可以化消极因素为积极因素,照样可以为社会主义的电影文艺事业服务。

这样,米其南的钝剪子铰"老二"事件就没有受到追究,他的这一不凡事迹遂被作为醉后疯闹蒸发。米其南回到城市,回到电影厂,他又意气风发,美梦连连,天真烂漫起来,于是有了《踌躇的季节》里民间小作家们在大同酒家的一厢情愿的晚餐。当然这个晚餐比正经的部级单位中国作家协会的外事宴请差远了去了。直到一九六二年十月党的八届十中全会即北戴河会议,即号召"千万不要忘记阶级斗争"的那次历史性会议召开以后,米其南之流又仓惶地被轰出大城市,重新下乡劳动,被称为"回锅肉"。那次会议之后,政治形势一天比一天严峻,然后是史无前例的"无产阶级文化大革命",然后"一举粉碎"了"祸国殃民的'四人帮'",直到党的十一届三中全会才开始了"新的历史时期"……

米其南是在轰轰烈烈的"文革"当中结的婚。居然有一位乡间中学语文老师追求他,再加上热心的农村干部非给他介绍这个"对象"。从介绍对象这件事当中米其南体会到,在农村与在城市人们判断标准是不同的。在城市,他已经是不可接触的贱民,而在农村,人们不相信那些眼睛看不到的东西,例如政治帽子。又追求他(他以为是)又找人来说合的女教师比他小六岁,淡眉细眼、小鼻子小嘴,细碎的牙齿使米其南想起黄鼠狼,稀疏的头发使米其南为她的缺少营养而哀伤。她一心热爱文艺,崇拜文艺家,压根儿不在意右派乎左派乎人民乎阶级敌人乎。而米其南倒是始疑之,继说服之,一再向小六儿(这是米其南给她起的代号)表示他的处境已经很不妙,实不应该再给她带来阴影。所谓不妙与阴影是什么意思,他自己也说不明白,但是他以为小六儿能够理解,其实后来证明她一点也不理解。城市人的妙与不妙、光明与阴影,农村人是懂不了的。淡眉细眼发育不良所以有几分楚楚动人的教师硬是在他糊涂麻木之际嫁给了他。

新婚之夜他忽然想起了那把钝剪子。就在夜阑人静,宽衣解带,凤凰于飞,身体的各部分叠印重合即将鱼水交融的那一刹那,他失声惨叫,家伙物件,奇痛钻心,任何事情都做不成了。

小六儿文静得心疼煞人。她悄无一语,照旧搂紧了他,与他细声细气地说话,甚至向他背诵普希金的爱情诗《我想起那美妙的一瞬》。小六儿说:"这就挺好,这就挺好……"说得米其南泪如雨下。也许正是这个时候,米其南承认自己确实爱上了她。

五天以后,生米才做成熟饭。小六儿哼哼唧唧,反而哭泣了一场。她表示根本没有想到会是这样深入,她不舒服,她害怕,她受不了,她不知道这有什么好,她一面哼哼唧唧一面又背诵林黛玉的《葬花词》。米其南觉得尴尬,觉得自己好像是一个摧花者、毁花者、谋杀者,觉得热爱文学如果热爱到一面做爱一面文学,那着实令人后背起鸡皮疙瘩……做爱就是做爱,文学就是文学。文学不是做爱,做爱也不是文学,虽然做爱需要文学的美化,文学需要做爱的充实。文学毕竟太抽象、太高雅、太朦胧、太脑力劳动了,而做爱是体力活、是器官操练、是具体行为动物行为、是下里巴人大众文化。与其说做爱是诗学对象,不如说是医学妇产科泌尿科的研究对象。女子无才便是德,信然,他其实还不如娶那个为了一块牛舌饼就委身于他的村妇,他也许真正应该娶一个文盲,最好是一个膀大腰圆的屠夫之女。他们的做爱带来的应该是杀猪的快感。

我再也不会自己骗自己,自己毁自己啦。他淡淡地说。就因为我想得太多,爱得太多,才到了如今这一步!

小六儿最喜欢问他的问题是:"你是什么时候爱上我的?"米其南骇然。他想说咱们之间开始并没有爱情,如果有爱情何必还托人介绍?他不敢这样说,他设想如果他这样说了也许小六儿立即晕死过去,血管迸裂,魂归离恨天。他也不敢说是他新婚第一夜发作了癔症之后,她的大度、她的天真与纯洁才激发了他的爱情。都什么份儿上了还谈爱情,他恶心。

当然杀猪也需要激情,吃红烧肉人们更不乏激情,然而还是饶了我吧,请不要在杀猪与吃红烧猪肉的时候背诵诗篇。

后来他们的生活和谐多了,但是每当交欢以后,小六儿都要谈体会,都要重温一些诗文,都要讲一些"在天愿为比翼鸟,在地愿为连理枝""今生今世,来生来世,永生永世,永为夫妻,永不分离"之类的热情话语。而此时多半是米其南似睡非睡之时,刚刚入睡就被小六儿的情话扰醒,米其南感到的是真正的恐怖。他对小六儿的情话的反应常常是浑身发抖,一头冷汗,有时候还伴以用剪刀铰物件时的惨叫。就是说,小六儿情话喁喁,幽思绵绵,换来的是米其南壳郎猪一样的鼾声;小六儿激情澎湃,热气涌腾,得到的是鼾睡中的米其南的突然一声惨叫。

于是,小六儿吞声饮泣,淅淅沥沥到天明。而米其南一会儿熟睡如死猪,一会儿一头冷汗,一会儿浑身发抖……他又几次萌发了动用剪刀的念头,终于未果。他发现,爱文学是真正的病,爱文学比搞文学可怕多了。"搞"文学的人要一个字一个字地爬格子,要准备稿纸墨水钢笔钉书钉还有信封和邮票,要和邮递员、编辑、评论家和领导打交道,要吃饭拉屎洗澡扫地与配偶云雨成欢,要从事许多非文学事务,他们其实牛皮不到哪里去。而某些爱文学者视一切非文学物件如寇仇,甚至视不搞文学者不懂文学者如杀猪杀人的屠夫,他们她们哼哼唧唧地做爱然后唠叨不已、牢骚不已、酸文假醋不已,最后恼了,暴怒不已。

往后的岁月里米其南还发现:有一两名爱学样也爱炫耀自己的后天另类选择的"精英",拼命表现自己的郁闷与忧思,表现自己与父兄毫不相干与社会背景毫不相干而与海外同胞一样的原汁原味。他们听了一个在解放区流行起来的"搞"字也会痛心疾首、痛不欲生,听了"搞文学""搞创作"这样的把搞字与高贵的神圣的文学创作连缀起来的短语,他们的感觉就像自身与文学同时被硬邦邦地××(语出《红楼梦》)了一样——说不定会一剪刀真的把不知是谁的家伙剪干净。

真正新的历史时期开始了,米其南发现自己已经变成了汤锅里拔净了羽毛的公鸡,当然也没有了冠子,没有了尾巴,没有了翅膀,没有了爪子,至少是没有了爪尖。他不再在意只有乳臭未干的孩子才会计较的善良、纯洁、理想、诚实和花一样的火一样的浪花一样的爱情。他的两篇"天鹅之死"式的"上辈子"的"遗作"发表了,无人注意。大家都在一股脑儿写"文革"的伤痕,最多加上对历史上的极左的反思。人们关注的是恢复现实主义传统,与时代与党的中心任务同步。犁原对他的两篇"新作"(其实是旧作新发表)评论只有四个字:莫名其妙。最开放最慈祥的文学领导的艺术眼光如此,米其南还有什么不踏实的呢?

他更知今是而昨非。这二十年太亏待自己了,一事无成两鬓霜,而且不仅是二十年,从打出生他就没有好好待过自己,他没有为自己奔走过经营过,他没有为自己存储过捡敛过,他没有好好地吃过喝过抱过干过。他从小那么聪明那么俊秀那么招女孩子待见,如果他不是那么傻,如果他早赶上思想解放观念更新,他起码搞上一打女子了,那也不枉活一世,他何至于兴起自宫之念!他已经失去了青春、失去了俊秀、失去了生猛,然而他多了一层悲剧涂抹的动人颜色,多了一种沧桑老辣,多了一种狠毒的实惠。他要名,他要利,他要风头,他要通过自己的名利风头沧桑感悲剧色彩、通过逝去了的青春和男人的苦难的魅力征服一个又一个的女人,博得她们的眼泪,更博得她们的身体。由于他俊秀有余而雄健不足,他热衷于人高马大的女人,从这种征服和嬉乐中克服他的与生俱来的缺陷,满足他的过于亏损的生命需求!

天可怜见,他太亏了,他正在往回找,虽然已经找不回多少来了。这时有一个政治性的口号,叫做把因"文革"而失去了的时间找回来,他就是抱着这样的心情往回找的,他不仅要把因为"文革"、因为"反右"而失去了的最好的年华补回来。他发展到了追求数量的程度。他的初次得手是与一位女编辑,那位编辑的父亲是一位高级知识分子,她有机会看过许多"内部资料"影片,看过许多暴露的镜头,其中有一个法国电影,表现原始人的生活,原始人赤裸着全身,可以看到男女家伙儿的特写镜头。为放映这些该死的滴里耷拉层层深入的器官,主管电影工作的副部长,一位著名的老革命文艺家受到了党纪处分。而有幸受到这一类电影毒害的天之骄子们,已经忙于"性解放"的实践了。她的语言比她的举动更令米其南目瞪口呆,魂飞天外。她张口快感闭口高潮,张口弗洛伊德闭口床上功夫,张口《玉女经》闭口《肉蒲团》……他如闻天外魔音,如见峨嵋佛光,这才知道天外有天,山外有山,楼上有楼,室中有室,生活之外还有真正的生活,欢喜之外还有大欢喜。

女编辑问:"你读过《海明威传》吗?"米其南摇头,并做闻海明威之名而全没有觳觫之状。女编辑叹道:"你好好看看,你再看看中国,中国已经没有男人了,中国的男人早已经骟过了,自打宋朝,就骟得差不多了。"

"你会跳迪斯科吗?"女士突然发问,说着跳起迪斯科来。"关键是提胯。"女士说。她提着胯让米其南欣赏,摆着胯让米其南心荡神迷。米其南这才知道女人的胯有那么辽阔,那么曲折,那么充实伟大,那么解馋过瘾。米其南无师自通地认定越是这个时候越要矜持,要拿着一股子等着你求我要我、等着你急不可耐抓耳搔腮奇火燎心的劲儿。终于,他浅浅地一笑,把她搂过来了。

第一次得手使米其南内火如焚。他烂嘴角,烂眼边,嘴唇干燥脱皮,脱了皮复原,复了原再干燥,再脱皮。他皮肤瘙痒,淋巴肿胀,从早到晚地喝水,他不能自已。而女士到南方参观特区的最初建设叫做"三通一平"去了。

他迫不及待地见到女性就讲自己苦难史,他用的是雨果写作《悲惨世界》的口气。他被剥夺了一切。他低下了自己高贵的贵族的头颅。(从前人们纷纷是贫农,现在人们纷纷是贵族了。)人们不仅批判他而且污辱他的父亲母亲姐姐弟弟。他吃不饱饭,全身浮肿。他挨了造反派的毒打,打折了肋骨。他推着运石灰石的车掉到了生石灰坑里,他被一块板子绊住了,他的保住性命是一个奇迹。他得了传染病,被送到隔离病房,三天没人过问,医生来到时他已经被认定断了气。他在太平间里住了一夜,他是被冻醒的……

不需要讲下去了,对于那些文雅的、善良的、热爱文学、富于爱心、高贵而又慈悲的女人来说,讲到进太平间就足够了,她们定会在这个时候抱住你哭泣起来。再经过一个悲哀的、小心翼翼的过程,你又增加了一个新的性爱记录,你又得到了新时期新形势给你的些微补偿。

对另一些相对粗犷的、健康的、虎背熊腰的、大胆泼辣的女子,米其南则采取另类的策略。他根本不理她们,他一直撇着嘴,吸翘着鼻子,目空一切,不可一世。然后他用粗鄙的侮辱女性的语言和另一些男人谈论异性,当着女性这样说话,别的男子吓坏了,而米其南益发放肆,如入无人之境。这时,那个膀大腰圆、风骚泼辣的女子受不了了,悻悻然了,要拂袖而去了。米其南则转身赔下笑脸,大骂自己失言失态,并且分析说,自己的膨胀与放肆其实正是自卑心理的表现,大男子主义的言语正是小男人心态的窘态毕露,全中国全世界的男人敢于承认这个事实的只有他一人而已。男人有的是精液,而女人有的才是力量,这是印度的一句名言。

他知道他已经拿下来了。拿下,办了! 他的长期被压制的生命终于焕发光彩,他的长期被冷冻了的身体,终于燃烧烈焰。在每次淋浴的时候,他甚至冲着自己的家伙说:"太委屈你了,你也该翻翻身了。"

于是,哼哼唧唧、小鼻子小眼、善于背诵文学通俗名句的妻子就成了他的生命狂喜的障碍。

应小六儿的要求,钱文找了米其南一次,以朋友的身份向他发出了劝诫和警告。钱文的逻辑是,他无意与米其南讨论中国的性道德、性文化、性风俗问题,他也不想预见二十年后、五十年后、四百年后中国人的性观念会有什么变化,他只是希望米其南珍惜新时期带来的可能性和机会,写一点,再写一点,把该写的能写的写出来。他还希望米其南能够平安,与未成年的少女的"胡来"有可能——不管对不对,确实有可能——把他送到劳改队去。如果这件事发生在"文革"前,他至少会被送去劳动教养。这事情发生在"文革"中,他有可能被枪毙。何况姓焦的少女是有背景的,她的叔爷爷就是紫罗兰的干爹。

米其南竟然激动得发起抖来。但是他坚持说是焦少女主动提出要求的,焦少女捂住自己的脸说是对他米其南何等佩服何等神往,她的脸孔红得耀眼,她不是要求那个还能是要求什么呢?

"钱文,我是个人,两条腿的活物:人。我不知道怎么样对一个佩服你崇拜你的少女表达我的感谢,我不能让捂着脸向我诉说衷曲的她再捂着脸走出去。我怎么办?请问一个男人怎么样表达他对一个异性的感动和欣赏和膜拜呢? 如果该杀我的话,请人民政府杀掉我吧。如果该骗掉我的话,请法医给我做我们的祖先给司马迁做过的古老手术吧。咱们中国文化干这个买卖是驾轻就熟。钱文我要告诉你,一九六〇年我曾经决定剪掉我的生殖器,我已经下了剪子,如果不是剪刀太钝,我已经是太监了。我受够了自己的苦,我不受了。如果,该剥夺我写作的权利的话,我可以从此一个字也不写。我也可以被枪决,当时我不觉得,现在我倒是觉得我也许真正够得上十恶不赦的'右派'了。不错,我脑子里只剩下了反动思想,腐朽意识,下流欲望……除了一个没有剪断的家伙以外,我还有什么?我不能够在那样一种情况下拒绝一位脸孔红艳燃烧的少女,即使骗过了我也还会抱住她。我一定会做一切,下作的淫荡的一切,比已经做的还要让你恶心,你明白了吧……"说着说着,米其南哭了起来。

钱文费了很大力气控制自己,使自己听了米其南的话而没有发起抖来。他从来没有正视过这个黑洞。他是太幸福了,还是太不幸了?是太高尚了,还是太可恶了呢?

# 第 十 四 章

青狐更加喜欢杨巨艇了。污水泼过,仍有真正的明亮在。一个男人长着雄狮般的头颅、高耸的鼻梁、深邃的眼窝和高大的身躯,她喜爱这样的人远远胜于瘦小枯干、溜肩驼背、贼眉鼠眼、尖嘴猴腮。一个男人忧国忧民、心连广宇、语言有力、思想闪光,她喜爱这个远远胜于一个名为男子的人的小头小脸、鼠目寸光、斤斤计较、嘀咕磨唧、委琐窝囊。她也喜爱杨巨艇的微笑,这个笔扫千军如卷席的人,这个气吞山河的骄傲的人,见到女人和儿童就会显出冰雪在阳光下融化般的笑容:不仅是慈祥,不仅是和善,也不仅是甜蜜,还有孩子般的纯真,天使般的圣洁,情人般的或者更正确一点说是亲人般的眷恋。山一般的杨巨艇见到了妇人与孩子就变成了柔弱的水。这是奇迹。这是飞翔。这是大爱。在一个如鲁迅所说盛产专门向女人与儿童瞪眼的屠头的国度,因为有了杨巨艇而使挑剔的永无顺心之日的青狐感到了更多的美丽和希望。

是的,世界上有厚颜无耻,更有力不从心与失之交臂,然而同时世界上的美丽并没有灭绝,世界上的善良并没有灭绝,世界上的真诚也并没有灭绝。是的,有许多鼠辈,不仅李秀秀是鼠辈,她卢倩姑其实也是鼠辈最多是兔辈。然而毕竟世上还有狮虎,还有鹰隼,还有鲸鲵。杨巨艇不够也罢,他能沾点边,他能提点气,他能让人抖擞那么一两下,他让久已不做梦了的青狐又做起了梦。

青狐连续得了一些稿费,她完全没有过这种四面八方汇钱来的

青　狐

生活,这对几十年没涨过工资的她来说简直是神奇魔法,是最好的意义上的"天花乱坠"。天花就是人民币,天花就是钱啊,人民币四面八方地坠落到了她这里,如盛开的花朵如下起了丝路花雨。这一年甘肃歌舞团排演了一部大型舞剧,名叫《丝路花雨》,取材自敦煌石窟的壁画,有反弹琵琶,有千手观音,舞剧大获成功。"丝路花雨"一词使她想到了自己的稿费。她的创作与甘肃的舞蹈一样兴旺。

她咬了咬牙,到旧货收购处卖掉了木床和一张变了形的压合板饭桌,又把当初从机关仓库借来的一张三屉桌、两把一溜歪斜的木椅和一个缺胳膊少腿的衣架奉还给了总务处。总务处的人感到奇怪,因为他们的家具从来都有出无进。青狐也还有点依依,这几件家具她用了二十多年!她的最得意的两件花衬衫、一件黑裙子都在衣架上挂过,她全家的东西都在衣架上挂过。最不可思议的是一九七五年春节前,她搞大扫除,站在两层椅凳上用绑着竹竿的笤帚扫屋顶上的塔灰。她不知怎的一晃悠,从椅凳上掉了下来,脑袋撞在了衣架钩上,撞出了一个洞,渗血不止。她吓坏了,心想撞到太阳穴上了,想不到自己的一生就这样结束了,那一刹那她甚至想到了自己的墓志铭:"这里埋着一个女性:白日做梦,一事无成,心比天高,纯粹饭桶。"

她被送到医院急诊,剃掉一撮头发,缝了两针,消毒的时候她因为疼痛两眼发黑,血压的收缩压降到七十以下,医生给她吸了氧。

现在,这个沾过她的血的衣架就这样变成了几根废木头,灰溜溜地,再无任何意义地离开了她。那委琐的生活就这样告别了吗?而与黯淡的生活同时逝去的是她的青春、她的梦、她的花一样的年华、她的傻×一样的天真。往者已矣,而傻气依然,无着依然,上不着天下不着地的闷闷落落依然。

她买了全新的软床。买了全新的包括六个抽屉和一个小柜的写字台,写字台上有绿绒铺底的大玻璃板。她咬了牙再咬牙,脸红心跳地买了一个能够旋转的皮软椅和两个单人沙发。她觉得自己干脆是小人得志,不够丢人的。本来还要给母亲和继父换床,母亲坚决拒绝。她给母亲买了一个新五斗橱,买了一张带镜框的西洋名画复制品:巴洛克画家鲁宾斯的《被劫持的女孩》。她还给母亲买了一盒香粉。她知道母亲从年轻时候就有天天早上搽粉的习惯,这个习惯一直保留到一九五八年扫(骄、娇、官、怨、暮)五气。

青狐用八十四元的重金,买了一小瓶据说是法国进口的香水。她买这瓶香水的时候心头狂跳,和初次抢银行或杀人劫道的感觉一样。虽然她根本没有用过这香水,但她拒绝了售货员用一点散香水喷到她肘弯上以试试香水气味的提议,她只想快买快走,不要引起注意,和人们去药房购买或领取避孕药品或避孕工具时的表现一样。即使如此小心,她一回家就引起了全家的动乱。香水瓶密封得极好,放在一个小而精致的塑料袋中,塑料袋上有几个外国字,单是这样的塑料袋也令青狐眼巴巴地喘不过气来,她还没有看到过国内出产的仅仅为了包装用的这样漂亮鲜艳的塑料袋。她想,冲这个塑料袋收她几十块钱也值。塑料袋又放在青狐的一个式样极其时髦的人造革圆提兜"马桶包"里。但是,首先是母亲其次是植物化了的继父都闻到了异味。

"倩姑,"母亲只叫了一句,两眼盯着她,责备、恐惧、惊喜,尽在不言中:"什么东西这么臭啊!"

"臭?"青狐惊呼,无限委屈地反问。

"要不就不是臭,反正不是正经气味。"母亲战战兢兢。

就连继父也发出了声响,鼻子耸了又耸,大口大口地喘着气,不知道是由于憋闷由于反感还是由于喜爱由于饥渴。

青狐小声告诉了妈妈。妈妈点点头,含着泪说:"我一辈子只是听说过法国香水,还从来没闻见过呢。"

比香水更难办的是那一张画。画的是两个裸体胖丫头,胳膊、手、腿、脚面与脚后跟特别是屁股,都滚圆滚圆,像打气打得过足的篮球,膨胀欲裂,伸手可触,不伸手那屁股蛋子也会弹性十足肉性十足地顶到你身上来,把你撞一个大跟头。两个男的,是劫掠者吧,一个穿着衣服,一个半裸全裸难以分辨,因为看不见下半身。此外还有一个孩子,不知道是儿童还是天使,倒是没长翅膀。连两匹马也是肥嘟噜的与肉感的。青狐买的时候并没有感觉太异样,拿回家来方感到问题之严重。这可好比是带回来了两枚炸弹,两桶砒霜。

在夜深人静之后,估计邻居们已经睡下以后,青狐还是偷偷地把画给妈妈看了。妈妈很忧愁,她说:"你这是怎么了!咱们吃饱肚子才几天!你烧什么包啊你!咱们家挂上这个不成了窑子了吗?你花了多少钱?"一边抱怨着一边语重心长地教育着一边毅然承担起责任,决定把画藏到植物人床下。植物人突然睁眼,青狐和妈妈躲藏已经来不及,他看了一眼画,噢地怪叫了一声,两眼上翻,嘴里吐出了白沫。

忙活了一阵子,又是叫急救车又是输氧气,又是按摩胸肺又是嘴对嘴呼吸,结果,没等上车,人已经断了气。仍然拉到医院,又忙活了一阵子,青狐的继父被确认已经死了一个多小时了。

青狐的妈妈没有号啕,然而一直用恶狠狠的眼睛瞪着青狐,她当然认定是倩姑活活杀了继父。这是青狐的文学杀死的第二个人。

母亲的眼睛和目光一直保持了好几天。一周以后,为料理继父的丧事已经筋疲力尽的青狐实在受不了了,她抗议道:"您干吗那样看着我,其实您也觉得他该去了,他这么多年只不过是活受罪……"青狐不喜欢她的继父,她想说继父是一个流氓罪犯,他对她的一生的不幸应该负责。如果不是心疼母亲,她早把继父送到劳改队里去了。

在有继父以前,在她的童年时期,是她与妈妈两个人亲亲热热,而有了继父以后,出现了第三个人。继父的眼睛里有一种控制不住的庸俗,如果不说是卑劣的话。继父一张口,青狐就会闻到一股恶臭,那不像是出自口腔,倒像是出自阴沟,而那道沟里堆满了春天的(已经存放了一冬天的)腐败了的大白菜。继父的口音她也深恶痛绝。而由于继父对于她的行为,她多次想拿起一把小匕首捅了他。

然而然而,继父早早变成半植物人了,她已经与他动、植物相隔,像俗话说的天人相隔一样,她也就无意促使他早死——虽然她确实认定,他死了比活下去更合适。这也是极少数她与母亲没有共同语言没法沟通的话题之一。这也是她与母亲的"不平等关系"之一,她从来无法与母亲谈论她的亲生父亲与此位所谓父亲,而她对她自己生活中的男人,从来都是一个个向母亲汇报、向母亲描述、向母亲诉苦,最后在母亲指导下一个男人也留不住。

她是为了讨得母亲的欢心才买画买香水的,难道曾经学过美术的继父和曾经多年使用香粉的母亲竟会被她买的鲁宾斯的画的复制品和未必真是法国原装的香水吓死? 这实在荒谬绝伦!

母亲恶狠狠地看着她,不回答她的话,而是轻轻地问道:"你到底要干什么? 你到底要干什么呀!"

"这是一篇滑稽的小说,夸张得没有什么人会相信,经过了'反右'和'文化大革命',经过了'扫五气'和思想改造,一个老人被香水和油画吓死了。"

"你留一点德行好不好? 你是发表了作品啦,你是作家啦,然而你仍然是我们的女儿,你不要说什么都要滑稽和夸张,你太缺德啦!"

她明白了,母亲是在泄愤,说不定是对植物人继父的愤。母亲也读过高中,母亲会唱黎锦晖的歌曲《可怜的秋香》与赵元任的《教我如何不想他》,母亲会背诵徐志摩和卞之琳的诗。母亲曾经逃(封建包办的)婚私奔,这么说母亲当年比青狐还大胆还火辣还浪漫。第一次私奔之后,母亲与外祖父母脱离了关系,但是她的娘家哥哥姐姐仍然在父母的默许下照顾着她。底下的再嫁才使母亲彻底革命彻底独立了。看来母亲当年够得上是个大无畏的造反派新潮派。

而青狐连母亲这点出息都没有。

母亲又得到了什么呢? 学过一点什么狗屁艺术的继父把母亲的左耳打聋了,继父把母亲从家里带出来的一点首饰变卖了,换了酒。

后来,在一次酩酊大醉以后,他就成了植物人。随着时间逝去,母亲与任何一个中国文盲老太婆没有区别了,除了家务,她还有什么事情可做呢?她们的婚姻都是不幸的,母亲的勇敢与浪漫换来的是头破血流,一败涂地。这不幸的暗影笼罩着她的童年。母亲对婚姻和男人的恐惧、失望与依赖被她直接传承下来,母亲越是爱她,她越是摆脱不开这悲惨的宿命感和对女人命运的悲哀与绝望。她越是爱母亲,就越是觉得她们娘儿俩其实已经先验地拒绝了任何男人,她们早已结成了爱男思男防男疑男仇男的亲密防线。

卢倩姑从小听惯了母亲对继父的抱怨。母亲甚至直言不讳地告诉倩姑,她只盼着继父快快死掉。"您别这么说呀!"十一岁的倩姑劝母亲。而母亲说:"不,他死了,是为社会除了一害,是为人群除了一害,特别是为女人除了一害。"

还是母亲看得清楚。此后的事实说明了一切,倩姑悔之晚矣。

在继父没了以后,母亲才对她对继父的无尽的怨毒感到懊悔,并且将这种懊悔迁怒到倩姑身上了。

我们都是白虎星,我们都是克夫的命。两个女人互相敌视着,较量着,无言。

青狐不理母亲,她找来一个高杌子,站在上面揳钉子,挂那张复制的《被劫持的女孩》。由于是洋灰墙,钉子很难钉,而石膏刷上颜色冒充雕花木框的画框又不断地掉着粉末。让母亲递工具和画,母亲不递。青狐气呼呼地,挂画就挂了半个钟头。

有点歪,但总算是挂上了,她们家挂上了两个光屁股洋女人。就让女性的圆屁股把那些老流氓、小无赖、病夫和伪君子们都吓死吧!青狐快意地笑了起来。

这时她在母亲恶毒的目光里突然发现了二十年前的秘密。就是那一次,二十年前倩姑突然发现母亲两个下垂的外眼角、发红的黑眼珠、苍老的丑陋的眼袋,特别是眼睛里的凶光。青狐发起抖来,她的眼里也出现了凶光,但同时是绝望与恐惧。

"已经二十年了,您应当告诉我,您不能再骗我了。"青狐突然说,同时她转移开目光,她忍受不了再与母亲对视下去。

母亲的身体抽搐了一下。

"您以为我当时是疯了,什么都忘记了,然而不是的,我没有疯。我至今记得我背诵的蒲宁的小说,小说是《最后一次幽会》。我一直背诵着:

"'如果说有人牺牲了一切,牺牲了自己的一生,那么这个人就是我,一个老酒鬼!'"

"这里有一个命案,人命关天!"倩姑一字一顿,"**您把我的孩子掐死了吗?**"青狐突然走近了母亲,脸对着脸,眼对着眼,呼吸对着呼吸,她突然转守为攻,正言厉色。

"什么呀?你这是说些个什么对什么呀!"母亲躲避着她,喃喃地说。

"**如果说有人牺牲了自己的一生,那个人就是我!**"青狐突然放声大哭。

"算了算了,还说这个做什么。不说这些,咱们的日子已经够可以的了。现在刚刚好了那么一眯眯。"

"你当然可以不说了,你有孩子,**你有我**,你已经六十六了,你需要的是安定团结,向前看。我有什么?"青狐的眼睛发直了,母亲恐惧起来。

"倩姑,倩姑,我已经完了,你还有最后的机会,让我们谈谈正事吧。我明白,你喜欢杨巨艇,我看,杨巨艇他行……"母亲喃喃地说。

"放屁!"

青狐受到蓦然一击,她觉得母亲是为了摆脱被动和隐藏自己的罪恶突然转移话题,接着她感到母亲像一个间谍,像一个窃听器、一个隐蔽的摄像镜头,她在监视她查核她。

她噘起嘴来不说话。

母亲急道:"我可是一切为了你,我这一辈子就是为了一个人,那就是你……"

"谁让您为了我啦?"倩姑突然爆炸了,"你为了我,我算倒了血霉了……"

"如果说有人牺牲了自己的一生……"青狐念叨着,像是在念什么神秘的咒语,好像是在宣告一件可怕的消息,又好像是一个法官在宣布犯人的死刑。

母亲回身就走,进了自己的房间也就是植物人死者的房间,砰的一下关上了门。

她们再没有说话,按照惯例,青狐知道她与母亲可以互不理睬五至七天。

青狐早早地睡下了,终于睡熟,但是做着噩梦。她先听到了一系列稀里哗啦的声音,接着是一声不同寻常的响动,那声音好像是一件沉重的东西抛到了深水里。她赶紧起来,看到门厅里开着灯,母亲倒在地上,旁边是倒了的杌子与摔碎了的画框与撕坏了的画。她听到了母亲的呻吟声。

她试图在地上爬,看来她的小腿骨摔断了。她面无人色,疼痛使她的面孔扭曲了。

她半夜,而且是后半夜站到杌子上摘青狐挂的洋画,她摔倒了。摔倒了还不忘记破坏掉洋画,捣毁画上的光溜溜的女人屁股。

您这是干什么呀?您怎么这么大仇?

……硬是不允许青狐提起那个话题,不允许她揭开自己内心的恐怖的伤疤,不允许她正视伤口、正视那黑洞和空白。

五年前即一九七六年那个沉闷的夏日夜晚,她曾经和母亲谈起过这个话题,她同样激动起来了。不等到母亲答话,突然全室簌簌作响,墙上挂着的镜框落到了地上,窗台上的玩具和小钟滑来滑去。这时从狭小的只能容一个人作业的厨房那边传来稀里哗啦破碎撞击的声音。"地震!"她们喊了一声,整个一面墙发出断裂的呀呀声。她们就像喝醉了酒似的站也站不起来。地震制止了她们就那个该死的话题谈将下去。这次地震的中心在唐山,死了数十万人。

而在此之前,卢倩姑只要一提到她与辅导员生下的那个孩子,她迄今唯一的孩子,不,只要她企图转着弯子绕到这个话题上,不是母亲就是她自己,立即心慌气短、头晕目眩、两眼发黑、欲哭无泪、欲叫无声。这个话题就像一把刀子,哧啦一声割开了她们的胸膛。

……青狐从邻居那边借了平板三轮车,她蹬上车,拉着母亲去看骨科急诊。医生给母亲接骨的时候母亲呸哟呸哟地乱叫,为什么要这样疼痛?人可以也必须死,人可以也必须倒霉、生病、衰老、贫困、受各种各样的侮辱,但是为什么还要活受这样凌厉的疼痛啊!青狐哭了。

而在青狐蹬着平板三轮带母亲回家的时候,一辆汽车停在了她旁边。从车上下来的是杨巨艇。他们互相解释了发生了的事情与正在做的事情。杨巨艇是参加完一个宴会回家。他说:"我正要去看你,听说你父亲去世了,我正打算明天去看看你,也算是慰问吧。"

杨巨艇坚持要把汽车打发走,由他来蹬平板三轮。仅仅这个表示已经使青姑暖从心来,泪流满面了。青狐则坚持认为他不会蹬。杨巨艇试了试,果然他蹬不了,车把在他的手里转过来又偏过去,他只顾了把握方向,却忘记了蹬车,或者是只顾了蹬车,却握不住车把,使车在马路上旋转。他是用骑自行车的方法骑三轮车,他以为身体的重心一变,车把就能够跟着歪来拧去,其实不行。青姑虽然并不强壮,蹬三轮却还是早有训练。虽然最后还是青姑来蹬,杨巨艇走了。青狐仍然满心感动。

分手的时候两个人说好第二天傍晚杨巨艇来青狐家看望青狐。虽然连续出了继父去世与母亲摔伤的事儿,回家以后青狐仍然是含笑入睡。李秀秀再中伤杨巨艇一万遍,杨巨艇的形象的高大也不容怀疑。

然后一天青狐都在考虑怎么给杨巨艇做饭。炸藕盒还是炸春卷？宫爆鸡丁还是芙蓉鸡片？干烧、红烧、清蒸还是侉炖活鲤鱼？

她新学会了用火腿片卷豆芽菜。那么，做一个什么样的汤？酸辣汤？她有足够的胡椒和白醋黑醋，其他肉丝、豆腐、鸡蛋也很好准备。酸辣汤太俗了，她应该做一个西餐汤，把牛肉、土豆、圆白菜、洋葱头、胡萝卜、西红柿煮在一起，不行再放一点蕃茄酱和酸奶油，一锅俄式菜汤就完成了。

青狐做了一天饭，她自从写作上出头以来，原来的单位也就不怎么去了，大家也都认为她用不着上班了，一些文艺单位正在办理调她去当"专业作家"的事。中国这一点是真不错，只要不搞运动不整人不封杀，写几篇东西就立刻成了人物，立刻成了灵魂工程师人民代言人时代的号角文艺百花园的鲜花，立刻有权利不上班而照拿工资。

这天晚上为做菜她累得舌头都起了泡了，然而杨巨艇没有来。说的是五点来，结果五点没见人影，六点仍然没见人影，七点，八点，九点了，仍然没有人影，青狐感到的是失望更是屈辱，是落空更是挨了一巴掌。为什么青狐竟这样贱这样下作，见到一个像点样子的男人就恨不得给人家当小老婆当婢女，至少是要给人家当女厨子。她簌簌地流泪，把一盘盘的好菜——为了留给客人她没怎么让母亲吃，母亲则是自觉不吃——倒到垃圾桶里。她自己是一口也不想吃，她在迷迷糊糊之中构思了一篇小说，就写一个中年女子为了迎接贵客而做饭而等待的心情，最后呢，客人没有来。因为想到一篇新的小说在孕育之中，青狐的心情稍微好了一点。

到了十点半，杨巨艇来了。

杨巨艇笑嘻嘻的，照样高扬着他的头颅，照样一见青狐就笑容满面春光无限，照样一见面就大谈感想大谈自己的思考："我那天真难过呀，我一直在思考，像青狐同志这样优秀的作家，这是我们民族的财富，这是人民的金子！为了给母亲看病，她竟然自己蹬着平板三轮车在午夜的大街上行走。这简直难以置信！那么多官员，好官和坏官，明白官和糊涂官，愚蠢的、低劣的、下流的和无耻的官，都有专车，为什么青狐同志就没有车呢？车究竟是给什么人坐的？是给精华坐的还是给渣滓坐的？社会的财富究竟应该由谁来主宰，由谁来分配？小平同志讲得好，要尊重知识，要爱惜人才。可惜，这只是一说而已。老百姓最聪明，老百姓说，给农民落实政策是落实在田上，给工人落实政策是落实在钱上，而给知识分子落实政策呢，是落实在报纸上！就是说报纸上登了一大堆，实际上呢？"

他居然见面不说明自己为什么迟到五个小时，而是先发表高论，先替青狐不平。但是你知道不知道，你的迟到令青狐感到的痛苦远远胜过了半夜蹬平板三轮！

他又怎么会知道？他那样伟大，却变成了李秀秀、雪山之流的谈话的小菜，甚至变成了李秀秀的大娃娃，李秀秀的活玩意儿。

想到这里，青狐好不惨然。

"你，吃饭了吗？"青狐悄悄地问道，她的语气里有不少埋怨。

"我，我，我，怎么说呢？也可以说吃了，也可以说没吃。"杨巨艇解释说。是一拨老外邀请他到宾馆去，他们谈论中国的改革开放与内政外交问题，谈得兴起，从中午一直谈到傍晚。他本来没有计划与他们一起吃饭，由于这拨老外中有一个华人，这个华人非留饭不可，他也正好感到他们交谈的关于马克思列宁主义与毛泽东思想的指导地位问题还没有谈清晰，就与他们共用了晚餐。"其实我根本没怎么吃，我想着呢，咱们还有约会。再说，我留下的目的压根儿就不是吃饭，而是弄清马克思列宁主义与毛泽东思想的指导地位问题。他们说马克思列宁主义是外来的思想，中国人从历史上看从来就不接受外来的思想统治。我说，马克思列宁主义在被中国人接受之后，就已经变成了中国土生土长的东西啦，是不是外来的并不重要，符合不符合外来原貌并不重要，重要的是毛泽东怎么解释怎么实行这种思想体系。根据现有的材料，毛泽东并没有怎么读过马克思列宁主义的经典著作，恰恰相反，他读的最多的是中国线装书。所以他成功了，胜利了，而真正能够从原文精读马克思列宁主义经典著作的王明、博古、李立三、谭平山,全不行了……"

　　他说他要看看伯母,他昨夜看过了躺在青狐蹬着的平板三轮上的脚踝和小腿刚刚固定了夹板的老太太。他也刚刚想起对青狐丧父的慰问哀悼。青狐不想告诉他那不是亲生父亲,她不要给人以她们一家子个个都不是从一而终的印象。她哼着哈着,带他去看了母亲,母亲望之而喜,与他亲切地交谈。并且马上督促青狐给客人做饭。青狐终于找到机会发了几句牢骚,她说自己是从五点等到了六点,又从六点等到了七点,而八点,而九点,而十点,而十点半,最后她一起急把所有的菜肴全部倒到垃圾桶里去了。母亲严肃地闭了闭眼,然后低下头,示意她不要这样说。

　　青狐自觉在杨巨艇到来之后再说这种话极不礼貌极无道理,她一边说一边把牢骚吞咽下去。她嗫嗫嚅嚅,一副自己做了错事的样子。杨巨艇迄未对于自己的迟到表示歉意,但听说倒到了垃圾桶却显得很兴奋。他立即表示倒入垃圾桶的东西也可以"回收",他说他在六十年代困难时期不是没有吃过垃圾堆里的东西。他的天真烂漫与艰苦朴素更令青狐心痛和感动。母亲第二次在家里迎接这样一个伟岸男子,而且杨巨艇进了她的卧房,老太太不免有点亢奋。卧床的老娘立即给予具体指导:半包虾片,可以炸出来。半根油条和半张豆腐皮,切巴切巴拌上葱花,也是一个下酒的小菜。有芝麻酱,有花椒和香菜,可以做麻酱和花椒酱油面条。在某一个抽屉里还有一小包花生米。纱罩底下还有两根四川香肠。总而言之,好客能为无米炊,母亲一面说一面要跛着拐着单腿下地。母亲的极端的善意与热情使本来已经大为扫兴的青狐转而精神振奋。

　　这样更好这样更好——快十二点了,杨巨艇一面吃着各种小菜与芝麻酱面,一面分析说——吃饭并不仅仅是为了补充营养,仅仅为了补充营养可以打针也可以输液,可以吃各种提纯了的营养药片。吃饭是一种人类文明,是一种人类感情的寄托和人类追求的展现。吃,那只是最低等的行为,一个屎壳郎也要吃,一个蝎子也会吃,然而人要求的是吃的方面的人性、人道主义和人本主义，吃已经是一种人文现象、体现的是人文精神。从今天你们给我提供的芝麻酱面还有花椒酱油当中，特别是从你做的拌油条和豆腐皮当中，还有那一根很香很香的香肠当中，我体会到了你们的灵魂的高洁，你们的生活的温馨，你们对于朋友的热情，你们的行云流水般的生活方式。你们自然而然，你们真诚友好，我们的人民就是这样的人民，多么好的人民！我们的生活就是这样朴素的生活，多么健康的人生！这样，生活中的健康力量就一定能够战胜邪恶力量，人生中的真诚因素就一定能够战胜虚伪因素。现在又提学习雷锋了。当初说雷锋积极学习刘少奇的《论共产党员的修养》，"文革"时期说是雷锋读了刘少奇的《论共产党员的修养》就愤怒地批判开了。如今又说是没有批判过，还是认真学习。而且现在说雷锋是十分热爱生活的，他在夏天的时候也喝过汽水。这不是太滑稽太矫情了吗？雷锋的学习不学习不是提倡或者不提倡的结果，比如你对我或者我们对别人，我们就是自然而然的雷锋嘛。人本来就应该是实际也是善良的嘛。

　　杨巨艇的话使青狐糊里糊涂，真亏他想得出那么多重要的词儿。然而青狐愿意看他快乐的表情，愿意听他说基本上是富富有余，但也有些东拉西扯的理论。青狐智商极高，她明明听出了杨巨艇的高论一方面是高大全面一方面其实有点捉襟见肘，但是她警告自己对巨艇不应该刻薄。对巨艇刻薄就是对自己刻薄，挑剔巨艇还不如挑剔自己。而杨巨艇知道听他说话的不是一般地崇拜他的青年读者而是天分极高的青狐，而且与上次来青狐家不同，上次青狐一再与他抬杠，使他颇感狼狈，这次青狐是真爱听他的讲话，青狐一下子完全跟上了他的思想了。于是他说着说着会突然显出一种不好意思的微笑、显出一种歉意，会突然停止他的滔滔不绝。他的突然谦虚使他的表情极其高贵亲切迷人。于是，青狐的脸上有一种极舒服极快乐的反应，有一种似乎是听到了高妙的音乐演奏的欣赏与满足，应该说青狐的脸上不断呈现出满足感与快感，这满足感与快感反过来又唤起了杨巨艇的满足感与快感。他越说越乱,但心情反而更畅快了。

她已经什么都知道什么都理解了,她知道什么是金子什么是粪土,她知道什么是难能可贵的什么是无足挂齿的。她知道什么是真正的崇高什么是蝇营狗苟。她并没有瞧不起我,她是灵魂的友人,她是我的真正的红粉知己。杨巨艇想。

我喜欢你,巨艇,即使李秀秀与雪山说的都是实话,又能怎么样呢?所有的巨人都是孩子。所有的孩子都需要照顾、关怀、爱。我其实不是一个坏人。遇到杨巨艇这样的巨人,我可以去掉一切粗俗的肉的东西,我只愿意伺候你亲近你交流你,同时让我们永远保持一个最美好的距离。青狐想。

他们俩的想法虽然都没有说出来,然而无声的语言也是能被对方察觉的,他们彼此都听到了对方的美丽的话语。他们彼此产生了类似陶醉的情绪。他们说呀说呀说,说得好高兴。杨巨艇说他相信,现在的中国存在着改革的力量与保守的力量,前者将给中国带来民主、发达、富裕、快乐、自由和现代化,后者则只会带来专制、落后、贫穷、痛苦、压迫和封建大复辟。那么为什么有人还硬是要坚持后者呢?既得利益,保持封建性与保守性符合某些人的既得利益。保守力量也很强大,以至于中央也常常拿他们没有办法。那么,我们这些精英知识分子的任务就是教育人民也教育干部,反映人民的也反映改革派的呼声。我们就是要捅,要叫,要分析,要转变观念,要更新知识,要冲破条条框框,要干预政治、干预经济、干预党务、干预法律,更要干预人事,要让那些愚蠢的、无知的、呆板的、白痴般的、占着茅坑不拉屎的人物走开,让文明的、智慧的、讲道德更讲现代意识现代方式的新人物……

讲到这里,青狐忽然哈哈大笑起来,她取笑说:"要让好人占住茅坑去拉屎,对不对?那就是你去拉屎啦!对不对?"

青狐的幼稚与无知令杨巨艇皱了一下眉头,却也略有困惑。他停了停,异样地看了看青狐,发现青狐仍是一脸喜悦的微笑,如水般的清澈,便又继续高谈阔论地说了下去。

时间已经很晚了,青狐几次想示意杨巨艇不能再说下去了,但她一是不好意思,二是自己也正爱听,她没有说什么。她不一定理解得了杨巨艇的话的内容,但是她喜爱他讲话的方式、他的热情、他的天真、他的自信,还有他的一厢情愿。青狐觉得挺逗,却原来中国这么多麻烦这么多痛苦,这么多黏黏糊糊、恩恩怨怨,让亲爱的杨巨艇先生一分析,倍儿明白,倍儿利索,喊咔咔嚓,稀里哗啦,像瑞蚨祥的老售货员卖布,左一量,右一折,大拇指甲一掐,噌地一撕,齐活啦您哪,八尺五寸的布撕成八尺五寸五,让出五分来,毫厘不爽。底下的事儿呢,底下的事就是男的一人一套西服,女的一人一身旗袍外带一条贴身内裤啦!

杨巨艇谈起国家大事来什么都忘记的这个劲儿,青狐过去也是压根儿没见过。这种劲头,古往今来,大概只有孔丘先生孔夫子能够与之相比,叫什么来着?发愤忘食,乐以忘忧,不知天之已晚。还叫什么来着?朝闻道,夕死也乐意!

又是一个小时,又是一个小时,已经没有办法请他走人了。他也渐露不支,说话口齿渐渐不清,内容渐渐绕起车轱辘,眼皮渐渐打架。什么?他睡着了吗?不,他又说了,他停不下来。思想激发热情,热情推动言说,言说产生惯性,惯性无法休止。他说什么?布哈林?怎么又说起布哈林来了?布哈林同志是哪位?这回不问李时珍同志和曹雪芹同志了。普列汉诺夫。普列汉诺夫?卢卡契?与纳吉一起搞了匈牙利事件但是侥幸没有被处决的那位匈牙利理论家。"布拉格之春"的那位爷,叫什么来着?杜布切夫?是不是杜布切夫?南斯拉夫,南斯拉夫,新阶级理论,德热拉斯,这怎么又像是毛主席的走资派理论啦?要不我给你熬一点大米粥?我有八宝小菜……

他们做竟夜长谈,他们又一次充满全新全美全光明的憧憬,他们已经体会到了思想、自由、友谊、爱情、交流、创造、崭露头角和自信自足的快乐,这是极大的享受。

# 第 十 五 章

白有光召集了一系列重要的座谈会议,听取和研究文艺思想状况和反倾向斗争问题。显然,这是他就职后点燃的第一把火。他所在的办公楼有武警把守,增加了严肃气氛。钱文也被邀请列席某一次会议——也不知道是第几次,一圈圈地谈过来,大家应该能够赞成执行。钱文有点忐忑,又有点兴奋。过去,是领导人开会决定他们的命运,现在,他也有机会参加一点会议决定包括自身在内的人们的命运了。

钱文向警卫报了姓名,警卫查对名单,允许他进了楼,这使钱文感到荣幸。钱文左右略看,找到电梯(他不想问人电梯在哪里,那样太雏、太土)。在电梯里他见到几个面貌庄重神态忙碌的乘客,其中三分之二的人戴着深度近视眼镜。按照会议通知所说,他到了七层楼,向右转,怕打搅两边的办公室,他轻轻地前行。走到头,再向左转,寻找会议通知上所说的办公室房号。由于楼道里光线很暗,钱文不得不摘下眼镜近凑房门查号,终于找到了,他轻轻敲门,一个戴深度近视镜的小矮个子给他开了门,小个子自称是白有光同志的秘书。看来白有光的办公室是一个套间,他进的外间屋除了秘书的办公桌外还有几把椅子与两件破旧沙发。沙发上坐着一个人,是袁达观。原来他也被邀前来了。再看椅子上,有张银波也有王模楷。他惊喜地与他们招呼,这时一个人没有敲门径自走了进来,是祝正鸿。

这使钱文有点意外,他几乎叫了起来。祝正鸿却轻轻地说:"我知道今天会见到你。"他仍然是四平八稳,于不动声色中显出自信乃至骄傲。钱文想起前一段隐隐约约听说,"文革"以后祝正鸿在原单位受到一些物议——谁让他接近过张志远,揭发过陆浩生呢?本来在钱文赵林周碧云等人中最有官运最有仕途的祝正鸿,偏偏在"文革"中找了那么点不是麻烦的麻烦。人生一世,谁能幸免于各式各样的委屈与困扰?这样他就想调到白有光这边来,然而钱文没有想到,他来得这么快。毕竟是老伙计了,也好。

钱文瞪大眼睛,心里倒觉得好过了些。本来,自从"文革"结束,他只想自己读书写作,再不想出头露脸,管事挨骂了。二十多年过去,他深感咱们这里,一知半解、头脑简单、高高在上却又以势压人,总之是把文艺看成宣传报道,置文学于绝地的人很不少。(毛泽东有言:找个丘八管秀才。)而大言欺世的文人、混世取巧的文人、浑水摸鱼的文人、神经兮兮一惊一乍的文人也不少。他已经感觉到大事不那么妙了。接到白有光方面的开会通知,他迟疑了良久。

但他还是来了,他了解中国特色,领导决定一切,领导是社会稳定和国家发展的决定性因素。"文革"搞成那样,但是中华人民共和国并没有土崩瓦解,因为有一个坚强的、无可替代无可挑战无可动摇的领导层。愈是领导决定,一般人愈是缺少素质。一般人愈是缺少素质,愈是非领导决定不可。决定一切的领导层是浴血奋战**杀出来的**。这个领导层善于团结多数、代言多数、带领多数收拾少数原来属于上层的人和各种异己力量。这个领导层已经被中国老百姓和中国历史所接受。作为一个自幼参加革命参加党的人,钱文没有别的选择。这个领导可能犯这样那样各种各样的错误,但是比没有领导或没有坚强有力的领导强得多。这个领导的总体取向是好的而且有可能愈来愈正确。中国传统、中国人口的量与质、中国观念,使中国的无政府状态将是世界上最可怕的无政府状态。世界上有各种各样的国家,它们在完全集权乃至专制的时候并没有垮,在完全实现了民主与法制的时候更不会垮,但是在转型过渡的时期很容易土崩瓦解。

钱文不是儿童,他不是诗疯子,他不是新出炉的留洋博士,他不是牛皮大王,他知道这一切的厉害。

幸好在这里碰到了祝正鸿又听祝正鸿讲到了满莎,他说满莎也想到这边来,他是诗人呀。因为他不是一个像样的诗人,他就干脆来领导诗人,钱文戏谑地想。但这都是他少年时代青年时代的朋友,他们总有可能做到互相理解互相支持吧。然而,然而……又谈何容易?不要说杨巨艇了,就是雪山、青狐、米其南、蓝英等等,祝正鸿、满莎与他们之间能找到多少共同语言?

他这样想着犁原进来了,犁原显得随便一些,说话的嗓门也大些。这么说,犁原与白有光更熟悉,犁原"见官"也更经常,犁原本人也有官体的一面,自我感觉自是不同。钱文想起了几次会议,把白有光推上如今的位置,他犁原同志是立下了汗马功劳的。

大概是听到犁原的声音了吧,小个子秘书听到白有光的召唤,便进屋与有光同志谈事情去了,他进门的时候关上了里屋的门,犁原对此撇了一下嘴。好在很快,白有光出来了。白有光穿得干干净净,整整齐齐,但还是显得疲劳和茫然,他的小小的驼背也给人一种憋闷感。他尽量热情地与大家握手招呼,明确表示与大家都是老相识。其实钱文没怎么见过他,他却握住钱文的手说:"你胖了嘛。"钱文很奇怪,他怎么看得出自己胖了呢? 再一想反正是好意是人情味是关心,便愉快地接受了"胖了"的判断。可惜白有光与大家见面的时候目光散乱,带着心事,握手的时候心不在手,而在不知道的什么地方。

好像还有几位年事更高地位更重要名声也更响亮的同志没有来,秘书说明该来的已经都来了,没有来的都表示不会来了。

白有光无可奈何地却又是冷冷地一笑,看来他对好几个通知了的人不肯来开会不满意。他说:"开会。"

他们就近走进一个相当正规的会议室,会议室太大,而他们的人不多,这好像影响了白有光的兴致,钱文不由得替他遗憾。

会议进行得令钱文一会儿不安一会儿又摸不着头绪。先是由祝正鸿汇报,显然祝正鸿已经是一个重要的中层干部了。祝正鸿的汇报无懈可击:他强调了当前文艺工作的成绩,配合了拨乱反正、正本清源、解放思想、彻底否定"文化大革命"、揭批"四人帮"、总结历史经验,等等。祝正鸿还强调了文艺生产力的大解放,有多少多少新影片、新歌曲、新节目、新作品出现,连四川杂技团的节目"蹬伞"在法国得了金奖也提到了。其实钱文相信,那位四川小姑娘的蹬技与他们要讨论的问题没有多大关系。祝正鸿还谈到了表现共和国光辉历程的大歌舞的胜利进展。还有知识分子政策的落实,群众积极性的调动……

这样的汇报是重要的吗?大家都知道的事情需要在会议上堂而皇之地讲一遍吗?钱文想。

祝正鸿是按稿子汇报的,他的一个本事就是把稿子念得尽量地口语化,段落之间再加上点"这个这个""嗯嗯噢噢""那么那么",显得既朴实又自然。把不自然的事做得自自然然,这当然是本事。

白有光对他的汇报似乎不大在意,他伸了伸腿,又往沙发上靠了靠,把身体充分舒展了一下,也显示了毕竟是在自己的办公楼里才有的自在与以我为主。钱文想起了雪山说的白有光喜欢躺着听汇报的话来了。显然,雪山有点故意糟改。这时,白有光插了一句话说:"真是形势大好,光辉灿烂呀!"

"那么,这个这个,也就是说同时呢……"看来,祝正鸿要转而讲问题了,大家的脸色也就随之专注了起来。

"你再讲一点成绩嘛。"白有光含义不明地说,他的脸上出现了嘲讽的笑容。"我们的文艺家都很敏锐,'文革'中文艺界是重灾区,大家受了不少罪,不把成绩讲够,他们会吃了我的。"他干笑了一下。大家也笑了。

"嗯。"于是祝正鸿又讲了队伍的团结与壮大、新人辈出、国内外影响、教育了许多普通人、昆曲抢救、话剧振兴、徽班进京(纪念)、合唱成风、群众思想活跃、老一辈发挥余热、中年人承上启下、青年人富有闯劲、有一位戏曲演员在火灾中抢救国家财产光荣负伤、有一位话剧演员割了阑尾五天后上台唱戏慰劳山区老根据地人民……什么什么都说了一遍。然后他抬头看白有光。

白有光突然把目光转向了犁原,他的黯淡的目光突然闪亮了一下,他笑容可掬地问:"这样讲,应该差不多吧?我们还应该怎么样肯定一下成绩呢?"

犁原毫无表情地将目光转向了天花板。钱文估计他对白有光的口气不以为然,难道成绩是为了对付犁原才大讲特讲的吗?

"你讲一下问——题——吧,注意掌握分寸!"白有光几乎是严厉地对祝正鸿说。

祝正鸿讲得吞吞吐吐,他也一下子没有弄明白,白有光到底是要干什么。虽然来这里不久,但他已经感觉到白有光是一个注意公众影响的人。于是祝正鸿说起了一些事,说得都很具体。一部电影的主题是我爱祖国但祖国不爱我。一部小说的主题是共产党国民党斗了个你死我活,最后命运差不多,两边的主人公各自皈依了耶稣基督与我佛如来。一位评论家批判起民主集中制来了。一位理论家著文批判一不怕苦,二不怕死。一位作家甚至嘲笑学习雷锋的活动。(白有光插话:不学雷锋学谁?学蒋介石还是汪精卫?)一些小说搞"三无":无主题、无人物、无故事。(白有光插话:赫鲁晓夫是搞"四无"。)一些歌唱演员到处走穴要高价,唱一支歌要一百块钱,相当于一个农民半年的劳动收入。一个青年诗人公然声称自己的最高目的不是为人民服务而是得诺贝尔文学奖。一出小戏里出现了寡妇看到种马交配而思春的情节。一份国内外发行的画报封面竟是一个色眼迷蒙的女子。某地会议上一群文艺家提出不怕横加干涉,就怕竖加干涉。也是在这个会上,有人提出现在长篇小说最好而电视节目最差,原因就是长篇小说没有多少人看,特别是老同志没有工夫也没有目力仔细看,因而干预得最少,管得最松,而电视节目动不动就被质问被警告被打电话追查。

白有光示意祝正鸿,汇报得未免太辛苦了,可以喝口茶润润嗓子。祝正鸿点点头,说是马上就完了。白有光苦笑了一下,抿了抿嘴。

于是祝正鸿继续说,却原来问题还多着呢:一位作家提出现在是"三信危机",就是说信心、信仰与信任都有了危机。袁达观听到这里,实在忍不住了,骂了一句:"他妈的!"他一骂,与会的好几位同志摇头。但样子不像是摇"袁达观"的而是摇"三信危机"的头。袁达观继续说:"他们对共产党没有信心了,不信仰也不信任了,他要干什么去?去找国民党反动派好了,去找美帝苏修好了,去找台湾的蒋经国好了!"

犁原轻声嘘了一下,使钱文感到意外。

祝正鸿借机当真喝了几口茶水,然后接着谈:一家出版社准备出版《胡适全集》,另一家出版社打算出版早已被鲁迅批得体无完肤的梁实秋、陈西滢、林语堂、张资平的文集。(犁原说:就叫落水狗文丛好了。众人笑。)还有的出版社要自行出版《鲁迅全集》,对于中央组织的《鲁迅全集》注释班子有看法,有保留,要另行注释鲁迅的著作。(白有光说:这是和中央争夺鲁迅著作的解释权,我们只能有一个中心,不能有两个中心!)××省的庆"五一"晚会上竟然演唱了汉奸歌曲《何日君再来》与《夜来香》。也是在这个晚会上用气声流行歌曲唱法唱了《十送红军》与《南泥湾》。(白有光插话:这么唱,红军能打胜吗?早都缴了枪啦!袁达观插话:苏小明唱《军港之夜》,唱得人们都睡着了,我们的海军都睡了,谁来保卫祖国的海疆?)

祝正鸿继续汇报:有那么一位教授声称无产阶级领导的人民大众的革命运动其实仍然是农民起义那一套,而现今能做到开明的封建制度他就满意了。一个导演说不但工业要现代化农业要现代化,思想观念、文艺观念也要现代化。(白有光说:中央的政策是四个现代化,他的主张是六个现代化!)

祝正鸿汇报才完,袁达观已经迫不及待地叫了起来,他慷慨激昂说是现在已经混乱得不能再乱了,说是:"我们还搞不搞社会主义啦?是不是要散伙啦?"他用两臂一上一下地扑动,后来大家才明白他是在学鸟儿飞翔,他说:"现在的青年们,飘呀,飘呀,都飘到天上去了?他们知道什么叫抗日打鬼子?他们知道什么叫三大战役打反动派?"他边说边双臂飞翔,令众人捧腹不止,同时也感到了他的纯朴可爱。他特别对一些不知自重的女作家感到愤慨:"这还搞什么写作?干脆脱光了裤子卖肉吧!"(犁原立即做出厌恶的样子,白有光也皱了皱眉,用手势下令他说话要注意保持庄严。)袁达观乃不再发挥,而是认真地说:"现在有光同志主持我们的工作,做我们的领导,他的工作很重要也很不好做,我早就说过,经济上搞砸了看起来麻烦实际并不可怕,政策对了头,两三年立马全缓过来。这不是,猪肉又吃不了啦,农民的肉卖不出去,供过于求!搞几起几十起几百起冤案也没有什么了不起,当然不好啦,五年后也罢,十年后也罢,平反就是了。迫害致死,也还是有迹可寻,有账可查,有债可还。冤有头债有主,有头(绪)有尾有数有边。而最最可怕的是什么呢?同志们,同志们想一想啊,最最可怕的是搞乱了思想,搞乱了思想就不是一个人两个人、几十人几百人几千人的事情喽,就不是几个月几年几十年的问题喽!同志们,思想搞乱了就全完啦,收拾不起来啦,那就要亡党亡国亡头,人头落地,天下大乱,同志们!思想工作是我们的优势也是我们社会主义的特点,没有成功的思想工作就没有社会主义!"

白有光沉重地点了点头,说起当年毛主席对小说《刘志丹》问题的批示。毛主席说"利用小说反党是一大发明",有人说这个批示是极左的。"其实,利用小说反党有什么奇怪?我们就是一贯利用小说反对党的嘛不过这里的党指的是国民党罢了。我们的同志能够利用小说反对国民党,那么谁能够保证没有人利用小说反对共产党呢?"他停了停,得意于自己的风趣与雄辩。他笑了几声,说,"大家谈谈嘛,敞开思想嘛!"

袁达观的发言仍然起了某种转折作用,会场气氛立即从公事公办走向了热烈激动。白有光旁敲侧击的几句话虽然没有一定要说什么,也使得会议气氛发生了更加严肃、更加上纲上线的一种应该叫做深化的变化。

文人论政空对空,抑或是山雨欲来楼满风?

意识形态问题、文艺问题、文学史和思想史,就是这样在会议室里,你一言我一语地决定的。

白有光示意让犁原发言,犁原若无其事地摇头。结果张银波先讲起来了,她说话时有点急,结结巴巴。她中心意思是说现在"文革"刚刚过去,人们仍然心有余悸。多年了,文艺是政治斗争的晴雨表,文艺家一紧张,社会气氛就紧张起来,棍子帽子满天飞。比如刚才讲的那些个问题,当然是问题,中国那么大,哪能没有问题?可这里边究竟有多少问题当真是所谓文艺界的问题呢?出版书,上头本来是有那么个精神的,毛主席当年就说过,要出唯心主义的书,要在北大开设唯心主义哲学课程。后来考虑到条件尚未成熟,又不让出了,不出就不出吧,怎么算到文艺界的账上啦?就说《金瓶梅》吧,一会儿说可以出,一会儿说出洁本,一会儿什么本也不让出了,一会儿某某同志来电话要《金瓶梅》,这让你怎么办?女作家青狐的作品才气出众,她的作品中既没有反党反社会主义也没有色情淫秽的内容,但是仍然各种传言不断,甚至《广播节目报》上预告了的她的小说朗诵也中途强行停止。听说这里那里还有什么内部传达的说法,反正我们也不知道。白有光插话说:"听说香港有评论,说是有了青狐新中国才第一次有了小说,有了文学!"张银波老老实实地答道:"不知道,没听说过。"张银波接着说:"说青狐搞了现代派更没有道理,什么叫现代派?她怎么现代派了?现代派了又怎么了?有人讨论一下现代派就是反对四个现代化啦?还有杨巨艇同志,其实杨巨艇的著作不是纯文艺性的,更多的是哲学与社会评论。我们现在有个杨巨艇是好还是不好?毛主席也告诉我们:让人说话,天不会塌下来……

我们是不是应该慎重一点？大家都被整怕了。这几天我不断接到全国各地的电话，找我摸精神，不知道上边对文艺工作要动点什么手……"

"问题其实不在于青狐或者杨巨艇，关键在于领导。领导思想正确，态度鲜明，出现了问题有什么要紧？领导态度暧昧，思想出了偏差，底下的事情就比一两个人的言论作品之类的大多啦。"白有光说。

钱文会上和会后都有点糊涂。所有的人发言都既肯定成绩也指出缺点。有的强调成绩当然很大，但问题也不能忽视，领导应该切实负起责任。有的强调问题当然不少，但是更要强调成绩，这是从所未有的大好局面，是历经了"肃反""反右""反右倾""拔白旗"直到"文化大革命"的极左，刚刚复苏的文艺事业，我们要爱护，我们要鼓励，我们不能挫伤广大文艺工作者的积极性。显然，这两种说法的着重点不一样，但是双方又形不成观点对观点判断对判断的交锋。你说你的我说我的，就这样你说完了我说，我说完了你说。大家都用的是同样的事例，同样的理论，同样的标准，同样的方法。你说山是青的，但更要看到水是绿的。我说水是绿的但绝对不能忽视山是青的。你说我们肯定成绩的同时绝对不能回避问题。我说我们指出问题的时候绝对不能抹杀成绩。你说解决问题的目的是扩大成绩，我说强调成绩的同时才能解决问题。这是在说绕口令吗？这是在做句型练习吗？这是逻辑操演？他们渐渐憋起了火，他们的脸色渐红，他们的口气渐渐强硬，他们的耐性快要丧失。然而仍然没有辩论，没有交锋，而且每个人在反驳头一个人的发言的时候都先声明同意上一个发言。同意其实是不同意，不同意似乎更是不同意，而白有光对袁达观的纠正却更像是支持和同意……

特别是犁原，他多次被白有光点名要求发言和表态，但他只仰头看天花板。最后，他做了一个一个小时零七分钟的发言，发言长得不仅白有光而且钱文都有点皱眉，倒是袁达观听得有来道去（趣）。看来袁达观爱开会也爱听长篇大论的发言。如果每个人发言都很短，那样的会还有什么开头！

奇怪的是犁原实际上回避了谈什么当前文艺形势，而是大谈发展社会主义的文艺批评的问题。他把批评分成好几种：粗暴的打棍子、庸俗的捧场、教条主义的隔靴搔痒、堆积洋名词的装腔作势、穿靴戴帽的八股套路、因人画线与以论谋私的拉帮结派。而对待批评的态度也分许多种：老虎的屁股不能摸、小猫的屁股也摸不得、听到批评就杯弓蛇影草木皆兵的紧张、嘲弄评论蔑视评论的自高自大、不考虑批评的是非只考虑批评的背景的投机与看眼色行事……而我们的经验证明，能不能建立一支真正马克思主义的文艺评论队伍，能不能开展原则性的高瞻远瞩的、富有艺术灵气的与富有文采的、能够以理服人而又能够以情动人的正常的文艺批评，是党能不能实施对文艺工作的正确与有效的、充分汲取了历史的经验教训从而是稳妥与恰当的领导的关键所在。

通过此次会议，钱文对犁原在言谈中构造复句长句的功力佩服极了。犁原究竟要说什么？也许你一下子弄不清，反正你觉得他说得头头是道、不厌其详，与祝正鸿念稿子如讲口语相反，犁原是随口一说就成了书面语言。书生风度，儒雅态仪，天衣无缝，反正不接受你白有光的指挥。那么，白有光究竟要干什么？袁达观的慷慨激昂究竟意味着什么？祝正鸿怎么突然变成了文艺专家？已经自杀身亡的曲风明也是文艺专家，连同一起改造的郑仿，当了冤枉的"右派"以后也变成了文艺家。抓文艺蔚然成风。主席抓文艺。总理抓文艺。陈毅抓文艺。周扬抓文艺。江青抓文艺。斯大林、马林科夫、赫鲁晓夫、谢皮洛夫（《真理报》总编辑）与福尔采娃（苏联文化部长）都抓文艺。"典型问题是一个政治问题，是党性的问题"，就是斯大林的接班人马林科夫在苏共十九大的发言中提出来的。啊，"右派"组长徐大进与苗二进也抓文艺（见《失态的季节》），王模楷，那么不动声色的与小心翼翼的王模楷会说些什么呢？倒是张银波，只有实话实说的张银波,她的心思倒是明白的。在边疆见到的那个一声不吭的张银波,还是有几分可爱又有几分天真呀。

袁达观忍不住又讲了一回,对他所说的"乌烟瘴气""人欲横流"的局面表示了极大的义愤,当他谈到了电视节目里与街头上的某些广告的时候,他又一次激动了:"革命革命,革成了这个样子,我们的烈士死不瞑目!"他落地有声地说。

"在苏联,在朝鲜,你走到哪里都是看不到广告的。"白有光用意不明地说。忽然,他打断了袁达观的发言,说,"你讲得太多了。让别的同志谈一谈嘛。"

太迎合了,也会受到轻慢,钱文想。

上午会没有开完,大家凑在一起吃工作餐,吃得不错,反映了改革开放至少是包产到户以来食品供应情况的改善。袁达观吃得稀里呼噜,风卷残云,还专门向服务员要了几头生蒜,说是他历经各种考验而健康如斯,全靠生蒜消毒。犁原看准了烧黄鱼一样菜,这个鱼盘又离他近,他便不停地攫鱼吃,与他发言时谦谦君子的风范完全不同。张银波吃饭时东张西望,急急地要大家对青狐的作品表态,大有保护不了青狐再不吃饭的决心。王模楷吃得特别慢,充分发扬细嚼慢咽的功夫。

吃完大家凑到一起瞎聊,同志情长,轻松随意。袁达观说起他在"文革"期间被选中参加一个重要会议的情景。先通知保密,再通知集中,坐上火车拉到了一个不知是什么地方的地方。一连十天先学习统一思想,思想统一了再上火车,一坐两天。然后到大城市开会,饭前饭后严禁在庭园里散步,以免被敌人的间谍卫星察觉。最后做到了神不知鬼不觉地开了重要会议。全世界大吃一惊,证明我们的工作何等出色。但是等他回到本单位,传达完会议精神之后再回到家,家人哭了一场。因为他的从集中到回到家一共用了二十天时间,二十天时间家人不知道他的去向,还以为他被隔离审察了。问领导领导也说不知道,固然领导一再保证只有好消息没有坏消息,家人还是心慌意乱,七上八下,热锅上的蚂蚁。大家哈哈一笑,只有钱文觉得袁达观讲这一段与其说是批判"文革",不如说是炫耀自己。

　　下午接着谈,王模楷终于说话。他说话的口气软中带韧,甚至有一种居高临下的俯瞰感。他也是不慌不忙地从大处远处说起。他先说中国作家的革命化是全世界少有的一个现象。与苏联十月革命后大批作家包括高尔基、阿·托尔斯泰、蒲宁离开或一度离开俄国的情况相反,中国的作家艺术家在新中国建立前后克服千难万险回到祖国。毛主席说过,当年反动派对革命派进行文化围剿的结果比军事围剿还惨,反动派从来在文化上就没有成气候,原因是中国的文化人在社会激烈变动的时刻选择了革命而不是反革命。然而,令人痛心的是选择了革命的知识分子、文化人特别是作家到了革命根据地以后却没有,至少是很多人没有经得住革命的考验即革命的反选择。革命并不是什么样的知识分子都需要都欢迎,对于那些空想空谈、自由主义、个人主义、脱离实际、不守纪律、不顾大局的知识分子,革命是无情的。所以有王实味的悲剧,有萧军直到丁玲、艾青等人的被批评。同时,由于革命环境极端严酷,也由于缺少经验与革命的幼稚病即列宁所说的左派幼稚病,长期以来,从"左联"时期以来,文艺问题上的"左"的倾向根深蒂固,给许多好的或比较好的作家艺术家带来灾难,给我们的文艺工作带来惨重损失。建立新中国以后,左的偏激不是减少而是变本加厉地泛滥开来了。比如对于《武训传》的批评,对于俞平伯《红楼梦研究》的批评,对于胡风集团的批评斗争直至镇压。然后是"反右",是"反右倾",是"文革"……那么现在怎么样?当然,任何时候都是既有成绩又有不足的,不能只讲成绩,也不能只讲不足,还不能每一篇文章每一次讲话都是七成内容讲成绩三成内容讲不足。所以,最好就是让大家开口。比如袁达观同志的愤激是有道理的,不是无的放矢,那就作为个人的署名文章写出来嘛。比如犁原同志讲的评论问题,也很好嘛。银波同志的忧虑,也可以写出来嘛。还有祝正鸿同志讲的情况汇编,为什么不用署名文章发表出去呢……

王模楷说到这里,只见白有光勃然色变,他问:"那还有没有领导呢?党的领导哪里去了?张三李四王二麻子、无产阶级、资产阶级、小资产阶级、洋买办封建地主,不论什么观点大家一律平等,全是署名文章,这样行吗?"稍微停顿了一下,他又落地有声地说:"共产党员嘛,说话总应该用党的语言!"

钱文立即想起了作家们的"反右"斗争大会,在这个会上一位领导提出了"党的语言"问题。钱文还想,党的语言应该如何界定呢?是指党的文件的语汇和惯用短语吗? 他倒是没有问题,他从幼小就练过这样的语言,他有童子功。

王模楷也稍微不自然了一下,他说:"我说的是署名文章的形式,我并没有说所有的文章都是一个样子的,报纸在党手里,杂志在党手里,作家协会文联在党手里,难道还能有什么怀疑吗? 难道我们没有办法去施加影响了吗? 难道我们就不应该汲取一点'左'的教训,做得更聪明一点,至少是技巧一点吗?"

"当然当然,"白有光说,"我说的并不是你。但是现在有一种观点,简单说就是要取消党的领导……你当然当然,你当然不是这样的了,你很好嘛,很好嘛。"白有光笑起来,笑得有些突兀。

"事情是这样,半殖民地半封建的中国,造成了中国作家的高度政治化与革命化,而革命的浴血斗争与全民动员性质又决定了文学的从属地位。然而这并不是绝对的。在革命取得胜利、人们的生活走向正常化以后,各种文学作品的意识形态含量,政治含量并不相同。以绘画作比喻,画《开国大典》、画《毛主席去安源》,与齐白石画小虾小鱼就不一样。常规情况下相当一部分文学作品会是一种精神消费,最好的则是精神的再生产,是民族文化的常青树上的新果实。无论如何,领导最好能对文学看得宽泛一点,长远一点,间接一点。文学救国文学参政有时候是一种民主,有时候只是一种生猛大言。而过多地要求文学服从一时一地的工作部署,就更是得不偿失或者一时得、长远失,乃至引起我们的人民政权与人文知识分子之间的隔阂……"王模楷补充说。

白有光目光闪烁地看着王模楷,皮笑肉不笑地一笑,突然脸色一变,说:"加强党的领导,这是一个不能讨论的问题。除非从根本上改变我们的社会性质、我们的党的性质!"

王模楷微微一笑。

白有光提出了一些设想:搞文件,把文艺问题上的一些是是非非讲清楚,做出结论。搞文艺评论班子,写出代表正确方向的评论文章,批驳反动的或错误的观点。组织重大题材的创作。每年召开选题工作会议,看看有哪些人民的重大业绩、建设的重大工程、社会的重大进步与历史的重大转折尚未用文艺的形势表现出来,什么人适合搞这些题材,然后落实……再有就是组织观众和读者。"这是我们的优势嘛!好电影、好戏剧、好歌舞、好美术展览,就是要由各党支部团支部工青妇科(协)记(协)文(联)和党政单位组织观赏组织评析组织学习嘛!而好的文艺作品,真正称得上营养丰富清洁卫生的精神食粮的文学作品就是要组织购买组织阅读组织宣传报道嘛!"

白有光在别人的讲话中插话的时候洋洋得意,旁敲侧击,引蛇出洞,莫测高深。遇到他正面提出自己的建议来了,他说得很吃力,而且有点气短,说几句就要长出一口气。

在这个位置上,是很难。钱文想。

白有光话还没说完,犁原就开始摇起脑袋来了,一开始摇的幅度不大,可能白有光没有注意,后来,已经变成了大摇其头乃至唉声叹气,这使白有光皱起了眉头。白有光说:"我说的意见当然只是个人意见,然而毕竟我们有民主也有集中嘛,我的意见是经过了研究经过了几次座谈会征求意见,是向领导汇报过,是得到了各方面的支持的。有不同的意见当然可以发表也可以讨论,同时,该怎么执行还是要怎么执行的。"

"怎么还不接受教训?文艺的创作、评论与欣赏,主要得靠个人,文艺也搞行政命令发文件发指令,那就不是文艺了!"

两人的意见显然是不一致的。于是又从实到虚,暂时回避开组织创作评论等方法问题而再从头谈成绩与缺点、经验与教训、责任与权利、领导与艺术规律直到政治与文艺、毛泽东《在延安文艺座谈会上的讲话》与邓小平《在第四次文代会上的祝词》。这么一谈,一个个又是长篇大论,滔滔不绝,旁征博引,无懈可击。你说是坚持延安文艺座谈会讲话的方向,他说在第四次文代会上的祝词就是坚持了并发展了头一个讲话的精神实质。你说要与偏离社会主义方向的思潮做斗争,他说和这种思潮做斗争的时候必须具体分析,防止简单粗暴,汲取长期以来的"左"的教训。你说既不能棒杀也不能捧杀,他说既不能捧杀更不能棒杀。各说各的,都说得很对,谁也没有往不对里说。

钱文想,其实这些想法是可以并行不悖的,你白有光可以组织人写重大题材与写评论,你犁原也可以当园丁当青年导师帮助各种有希望的文学青年走上创作道路,你青狐可以写点别有特色的小说,你米其南的小说也照样耐人寻味,你袁达观也可以继续写你的《幸福桥》与《大路朝天》。你白有光觉得我国更需要袁达观,你就奖励表扬袁达观吧,当年最开明的陈毅同志也曾经表扬《欧阳海之歌》是划时代的里程碑。你们少争一点行不行?

但是他知道他不能说,他如果这样说了,所有与会的人就都会起而攻击他的捣糨糊、和稀泥、模棱两可。在文艺问题上,人们的习惯是进行不调和的斗争……

于是决定,隔一天这个座谈会继续举行。

真舍得时间开会呀!真开阔心胸呀!开会的时候觉得一切事都掌握在自己手心里呀!

想不到的是宣布散会大家离去的时候白有光叫住钱文,说是还有话要与他说,这使钱文有些尴尬,倒像是他与小白部长有点什么特殊关系,两人另有体己话似的。果然,在白有光留钱文的一刹那,犁原异样地向钱文瞅了一眼,连张银波也向钱文转了一下头,好在她倒是没有什么表情。钱文脸红了一下。

白有光把钱文叫到自己的办公室,斜着往沙发软椅上一靠,白有光太疲劳了。白有光用完全无所谓的声调问:"你觉得犁原的意见怎么样?"

"我想他的心情是生怕受到打击,咱们的文艺事业是太脆弱了,这么多年,整得够惨的啦。"

钱文警惕地与他们二位的争论拉开距离。他并不具备这老二位的资格、身份、地位与影响。从他个人来说,他不愿意参与研究这些全局性的问题。他也当过小领导,他完全懂得领导有领导的角度,领导有领导的语言。他完全理解领导的责任心,领导的优越感,领导的思想方法、表意方法与领导的火气以及领导的难处,领导的忍辱负重。但同时他又是个写诗文的人,是个被整肃了二十多年刚刚回到社会生活回到文艺生活中的人,他的经验、他的沧桑、他吃过的苦头使他自觉不自觉地有所警惕、有所回避、有所不言与不为。这些年来,他盼望的是国泰民安,是社会进步,是政通人和,是一步步地往民主里走往法制里走往现代化里走。他不喜欢白有光那种管理别人的心态,那套党八股的语言。同时他又从打一上来就看出了文人议政的不足。人们啊,你们究竟是能够促进中国社会发展变化的良性进程还是会干扰这个进程呢?他有一种不祥的预感。现在白有光与他谈犁原的事,这就奇了,你们都是老领导,你们都是有地位有影响的人,您叫我说什么呢?边疆的那位游方大士说得好,绝对不能把自己绑在别人的战车上!

"其实犁原也是老朋友啦,这位老兄太自由主义了。他整天说一些不负责任的小道消息,说话不负责任呀。他还说你支持朦胧诗,是偏离了正确方向。"

白有光的话令钱文大吃一惊,怎么话题这样露骨地往低级方面发展?

"(白)部长那时候对你的印象也很不好,是我向他进言,我一直是保护你的。紫罗兰早就对我说,你是最明白最聪明的,你的头脑一直是清醒的。紫罗兰一直在为你说话。"

"实在不敢当。"

白有光显出一种更加疲劳的样子,斜靠在沙发椅上,眼睛也闭上了。钱文赶忙告辞。

白有光漫不经心地要钱文出面召集一个座谈会,谈谈目前一些倾向性的问题,号召同行们自律。

离开了白有光的办公室,离开电梯,离开许多戴眼镜的严肃的人,离开大门和站岗的武警,钱文推着自行车走到马路上,这时他听到了招呼,是祝正鸿。祝正鸿邀钱文星期天去他家便饭。

祝正鸿的真正目的是告诉钱文,他在原单位有某些不咸不淡的过节,他想离开。他来到了这里,才知道这里的工作实在难做。就拿今天来说,越是重要人物越不来开会,今天出席会议的人还不到通知的人的三分之二。你根本没法指挥。

他说白有光很辛苦很为难也很焦虑,管也不行,不管也不行,说也不行,不说也不行,说轻了没用,说重了一准挨众人的骂。挨外国人的骂挨港台舆论的骂不要紧,更可怕的是挨自己的老领导和亲密战友的骂。

都是专家圣人,都是老革命老领导老文艺家一贯正确的马克思主义者,姜太公在此,诸神退位。

高处不胜寒。愈到了高处愈明白自己其实有多么低。指示一个接着一个,说法也不完全一样。他整天发愁整天唉声叹气,而紫罗兰一直将他的军扇他的扇子,紫罗兰整天煽乎着要斗争要斗争斗争正未有穷期:鲁迅说的。

他说他的汇报其实只是按着鼓点起舞,你应当知道,我们的汇报其实是附属性的第二性的,其实大多数会议是先有方针后有汇报,先有决策后有情况分析。绝对不可能没有制定方针先听汇报人的瞎嘟嘚。毋庸讳言,我一边汇报一边必须看领导的颜色。

其实从文艺工作者本身来说,现在的自由度够大的了,够用的了,你总得给领导说话的机会。你不能要求在这幢楼里大家也是嬉笑怒骂,释放力比多,打擦边球,哗众取宠。你必须听取领导用领导的术语说话。所以无论如何,无论从公从私出发,都希望老同事钱文支持白有光的工作。

钱文点头,他表示他希望祝正鸿思考一下王模楷的发言,他其实是同意他的发言的。

祝正鸿忽然说,在文艺问题上一个人说完了大家都跟着说的时代也许已经过去了。这正是白有光同志的悲剧所在。白部长其实是个好人啊,紫罗兰也是个热心人。如果人人都与领导那么隔膜,都对领导反感,这对谁有利呢?咱们这个社会主义国家的日子可怎么过呢?

说着,两个人眼圈都红了。

# 第 十 六 章

在白有光那里开了一天会,回到家里,东菊告诉他一天她接待了五个来访者,五个人都是女性。

钱文很幸运,他在小小的招待所里作为"六号"的日子过了半年就结束了。他们现在拥有了自己的家,二室一小厅,总共建筑面积是四十七平方米。

第一个来访者是米其南的妻子,一个小个子,说话做事都极迅速,口齿不甚清晰,南方人的齿音呲呲嗞嗞,使人想起某种鸟雀。她站立的姿势弯弯曲曲,好像一个S。她来到这里对叶东菊哭了一场,说米其南越来越不像话。她拿来了一封与米其南鬼混的女子的信件来找钱文,那信件堪称淫词淫腔。一封信的结尾是要亲吻米其南的那个最令人销魂的地方,一封信的开头是说你既然放进去了就别想轻易地当逃兵溜掉。她说米其南向她承认,他二十多年当"右派"太亏了,他现在要的是数量,他的目标是一百零八个。他不想再苦自己了,他也欢迎妻子搞外遇。

钱文喟然长叹。东菊的样子也是哭笑不得。东菊的表情里似乎有一个潜台词:"这就是作家!这就是刚刚喘过点气儿来的作家。这是怎么回事?"

而钱文的长叹是说:"我怎么办呢?我有什么办法呢?这哪里是我的事呢?"

"其实如果米其南和他的妻子都搞性解放,也许未尝不是一种活法。现在是米其南要解放,小六儿要从一而终,这不就难办了吗?"东菊评论说。

钱文谨慎地不做声。

也许天真是有罪的?也许错误就应该错误到底?也许《失态的季节》里的高来喜问得好:"骗净了吗?"也许历史只钟情强硬者?也许从前的一位共青团领导人说得对:"那么多青年喜欢文学,要亡国!"

就在本月,米其南发表了他的创作谈,谈到描写那个脾气乖张的女子的《冰雪》,和《短跑运动员之死》。米其南谈到了围绕这两篇故事的故事,口气轻松,也许是轻薄。惨烈的故事渐渐变成了趣闻,才华夺目的新人变成了玩世不恭的浪荡公子。

叶东菊接待的第二个女子是一位乡下大姑娘,她说是用卖血的钱买了火车票来这里找钱文的,她看了钱文的一篇描写老单身汉的诗,认定钱文还没结婚,特地前来求嫁。"她留了她的地址和电话,你要是想见她……"

钱文连忙摆手。"她看见你还不明白吗?"钱文问。

"我没有说我是谁,也许她以为我是你家的保姆。"

"你……"

我究竟做错了什么?我究竟招惹了谁?钱文甚至连这样的抱怨的话也没法说了。

一个过分羡慕作家的国家是可怜的国家,一个过分羡慕作家的人民是没有长大的人民。

第三个说是李秀秀,李秀秀紧急地来告诉钱文,几天前杨巨艇再次在青狐家里过了夜。

钱文只有苦笑,然后大笑,然后深深皱眉。

东菊又评论说:"有人说中国人保守,我就不信。"

第四位是杨巨艇的妻子张风,张风是来告青狐的状的,谈的是同一个话题。张风在一个大学教哲学,说的话也都是书面语言,前额有三条竖纹,令东菊想起老虎。

"告青狐的状来找我?我又不是青狐的爸爸,也不是青狐那个科的科长!我们祖国,我们文学人里头有那么多痴男怨女,有弃妇、鳏夫、老处女还有被老婆检举过的丈夫,就是说有政治运动当中互相检举揭发的反目夫妻……我能拿他们怎么办?"钱文忍不住叫了起来。

"那我哪儿知道?我也奇怪,你是作家协会的妇联主席吗?还是风化整饬队的队长?"

"看来作家协会仅仅有整饬队是不够的,必须设立一个净身机构,设立一个去势手术队了。"钱文只好当笑话来说。

"算了吧。可能有不少女人喜欢作家,在我们国家只有作家的产生还没有纳入计划,只有作家的工作没有班组长的具体安排。你们是有一种灵气和吸引力。另外,受过苦的作家最容易打动女人的心。其实你也是有机会的。"

"放屁!"

钱文说了粗话,而东菊不愿意听粗话,转身走了。

钱文起火,我们国家经过抗日、经过内战、经过土改、经过抗美援朝、经过各种运动批斗审察改造……尤其是"文化大革命",红卫兵们喊着××××滚他妈的蛋登上了东方地平线……就是东菊也没少碰钉子,她怎么仍然娇嫩到听不得一句粗话?她难道还是一位娇滴滴的小姐?

"第五个女人呢?第五个女人是谁?"钱文不知问了多少次。

过了一刻钟以后,东菊不情愿地回答:"第五个女人并没有到来,她只是来了一个传呼电话,为给她回电话用了我一个小时的时间,她留的电话号码你根本就叫不通。我拨电话的时间长了,后边排队等着打公用电话的人有意见,我只好让出,再从最后排,我排了三次队才打通了电话。那位女士说她是从欧洲来的。"

"欧洲?是外国人?"

"我不知道。她说的是很标准的普通话,只是嗲嗲的。"

"她叫什么名字?"

"好像是姓李,叫什么来着?她说话的声音那么小,我根本听不清楚,也许是叫李兰兰吧?我倒是听清了一句,她的英语名字是Lily,就是百合花的意思。"

"我哪里认识什么百合花?狗尾巴花、罂粟花或者毒蘑菇,我也不认识呀。"

"那我就不知道了。"东菊的话有点不那么愉快。

这天晚上他们又说了一些别的事情,真是奇怪,在谈到了上述五位女性的拜访以后,说别的话题似乎不大自然。而对于这五位女性,钱文无话可说。都是八竿子打不着的事,一下子集中到他这儿来了!说是毫不相干吧,他和东菊二人却为之略感尴尬。

钱文产生了一种情绪,现在有什么好?还不如戴上"右派"帽子去边疆的乡下劳动呢。"人就是不能够解放不能够自由的,人是不能够顺利不能够涨行市的,人是需要群众专政需要整肃需要耳提面命谆谆教导需要一个人派一个指导员的。而且群众专政者又需要其他的群众专政或领袖专政或专政领袖的。其实谁都需要专政,谁都需要压制。压制对于人,至少与自由一样重要,如果不是更重要的话。找不着一个全权的专政者哪怕去找一个专政的神!真正解放了自由了青云直上了以后,人们会是什么样子呢?尤其是长期以来没有那么解放那么自由的人,那些饿极了渴极了穷疯了憋疯了的人,又是生活在一个没有什么法制观念的地方,生活在一个权比法大,政策比法大,情面比法大,什么都比法大的地方,他们吃上大饼了喝上可口可乐了……还不烧出瘟疫来!"

"干吗跟我说这么一套!"东菊似乎不以为然。

然而这是不可能的。在旧社会,他们盼望新生活的到来。在新中国甫建的时候,他们盼望开几个夜车叫国家社会面貌一新。在大雁岭、权家店,他们是"改造为重",一心只想表现得好一点,早点"回到人民队伍"。而国家是三年超英,五年超美,为人类历史创造奇迹。在"文革"中,他们只盼望平平安安,保住性命保住身体而且夫妻能生活在一起。他们已经不那么在意"文革"的宏大语言了。连"文革"的结束、几十年莫名其妙的另册待遇的结束他们都很少想很少讲——想这个令人徒然神伤,说这个是自找不素净。毛主席去世的时候他们只希望全国不要发生混乱和战争,能够苟全性命于乱世已经不错。鲁迅说中国历史只有两种时期,一种是暂时做稳了奴隶的时期,一种是欲做奴隶而不可得的时期。真是振聋发聩!真是欲哭无泪!为什么要透彻到悲哀到这一地步!水至清则无鱼,人至察则无徒,一个愤懑的精神领袖如果"至察"了,恐怖!

历史上有奴役,有苟且与自欺欺人,难道就没有什么好一点的东西,值得我们一活的东西了?所有的圣人都是骗子,这和说所有的骗子都是圣人有什么两样?敬爱的大师啊,您能不能再宽容些,能不能给我们这些小人物留下一点苟活下去的借口!让我们活够我们的几十年吧,让我们的儿子长大,让我们的中年老年时期也不无欢笑,让我们在看到一切不义的时候也看到希望和渺小的温存吧。

后来发生的一切大大超过了他们的期望。对于他们这一代人,一次又一次的解放与清蒸鳜鱼,名声与茅台酒泸州大曲,使命感与苦难感,中外读者的信赖与各种出头露面,还有月工资外加稿费,还有各色人等包括各级领导部门的注意关怀帮助引导照顾……都不是太少而是太多了。跟另类世界比,可能他们得到的一切还远远不那么够,但是他们又得到了另类世界的人做梦也想不到更是得不到的一切……然后他们碰到的将是什么呢?

半夜醒来,钱文眼前出现了米其南的笑容。小米,是的。他的女人般的多情的大眼睛,白净的面庞,长眉毛和面颊上的笑靥。他的最大的缺憾是下巴,他的下巴没有成长充分,这样显得更像一个小男人,而且命薄。他的纯正的相貌里有一种小气与晦气,这是钱文始终不解的。第一次见面他就当着钱文的面背诵钱文的诗,马上钱文就相信他已经背过了钱文的全部作品。一次他去看望钱文,正逢钱文重感冒躺在床上。小米立即出门在胡同口的乐家中药老铺买了五盒羚翘解毒丸,五盒橘红丸,五盒通宣理肺丸,五盒牛黄上清丸,五瓶川贝枇杷露。直到许多年后,他到了边疆,有一次生病还找出了小米当初买的药。就像在六十年代初期那个踌躇的季节,他一下子买了十六册刊有钱文的新作的刊物,他是一个十分重友情的人。他也有一批热情有余而经验不足的朋友哥们儿。他曾经悄悄告诉钱文,那位相当有名的以思想开明著称的文艺人物,在帮助了小米发表了一些东西尤其是帮助小米把他的一个电影推上了银幕以后,在小米得到了他的差不多是第一批也是那阶段的最后一批稿费以后,大人物的儿子以买水印画册为名从他那里拿走了三分之二的钱。这不是一个相当天真,甚至可以说是相当纯洁的人儿吗?

是的,小米特别对异性有兴趣,早在当年,他看见一个身材好一点的女性就会露出艳羡的神色,说是垂涎三尺也绝不过分。小米说过他喜欢一个地方戏曲演员。如果能与她亲近一番,他宁愿立即嗝儿屁着凉。他最喜欢的契诃夫的名句是:"没有魅力的美就是没有鱼饵的鱼钩。"米其南还写过一些爱情诗,拿给钱文看过,钱文觉得写得有几分轻薄,给过他一些劝告。这样一个人,复出以后也发表过几篇不错的小说,包括新发表的给他带来麻烦的旧作。特别是他写女性,写得挺细致挺体贴,不但能写女人的衣裤女人的气味,写女人的饰物与化妆品,还爱写女人的生理心理反应。看来钱文受到的封建影响是太深了,钱文也写女性,但是绝对不会写到女性的例假,不会写到女性的卫生巾,不会写到妇产科医疗分工的那些方面。而米其南最大的兴趣恰恰在钱文回避的方面。钱文曾经拿他开玩笑,说他要是早生一百年,就是贾宝玉。而现在呢,米其南面临着被当做坏分子流氓抓起来劳动教养去的危险。这里钱文根本不想从更深邃的价值观上讨论米其南的性欲的正当性问题,眼前的问题是他的一些表现不仅使他的老婆不安而且使社会不安。

小米的老婆小六儿早就找过钱文了。在前一次钱文与米其南的谈话里,钱文提到了当时的一件沸沸扬扬的事情,一个中国女大学生与一位欧洲外交官搞恋爱,私自进了使馆,还在使馆里搞什么派对展览招待会,然而她一出使馆的门儿就抓走了,送去劳动教养三年。西方媒体把这件事炒了个六够。应米其南老婆之请,钱文警告米其南:"你也快进去(劳教)了。"钱文再也想不到,在六十年代踌躇的季节与他亲密无间的米其南会激动得发起抖来。但是同时,米其南丝毫不想约束自己的行为,米其南给钱文讲自己的可怕的经历,他等于是向钱文宣布他宁死不改,胆怯的人往往比勇敢者还偏执。

但是后来听说他对小六儿大发雷霆,他说你怎么能找钱文谈这些,钱文十五岁入党,十八岁当十八级干部,谁能跟他一样?他一脑子国家民族,党性意识形态,他一半是诗人一半是政治家。别看他也当过"右派",再当二十年"右派"他也变不过来了。其实除了钱文,哪个男人不是吃着碗里的看着锅里的,男人长那个玩意儿是干什么的?你是在我的什么情况下与我结的婚?我告诉了你,我早就没有爱情了,经过一九五七年的事件,所有的爱情都离我远去了,你嫁给我,只是嫁给一个未老先衰的木头人罢了。我事先告诉你就是怕你想得太多太高,我不是早就预告过了吗?

在一九五七年失去了爱情也失去了希望的才子,有像萧连甲那样的,他们再也赶不上什么了。也有像米其南这样的,复活了,不再天真,不再温文尔雅,他们要的是补偿,心理的社会的更是物质的与生理的补偿。当然,也有杨巨艇这样的,二十年后又是一条好汉。在动不动千篇一律,喊叫多于辨析、滥情多于论证的年代里,虽然杨巨艇同样不乏架子花与叫板,毕竟发出了一些不同的声音,像一股清风,哪怕你认为是致病的冷风或致灾的龙卷风。而且,这是一个标志,这是一个"度"。"巨艇"大模大样,安全系数提高。钱文在为巨艇赞叹为巨艇皱眉为巨艇脸红为巨艇捏一把汗的同时又为巨艇祝福:巨艇还踏实着呢,说明了承受力的提高与精神空间的扩大,说明了思想的弹性、调整的幅度以及形势的稳定与力量。至于巨艇是不是真巨艇,是牛皮艇还是飘流筏,掌声和鲜花是不是太滥了,就像当年批判和仇恨的滥用一样,这倒是其次的话题。历史的秋千荡来荡去,一荡起来就气势磅礴、旌旗飘扬。谁知道一次又一次的热血沸腾能不能持续下去?谁知道这种巨艇安稳停泊、大炮交响轰鸣的局面能维持几年?

而现在,还轮不到"左爷"们动手,轮不到新的政治风云政治拼搏的到来,李秀秀们已经把杨巨艇毁了至少百分之二十五。都说做女人难,做名女人难,她们知道做男人的难处吗?

而二十几年前呢?那真是一个失态的季节呀,除了萧连甲,他们都失态了。也许,现在,人们又在新条件下失起态来了?看看大街上戴着贴商标的盲公镜的青年和突然从四面八方冒出来的巨星与新秀、圣徒、高峰与前卫们吧。由于巨变和机会,由于危险和煽动,由于饿极了的人群突然间看到了从天上纷纷落下来无数香喷喷的热馅饼……谁能矜持?谁能理智?理智是布尔乔亚的特权,他们吃得好饱,穿得好暖,书读得好多!

而那个欧洲来的老相识是谁呢?许多年过去了,除了过去读过的巴尔扎克、狄更斯、塞万提斯和歌德、史托姆,钱文早就不知道世界上还有个欧洲了。也许欧洲对于他只是儿时玩过的积木,那积木不是搭得成洋房么?雕花柱子,喷泉与大理石雕塑。后来,后来甚至都顾不上批判欧洲了,人们要批判的是苏修和美帝,还有中国邻国中的反动派。其实主要是批自己,连国民党也不怎么批,批就批刘少奇……欧洲怎么可能有一片树叶、一根羽毛、一粒沙尘飞到他这里?

然而他有一种预感,若有所动,他们常常生活在已经失去,被迫失去,突然找回,无心遭遇的似曾相识的历史和记忆里。

就在这个时候,突然,心头的一种柔软的东西热了一下。作为一个写诗爱诗的人,他已经太多计算,太多分辨,太多选择了。他生活在一个睡觉的时候也要睁大眼睛的时代,他生活在一个你认不清什么也断定不了什么的时代。他其实适合搞米其南的本行:成本会计。雪山有一句名言还是有点意思:"现在呀,什么不是红灯与绿灯一起开?"多么凶险又是多么有趣!你说可以乃至应该,他说不可以乃至恶劣已极,必须做坚决的斗争。于是所有的可能都可能是不可能,所有的不可能都可能是可能。于是有一个庄重的会议,在一个高雅的地方,人们个个用高瞻远瞩的目光审视着旁人,地平线上慢慢呈现出鱼肚白,呈现出红色的霞光,呈现出彼岸的乐园风光,舰队调整了航向,乘风破浪,风驰电掣,旗帜飘扬。于是脸孔上出现了庄严,声音里出现了真理的雷霆与妙谛的趣味,身体上出现了高贵的舒展,手势上出现了权威的决绝,眉头上出现了桂冠的灵光,而花白的头发里透露出背负十字架的忧伤。

差不多同一瞬间,烟雾弥漫,浪花激扬,狂风四起,鱼龙奔突,天旋地转,更恐怖的是一阵阵含义不明的怒吼与笑声。大喝与大笑交替,大笑与冷笑交织,男声与女声还有不男不女的声与半男半女的声混合。柔软的心与柔软的诗于是变成了石头的冷眼与荒唐的嘲笑。

钱文知道,有一种诗是温煦的、美丽的、感情的与圣洁的,而有一种诗是疯狂的、刺人的、恶毒的与冷酷的。咚咚咚咚,狠命地敲着鼓点。嚓嚓嚓嚓,顽固地咔嚓着地面。在钱文的眼前出现了一条美丽的蛇,这条蛇轻快地做着花样滑冰动作,曲折有致地在冰上飞快地滑行。这条蛇迅速变成了青蛙,一只大青蛙膨胀起来,变成一台威武的坦克,轰轰然无坚不摧无攻不克。一只大青蛙又变成了无数小青蛙,混乱的噪音令钱文耳鼓欲破。然后众河流奔腾而下。然后群鸟遮住天空。然后白有光斜靠在沙发上吸烟——甚至在梦里钱文也知道自己的梦做错了,因为白有光并不吸烟。然后雪山脱得光溜溜的,像一条鳗鱼,在众人的裆下游来游去。然后是一个青狐在天上飞翔,她做出了各种造型各种姿势展示成各种图案,如花如五角星,如鸡蛋如麦穗如瀑布倾泻。

这是诗么?诗是另一种语言,诗是天国的召唤和启示,诗是心灵的秘密,诗是此岸的彼岸和彼岸的此岸,诗是一个真正快乐的世界。诗是文字变成的音乐,语言盛开的花朵,诗是永远的奇想、追寻、试验、疯狂、飞升……

又说,诗是大炮,是人民的心声,是时代的强音,是阶级的战斗冲锋号,是党的精神武器,是对于人民的教育和塑造,是舆论导向的一个组成部分……

问题是,两种语码,钱文都熟悉、都会心、都能理解、都能整合,又都能跨越。他经历过或仍然经历着危机,但并无分裂与疯狂之虞。

钱文醒来了,他非常珍惜似梦非梦中的感觉。他轻轻下地,开开台灯写了几句诗。他知道自己想写的是现在的文坛,是白有光召开的重要会议,是一种又活跃又恍惚又危险又充满希望的感觉。这是一种奇异的经验:他参加了白有光召集的会,他的感觉不太好,他有点不安,有点无以自处,虽然他完全理解召开这样的会议的必要性与必然性。

然而,在半睡半梦中,他更换了角度,变成了诗人的角度、感受的角度、体验的角度、半现实半梦境的角度,于是一切不同。他写下来的是鱼,是蛇,是池蛙的乱鸣和满地雪白的落花,是山峰,是太阳裂缝,是泥石流,是十轮大卡车挤轧过去和不知所以的笑声。题材、缘起、感受与诗的意象之间竟会有这样奇特的转化。人的精神世界竟有这许多奇妙,诗的世界竟有这许多风景,语言的表达竟有这许多可能性,叫做花样翻新,叫做海阔天空,叫做神龙首尾,叫做了无痕迹。而我们的诗人的笔,多年来是怎样的拘泥、怎样的绑在一种风格一条绳子上啊!这使钱文激动不已。

诗是什么?诗是什么?

这些话,有哪一个领导能够听取?能够爱听?又有什么必要让领导去体味一个诗人的内心!谢谢了,亲爱的领导。一边待着去吧,一边自痴自苦自疯去吧,亲爱的诗人!满纸荒唐言,**谁也解不了其中味**!

第二天钱文正在热火朝天地完成自己的梦中得句,想不到下午两点钟犁原匆匆地赶到了。犁原满头大汗,一坐下不等钱文反应过来先长吁短叹,嘴角咝咝作响,"没法办了,没法办啦……"他是一副大祸临头的样子。

钱文几乎是受宠若惊。堂堂老革命老文艺家的犁原,被多少文艺新人团团围绕,他上通中央,中接各文艺团体文艺衙门文艺刊物文艺出版机构,下联人人雄心勃勃、个个身怀绝技、十八般兵器上手、三十六种计策藏胸的青年文艺人。他的家里夕夕是高朋满座。他的各色消息齐全迅速。他懂得琴棋书画,诗词歌赋,古今中外……他代表老中青年,代表领导又代表群众,代表主流意识形态的原则要求又代表思想解放的滚滚潮流。钱文试着去拜访过两次,每次都事先做了约定,但每次都因为他那里客人太多,嘴与耳朵太多,话题与信息太多,嘈嘈杂杂,呼呼隆隆,根本谈不成话。后来有一段时间了,钱文没怎么登犁原家的门。为此,李秀秀与雪山都给钱文带过信传过话,说是犁原对钱文的疏于上门有些看法,认为钱文自恃羽毛已丰,不认犁原了。只好随他去了,当然,如果有机会,他也不愿意放弃向犁老请教学习并且增进感情的可能。

对这样一位可亲可爱的长者,钱文没有理由不竭诚拥戴。只是见他竟这样在乎谁到他那儿去了谁没有去,钱文觉得他有点孩子气。人非圣贤,孰能无过?何况今天他竟然屈尊前来俯就,钱文更加感动了。

同时,他也为自己的住房局促、座椅不舒适、室内空气不好而感到歉意。穿着讲究,瓦灰色西装非常正规、领带的品质与花色也颇为不俗的犁原来到他家,虽说是第一回,对他的住房、陈设以及家庭人口情况却是视而不见,对叶东菊对他的招呼也不予置理,而是精神紧张地自说自话。

"经过'文化大革命',经过那么多血的教训,我们都希望能迎来文艺的春天,真正的春天。中国作家是太可爱了,他们与党是同呼吸共命运的。但是,他们受到的不公正的待遇是太多了。怎么能够这样呢?怎么能够不总结教训呢?好啊,下去一个白部长,上来一个更是一阔脸就变的白部长!左搞一个内参,右搞一个快报,整天抓住一点片言只语就往上捅……然后左一个批示,右一个批语,倒像是作家们反了天了似的。第二次世界大战过去三十多年了,苏联写卫国战争的作品还方兴未艾。我们的'文革'才过去三几年,怎么就不让写了呢?没有知识分子的支持,没有国统区的波澜壮阔的学生运动,我们的革命能够这么快就取得胜利吗?可我们的知识分子一当了官,像白有光这样,就不承认自己是知识分子,不承认自己是文艺工作者了,他整天想着批这个,斗那个,但是自己不出面,老让这个整那个,让那个批这个。经过'文革',大家对批来批去感到厌烦了,他于是找了袁达观这样的压根儿就没有写出过什么像样的东西来的人充当大炮,到处发难,砰砰砰,轰轰轰!又找了祝正鸿这样的'三种人'①给他当亲信……"

"祝正鸿是'三种人'吗?"钱文迷惑地问。

"你不是认识他吗?他是陆浩生一手提拔起来的,到时候又起来揭发陆浩生。这个,你不会不知道吧?"

过去,在钱文的印象中犁原的嗓音还是不错的,声音有点磁性,有点深度,听起来稳健中有一种矜持和沧桑,口音也很好听,不油腔滑调,也不笨嘴拙舌。但是今天他是不是受了风寒了?他的声音是带着鼻音的嗡嗡嗡与嘶哑的沙沙沙的哭腔。

犁原认为,人们总是有一种习惯,从文艺作品特别是文学作品中挑毛病。生活中出了一个骗子,他冒充自己是某大人物的儿子,就骗了一大批人:各种实权派给他送礼给他报销开销给他一路开绿灯,各路女性甚至向他送上自己的身体。这难道不能说明什么问题,不能引起我们的警惕吗?不,对这件实事人们并不愤慨,只是一笑而已,

---

① 三种人,指"文革"中的造反派、打砸抢者与武斗骨干。

倒是对反映这个事件的文艺作品愤然指责:难道我们的生活我们的人民我们的领导我们的女子是这样的吗?这样写出来能够鼓舞我们的人民吗?它增加的是离心力还是向心力?它是在鼓劲还是在泄劲?倒像是这位揭露骗子的作家在骗人,而不是那位真正的骗子在骗人,而且那么多人乐于接受他的欺骗似的。果戈理与赫列斯塔阔夫,究竟哪一个人是骗子,究竟哪一个人更危险呢?

……如此这般,犁原讲的这些,钱文都有同感,但是他大概不想也不会像犁原说得这样露骨,这样声嘶力竭。从这一番谈话里钱文意识到了犁原的可爱可怜,一会儿他觉得犁原是翩翩浊世之佳公子也,大好人也,一会儿他觉得犁原是个倒霉蛋儿,一个动辄泄气的皮球。

看来,犁原也是"为艺术而艺术"罢了,他并不想与钱文商议什么事情或交换什么看法。说了一大堆以后,犁原咳嗽了一回。然后他拿出了好几条质地精良的手绢,擦干净了自己的鼻孔和嘴角,又用手指拢了拢头发,告诉钱文,今天有重要的外事活动,请钱文务必去。他还因为钱文家没有电话而不能事先通知他有关活动而叹息良久、不平良久,声称如果是他管事,他会给所有的知识分子安装上电话。

# 第 十 七 章

青狐终于胜利了,她重新购买了带有精美画框的西洋名画复制品:一幅是斯杜克的《莎乐美》,莎乐美这个名字她似有印象。她喜欢全画的那种蓝灰色调,她喜欢画里的莎乐美:裸着上身,乳房自然地融入画面而不是故意炫耀勾引兜售。孔雀开屏一样的裙子、项链、胸饰、手镯、臂镯,高高仰起的头颅,长脖子与大嘴,都使青狐感到亲切,感到能够分享她那种"葛"劲儿。青狐还购买了一幅库尔贝的《睡》。胆大包天的画儿,一个裸女躺在裸男的怀里,不是女人的而是男人的巨臀处于画面的中心。女人的睡态贪婪享受,真令青狐嫉妒。她带回来这两张画的时候怀着一种真心的满足,同时也怀着一种恶作剧的快意、一种报复的恶毒、一种起一大哄的儿童心理。我就闹一闹嘛,我就与母亲、与社会、与世界开开这个"国际玩笑"嘛。她一想到这儿就乐得尥蹶儿。

但是当着母亲的面打开画框的时候她的脸还是憋得通红,甚至喘起了粗气。存在于理念之中时是勇气,付诸实践时就觉得勇气其实是混蛋的别名了。

然而妈妈这次什么也没说。随着青狐的才华的爆炸,随着她的名声、地位、收入的节节上蹿,一日三蹿,妈妈好像也跟上来了。改革开放的中国一日千里。现代化的步伐叫自己也瞠目结舌。倒是来她家的客人们,甚至是口头上极力推崇性解放的雪山,见到这个只有一对母女、没有男人的家里明目张胆地挂着两张裸体画,反倒有些尴尬,有些脸红心跳,半天半天进入不了情况。

同时青狐差不多更换了她的全部行头。现在亭亭玉立的她走到哪里,都显得气度不凡。有一次她无意中进入了一家只供外宾使用、只收外汇券、内宾谢绝参观的工艺品店,她竟然没有受到阻拦。她看饱了落地式、比她还高的景泰蓝瓶与青花瓷瓶,她看到了各种大大小小的玉雕,有佛像,有八仙过海,有王母瑶池,有毛主席和周总理。她也看到了令人惊叹的潮州木雕、苏州刺绣、泉州石狮、徽州文房四宝。有趣的是对外工艺品店还卖中药,特别是壮阳催春诸药。

一不做二不休,青狐拿腔拿调地与店员聊了聊,打听了各种情况,并要求店员拿出某些商品,她好贴近观看摩挲把玩。

出门的时候正好碰到商店阻挡一般的国人入内,青狐一笑,知道自己的风度已经可以鱼目混珠,逼近外籍华人,至少是港澳同胞了。

同时,青狐每每忆起过往的生活。她忆起了她一次又一次地上山下乡时候住过的土屋。那种简朴的土屋似乎有一种美丽,有一些故事,有许多诗意。但是这些感受是在事后,是在享受够了城市的方便与先进,从而对城市生活感到有些无聊以后,而在当年更多的是无奈与忍耐。

那个年月的招数也真多,先是下乡夏收,后来是下去炼钢。她在全民炼钢中因为连续七十二小时不睡觉"炒钢",得过一张奖状和一朵绸子做的大红花。那山上山下小土群高炉平炉到处点着火的日子,像是做游戏,又像是吃了大力丸药。岂止是激情燃烧,为了当年的钢产量翻一番,达到一千零七十万吨,连为盖房子积攒的木头与为老人预备好的棺木都燃烧了。往后就下去整社,反而整了她自己,在乡下三天两头地生病。她不可救药,斗争哪个村干部都让她心疼,斗谁她可怜谁。村干部自己也说,他们是春天的红人,夏天的忙人,秋天的穷人——两手空空,冬天的罪人——冬天是整社的季节,是挨斗的日子。

再往后叫"四清",才几年啊,哪四清已经不太清楚了,反正有清工分、清账目、清现金(？)也不还要清什么？是不是清思想？思想那是通过一次运动清理得了的吗？噢，大概是清仓库。毛主席多么辛苦，他老人家亲自指挥着清仓库。农村的仓库青狐也是见过的，几根大绳，几套农具，铁钉，柴油，几块破碎的玻璃，装化肥的口袋，布票缺乏的农民偷了去可以做一身"尿素"穿上……后来还有一个什么叫"再教育"。这个词听着很书生气，书斋气，有点像往后的"博士后""MBA"或者"扩招生"，咱们的词儿比星星还多。

　　她想起了用石头和生土坯垒起的墙，还有用木夯夯实了的土墙。还有一种笆子墙，先挖一道窄沟，再放一排灌木，相互编排一下，再往灌木上抹上泥巴，就成了房屋的墙。这样的墙(有的需要加立柱)承受着屋顶：有用石板搭成的屋顶，有用土泥厚厚地糊上的屋顶，也有茅草顶子。室内多半没有顶棚，你可以直面房顶的内面。也有讲究一点的用秫秸和旧报纸糊成的顶棚。有钱的人会在顶棚纸上再涂一层石灰。没有钱而上过学的人则躺下来阅读旧报纸上的已经变成旧闻——如果不是变成笑柄的话——的新闻。可惜的是穷乡僻壤的没有钱往顶棚上刷石灰的人多半也识不了报纸上密密麻麻的字。

　　青狐也去过干旱少雨的西北地区，她去的目的是"锻炼"，这又是一个天衣无缝的妙词儿。这个词也许是来自体育活动的吧？改造思想就像做早操或者跑百米，时髦洋气没完没了。那里的农家房屋，屋顶多半是混合了大量麦草的泥巴。麦草里混有不少麦粒，麦粒发芽以后屋顶一片碧绿。人们用一些歪歪扭扭的小树干或大树枝做椽子，椽子上铺席，席上抹上厚厚的泥，屋顶是平的，便于上房晾晒物品或者扫雪。遇到大雨，降水量超过了屋顶上的泥巴的吸纳的能力，屋里就会开始漏水，漏上一会儿，泥巴就开始一片片地从苇席缝隙往下落，引起一种特殊的天灭我也至少是天难容我的惊恐，也带来一种特殊的天人合一、哭笑不得的锻炼情趣。一九七一年，青狐去西北地区锻炼两年，她碰到过一次。这实在是难忘的经验，狼狈也即是奇妙极了。

等到雨过天晴,人们再和好泥——好在那里到处是土,所以到处是泥——运到房上,再大体照原样抹平抹光。没有人怨天尤人。习以为常与无奈其实是伟大力量的源泉和成果。

都说中国人能凑合,不凑合行吗?

更有趣的是屋内的地。在北方山村,据说曾经有有钱的地主富农人家,铺了大方青砖地。土改中分到了这种房屋的农民,在此后的艰窘的日子里,把砖起下来卖掉了。除了极少的几家还有砖地遗迹外,其他是清一色的土地。对于有婴儿的家庭,土地的最大好处是它的吸收性,你的小崽子可以在土地上拉屎撒尿,略加打扫便不见痕迹。讲究一点卫生的农民也无非是时不时地向土地上洒一点水,然后用笤帚扫扫。回民聚居的地方,屋内地面就讲究多了,最差的土地也是用牛粪(相当于细草)和泥细细地抹过的,光滑如镜,从不起土,时间太长了也只是缺角少块,牛粪的抓拢力结合力仍然健在,没有亲眼看过,你是想象不出来的。有的还在这样的光可鉴人的土法混凝土地上铺上苇席、粗布、羊毛毡子直至地毯。少数富人则遗留下了木质地板。但是那些木质地板都是解放前的旧物,经过了风雨沧桑,不但落光了油漆,被践踏被虫蛀火(星)烧水浸和钝物磨毁利器砍削得污秽破损,以致走了形走了光泽,而且多年来吸收了人众的浊气,释放了自己的朽老木气,时常发出一些怪味,令无暇凭吊历史的忙忙躁躁的活人们觉得窒息,觉得还不如生活在土地上。

青狐也跟着时代进过"五七干校",在沙地里种了不少枸杞。男同志们甚至于有闲情逸致在走"五七道路"的同时讨论枸杞的功能。不但有枸杞,而且还发现了野生的肉苁蓉和淫羊藿。最后总算回到自己从高中时代已经熟悉了的城市。见到比较普遍的旧房子的砖地与新楼房的洋灰地,青狐感叹不已。原来洋灰地是这样坚固和熠熠反光。与土地比,洋灰地堪称白亮。原来砖地是这样高雅和楚楚动人。与土地比,砖地泛射着类似金属的光芒。敢情人家屋里的地踏了半天也不起土,踩了半天踩不出一个坑凹,落了烟灰火星也烧不出一块疤拉,切菜刀划上去没有刀印,拉上一泡屎也能扫它个干干净净,而且,只要扫干净了,洋灰地还可以洗干净擦干净,你甚至于掉到地上一块面包也可以捡起来吹吹灰再吃。

她也忘记不了农家房屋里的气味,有汗味,有土布的气味,有小儿的排泄物味,有牲畜气味……而超过这一切的是咸菜缸的味道。几乎家家都腌着咸菜,有的偏酸,有的偏辣,有的偏臭,类似萝卜腐烂了的臭味加上各种蔬菜和泥土的香味。她喜欢吃农家的咸菜,但是受不了咸菜缸的气味,更不敢打开盖子看缸里的老年间延续下来的卤汤。农人介绍说,他们常常倒(读 dǎo)缸,倒缸的时候甚至会发现缸里的蛆虫,但是没有关系,只须把老咸菜汤煮沸晾凉,照样可以用,而且老汤是最香的。

啊,我的古老的中华咸菜汤,你浓馥而又霉臭,亲切而又肮脏,绿蓝而又黄白,混浊而又纯粹,迷人而又质朴,恐怖而又难分难舍的咸菜汤啊!你就是人民,你就是历史,你就是力量,你就是生命!不论你走到天涯海角,不论你的肠胃受到了什么样的感染,患上了什么病痛,碰到了怎样的不习惯的食物,你已经滴水不进,你已经体温三十九度九,只要旁边有一碟咸菜,你就觉得身有所属,心有所托,脾胃肾膀胱肛门××和头脑都获得了休养生息。于是你起死回生,于是你平安熨帖,你不会忘本,你不会变"修",你不会里通外国、全盘西化。你永远是伟大民族的好儿女!

后来呢?后来呢?现在她是在宾馆里开会与会见外宾了。当你期待着好一点的日子的时候,你发现一切都像一个懒洋洋的乌龟一样,动也不动。青狐是一九五九年大学毕业的,头一年算试用期,月工资四十八块,第二年转正,月工资相当于行政二十二级干部,是五十六元。然后直到现在的一九八〇年,说是快要调整工资了。真是有耐心的人民啊,创造了二十多年工资不变的纪录。而现在呢?好像一个电门猛地扭了过来,于是一切都像变戏法一样变起来了。

过去说蒋介石是武装到了牙齿,青狐真不知道这个词儿是从哪里迮来的,反正不像中国话。现在,她常常出入于宾馆以后,她才感到了宾馆真是武装到了牙齿、装扮到了牙齿。想想那花砖那地板那吊灯那席梦思床那各种颜色与图案的壁纸壁布吧。想想那些打磨光洁,天衣无缝,带着各种天然木纹与装饰性的圆条、长棍、长线……油漆得恰到好处的门窗与窗台吧。想一想各种讲究的器皿与摆设吧。想想接待外宾的宾馆里的气味吧:那里的厕所也散发着香气。过道里若有若无地响着曼托瓦尼或者班德瑞乐队演奏的轻音乐。宾馆的面貌,宾馆的部件,宾馆的构思与宾馆的每一颗牙齿,都像是炫耀、像是舒展、像是物质的微笑,那是高贵的布尔乔亚的善良与文明、是世界的友好善意、是一种自己愉快也希望所有的人愉快的乐生的即享受者的人生观的渗透。与盛装的宾馆相比,她青狐的形象是活活一个垃圾人一个在废品收购站等候过秤的废品。想到这里,青狐忽然一阵委屈,几乎痛哭失声。那不也是人的生活吗?她即使算不上比众人好,至少一点也不比旁人差。她本来可以有更好的营养,更好的身材,更好的情绪,更好的风姿,更好的住房,更好的气度——居移体,养移气。她本来可以有更多的知识、更漂亮的举止、更优雅的谈吐、更高尚的身份,还应该有绝对应该有爱情与性的淋漓尽致。然而然而,这一切的一切的最好的最好,她的最好的年华就在黯淡和龌龊当中,在灰溜溜和准瘪三的状态之中度过了,她的最好的才华就在提防与申辩,真假检讨与真假表态,还有真假激动的忽左忽右的燃烧之中度过了啊!

是的,在宾馆还要会见外宾呢。"会见"这个词过去也是只属于大人物,属于省部级以上领导同志。小人物最多是见面、见着、遇见、碰见、找见,当然不是外宾,谁没事儿会见外国鬼子找那个不素净去!即使碰到的不是外宾而是你的左邻右舍,即使你们见面没有谈什么正经内容,说不定清理社会关系的时候还要你交代个三天三夜呢,还让你有嘴说不清楚呢。会了外国人,你汇报不汇报?肚子里没有鬼,为什么不敢去汇报?同样是肚子里没有鬼,你吃饱了撑的他妈的去汇报什么？而大人物就可以会见、接见、拜会、拜见、会谈。会完了还要登报。她青狐也上过一次报了，说是犁原"等"会见了日本中国文化交流协会的作家代表团。她青狐就包括在这个"等"字中。这个"等"里至少竹字头的一半指的就是她青狐。因为那天是五个中国作家与日本作家代表团会见，犁原的名字已经赫然出现在报纸的第六版的右下角，青狐等四个人平分那个"等"字，她不可以占有一个竹字头吗？别人是有了一席之地，她青狐硬是有了一竹之"等"啦！

而"外宾"这个词不但凛然更是神秘崇高。经过了与美帝与苏修与各国反动派斗，经过了清查清理各种海外关系，"外宾"这个词使一般人退避三舍，肃然起敬。"外事"这个词也使人飘飘欲仙，脸孔立即紧绷或者立即显出假笑，进入居高临下居核（心）怜壳的位势。她青狐现在已经有好几次会见外宾即出席外事活动的经验了，外事活动已经成为她的生活的一个组成部分了。

他们从事伟大的外事活动的地方是涉外宾馆，这种宾馆的商品与服务往往是只收外汇券的。同样在中国，"外"字头的新名词包括"外汇券"都高人一等，"外"字代表的是一个高级的禁区、特权区，不是任什么人都可以随便进入的。只有用硬通货美元、英镑、（西）德马克、法郎和日元才能换成外汇券。

有一次她与一个老外另加外事翻译一起在一家商场的餐馆吃饭，有一个青年人问服务员崂山矿泉水多少钱一瓶，服务员说那个要收外汇券，服务员的样子是对中国人有所不屑。青狐虽然生性调皮，但并没想过与"外"字头诸事捣蛋。可能是不敢，也可能是忘记了去捣这一蛋。她又懂一点英语，知道FCY是外汇券的意思，F是foreign，即外国的；C是currency，即通货；Y是yuan，即元。这个"元"字让青狐觉得有点半生半熟，似曾相识，终于陌路。这个大部分人不明所以的缩写标签，使青狐做到了非礼勿视、勿思、勿言、勿问、勿转任何念头。奇怪的是凡与爱情与男女与性有关的戒律，都是反而激起了她的热情与向之挑战务求突破的动机。而与钱有关特别是与

"外"字有关的清规戒律呢,她则一律自觉遵守。但她还是缺欠一点功夫,还没有做到勿闻,其实她实在没想听也不想听,但是耳朵不像眼睛,它们缺少自我关闭的机制。青狐听到一个山东口音的青年人问崂山矿泉水:"这是吗呀?多少钱一瓶?"她听到了服务员用不屑的京腔回答:"那个要外汇券!""外汇券"三个字像是提起一个爪哇国的地名或是一种新式武器。偏偏那位山东哥们儿不大识趣,他继续问:"吗叫外汇券啊?"服务员不再置理。山东哥们儿闹起来,提意见,死抓住一个理儿,矿泉水明明出在他们山东青岛,为什么不卖中国人,为什么不收中国钱,还引用了治外法权和华人与狗不入内的典故。说是毛主席在延安讲起华人与狗不得入内的故事,主席激动得眼泪都流出来了。青狐突然激动了,她觉得在这一点上她与毛主席心心相印。青狐满心希望这个山东青年与服务员辩论下去,让收外汇券的商家尴尬一回。可这时候翻译同志说话了,他悄悄对青狐说:"这小子真浑!"青狐一下子明白了,心都提到了嗓子眼儿上,真是糊涂,简直就是反动,怎么能够把新中国与旧中国等同起来呢?这种反动言论要是放在前几年说不定立即就会被抓起来,现在是自由多了啊,自由了也不能胡言呀,如果自由了就胡说八道,只能证明你不配得到自由罢了!

青狐感谢翻译同志的高度觉悟,使她悬崖勒马,回头是岸。去你妈的外汇券吧!

为了提高自己的品位,青狐在一次外事宴请中乃点了崂山矿泉水,她喝到了略带咸味的莫名其妙的凉水,她为自己的高级化而心头逐鹿。她咬定牙关,不好喝也要喝下去,她想起了红色娘子军队长对吴清华(原名吴琼花,"文革"的样板芭蕾把这个带有女人气名字改掉了)说的话,队长给新战士倒了一碗椰汁,说:"清华同志,你把它喝下去!"于是受尽凌辱的昨日女奴、今日战士,热泪盈眶地喝下了这充满阶级情谊的椰汁。而现在,她青狐是喝下了充满外汇券的优雅格调的、由中国的无产阶级人民大众制造、专门伺候西方布尔乔亚的崂山矿泉水一整瓶！

只是在喝崂山矿泉水的时候她禁不住一种冲动:拿一碟咸菜来！从河北最好是河南,拿一碟老腌咸菜来！为什么涉外宾馆的经营者们就如此没有想象力,也许矿泉水加咸菜才是世界饮食直到人类文化世界大同的峰巅！

能够有专收外汇券的商品可以提供的地点气象大不相同。红漆地板,艺术地毯,全遮蔽的化纤地毯,大理石与水磨石地面;丝织的或化纤的壁纸,红、白、彩色瓷砖、马赛克和防护木板墙壁;沟槽式木质天花板,图案式石膏天花板;屋顶上悬挂的各种令人眼花缭乱的灯具。

这也是人待的地方！这样的地方,人是干净和微笑的,衣着是干净和高雅的,说话是温柔的和文明的,心情是舒朗的和慈爱的,举止是安详和从容的,空气是清纯和芳香的,吃的喝的用的拉的尿的咳嗽的呕吐的,看到的听到的闻到的感到的想到的,都和那些缺衣少食、遍体鳞伤、愤愤不平、苦大仇深、被欺凌被剥夺被强奸被污辱的人不一样。同样是说话,一边是彬彬有礼,一边是粗野混乱。同样是心情,一边是高尚美好,一边是水深火热！人和人就是这样的不同,生活和生活就是这样的不同！契诃夫的人物爱说一句话:"多么野蛮的生活啊！"如果他的人物多来参加几次中国的外事活动呢？他或者她还会咒骂生活的野蛮吗？也许他们会改口,说:"呵,多么**温馨**的生活啊……"

在二十世纪八十年代,"温馨"一词从港台频频反攻大陆得手,报刊与各类出版物上频频出现"温馨"二字。青狐恨得咬牙切齿！给我一台重机枪,我要把用"温馨"一词欺骗污辱损害普罗大众的布尔乔亚小布尔乔亚们通通射杀！瞧把你们美的,吃喝玩乐操还要美其名曰"温馨"！

而此次呢,一九八一年八月,几个被目为"文革"以后即新时期以来最活跃的作家坐在火车的软席车厢前往海滨疗养地北戴河。与硬座车厢里的满地瓜子皮、黏痰与烟蒂,满车厢的混合着厕所味道与石碳酸的腥气与人体气味的恶臭是怎样的不同啊。这里的窗帘是挑花的,这里的座位是宽敞与柔软的,这里的小桌上放着专门的清洁的铝盘,供你使用,而列车员警惕地望着穿过车厢的旅客,严防硬座车的旅客混到软席车厢来。

而且青狐戴着一个做工细致的、带几分拉丁美洲风味的彩色草帽,美丽的圆环,洁白的飘带。她的面孔加上这样的帽子,使她在漫长的列车上一眼就跳了出来。

她的对面坐着钱文。钱文的文字,钱文的幽默与相对别人的沉稳都使青狐心仪。她不喜欢的是钱文那张脸,有时候那是一具幕布一样的隔开了人与人的交流的面孔,是的,那是面孔而不是脸,面孔上有太多的忧伤和更多的麻木,有一种动辄把自己封闭起来的预警系统,有一种不激动也不不激动,不悲伤也不不悲伤,不失望也不不失望的无可奈何与随遇而安。这种面孔使青狐明明白白地认定,钱文与她不是一样的人,甚至钱文与杨巨艇、与雪山、与李秀秀、与米其南都是完全不同的人。是的,从"面孔"上看,也许你会觉得钱文更像是白有光与紫罗兰,但是又大大的不同。紫罗兰与白有光的面孔上有一种得意洋洋,有一种炫耀力量,有一种刀剑出鞘的咄咄逼人,而绝对没有钱文面孔上的悲伤。青狐甚至要说,在钱文的嘴角上与前额上有一种苦难的痕迹。被青狐认为是生着最奇特的幕布式的面孔的钱文,只要与旁人说起话来,便立即拉开了帷幕,他的真正的脸会在言谈中浮现出来、生动出来、感情出来。钱文在说起话来的时候情绪太外露了,表情太活跃了,手势太过分了,抑扬顿挫太强烈了,即兴的发挥与幽默太频繁了。

甚至在说一些套话官话客气话的时候你也能从帷幕后边看到钱文的深思措词的情形。与钱文交谈是敞开着的,听钱文发言也是清澈透底的。但钱文只要一说完话,就会立即恢复沉思与悲哀的面孔。幕又拉上了。

青狐有意与钱文多聊一会儿,她向他讲述自己的最新小说构思。她打算描写两个小人物之间的爱恋。男的是绘图员,女的是打字员。男的每月挣五十六块钱,女的每月挣四十八块钱。两个人都很本分,都得过一张又一张的奖状。他们互相在梦里相爱,在梦里约会,在梦里交谈,在梦里倾诉,在梦里握手,在梦里相亲相爱,在梦里难分难解、海誓山盟。直到"文革"开始了,他们向工宣队交代自己的思想问题的时候,在"斗私批修"的时候,在"灵魂深处爆发革命"的时候,他们各自在不同的范围谈了自己的梦,交代了自己对另一方的爱恋思念。他们的梦恋传了出来。十目所视,十手所指,他们觉得太丢人了。他们自杀了。

一株又一株大柳树从车窗飞速掠过,好像它们也急于听取青狐的新故事,它们也想发表一点意见,却永远赶不上趟。

钱文听了青狐的故事,脸上显出了奇异而又不无困惑的表情。"这个这个……"青狐知道钱文不明白她为什么会构思一个这样的故事。青狐有一点怒,这个混蛋钱文,你他妈的还是诗人吗?为什么,这还有什么为什么吗?你以为每个男女都能向他或她喜欢的女子或男人倾吐自己的心愿吗?你以为人活在世界上就都是那么顺心那么开放吗?你以为哪一朵花想开就能开吗?听说钱文跟妻子不错,你不错了你就不理解为什么还有压抑、还有怯懦、还有矫情、还有逃避吗?你这个幸福的白痴,你这个道学的纠察啊。她已经听说了钱文对米其南的道德训诫了。于是青狐怀着一种刻薄的念头,着意与钱文绕起弯子来了。

也许他们不一定自杀?钱文迷惑地说,他们一定要自杀吗?有必要与必然性吗?即使在梦里,那毕竟是爱过一个人拥抱过一个人而不是恨一个人杀一个人阉割一个人啊,那么就算是为自己的梦吧,为什么不活下去呢?

这句话使青狐忽然流出了眼泪,钱文竟也眼圈红了一下,他们又都赶紧转过脸去再转回脸来,他们相视一笑。

然而我就是要写自杀。青狐想,她并没有说出声来。有钱文的那一句"毕竟是梦里爱过"的话,她已经达到目的了,她不想再与钱文辩论。爱从来都与死相邻,她到现在之还没有死,无非是由于她到现在还没有真正地爱过。她的失身,她的速嫁,她的克夫,她的癫狂和她的一篇又一篇小说都不是由于得到了爱而是由于始终得不到爱。朝闻爱夕死可也,如果是她而不是孔夫子来讲述人生的价值,她一定会这样说。爱、梦与自杀,这就是小说。小说就是爱、小说就是梦、小说就是自杀,小说写得愈好离生活就愈远,离实际就愈远。远才是近,近正是远。

你可以在小说里爱上一百个英俊的男人,每个男人都是英雄都是好汉都是罗密欧也都是佐罗。你可以在小说里与一百个强壮而又优雅的男人缱绻缠绵,云雨蹁跹。你可以因小说而得到无数的羡慕的乃至爱恋的目光。然后你回到自己的卧室,你对着四壁怔忡,你怜惜自己的年华与身体,你自言自语,你翻来覆去,你怀着永远的利刀割体一样的遗憾咀嚼自己的孤独和悲凉。然后用自己的孤独和悲伤编织新的供人玩赏令人唏嘘的爱情故事。

"那么,你的梦呢?你有过这样的梦吗?"青狐问钱文,而且脸儿一红。

"我,很少,真是对不起……"

"为什么对不起?对谁对不起?对我吗?"青狐轻松了不少。

"在我上中学的时候我做过这样的梦,而且,"钱文大笑起来,"那时候我们偶尔到学校对面的一个面馆吃汤面,面馆的老板娘是一个大胖子,我有一次做梦梦见了她……"钱文笑得咳嗽起来。

这就是幽默的可恶了,这样的幽默全无心肝!青狐心里产生了一种恶狠狠的毒意,她的话已经到了嘴边,她要说的是:"钱文,所以你永远成不了第一流的诗人!"

她还想说:"你他妈的也不过是家庭温馨一族!"

但是她毕竟没有把这个话说出来。曾几何时,她第一次见到钱文的时候简直可以说是心惊胆战,她像一个乡巴佬一样崇拜着向往着畏惧着钱文,她仰视着这个用几个字就可以拨动你的心弦的人。

钱文也有意识地转移了话题。他开开车窗,谈论窗外的青纱帐,谈论疾飞而过的燕子,谈论水洼边的大柳树,谈论天气的突然变热与雨水的缺乏,谈论农家土墙上书写的往日的红色标语:农业学大寨,工业学大庆,全国都要学习解放军!鸡毛要上天,蚂蚁啃骨头,两条腿走路……钱文还有意识地谈起郭凤莲来,郭凤莲的山西口音是多么可爱,他一直想为郭凤莲的口音写一首诗。还有陈永贵的扎在头上的永远的羊肚子手巾,可惜的是陈副总理访问墨西哥的时候把手巾去掉了。那过往的一切本来是多么浪漫多么理想。设想一下吧,如果我们的总理是山西的农村妇女,我们的主席是戴着羊肚子手巾的种梯田的能手,我们的大作家是文盲,而我们的大学教授是掏粪工人,这将是多么奇妙的情景多么丰富的想象多么为几千年的文明史中被压迫被侮辱被损害的人们出一口恶气的伟大创举!

青狐咯咯地大笑,笑得脸儿通红。钱文的言说是无与伦比的,回忆当中有思考,思考当中有感情,感情当中有讥讽而讥讽之中又有将心比心的理解和宽容。她一辈子还没有和这样的人交谈过,最最普通的一句话里也包含着智慧,包含着善良,包含着无数的思绪和忧伤,包含着对人、对历史、对过往的时间和对现世的那么多深意。你可能与钱文一样聪明,但是你不大可能像钱文一样善良。你可能像钱文一样尖锐,但是你不可能像钱文一样包容。你可能像钱文一样饱经沧桑,但是你不可能像钱文一样仍然快乐健康。你还可能像钱文一样才华洋溢,但是你不可能像钱文一样务实,叫做人情练达。或者你比钱文还要练达了、精明了,你也不会像钱文一样仍然充溢着天真的热情。就说这一段看似笑话看似信口开河乃至嘲讽有加的谈论吧,其实包含了多少辛酸,包含了多少代价,包含了多少理解也包含了多少学问!她想说钱文,"你真可爱!"但她说不出来。他为什么不多看我一眼呢？她不明白,她甚至有点生气了。她佩服,但是不喜欢这样的正经得不可救药的人。她听到钱文在唱歌,在唱一首东北民歌,她也跟着胡乱唱了几句,她忽然说:"也许他们没有死,他们只是有了死的念头,活还是不活,这个哈姆雷特式的问题还是让读者去解答吧。"

这个时候青狐无意间发现了列车窗子上的几道污痕,有一点像雨痕,但是比雨痕更污秽。她费了点劲,才弄清,那是无意间撞向车窗玻璃的小飞虫,或者是无意间被车窗玻璃撞上的小飞虫,小飞虫与疾驶的车窗玻璃相撞击相磨擦,小飞虫乃化作一道道细细的污水。造化,你可真狠！她忽然恶狠狠地说:"我一定要写他们俩的自杀,认为我写得不对,批判我好了！"钱文没有说什么,他只觉得青狐的出现是一件有意义的事。同时李秀秀的有关青狐与杨巨艇如何如何的传言令人忧伤。她比钱文小五到六岁,然而她完全是另一代另一样人。她对文学对小说对什么题材呀主题呀倾向呀人物呀这一套的理解、寻求和感受已经与他们大大的不同。

而青狐一直处在兴头上,处在"步步高"的微醺之中。每天都有一个、两个、三个直到四个、五个短篇小说的触发与构思。每天都写出一点出其不意——出旁人出世人的不意、出文坛的不意、出自己的不意——的文字。灵感像蒲公英一样漫天飞翔,顺手一抓就是一大把。故事像溪水里的小鱼,它们刺溜刺溜地游动,穿过你的指缝游走,走了肯定还会回来。语言就像水花,你击打它们,拨弄它们,驾驭它们,它们在精神的阳光的透射下变成七色彩虹。人物就像活人,他们使你牵肠挂肚,爱怨交加,难舍难分。而每篇小说的完成都像释放出去一只信鸽,你的鸽子飞上蓝天,飞向各个角落,飞到一个个男子和女子的家里,然后一个变成两个、变成四个八个十六个三十二个,一时节满天满地都是青狐的信鸽,戴着鸽铃,戴着鸽哨,带着她独特的诗行与信息。然后四个八个十六个三十二个男人与女人、老人与孩子会喜欢她佩服她欣赏她爱她,在精神上他们与她拥抱、与她交流,想念她而且怜惜她,她于是有了自己的亲人啦。

李秀秀的传言终于传回转到青狐这里,青狐无法否认杨巨艇在她家过了一夜的事实,然而他们的相处是纯洁的、高雅的,也是遗憾的与苍白的——因纯洁而遗憾,因高雅而空虚苍白,因遗憾而纯洁,因疲弱无能而只能高雅不已。她欲笑还哭,欲嗔还慰,欲怒还休,欲弃还怜。然而,她仍然神往于自己与杨巨艇的精神爱恋,恐怕也只有她知道杨巨艇有多么软弱多么孤独多么需要抚摸和呵护。至于杨巨艇的老婆张风,至于她也东奔西走说三道四,这使青狐颇有些快意,早该如此。她虽然至今没有见过张风,她已经断然认定:她不配他,她不了解他,她没有思想没有头脑,他们之间也完全谈不上爱情。不然,现在是什么时候,她能到处闹哄她丈夫的私生活上的事儿吗?别人不知道,她还不知道她丈夫的底细吗?

她哪里知道什么叫爱情,现在全中国知道什么是爱情的人不超过百分之一,全世界不超过百分之二。

钱文也注意到了青狐的美丽的草帽,他说这个草帽真好看。他问,这是市场上买的吗?忽然,她发现青狐的脸上有不快的表情,钱文赶紧停止了微笑,渐渐眯上眼睛。

从暑热的大城市来到海滨,青狐还是感到了清爽和开阔,这是改革开放的初年,海滨疗养地上下车的人很少。这里最早是洋人开发的,只有洋人才会在盛夏到海滨来,国人中的上层,只知道盛夏到山中避暑。一九四九年以后,一些大机关在这里修建疗养院,由于国务院停建楼堂馆所的规定,这里的疗养院都不叫疗养院而叫干部培训中心、病人康复中心或者会议、采访、创作、教育……中心。后来"文革"中,这一切被视为修正主义,视为"走资本主义的当权派"搞的事情。于是一切疗养院也好什么什么中心也好,全部废弃搁置。"四人帮"倒了以后,有一位理想主义者的领导,曾经下令全部设施交给地方,向全体老百姓开放,一年后又改回去,该属于谁谁还属于谁谁。青狐他们在这个来回改的过程中来到了疗养地,她只觉得分外高雅宁馨。

其实就是温馨。

坐在火车上与钱文闲聊的时候下起了一阵雷雨,一下火车便闻到了雷雨后的沁人心脾的清新空气。这边有许多针叶树。犁原向东一指,告诉青狐:"海!"青狐最初没有看出来,后来才在远处的地平线上看到了高悬在房屋建筑顶上的一道缎带似的东西,那"缎带"似灰似蓝,温柔而略显晶莹,来自天空,隐入天空。如果说远处的那些矮小的建筑像是一块块一行行的点心,那么这缎带就像是涂在所有的点心上的一道奶油。或者那些矮小的建筑是寂静的石头,那缎带便是石头上升起的云霞。

那就是海。远望着,海是这样驯顺和安详,这样随心和适意。青狐暗自思谋,为什么这里的海与南国的海阿珍的海如此不同,为什么此次出行造访与过去的几次感觉如此不同。她轻轻地笑了。我也要变成一个国际标准的淑女,酸文假醋的娘儿们了,她觉得她正在或者已经进入了某个高尚的舒适的文明的直至伟大的圈子,此时此地此景,已经与过去是天壤之别。她且喜且悲,她告诉自己,今天是一九八一年八月六日,她已经四十一岁了。她觉得这是一个可纪念的日子,她应该记住这个年龄和日子。

然而她仍然悻悻然,为了母亲。在杨巨艇与她竟夜长谈之后的一些天,她把她与杨巨艇结识的始末告诉了母亲。她说明,杨巨艇是大人物,是世界知名的人,是早有正当婚姻的人,是有一个妻子三个孩子,大孩子已经成家立业的人。她承认,她喜欢杨巨艇,然而,时不我待,什么都谈不到了,她有这样一个**朋友**,这就够好的了。希望母亲死了这条心,不要再重复这个没有任何意义的话题了。将来,只能走着瞧,也许她还有机会结婚,也许没有了,她已经结了不止一次婚了,行了。而不论她的未来生活如何,她永远陪伴着母亲,永远永远,上天入地,天上人间。

而她万万想不到的是,一个月后母亲跛着腿找到了杨巨艇,向杨巨艇建议：立即与妻子离婚，与青狐结婚。母亲的能量惊人，母亲的勇气超人，母亲的操办吓人，母亲的热烈灼人。小腿刚刚接上、还完全没有长牢的母亲，费尽千辛万苦，居然找到了杨巨艇的家，杨巨艇不在家，母亲居然在杨家门口倚墙站立和枯坐了五个半小时！

这是世界上独一无二的中国母亲！

母亲与杨巨艇的谈话细节与经过不详，从杨巨艇方面似乎无任何反应。只是在一周以后，从李秀秀口中，青狐得知了母亲的杨家之行。李秀秀走后，青狐展开了对母亲的审问，母亲供认不讳。青狐气得摔了所有的玻璃器皿，大哭大闹，她辱骂母亲："我看不是我而是你看中了杨巨艇，不是我是你想嫁给杨巨艇……"然后青狐气得自己打自己嘴巴，母亲也气得自己打自己嘴巴。两个女人各自打自己，劈劈啪啪。最后青狐出走，她在那个最终也没有接受她的电影剧本《阿珍》的电影厂招待所住了三天。虽然挨过她的痛骂，蓝英还是请她吃了两顿饭：一顿龙虾，澳大利亚产；一顿西餐，法式。

三天后她回到家，娘儿俩抱头痛哭，吗话不说，比过去更亲密，她们是双代一身、双人连体。她们一起去电影院看了日本推理小说改编的影片《人证》，青狐一面看一面哭，妈妈一面哭一面看，回家后两个人断断续续地此起彼伏地唱起《草帽歌》：

  Mama yah（妈妈呀），
  Do you remember（你还记得吗）？
  The straw hat（那个草帽），
  You gave me（你给了我呀）……

# 第 十 八 章

　　与比她年长的、各有一番风云遭际而又个个身怀绝技的作家们在一起,青狐觉得自己又回到了青年时代,她复活了。

　　几十年过去,她感到的是自己的消失,卢倩姑的消失,她溶化在千百万庸庸碌碌窝窝囊囊的小市民里,这两年才重新发现了自己。她终于是一个有名有姓有风格的写作者了,而且是一个天真烂漫的初学者,在早已成名的人们面前,她可以、她必须、她像是一个幼稚的孩子。她欣赏钱文的智慧与谈吐,欣赏他的敏捷与丰富,像欣赏一潭清水、一阵清风、一场山雨和一望无际的随风起伏的麦浪。这种欣赏里一派清爽,了无挂碍。

　　她也许更加喜欢或者正确地说是崇拜王模楷。王模楷的经历太像钱文了,她总是忍不住比较这两个人。王模楷长得比钱文白净,看起来比钱文瘦弱一些,主要由于他的双眼皮与笑靥,更由于他的与众不同的眼神:忧伤而专注,操劳而端庄,含蓄却又炯炯发光。这是一双放不下思虑和惦念的燃烧着、疲惫着与匆忙着的眼睛,这是一双承担着历史与现实、苦难与希望的眼睛。这样的眼睛使青狐心疼得要命。然而,青狐明白,其实王模楷是更理性的。他说话的时候有一种且想且说且掂量的慎重,他的嗓音也多了些深沉,不像钱文平时拉着一张长脸,一说起什么来却眉飞色舞,表情丰富;平时声音响亮,一说得激动了就会出现一种类似失了真的变音。青狐相信,王模楷比钱文有更优越的背景,比如更富裕的家庭,更好的教育程度,更多的或者更上层的为人处世的经验。她看到了王模楷的吃相比钱文高雅。钱文吃饭的时候嘴张得过大,咀嚼的声音也偏大了些。而王模楷吃东西的时候闭着两片嘴唇,脸上含着微笑。王模楷式的微笑无处不在,无时不在。而钱文说笑话的时候谈笑风生,天真烂漫,说完笑话,脸上立即拉上一道屏幕,他时时沉浸在自己的世界里,拒绝着与别人更多的沟通。

为了寻找一个与王模楷交谈的话题,她说起了绘画《莎乐美》。她看到了提到"莎乐美"这个名字王模楷眼睛里发出的光辉。她赶紧请教莎乐美的来历。王模楷给她讲了《圣经》故事与王尔德的话剧。一个任性的美女、公主,得不到圣者的爱情,便索要了圣者的脑袋,她叫父王割下了圣者的头,而一个卫队队长为她而自杀。王模楷发表议论说,西方人不认为美一定与善在一起,也可能是与恶在一起。

她问王模楷,从中国人的眼光看来,你觉不觉得莎乐美是一个白虎星呢?

王模楷笑了,稍稍沉了沉,他说:"这一点外国人与中国人其实是一致的。人们认为美具有一种危险。正像善、热情、真诚、道德、正义、信仰以至于天才,愈是最可贵最有价值的东西,在某些情况下越有可能是危险的。"

什么意思?青狐吓了一跳。

然而王模楷不想再继续这个话题了。

她已经得知了王模楷在"文革"中的奇遇。这个给王模楷找了不少麻烦的奇遇,甚至也令青狐羡慕。人生总要有点事情,总该与众不同。她又替他心痛:为什么活得这样麻烦,吃饭、穿衣、长大、生病、跑房子、到每个月的月底眼巴巴地等着那几十块钱的工资。还有该死的恋爱,愿意、不愿意、结婚,天啊,还没有结婚,上床还是不上床、干还是不干……还有干出孩子来呢,这不是已经够辛苦够沉重够没完没了的了吗?这些个男人却还要政治、要路线、要方针、要检讨、要自我辩护、要争个石出水落最后却是越争越糊涂,然后他们你拿着枪我拿着刀……不论钱文还是王模楷,他们的遭遇都是青狐所不敢想象的。

她自己呢,在没有写下那篇原来叫做《遥远》发表出来叫做《阿珍》的东西以前,竟然什么值得一说的社会经历都没有。而后来,她在钱文与王模楷,还有在她觉得德高望重却又显得活得很单纯很表面的犁原面前,在她觉得说话和举动都有点软绵绵从而有点好笑的米其南面前,她终于意识到自己也许不能说是完全无足轻重的了。有人注视着她,有人关心着她,有人阅读着她。她真开心!

她觉得米其南在她面前有意识地使用一些好似有什么意思似的眼神。他的眼睛可真灵活,他的眼睛不但会说话而且会耳语,会喊喊喳喳。而王模楷就不同了,她与他第一次见面,她觉得王模楷同样也盯住了她,或者说得文雅一点,是王模楷凝视了她两秒钟。对于生人,对于异性,两秒钟是一段漫长的历史。因为头一次见面,她只看了王模楷十分之一秒,就已经感到了不好意思,王模楷的眼睛太动人了,那种从眼角里流露出来的忧郁,那种微微皱起的沉重的纹路,那种洗净了一切欲望、贪婪、好奇和鬼聪明的眼神,那种矜持与饱经苦难的情调的混合,都是青狐从来没有见过的。

这些人在一起构成为一个场,成为一个喷水池子,成为一幢高楼,与他们一道她就被托了起来,她就有了磁性和电力,就变得湿漉漉亮晶晶的啦。她是一个刚刚出世的小说的精灵,她甚至有理由有可能得到他们所有人的娇宠。

可惜的是这次米其南没有来,她想起了李秀秀的消息,她为米其南而叹息。

可惜的是,她被注意了,她却开始觉察到了《阿珍》的不足恃。她的最初的小说里有一种吃力地向着某一个方向攀伸的努力,而这种努力和这种方向,并不是她自己的本色,她一边表现着自己一边努力去使自己成为另一个与自身不完全相同的人。这甚至使她有点厌恶。

只有她一个女子。犁原说本来还请了紫罗兰,但是紫罗兰好像提出了什么要求,是不是有个什么先决条件? 她最后没有来。她的不来使青狐莫名地欢欣鼓舞,而犁原却忧心忡忡。忧心忡忡却又嘟嘟囔囔,嘟嘟囔囔却又含含糊糊,有话只说半句:"请也请不来呀……""不太好……""这位姑奶奶……你什么事不找她,她能吃了你。你找她吧,她审起来没有个完不说,审完了她说来,不一定来,说不来,也照样可以挑出你的毛病。"犁原嗳嗳嚅嚅。

青狐终于进入了自己写的与要写的一篇篇小说,小说写作已经发挥了效力:她的生活渐渐与小说一样有趣了,她的生活里已经出现或者将要出现小说里常常出现的海滨、波浪、黄昏、枫杨、梧桐、饭店、汽车、沙滩、钢琴、地毯、男女侍应生、电话亭、会面、思念、握手、微笑、好感、一见钟情、痴男怨女、文人雅士、高谈贵吐、噙在眼眶里的热泪、厚厚的信件和白天黑夜永远做不完的梦。

而她对生活的要求、恼怒、纠缠正在创造新的小说风格。小说就是生活。生活就是小说。她想起契诃夫的小说《带小狗的女人》,它描写人生的一种尴尬,自然的变成了不自然的,不自然的变成了日常的与永远不能摆脱的。然而带小狗的女人也是令她羡慕的,总算有一个人,非法地、偷偷地爱了她一辈子。

偷也行,如果有。

真奇怪。她是去过南方海岛的,那是在冬天,大海黑糊糊一望无边,深海如铁,大浪如刀,叫人心头吃紧。

而这次,海一点一点走来,她怀着满意的至少是得意的心情享受海,她与海都从容。在没有看到海以前,她听到了海涛,她闻到了海的腥味咸味与爽味。远看海是凝固的与平静的,近乎忧郁的平静。近一点,她看到了海的倾斜与动摇,世界由于海而变得摇曳。向大海走去的时候她觉得是走向无限的冲动和灵异,浩浩渺渺、奔奔涌涌、碰碰撞撞、喧喧哗哗,渴望着、动荡着、急切着与恼怒着,无边无际、无答无应、无终无始。

青春远去,爱情狗屎,事业谈不到,已经不是做梦的年龄了,却仍然是神神经经,悲悲切切,摸摸索索,快乐之中虚空,愤怒之中可笑,追求之中泄气,成功之中滑稽。她想起了在一个座谈会上听到自称是出土文物的老作家的话,当记者问他最近有什么小说新作的时候,老人说:"唉,写小说好比娶媳妇,那是年轻小伙的事……"闻者喷饭,而青狐感到的是伤悲。

那么,对于她写小说是什么呢?美好的比喻都是为男人准备的。那么女人写小说呢?是嫁人?是陷入爱河?是该嫁人的时候没有爱或者是胡乱爱?是把爱变成烂虾酱变成失望、变成讨债变成赤裸裸的仇恨——像袁达观的口音:他不说恋爱而从来都是说"乱爱"?她明白了,女人写小说只是待嫁不成而已。

她模模糊糊似乎听到了天外的雷声,听到了春日的鸟鸣,听到了万物的萌动。她可以爱了吗?她可以爱了。除了不知道爱谁和被谁爱以外现在什么都可以了。她的那么多感情与她的作品一起弥漫,进入了每一个有情人的房室,陪伴着人们入梦。年轻人已经郑重书写以"爱的权利"为题的作品了。所有的美好、太平、清明、成就都通向爱情。

爱还是不爱?或者更精确一点说:被爱还是没有被爱?这才是女人的大问题。

她这一生好像早早起来赶路,却没有来车。现在她终于眼看着一辆辆的车子从眼前掠过,却已经失去了上车的力量和目标。是延迟,是坐失,爱怨成仇。呆呆地张着嘴,如一条涸辙里终于没有等到水的草鱼。然后,突然醒了,然后是喜事如潮、锦上添花、天花乱坠、左右逢源,除了年华,除了爱情,除了你终生的苦苦期待。

然而,来到大海的怀抱,来到文学的大海,来到上流社会(这个词她是从巴尔扎克的书里学到的,这个词像没有喝惯的咖啡,让她有点恶心又有点提神),她忽然感觉到了还行,还不那么老,毕竟有更年长的人在。她感到了一种扩张,一种飞翔。从来到北戴河她就有一种唱歌的愿望,有一种下海游泳的愿望,海阔凭鱼跃,天高任鸟飞,我什么时候能成为会游的鱼,会飞的鸟呢?

而且有王模楷的两秒钟的凝视,有犁原的不失潇洒的哼哼唧唧,有钱文的风趣和智慧,智慧也是一种美,更有海洋表达的那种永久、那种声息……

兴奋使青狐感到了身轻如燕,与其说是她在漫步,不如说是她在海上飞翔。与其说是她在交谈,不如说是她在引吭而歌。与其说是她在会见外宾,不如说是她在翩翩起舞。与其说是她在笨手笨脚地学习游泳,不如说是她正在变成一条乘风破浪的船儿,一条悠然上下的大鱼。过去在学校里上过几节游泳课,她似乎还算是学得快的,她受到过体育老师的夸奖。然而以后呢,以后她不喜欢游泳了,她害怕人的身体。

与前辈作家们在一起不同。钱文一下海就大喊大叫,被初夏的冷水刺激得发疯。然后他在水里拿大顶,忽而按顺时针方向忽而按逆时针方向旋转。再过一会儿他干脆漂浮在海面上,以交叉着手指的双手为枕,他躺在水上闭上了眼睛,声称他正在睡觉和做梦。而王模楷入水前后动作似乎相当正规,他先在岸上做各种准备活动,伸腰弯腰、劈腿抻腿、起立下蹲、曲臂甩臂。他进入水里以后先略略看看别人,判定没有什么人特别需要他的帮助以后,他伸直身体,几个大的动作,用爬泳姿势一下子就游出了很远。他走的线路笔直,与他的身体的方向一致。他转过身,开始仰泳,仍然是直线前进,他的身影渐渐缩小,倏忽间变成了一个黑点。犁原不下水,他说他患有皮肤过敏病症,害怕受到海水刺激。同时他满不在乎地说自己中学时代参加过市级运动会游泳比赛,得到过第六名。这样,虽然不下水,也仍然赢得了尊敬和美誉。青狐则只能在浅水里游几米,然后,用大大的毛巾把自己遮起来,到沙滩上吹风,听钱文的乱七八糟的吼叫,听海浪的节律,听风吹岸边红柳的沙沙。海浪一次又一次地冲到岸边沙滩上。她怕大海,宁愿选择做一朵浪花,随意四溅,七彩缤纷,咸苦腥涩,瞬间失去踪迹。

她在一种相当兴奋的状态下出席了与欧洲作家的对谈。她想起了杨巨艇由于这些洋人半洋人的纠缠而没有按时到达她家,使她的辛苦烹调付诸东流。她尤其痛恨那个打扮得洋里洋气的中国女人。看她的脖子就知道她远比青狐老得多,她的脖子里的左右两根管子使青狐一再产生扭而断之的冲动。她的脸孔不知道怎么闹的白白嫩嫩。青狐想她一定用蒸汽嘘过用毛刷刷过再用白粉抹过。她穿着前后开领都很低的衣裙,她嘴唇涂得鲜红。她的眉毛是勾勒过的。尤其不能容忍的是这样一个中不中洋不洋的女人却是钱文的老相识,钱文甚至还与她说起什么"文工团",什么"平津学生大联欢"。她悄悄地问钱文:"你认识她?"钱文说是的。钱文还说了一些话,青狐有的听得明白有的不明白,好像在解放前学生运动当中他就与这个人相识,还说她是他的老师,这倒好,这至少证明她比钱文还要大好多岁,当然比青狐大更多。还说到什么海军学校,这个女人居然还当过人民解放军……

一个外国男人瘦高,另一个是大胖子。两个人都用了不少香水,用多少香水仍然遮不住他们身上的一股类似从蒸包子蒸得过了头的笼屉里刚刚拿出来的味道。他们一到中国就获得了"外宾"这样一个美名,这是高人一等或者几等的封号,他们用的是外汇券,住的是少数高雅的涉外宾馆,那里普通华人与华人养的狗是难得一进的。甚至她,自以为浑不论(读 lìn)的青狐,这次不也是由于与外宾为伍而受到特殊待遇,从而接受了一些好奇与羡慕的目光,并为此而洋洋得意着吗?

他们在一起座谈,有很好的沙发,有黑乌乌沉甸甸的沙发桌,有泡好的茉莉花茶,有细白如乳酪的茶具,更有温暖潮湿芳香的小块方毛巾,装在小小的船形竹子编的盘子里,每隔四十五分钟换一次。这是格儿,这是份儿,这是谱儿,您哪!参加座谈的人们由于他们对祖国、人类和世界的贡献,由于他们对文学和文化的研究,由于他们的代表性,更由于他们的良好自我感觉,不适于在盛夏出太多的汗,不适于额头和手心湿淫淫汗津津的。他们这些与外宾一起吃好饭说废话(叫做外事)的中国人们,便需要不时地用洗净了、消过毒、增过温、吸够了水再拧干、添加了芳香剂的小方巾擦拭额头和手心、面孔和脖颈,还可以从脖领子把手伸下去,一直擦到你的手够不着的地方。人们就在这样高雅的地方,在漂亮的女与英俊的男服务员们无微不至的服务下,按照革命的分工,以清洁无尘亦无汗的身手,讨论中国、讨论"文革"、讨论改革开放、讨论拯救中国也拯救人类的良方、讨论文学艺术文化真理人道革命民主人权和由他们代表的良知。青狐差点笑出声来。

而且外国人出口不凡:"你们为什么不反抗?"他们问,好像是"文革"中红卫兵问一个老革命为什么在一次敌我力量悬殊的战役中被俘。"你们没有错,为什么做检讨?"他们问话的神态使青狐想起本单位的红卫兵问一个地主家庭出身的领导:为什么在老爹病危的时候回家奔丧,而没有在老地主患了肺心病之后,乘机将老地主的脖子掐紧?外国人即伟大的外宾还说巴金始终不渝地提倡"讲真话"是"应该在幼儿园里讲的话题"。外国人不屑地说:"人民?什么是人民?人民不过是野心家的遮羞布和棍棒,是今天欢迎希特勒、明天欢迎斯大林、再过两天欢迎联合国军的一群凑热闹的企鹅!"外国人又说:"你们的文学是文学吗?你们的出版社、文学刊物、作家协会都是官办的嘛!"

外国人又说:"世界各国在他们的困难时期,都会有有良心的作家秘密写一些东西,放在抽屉里,等形势变了以后再拿出来发表,为什么中国这样的抽屉文学如此之少?是不是中国作家都与江青合作去了?"

青狐突然火了,她发作起来:"你们倒是站着说话不腰疼!当初鸦片战争的时候你们这一类的能干人干吗去了?英法联军火烧圆明园的时候呢？八国联军入侵北京的时候呢？欧洲人在中国搞租界，搞治外法权，要中国割地赔款，你们的人为中国人民说过什么话？你们那么能干为什么不但出了希特勒而且出了张伯伦？为什么你们的国土被法西斯占领了那么多年？至于我们中国人，我们中国人的苦难你们什么时候真正关心过？'九一八'事变，那是哪一年来着？（王模楷提醒是一九三一年。）以后，你们的同胞所操纵的国际联盟为什么不说话？卢沟桥事变呢？第二次世界大战以后，蒋介石打内战，美国供应军火，你们吭气了吗？国民党特务杀害闻一多、李什么朴，（又是王模楷说：李公朴。）你们的国家你们的作家表示过什么吗？对对对，你们的作家是不管政治的，那么中国出了江青出了张春桥你问我们干什么？至于我们的'文化革命'，那也是你们、你们的政府你们的军队你们的舆论逼出来的！你们看着新中国，怎么看怎么不顺眼，你们敌视、不承认、派特务，一直到拿原子弹对准了中国……第一是我们闭关锁国，第二是你们封锁中国，你们与中国的民族主义者土老帽儿极左派们合作把中国排斥在世界之外！我们踏实得了吗？不斗行吗？少斗行吗？斗过了头啦，刹不住车啦，斗红了眼啦！我们也是不争气呀！现在呢，改革开放了，你们回过头来教训我们来啦，给我们办学习班来啦……哈哈，谢谢各位！我们懂，我们知道：又有奶油又有民主又有自由又有香水又有环游全球的机票，那敢情好，这一切从哪儿来？你们教给我们斗斗斗，再斗几年又剩下喝西北风啦。我们有主意，什么该说什么不说，什么该斗什么怎么斗，什么可以等一等什么不能等，什么要写什么怎么写，我们知道！我们懂！用不着你们来手把手地教授！为什么不反抗，哼哼，告诉你们，中国人的反抗记录也许超过了欧洲！对不起，朋友们，你们的脑子单纯得和红卫兵一样。你们也许是白卫兵？不要看着中国人民中国作家这儿不对那儿不对，如果是你们处在中国作家的地位，如果中国作家换成了你们，谁知道你们会表现成什么样儿？是的是的，正如刚才你们说的，如果是你们，碰到'文革'这样的事，你们会疯，你们会自杀,这就是你们给我们指出的方向吗?那么,如果我们在你们的国家里卖鸦片呢?占领城市和乡村呢?扶植傀儡呢?开辟一个公园写上欧洲人与狗不得入内呢?你们会是自杀和发疯吗?不,让中国作家教教你们,不要发疯也不要自杀,起来,革命!干过了头了再往回纠正,再弄它个五十年改革开放也还来得及!"

青狐气得流出了眼泪,她大口喘着气,激动得说不出话来了。

外国人面面相觑,其他中国作家也激动起来了。没有任何人(可能包括青狐自己)会想到她的爱国激情是这样富有感染力。

王模楷说:"朋友们对于'人民'这个概念的批评也是值得深思的。什么是人民,人民上过很多当,受过很多骗,人民的名义也被各式各样的人利用过。所以你们觉得人民就是混蛋,你们觉得人民一钱不值。可我们多半不会这样想。对于我们来说,人民就是我们的父母,我们的祖先,我们的兄弟姐妹,上过当以后,他们会觉醒过来,受过骗以后,他们会愤怒起来,会找骗他们的人算账。一百多年来,我们的人民反抗过英国,反抗过法国,反抗过俄国,孤军奋战地反抗过日本,也反抗过大清皇朝,也反抗过国民党,也抵制过极左。我们的人民死多了!人民对于我们带有一种神圣,也许我们是怀着理想主义的眼光来看人民的,那恰恰是因为我们的人民长期以来处境太可悲了,我们把人民看成自己的受苦受难的母亲,可我们也为人民的愚昧着急,就是鲁迅的哀其不幸,怒其不争……"

青狐把话头接了过来,她说:"朋友们,不要挑剔我们的人民。如果人民对共产党有意见有不满,那也是我们自己的事,用不着你来什么来着?对了,那就叫耳提面命!"

于是钱文说:"至于说到官办,我们这里都是官办的,都是官——办——的——你们觉得不可思议的东西,正好是我们的日常生活。这样的事的形成自有它的原因,也有它的发展和变化。至少到现在为止,你们住的旅馆,你们吃的菜肴,你们擦脸的小毛巾,你们喝的茉莉花茶,也都是官办的,就是说由国营机构提供和生产的。你们也是中国官方请来的,官方不同意,你们能来吗?你觉得花茶的味道怎么样?有意识形态或者社会制度的问题在里头吗?官办的松鼠鳜鱼和官办的劳改队滋味有没有分别?官办的旅馆和官办的公安局看守所是一回事吗?如果什么都是官办,反而什么都不是官办了。多中心即无中心,这是中国式的哲学。当'官办'的概念泛化以后,其实就具有不同的内涵了。(青狐插话:你们明白吗?)同样,如果来个什么人就觉得自己是精英,那还有精英吗?如果来一个人就觉得能够教训中国人,那就没有什么人能教训中国人了。我国有许多问题,有许多任务,我们在摸索自己的办法,官办的体制也在改革,你们的很多好经验值得中国人学习,但是不要教训我们!"

"其实我也羡慕你们,你们养尊处优,你们吗事不懂,你们自我感觉出奇的良好,你们还要拯救世界呢……设身处地,设身处地,你们总也该设身处地一下嘛……"青狐又是说得声泪俱下了。

青狐讲得最激动,她哭哭笑笑,气不打一处来。她讲得自己也忘记了在讲些什么,但是她很动情,她很诚恳,她好像是信口开河,却又如火如荼,叫做顺理成章,叫做乘胜前进,叫做愈说愈来劲儿。她讲得自己两眼放光,听者也是两眼放光。她讲完了不但中国同志而且外国女士先生们都为她鼓起掌来。为首的外国胖先生立即表示要邀请她到欧洲去讲演,并且表示欧美人就是有应该反省的地方,欧美的许多有识之士都谴责过当年欧美政府对待中国的强盗行径,例如雨果,例如马克思。他们强调中国的抗日战争绝对不是孤独无援的,他们和他们的父母,都曾经努力援助过中国。他们还说他们最最愿意听到真正的中国人的声音,包括青狐这样的他们这次来华很少听到过的声音。

直到散会以后,见到了青狐的人都是眼睛一亮。外宾接待单位的两名翻译拉着她的手说:"有了你的这个发言,我们就立于不败之地了!"犁原也嗫嗫嚅嚅地说:"我早就说过,我们的中青年作家是好的,是一心向着党的,只有紫罗兰他们才处心积虑地找毛病。我们的一些同志呀,就是不相信知识分子!"钱文对她说:"你讲得痛快,讲得精彩!我吃了一惊,你原来是这样厉害!毛主席呀,毛主席就是伟大呀!"从青狐身上看出了毛主席的伟大,青狐觉得就是有理而且是抓到了关键。而王模楷向她伸出了大拇指,王模楷说:"本来嘛,事物是有自己的好多层面的,他们有点儿自以为是,也有点儿简单化。最主要的是要有真正的交流,要有理解!"众多的夸奖反而使青狐有些不快,有些嘀咕,难道我是为了让众人夸奖才讲那一番话的吗?同时他敏感到,王模楷的话里似乎有劝她不要说得太过分的意思。她声明,她只不过是一时心血来潮,她只不过是想到什么说什么,她只不过是即兴一抡罢了。她严正声明,她的政治觉悟很低很低,千万别误会。

她的这种态度更是备受称赞,大家叹道:"真是谦虚使人进步,骄傲使人落后!"

吃晚饭的时候大家纷纷给青狐敬酒,青狐心想,窝囊了大半生了,现在也该扬眉吐气一回。她的眼前隐隐约约地,或者说不是太隐约而是相当明确地出现了一个前景:她成为大作家,成为人民代表、典型人物,成为"三八红旗手",干脆成为共产党员,成为党委委员党委书记,老远就有人叫"卢书记!"或者卢局长,住三室、四室一厅的大房子,家里安装电话,出门坐汽车出差坐软卧,看病不用排队,周围的人仰着脸看她!但是卢书记卢局长都不好听,人们容易联想到火炉的"炉",不如姓鲁,鲁迅的鲁,是的,等到她上去了她就姓鲁吧。如果姓鲁,她的官名就叫鲁朝阳,朝阳就是红日,红日就是红太阳,当了红太阳就要把大地烧死!和尚摸得,我摸不得?她想起了阿Q哥,可悲的是阿Q不会写小说,阿Q和小孤孀吴妈写出小说来,一定能得诺贝尔文学奖,至少是茅盾文学奖!她这一辈子肚里的恶气存贮得实在太多了,什么时候才能狠狠地撒个欢儿!

想到这里她的笑声也越发爽朗起来,她的举止也越发大气起来。她忽然明白了,为什么同样是人,有的让你看着就舒服,有的却是从头到脚晦气。

吃完饭大家邀她去海边散步,她呼吸着海边的空气,她听着海潮的搏击,她望着远远近近的渔帆渔火,天上是刚刚升起的明月。犁原不断地重复:"海上生明月,天涯共此时。"青狐没有怎么读过唐诗,干脆说没有怎么读过古典文学作品,她的从事文学创作就是靠几本屠格涅夫、契诃夫和一本莫泊桑,一本梅里美,一本鲁迅小说集,一本《人民文学》和一个合订本:从前上海出的《文艺月报》。世上的事儿就是这么个德性,书读了一车又一车的人硬是连一枚蛋也下不出来。

那么说,犁原是很有学问的啦?他是一个研究机构的负责人,家里堆满了书。他的学问就是见到无边的海便能背诵起什么"海上生明月,田鸭(或填鸭,或天鸭,哦,敢情是天涯)共此时(还是次时?紫时?)"。而她呢,她见到夜晚的大海是这样悲伤,月光在波浪上闪烁,海风飘摇着找不到归宿,只是犹豫地吹动头发,海涛像在呜咽也像在叹息,天空似乎正在无奈地溜向海洋,最终会落入波涛。城市的灯光遥远而且稀落,它们正无望地对抗着黑夜的降临。来到海边的这样那样的人五人六,其实都是些俗物,包括她自己和她佩服的这些人儿,海上生明月,举头望明月,其实这些是廉价的诗。为什么中国的诗里没有真正的悲伤?在海与月面前难道你不感到孤独?不感到迷茫?不感到可笑?不感到空无?犁原的学问就是知道个海上生明月,她的没学问就是不知道海上生明月,其实她怎么会不知道海上能升起月亮和太阳,陆上也能升起太阳和月亮,叫做"东方红,太阳升"呢?她与过去的不同就在于她发表了一些自己也莫名其妙的烂小说,而过去的窝囊就是没有机会发表莫名其妙的烂小说。人生啊人生,就像关贵敏唱的歌曲,"青春啊青春……",他唱得多么甜,多么躺得慌。

人们的谈话她也不完全听得明白,又像是在谈政治,又像是在谈文学,在男人的语汇里,敢情文学就是政治,政治就是文学,政治家眼睛里的文学剩下了"主流""倾向""态势"和"矛头"……而政治家眼睛里的政治是"红彤彤""誓死""站队""阶级感情"和"雷打不动"。政治家不但管开战还是媾和、枪决还是释放、升官还是免职、清除还是重用,还要管怎样写诗。政治家自己不一定直接管,但是要通过犁原或者紫罗兰她丈夫或者紫罗兰她大伯子管,多么辛劳!一会儿涨潮,一会儿落潮,一会儿放,一会儿收,一会儿刮东风,一会儿刮西风,比海龙王还辛苦!

她不怎么搭理与她谈话的人,好在那些男作家更有他们热衷的话题。她也不再爱听那些歌颂她下午的发言的话,早知道你们这样爱听我还不这么说了呢!我这一辈子不就是追求一个我行我素,不受你表扬也不受你批评,不受别人的议论也不受别人的辖制吗?她才不当书记局长呢,她不过是想出一口气罢了。刚才那十五分钟的为官梦,只不过是一时醺醺,误入歧途。她是愈走愈闷闷不乐,若有所失。

青狐这才察觉,这一行在海边散步的作家里头没有王模楷,她这才知道了自己失望和觉得无趣的原因了。却原来自己也常常不知道自己为什么高兴或者不快。"王模楷呢?王模楷怎么没出来散步?王模楷到哪里去了?"她接连地问。

"他大概去游泳了吧?"钱文说。

"是的,他去游夜泳去了。今天下午一直开会,他没有去游泳,他干脆夜间去了。"外事工作人员说。

青狐的心一下子变得沉重起来,她失口叫道:"多么危险!"

大家不以为意。而这时对面走来了他们的谈话对手,那几个外国人中的唯一的中国女人,她见到了钱文显出一种很兴奋的样子,而钱文犹犹豫豫,好像有点拿不定主意或者干脆是有点不好意思,他与那位半洋半中的女性一起立在那里,不说话也不告辞。别人不再等他们只管向前继续走。青狐觉得自己站到钱文旁边是太多余了,便也只好随着"多数"人继续向前走,一种进一步的失落感袭上了她的心头,只觉茫茫的天、茫茫的海、茫茫的岸、茫茫的人,她似乎孤独、无援、面临着被夜和海吞噬的危险。茫茫的心绪使她眼花。

回到房间以后,她更加不放心。她一会儿担心王模楷会在夜海中碰到危险,她一会儿担心钱文会被那个半洋半中的女人所欺骗所为难。她莫知所以地总觉得那个女人是一个圈套,是一个老色情间谍。而钱文看她的样子倒像是脉脉含情。"帝国主义的美人计。"她恶狠狠地自言自语。她敞开自己的房门,以便注视谁谁谁回来了还是没有回来。敞门的结果是大大地饲喂了蚊子,她的脸与手臂、手指与脚趾都被咬出了包。海的新鲜空气不见了,她闻到的只有咸鱼鳞味。她打起喷嚏,急躁地抓破了自己,四处带血。已经快到夜十一点了,她一直看不到王模楷与钱文的回来。她实在受不了了,她干脆走出门去,一次又一次地走过王模楷与钱文的房间门口,谛听着房间里面的动静。她想找一下犁原,想建议犁原派人去寻找这两个人,她又觉得那样做不太合适。她干脆再次独自走上海滨,她期待着见到这两个人,然而,海边没有人影子,在一个人也没有的时候,海显得更加陌生,更加漆黑得异己。也许王模楷外加钱文与帝国主义的女间谍,都跳入大海一去不回?外国佬不是责备中国作家没有在"文革"中自杀吗?他们就是希望中国的人才全部死光!中国作家死得还嫌太少吗?国民党一次就枪毙了五个左翼作家。老舍也是自杀的,傅雷也是,闻捷也是。如果是我呢?如果我早十几年就出了名了呢?如果"文革"一开始就给我剃成阴阳头再用藤条抽打一顿呢?据说妓女就是这样通过挨打形成了自己的敬业精神的。我他妈的其实适合当妓女。如果是我投身到海里去呢?忽然,一点文学也没有了,一点浪漫也没有了,她只剩下了失望,只剩下了悲凉,她大声地打着喷嚏,她干脆失声大哭。

我是一个爱哭的人,我是一个爱哭的傻瓜。我的生命,我的创作,其实就是一串哭泣,混乱的与阵发式的哭泣罢了。

青狐想,她也许可以以哭泣为题材写十几篇小说,出一本《哭泣集》。

# 第 十 九 章

在海边青狐构思了一个关于爱哭的故事:有一个小女孩名叫涓涓,她从小爱哭,不招人待见。在她十七岁那一年,一个邻居少年向她表白了爱慕之情。她什么也没说,只是哀哀地哭将起来。少年大惧,连忙检讨自己的轻浮和缺少规矩。从此,少年不再与她来往。"文革"当中她与同事一起去看一部反映内蒙古人民治沙业绩的影片,影片一开始是一号英雄人物女劳模在群众大会上讲话,劳模说:"同志们,报告大家一个好消息,我这次到北京,看到了伟大领袖毛主席,毛主席他老人家身体很健康!"于是银幕上与影院里的群众一起热烈鼓掌,就在这时,涓涓大哭。为此她在清理阶级队伍中受到审查,她的闻主席健康而大哭被认为是一种"三怪"(怪人怪事怪现象),是一种阶级斗争新动向。后来她又在评比先进工作者的活动中失态大哭。她去看心理医生,心理医生也分成了两派,一派认为她有精神疾患,一派认为没有……

人为什么常常遭遇这样的尴尬?钱文可以设想许多人出走故国,融入外国社会,成为"×籍华人",却不会想到吕琳琳。

吕琳琳是一个遥远的梦,她属于另一个钱文,另一个时代。在《恋爱的季节》里我们曾经与吕琳琳相识,也许读者还没有忘记她在海军里给钱文写过的信,也许性急的论者读者以为作者已经把她抛到了一边。人生里你会忘掉许多你喜欢过的记住过的与你有过一种不那么寻常的交往的人。"忘记过去就意味着背叛",这句所谓的列宁的话只是出于一出莫斯科的与北京的儿童艺术剧院上演的话剧里,而不是出自莫斯科外文出版局中文版《列宁全集》。《为了忘却的记念》,这是鲁迅的一个多么精彩的命题!那么,世界上不是照样会有为了纪念的忘却吗?一天也没有忘却过,一小时也没有忘却过,一分钟也没有忘却过,还纪念个鸟?

也许忘却才是最美丽最动人的纪念?

也许纪念是忘却的黑匣子?

…………

那时钱文少不更事,那时候他一心革命也就是一心追求着自己的长大成人。正是革命而不是别的使他平起平坐地与比他年龄大一些的、他所爱慕的女孩子混在一起、讨论在一起、激动在一起、崇高在一起,并且时刻准备着牺牲在一起。在钱文的那个年纪,如果与另一个或几个大一点的发育成熟的女孩子一起手挽手,肩并肩,腿靠腿迈步向敌人的刺刀冲去,那将是多么幸福!读者可还记得在一九四七年的冬天寒假补习班里吕琳琳给钱文补习数学和物理的情景?党的城市工作地下工作真是出神入化,水银泻地。在最最白色恐怖的年代,党以补习功课的合法名义维系着大中学生地下党组织与各种进步学生、中间状态的学生以及一切正直正派的学生之间的联系,似有似无地向广大师生散发着学生组织并未被大逮捕大屠杀所灭绝的信息,令明白的学生发出会心的微笑,令糊涂的与敌对的方面不明就里。这是天才,革命确实是千百万人民群众的盛大节日,它把潜在的一切才能都发掘出来了,它是斗智斗勇的人类最伟大的游戏。而钱文的参加补习是心知肚明的,他是有意识地在补习中结识更多的同学、朋友,散播与摭拾革命的种子。……

然后就是五十年代的青年人的文工团了,吕琳琳在《在毛泽东的旗帜下胜利前进》的歌曲伴奏下跳起红绸舞,那个晚上他应吕琳琳的邀请去看他们彩排的时候心情是何等的温热醉迷!他此生不会忘记大进行曲风味的旋律中吕琳琳的笑容,那种璀璨、那种晶莹、那种高贵、那种仁爱！上苍是怎样地垂青于中华大地，我们赢得了革命，我们赢得了青年，我们赢得了吕琳琳这样的显然不是普罗阶级出身、显然并不那么热衷于政治更谈不上了解政治的女子。革命赢得了吕琳琳的芳心，而吕琳琳这样的既非政客也不是虚无党人苏菲娅的女子的笑容又不知道赢得了多少青年的心！体会过见识过这样的激情这样的笑容这样的纯净（吕琳琳看起来比他大，然而她的皮肤永远是晶莹如脂、如玉、如晴天的白云，永远没有皱纹、没有斑点、没有疤痕、没有污秽……）的钱文有福了。

　　钱文常常觉得自己离吕琳琳很近，他似乎紧紧挨着吕琳琳，他只是在幻想中——不，也许不是幻想而是确实如此，他只是在梦中吻到了并且闻到了吕琳琳的面孔，那里有一种像是紫丁香的香气。他贴近了吕琳琳的身体，他听到了吕琳琳的呼吸，他的全身也感到了吕琳琳的光滑、细腻与完美……革命因了吕琳琳的参加才不是仅仅有流血、仇恨和肮脏，革命毕竟不是为了永远的贫困、粗粝与脏话连篇，而是为了像吕琳琳的皮肤一样的滋润光洁的天国的永生。对于一个少年，革命与爱情、理想与少女的身体少女的灵魂都是同样神圣、同样地被膜拜，被他万死不辞地追求和向往。小资产阶级？据说小资产阶级在革命队伍中会误革命的事。然而，如果革命的队伍中没有小资产阶级，那才是天大的遗憾。小资产阶级的参与使革命变得怎样的色彩缤纷，出神入化！没有这样的小资产阶级，革命就只剩下了干巴巴的铁与血，只剩下了泥腿子和妈拉个屁，即使一时取胜也无法建设起新生活来！

　　而当他钱文是一个年幼无知的孩子的时候，他曾经在《恋爱的季节》里焦心于吕琳琳上唇的一点黑髭，他不安，他心痛，她究竟应该剃去她的那点黑髭还是应该不予置理？有人说，男人也好，女人也好，他们的毛发是越剃越长得快长得茂盛。也许这只是因为她缺少一个男人的滋润，才长出了那一点细软的黑毛？黑毛其实又细又软，然而它不该这样黑。它应该是奶黄色至多是琥珀色。她为什么不和一个男子在一起呢？她寂寞吗？

他那个时候还小还年轻,为什么他见到每一个成熟的美丽的女性都替她们忧虑,都希望她们各有一个男人的陪伴……而为什么这次见面的时候,在吕琳琳已经远不年轻的时候,他认定她的上唇与下唇都是完美无缺的,他仍然关心着她的生活、她的感情和欲望,忧愁着她的孤独无伴。每一个美丽的女人身边都应该有一个男性的知音者爱怜者时时伺候,这才是天公地道,这才是自由平等博爱,这才是共产主义世界大同。红颜薄命,想到这里,钱文为之一恸！

在吕琳琳要说话的时候,在她欲说话未说话的时候,她的上唇会轻轻地颤动,唇边的汗毛会微微发抖,她好像有点什么恐惧吗？她的这个细微的、不自觉的表现令钱文几近潸然泪下。他觉得她有点畏缩、有点压抑：她受着气,她活得不痛快。

在此后的许多次与外国人讨论中国的革命问题的过程中,钱文常常想起一句话："以吕琳琳的名义！"以刘胡兰的名义以王孝和的名义以瞿秋白的名义以白毛女和杨白劳的名义都是神圣伟大的,但是难道人们不应该想到以吕琳琳的名义吗？连吕琳琳这样的人都革起命来参起军来嫁起解放军的海军军官来,那不是天造地设的活该革命胜利与旧社会灭亡吗？如果不是伟大的时代,如果不是伟大的革命,她吕琳琳又怎么可能有过那样的经历,她怎么可能登上中国人民解放军海军的舰艇！

然而现在呢？

这是无法说明的。这在过去是非常可怕的。钱文也包括吕琳琳所受的全部革命教育都使他们认定,革命是一代又一代人终身的事业,革就要革到底,什么底呢？棺材底！据说这是毛主席的话。革命是没有退路和岔路歧路的……

不需要注解的变化比需要说明的故事更可怖。

见到钱文,你淡淡地苦笑,一抹笑容告别了永不再来的往事。

见到了你,钱文也是一丝微笑,用一丝微笑承认了故人的情谊。

越是狠得紧,越是忘得快,怎么会开这么大的玩笑?

只想再给钱文补习一遍数学与物理,关于电磁学,关于解析几何,关于爱因斯坦。吕琳琳才不是傻子呢,从她第一次与钱文见面起,她就知道钱文来补习功课完全是"别有用心",那时国民党称学生运动的积极分子为"职业学生",大概是指他们做学生的目的不是做学生而是组织革命。钱文可是真正的学生,他是自己交费的学生而不是靠上学挣钱的职业学生。真正的学生却以学习为手段思忖着推翻旧政权。钱文可真是个聪明的孩子,他对数学的钻研和领悟也许远远比吕琳琳强。他的兴趣集中在对社会的批判上。为什么连钱文这样的中学生都大模大样地革起命来了,革命却隐瞒着吕琳琳,只把吕琳琳当做一个外围又外围的工作对象?你以为我没有读过《钢铁是怎样炼成的》吗?你以为我没有参加过一九四七年的"五二〇"游行,没有参加过平津学生大联欢的营火晚会吗?是的,对革命,我又向往又恐惧,在读了革拉特考夫的《士敏土》以后,我每天做噩梦。在解放后读了对《武训传》的批判以后,噩梦又开始了……

然而,莫非这绳索一样的向往和恐惧,这铅一样的噩梦和疑惑,这革命到底信任吕琳琳还是不信任吕琳琳的折磨,正铸就了灵魂的依托和生活的重心?一九四九年以后,有一段她生活得何等充实明朗……本来以为嫁给海军学校的校长就为自己找到了安全、找到了信心、找到了生存和奉献的基地,甚至也找到了浪漫的革命梦幻。谁想得到他半年后就死于事故?什么事故,到现在也没有弄清,没有人负责地告诉这是怎么回事。谁想得到吕琳琳甚至被怀疑为杀害了丈夫?群众斗争的喧哗使人只需要一死。谁又想得到梦游般的结局?

在脱离开了恐怖和忧心、折磨和论证、表白和追逐以后,在来到外国以后,人一下子失去了自己的体重、自己的本身,飘飘悠悠,空空洞洞。讨好新的环境,从水深火热的"暴政"中突然挤进了自由的天堂,便只能扮演新的环境新的人众所能理解所必然要求的角色。只是睡觉的时候不用忧心忡忡,不忧心了反而睡不着觉了,如在水中,如在气里,没着没落。人讨厌一切企图教导自己重新做人的自以为是的幸运儿,找不到一根可以暂时安身立命的稻草,找不到自己的过去、现在和未来,像尘沙像落叶像云朵一样浮沉飘摇,终于是只能表演另一个吕琳琳,经过失眠,经过装腔作势的礼节与快乐,完成(?)了蜕变,再也唱不出一个革命的歌曲,跳不成一个革命的舞蹈了。

然而还有钱文,还有青年时代的残留,还有熟悉的口音、饮食、方块字,水、土和风,故乡的风也与众不同,还有故人。不要问我是谁,我仍然是你的朋友。不要问我从哪里来,虽然我的故乡并没有橄榄树,倒是在欧洲,在西班牙和意大利我看到了那么多橄榄树——我仍然在你们的身边。不要问我是怎么走的,不知道为什么只有中国人才有这种血淋淋地被撕成两半的经验。不要问我的政治态度,除了生活让其他的一切见鬼。不要问哪里的月亮更圆。

毕竟一切都不同了,这种不同使吕琳琳心惊肉跳。在到达故国的第一个早晨,经过疲惫至极的昏睡,她迷迷糊糊地起床,拉开窗帘,她第一眼看到的你猜是什么?是一个大大的可口可乐广告。她一下子怔住了,她现时是在哪里?全世界通用的可口可乐广告,美国生活方式的象征,使她吓了一跳,不相信她住下的是中国。而可口可乐的英语字母,花里胡哨地摆起来,活像是她跳过的红绸舞的绸子卷成的图案。

她没有感想,也没有惊奇了。这是一个见怪不怪的年代。

等到他们俩当真在全然不同的境况下,以全然不同的身份见面的时候,尴尬的发生不过那么——大概是两分钟,反正没有超过三分钟。他们握手,钱文说:"老朋友了,你还认得我?我实在不敢相信,你就是莱丽……"

"当然。我就是吕琳琳。我还是吕琳琳。你还需要补习三角吗?我就是我。真想不到今生还能见到你……"

"我也是。这里比城市凉快多了。"

"凉快？我好久没有听到这样的京腔了。真是个凉快的地方。这样的地方夏天应该有很多人来度假……"

在革命的时候，她听到了许多话语，她会说许多话语。她听到了许多歌曲，她学会了许多歌曲。然后，没有经过任何话语，没有经过任何歌曲，她走了。现在她回来了，无话。

也许这正是让钱文别有一般滋味在心头的地方。他们竟然这样平静地互相接受，互相认可了。原来钱文接受她这个欧籍华人，竟然比中国接受可口可乐广告、比他当初接受庆祝革命胜利的红绸舞还容易。舞蹈中，长长的红绸，与广告字体 Coca-Cola 同样绕成圈圈，伸展着弧线与直线，又忽然改变方向，从大圈中绕出小圈。特别是可口可乐的英语拼写中两个大写的 C 字，它们的写法多么像是模仿中国的红绸舞啊。

……"呵，你哪一年出去的？""你来到中国飞了几个小时？""你有家么？噢，是的是的。""这次计划在中国待几天？什么时候回去？""噢，好，好，好。"

"你早就结婚了吧？有几个孩子了？""你在农村劳动了那么多年，很辛苦么？""你呢？你可好？""你看我的头发白了那么多！""我也白了！""不。你的头发基本上还是黑的。""那又怎么样呢？"他们笑了，他们笑得轻轻松松，随随便便，在本应该大哭一场的时候。

如果他们面红耳赤，无话可说，是不是反而会验证那一切的真实和严肃呢。青春，至少是真实的与严肃的吧，许多他们那样的青年献出了自己的青春和生命！不是叫做激情燃烧的岁月吗？在激情燃烧之中，他们高呼着砍头不要紧，砍头只当风吹帽，他们高唱着《国际歌》呼着万岁饮弹壮烈，他们在刑场上举行婚礼，他们宁愿把牢底坐穿，难道吕琳琳没有燃烧过？真实的历史，真实的过去与真实的变化。沧桑沧桑，至少沧海曾经是真实的、阔大的、淘不尽的，而桑田也是真实的、广袤的、温热的。而现在，真实的却只有海浪，只有螃蟹，只有外汇券，只有举杯——祝你健康……祝谁健康？祝革命者还是不革命者还是革命的逃兵还是革命的英雄健康?

都健康。

他们谈论海鲜,吕琳琳说,她在海军学校的时候在 Q 市常常吃鲅鱼馅的饺子,还说那里有卡车装运蛏子与蚬子,还说那个时候螃蟹在 Q 市是三毛多钱一个。她甚至说到一九五六年她是在夏至的那一天给钱文写的信,那是她一生中过得最长的一个白天,因为 Q 市靠东,天亮得早,早上三点天就亮了……说起 Q 市,她竟然是那么活泼那么轻松那么快乐,她说无论如何那是她一生中度过的最快乐的一段日子,直到厄运到来以前。什么厄运呢?她挥挥手,很有点洋人的帅气,她不想说了。然后钱文不知道说什么好。然后吕琳琳问他关于划"右派"的事,他受了吕琳琳的口气的影响,他开始说权家店的故事,说山区里的大枣和核桃,说走山路背着篓子唱歌,就像他有多么开心似的。对于过往岁月的回忆永远是甘甜和快乐的,至少因为那时候自己比现在年轻,我们曾经那样。

他们年轻的时候学了许许多多关于革命的坚定、革命的决绝的话语,他们学过许许多多关于动摇关于叛变关于敌人的话语,他们懂得那种庄严和那份仇恨。现在呢,昨日的同志今日却以这样的身份互相会见。而不过是如此,不过是这样。革命与不革命,中国人与外国人,共产党员与不是共产党员……和螃蟹的涨价或者廉价,大个核桃与小个核桃一样,天一样大的鸿沟平静地从这边滑到那边。有什么还是没有什么?世界上原来有那么多东西你必须接受,你至少是曾经接受,这是宿命,这一辈子你注定了连续接受截然相反的两个极端:苏联是梦想,苏联是叛徒。你是革命者。你是阶级敌人,你又是革命者。美国是死敌,美国至少不是死敌甚至比"苏修"还可爱一点。她是革命同志,她是外籍华人。人和狗屎,花和毒草,美梦和噩梦,这种主义和那种主义……而你精神完整,身心健康,热烈蓬勃,正确拥护。

这里没有、未见得有多少政治,更没有认识和情感,这里有的只不过是时间。时间涂抹着改变着一切,时间藐视一切生命、一切有常、一切形状、一切真情。

莱丽就是吕琳琳,仍然是一个亲切的芳香的白净的与多肉的女人。其实她已经够老的了,如果一九四九年她二十岁,那么现在她已经是五十一岁了。当然,她打扮得很好。她的头发有一缕几乎垂到右面眼睛上,她不住地用手将长发扶起,钱文特别想帮助她撩起头发。她的衬衣领子一边是翻着的,另一边却是顺着的,他不明白这是由于疏忽还是这样更有一种美丽。钱文不知为什么也忍不住想帮助她把衣领翻整齐,她的身上散发出一种女性的香气,不像鲜花那么浓烈,却更加温热和富有溶解、渗透的力量。她的眼睛也与过去在国内的时候不同了,她的眼睛更加活动和富于表情,她的笑意更加灵动。这究竟是更可爱了呢还是更可怜了呢?女人应该更强调自己是与男人一样的人、一样的革命者,还是应该更明确地表示自己是男人喜欢的雌性的精灵?连走路也别有一种婀娜风流了,虽然同样是自然而然,却多了一扭又一扭。当她扭动腰身和臀部的时候,钱文几乎是心慌意乱地把头转了过去。

为什么会这样?钱文从小常常怜爱那些比他年龄大许多的女子,他觉得她们是熟透了的石榴,甘露欲滴,丰满完美,熟得咧开了口儿,更加需要呵护与滋润(需要什么?是需要他?),更加充分,更加饱和,更加浓艳,也更加热热乎乎。从五十年代,他不就是觉得吕琳琳是他的白羊、是他的一条大鱼吗?原来——这有点可怕,然而这是真的,你未必可能天天与吕琳琳讨论革命、入团、入党,你仍然感觉到一只白羊一条大鱼一样的吕琳琳的美丽与成熟。

"红旗飘呼啦啦地响,全中国人民喜洋洋,胜利的船儿向前进,东方升起红太阳!"

然后是副歌:"在毛泽东旗帜下,我们胜利地向前进!在毛泽东旗帜下,我们胜利地向前进!"

然后是抒情:"高山挡不住,我们的意志,大海淹不了,我们的热;我们力量大无边,我们意志高如天,万里长征不辞难!我们永远跟着你,向前!向前!向前!向——前!向——前!"

伟大的毛泽东已经长眠天上,他在纪念堂里的遗骸远远不如这首歌在记忆里保存得完好。他的历史事迹当然永垂史册,而我们"向前",前到了哪儿了?

这首歌的作曲者是刘行,作词者是赵戈然。得知来的莱丽是吕琳琳以后,钱文费尽了力气想不起作曲家与词作家的姓名来,幸亏他找到了一个《歌曲》杂志的老编辑,他问出了一切。而且,老编辑帮助他回忆起:后来这个歌把前半段删掉了,一上来就是副歌,歌曲的题目就叫《在毛泽东旗帜下胜利前进》。在钱文时隔三十年与莱丽见面的时候,中国已经遗忘了这首歌曲。

钱文没有忘,他唱起了这首歌,吕琳琳应和上了这首歌,她也没有忘。她甚至做了几个当年的舞蹈动作。她有点激动,对于她,也许这是一首挽歌?唱这首歌是钱文对她的过去的一切的追思和告别。总需要说上轻描淡写的那么两句话吧,呼风唤雨如毛泽东者也总还要说一句(引用一句)"天若有情天亦老"。而人间正道压根儿就是沧桑噢!再见了,我的歌儿!钱文突然泪如雨下。吕琳琳突然抱了抱他,他全身像着了火一样。

而在钱文与吕琳琳海边漫步的时候青狐却心慌意乱地到处寻找王模楷。已经是深夜,月亮已经升得很高很高,月亮已经变得很小很小,天空已经变得更广阔,更深邃,更幽深也更清凉,然而王模楷没有回来。他去游泳?这样的深夜独自一人漂浮于浩浩大海之上,这太可怕。风渐渐强劲,温度渐渐降低,她一次又一次到海边去,看不到一个人影,听不到一点人声,除了海浪,还是海浪,除了潮声,还是潮声。夜间的海浪,在月光下现出银亮与黝黑的对比,蓝紫与橙黄的变幻,月光与阴影的震颤。在夜之海面上,青狐仿佛看到了千军万马,杂七杂八,红黄蓝白,此起彼伏。而波浪的声音是哗啦哗啦,刷啦刷啦,充满凶险。海的声音像是宇宙的呼吸,而凶险的呼吸像是宇宙的噩梦,压迫了胸口,堵住了咽喉,呼吸乃变成呻吟,呻吟乃变成挣扎,挣扎乃变成生与死的搏斗。这种情况之下不要说是亲自下海游泳,就是想象一下黑暗里浪涛里呻吟与挣扎着的王模楷,青狐感到的也只可能是恐怖万分,如遭没顶之灾。她在极端恐怖中突然大喊:"王——模——楷——"没有声音,没有震颤,更没有反响,没有回音,就像她根本没有喊没有发出任何声音一样。宇宙的喘息是太粗重太辛苦太惊人了,在痛苦与挣扎着的宇宙里,绝对没有青狐的位置。

青狐不知道如何是好,她也找不到钱文,她痛恨把钱文"拐"走的那个非洋非中的外籍死老婆子,正像她曾经绊住了杨巨艇的腿脚一样,她现在又把毒舌舔向钱文。她甚至相信,王模楷的不知去向也是她的错,是她的阴谋,是她的罪恶企图造成的。青狐也没有办法去找他们这一行人的领导犁原同志。这个她原来无比敬畏的犁大评论家,却原来是一个个人主义者。他自自由由,潇潇洒洒,夸奖夸奖这个青年,骂骂那个领导,唉声叹气地发发牢骚,目不转睛地读一本又一本的新书,在会议上讲一点破除清规戒律、创作出无愧于伟大时代的作品的话,他不愿意管别人的闲事,他也不愿意别人管他的事。如果你与他谈王模楷的小说新作,他可以滔滔不绝地与你讲一气,你与他谈王模楷深夜未归与下海游泳的安全问题,他干脆听不明白你的话,他干脆连"唔"一声都没有,他最多是翻翻眼睛,再闭一下眼,好像咽下一口噎人的饭团,转而说:"这一代人里会出现大作家,乘风破浪,披荆斩棘,艰难困苦,玉汝于成,文章憎命达,魑魅喜人过,才命两相妨……我们的作家都拥有别的国家的作家所没有的财富啊!"

青狐不能再说下去了,犁原同志老大一把年纪了,再说他毕竟不是海上救护队队员。她问自己,我这是为什么呀?我这不是犯傻吗?人家王模楷什么没见过,人家才没有把我放在心上呢,我管得着吗?我才认识了他几天?犁原不是海上救护队员,我是?我倒是伺候过杨巨艇的疝气,又怎么样了呢?逢到这个莱丽呀要不就是莉丽呀不也就把俺做的菜全耽误了吗?

这样的傻气她每隔几年就要犯一次。还是七八岁时候,她家里来了一个远亲,说是她的表叔。后来到了"文革"当中,她从革命样板戏《红灯记》又想起了表叔。她看到李铁梅也是对表叔十分热情,她长长地出了一口气。中华女儿多奇志,个个十分爱表叔。她搂住表叔不让表叔走,她腾出了自己的床铺邀请表叔睡在她的床上。表叔哈哈大笑,妈妈皱起眉头。最后表叔还是走了,她为此哭了起来。而更让她悲苦的是,为了她的热情她的哭,妈妈反过来把她骂了一顿,妈妈说:"你怎么对一个男的这么贱?"妈妈这样的辱骂令女儿肝破颅裂,羞愧得恨不能找到一条地缝儿钻进去!原来妈妈虽然喜欢表叔却不让她喜欢表叔。她从那个时候就知道自己的问题了——她就是硬是有点贱!见了男的就贱!所有的这些名声赫赫、仪表堂堂的男子汉们啊,他们有谁真正需要她青狐的关心爱护呢?

她惦念着王模楷,回味着自己的"轻"与"贱",她咀嚼着愤怒和更多的悲苦回到自己的房间,一歪就躺倒在床上,连衣裳也没有脱。她感觉到房间里潮湿得要命,有一股子咸鱼似的海腥味儿,空气里似乎也含着盐粒,舌头舔一下嘴唇竟也是咸滋滋的。她给自己搭上一条毛巾被,觉得毛巾被有点黏唧唧与滑不出溜的,怎么置身毛巾被下有置身带鱼桶中的感觉?她明白自己的莫名其妙与一塌糊涂了。她来到这个名声显赫的海滨度假地干什么呢?就是为了与洋人吵一架?就是为了深夜到处寻找八竿子也打不着的王模楷?

她惹了一身的咸鱼味道,自己闻到了自己的汗味,竟然比咸鱼还咸。她随即迷迷糊糊起来,迷糊中她看到了波涛翻滚的夜海,一只大鲨鱼正在向她游来,嘴张得比一间房子还大,牙如钢铁锯齿,为什么从它的嘴里流出了河流一样的血水?她一面分析一面认定是鲨鱼把王模楷吃了,她呻吟起来,她觉得自己完全闭住了气。她痛苦不堪,她无可奈何,她动也不能动,想哭都哭不出来,她愈是想象鲨鱼在吃王模楷愈是看清了王模楷的半个头半个脖子,王模楷的脖子被鲨鱼咬得鱼牙交错。她觉得自己马上就要活活吓死了憋死了,她大喊而没有喊出来,她醒了,满身满头的大汗。"我死了吗?"醒过来后她的第一个念头就是死亡。

紧接着她感到了口里的温热、黏和咸,鼻子边也又热又痒。她不由得用手摸了一下鼻孔,她摸到了一手血,她知道她是流鼻血了,她有这个毛病,累了或是激动了或是出现了月月会出现的某种生理现象了,她的鼻血流得十分惊人。她甚至觉得自己也许会很快晕眩过去。鲨鱼、恶浪、王模楷(走失?)和鼻血,这就是她折腾了一天冒了一天傻气的必然结果。她早已经感觉到了,她在找事儿,她在找一件倒霉的事儿,晦气催动了她,她烧包,她死作(读 zuō),或迟或早,不是别人,不是仇人也不是她爱的人或者爱她的人,而正是她自己,将会把自己彻底毁掉。

在她迷迷糊糊感到鼻血正在把她淹没的时候,她忽然听到了王模楷与钱文说话的声音。是的,就是钱文和王模楷,他们的声音一个偏于温暖,一个偏于厚重;一个偏于智慧,一个偏于悲悯;一个偏于豁达,一个偏于深沉。他们都压低了声音,不知道他们在说什么,然而青狐听出了他们,青狐好像看到了钱文的闪亮的目光和王模楷的悲苦的笑容。一个男子为什么会笑得那么苦,青狐一想起就悲从中来,无以自释。为了让王模楷的笑容变得更自由更单纯更放松,青狐甚至觉得应该给他跳一段舞,应该给他说一段相声,应该给他做一碗凉粉,或者,她应该干脆脱掉自己的衣服把王模楷抱到怀里——更正确地说,是让王模楷把她抱在怀里。让王模楷想把她怎么样就怎么样吧,这些男党员"老"作家活得比她苦得多也累得多、险得多、负担重得多。只这么一想她就面红耳赤了。她的心怦怦地跳,她好像已经有了一个秘密。

她愿意做她能够做到的与不能够做到的一切。她愿意为王模楷而傻了再傻,就做一个傻丫头一个傻婆子吧。她在南方的海岛见到过这样一个有精神病的傻婆子,她老是当众脱得精光,当众用手挠自己的下体。这就是我,她想。

过一会儿,等钱文与王模楷说话的声音停息以后,过上半个小时,她计划着去轻敲王模楷的房门。他们都是参加外事活动的作家,所以他们各有各的房间。过去她出差都是住七八个人一间的屋,厅局长们才可以住两个人一间的屋。七八个人也好,两个人也好,都易于互相监督。

去,还是不去?

…………

青狐恍惚中感觉到房间倏地一亮,一阵青辉似乎是几百支手电筒向她照射,她甚至以为是进来了强盗进来了大搜捕的宪兵队。这时一声巨响,半睡中的青狐被震得十分清醒,巨响仍然在延续,青光也在此起彼伏,响动也在滚来滚去,是霹雳和闪电,她最后才明白过来,是铺天盖地的大雨,那雨在往地上摔砸,她怀疑地面是不是瞬间就砸出了许多大洞。然后是风声,是海声,海涛在深夜里如沸如吼如狮虎发威如锣鼓喧天。青狐还听到了树干动摇树枝呼呼树叶哗哗和许多树叶落到地下的声音,青狐悲哀地想,现在才八月初呀,正是伏天啊,想不到秋天就这样提前到来了,一阵大风落下多少树叶?大自然究竟蕴藏着多少能量多少愤懑多少压抑,一旦爆发出来就成了这样的摧毁性灾难性的大雷雨!这样爆发完了它就能风平浪静一个时期了吧?青狐是怎样地引大自然为同道呀,她是怎么样地希望着渴望着等待着一场爆发一场雷电风雨海陆躁动的交加呀!

然而她最多能够做到的不过是从鼻子里流出点血滴血水来而已。或者最多是从钢笔尖上流出点墨水来而已。

而现在,血水也已经凝固了。曾经是她的鲜血的温热与活跃的殷红色液体,现在已经与她的鼻涕眼泪和房间里的污垢混合在一起,变成她排泄的一点垃圾了。

我是一朵永不降雨的阴云。我是一洼永不涨潮的、渐渐干涸的水。我是一些愤怒地悲哀地流出来的血,然后变成疙疸,变成废物,变成污秽。我是一颗没有爆响的雷,孕育着惊天动地的巨响,却悄无声息地滚出天外。

想到这里,青狐窃自狂笑。"我在狞笑。"她出了声地告诉自己,并感到把自己与"狞笑"一词挂上钩很有两下子。她笑了一会儿,她感觉到词儿真是有趣,她还没有把这些都用到她的写作上,就已经使她如痴如狂如醉又复如醒了。她得到了一种运用语词的快意,得到了一种巧妙的满足感、高潮感与淋漓感,感觉竟比方才好了许多。就这样,吃吃地笑着,哀哀地哭着,青狐终于平静下来了。

却原来词儿的使用首先不是为了对别人起什么作用,而是对使用词儿的人自己起作用。用词儿就像吸烟或者喝酒或者吃败火的药或者吸鸦片。原来所谓作家就是什么真格的也做不成,只会用词儿、只会在词儿上虚拟地实现自己的意图、自己的想象的不中用者。一个女人爱一个男人,却不敢敲响他的房门,更不要说上他的床,然后她会憋出些个词儿来。一个男人爱一个女人,却受到重重的压迫限制,没有英勇,没有坚挺,没有激情却也没有理智,然后想出一些大气磅礴的话语。这就是作家,作家总是能够得到安慰,能够自欺欺人。她完全明白,这个世界并没有崩塌,大雨以后一切仍然会安然无恙。在早来的秋夜之后仍然是炎热的夏。绝大多数绝绝大多数女人和男人都会穿好自己的衣服,严严实实地盖住自己的家伙,人五人六地说话、发愁、制定层层清规戒律、互相做去势的手术。只有她忽然犯傻,要闹一气。她这是自苦自虐,自恋自娱,老西儿拉胡琴——自顾自,老太太喝豆汁——好稀(吸),老太太吃柿子——嘬瘪子。这么多俗语都是说老太太的,上了年纪的女人就是这么可怜。这种状况是老太太的被窝儿——盖有年矣。

这本来是穷极无聊,但是由于她掌握了写小说的技巧,她有可能以此为素材写出一篇有趣的小说。谁让穷极无聊也是一种生存经验,或者是非常重要的人生经验呢,小说的出现,说不定正是为了对抗或者利用穷极无聊的体验。

她微笑了,她睡着了,她轻轻地呻吟着,像是终于梦到了自己想要的东西。一条咸鱼在她的身体里游动,她大叫着吵醒了自己,她全身都汗津津、湿漉漉。

第二天她们坐火车回去,她与王模楷坐对面。她轻描淡写地说:"你昨天夜里去游泳了?我一直担心着你呢。你是回来得很晚么?"

王模楷似乎苦笑了一下,没有正面回答,他说:"这不是,我好好的嘛,反正没有喂了王八。"

"一个人半夜里跑到海上去游泳,而且中途遇到暴风雨,我想这是一个很好的小说的题目,您一定能够写一篇出色的小说,比海明威的《老人与海》还要老人与海。"

"你怎么忽然称呼起'您'来了?"王模楷一笑,他说,"是的,对于我们来说,似乎一切的经验的意义就在于成为小说的材料,然而,这里边就没有什么可怜可悲乃至于可怖——恐怖的怖——的东西吗?"

王模楷的话使青狐一惊,她半晌说不出话来。过了一会儿,她说:"您太厉害了,我是说,您看得太透了,这样,您会很孤独,很孤独的……"她再也忍不住了,她在王模楷面前,窃窃哭泣起来。

王模楷握了一下,更正确地说是捏了一下和摸了一下摩擦了一下她的手。青狐忽然觉得脸上发烫,她抽回了自己的手。

几个月以后,青狐发表了两篇小说,一篇是《涓涓》,描写那个爱哭的女子。另一篇她描写一个孤独的女子坐船到远地去,她爱上了一个水手。她在喝了一点酒以后叫来了那个水手,他们一起拥抱了,吻了,那是怎样的疯狂和旖旎、酣畅和活泼。她模模糊糊地认定,他们互相得到了,可能是,似乎是得到了。她哭了,她死了,她终于变成了一个毫无廉耻的荡妇,变成了风情万种的神仙,变成了凶狠恶毒的野兽,变成了心细如发的心软如绵的救世观音。然后随着时间逝去,她越来越弄不清她是真的与水手结合了还是一切都仅仅是梦幻,仅仅是幻觉,仅仅是一次病症的发作。

她的这篇小说的名字是《如病》。

# 第 二 十 章

"简直不像话,简直不像话,真的变修了!"看完新到的文学期刊上青狐的小说,紫罗兰怒火中烧,自言自语地骂了起来。

就在这个时候,白有光缩着头悄悄进了门,他面色灰暗,一脸疲惫。

"你在跟谁说话?怎么一个人大呼小叫的?"白有光低声问,含而不露的声音里含着一点嘶哑和悲凉。

"你看看现在红里透紫的女作家,写的什么东西呀?女流氓,色情狂,从上身写到下身,恨不得脱掉裤衩展览,字里行间,散出来的是一片臊气。真是叫人呕吐,叫人恶心呀!我说怎么红得这么快呢,哪儿都装不下啦,走到哪儿都是说中青年作家中青年作家,鲁迅也不要了,延安文艺座谈会的精神也不讲了。这是文学吗?这是鸦片!这是放毒!我要问,到底现在还有没有共产党?还有没有社会主义?党有党规,国有国法,人有人格,文有文品,你也不抓一抓,再过几年,革命先烈的血就真的是白流了,卫星上天红旗落地的悲剧就出现在咱们的神州大地上啦。"

白有光长叹一声,坐到了客厅的破沙发上,呆呆地看着对面墙上挂着的隶书书法。是一位老领导写的陈毅诗句:

大雪压青松,青松挺且直,
要知松高洁,待到雪化时。

中国革命的艰巨性,党内外斗争的复杂性与尖锐性使得许多革命者有雪压青松之叹。陈毅的这首诗,算是写出了众多革命者的心声。

可能是由于裱糊得不过关,宣纸皱巴起来,画轴也显得歪歪斜斜,影响了陈毅将军的名诗的豪气。有光摇摇头说:"我渴了,有现成的茶水么?"

方才说起青狐来柳眉倒竖、杏眼圆睁的紫罗兰这才发现有光的神色不佳,她心痛地赶紧给丈夫端来一杯乌里乌涂的剩茶水,用她特有的关切和疼爱的语言问道:"你这是怎么了?又是败下阵来了?怎么跟脱了毛的小鸡子似的?"

白有光咕噜咣当地喝罢了水,闭上眼睛,再摇摇头说:"谁知道,'四人帮'刚倒了,大雪又下起来了:现在是资产阶级的雪,是帝国主义的寒潮,是反革命的风暴啊!几棵松树,你上哪儿挺且直去?红旗到底能打多久?中国是不是正在变颜色?变则通,通则富,富则修的公式就不能避免吗?共产党的哲学是斗争的哲学,这句话是对的,斗争的对象没有找准,这是调整瞄准器的问题……而现在,一个个包括上边都以取消斗争为标榜!"

紫罗兰已经坐在了白有光的对面,一听这话砰地站了起来,她声泪俱下地喝道:"这不可能!这不可能!关键在于上边!希特勒千军万马,美国热核武器,都攻不倒斯大林,而一个赫鲁晓夫,就给斯大林抹了黑,就把一个好端端的社会主义阵营弄得千疮百孔。或者是《在延安文艺座谈会上的讲话》,或者是青狐骚兔们成灾,这中间绝对没有调和的余地。上有赫鲁晓夫,下有青狐呀钱文呀犁原呀雪山呀米其南呀这样的牛鬼蛇神,还能好得了吗?"

白有光把手里的碗边已经缺了口的白瓷碗往沙发桌上一摔,砰的一声,茶水溅到了桌面上和地面上,他哑着嗓子说:"问题就在这里。革命的根本问题是领导权的问题,从前是这样,现在还是这样。犁原张银波还有那些权威老爷子这些人不服我不听我的,他们老觉得应该由他们担任文坛领导。而上边又是犹犹豫豫,拿捏不定,不敢批评,不敢管理,不敢整顿,整天做保证,什么不整作家啦,什么放宽尺度啦,什么要鼓劲儿要繁荣啦,好像我们有多理亏似的。这还怎么工作?什么叫不整作家,作家杀了人能不偿命?作家欠了债能不还钱?作家当了反革命特务能不枪毙?"

"其实就是那么几个人,"紫罗兰激动得几乎跳将起来,"其实作家们好办,一篇小说写得不好也没有什么了不起,捂起来晾起来,不理他也就是了。其实作家都是些不甘寂寞的人,半年不理他们,他们就一定会倒过来。当年江青是讨厌作家,如果她招揽作家,送上门去的有的是!现在的这一批又是民主又是自由又是伤痕又是反思的青年作家,好多好多当年都是向江青那边靠过的,歌颂红卫兵啊,批判走资派啊,崇拜红太阳啊,文化大革命就是好啊,屹立在东方的地平线上啊……"她一口气列举了一串姓名,"你去问问,他们当中有几个人没有写过?"

"可现在呢,都成了民主自由的英雄啦!"白有光愤愤地说,"老白部长说的还真对,无非是逼着共产党再搞一次肃反!"

"他说的不是时候!"紫罗兰赶紧找补,"他是压根儿反对十一届三中全会精神的。我们是拥护十一届三中全会精神,同时绝对不跟着风走的。想震住几个文人还不容易?倒是那么几个人,说他们是领导吧,他们是文人,说他们是文人吧,他们又是领导。他们摆出一副老领导老权威导师呀园丁呀还有什么护花使者的架势,他们在那儿碍手碍脚。犁原这个人也太不自觉了,批《武训传》的时候就有他,吓得屎都拉到了裤子里。反胡风的时候他又不干净,你记得吗,他来咱们家的时候脸都绿绿的了。后来'反右',他犁原的错误言论还少啊,也来找咱们讨主意。他太没有良心啦!"

……夫妻俩越谈越热烈,他们确实不仅是夫妻,更是同仇敌忾的战友,在同一个战壕、同一个突击班里,共用着同一台捷克造重型机关枪。他们相信,他们已经被资产阶级的毒蛇毒气包围,情况比日军占领的沦陷区还复杂,比国民党还乡团杀回来了还严峻。过往的岁月,起码一切是分明的,敌人要消灭你,你和你的同志们则一心要消灭敌人。你恨我,我更恨你。你骂我,我更骂你。我怕你,你更怕我。现在呢,你的真心的同志已经愈来愈少,而你的周围是一片名为同志的莫名其妙的人。你的困惑远远大于你的恐惧。你的窝心远远大于你的操心。说服一个"同志"大大难于消灭一名敌人。说服一个领导大大难于说服一个普通同志。敌人的问题好办,站稳立场猛打狠斗就是了,只要不心慈手软,不怜惜冻僵了的毒蛇不怜惜中山狼就对了。麻烦的活活气死人的是同志,是披着同志外衣的可疑分子。

说是同志间应该亲爱温柔、披肝沥胆、舍己为人,但是他们总是遇到目如鹰隼、心如蛇蝎的"同志"。有一位老根据地的"同志"从来就与白有光过不去,今天批评他自私,明天责备他狭隘。他说起话来就跟马克思复活了一样高明,在他面前白有光干脆是抬不起头来。直到五年以后"三整三查"的时候才查出来他是阶级异己分子,是混入堡垒内部的敌对势力,终于,他受到人民的应有的镇压,滚到了他应该待的地方。什么叫胜利?什么叫开心?什么叫翻身解放,痛快淋漓?他算是都体会到了。此后也不乏气得他肝儿疼的战友、同志直到领导。这样的斗争除了与妻子交谈,白有光没有办法与别人道。他们夫妻最大的乐事就是斗争与胜利,斗得这些人在党和人民面前现了原形,看到这样的对立面被党和人民看穿、算账,然后呼爹叫娘,叩头如捣蒜,身败名裂,化为齑粉,然后他们得到光荣、信任、提拔……这比痛痛快快地做一百八十次爱强多了!

略略一回想,白有光对妻子说:"这三十多年,凡是和我做对的没有一个有好下场,我已经斗倒了十几个大块头了!"他略略提了几个名字。

紫罗兰说:"人贵有自知之明,别忘了你那两下子……"

"我那两下子还不是靠紫罗兰同志的帮助?"白有光不等妻子说完话先迎上去,他真心实意地表达着自己的谢意。

每次交谈以后白有光都佩服妻子一回,瞧人家那个精神!字字见血,声声如歌,目光放闪电,笑容喷炽热……她真敏锐真敢说真敢斗,与她比较白有光自愧弗如。但是也许是紫罗兰太犀利了,她的眼睛太大太亮,她的姿态太居高临下,她的胸脯直到下巴也太前挺了,她的话太咄咄逼人辐射面也太全方位了。也许更根本的原因是她太漂亮太女人气了,她一直没有获得白有光极其看重的一个像样的职位。白有光提起组织工作、人事工作、干部任免制度,总是耿耿于怀,原因就在于此。

虽然并无一官半职,紫罗兰的能量仍然极大。一件事她如果不平她如果想说,一个人她如果想臭你,如果想给谁谁下耗子药,那么几个小时最多十几个小时以内,在他们的圈子以内,从六级以上干部到二十三级以下干部、公务员、工人,以及从六级到二十三级之间的干部,都会得到她的消息受到她的影响。而且除了一两个重点人物以外,她从来不点头哈腰,从来不卑躬屈膝。

白有光心知肚明,他的一切都需要紫罗兰同志的帮助:逢山开路,遇水搭桥,见上邀宠,有敌拼命。没有她的汗马功劳,哪有他白有光的今天!他甚至一点也不避讳,见人就说紫罗兰同志政治觉悟高,斗争性强,有办法,有魄力,有才华,有激情,比他强。少数大男子主义者觉得他说得过分了,甚至批评他嘲笑他是一个"小男子主义者"。多数人认为他实事求是而且实话直说。谦虚使人进步,谨慎使人成功,白有光是好同志。

这次谈到的青狐小说的问题也是紫罗兰同志首先发现的。他们两人都已经与青狐有过几次见面的缘分,开始,因为青狐的作品《阿珍》《山桃》之类大体上属于"伤痕文学",而且在一些会议上青狐也随声附和过对老白部长的攻击,他们对青狐的印象还是好的。头一年青狐一下子发表了那么多小说,已经让这公母俩觉得不对劲。看了她的新作《涓涓》与《如病》,紫罗兰只觉得山河已经变色,意识形态已经换旗,文艺的天下已经丢了。她讲了自己的观点,于是白有光也十分激动。他太忙,没有时间读青狐那些牛鬼蛇神小说,但是夫人一说,他就门儿清了。他含泪说:"中国的革命文艺,发端于上海租界里的鲁迅,完成于延安宝塔下的毛泽东,威风于专做大报告的周扬,想不到竟溃败在我们手上!我们有何面目见党中央,见毛主席(的在天之灵)?"他说到这里,干脆是泣不成声。

本来就是有个尊卑上下,粉碎资产阶级旧秩序的结果只能是建立无产阶级的新秩序,而不可能是无政府主义。无政府主义者就是匪徒,就是人民公敌,就会被任何社会所不容,就会在任何社会被碾为齑粉。原来他不认识这个"齑"字,是毛主席教人民学会了许多不常用的字,普及了文化,普及了汉字。至于那些个自命清高,那些个洁身自好,那些个高腔高调,那些个疏远领导的吃屎分子(早在三十多年前,他上训练班的时候,大家就学着一位山东籍的领导,把知识分子称为"乞喜"即"吃屎"分子),不仅是书读得愈多愈蠢的不可救药的呆鸟,而且干脆说那是一些个资产阶级——少说也是无政府主义者,在苏联属于马赫诺匪帮,多说一点就是阶级异己分子,是美帝国主义的别动队。从训练班时期,对知识分子的弱点的批判已经深入了他的骨髓,批判知识分子,已经是他求进步求信任的不二法门。最近一个当年划过"右派"的人写小说,说知识分子其实内心深处都是反党的,这算说了实话!

他看到的事例不计其数:历次政治运动中挨整的都是这些人。相反,那些动不动闹级别、待遇、房子、车子的小农思想严重的人,历来差不多都能成为好人、骨干。**党是娘来俺是孩,一头扎进娘的怀,咕咚咕咚喝咱娘的奶!**何等的形象啊!娘的孩才跟娘要这要那,娘的孩对娘哪有二心?孩儿离了娘狗屁不是!有奶便是娘,这当然不正确。喝奶便是孩,这也不怎么样。但是很遗憾,这样的判断不无道理——至少你可以认定,不吃娘的奶的不是娘的孩——就是说,你宁可时时哭着闹着要娘的奶头,也别冲着亲娘充大号!

这样,前两年他就特别看重白部长也同样觊觎着的职位。有了职位就有了娘的奶,有了职位就有了在一圈人当中分配奶的权力,特别是有了决定不给谁吃奶的权力。表现不好的,立马把奶头从他嘴里拔出来。

在他的心目中,有可能成为娘的奶的竞争对手的有两个人,一个是犁原,一个是白部长。犁原虽然资格与业务上都胜过他,上下左右认识人也多,人缘也不错,然而气质上他是个大少爷,是个散漫文人。犁原每天接触许多人,又存不住话,牢骚不平小道消息精彩意见高妙主张张口就来。他写的文章做的报告都多,聪明外露,才华横溢,却也是八面漏风,动辄得咎。他到处讲目前小说成就远远大于电影戏剧,就是因为领导很少看小说特别是长篇小说,不看,干预得也就少。此言一出,恼了一大片各级各类领导。这样的犁原,当然使城府严谨、举止雍容、意高于天而又心细如发、在革命队伍的各种内部斗争中堪称眼明手辣而且自我感觉完美的老白部长厌烦透顶,视之如草芥蛆蚁、如吐在纯洁的革命队伍的洁白的工作服上的一口黏痰。

……白部长虽然早已知道紫罗兰对他下了狠招子,但是由于白有光一直躲在幕后,隐忍不发,他抓不着白有光的任何辫子,只好把目标对准犁原,稳扎稳打、且战且退。他深信,积他几十年的经验,他的姿态必胜,犁原的咋唬必败。至于白有光,则还有待暴露,他对自己说。

也就在白有光得到了他希望已久的位置以后,几乎是同时,他开始感觉到了犁原的成事不足败事有余。原来犁原不但碍事,而且十分讨厌。

那是在一个给一位年逾八旬的老诗人做寿的场合,白有光引用了李白的诗《将进酒》,说老诗人的诗作如"黄河之水天上来",而"大跃进"之中老诗人写下了《责李白》的名作,内有"黄河之水跟我走"的名句,天从人愿,人定胜天,"我就是玉皇,我就是龙王"(后两句出自"大跃进"民歌集《红旗歌谣》)。伟哉诗翁,责李白而胜李白也!他左一个"将(jiāng)进酒"右一个"jiāng 进酒"。犁原便纠正他说是

"qiāng进酒"。白有光不信,"将要""将军"下象棋的时候"将",用手牵引着一个孩子的时候也叫"将"着,都是读 jiāng 的,他据理力争。犁原把嘴稍稍撇了一下,微皱了一下眉,嘴里含着茄子似的说:"这是文言文!"白有光一下子脸就红了,他的不清不楚的声音,他的丑陋地撇到了一边的嘴角,他的厌烦的皱眉,都使白有光受到了奇耻大辱。白有光便略带急躁却又拼命压住火地辩道:"文言文又怎么样?将进酒就是将要喝酒将要上酒的意思呗。"犁原纠正白有光的读音时之所以含糊其词,其实是为了照顾白有光的面子,轻描淡写一说,白有光明白了,再读音不至于丢丑了,也就行了。结果白有光却以无知为荣,硬是不虚心就教,这使犁原颇不高兴:你当了个弼马温,有什么了不起?白给我犁原我还不要呢!他干脆转过脸来,与白有光脸对着脸,字正腔圆地告诉白有光:"读文言文,想当然是不行的。将(qiāng)进酒,是请用酒的意思,不是将要上茅台将要举杯祝酒的意思。没有专门学习过,是不会知道的,知之为知之,不知为不知,是知也。同志,你虽然是头头儿,我仍然可以做你的一字师,我是《辞源》编纂委员会的顾问,整本《辞源》我都协助校改补充过,不会错的,同志!"

于是白有光气得浑身发抖,他的脸涨得紫紫的,他反击说:"同志,谦虚使人进步,骄傲使人落后。学问怎么样,自吹是不算数的,我回去查一查,如果你说的对,我就谢谢你,如果你说的不对,《辞源》又怎么样?《辞源》也是人编的嘛,毛主席斯大林不过是三七开,你们的《辞源》能够做到四六开就不错了。"

糟糕的是,这时别的前来祝寿的人也都听见了,寿星佬儿诗人也依稀听到了二位领导似乎在争论什么。寿星佬儿问什么事,白有光本来准备打个岔岔过去,想不到幼稚无聊的犁原竟然源源本本地向老人家讲了一遍原委,讲的过程中还说了些有倾向性的话,什么解放以来古文读得太少呀,异体字和异读字太多呀,其实是一个小问题,一不虚心就成了大问题呀什么的。白有光更是气得哆嗦起来了。幸亏老寿星还是有修养的,他没有随意表态,他说:"啊,啊?是吗?噢呵,我也记不清了,可能吧,反正读 jiāng 的也多了,这样读也算是事出有因吧,哈哈……"于是众人跟进,说还是寿星佬儿诗人的诗《责李白》写得更好。

此事当时说完了也就完了,白有光十分感谢老诗人为他保全了面子,一个素无瓜葛的党外老诗人老教授,说话做事却是这样明白得体。而他的这位老战友、老同志、老熟人,自命才华横溢的家伙犁原,却是这样的不依不饶,不达到伤害他的目的誓不罢休。这是偶然的吗?他以为他可以骑着领导的脖子拉屎吗?不用说别人,如果是他的堂兄老白部长,犁原敢这样放肆吗?他以为我的上来他立下了汗马功劳,所以成心要在众人面前显示他比领导更领导,反过来要压我一头吗?

时过境迁,几个月过去了,白有光虽然不悦,但是为了工作为了事业他仍然维持着与犁原的联系配合,互通声息。当了领导,他几乎每晚不是开会就是谈话要不就是审(影)片审戏。好容易有一天傍晚无事,他回到家与紫罗兰闲谈,是紫罗兰先问他犁原最近的表现,他平静地说起此事。紫罗兰一听就跳了起来,她抄起电话就给犁原拨电话。白有光上前制止,把电话机按下。紫罗兰也火了,一把把白有光推开,说:"我就不信邪!我才不信邪呢!愈怕愈有鬼!我就是不信……"她找着犁原迎头一顿痛骂,什么不支持有光的工作啦,什么恶意中伤啦,什么不从大局出发啦,直说到犁原对白有光的新任命不服,其实白有光正在为他操心,正准备给犁原提级,书面材料都准备好了……而对犁原的解释,紫罗兰表示根本不感兴趣,她说:"行了行了,我就不学你那个文言文,我就不看你那个《辞源》,我只学一个服从革命利益,我只学一个站稳立场,我只学一个服从组织,尊重领导!"

不等紫罗兰说完,犁原挂上了电话,这让紫罗兰更是气得七窍生烟。而那边呢,事后有人向紫罗兰禀报,当时犁原就歪曲事实,向他的满堂宾客叙述此事,讲了许多无原则的歪话。而在场的雪山,第二天就逢人便讲,几个小时之后,白有光"jiāng进酒"的故事传遍都城。真是翻脸不认人啊,他犁原在与老白部长"斗争"的过程中尝到了制造舆论、发动群众的甜头,现在开始以治彼人(老白部长)之道,移治此人即白有光之身了!

紫罗兰妻夫从此感到了犁原是一个祸害,中青年作家是一批祸害,容忍这样一种张扬放肆的自发势力存在,就等于取消领导、取消体制。他对于文艺人摆脱了领导会变成什么样子是最有体会的。当年他接待苏联一个作家代表团的时候,代表团团长告诉他,带一批作家出来,比带一批动物园的老虎、狮子出来还危险。犁原的力量在于他笼络了一大批年轻的作家,而这些作家其实是成事不足、败事有余。没有一个星期,紫罗兰就积累了大量这方面的材料……

同时,白有光收到了对米其南的检举信,说是米其南利用自己的名声,诱奸一位年仅十七岁的少女文学爱好者。而当弄明白这位少女就是紫罗兰的恩人准义父焦老的孙女时,白有光气得流出了眼泪。白有光还应约与袁达观谈了话,他把谈话记录拿到了家里,给紫罗兰看了,说是袁达观对犁原强烈不满,认为犁原正在把中青年作家引上邪路。再有就是老白部长转来赵青山的信,赵青山向白部长诉苦,他写的纪念《在延安文艺座谈会上的讲话》的文章,竟然被各个文艺报刊拒绝。对于白部长将(不是qiāng)信转给他,白有光深感激动,这才叫深明大义!他立即驱车去看望白部长,还带了点白部长喜欢吃的江南蜜饯,与白部长促膝谈心,不点名地讲了犁原的种种问题,为大局而深感忧虑。白部长说:"没有办法,这就叫做树欲静而风不止!这样一场斗争看来是不可避免的了!"

白有光听了也一惊,但是想来想去,他不能不承认白部长就是站得高看得远,他表示在白部长这里深受教育,他今后还要多请教白部长,他与白部长紧紧握住双手难分难舍,眼泪在两个人的眼眶里打转。

就在第二天,他又听到了各方对电影电视书摊上的刊物闲书有各种意见,特别是一本对外宣传的画报封面上登了一位新得百花奖的女演员的照片。女演员仰着脸,眼睛乜怔怔的,使好几位人物看了心慌意乱,难以忍受。据说在一个级别很高的场合人们说起了这个问题,白有光恍然大悟:时机到了,该下手了。

此时还有一件小花絮:二十世纪六十年代初期,白有光看过一部"内参"纪录片,描写美国新兴起的"呼啦圈"。他们看到美国一群青年狗男女灯红酒绿、纸醉金迷、扭腰摆臀、甩头撅腚,深深地为美国的堕落与我们的拯救世界的使命而叹息。想不到的是,未经中央研究,未经他所领导的部门核准,改革开放以来,呼啦圈大举入侵中国,一帮中国小女子竟转呼啦圈,白有光深感不自在。近日在一家晚报的社会新闻里刊出了一个女孩子由于转呼啦圈而造成脊椎骨折的消息,白有光一叶知秋,一燕报春,他极其重视这条消息,并认为这同样是无产阶级吹响了反攻冲锋号的标志。

于是,如本书第十五章所写,他召集了一次有犁原、张银波、钱文、王模楷等人参加的会议,白有光不慌不忙,不左不右地要大家谈。他完全知道,他在这里说了什么话,不到两个小时就会传遍全国文艺界,他期盼的是这些头面人物当中有一两个觉悟高、斗争性强的,能够上前打冲锋,能够发难批评歪风邪气,能够把一团和气一团自由主义的局面扭转。这叫做投石问路,叫做风乍起吹皱一池春水,叫做既是引蛇出洞,又是发现骨干、引而不发、以点带面的好方法。这是行之有效、由来已久的妙招,而他也就可以据此从容掌握,进退有据,居高临下,立于不败之地。

他尤其看准了钱文,你钱文不是势头正好吗,这个题目就干脆出给你,拒绝说话,证明了你是假革命,说了,就捅了中青年作家这个马蜂窝,嗡嗡嗡,嗡嗡嗡,看你怎么办!

然而第一次会议开得温不吞吞,充满了市侩庸人气息,他于是决定在第二次会议上加一点温,冷水泡茶慢慢浓,第二次让你们喝出点味儿来。今天他召开了第二次会议,旁敲侧击,由远及近,先回忆革命老区的几次对错误思潮的批判,再回忆国民党统治区文人们对付反动统治者的办法,然后问几句关于米其南和雪山的没要大紧的小情况,然后引用了两则美国报章上对中国文艺界"新浪潮"的说法。(他指出,当年美国人就是称丘赫莱依的电影为"新浪潮"的。)然后微微一笑,身子往后一仰,改成了仰天大笑。

果然,虽然只是东拉西扯,闲言碎语,气氛已经有变,几个人的态度都严肃了起来。

张银波的态度婆婆妈妈,仍然和第一次一样,什么文艺界在"文革"当中是重灾区,什么刚刚缓过点劲来,什么大家还心有余悸,包括她自己也时时怕第二次"文化大革命",什么××省××地区××县××乡一个文学女青年,因为喜爱文学,利用业余时间写了一部小说,结果受到本地领导及群众的讥笑指责,她的父亲一生气,给了她一个耳光,烧了她的手稿,她呢,想不开,跳了井了。

白有光摇摇头,不由自主地噘了一下嘴,漫不经心地说:"我们工作这么多年了,这样的离奇事件应该再查一查,往往事情不像传出来的那样简单。再说中国也大,什么例子找不出来?写了小说被逼死的如果说是有,写了小说逼死别人的就没有了吗?写过两篇东西就胡作非为起来的故事还少吗?那个那个……"他终于控制住自己没有点米其南的名字。他听人汇报过,米其南与钱文的关系不错,他准备不到火候不揭锅,米其南的事可大可小,处理可轻可重,从重从大处理可以把他铐起来,从宽从轻处理可以个别谈话销账。要看下一步钱文的表现钱文的态度,再决定怎么把米其南的事情兜出来。

而张银波的发言令他轻视,真可惜了,她这个老资格和光荣革命历史,竟然是毫无长进,革了一辈子命至今竟然仍像是处在革命的圈子外边。硬是没有办法啊,在历史的进程中,她永远处于被动挨打叫苦不迭的位置。

在白有光四两拨千斤,表达了对张银波的意见的不以为然以后,会议陷入冷场。张银波不满地低下了头,犁原干脆双眼看着窗外,一副灵魂出窍然。钱文面无表情,做沉重状。王模楷突然打了一个哈欠,喉咙里出了点怪声,惹得人们窃笑。

白有光怒了。他说,要正视问题,正视问题不等于忽视成绩,同样,重视成绩也不等于忽视问题。

犁原本来是一副不太耐烦的样子,确实也有那种表情:你白有光是老几召集我们一次又一次地开会,装模作样地分析这个敲打那个的?但是一谈到成绩、问题这一类词儿,他的一根筋就颤动了,因为正是他最喜欢到处分析到处讲成绩多么大,问题多么不足挂齿之类。他特别欣赏南方一位地方的领导人讲的:莫把支流当主流,莫把苗头当过头。精彩哟!好得很还是糟得很,一个指头还是九个指头,毛主席不是早就讲过了吗?他转过身来眼睛不看白有光却是面对着张银波开始发言,他从成篇累牍地引用毛主席的话语开始,然后针锋相对地讲不能忽视问题但是尤其不能忽视成绩,不能不正视问题但也不能不正视成绩,成绩就是成绩,问题就是问题,成绩不能掩盖问题,问题也同样不能掩盖成绩,不能夸大成绩,但也不能夸大问题,一是一,二是二,一不能说成二,二不能说成一,也不能说成三……仅仅一个方法论问题,他就讲了二十多分钟。

白有光几次隐忍,几次要爆炸,又几次忍下去,他终于敲一下桌子,说:"来点实质性的行不行?"有几个参加会议做记录的年轻人,几乎笑出声来。

犁原的发言刚刚进入状态,他对白有光的不耐烦置之不理,陡然话锋一转,讲起青狐最近在海滨外事活动中的精彩表现来,他不厌其烦地讲述了一遍。不但讲到了青狐,也讲到了其他中青年作家,讲他们是何等的爱国爱党,维护了社会主义的声誉,维护了国家民族的尊严,维护了党的形象,表现了一派浩然正气,使对社会主义中国怀有偏见的欧洲人震动不已,干脆说是给他们洗了一次脑筋!真是好同志呀!像青狐这样的同志,应该派到联合国去,应该选到外交部!

这时王模楷说:"她不是党员。"

"是啊,"犁原激动了,"我们的组织工作、发展工作是怎么做的?难道对积重难返的左的错误到现在还没有一个清醒的认识吗?拨乱反正、拨乱反正,就这么难吗?"

白有光的脸上红一阵白一阵,青狐等在海滨舌战外宾的故事他恍惚听到了一点,没有往心里去,想不到犁原在此作为重型炮弹发射了出来,而且语带讽刺,包含着对他的人身攻击。他知道带作家之难难于带老虎,却没有想到同样具有领导身份的犁原这样刁恶,堡垒是最容易从内部攻破的,真是不假。

就在这个尴尬与考验的时刻,祝正鸿走过来,指了一下会议开始时秘书送来的一个急件。这个急件本来是秘书急急忙忙地送到会议室白有光这里的,秘书说:"请您快点看一下……"当时白有光忙于与到会的同志们打招呼,再说他不愿意乖乖地听秘书摆布,你说要快看,我偏不看,就把急件往笔记本下一压,按他自己的意思照常开会不误。这时候不知道为什么,祝正鸿又跑过来了,又指着他的压在最下面的急件说:"您看一下,您看一下……"

这时白有光倒有点欢迎祝正鸿的打岔了,这个时候打打岔也好,可以说明犁原的发言无足轻重,再说还显示了他的忙碌与与闻机要,也许多少能提醒人们认识到他的地位与职责之不同,也许有利于开展工作与获得支持。于是他翻出并拿起急件,找了一个别人看不见,特别是犁原看不见的角度,急忙浏览起来。

这一看可坏了,这是一位高级领导人对一则简报的批语,那则简报恰恰说的是青狐等在海滨舌战外宾的事情。而这个材料恰恰不是什么文艺单位而是接待外宾的外事单位撰写和上报的,这比文艺部门上报显得更有分量一些。领导人对此十分重视,充满热情地写了一段批语,从这里说到了尊重知识尊重人才的方针的贯彻,说到极左思潮的危害,说到调动一切积极因素建设一个伟大国家的重要性,还说到看怎么样看形势和思想方法的问题。

白有光只觉得头部的血液上涌，后脊梁上冒出了汗。什么意思？听谁的？听不听？老白部长是有水平有经验的人，他对形势的分析可不是这样的啊。他闭了闭目，拼命稳住自己。急中生智，仍然威武雄壮地说道："就是嘛，就是要分清邪正嘛！像青狐这样站稳立场，义正词严的好同志，就是要表扬，要提倡嘛。至于她的作品里的问题，也是要耐心帮助嘛。像米其南这种歪风邪气，就是要批评要帮助要制止嘛。其实米其南无足轻重，关键在于我们这些人，我们能不能见微知著，驾驭局势？我们有没有一个正确的态度？有没有一个正确的对待？我们不能无原则，不能老好人，不能搞庸俗的那一套'不要批评，不要批评'嘛（他学着一位德高望重的作家的家乡口音，那位作家因热衷于保护青年作家而闻名遐迩），那我们还算什么共产党？"

　　白有光讲得很硬气也很有水平，他自己也叹息，多半辈子窝窝囊囊，木木讷讷，想不到担起担子以后，说什么也就像什么了：功名位置，立德立功立言，下级服从上级，个人服从组织，关键在于领导，参谋不带长，放屁也不响！谁又敢自命清高地不把它们放在眼里？

　　散会以后钱文邀王模楷一道去吃馄饨，附近有一个湖北馄饨馆，算是老字号了，除了皮薄透明，汤鲜迷魂，馅俏如神以外，还供应一种特殊的烧饼，脆中有柔，每次都会吃得过多，使钱文不敢轻易来吃。在边疆时候钱文多少次梦中前来寻食，每次都在馄饨热气腾腾、烧饼焦黄光亮之时醒转，使钱文深知梦中大餐亦殊非易事。回归故里以后他来过一次，觉得这里的湖北馄饨变了味儿，是馄饨变了还是他的口味变了呢？他也说不清楚，反正往日的馄饨烧饼不再，往日的馆子不再，往日的钱文也不再了。

　　在这次馄饨便饭之中，王模楷对钱文讲了一段惊心动魄的话：

　　"日本人投降了，我们曾经以为从此天下太平，国家有望，然而紧接着的是三年解放战争；新中国成立了，我们以为从此繁荣富强从胜利走向胜利，然而不久就是连年的政治运动直到'文化大革命'；

现在呢？我看朋友们有点异想天开，胡作（读 zuō）乱蹦，煽情有余，大轰大嗡有余，理智不足，全面思考不足。最近的刊物上出现了一个词：片面的深刻性。这本来是对的，广开言路，各种片面加在一起自然就全面了，而且放胆说不等于你说什么我就做什么。但是中国没有多元制衡的传统啊，中国的传统是一窝蜂，是不是西风压倒东风就是东风压倒西风。是三十年河东三十年河西，河东河西都有盲目性。是一言可以兴邦一言可以丧邦，兴邦丧邦都有偶然性。是水能载舟也能覆舟，或载或覆，没有中间状态。而有些个领导，基本上还是老脑筋，是军事共产主义那一套，是引蛇出洞、聚而歼之那一套。这样下去，中国早晚还有一劫，早晚还有一次分裂、动乱、混战，我也不知道到底会出什么事情。"

会是这样的吗？老天！能不能保佑中国少一点坎坷、少一点冲突、少一点杀气腾腾与骂倒一切，多一点和平、多一点理智、多一点切实的工作和贡献？老天！钱文只剩下了叫天的份儿了。

# 第二十一章

　　钱文回到家里,却发现东菊与儿子都不在。他不禁有些纳闷儿,他们没说有什么事情啊,他回来的就够晚的了,他担心的是他们会等他回家等得着急,怎么他们反而没有回来呢?

　　他从九点等到了十点,他有点不安,他出门去看了看,他看到了许多似曾相识但他毫无兴趣毫无关系的人,但是他看不见东菊。他觉得奇怪,世界上会有这么多人,这块地方会有这么多人,却硬是没有他期待的人他寻找的人。东菊会到什么地方去呢?儿子倒是好说,他已经在家里待不住了,只能对他听之任之。但是东菊呢,他从来没有感觉到东菊有什么"问题",从来没有感觉到东菊需要他做什么。他从十点又等到了十点半,十一点。

　　这是一片简陋的居民楼,兴建于"文革"后期,灰不溜秋,每单元房屋只有二十几平方米的卧房。在那个年代这样的房子却也轰动一时,因为"文革"以来再没有盖过别的民房。中央领导专门视察过这一片居民楼,这曾经作为头版头条消息刊登在中国所有的大小报纸上。发布这个消息的时候,钱文他们还生活在边疆,正办理被"收回"大城市的事宜。东菊说:"也许我们会住到这一片新楼里的吧?"钱文觉得这太过畅想,太过放肆。后来他们真的住到了这里。当他们看到了楼下的小块草坪、乔木和灌木,还有一点花朵的时候,当他们看到四四方方的房子而不是边疆那种歪七扭八的土泥房屋的时候,当他们看到雪白的四壁和屋顶,平匀的洋灰地,结实的钢窗,他们有一种一步登天、一步走向现代化的感觉。为此钱文还写了诗,诗并没有直接写房屋,而写了一种感觉:庆幸、感慨、留恋逝去的时光,却又为人生的一切希望而温暖。

而现在似乎有什么不安分的鬼魅在小小的单元房里折腾,好像有一种力量在撞击单元房的墙壁,好像有一个长期压缩在瓶子里的魔鬼开始在这个小小的房间里膨胀再膨胀直至爆炸。在停滞的二十年中他充分体会到了停滞的可怕。最近几年呢,他又懂得了发展、变化、期望、突进、膨胀……也并不总是一件叫人轻松愉快、心安理得的事情。

说是要给钱文调整住房了,就是说他可能拥有一个三室一厅的房子,就是说除了他们和儿子的卧室以外,还可以拥有一间会客和放书的屋子,有可能放下几个小型的沙发椅,有可能放几个书架,这使他激动得不敢认真想下去。

在他的住房的小小厨房的窗口,他可以俯视所有出入这幢居民楼的人,太多的人反而使他感到孤独、琐碎、抓不成个儿。每个人生活在自己的小盒子里,每个人都关心自己的一点小事,每个人都已经有或将要有或曾经有自己的老公老婆,在自己的被窝底下干一些千篇一律的活计。每个人都发发牢骚,喝喝茶水,说说套话,跑跑关系。这里只有水滴没有河流。这里只有小草没有大树。这里只有土圪垯没有高山。钱文忽然想起了毛主席,毛泽东就是不承认这分散的渺小的个体,而要求大集合的翻天覆地。然而翻天覆地并非总是能够成功,于是人们又恢复了那平凡的群相、众生相。他于是惭愧。

钱文下楼等待东菊,没有等到。他觉得在楼下视线常常受到阻隔,还不如回到楼上从厨房窗口往下看。往下看了一会儿,总是看不准:已经大喜地认定了从远处慢慢移动过来的一个人影是叶东菊了,愈是靠近反而愈不像了,不是长得过胖就是过高或者过矮,头发与服装的式样也不对,走路的样子也不对。这些陌生人的一切举止外表与服饰直到模模糊糊看到的五官与四肢的配置都是怪怪的,好像上帝装配他们的时候看错了图纸……有两次他已经明明看到缓缓走着的就是叶东菊了,他已经走到楼梯口去迎接东菊了,结果,在楼道窗口,在楼梯口近旁,他突然发现东菊被不知道什么人换掉了。他开始数数,他相信在数到八百八十八的时候,东菊一定会出现。刚刚传过来的香港人广东人的说法,"八"谐音"发",是吉祥的数字。广东人不喜欢"四",因为"四"谐音"死"。但是钱文认为,"4"在简谱中表达的正是多瑞米发的"发",只要坚信四就是4(这应该没有什么疑问),那么四也就是"发",这也不应该有什么疑问。但是他已经数到一千八百一十八了,而且最后已经数不清了,数字已经彻底乱了套了,东菊还是没有回来。

倒是儿子先回来了,兴致勃勃,嘴带酒气,告诉爸爸他去参加了一个美术家聚会,还有许多外国人参加,外国人专门喜欢官方不承认的艺术家。有一个小伙子,是被美术学院勒令退学的,被勒令退学是因为他半夜里从窗户里钻到学院画库里去了。他说他进入画库是为了查找资料,而学院却认定他是在偷窃——这样的事前后发生了四次,最后一次从他的箱子里找出来一张徐悲鸿的素描。为这件事他进了拘留所,前后被审查盘问了两个多月,甚至有人说通过他破获了一个盗画集团——最后证明那张素描只是一张复制品,他也就被释放了。如此这般,他成了外国人包括外交官与游客直到画商的宠儿,他画了一张苹果的剖面图,这个剖面图特别像女性的生殖器,还有圆圆的两瓣屁股,他自己说这是太极图加原子球加宇宙黑洞。就这张画,他卖了好几千美元。他"搞"上了一个西方洋妞,不算太漂亮但也绝不难看,比某一个在青年人当中小有名气的民主斗士研究生的洋太太漂亮得多。他现在决定要到国外定居去了,他举行了一个告别派对,他的命运让众小画家们大为羡慕。

钱文想起了美髯公导演蓝英,他家里也有两瓣苹果。敢情稀奇古怪也会成为套子,而两个古怪稀奇也会撞车。

"你也羡慕吗?"钱文皱起了眉头。

"羡慕又怎么样？不羡慕又怎么样？坚决反对、坚决取缔、坚决镇压又怎么样？"儿子大笑起来，他对钱文说，"不要认为人生只有一种模式一条光明大道，而其余的模式其余的道路都是死路一条，你们这一代人啊，其实是够可怜的啦……但是我也羡慕你们，你们年轻的时候一心要革命，你们知道自己应该做什么，挺有劲儿的。对不起对不起，我喝啤酒喝多了，我说的全是放屁，您可别生气，我可真是怕您，对的对的，五星红旗迎风飘扬，胜利歌声多么响亮……"远行认真唱着革命歌曲，回屋睡觉去了。

儿子进了自己的六平方米小屋不到一分钟，又出来了，他打了一个哈欠，说："我其实没有醉，什么叫醉？你让他醉，他就会醉，你不许他醉，他就醉不了。我要告诉您，不是说所有的非官方画家都画烂苹果，问题是试验和探索，不能不让试验和探索。说什么看不懂？这是笑话。你以为你能看得懂徐悲鸿的马与齐白石的虾米吗？你以为大家都看得懂达·芬奇的《蒙娜丽莎》和米开朗基罗的肖像画吗？问题还在于既得利益者是创造力的死敌，他们已经枯萎贫乏。官方画家们盘踞了美协、美术馆、美术学院的所有重要职位，他们在党的面前代表艺术家，他们在艺术家面前代表党。他们向党要待遇，他们向艺术要名声。不要给我讲大道理，我懂。你们在有意识地表现自己的忠诚，越是被冤枉得狠整得狠越是要忠诚，真是伟大的忠诚啊！我是您的儿子，而您并不是我爷爷的儿子。您是真正的党的儿子！"

如果不是心思放在等东菊身上，钱文也许会骂儿子一顿。然而，他忽然一个机灵，一阵冷气袭遍了全身。他们这个家到底发生了什么事？在他与东菊双双被打入另册的时候，他们相濡以沫，保持了幸福、和暖与尊严。在他们生活在边疆、被主流社会遗忘的时候，他们挖菜窖，码煤垛，盖小屋，酿酸奶，做奶油炸糕，砌灶砌火墙砌烟囱，刷白灶台刷屋顶和四壁，养猫养鸡，学少数民族语言文字歌舞……在暴风暴雨的时刻，在火舌乱窜的当儿，在历史抽搐、政治痉挛、人众发疯的关头，他们和儿子过着怎样渺小然而自得的日子！

钱远行继续念念有词地说着什么，唱着什么，然后他疲乏地垂下了头。是钱文把他推醒，要他睡觉去。

远行突然回过身，大幅度地摇了摇手，说："我妈今天晚上不回来了。"

钱文大惊，然而远行已经说不出话来了，他躺回到自己床上，外衣也没有脱，呼呼打起巨鼾。

钱文穿起一件风衣，下了楼。所有的店铺都已打烊，路上的行人与车辆稀稀落落，即使是一座雄伟的城市，在入睡以后也显得有些软弱，有些疲劳。他钱文呢？现在一切的一切都是鸟枪换炮了，鸟枪换炮的进程方兴未艾，真是那么好吗？参加很多出头露脸的活动，一定比不参加这些活动好吗？听雪山的各种消息、犁原的各种抱怨、杨巨艇的各种救世箴言、青狐的各种神思奇想……一定比听猫儿鸡儿虫儿鸟儿的鸣叫更有价值吗？他自己写的那些个诗句，一定比他挖出的菜窖打出的南瓜包谷馕更精彩更有益吗？不敢肯定。

他甚至奇怪，当朋友们被压制被迫害（姑且算是被迫害吧）至少是被打击至少是被批评被整肃的时候，他们都显得多么可爱。那时的米其南是天真的、忠实的，追求着渴望着文学，尊敬着每一本铅字印到白纸上的书，已经饭都吃不饱了，他仍然做着高尚的梦。而现在，他是一副卑琐肉欲的偷儿形象！被迫害的时候他有一副头脑、一个灵魂、一腔悲哀和忍耐，而现在，经过这几年的好日子，他只剩下了一个嘴巴和一根鸡巴！第一次看到青姑的时候她也比现在的青狐可爱，现在已经有点儿烧包了，以后呢？雪山每次见到你都会传出一段青狐和谁谁睡到了一起的故事。杨巨艇在被剥夺了发言权的日子里，提起他来还有点像一个圣徒、一个烈士、一尊庄严的石像，现在呢？我的天，他的那些漂亮的大话对于一个经历了一切了解了一切的人来说是不是太廉价了？

更不要说白有光，一下午的会，钱文一直在端详白有光的脸特别是他的眼睛。他很奇怪，白有光一直是那么一副自负而又忧心忡忡、愤懑而又东张西望的表情。东张西望却又一直闷着头,只看得见他的目光闪烁而已。白有光时不时动一动嘴巴,好像是在设法舔干净口腔里齿缝里的陈年食物残渣,好像是牛儿反刍已经咽下去但仍嫌粗糙的干草,又好像是在做一种口腔肌肉和面部神经的专项锻炼体操或者更精确一点叫做口操或者面操。而只是在做这种操练的时候,白有光的眼睛会突然那么凶恶一下。

他想起雪山的一个说法,雪山说白有光的眼睛时而出现杀机。"那就是杀机!他是一个胆小的人,越是胆小越会出现杀机,你懂么?那叫杀机,出现完了杀机,他照样是前怕狼后怕虎!"

钱文越来越不喜欢雪山的这些流言了,然而他又不能不承认雪山说的有一点对。白有光的眼神有点特别,至少是升了官后眼神有点特别,他钱文不知道怎么理解和形容他的眼神才好,虽然他钱文是诗人,是会用也拥有各式各样的语词儿的。白有光的眼神里有一种打量、有一种对人的不信任、有一种隐藏、有一种盘算、有一种不轻易认同,现在明白了,更有一种也许可以叫做杀机的东西。升官以后,白有光增加了不少动作、姿势、声响与眼神。比如那个口(内类似咀嚼的体)操。比如那个坐在沙发上向后大仰的半躺姿势。比如动不动的皱眉和摇头。比如说话的口齿不清与哼哼唧唧特别是鼻子一噏一吭一怒的冷笑。而现在有了"杀机"这个可能有些夸大的词儿,一切表情就都串起来了。

没成色的人可能比道德高尚的人更聪明更看得透。不好的人理解不了好人的好,好人也常常不理解人的不好。各有其精彩之处。

钱文看得出来,白有光很急于整顿一家伙,至少要挥旗示警,敲山震虎。白有光懂得如何珍重执政的威风、领导的做派,懂得镇住知识分子的气焰的必要性,镇住以后才能为我所用,才好团结尊重调动积极性。他永远不会陷入毛泽东最轻视的那种宋襄公的蠢猪式的仁义道德。他本来有可能青云直上,无往而不利。

结果当上一个没有多大的官儿,如坐针毡,抓耳搔腮……钱文确实替他难过。让一个不会当官,背不动乌纱帽的重量的好同志去当官,去负责,去管事儿,这不是把他往火坑里推吗?都在那儿羡慕官、眼馋官,却又骂官、反官,这些个叫喊"葡萄酸"的没出息的狐狸们呀,你们也是**只看见了贼吃肉没有看见贼挨打罢了**。这个吃肉的故事是钱文最近听一个老诗人讲的,老诗人的诗高尚无比,清纯无比,如花似玉,冰清雪洁,学说主义,慷慨悲歌,而在一些青年文学爱好者向他致敬的时候,他说出来的却是这样一句俏皮话。

不对,不对了,他不过是等不来老婆乱焦躁罢了。其实钱文丝毫不怀疑他们与他有许多共同之处:不但王模楷、犁原、张银波……是与他很接近的人,青狐、杨巨艇、米其南,直到袁达观与白有光直到紫罗兰其实也是他这一路的人。对于他们和他至多不过是五十步笑百步罢了。他们都觉得自己聪明而且先进,他们都热烈地拥抱着大时代,不论是赶上了"一二·九"还是赶上了"反扫荡",不论是赶上了"大跃进"还是赶上了"拨乱反正",他们都觉得自己很正确(进步、革命,或很改革开放,或很人道主义)。他们都相信文字,从社论到文件,从口号到诗篇,他们都相信语言、思想、信念和感情的力量。他们都相信对阶级、国家、民族,对党对人民或对被污辱与被损害者的忠诚与执着。他们都相信文学(对自己、他人、事业、政权、组织、历史、社会或个人)很重要。他们都已不甚年轻,都怀着高级理想在现实(真挚的、血腥的、泥污的、有力的、混乱的、意想不到的、常无新意的、不过如此的……)的旋涡中打过滚,受过伤,低过头,已经熬白了或者正在熬白着头发。他们经常感到忧虑的不是自己的思想理论脱离实际,而是自己周围的实际脱离了理论、脱离了思想、脱离了信仰,也脱离了文学。但是他们如今又都活跃起来了,他们的背后有一个叫做中国共产党的巨大存在,历经艰难曲折,至今无与伦比,仍然在决定一切、顶住一切,已做和欲做一切宏图伟业。气数远远未尽、热情远远未凉、自信远远未消,他们的文思、他们的言词远远未穷,他们还在,他们还在激动、斗争、书写、发言、出风头、搞噱头、皱眉头、争取这个说服那个,一心救国救民救党……

尴尬在于,他不能说白部长或者白有光的那些观点就全不对。他明白,领导文艺的人一定要坚持文艺家提高思想认识永无止境,端正或选准方向永无止境,批评错误倾向永无止境,除非你压根儿就不承认领导文艺的必要性与可能性。他之不喜欢二白,有观点方面的侧重不一的原因,但更是因了个人。白部长永远戴着铁面具,而白有光永远给你他在耍弄手段、阴阳怪气、心胸狭窄而且急火攻心的印象。毋宁说,比起二白,犁原其实更是破绽百出、任性而且自我中心,但正由于这些弱点的暴露,使犁原变得十分真实,你可以与他有交流有沟通。在老白部长面前,你会觉得自己是虫蚁,在小白部长面前,你会觉得你即将上套。

而文艺家最希望的就是少来几个永无止境,多来一点天马行空。

偏偏他钱文既理解文艺理解文艺家又理解领导理解中国,他卡在当中,非马非驴,亦政亦诗,不理想也不现实,左右逢源,内外夹击,大患于不忍,欲说还休,终将变成照镜子的猪八戒。

下午王模楷的话真是触耳惊魂。然而这一切都是不能说的,他现在想的一切也是不能说的,他想起了胡适之关于"过河卒子"的名言,那时候胡适才四十多岁,他的低等打油诗叫做:

> 偶有几根白发,心情微近中年,
> 做了过河卒子,只有拼命向前。

他没有选择也没有办法,他只能眼看着首先是经过革命事业的大获全胜,接着又经过几十年的动荡浮沉之后,理想主义者们变得好斗成性,啰里啰嗦,各执己见,泛政治化而且动不动上火,动不动说一些很满很到顶的话。眼看着白有光眼露杀机;眼看着老白部长装腔作势;眼看着犁原风言风语;眼看着杨巨艇大言如雷;眼看着雪山上蹿下跳;眼看着袁达观无定向射击;眼看着青狐才高学浅,情深命薄;眼看着紫罗兰横空出世,唇枪舌剑;眼看着赵青山等待时机,报仇雪恨；眼看着米其南鬼鬼祟祟色情狂；眼看着张银波苦口婆心；眼看着这样的一些人、那样的一拨人，拿着唾余呼真理，拿着权力当私房，拿着姿态破纪录，拿着时髦兜售救命仙丹，拿着帽子耍威风、祭法宝，拿着名词居奇货，拿着号叫补气血，拿着挑拨做手段，拿着投机树形象，拿着起哄充民意，拿着迎合献见面礼……水至清则无鱼，人至察则无徒，他钱文太"清"太"察"了，他完了。

而且他也眼看着东菊愈来愈情绪低落。多么奇怪呀，在打入另册，被剥夺了几乎所有的社会活动权利以后，他们夫妻俩过着亲密甜蜜的生活！他回来晚了，她会抱着儿子在大门口等待；她回来晚了，他抱着儿子在大门口唱土改时期的歌谣。"大黄牛，肥又大，土改以后归我家"，这个歌儿变成了他的等妻专用歌。冬天卸煤，他跑到卡车上往下卸，她在底下接应，他运煤，她码垛。红卫兵到他们的住地骚扰，他们你看着我我看着你，互相默默地鼓励。入冬之前要弹棉花，一个去送，一个去取，一个洗被里被面，一个缝纫。一个在外边的世界里受到污辱，受到恐吓，另一个就会做一锅玉米糁子粥或者骨头汤或者白菜炖粉条来劝慰压惊。一个唱歌，另一个就来应和。一个无事，另一个就说咱们下下跳棋。一个说怎么搞的最近这样馋呀，另一个就提出了做点什么吃的全套方案。一个骂到江青，另一个一面示意说话要小声一面说事情不会永不变化。一个听到一些消息，就与另一个窃窃私语，研究它的可靠性与意义。一个回忆起共和国刚成立那几年的兴旺景象，另一个就会满眼含泪地祝祷：疯狂将会平息，理智将会恢复，事实将被承认，疾病应该可以痊愈，天怒人怨的邪恶将会多少受到钳制阻遏，而不会永远畅通无阻；而且正义与比较正义的一切将会得到伸张至少不会永远地被视为危险的死敌。

而当他们拥抱在一起结合在一起燃烧在一起的时候，他们仍然感受到户外的寒风与烈火，感受到意欲吞噬掉一切善良和美丽、纯洁和快乐的毒鲨的血盆大口。而愈是感到了变革的阵痛与疯狂，感到了世界正在摇摇欲坠，感到天塌地陷的灾变正在发生，他们拥抱得就会愈紧,他们享受得就会愈加彻骨,他们对于彼此的珍重就愈加深沉。他们的感受是由于他们彼此拥有了对方,便在被剥夺了一切的时候拥有了一切。他们被剥夺的过程证明了他们的不受剥夺。他们仍然感谢生活,感谢上苍,他们仍然感受到了幸福、好运、温暖、真诚、青春、健康、平安,感受到了人生的永远不可能被尽删的快乐。在无书可读的那几年,在读书有罪的那几年,他们仍然从邻居那里找到了《红楼梦》《家》《春》《秋》直到茅盾的《腐蚀》和丁玲的《我在霞村的时候》,他们理所当然地认定自己比贾宝玉和林黛玉、比高觉新和高觉慧以及鸣凤、比那个失足的国民党特务、比霞村那个被凌辱和歧视的女子要幸福千倍,要好过万倍,他们仍然对命运充满感激。他们不无悲伤地叹息怅惘,但他们不接受阴毒,他们不接受刻骨的仇恨,他们不接受爆炸、自戕、自怨自艾与顾影自怜。上天给了钱文以叶东菊,上天给了叶东菊以钱文,这就是命运恩宠的昭示,这就是人生的甜美的基本,这就是暴风雨中的安全港湾,这就是他们几十年来努力做好事不做坏事,帮助人而不陷害人,爱惜生命而不涂炭生灵的报答。是的,他们也有过幼稚,有过轻狂,有过洋洋自得,有过对老一辈人和不具备自身的几乎是先验的政治身份的无比优越性的人的轻忽和抹杀,所以他们应该接受惩罚,应该接受试炼,应该尝一尝人下人的味道、被剥夺和被专制的味道。他们罪有应得。他们活该如此。天网恢恢,疏而不漏。天道有常,盈虚有定。冥冥中确实有这样一个主宰,无神论的唯物主义者称之为历史的发展规律、社会的发展规律,简称之为客观规律,有神论者则称之为他们敬仰的神衹。老子称之为道,孔子或称之为仁,黑格尔称之为绝对理念,马克思称之为唯物辩证法,或名之为四大(地、水、火、风),或名之曰五行(金、木、水、火、土),它决定了他们应该永远亲爱温柔,永远互勉互慰,同甘共苦;永远享受一个好人、两个好人应该得到的幸运幸福,欢愉恩宠,爱情的酒杯永远斟满,亲情的琼浆潺潺如水。他们有看法、有意见、有辩驳、有慨叹,却永远没有毒火、没有惨雾,即使焦头烂额了、尴尬狼狈了、胆小如鼠了、叩头如捣蒜了,仍然永远保持着自身的明亮与可调节性,仍然保持着对于生活、对于人、对于大地的渴望和不动摇的坚持。他们仍然信任着什么,期待着什么,享受着什么,至少是满意着他们的在一起。如果在迷路的时候你是与你的另一个人在一起,如果在地震的时候你是与你的那一半搂抱在一块,如果在闪电霹雳之中你有一个人可以搂抱有一个人正在拥抱你,那是灾难吗?不,那是一个美丽的梦,那是一篇幸福的诗,那是一个奖赏一个慰安。人生几十年,够了。

然而这一切都是在苦难中啊,难道可以共患难难以共欢乐共富贵的悲剧不仅出现在封建王朝的政治人物之间么?当然,富贵云云,令钱文呕吐,但只不过是稍稍的正常了一些,人们就已经烧得受不住了吗?他现在已经忙起来了,他每天都在写作,即使吃饭的时候谈话的时候他都会时时想起一些句子、一些比喻、一些片段——接着便是走神分心。有多少次东菊与他说着说着话发现他根本没有听见,便愤怒地停止了表达。而每逢这种时候,他怔忡一下,可能是二十秒钟,也可能只有五秒钟最多八秒钟,他忽然恢复了一切听觉和感应,他追回了东菊的话语的声母和韵母,追回了她的爆破音、圆唇音、喉音与卷舌音,追回了她的语音的起伏、强弱、停顿与节奏,追回了她的话题、他们的话题,并且全面理解了她在说什么、她在关心什么、她在期待他谈什么。于是他有些慌乱地赶紧回答,像是老师在课堂上发现了学生的心不在焉,老师向思想开小差的学生提问,学生知道自己已经被捉,赶紧作答,却已经延迟了几十或十几或仅仅几秒钟。

然后她不再搭茬儿。

是的,他有一点忙有一点累了,现在每天他动的脑筋说的话写的字接的电话都相当于他二十年来每一天的十倍二十倍——如果不是五十倍的话。甚至在睡梦中,他的头脑他的心灵也未曾休息,他多少次在吟哦中醒来或者无法醒来,他多少次梦中得句,醒来后记得清清楚楚,再睡一觉后又失去。在他什么都不能的时候他很正常,在他终于能够投入自己热爱的、为它牺牲了不知多少东西的文学以后，他确实像个傻子了。

而且有那么多人来找他，编辑约稿，青年致敬，早已忘却多年的老同学老邻居老乡亲老同事和种种慕名者好奇者有志者都来找他，带着自己的文稿，带着一系列的问题，要求他辅导要求他解答要求他去与读者见面座谈讲话合影签名送书。他没有装电话，人家想来就来，想敲门就敲门，想坐多长时间就坐多长时间。他们都很友好很热情很有兴致，他非常感谢非常感动非常快乐，然后他的时间就这样花费掉了。

他想在门口贴一张告示："除每周二、五下午外，其余时间概不会客。"他鼓了几次勇气，没有敢贴。后来贴上了。贴上了，老朋友至少是自命的老朋友照来敲门不误，进来以后就叹息："唉，钱文，你这么多客人，影响你的写作啊！"

而且有许许多多的女人，从理论上说文学应该是女人的事业。男人应该上战场杀敌，而女人用自己的哭声笑声呐喊声鼓舞催促男人。男人应该到地里收割，而女人用歌声和叫唤指引男人。男人应该为房屋挖好基础，竖起立柱与墙壁，架起大梁与椽檩，而女人为住宅刷洗、上彩、雕饰、布置、披挂。哭声、笑声、呐喊、歌唱、呼唤、刷涂、上彩、雕饰、布置、披挂……这就是文学。文学是软弱的男人与略显强悍的女子的活计。在文学中张扬男性精神的人们是太可笑了，他们如果是真正的男人，早就该投笔从商从政从军哪怕是从匪从黑手党了，如果他们硬是不能正正经经当一回执政党人的话。

所以作家诗人最容易被女性接受被女性喜爱，丑陋的男子因为他的漂亮的文字而显得潇洒，孱弱的男人因为他的豪壮的书写而被误以为气宇盖世，侏儒一般的小男人因为他所写的厚厚的书本而增加了身高。所有的作家的写作都有讨好女人的因子，所有的男作家都喜欢与喜爱自己的女读者女作家厮混在一起。关于这个女作家和那个男领导、男编辑或男作家，关于那个男作家和那个女编辑或者女读者或者女演员的说法就特别多。雪山那里的这一类故事成本成套,长篇连载,花开好几朵,表了一枝又一枝。甚至重大的阶级斗争也要从男女作家的脐下三寸抓起,想当年的大批判不常常是这样搞起来的吗?也许有什么胡说八道传到了东菊那里?也许他们也津津乐道一切文学人物包括他这样的人的莫须有的风流故事?

噢,他想起来了,东菊有几次向他叹息,说是发现了白头发。他未以为意,他说:"没有关系,这是自然规律……"他觉得当时东菊相当不快。他心里说女性就是心太窄太细,太喜欢把心思放在鸡毛蒜皮上,头发白几根算什么呢?白了也是可能的,也是不足为奇的。他当时以为东菊的不快是由于头发,后来到了今天,来到这个东菊不知去向的晚上,他才恍惚觉得,也许她不是为头发而伤心,而是为了他的无动于衷而不快?

不久东菊理了发,做了头发,她的头发比原来黑了,也许她染了发?也许她做了什么护理,不是说有一种做法叫焗油的吗?过去他只知道盐焗鸡,是用热盐包起鸡来把鸡加工做熟,那么什么叫给头发焗油呢?他实在弄不清,他正忙于跑上跑下地接传呼电话,他的级别不够,不能自己在家里装电话,他每天为接电话回电话打电话等电话已经跑断了腿,他没有及时对东菊的头发做出称赞或者欣赏的回应,难道这就是问题所在吗?

还有今天中午,东菊说想吃烙饼,他说他不喜欢吃死面饼,宁可吃二两一个的大馒头。这样的争论,那能够算是争论吗?锅里放了油,放葱花在前,炝锅炝好了再放肉丝,这本来是没有争论的,但是出现了一种说法,是钱文听青狐讲的,说是葱花应该分成两部分,一部分用来炝锅,另一部分则应该在菜将熟时放入锅内,半生食用,更能起到调味功效。这天中午东菊做肉丝炒苤蓝丝,钱文忽然想起了这种葱花的使用方法,便建议东菊采用,东菊觉得奇怪便问钱文哪儿来的怪招,钱文说是青狐的主意,东菊忽然十分不快,把铲子一扔,不做饭了。钱文于是接过铲子,推行炒菜维新,炝锅改革。结果失败,肉丝苤蓝丝要多难吃有多难吃。东菊乃嘲笑这种炒菜新法,钱文却指出这是由于东菊中途罢炒,影响了炒菜的正常进度,有一部分葱花烧焦,当然不好吃了。如此这般,东菊没有吃饭便离开了饭桌……

所有这一切都是他们苦苦等了又等的。等到终于开始实现的时候,他才发现,更多更大的空间并没有使人们更亲密更一致,而是使人们拉开了距离、产生了分歧、出现了各种不平衡。在怒涛中,在死神的翅膀的覆盖下,诺亚方舟上的男人女人猪狗鸡猴骆驼蛇鳖鸟虫才能紧密地团结在一起。等到他们获得了自由以后呢?鸟要飞天,鳖要游水,虫要上树,蛇欲归山,谁知道?鲫鲋涸辙,相濡以沫,相忘于江湖。阔大潇洒之中使他感到了迷茫。

他本来可以多一点时间与东菊在一起。他本来可以生活得单纯许多。然而他没有做到。他错了。

他忽然莫名其妙地想起了斯大林的妻子和女儿,女性的非政治化有时候是一种平衡的因素、惰性的因素,有了她们,生活才不至于过分发烧。

他激动地在楼下走来走去,他甚至对什么叫好什么叫坏产生了怀疑。夜深了,城市在入睡,街口的交通信号灯在风中轻轻地摇曳。半天半天才有一辆汽车通过,眼看着居民楼窗的灯光一处又一处地消失,耳听着从各个窗口传出的电视、广播、录放机的各种声音,从开始的嘈杂混乱渐渐沉淀减少,变得单一,终于化为乌有,他觉得热烈的生活其实也很萧条。行人更是绝无仅有了。有一个戴着红袖标的老联防队员踽踽走过,他的腿好像抬不起来,一双鞋趿拉趿拉地扫着地,只有老人的双眼有一些威严,仍然是一副"是猫就辟鼠"的自信。他看了钱文一眼,断定他不是坏人,便不再看而离去。而钱文却更像一个无家可归者、一个迷路者,等也不是,不等也不是。等,等到什么时候,东菊即使马上回家,她知道这一晚上钱文等了多少时光、担了多少心吗?不等,就等于根本没有等候。不等,他回到房间,能倒在床上睡觉吗?

## 第 二 十 二 章

东菊,你了解钱文吗？当然,钱文也是男人,他早在上小学以前就会说那个童谣了:

> 小小子儿,坐门墩儿,
> 哭哭啼啼要媳妇儿。
> 要媳妇干吗(读 mà)？
> 做鞋做袜儿,
> 点上灯说话儿,
> 熄了灯就伴儿。

那时候他已经感到媳妇是一个温暖的字眼。他知道小小子儿需要媳妇儿,媳妇儿也需要小小子儿。他在上小学二年级的时候一次看一个电影,看到一个身材姣好的女角色,那女子长着瓜子儿一样的脸蛋,有着白嫩的皮肤,甘甜的笑容和清脆的说话声。影片里有一个女子腰上系着围裙在厨房里捞米饭的场面,使他悟到了"媳妇"两个字的意义。这就是媳妇,这就是我生命中将有的媳妇呀,是多么顺溜,多么喜兴,多么利索,他无法忘记这个"媳妇"干完了活伸出两只手甩掉手上的水珠,腰肢轻轻一扭的情景,他看着觉得舒服极了,迷恋极了。他闻到了这个媳妇身上的化妆品的芳香和一股蒸锅水的即新出锅的馒头的味道,当然,影片上的媳妇常常出入在厨房里。他告诉了班上一个同学,他需要一个像影片上的女子一样的人做媳妇。

他们班的几个身强力壮的男生特别反感于女生,他们在男厕里集体撒尿的时候常常交换一些非女性厌女性排斥女性的观点。一天,一位班上最能打架因而最有威信的男生声言:"世界上最没有意思的事情就是娶媳妇,咱们班上的男生应该下一个决心,谁也不娶媳妇!娶个媳妇,整天和女生在一起?谁娶媳妇谁是王八蛋!"

　　他的倡议受到几乎是全体用站立姿势尿尿的男生的欢呼,所有提着裤子的未来的男子汉大丈夫立即表态:终身不娶,不近女性。当时这些男生不懂得什么叫做女色,但是他们的不娶宣言似乎增强了他们的男子的尊严感与骄傲感,同时他们也借此表达了他们对于爱哭、小性儿、爱向老师告男生的状的女生的"三不(不理会、不亲近、不需要)主义"。

　　但是钱文没有响应,没有搭茬儿。他确实没有觉得女生讨厌,而是觉得女生可爱。

　　他在男厕所的表现当时没有受到野性十足的浑小子们注意,但是紧接着班上发生了一件事:一位女教师在班上检查一个男生的作业的时候骂了不好好学习、没完成作业的男生几句。老师说完话从这名男生的座位旁回身走向黑板。男生坐下来并且向身边的另一名男生小声骂了一句脏话,而那一名的男生也应和了一句更下流的话。女老师恍惚听到了什么,便怒目回视。听到两句脏话的部分男生趁机哈哈大笑,他们的笑声引起了没有听到脏话的其他男生的大笑。老师火了,追问未完成作业的男生在嘟囔什么。这位男生支支吾吾,全班男生再次哄堂大笑,笑的男生中只有一小部分知道是怎么回事,大部分只是笑那个闯了祸的男生的窘态。但是笑声更加激怒了女老师,她穷追不舍。追不出来转而追问坐得近的女生。由于男生的脏话里有污辱女性的内容,女生都没有笑,而是羞赧与义愤交加。在老师的追问下,女生们用蚊子一样的声音断断续续地将两位男生的脏话报告给了老师。可以想象老师的愤怒,她干脆停了课,痛骂班上的男生。老师在黑板上写下了"没脸皮""下流坯""流氓无赖"等词,一边讲解词义一边对男生们严厉训斥。

下课后班上爆发了性别大战,全班男生一边,女生一边,互相跺着脚对骂。男生说女生是"汉奸""马屁精""害人精""长舌妇"……女生说男生是"流氓""土匪""野孩子"……钱文没有参加对骂,也就是没有参加男生的阵营。钱文对于班上发生性别大战颇觉遗憾。再说他也本能地不愿意参加涉嫌反老师的活动。结果,女生们发现钱文的不同凡响了,于是班上的几个发育超前的大个子女生一把把钱文拉了过去,甚至搂住了钱文,一面痛骂别的男生一面夸奖钱文……

这件事给钱文留下深刻的印象。他无法否认,他从小喜欢女生。在女生的怀里他有温暖和舒适的感觉。稍微长大一点,他更感叹于大自然对于女生的偏爱,她们美丽而男生丑陋,她们机敏而男生笨拙,她们热情活泼而男生愣愣磕磕,她们带着一种芳香,而男生是一股子汗臭。男生和女生在一起,他觉得是对男生的恩宠与抬举,是对女生的亵渎与玷污。读了《红楼梦》,他相信贾宝玉的抑男扬女论是一般青春期男孩子的通识,人同此心,心同此理,不必等候资本主义萌芽。

在一些电影里他看到一个又一个的女子被男人玩弄被男人欺骗被男人抛弃而最终变疯、投河、上吊的情景。不论是张恨水的《金粉世家》还是《啼笑因缘》,不论是《杜十娘》还是《秦香莲》,不论是电影《渔家女》还是《歌女之歌》,里面都有一个哭天抢地、叫天不应、叫地不灵的女奴,也都有一个强蛮的虚伪的忘恩负义的男人。这样的男人是天使般的、花朵般的、乳酪般的与羔羊般的女子苦难的根源。这样的男人大体上就是强奸犯(那时候的"奸"字当这个意义讲的时候要写作三个"女"字——姦,好像是把三个女人压成一团)、强盗、野兽、刽子手……他还常常在茅盾的小说上看到男人的"兽欲"这一类字眼,他不知道男人的兽欲是什么,大致就是把女人割成一条条的肉剥下一层层的皮。电影上的坏男人都喜欢抱住女人,抱住女人以

青　狐

后下一步大概就是把女人吃掉毁掉,吃完了毁完了再吐出来捏合起来揉巴起来,女人便再没有幸福和天真。女人们的苦难都是起自于她们被那些坏男人的拥抱。她们抵抗,她们哭诉,她们哀求,但是他们还是被男人抱住了,于是她们完了,她们怀了孕,她们被认为是坏女人,她们被父母被社会被朋友彻底抛弃,她们上天无缝入地无门,她们只剩下了死路一条。甚至从他们家的处境里他也听够了母亲的抱怨,他知道母亲的愁容,家计的困难来自父亲的拈花惹草,不负责任。直到他自己已经很有些年纪了,他才知道事情不完全像母亲说的那样。反正自小他就下定了决心,对女人、对媳妇,他钱文绝对不可以做任何不好的事。没有比媳妇更可爱更需要好好呵护的了。

而等到他早早地拨响了要革命这一根弦的时候,他对女人的概念就不再是媳妇而是俄罗斯的虚无革命党人苏菲亚,歌曲里的喀秋莎,还有他想象中的打裹腿的中国红军女战士与一二·九运动中顶着水龙头向前冲的剪短发、穿竹布裙的女大学生了。他已经在大、中学生的游行、联欢、集会、演出当中领略过那些不事打扮但本身就像火一样明亮灼热、耀人眼目的女子了。她们思想激进,献身决绝,她们爱流泪也爱笑,在她们的泪水与笑靥之间,是天翻地覆的风暴。钱文完全相信革命的女神的力量,革命的神祇解放的神祇自由的神祇是一个女性。他看过名画《圣女贞德》,圣女贞德被画成一个裸体的女子,她号召着斗争。一切革命斗争后边都有一位美丽的、受尽玷污与蹂躏的、期待着铁与血的复仇的女子,男人们正是为了这样的姐妹,为了擦干她们的眼泪,为了护卫她们的笑容,毫无顾惜地扛起炸药包向着反动阶级的碉堡冲去。

不论从什么角度,他喜欢女人,他尊敬女人,他接近女人,一辈子他最不愿意做的事就是伤害女人特别是他爱的爱他的女人的心。对于女人他永远小心翼翼,永远像对待一个易于打碎的瓷器,又像对待一个神明。

从第一次见面起,吕琳琳给钱文一种温和的却是无边弥漫的热力和柔情,他可以笼统地判定,吕琳琳是一个自幼生活良好的大孩子。她是纯洁如玉的,对于他却又是相当遥远的图影。他没有也不可能有任何别的想法,虽然在得知她嫁给海军军官的时候他也有过一点惆怅,他得到的他珍重的只是对她的印象、对这个图像的温习、对于这个女性的想念——也是对于他自己的少年时期的想念。

是东菊的出现使他长大成人。东菊的出现是一场暴风,因为他立刻意识到,他们在决定自己的一生,点燃自己的火炬,让自己发出光和热,也让自己化为灰烬。从东菊身上他感觉到一切:荣辱和浮沉,敌和友,风险和平安,成就和失态,生和死。他所处的世界为东菊的出现而呼啸,全城的灯泡都因为东菊的出现而哭得影影绰绰、麻麻雾雾。她的经历已经使他意识到了她的内在的倔强,她的迎风而立的身影表现着一种平凡的坚定和分量,她的盛开的笑容使世界变得像树叶一样地飞舞,她的善良和温顺的眸子的光芒像丝带一样地把他紧紧缠绕,她的脖子——为什么一想到他们的相逢他往往会想起她的脖子——的无瑕与凹凸的生命力像是天籁,提醒钱文她是多么的需要爱抚和保护。

他难以再形容再追忆,他这一生所献身的事业、理想、艺术和感情,他的命运集中在叶东菊身上。对于结婚二十多年的老夫老妻来说,突如其来的激情已经成为过去,他特别喜欢一个纯粹中国式的名词,叫做"恩爱",为什么爱情是一种"恩",是一种 favour? 为什么说一日夫妻百日恩?中国式的爱情观不只是从自己的需要出发,强调"我要你,我需要你,我爱你",而是想到了对方与自己的交合是对方的最大的恩惠,爱与感激永远结合在一起。多么傻,多么可爱的中国人!

而经过几十年的生活,他和东菊两人已经变成了一个人。一个思想、一个念头、一点情绪、一些记忆哪怕是莫名的一阵悲伤、一股怒火,都是他们俩共同发端共同演化共同完成的。"这个林……"钱文有气无力地想起了一个人的名字,他刚开头,东菊就会接过去:"林××怎么样了……"然后是钱文,然后是东菊,然后是他们二人如一人的感慨和回忆。"我想我应该……"东菊开了个头。"你应该怎么样怎么样……"钱文就会接着说下去,他们共同做出了决定。

他和她一起,可以回忆几乎所有的事。任何另外一个女人,可能是可爱的新奇的刺激的,但是他们没有这种共同的记忆。如果是和任何一个别的、可能也是美丽的和有魅力的女子在一起,他就变成了一个失去记忆的人,也就变成了非钱文。

尤其他忘记不了那沉重的岁月,他一脸晦气从外面回来,外面的世界已经疯狂到了不可理喻也不可预测的地步。他发现东菊正在洗头发,房间里充溢着香皂的芬芳和温热的水汽,还有东菊的头发与从衬衣领口冒出来的身体的气息。穿着有点被打湿了的内衫的东菊抬起头来看他,把热气输送给他。无论如何,他的回家还是令人愉快的。他原来不知道是不是忘记了这种愉快,但是东菊的笑容提醒了他激活了他。看到正在洗头的妻子,看到正在为一头秀发一身清爽地迎接他而忙碌的妻子,这是多么幸福啊。他也忘记不了他出门的时候妻子总要送他,他总要回头,他每次回头都看得见妻子关切的目光,妻子也不是不知道局势的险恶啊。

只是妻子不像他那样随着局势而波动而摇摆,妻子有一种天生的比他更个人更注重自己的生存与生活的倾向,所以妻子更比较不为历史的抽搐而动。妻子必须、妻子幸好在险恶中平静,自我,多一点常识,多一点后来风行得不得了的词儿即"平常心",多一点生活气息。历史扭曲了生活,生活又疏浚着调整着历史。历史激动了平常心,平常心又梳理了驯服了惊涛骇浪的历史。

然而这次是他的错,他本来应该更多地观看她、对她说话。她是他身边的永远的那一个,他的谈话的永远的第一个倾听者和应答者,他的思想的第一个感知者和校正者。是他的身体和心灵的一切躁动、血液与神经的一切震颤、梦里醒里器官里与念头里的一切悲苦与欢欣、恐惧与炽烈的第一个感应者、共鸣者、调谐者与疏导者。正是因为有了东菊,他的酸度、碱度、紧张与放松,他的暴躁和灰心,他的伸张与萎缩,他的加热与降温,他的苦熬与踌躇、失态与狂欢都有了意义。

……然而还有吕琳琳,他竟然在这个时候想起了吕琳琳。

吕琳琳已经流露出老态,她的精心的穿着与无微不至的打扮特别是对于面部的处理令人惊叹,你看她的皮肤柔嫩得就像年轻人,你看她的五官端正到了完美无缺的程度,你看她的身材仍然保持着美好的线条。他奇怪她是怎样处理了眼角的鱼尾纹的。可是,她的脖子显然已经苍老,脖子上的松弛的皮肤与枯瘦的骨骼令人不忍卒睹,其实她应该胖一点,虽然那样会影响身材,但是可以遮蔽一下苦命的脖子。他为什么那样注意女人的脖子,他自己也不明白。她的鼻子上的放射状的纹路也令钱文难受。钱文相信,是那些辛苦的、必须常带微笑的伺候人的女人,鼻子上才会起皱纹。是的,她经常是微笑的,微笑的灿烂遮蔽着她的老态,但是只要她稍稍放松了笑容,她的脸上立刻露出了疲惫,两腮边的纹路甚至像是被砍过一刀或者两刀。从吕琳琳身上同样看到了时光的流逝,没有"文化大革命",没有打入另册和压制、冲击、恐吓,你仍然失去了青春。你的驻颜有术证明了你的苦苦挣扎,你的苦苦挣扎从反面证明了你的青春的失去有多么沉痛。

在海滨漫步的时候,吕琳琳说了一句话,和过去一样,吕琳琳的话并不多。她似乎只是轻声说了一句话,她说:"终于长大了……"

她说得含含糊糊。她的话没有主语。他当然想起他与她相识的时候他才是中学生,他更想到他们这一代人似乎是不愿意长大的一代人,然而现在是长大了。为了这句话,他想拥抱吕琳琳一下。他知道,我们不是苏联也不是美国,她不是娜塔莎也不是苏珊,而他也不是阿历克赛或者吉米。他的脸上出现的是苦笑。

吕琳琳模模糊糊地说:"我是一事无成。小时候我弹钢琴,音乐老师说我可以成为一个钢琴家。但是很快我就不弹琴了,我的志向转向了数理化,我一心要做一个好学生。然后是新中国,我也要革命,你想一想,像我这样的人也退了学去跳革命的舞,这不是有点火辣辣的吗?然后我参加了海军。然后……我就老了,可我还什么都不是……"

在海滨漫步的时候一些小摊贩播放着各种港台歌曲,其中不乏他们俩都熟悉的老流行歌曲:《五月的风》《玫瑰玫瑰我爱你》《少年的我》和《心上的人儿》。他们相对一笑,又苦又甜。

……还有青狐,这两年,他隐隐约约听到了青狐的一点故事,很不幸,这故事的传播者仍然是他不那么喜欢的雪山,再加那个他一见面就要退避三舍的李秀秀。这些故事给青狐增加了魅力也增加了某种危险色彩。钱文并从而想到或者叫做认识到,那些有一个好老婆或者好老汉,有一个稳定的家庭的人是太幸福了,而太多的幸福也会变得平淡、乏味、庸常起来,那些有一个(或一个又一个)不幸的失败的婚姻的人,那些一辈子干脆没有结成婚的人是太不幸了,而不幸、焦灼、折腾,最后是歇斯底里和分裂给了他或她多少创作的灵感!文章憎命达,文章也憎幸福的婚姻。上天就是这样,堤内损失堤外补,越是不幸,越是可能成为好的作家。

他喜欢青狐的才华,他喜欢隐隐约约地去感知青狐的小说里流露出来的女人的心。真是一个才女,文才像烈火一样地燃烧着她自身,然而她缺少别人在幼儿时期得到的一切最起码的教养。才女的才华注定了要成为烧毁自己乃至周围的人的毒火。她的思想、感受、联想、比喻和语言修辞,是以一秒钟一百万圈的速度疯狂旋转的原子组合,从字面上理解,他认定青狐是一台回旋加速器。她的情爱与欲望排山倒海,她的愤懑与蓄积等待井喷。她拿起笔来了,她用半通不通的却是天才的语句抒发她们的情愫,于是闪电和惊雷、大风和暴雨、垃圾和排泄物搅得周天失色。

他永远忘记不了青狐的面容,这次的海滨之行他有了近距离观看——他要说是观赏青狐的面容的机会,青狐完全谈不上漂亮,然而她是太耐看了,越看越爱看。那是一个多么像火红的狐狸的脸型,那种高高吊起和远远分开的眼睛,那种宽阔的下巴和分开到两侧的嘴角,那笔直的不可阻挡的鼻梁和长圆的鼻孔——她是怎么样地与众不同的一匹小兽啊!青狐给他以非同庸常的野性与秀丽之感,然而他不知为什么总觉得青狐似乎是太对不起自己的相貌了,特别是她的举止有一种寒碜,有一种小家子气,有一种"薄"——什么薄呢?浅薄?刻薄?薄命?薄情?薄幸?薄技?薄俗?薄酒?嘴唇薄(其实她嘴唇很厚)还是眼皮薄?他说不清楚。是的,才高学浅,情深意乖,心热运蹇,从第一眼他就认定了青狐的"薄"。她可能有一百种魅力一千种好处一万种优点,然而她的"薄"使他不能不为之惋惜。

　　开始接触的时候青狐对他对王模楷甚至对米其南更不要说对犁原了,是一副乡下丫头的毕恭毕敬纯朴善良,连笑容也故意显出傻兮兮的咧大嘴的样子。看来如"反右"时一位领导同志讲过的,会写"几个狗字儿"的所谓作家们其实是一帮得了便宜卖乖的贵族,至少是上层人物的座上客,他们是圈子里头的,也许是边缘的,但绝不是外头的人。

　　嗯,作家,作家在中国成了一批什么人物!不应该欺侮他们迫害他们,他想起那句"到县里,一个科长就能管住他们"的名言来了。然而,当人们一个又一个地人五人六起来之后,如鲁迅所写的《离婚》,当一个个地拿起屁塞,讨论着新坑、旧坑、水银浸并且大喝一声"来兮"之后,当爱姑也巴里巴结地要往老爷太太圈里钻的时候,你敢保证底下出现什么(读 shén mǎ)事吗?

　　这次在海边有一件事让钱文颇为感动,那天他们一起吃晚饭,他因为说话吃得有点慢了,快吃完的时候,他发现一桌人都散去了,然而青狐还坐在一边,痴痴地望着他。青狐的眼睛里有一道火光,有一层水雾,有一种真诚的痛苦和友谊、渴望和羞愧。他突然感动得浑身火热。他们的目光的接触使青狐不好意思,她的脸一下子飞红了,她立即低下了头,她几乎是跑掉了,他也几乎难以自已。钱文想起了许多狐狸的故事,中国的和外国的。最感动人的是说狐狸可以周身软软,可以从一个小孔中进入或者逃逸,精灵而又细腻,让你无边地满意。狐狸的爪心是蓝色的。

青狐的手心是什么颜色的呢?

正是由于从小他喜欢女性,他绝不轻率薄幸,他不敢玩弄女性,不敢伤害女性,他宁愿选择平静与专一。这是道德,这更是感情,这是珍惜,这更是面对庄严生命的一种光明,让那些猪狗嘴脸的男子卖弄他们在与女子交往中的贪欲和得手吧,钱文不可能,永远不可能。

许多事对于钱文来说都是不可能的,他愿意平静地享受这种不可能,忘记这种不可能,珍惜这种不可能。他得到的是与东菊的永远的恩爱,他享受的是自己的一瓢。他得到的是健康、纯正、光明和心安理得。他可以摘下帽子来静默三分钟。他可以,他愿意为那么多可爱的与不那么幸福的女性祝福。这就是他的人生。这就是他的绝对不乌烟瘴气的人生。

曾经有一些一刹那的事,然后了无痕迹。钱文从这一刹那开始,觉得自己就是有点老了,再有三年,他就是年已半百啦。

难道这一切东菊都感觉到了?他没有对东菊说什么,因为本来也没有什么可说。但是他又想起来了,不只是那一回,还有两次,东菊和他说话,他晚回答了最多两三秒钟。东菊说:"今天早晨咱们的电表跳了两次闸,那个电熨斗有点问题……"钱文当时不知道是在想什么,恢复了正常的社会生活和写作活动以后,钱文开始"想"了起来,想文学,想诗句,想发言,想别人说了什么和自己应该说什么与实际说了什么,然后是想理论、观点、口号、关系和人还有国内外形势。他当时听到的是"现表"和"跳啥"两个无意义的词,东菊对他说什么现表、跳啥,这很不合逻辑。嗯?他的眼睛现出了迷茫的表情。不是现表和跳啥,而是练表和跳峡吧?该死,他甚至锁了一下眉头。他从小有一个爱皱眉的该死的习惯。练表,练表……那就是电表,噢,电表跳了什么查……就是闸——"什么跳闸?"这时两秒钟已经过去了,他打了一个"时间差"。对了,乌拉,是说了电熨斗,"呵,呵,我们的电熨斗的功率是多少瓦的?"三秒已经过去了。"也许是电插头的毛病吧?"他找补说,他的找补有些无趣而且理亏,他的找补有气无力,缺乏信心。

而东菊就不能等这三秒钟,她的眼睛里出现了失望的表情,她轻轻叹了一口气,她说:"没有什么,你忙你自己的事情吧。"

而钱文受不了东菊的失望,受不了东菊的愁眉,受不了东菊的沉默无言。

于是钱文怀着离奇的热情准备与东菊大谈电表和闸盒、保险丝和插头、功率和负荷、熨斗和新购置的十四英寸黑白电视接收机,不为别的,只为东菊开了这个头,而这个话题已经打断了钱文的思维,使钱文从文学的、政治的、社会的世界"跳了闸",转入了日常家庭生活的世界。他把自己从深度的思索里生生拔了出来,而东菊现在沉默了。

"我正在考虑一篇新的诗作……"糟糕透了,钱文本来不应该解释什么,这里本来没有什么大不了的,钱文既不必觉得内疚,东菊也不必觉得抱歉。而钱文解释起来了,解释的客观效果——如果这个解释是能够成立的,是被接受了的——是在暗示东菊应该向钱文道歉才是,是东菊打搅了钱文的思路,是东菊扰乱了钱文的文思,是东菊用无意义的针头线脑、鸡毛蒜皮冲击钱文的伟大文思(或政思、情思……)。

还有一次是谈一个不相干的人打来的电话。东菊为这个电话通通通从八楼跑了下去,那时电梯工上厕所,电梯不运行,你不知道她是大解还是小解,公用电话主人催你催得火急。接完电话东菊再通通通爬上了八层楼,因为电梯女工似乎还在解手。而后证明那只是一个屁电话,是一个话都说不清楚的人写了上百首所谓古体诗。其实钱文说过,这个人的"诗"既不是快板也不是诗,甚至当做标语口号也嫌欠通顺,说是顺口溜它偏偏又十分拗口,总而言之这种东西让你越看越生气。写了就写了吧,他还附上一封长信,翻过来掉过去,他讲了一通写古体诗可以不讲韵律、平仄、对仗的道理——无非是掩饰他自己的对旧体诗词一窍不通。他毕竟不敢说自己写的是律诗是绝句是填了词,以为标明是古体就便于糊弄了。他把稿子寄给钱文要求钱文帮他发表不说,而且要求钱文帮他修改润色。这不,他不知道从哪里查出了钱文的住址和公用电话,他又打过电话来纠缠不休。

当东菊对钱文讲述这个电话的时候,钱文脸上出现了厌恶的表情而且没有及时回应。他嘴里"呒呒呒呒"地呒个不住,事后钱文想起来,世上没有比表示厌恶和自己正忙、万勿打扰的嘴脸更难看的了。为这个,东菊哭了。

过去,他们夫妻俩好像很容易交流沟通,他们每天晚上讨论国事家事公事私事。他们的交谈他们的话题常常最后集中到江青身上,分析江青的气数究竟还有多久,分析江青如此活跃在政治舞台究竟意味着什么,分析江青的装束、衣帽、公众场合的伸脖动作、声气、音质与情绪。"文革"初期,一九六六年末,有一个临时工造反团开会,为临时工诉苦,江青听了马上大骂劳动部,并说让那些部长去当临时工。连钱文都觉得江女士太天真了,太幼稚了,像出自幼儿园的革命者。就这个话题两个人谈了几十次,每次都长叹不已。他们痛心,他们无奈,他们气急了悲极了怕极了却又觉得着实可笑,最后两个人会在笑声中搂在一起。

但更多的是相反的效应。他们有幸在"文革"中共度风雨,也不用上班上课,"文革"像一次团圆假期,像是天天度蜜月。晚饭后无事可做他们早早地躺在了床上,似乎有夫妻恩爱的要求与自然趋向,似乎说一会儿话就应该搂抱在一起男欢女爱一番。但是有好几次,他们已经依偎得很近很近了,已经颇有温存情意了,一个对于江女士的音容笑貌言谈举止的发现和模仿,或者一个悄悄传出来的江青与××同志的故事令钱文或是东菊或是钱文并东菊兴奋起来了,两个人顾不上做爱而是滔滔地谈论起江青现象来了:一个说是封建余风,一个说是戏子本色,一个说是假传圣旨,一个说是虾兵蟹将,一个说是必有后患,一个说是元气有伤,一个说是众怒难犯,一个说是撒娇打镲……越说越激动,越说越哭笑不得。一开头说着还有点悲伤、有点愤怒、有点恐怖,越说越成了天大的笑话,越说越成了天方夜谭。钱文于是给东菊讲褒姒、妲己、吕后、武则天、西太后……东菊便分析江青同志并无褒姒妲己之貌,也无吕后则天之才之气势。两个人越说越热闹,最后连夫妻恩爱也忘在了一边,两个人拉着手哈哈笑着入睡。这是何等舒心的日子!

慢慢这变成了只有他们夫妻俩知道的暗号了,躺在床上,如果钱文开始说江青,东菊就认定今晚不会有性事了。其实就钱文来说未必是这个意思,很可能是他真的听到了什么故事消息。在讲完江青新话之后,当钱文向东菊靠过去,热情渐渐燃烧起来的时候,东菊会略带惊诧地问:"不是今天谈江青了吗?"

而如果入睡以前东菊主动地提出:"我们再说说江青吧。"那里边就确实包含着今晚免性的招呼。那说明,东菊确有情况,确感疲劳,确实无意倒凤颠鸾。于是钱文也就干脆把注意力集中到国家大事上,特别是集中到"中央文革小组"与江青同志身上。也许谈着谈着,他听到了东菊的鼾声,他的谈话起了很好的催眠作用。这样一种夫妻生活的暗号,很有用处,它避免了许多你愿意我不愿意、你不主动我也羞于主动、你拿不定主意我也二二乎乎,最后搞得该成的时候不成、不该成的时候勉强成、都想成却又都没有说出口等等的尴尬。

多么绝门儿的符号,多么舒心的日子!

后来过了好多好多年,钱文才知道,外国也有这种暗示,这种风俗。外国人并非想上就上。你邀请一位你中意的异性到你的私宅,天黑以后,你可以问她要不要喝点什么,如果对方首肯,那是有意的表现,如果被谢绝,你应该规规矩矩,等着人家告辞。这当然也很文明,但仍然没有钱文与东菊的政治性暗号令人拍案叫绝。

可现在,东菊怎么不爱说话了呢?她比过去话少得多了。钱文实在逼得紧,东菊就说:"其实也没有什么,你其实是一个好人……"

"那你为什么不高兴呢?"

"那是我自己的问题。"东菊断然说。这样说完了,钱文发现,她更忧郁了。

在过往的二十多年,钱文甚至不再想平反的事情,恢复名誉的事情。因为事实已经证明,打入另册也照样可以过日子,打入另册也照样不比许多穷苦的人生活得更差,不比夤缘时会突然捡到一个金饽饽却紧张得要死要活的人活得更苦。想起戚本禹呀王洪文呀李素文呀吴桂贤呀,钱文竟然替他们感到紧张辛苦恐怖,包括江青同志,她本来可以活得幸福高贵。打入另册使他有机会体验老百姓的艰难与情趣、卑微与狡猾、顽强与沉静、寂寞与逍遥,后来他当真不再想什么日子翻过来会是怎么样了,后来他当真不再想可以有别样的红火、煞有介事、众人瞩目、人五人六,未尝不是讨人嫌的生活了。

在这个莫名其妙的东菊出走(?)的一夜,钱文想了许多。他在自家住的楼房周围走来走去,经过一个馄饨铺,馄饨铺一直开到了午夜十二点,这让钱文感动。一九七五年钱文回来探亲,那时所有的餐馆都是晚上七点半至多八点就"上板"了。

他经过了一个电视机修理部,曾几何时,不但有了电视机而且有了修理部啦。他经过了一个星海牌钢琴的大广告牌,这也是城市生活里的一个新来客。想到过去只有政治口号和标语、只有领导人画像的地方竟悄然出现了商业广告,钱文甚至觉得温暖,他愿意为生活给平庸的消费者一般化的百姓留下了空间留下了活路而大哭一场。生活正在全面地发生变化,他充满希望,他同时又好像对许多事情都看得更开了,看开了也想开了。白云苍狗,万法无常,人至少应该解脱自身。他再也不会去受那个不该受的低俗之苦,经营之苦,争夺之苦,贪欲之苦与恐惧之苦了。

他做出了一个小小的决定。等东菊回来,他要谢绝一切社会活动,辞去一切社会与文坛的职务,他要养一只波斯猫。他要自费与东菊一起去一趟大海之滨,他们偷偷地去,偷偷地回来,他们要独自享受真正属于自己的落日和涨潮、波涛和长风、渔船和星夜、海鸟和礁石……

天色微明的时候,东菊回来了,她始终没有说明她到哪里去了,她为什么要出去这么久,她是否不快和为什么不快。东菊原来是一个能够使一切一切话语深潜到海底而且永远不让它们浮出水面的人。钱文憋得难受,憋得炕蹦儿,但是他还是忍住了自己,他必须学会倾听东菊的言语与无言语,他必须学会懂得言语的重要与无力,来日方长,人生的滋味还要细细咀嚼,细细体味。

几天后他们悄悄自行去了海滨,他们与一批新婚夫妇坐在同一个破破烂烂的大公共汽车上,说是汽车里有冷气,所以要多收旅费,但是开车后开放了最多二十分钟冷气就停下来了。新婚夫妇们恩恩爱爱,在车上也像一对对小燕子似的,卿卿我我,喁喁叽叽,贴贴靠靠,胶胶漆漆。这样的场面甚至使钱文想喊万岁。他对东菊说,让我们也再结一次婚吧,让我们再去度一次蜜月吧。

当年在"反右"前夕,东菊说,去了一次香山以后,以为这样的日子再也不会来了,想不到过了二十多年以后又续上了。钱文的话到了嘴边又咽了回去,他想说这就像《红楼梦》,写到一半,原稿丢掉了,然后过了许多年,出来一部续作。续作是原作?是伪作?是完成了构思满足了读者的期待了却了作者与读者的心愿,还是拙劣得令人难以容忍?这成了永远断不清的公案,成了永远的话题。那年的昙花一现的香山周末游,二十五年后的海滨五日游(后来才知道也是昙花一现的),它们之间也有着雪芹原作与高鹗续作的区分与连续吗?

他们确实度过了原创的,当然比宝玉与黛玉幸福得多的日子。年近半百也罢,他们投身到度蜜月(其实只是几个"蜜日")的青年人当中来了,他们仍然像新婚夫妻一样。他们是一对夫妻,仅仅是一对夫妻,今生为夫妻,来世为夫妻,永远是夫妻,《长生殿》的情节与中国式的表白仍然令人感动。他们戏水,他们晒太阳,他们互相埋沙子,他们一会儿是躲避一会儿是寻找海风对于全身肌肤的抚摸吹打。他们躲避海水里扎人的小虾与粘人螫人的海蜇,他们仰卧在海面上与头顶的白云相语,他们在大浪滔天的时候体验兴奋与恐惧、勇敢与无忧。他们乘着渔船出海,唱着"(但)海风使我忧,波浪使我愁",唱着"国家要我驶向海洋,要掀起惊天风浪"。他们想象渔民,想象水兵,想象海盗,想象哥伦布、麦哲伦与鲁滨孙。他们坐在礁石上,倾听雷鸣般的涛声,观看白雪般的浪花,观看不远的城市的万家灯火,奇异于沉醉于人生如大海的千姿百态、万劫不休。他们赞叹并且痛惜海涛海潮的力量、坚持、永不灰心、永不懈怠,却又是浪费着、循环着、徒劳着。他们仰望初升的明月,俯视海面上的扇面形的银光,吟诵起"海上生明月,天涯共此时""弃我去者,昨日之日不可留,乱我心者,今日之日多烦忧""海啊,自由的元素",欢乐的热泪流在他们的脸上。他们倾听夏虫的交响乐队演奏,饱吸千草万木的芳香。他们赞叹涨潮时的洋洋浩浩,也惊叹落潮时的怪石峥嵘,大大小小的礁石上都粘满了各种贝壳类生物的活体与尸体、整体与残片,从而显得更加奇形怪状。落潮时分他们也与别的游客一样去捡拾贝壳,他们拾到了一个火红的扇贝,一个橙黄的海螺,他们还救助过几只搁浅的小蟹,两条银色的小鱼,小心翼翼地捧起它们,送到有海水也有沙石的安全的地方。

他们确实是好多年没有这样放松过、自在过和与大自然亲近过了,他们晒黑了,结实了也紧密了,他们抑制不住心头的快乐,大孩子似的回来了。

就在到家的那一天晚上,雪山来了。他说他已经来过多次了,他要告诉钱文的是,据可靠消息,钱文即将被任命为白有光的副手,而叶东菊即将被增补为市政协委员,因为她是"台属"。

开始钱文不信,雪山亮出了底牌:他开列了一些人名和他们的电话,他们都是权威的有关部门有关人士的代表。是雪山而不是钱文发现了钱文他们几天不在积压下来的邮件,其中有王模楷的信,有张银波的信,他们的信都是谈相同的消息。

看到了钱文的茫然犯傻的样子,雪山怒道:"中国的知识分子就是太软弱,要权没有权,要钱没有钱,除了听喝,除了挨整,能做成什么事情呢?这是好事,你应该给我们的意识形态领域带来一点新的活气。那么没有出息,算啥?"

这一晚上他们俩都无法入睡,辗转反侧,唉声叹气。不能说他们听到了什么噩耗,但更不能说是喜讯。刚刚刚刚,他们还计划着逍遥的遨游,他们还沉醉在"对此可以酣高楼""明朝散发弄扁舟""蓬莱此去无多路,青鸟殷勤为探看"的情怀中。然而,然而,这是多么有趣的残酷和巧妙的准确呀。人生竟比戏剧还要戏剧呢。

"我想写一点东西和读一点书,前半生因为处境太坏,做不到,现在呢,也许因为处境太好,又做不到了,这真是悲剧呀。"钱文说。

"不,我们还是敬谢不敏,不接受这个任命吧!"东菊坚决地说。

"我们怎么说呢?你知道,这很难,共产党是讲服从分配的。"钱文叹气。

"很简单,有更年轻、更富有进取心和活力的人适合做这一些工作。我们虽然不担任什么具体职务,我们仍然可以尽我们的力量,做一个健康的因子。"

钱文笑了。

# 第二十三章

高层领导同志关于青狐的爱国主义表现的批文下达了,这使整个文艺界与青狐的所在单位大为震动。本单位的党委书记亲自与卢倩姑同志谈心,希望青狐在党员大会上给大家讲一次,她是怎么样捍卫国格人格尊严,回击了西方知识分子的偏见与有意无意的挑衅,做到了立场坚定、爱憎分明、有理有利有节,既显示了新中国新时期文艺工作者的风貌,又广交了朋友,增进了友谊的。青狐死活不干,她坚持说自己不会讲,而且自己一直觉悟不高,缺点甚多,有愧于党和人民的信任。青狐一听说有关情况就慌了神,不知道怎么踩咕自己好。再说一见新来的党委书记,她不由得表现了自己最谦虚、纯朴、实在、傻呵呵的那一面,与和文艺人们在一起时完全不同,她的表现像个二傻子,像个男人,像半个郊区农妇,三分之一个公共汽车售票员和六分之一个街道积极分子——小脚侦缉队员。她毕竟是下去搞过"四清""整社",参加过夏收、大炼钢铁、社会主义大辩论,批判过反动分子也接受过苦口婆心的帮助什么的这样一个女干部。几十年过去,最无心计最不懂政治如"卢倩姑同志"者,也完全胜任好几路角色。无产阶级的味儿说来就来,白白接受毛主席的教育了还行?

她的表现使党委书记感动,书记甚至检讨自己:长期以来,受到左倾思潮影响,对于卢倩姑同志这样的有才能有热情的知识分子,认识得比较片面,有关门主义和先锋主义情绪。现在,党的十一届三中全会以后,党的思想路线、政治路线、组织路线,都实现了并且正在实现着拨乱反正。领导同志就是站得高看得远,我们要实现社会主义的现代化,就是要吸收卢倩姑这样的好同志参加到党的战斗集体中来。如此这般,一个月后就展开了青狐的入党进程:写申请表、确定老党员中的联系人、个别谈话、小组讨论,直到支部大会通过。青狐开始有点缺少思想准备,但仍然不免兴奋。回想几十年来,她什么时候扬眉吐气过?仅仅一个"生活问题"就已经让她——一个女性——永辈子抬不起头来。和不止一个男人睡过觉,未婚先睡,这在中国过去就得骑木驴游四街,木驴"脊背"上是一根立起来的木头橛子,象征着男人的阳具,把这个橛子插到淫妇的下体里,游街示众,凌迟处死,这在一个极少数老爷少爷性无度,多数男女由于恐惧和营养不良而性无能,而更大多数男女性压抑性恐怖的国家,是一个何等刺激的文艺节目!她卢倩姑有幸没有生活在骑木驴的时代,但是她的体会和自己不止一次骑过木驴游过四街一个样儿!她毫不怀疑自己早就具备了骑木驴的资格。每每想起,她确信自己已经接受过骑木驴游四街的惩罚。不但是心理上,而且是生理上,她已经一次又一次地受到了这种蹂躏这种折磨这种屈辱,她已经为这种刑罚这种道德外衣下的集体的极端野蛮和残酷出了一次又一次冷汗,淌了一次又一次鲜血,流了一次又一次眼泪,为之而疯狂,为之而痉挛,为之而肝胆俱裂。她有时相信她是一个受到骑木驴游四街和凌迟处死的冤魂的转世,她在梦中不止一次地体验了木驴插入和四街示众直到挨小刀的全过程。母亲告诉过她,历史上,她的祖籍县城里出过一件谋杀亲夫的命案,淫妇被骑木驴、游四街,处死的时候身上罩上渔网,拉紧绳子,用小刀割露在网眼外的肉,一面紧网一面割肉,一共割了三天两夜,共一万九千九百九十九刀。这才叫血海深仇啊!

她在某些文学作品里也感到了这种阴森和冤屈,例如《复活》,例如《我在霞村的时候》,例如《赛金花》和《羊脂球》,甚至在《静静的顿河》和《珍妮》里,她也体察到了那种专门为女人安排的厄运、陷阱和肉刑设施。她从上中学时候就开始懂得了人们的冷眼,包括男人们专门为坏女人准备的戏弄和欣赏、轻蔑和猥亵的目光与女人们的嫉恨的、毒辣的、幸灾乐祸与吞噬异类的眼光。她抬不起头来,她永远抬不起头来,因为女人如果有一点"貌"而且有一点"才"的话,如果她确实是女人确实具备男人所没有的那些凹凹凸凸圆圆平平的点线面体的话,她便永远摆脱不了同性的嫉恨和异性的玷污、摧残、蹂躏、强暴,最少也是诱骗。她一次又一次地梦见自己在大庭广众面前一丝不挂,她被脱光了衣服,她被剃光了毛发,她被投掷、被鞭笞、被哄笑、被一群野兽强奸。在这样的梦中她会大喊大叫,却叫不出声音,她会大哭大闹,却哭不出眼泪,她会东躲西藏,却是上天无路,入地无门。

然而她也爱面子、爱荣誉、爱听好话、爱被人羡慕,因为她也羡慕那些地位高名声好、说话有腔有调、既会摇头也会摆尾、连出气也比旁人粗的领导、大人物、劳模、党员和积极分子。即使只是看一场红绸舞票也是紧着积极分子发,同看一场"受教育"的电影例如《天罗地网》,她的票不是太前就是太后要不就是太边儿。即使是春节联欢会,积极分子领到的瓜子和水果糖也会比她领到的更饱满,即使是上公厕小便,她也觉得是党员和积极分子占尽了先机,与她们一起如厕,她总是觉得自己应该选择那个离门最近、最不够隐蔽、刚刚有人在那里解过大手从而气味最恶劣的蹲坑。

而在"文革"结束以后,在自己成了著名的文学新星之后,在结交了文坛名流杨巨艇、犁原等等之后,她有了长出一口气、直直地足足地伸了一下腰的感觉。突然,雪山来报信了,说是领导同志有大大表扬青狐与钱文的批语下达。青狐不敢相信。马上,党委书记来谈话了,她谈完话回到家大笑了一场,笑出了眼泪。

共产党一向讲究要翻身,要天翻身来地打滚。共产党最最令人叹服令人落泪令人喊万岁的地方就在这个**翻身**二字!一切受苦受难剥光了衣服拔光了毛发烙上了耻辱的火印的罪人,除了共产党,谁能替他们喊出翻身解放的口号?"起来,饥寒交迫的奴隶!起来,全世界的罪人",《国际歌》的原译词比后来订正的"……全世界受苦的人"要高明得多。"旧社会,好比那,黑咕隆咚枯井万丈深……"郭兰英唱的《妇女自由歌》也永远让她热泪横流。郭兰英把"旧"字唱成"鸡义呕",把"会"唱成了"胡衣",吐字的力度更平添了几分悲凉凄怆,直至壮烈慨慷!哈哈,大姐我如今也要成为这个闹翻身求解放的大名鼎鼎的共产党的一名成员了!而且不是我在那里苦苦申请,又写思想汇报又痛哭流涕,又做保证又做检讨,那些个申请入党的人的苦肉相我也见得多了!现在是我们伟大的党来找我来了,就冲这一点党也是伟大的!党能够了解我,正是我这样的人,能够为党的翻身事业赴汤蹈火,肝脑涂地!

讨论青狐入党的支部大会开得荡气回肠。党是代表无产阶级利益的,党是维护贫下中农利益的,党是代表妇女利益的,党是与一切被压迫民族和人民心连着心的,党是一切被污辱被损害被强暴被剥夺被踩咕被抽了筋扒了皮敲了骨吸了髓封了嘴割了舌的人的救星。我青狐入党不是为了做官提级长工资分房子安电话要汽车。我都快四十了,就我这个相儿,我能当官儿吗?我能提级吗?我坐得上小汽车吗?我现在房子就够用!电话我有公用传呼,四十四局二四幺四!原因是我嫁一个丈夫死一个丈夫,人口愈来愈少,也就不感到房子太窄!我是天生的白虎星,没有哪个贵族绅士大人先生要我,没有哪个资产阶级地主阶级工人贵族社会民主主义修正主义政党要我,但是共产党要我,我爱共产党!我就是要斗争,我就是要革命!不让我革我也得革,不要我的命我要拼命!(说到这儿卢倩姑同志当真流泪了。)我就是苦大仇深!我就是血海深仇!我就是喜儿!我是毛泽东教育出来的,我要和一切压迫人剥削人的人进行殊死的战斗!我要和美帝国主义、苏联现代修正主义、各国反动派、地富反坏走资派,和祸国殃民的"四人帮"还有康生曹轶欧和谢富治——有没有谢富治?我要和一切敌对势力斗!

是的是的(在一个老同志委婉地对于她的"生活作风"问题表示

困惑之后,她坦率赤诚地回应说),我犯了太多的可耻的错误,我的生活作风不好,大家都知道,我迷失了方向,因为我缺少了党组织的领导指引呵!我缺少党的基本知识,我缺少共产党员的战斗精神!第一次……第二次……第三次……其实我也是受害者!我太感动了,少奇同志就指出,《雷雨》里头的繁漪是要革命的,是可以入党的,她受到了周朴园周萍两代人的欺侮,她的革命性会更强。我就最看不起那些假洋鬼子,自己是中国人,用高等白皮肤人种的口气居高临下地谈论中国、质问中国,甚至讹诈中国。而受过毛主席的教育的中国人不论(读 lìn)这个,要坚决地顶回去!

青狐讲得起劲,说得动情,听者无不动容。诚然,过去就是因为受了极左路线的影响,竟没有发现卢倩姑同志这样的另类人物的革命性。而青狐本人也极其感动,不说不知道,一说吓一跳,过去自己竟然不知道自己蕴含着这么炎热的革命激情,积蓄着这么大的革命决心。

支部大会以全票通过吸收卢倩姑同志为中国共产党预备党员,众多只热情的手伸过来,与卢倩姑同志的手紧紧握在一起,难分难解。

这正是落实知识分子政策的高潮阶段,一切顺风顺水,比任何人的想象更理想,比一切可能的圆满更完备出色。批准入党后不久,青狐甚至主动提出,她愿意为国家的安全部门做一些秘密工作,她愿意做红色的谍报人员,她愿意接受训练,做出各项承诺保证。她的要求并没有付诸实施,然而她的态度还是令领导满意不已。

一个月后青狐受到高层领导同志的接见,有人说是青狐写了信求见。她当然应该感谢领导同志的关心,领导同志的批语改变了她的生活和命运,是从此之后她的一切好运的根由。但也有人说是领导同志主动约见了青狐,说是领导同志约见青狐的目的是批评她的一篇涉嫌不正经的新作。青狐对这些说法不置可否,倒是领导同志又就青狐的住房发出了一些关心性的指示,使青狐周围的人又惊又喜、又妒又羡,却又颇感迷惑:究竟是怎么了?要怎么着呢?

领导同志是一个风度翩翩的老人,说是他读过马恩列斯的所有著作,大部分是从原文读的。他读过高尔基、李卜克内西、普列汉诺夫、法共作家阿拉贡、巴西共产党诗人亚马多①、智利共产党诗人聂鲁达、民主德国女作家安娜·西格斯和土耳其共产党诗人希克梅特……的大部作品。他应该说是满怀深情地与青狐见了面。青狐知道这里用"满怀深情"四个字有点不伦不类乃至有点酸不溜丢与神经兮兮,但是青狐委实忘不了他那欣赏的关切的悲哀的望着她的眼睛和他的由衷的老人的笑容。那笑容就像盛夏阵雨后的西山上的落日,令人流连难舍。他把自己过去写的几首新诗送给了青狐,青狐早年在报纸上读过他老人家的诗,不光是新诗而且有旧诗和他填的中规中矩的词。他是领导层中的一个大学问家、理论家、大文人。他的家住在紧闭的双扇车门里,门口有军警把守。盘问无误以后才放她进去。一进院子倒是极开心的,更正确地说这是一座不小的园子,有一些花草树木和大藤萝架,宽大的房檐下也摆满了花盆。一进院子,空气和心情同时都变得好了。

青狐还听说,由于此位领导同志的干预,钱文担任白有光的副手的事情没有实现。钱文说是他找了这位领导,请他帮助。但是从雪山和李秀秀乃至从犁原那边传出来的消息是此位领导压根儿仍然是极左派,他不信任钱文这样的人。他一面发挥影响不让钱文任职,一面给有关部门打招呼,说是要给钱文调房子与装电话。青狐完全相信钱文的话,钱文是真的不想"当官儿",但是几乎除了青狐外没有人相信钱文的话,袁达观就以钱文终于没有任职为由到处论证钱文还是有问题的,白有光才是正确文艺路线的代表。反正不管谁信谁不信,钱文为高层领导的没有最终任命他的职务而十分满意。有趣的是,钱文成功了,不必任职了,叶东菊却当起政协委员来了。钱文

---

① 巴西著名诗人亚马多,原为共产党人,后退党。

的房子问题的解决也沾了叶东菊这个"台属"与政协委员的光。

领导同志的会客室有一股子旧书和沉重的窗帘布的混合气味。过大的房间里除了几个破旧的沙发以外都是书橱,与那些在办公室里摆崭新的精装书却从来不会抽出书来翻一翻的大人物不同,他的书橱里摆着的书大都已经翻阅得旧损,有的还精心包装了书皮。由于会客室过大,显得有点空旷,说话有些微回声。他说话的节奏非常缓慢,不知道是由于中气不支还是多年来的领导地位培养出来的字斟句酌、出口成章(文件)的习惯。他谈了许多文学,从李商隐到龚定庵,从巴尔扎克到麦尔维斯,从伍尔夫到乔伊斯。他称颂古典,抨击现代派与后现代派;称颂现实主义但是不排斥浪漫主义、象征主义乃至神秘主义;他质疑典型化的理论,尤其不明白为什么苏共领导人例如马林科夫要大谈典型问题。说着说着他一点过渡也没有地说起了青狐的小说,他说青狐的小说算不上老练,然而完全不受教条主义的束缚,有很好的艺术感觉艺术质地。"好久了,我们没有自己的真正的艺术家。"他一面说一面摇头,一副心情沉重的样子。

青狐想说,您是领导呀,如果有教条主义的束缚,那束缚的来源就是您老人家自己呀您哪!当然,她说不出来。

领导同志突然抬起头来而且提高了一点嗓门儿,他说白有光紫罗兰还有白部长他们不能接受你的小说,是因为他们的艺术趣味太狭窄。"怎么能说你的小说看不懂呢?他们看得懂什么?他们看得懂《儿女英雄传》还是《老残游记》?看得懂《小二黑结婚》还是《刘巧儿团圆》?他们看得懂齐白石的画吗?知道画家画的是小虾还是大南瓜就算是懂画了吗?我们的作家我们的领导就是这样低能吗?"

老人家说着说着生气了,他顺口提到白某某呀紫某某呀全不在乎,这些在青狐眼中的庞然大物在他那里完全不屑一顾。虽然他十分注意自己喜怒不形于色,但是谈起白某某紫某某他还是没有能抑制住脸上的细小的歪鼻撇嘴的怪相。他讨厌白有光,这是毫无疑问的了。这已经是天大的喜讯。人与人的地位、眼光、心情和姿态该是多么的不同！青狐没有完全抓住要领，但是她听明白了，老人家喜欢她的小说，不喜欢对于她的那些小说的攻击。这使青狐乐了起来，傻乐了起来。

青狐的傻乐的样子似乎不受老人家欣赏，青狐明明白白地看到了老人家皱了一下眉，他招呼公务员给青狐添了茶水，他低下头，看也不看青狐，念念有词地说了一番话。这一番话说得很不客气，中心意思是要青狐多学古典，少学现代，尤其再不要搞太多的形式实验。大江大河是沉稳的，小溪小涧才最喧闹，这是英国的一句谚语。"在我们这样一个国家，走得太远了会吃大亏。你可以少写一点，不要做出头橡子。当然，其实你走得并不远，你其实还是反映现实，有助于拨乱反正的。然而你应该清醒，应该学习政治。你刚刚入党，你是个新同志，你应该记住这个教导：共产党员作家首先是党员，其次才是作家……"

对于这一段话，青狐不服气也闹不明白，但是她毫不怀疑老人家领导同志的用心是关爱呵护，是慈父心肠。他已经说得够多的了，他说的已经非同一般了，早就超出了他的地位责任所允许的词汇范围了。他的责任重如泰山，他的举动影响神州，他的言语一字九鼎，他的找她见面的姿态本身就够她受用不浅，他怎么能不对她讲一些原则话儿呢？谢谢了，敬爱的领导同志！

她于是频频点头，表示感谢他的话语——她本来应该说是他的"教诲"的，临出口时觉得肉麻，便改说是"话语"——表示今后一定做得更好，写得更认真，更严格要求自己，而且今后就是要加强学习政治。她特别表示，她信奉和热爱马克思主义。她流着热泪说，她最喜欢最激动的马克思主义的核心词就是"翻身"。共产主义运动就是无产阶级和全体劳动人民的翻身运动，除了共产党，什么党什么人也不可能来领导这个翻身，只有共产党能做到这个翻身，能为翻身抛头颅洒热血。

这回轮到老领导频频首肯了,他的笑容团圞得如同中秋明月。

尤其令青狐惊异的是,她告辞,老领导示意让她少安毋躁,问她:"你对王模楷的作品有什么看法?"

"挺好哇……"青狐知道这种不痛不痒的回答一定会叫这个显然十分挑剔字句、严肃认真、高雅骄傲的老人不满,但是突然间她也真是不知道说什么好,她只好做敷衍式的回答。

老人又皱了眉——这次会见,他已经皱眉三次了,已经快与他笑的次数持平了。青狐赶紧说了她对王模楷的印象:他的思想很深很深,他不像一般的作家那样轻浮冲动,他有自己的看法,从不跟着旁人说东道西。他沉着,有点忧心忡忡。他特别喜爱游泳,他有一次半夜下海游泳,把她青狐吓坏了。

老领导嘘了一口气,点点头说:"你看了他的写游泳的新作了吗?他写得好。他有真正的文学眼光。他是真正的文学家,不像杨巨艇,杨巨艇其实不懂什么叫文学。他只会发表言论,他只能算半个理论家,他所有的是帽子和言论、议论而不是理论。当然有些言论也还是有参考价值的。"

青狐听之大喜,她说:"太好了,您喜欢王模楷的小说,我要打电话告诉他,我要让他来看您……您能肯定杨巨艇的言论有价值,这也是令人鼓舞的……"

老人家板起脸孔摇摇头:"不要讲。我们今天谈的都是私人谈话,不要对外讲,也不要跟王模楷讲。很可惜,'文化大革命'当中王模楷为什么有那一段?杨巨艇我也谈不到肯定,我个人不喜欢他的文字,他其实好像是一个教条主义者,恐怕是。你阅读他的文章,你没有发现他的一个大本领其实是扣大帽子吗?呵,不要传出去我怎么怎么说他们的作品了,会有误解,会有麻烦。你们写小说会受到误解受到歪曲,我们做工作受到的误解和歪曲也许会更多。你们有顾虑,我们的顾虑更多。不说了,回家问你母亲好。"

他什么都知道?不至于吧,总不至于找我谈以前先查阅我的档案吧？

高位领导不让她把他的一些文学看法讲出去，不让她把这些看法讲给杨巨艇或者王模楷，但是他把这一切告诉了她，促膝谈心般地说给了她听，这不是证明，领导同志视她为更亲近更知己吗？她能不受宠若惊、沾沾自喜吗？她乐开了花。

而且她立即意识到，她本来一向提到领导是没有好气儿的，高位者永远是遭恨的，当然。芸芸众生，交租交粮，忘我奉献，拥护照办，听喝俯首，能不嫉恨自己抬着捧着哄着的那一个个领导吗？别的没有，还能没有一点怪话，一点小道消息吗？然而，当你得到了机会与高位者坐在一起，当你得到证明高位者对你是特别青睐，你的神态立刻会显出讨好来，你的言语立刻会显出迎合来，既然既没有必要也没有可能更没有道理推翻、颠覆掉现有的领导，你又没有权力任免任何领导，你的唯一的可能不正是与领导搞好关系、分享一杯羹，也反映一点民心民意，让领导不那么脱离群众吗？

可高级领导为什么会那样说杨巨艇？毕竟是领导呀，他不可能理解人民群众对杨巨艇的喜爱。

与老领导告辞的时候青狐当真是十分感动了，先是老人家从沙发上要站起来没有能站起来，不知道一直站在哪里的公务员跑过来搀他，他偏偏不让搀，他不愿意在青狐面前显出一副颤巍巍的样子。他扶着沙发背终于立起来了，有点喘。他与青狐握手的时候又认真地笑了一下，一认真，他笑得嘴有点干瘪。嘴边出现了放射形的纹路，像是小笼包子的嘴儿。而他确实想用力地而不是走过场地与青狐握一下手，他一用力，他的瘦瘦的手就呈现出一种鸡爪形，由于枯瘦，手也显得过小。青狐顿时想到他的风华正茂的青年时代，投身救亡图存的革命热潮的伟大情怀，叱咤风云的英雄气概，他历任的高级职务，他的共产主义理论理想与在苏联受过的训练、在延安受过的锻炼、在党内外斗争的惊涛骇浪中的经历，他的一篇篇革命的檄文，他的一次次出生入死，他的渊博、深邃、英勇和才气纵横……还有在历次运动中他受到的冲击、冤枉,想不到胜利以后,大获全胜以后仍然是九死一生……

"谢谢您。"青狐哽咽了。

领导同志放松地笑了。他的笑容似乎是表示,他相信自己的爱才,自己对青年(对于他,青狐当然只是青年)一代的好意,对青狐及她所代表的新派文学的青睐已经被领了情。他感到了安慰。他愿意示人以好。

由一位穿军服的同志送她出了门,门严严实实地关闭上了。

出门以后,青狐才注意到门里院墙边的几株高大的杨树,杨树上有小鸟栖息,小鸟在跳跃和鸣叫。真是可爱的园子可爱的老人。刚才在墙里倒没有好好看树,偏偏现在在墙外看。青狐觉得自己怪怪的。但青狐仍然在感动着,她走了没有几步,看到一群人在围着一个挑挑子卖装在笼子里的蝈蝈的小贩讲价钱。什么都恢复了,包括鸣叫不已的蝈蝈,如果是前几年,这也算是走了资本主义道路的吧,那时人们的口号是不堵住资本主义的路,就迈不开社会主义的步。有趣,他们把领导同志的门前变成了卖蝈蝈笼子的地点,在老百姓与卖蝈蝈小贩的衬托下,那紧闭的大门后面的生活,未免有些寂寞。

回家以后她连夜寻找载有王模楷的新作的刊物。真是惭愧呀,领导同志读了的王模楷的新作她青狐还没有读过呢,不但是没有读过,而且还没有听说过。这里这里,噢,不是这一期,那么,呵,也不是这一本,现在给她赠阅的文学刊物真是不少啊。哈哈,它在这里,王模楷在这里似乎向着青狐默默一笑。

王模楷的小说的题目是《夜之海》。青狐越读越觉得惊心动魄。他写得太精细了,过分精细的描写不像是出自人手而更像是所谓鬼斧神工。那简直是鬼狐的笔触。他用第一人称描写夜间下海游水,那时的海水使人觉得微温,这当然是由于夜间气温降低而水还大体保持白天的温度的缘故。他描写夜海表面的星月闪烁流光溢彩与下水后的一片漆黑,尤其是当把头埋到水里呼气的时候,越是往下看往水深处看越是感觉到那种不可测的令人毛骨悚然的漆黑。他写到了游到远处以后的静谧,静谧不是因为没有声音,而是因为清清楚楚地听到了每一响水波、海涛、风和浪花,听到了第一人称的"我"自身划水、蹬水、吐气、吹动水花和吸气的声音。"我"也听到了大海的呼吸,大海的轻鼾,大海的梦话,风儿的摇篮曲。"我"分得清自己鼻子和嘴里含有海水时和没有水时、水多时和水少时呼吸的不同声音。"我"的声音已经进入到结合于大海的宇宙的律动里。"我"有时还听到一条鱼在水里摆尾游过去和水拍打海岸拍打礁石拍打沙滩。海水的声音有规律又有变化,单调又有分别:风是不停地变着的,水流是时有变动的,海底与陆地的距离是时有不同的。

可怕的是后来风渐大了,海有点急躁了,风有点憋闷了。浪花起伏与成灭的溅溅声、沙沙声、扑扑声超过了"我"划水与蹬水的声音。这种状况使小说里的"我"感到了自己的渺小。这渐行渐强而又节奏分明的声音反过来也激励了小说里的"我"的游水动作,浪花形成、推移、连接与破碎的声音像是交响乐团的指挥棒,"我"按照这个指挥棒的指挥手、腿、腰、头、脖子联合运动不已。

人生能有几次游?能有几夜游?能游几多海几多水?即使你年年到大海怀抱里,即使你每次能游五公里,即使你每年能这样游十次,即使你还能畅游二十年,就是说极限了夸张了遐想了,你也不过是再游一千公里。对于海洋来说,一千公里是太短小的距离,是太仓促的游泳。然后是永远的安息。

夜游者流下了泪。与海水相混合的,一样咸一样苦的眼泪。

下面一大段写得何等凄美:"我"翻过身仰泳,仰望半个月亮与刚刚升起的一天星斗。眼睛已经习惯了黑夜,只觉得天空一片璀璨。波浪打湿了眼睛,水花反射和过滤过的月光星光千变万化,目摇神迷。目光透过水花,但见条条道道光线追逐、缠绕、摇摆、荡漾、旋转。用眼睛的余光看去,海面上也是道道片片点点银光如针如米、如花如火、如轮如绸缎。"我"的身体在这一片璀璨中起伏运动,徜徉逍遥,乌波万顷,身作轻舟,银团迸裂,神游河汉,沧海一粟,天地穹庐,年近半百,心犹炽烈。"我"要游远些再游远些,要永远与风浪鲸鲨为伍。"我"已经变成了一条大鱼。"我"的身上已经长出了鳞甲。"我"已经变成了一朵浪花。"我"的思念已经粉碎为无数的光斑。"我"已经变成了一叶扁舟,飘飘悠悠,浮浮游游,独自面对着天海,独自面对着星月。"我"感到了一种肃穆,却又轻松。"我"感到了一种虚无,却又庄严。去矣归矣,消散于疾风星月中矣。"我"不回来了,大海是"我"的永远的家园,永远的归宿!

不知为什么,读到这里青狐眼角上沁出了豆大的泪珠。

尽兴啊,尽兴的一夜畅游大海?什么是畅?什么是尽兴?越尽兴就越危险,越畅游得越远。畅就是兴,兴就是险,险就是兴,险就是畅,无兴无险无畅,无畅无险无兴。世事如海,你可有一次尽兴的畅游?

我青狐从来没有这样游过呢。

而后来风愈益大了,浪愈益高将起来,风浪的声音如同千军万马,嘶鸣号叫,杀声震天。这好像交响乐的第三乐章,急板匆匆,叫做急急风,如京剧开打,各种打击乐器叮叮当当,铿铿锵锵,纷至沓来。"我"在海中遇到了涡流,豪情无限的"我"终于决定回游,"我"调整好自己缓缓向岸边游去。游了一段以后,略感疲劳,便再改成仰泳,随遇而安,任凭风浪咆哮并且想着能这样尽情夜泳一次,也不枉造访了一回大海。如此这般,"我"接近于筋疲力尽了,估计也快到了岸边了,"我"改做蛙泳并且抬起头来。

不好!"我"一抬头看到的是作为航船的标志的一个圆球形浮标,这个浮标离海岸很远,平时如果不是天气特别晴朗,在岸上用肉眼是看不到的。现在,这个圆球离"我"是那么近,球变得那么巨大、明亮,发出类似荧光的青光。休矣!大圆球是一个恐怖的符号,是歧路和死亡的标志。"我"的生命中还从来没有出现过这样的标志,浑圆、静默、严密,没有缝隙也没有端倪,无始无终无边无缘,这边与那边并无任何区别。圆球像是一声凄厉的不谐和音,令"我"心头吃紧:谁想得到"我"仰泳时游偏了方向,"我"在水里绕了一个大圈,"我"仰泳了一个小时,不是离岸近了而是更加遥远了。

略略一转头,"我"看到的是已经落向海面的半个月亮,月亮和海水的反光令"我"睁不开眼。

已经过了几个小时了呢?"我"亲眼看到了半个月亮爬上来再落下去。

一阵痉挛传遍了全身,"我"想起了聂耳,《中华人民共和国国歌》的作曲者在日本海游泳时不幸出了事。"我"想起了麦尔维尔的《白鲸》与杰克·伦敦的《海狼》,浪漫的想象与浑身的痉挛浑身的"小米"。"圆球"的态势十分危险,它是死亡的象征,它是空间与时间的终止。如果就这样再见了,呵,能够把自己的心情告诉谁去?大海也是有生命有意志的吧?也许大海需要"我"?天空也有意志有心情?也许天空等待着"我"?长风也许有自己的安排自己的喜怒?也许长风要带走"我"?从此以后,"我"的小说就是海涛,就是波浪,就是星月,就是夜风,就是鱼虾龟贝……然而"我"的生命,"我"的感觉,"我"的痛苦,"我"的常常像弄错了型号一样总是对不上口对不上(螺丝)"扣"的命运啊,你就注定了这样销声匿迹吗?伟大的造物主,我的老天爷,为什么又是"我"轮到了这个路径,获得了这个密码,抓到了这张"大鬼"!

而现在最重要的是冷静、是信心、是自己救自己的愿望,没有任何人能够帮助你。你已经离开人群,你已经投身黑暗,然而你还活着,你还健康,你还没有发作心脏病、抽筋、呛噎、急性腹症,尤其是精神错乱。你怕这个圆球。你觉得圆球正在吞噬你压迫你。你的神经尚称正常,你的肌肉也许可以获得再生的力量,你的机械般的节奏使你可能发挥出无穷无尽的能量。风浪虽然变大,水温仍然适宜,你必须稳住自身,做好准备,告别圆球,对准目标,一下,再一下,再一下,十下,百下,千下,万下,十万下,就这样一寸又一寸,一尺又一尺,一米又一米地游回去。你给自己定的目标是天亮,是游着泳看日出,你完全没有心急的理由,你的潜力足够再游十到二十个钟点。你是要给自己创造一个纪录,给这里的海滩创造一个纪录,给小说创造一个纪录,你要把这一夜的经历写出来。这是一个启示。这里有着某种含意。这个圆球在惊吓你威胁你压迫你的同时也在提醒你考验你审问你,你的又一个生命开始了。

而且,而且"我"知道,岸上有一个人在等待"我","我"不想知道她究竟是谁,但是"我"已经感谢上苍安排的"我"们的邂逅。"我"不想知道"我"们之间本来没有也不可能有的故事,但是"我"们已经悄悄地相互放光。"我"们没有任何的希望和前途。"我"不想说今夜"我"是为了她而下海畅游,"我"不想承认今夜"我"还要为了她而不辞辛苦地游回岸去……但是"我"知道,如果"我"终于游回到了岸上,"我"最想告诉的就是她,"我"想告诉她"我"在夜海里度过的体味的一切。如果"我"最终没有游回去,那么这一切就是永远的秘密。

读到这里青狐再顾不得读结尾,她已经号啕大哭,她已经趴在了地上,眼泪与地上的尘土混在一起和成了泥,弄脏了她的脸和衣裳,她哀哀地哭着,伤心痛肺,肝肠寸断。

妈妈被她的哭声惊吓,悄悄来到她身边。她为难了好久,欲言又止了好几回。最后,老太太嘴里含混不清地说:"你还是找一个男人吧……"

青狐无话可讲,她想说有男人,怎么能够没有男人呢?有男人喜欢青狐,也有男人青狐喜欢,然而这些该死的男人已经不可能属于她了,没有任何希望与可能了。这其实并不重要,她与男人的关系全部是失败的记录,她其实害怕与男人真实地相处在一起,她其实是讨厌他们远胜于喜爱他们,没有哪个男人真正值得她爱。她其实瞧不起他们,他们其实说到底了都是庸人懦夫,都是去了势的太监,都是胆小的兔子。

老太太的嘴角嚅动了一下,她吐出了三个字:"杨巨艇!"

"滚!"青狐骂道。

老妈妈也焕发出了韧性,死不退缩,死不改口。她认定了杨巨艇,她一再重复这个名字。

青狐发疯似的狂笑起来。

就在这时响起了门铃,同时有人用手指敲门,敲门声愈来愈大,母女俩面面相觑。看看表,十二点过十分了,谁呢?

杨——巨——艇。

# 第二十四章

深夜来敲青狐的门的是杨巨艇。在本书作者即姓王名蒙的那个搞创作的人上个世纪八十年代所著中篇小说《风息浪止》里，曾经写到过杨巨艇在金秀梅出席省先进人物会议事件上露头。金秀梅原来是知青联社（当时由具有知青身份而没有正式工作岗位的人们组织的合作社类型的小企业，那时还基本上没有民营经济，城市里人们的就业只能靠国有单位和合作社）的一个普通女工，由于具备少数民族、年轻、女性三方面的代表性，也由于一些阴差阳错的机缘，她被不太自然地树立成了先进人物。她先是被一些文人如报告文学作家华章和黑石县文化馆长陈志强等拔高，后来无意中又被省委沈书记青睐，随机地却也并非完全事出无因地到省上开了会。由于整理先进事迹的需要与文学的夸张，一些不实事求是的说法引起了风波，不但几乎使金秀梅的未婚夫离她而去，而且引起了另一个年龄稍大一点的团支部书记、老劳模李二嫂对金秀梅的误解。而陈志强与华章的争文章之功（当时还不怎么懂知识产权这个概念）更使先进人物与先进事迹的状况成了一笔糊涂账。幸亏后来省委书记沈明同志做了批示，肯定了地委关于继续大力学先进、加强一切简报材料通讯报道的真实性与加强集体领导的方针，并批示领导同志了解情况要细致、表态要慎重、讲话要全面。如此这般，一场风波得到了化解：沈明同志正确与平稳的言语，说的是不言之言，教的是无教之教，风渐息，浪渐止，一场围绕金秀梅当劳模的事件才没有酿成什么意外后果。

旧作重提,这也说明,作者对于杨巨艇兄的关注并非自长篇小说《青狐》始,早在上一世纪八十年代,巨艇兄已经出场。

杨巨艇对金秀梅事件的关注与思考没有完结,他始终耿耿于怀:为什么像金秀梅这样一个天真可爱纯朴无瑕的女孩子当了模范,会有那么多人不开心?如果金秀梅一辈子默默无闻、庸庸碌碌,二十三岁嫁个老公,二十六岁生个孩子,二十八岁变成黄脸婆,三十岁开始从工厂小偷小摸,三十五岁开始叉着腰站在大街路口大荤大素地骂人,四十岁开始泡病号吃劳保,四十五岁提前退休,一辈子月工资四十六块四毛六,一辈子只住人均面积二点五平方米的房子,一辈子没有去过省城没有坐过三十六个座位以下的汽车,一辈子没吃过海参乳猪醉虾肉鸽,更不要说王八鲍鱼鱼翅燕窝,为什么只有这种情况下大家才能踏实?才算罢休?这难道不是劣根性——民族的劣根性、人民的劣根性、大锅饭的劣根性、观念的劣根性、思维定势的劣根性与传统文化的劣根性的表现吗?这样一种劣根性难道不是与积极进取、公平竞争、优胜劣汰、创造发明、知难而进、讲求效益、调动一切可以调动的积极性、实现资源的合理配置的现代性要求背道而驰的吗?

就在杨巨艇一想起金秀梅事件便觉得意犹未尽的时刻,金秀梅的命运也发生了一些变化。一是由于陈志强的顽强活动,李二嫂总算再次被树成了先进人物,她先后去地区、省里开了会,当选为省妇联、省青联、省工会理事或委员,上了报刊广播电视,获得了"三八红旗手"称号。陈志强本来是树金秀梅的始作俑者,由于他文字上差一点,树金秀梅的光荣被作家华章夺过去了。干脆,他改树李二嫂,原封不动,正打正着,他树成功了。

而金秀梅的"先进"只如昙花一现,便无影无踪。尤其是随着各方面事业的进展,知青联社的大多数人都另有高就,即得到了更稳定更有好收入也更体面的新工作,李二嫂也干脆进入了国营的百货大楼,而金秀梅却与知青社的最后几名无背景无实力的病残青年在一起坚持死守联社,过着一个月开得出工资,两个月开不出薪水的日子。这使金秀梅一家,包括小姑子李小师哭天不应,号地无门。

其次是最支持金秀梅的地委秘书长项图终因与书记苏正之与组织部长周长胜不和而被调到省文联当秘书长去了。虽说都是地、厅级单位,也都是秘书长,但明眼人一看就知道项图的仕途受挫,他的实权(特别是调拨管理人、财、物,决定什么什么可予报销,谁谁可以住什么标准的宾馆与吃什么标准的菜肴,晋见什么级别的人物等的权力)锐减,前景更是不那么看好了。省委书记沈明也调到了中央任职。新任书记压根儿不知道、更没有兴趣过问金秀梅或红梅的事。而作家华章因在家中看色情录像被公安部门拘押五十六个小时,这不但使华章威风大减,也使陈志强兴高采烈。李二嫂由于记住了华章与自己谈话时的施压表现,也为华章的不顺利而通体舒泰。其实金秀梅根本无意掺和地委干部圈子与文人圈子里的事儿,她始终不明白圈子里的内情。但是富有政治经验的 W 市 W 地区黑石县人民,全部认定金秀梅的兴衰与华章的兴衰有关、与项图的兴衰有关,乃至与沈明的沉浮或任职地点的远近有关。看到金秀梅突然涨了行市,他们啧啧称羡称奇;看到金秀梅倏地没了行市,他们既唶然叹息也拍手称快,至少用不着羡慕巴结也用不着嫉妒不服了。好!

看到李二嫂青云直上了,他们又称奇称羡却又暗藏着一种期待:李二嫂的跌跤应该亦是不可避免的吧。别说区区如二嫂红梅之流,过去对高岗、胡风、丁玲、章伯钧、罗隆基、刘少奇、林彪、江青……人们都同样地幸灾乐祸过也唶然叹息过,代为不平过也为自己侥幸过(毕竟倒霉的不是自己啊,这就是幸福,这就是运道),本县出几个这样的人物至少可以解解闷。

最气不过的是华章,他本来才华横溢,颇有势头,金秀梅出线给了他莫大的机会,是他发现了推出了金秀梅使之成为红梅,而这样一个举动获得了省委领导的认可,人们不会忘记他的功劳。这时候出现了话说不清楚、字写不明白、啰里啰嗦的陈志强,而在作家华章心目里,陈志强根本就不算一号,最多只能算是一条毛毛虫。陈志强这样的人非要当作家不可,这是历史的误会,是极左思潮留下的后遗痴心妄想,与"文革"中一个小连长批判爱因斯坦、一个工宣队员批判柏辽兹、一个农妇声言要制造永动机属同一类怪事。然而想不到自己竟然栽在了看家庭录像上,他不想讨论看的这个录像本身的是非,他奇怪的是这样的事怎么找到了自己头上,在家里干这个那个,然后贼喊捉贼……的事儿可多了,怎么别人都没有事,而自己为这竟然坐了五十几个小时的班房。

刚进班房他吓了一跳,还以为是"文化大革命"又搞起来了。二十多分钟以后,他突然恢复了正常思维,他立即判定:这是陈志强的诡计。陈志强虽然绝对绝对地当不成作家,他的狗肉宴的威力却不能低估。他虽然思想混乱、文理不通、形容委琐、厚颜无耻,然而他腿勤、嘴勤、脸皮厚、百折不挠、不计成本、不计成败、不择手段、不在乎碰壁,他有一种超常的韧性耐力,有一种农民的坚持性,愚公移山、夸父追日、凿壁偷光、卧冰求鱼、杜鹃啼血、精卫填海……为了让你帮助他,就是说当他有求于你,他甘愿付出一切代价,他可以饿三天而把一桌狗肉席全部献给你。而如果你硬是不肯帮他,乃至妨碍了他,那么对不起,他也同样会不惜一切代价一切牺牲搬掉你这块绊脚石。总而言之,言而总之,他华章的被拘,十之九成九是陈志强馆长下的套。

华章本来认定陈志强与自己不是一个量级,他不可以与自己较量,但是自从被拘以后,他体会到了毛主席战略上藐视、战术上重视的深刻道理,便也只好把宝贵的时间用到与陈某对阵上。而且他也学会了装傻充愣,说下大天来看黄色录像不是什么光彩之事。拘完了他深居简出,不声不响,同时他托付他的所有弟兄亲友,调查陈志强与 W 市公安部门的关系。仅仅一周过去,真相已经小白:陈志强月前拼命打狗杀狗,甚至涉嫌偷狗——离黑石镇不太远的赵家坨连连有农家丢狗。陈志强的老婆与华章所在的派出所所长是同乡。陈志强与他的老婆月前来过一次 W 市。派出所所长一周前到医院看内科与皮肤科,并自称系因狗肉吃多上火,烂嘴角,下巴上长了疱疹,烂眼边,要求医院给开黄连上清丸与牛黄解毒散。如此这般,把这些细节连上一条线,就一切了如指掌。

华章连忙来到首都,第一步先找沈明,好不容易见到沈明,他发现沈明早把金秀梅的事儿忘在一边。贵人多忘事,这是深刻的总结。你讲金秀梅,他问金秀梅是谁,你再讲上一百遍,他硬是听不明白。你还能如何?不在其位不谋其政,这对于沈明来说与其是一个格言或一种规则,不如说是一种生理本能。离开省里以后,他自然而然地不愿意多谈那边的事情,更不愿意发表什么意见。极个别的话风里,沈明当然也流露出对省里现领导班子的不满。如说:"不知道,不知道,再也没有见过他们(指现职省领导班子),现在的责任是由他们负,决策由他们做,找我这个外人做什么?"云云。

第二步华章就去找杨巨艇,虽然上次他对杨巨艇不无失望,但想来想去想复仇离不了他。杨巨艇正在思考探讨改革的"肠梗阻"问题,他恰如一个正在游弋的巨型军舰,正在寻找发射军舰上的强大杀伤武器的靶子。武器是威力无比而且越积越多了,问题在于必须找准目标,一击即中,推动中国的改革进程。华章的到来使杨巨艇一肚子的火力有了对象。听到华章被拘,他只是冷笑一声,使华章自觉无有颜面。但是当听到金秀梅的不佳境遇的时候,杨巨艇勃然大怒。杨巨艇抄起一个茶杯做出向地下摔去的样子,使华章大惊。但是最后,杨巨艇又把茶杯放到了桌面上。

"我把它捅出来……"杨巨艇说。

很快,杨巨艇来到 W 市,他先找原地委秘书长项图,项图正是气不打一处来,便向杨巨艇来了个和盘托出:地委书记苏正之与组织部长周长胜,人品都还不错,但精神状态与改革开放的时代极不相称,他们只会官话套话,按部就班,不求有功,但求无过,推一推,动一动。枪打出头鸟,木秀于林风必摧之,改革者都没有好下场,不论商鞅还是李斯,谭嗣同还是康有为,都敌不过保守顽固的势力。金秀梅为什么就不能当模范？金秀梅本来就是模范，就是新生力量，就是初升的太阳，我们早就应该发现金秀梅了，而现在，金秀梅却被一股守旧的势力，其中一个代表人物就是偷狗宰狗吃狗肉的陈志强给打败了，这是二十世纪的邓小平时代的中国吗？我看这是道光光绪年间的大清朝！

项图的话对于杨巨艇来说真是时代的最强音！

项图接着说："现在只有靠您这样的先行者和代言人了。我们这些有个一官半职的人，头戴一顶小小的乌纱帽，每人都有十八个婆婆，还有一大片大姑子小姨子，你是寸步难行！"

杨巨艇马上接了过去："我要给它捅出来！这些保守顽固势力的最大特点就是怕见阳光，他们是一群包裹得严严实实的木乃伊，打开包裹，去掉油彩，请它们见见太阳，流通流通空气，他们就会化作一摊污水了！哈哈哈！"

杨巨艇在 W 市受到地委书记苏正之的宴请，苏正之知道这是一位颇为行时的理论家，不敢怠慢，却也不敢轻信，在杨巨艇到来之前便确定了"礼仪周到、保持距离、限制影响"的十二字接待方针，向有关方面打了招呼。饭是在 W 市一个最好的馆子吃的，此餐馆的松鼠鳜鱼是招牌名菜，另外还把从南方水乡运来的大闸蟹活蒸了招待尊贵的客人。杨巨艇吃得很高兴，他观察着苏正之的面孔，不断提出苏书记应该进补的建议。根据中医医药学理论，他建议苏书记每天吃虫草、花旗参、活性蜂皇精和维生素 $B_{12}$。他的随和态度使苏正之大受鼓舞，看来巨艇并非航空母舰，倒像一座威风凛凛的旅游船。苏正之问了问杨巨艇此行目的，婉转提出，像李二嫂、金秀梅两个劳模争功的事，各地多有发生，不足为奇，尽量给她们调解调解，促进团结，光荣属于集体……乃至和一和稀泥，也就行了。杨巨艇倒也点头称是。于是苏正之提出，巨艇同志在 W 市期间有什么事需要我们帮助办理，请尽管提出，千万不要客气，如果我们能为杨老师做点小小的服务工作，我们将深感荣幸，云云。

左启发右诱导,杨巨艇绝对不吐口。他上次已经吃过亏,由于托了地方上的领导购买家用电器,受到诟病……他坚决不在物质上沾任何一个地方的领导的光。最后苏正之说得嘴都快破了,他才轻描淡写说了一下自己的小肠疝气的事。反正他有公费医疗待遇,走到哪儿看病都不用自己掏钱。

　　苏正之的秘书马上说他负责安排,本地有全省最好的腹外科专家,最近刚刚从日本交流回来。

　　苏书记告诉秘书:"要落实。"苏正之没有想到杨巨艇是这样随和,看来一些说法可能是太过分了。

　　晚宴在极诚挚友好的气氛中结束。

　　W地委领导的估计错了。他们以为他们的超级接待与息事宁人的方针能够搞好与杨大理论家的关系,能够取得杨大理论家的支持与合作。他们以为眼见为实,耳听是虚,生活中颇为随和亲切的理论家其实会是通情达理,容易相处的。结果呢,杨巨艇的疝气是看了,说好来年春季杨巨艇再来W市住院动手术。同时医院给杨巨艇开了不少补养药,包括虫草、西洋参、活性蜂皇精与维生素E,另有鹿茸、蛤蚧、桂圆。医生略略一谈,便也知道了杨同志的其他方面的难处,并表示他的病包在医生身上。医生还奉送了试用中的补养腰带、灵芝制剂、药枕药褥。杨同志在W期间的住房、餐饮、电话服务、理发、洗衣、旅游都由地委"包"了,自不必说。行前地区给杨巨艇送了两袋木耳、两袋无核小枣、两袋扁绿豆和两袋五香熏肠子。地委本以为物质的、精神(礼遇)的、吃了的、住了的、用了的、报了的、拿走的、带上的、预约的,过去、现在、未来的三世友好合作,足可以笼住一位大理论家的心。

　　谁知道,杨巨艇为人虽然宽厚乃至温和,一动笔就与金刚力士一般,浑身是胆,出手如刀,气势雄浑。在日常生活中,面对活人俗人,他可以无可无不可,搞起理论来,面对历史、面对真理,他六亲不认。他难道能够把一些小恩小惠放到眼里?夏虫不可以语冰,燕雀安知鸿鹄之志!

　　他来到这里找金秀梅谈了三次,每次谈话长达三四个小时,人们看到,金秀梅两眼通红地离开了杨老师的住所。本来吗本事没有的金秀梅,一旦尝到了出人头地的滋味,再失去了这种滋味,尤其最最重要的是眼看出现了再次把美好的一切夺回来的可能,她即使是木头人也要洒一掬热泪的啦。他又找李小师谈了一次,长达两个多小时。如当年在《风息浪止》中所写,李小师原来对未来的嫂子的先进事迹是最反感的,但是后来金秀梅是当真嫁给了小师的哥哥,而且对她哥哥确实不错,他们就成了家族共同体、利益共同体了。李小师谈得慷慨激昂。他找小林和小闵——就是那一对青年夫妇,说是曾经受到过金秀梅(或李二嫂)的调解而增进了家庭和睦的一家子各谈了一次。这一对夫妇也真有意思,他们俩感情压根儿就不错,家庭压根儿就没有什么不和睦的,他们与金秀梅、李二嫂关系也都很好,原本无事。金秀梅树成了典范,说金秀梅调解了他们小夫妻的矛盾,他们就真的闹上别扭了,而且都对金秀梅有意见,根本不承认金秀梅调解过夫妻的什么纠纷。后来金秀梅那边日益踏实了,到处又吹上李二嫂调解他们的纠纷的事迹了,倒像是他们欠了李二嫂多大的情似的。没那个事,他们坚决否认,你们谁爱先进谁就先进,好赖别拿我们俩垫底行不行?我们没有招谁惹谁呀!他们对李二嫂气了个不轻。

　　杨巨艇还不辞辛苦找到了邮递员小苗,与她也长谈了一次,她几乎可以算是金秀梅的唯一亲密好友了。

　　杨巨艇的到来也引起了李二嫂一方(按:李二嫂无意成为一方,正如金秀梅之不想成为一方,但事实上已经壁垒分明,两军对峙了)的注意。陈志强来到W市,携带黑石镇各种土特产,坚决求见杨巨艇。杨巨艇死活不见,他是一个有立场的人,从不与自己认定的对立面接触。早晨七点,陈志强已经站在杨巨艇房间门口。待确定客人还在房间内睡眠后,陈志强神清气定地在那里守卫。七点三十七分,陈志强发现室内有一点动静,他开始轻轻敲门。门口是有电铃按钮的,他怕音量不好掌握,不用。轻轻的敲门终于引起杨巨艇的注意,"哪一位?"他在床上问道,他声音嘶哑,声音似有似无,有意告诉对方现在时间太早,他刚刚睡醒或尚未醒转,他现在实在不欢迎任何人来访。陈志强听到问话后,不回答"哪一位"的问题,而只是再敲了一下门,并且把声音提高了一点分贝。

杨巨艇忽然明白过来了,可能是他不喜欢的客人,他便哼了一声,不理敲门者。陈志强却一点点提高了敲门的声音,然后忽然停下了。喊道:"杨老师,您太忙,我走了。"喊完他走到电梯口蹲下等候。电梯边有一把软椅,但是陈志强不坐,他身上背着一个大书包,他也不放下。

终于,陈志强得到了陪杨巨艇老师用早餐的机会。他坚持连一口白开水也不喝,并一再请服务员确认,他没有用餐厅的任何食物饮料器具。他说:"包公断案,也得原告被告两面的理都听听……"

这个头开得不坏,包公云云也让杨巨艇窃喜,如果陈志强一直保持这样一个谈话的水准,本来有可能给杨巨艇施加一些影响。可惜他紧接着拿出来的是他第一次写的金秀梅的优秀事迹文稿,又一份是李二嫂优秀事迹文稿,又一份是他的多份告状信,主要是告华章,但也告项图,也告杨巨艇,也告其实是小心谨慎的报社社长吴道永。事后直到今天杨巨艇也不明白,陈志强把他告自己的状的材料拿给他看是什么意思,是有意恫吓?是示威?是白痴?是显示自己文字材料的丰富占有与肯下工夫?把他最初写金秀梅的材料拿出来也匪夷所思,这不更证明金秀梅是真正的先进人物,而李二嫂是后来挤进去的么?如果陈志强写的第一份材料是真,那就证明他不该写第二份材料,如果第二份是真,他就不该写第一份材料。他难道是糊涂到为了证明自己著作等身而不惜把自打嘴巴的文字也拿来充数的吗?

杨巨艇撇了撇嘴,说:"你把材料留下好了,我马上得走了,我们没有时间交谈。"

陈志强微微一笑，不慌不忙，有条不紊，就像从书包里一件件拿出材料一样，又一件件把所有的材料放进自己的书包里去。

他扣好书包扣带，放下一个书包，拿起另一个小一点的书包，打开，是他送给杨老师的酱辣狗肉。他说：

"大补，壮阳、强肾、固精、养颜、健脑……"

杨巨艇看着那些黑黑的屎橛一样的狗肉，再也忍耐不住了，他做了一个漂亮的手势，用左手向外一甩，开始甩的时候手指是并拢的，甩出去后手掌是张开的，他极有尊严地说："你走吧。我不想见你。如果你不走，我立即把你的狗肉扔到垃圾箱里！"

……杨巨艇激情如火，他埋头三个月，终于完成了一篇大文章：《评选先进的经验与狗肉干的启示》。他用解剖麻雀的方法彻头彻尾地，精雕细刻地分析了W地区金秀梅李二嫂先进人物事件背后种种。他从狗肉干开始写，写一个愚蠢的、不文明的、有着偷窃别人的狗的嫌疑的、患有妄想型精神疾患的陈志强，为了争夺敏锐的矢志改革的作家华章的劳动成果与对精神文明建设的贡献，竟然出尔反尔，把金秀梅的先进事迹全部至少是百分之九十五拿来算成李二嫂的。而年老保守僵化的地委领导，竟然因此排斥了进取心强、思想解放、有魄力有眼光的年富力强的××同志，将他调到一个虽有名声却实际上什么也不是的单位去了。从这里深入下去，杨巨艇问道：我们的改革的大船，是靠什么人来掌舵、靠什么人来操作、靠什么动力来维持前进的势头呢？我们的干部路线组织路线什么时候才能符合改革开放的新形势呢？而省里，一开始，省领导对于先进人物金秀梅的涌现是抱着热情洋溢的支持态度的，但曾几何时，下边一个专吃不文明的狗肉的、三代贫农出身从而认定了自己应该是中国作家的代表人物的家伙闹起来了，于是，省领导又往回缩了，学习先进啦、实事求是啦、慎重负责啦、全面兼顾啦，只剩下了说了等于没有说的绝对真理了。从这里他分析了学风与文风问题，全面是全社会的任务，要求一个思想者著作者说什么话都得全面，就等于不让他说话。如果拿鲁迅和胡适比较,也许表面上看胡适说话照顾的方面更周到些,然而真理是在鲁迅方面。鲁迅只照顾被压迫的人民,而不照顾大人先生,那么,是谁更全面谁更深刻呢?当然是鲁迅而不是胡适。还有,一个人只是一个人,一个人没有义务做全年或数年的总结报告,他疼了就要喊疼,他饿了就要喊吃饭,这是片面吗?这是真实。这是现象吗?这也是本质。

顺便说一下,杨巨艇写道,如果省领导班子不发生重大变动,也不会有人敢于做先进人物的翻案文章。现在呢,省委一把手走了,继任者巴不得从前任身上多找出几个把柄,这样才利于自己树立威信,才利于叫本省人民相信,他的上任是开辟了新纪元。于是,省领导表过态肯定过的先进人物,说不算就不算了。说有就有,说没就没,这样的主观随意性,难道是正常的吗?

杨巨艇更具锋芒的论述还在后面,他论述这种种荒谬的社会基础。问题不在于领导的保守与中层的梗阻,问题在于人民群众中已经习惯了大锅饭、平均主义、不求进取、鼠目寸光、得过且过。一个小小的金秀梅当了模范,竟然像是发生了地震。如果谁也不是模范,谁也甭想离开黑石镇一步,怎么样呢?很好,好得很,你我都踏实。杨巨艇愿意衷心假定,李二嫂也是一位好同志,也不是不可以树为先进,李二嫂周围的人也是诚实的热爱祖国的劳动者,但是李二嫂的再次被树起来却是一个阴谋,是为了取代金秀梅。李二嫂知不知道她的被树立是与金秀梅的被打倒连在一起的呢?当然知道。知道了为什么还要这样做呢?私利。人们啊,你们要警惕,私利会使个人丧失良心,社会丧失正义,国家丧失光明,私利会使人民堕落!

杨巨艇写完这篇洋洋洒洒的大文章,不禁仰天长啸。他心想,一切重大方面,他的这篇解剖麻雀的文章里都涉及到了,社会进退、祖国兴衰、民族存亡,不过是一念之间的事,而中国竟有那么多糊涂人,放着光明大道不走,非要搞自私愚昧不可,着实可叹!

杨巨艇的文章先是给了一家大报,大报一位思想最解放的副主编告诉杨巨艇:"你的文章写得太好了,但是又太具体,如果我们发出来,对省、地两级领导的压力实在太大。为此,我们得先派人去核查,还得征求省委主要领导的意见,这么一来,你的高论就会胎死腹中,至少弄个难产。我建议,你再加一点形容词,一点动情的句子,把它当做一篇文学作品发到一本全国性大型文学刊物上,要知道,现在咱们国家对文学的尺度还是要宽得多,一说是文学,什么省委地委也不好提意见,效果哟,其实一个样。"

杨巨艇哭笑不得,他觉得有点反胃,让他这样一个忧国忧民的硬邦邦的理论家风花雪月地装扮自己,实在是不好意思。用文学形式大讲理论大讲政治大讲社会问题,他甚至觉得是有点不负责任。一个女人燃烧起来了,需要的是你的爱与做爱,而不是给她念一首诗。人民需要的是斗争、用自己的手改变自己的命运,而不是需要一篇文字,除非你不但性无能而且社会生活无能。

但是说出来总比不说出来好,文章的思想也许能够广为传播。他只好小学生做作文似的拼命把文字搞得花哨一点,加了些反问句惊叹句,加了些自我感情表白的内容,"写到这里我万分地激动""这样的事情难道是可以相信的吗""帝国主义、封建主义、官僚资本主义三座大山是推翻了,然而,自私、愚昧、专横的三座大山仍然压迫着我们""我的心在淌血""青春的怒火在燃烧"等等。一努力写文学作品,才知道,这些作家啊诗人啊容易吗?他们整天和这些天杀的抒情的巧妙词句打交道,他们不感到伤肝损肺,耗精失血吗?又没处去领例如热处理车间因为与氰化物打交道而下发的劳保补贴!唉,抒情词句与氰化物,到底哪一个更需要劳保呢?

果然,杨巨艇的稿子刚送到一家大型文学刊物两个星期,神速地以头条位置发表出来了。编辑说他们见到这样的稿子,如获至宝,立即采取紧急措施,把原头条稿件撤下,紧急发排,紧急校对。最后,杨巨艇的稿子多了三行半,怎么办?当然不能删杨巨艇的稿子。主编来不及和任何人商议,干脆下令责任编辑删下一篇小说,必须删掉三行半,不能多也不能少。因为这个事还和小说作者闹了一回矛盾,当责任编辑如实交代,说明一切是为了给杨巨艇的重头文章让路,作品被删的作者,也就自晓大义,无话可说了。

主编说:"现在,读者最欢迎、读起来最过瘾的就是杨巨艇的稿子啊!"

杨巨艇的大文章占了文学刊物的一半篇幅,直如惊雷闪电,犀利、深刻、威严,他提的问题如民族的退化、人民的堕落、国家的压制、群众的盲目、思想的贬值、知识的苍白、逻辑的褪色、价值的缺失、无赖的所向无敌、青春的寂寞萧条、愚蠢战胜了智慧、野蛮取代了文明……令许多读者一看就热泪盈眶、悲从中来、拍手顿足、痛快淋漓。天地昭昭,世界上还有什么人的文章能与杨巨艇的相比!

这期刊物被飞快地一抢而光,杂志社决定加印二十万册,又卖光了,再加印二十万册。而从此杨巨艇家门庭若市,上访的、告状的、寻人的、讨账的、治病的、求职的、失窃的、认亲的、请求鉴定文物真假的、争遗产的、闹过继的……全都找上门来。有的人一见杨巨艇先是双膝扑通跪倒在地,有的搂着杨巨艇号啕大哭,有的要求认杨巨艇做干爸爸干爷爷。有一个家乡人自称他的爸爸曾经抱过小时候的杨巨艇,并要求杨巨艇代为介绍职业。也怪,怎么人人知道杨巨艇住在哪里呢?他什么时候也没有发过公告呀!反正他觉得该来的不该来的都来了。

他也喟然叹息,中国的上通下达的渠道还是太不够了呀,中国的冤假错案还是太多了啊,而像他这样的急公好义、仗义执言、为民奔走的斗士又是太少了啊!

他忙碌,他焦头烂额,他干着急,但内心里还是有一种满足,一种道义上取得了伟大胜利的感觉。

但是此日不同,这一天来的是陈志强和一批女工,虽然陈志强向他做了详细介绍,他还是没有弄清这都是一些什么人,反正头一个特点是一个漂亮的也没有,她们身上有一种枯坐了好几天硬座车即三等车厢沾染上的腥臭之气,略相当于三等车厢里的公厕气息,再加上许多天消化不良所产生的胃气口气加未能及时洗浴而发出的身体气味。她们纷纷扰扰地与杨巨艇理论,认为杨巨艇的长文所写不是事实。

杨巨艇吓了一跳,这不是又要闹"文化大革命"吗?人多势众就可以代替真理和思想的深度与浓度吗?他更没有兴趣去核对鸡毛蒜皮的所谓事实。关键在于灵魂,他的文章的灵魂是什么?他的灵魂是什么?他在为什么而焦虑、而呼唤、而思想、而进击?为什么他的文章受到这样的喝彩?人民为什么需要并且热爱这样的文章?说老实话,他对黑石镇、××地区、W 市、××省没有兴趣!他的重点不在金秀梅与李二嫂之争上,金秀梅与李二嫂全死了对中国没有任何影响。他关注的是整个中国,是中国的十二亿人!具体细节你说错了就错了好了,然而这能改变问题的性质、事件的性质、国家命运所系的关键问题的性质吗?

这些,他怎么对来访者讲呢?瞧瞧他们呆板、暗淡的眼神儿吧,你有多少救国救民之心,你有多少信念,你有多少为人民洒尽一腔热血的决心,一见到这样的眼神儿,全完了。

没法子,他老婆又是不在家,女儿又是没有回来。于是杨巨艇出此下策:他佯作去厕所,离开了陈志强的视线,仓惶逃到了青狐这里。

杨巨艇的深夜来访使青狐的母亲喜悦异常,老太太的嗓音提高了好几度,连忙表示欢迎,表示客人完全不必为自己的"不速性"——不请自来与来非其时——而不安,像他这样的高贵客人真是请还只怕请不到呢。"您喝水?喝茶?喝酒?吃点东西?"她连连张罗,笑逐颜开。连杨先生也有点奇怪,老人家是怎么了,怎么这样热情亲切起来?

而青狐却觉得兴奋,同时更是尴尬。妈妈不知道,妈妈不知道她是在为王模楷的小说而哭泣,妈妈更不知道她的海滨之行,她对一些男作家的印象。杨巨艇当然是她所欢迎的客人,或者可以干脆说杨巨艇是她的一个心心相印的好友,然而你就不能早一个小时来,你就不能晚一个小时来,你就不能躲避开她正在为王模楷的小说而痛哭的这一刻这几分钟？杨巨艇呀杨巨艇，你是多么不解人意呀，该来的时候，你到哪里去了？想你的时候，你到哪里去了？伟大深沉的杨巨艇，狼狈到甚至无法在自家待下去了，半夜跑到她这样一个寡妇之家来，而且硬是没有容许她孤独地咀嚼一下王模楷的神妙的天才的奇异的与震撼的呼唤。她无意与王模楷讲什么做什么，她已进入中年，她已遍体鳞伤，她已颇谙世故，她已灰心丧气，她已得到了领导同志的嘉许，她已是正正经经的共产党员。她难道不知道自己不应该做这，不应该做那？她像一个小顽童，早就受到了教训，早就知道凡是她的房间内外的美好的东西美好的家什凡是她喜爱她觉得有趣的物件，都是她不可以摸不可以动不可以当着别人多看几眼，更不可以据为己有的。她唯一可以做的是低下头来，闭上双眼，温习一下少不更事的时候对某些好东西的渴求和记忆。她拥有的只有记忆和渴求，哪怕这些记忆和渴求曾经欺骗了她误导了她，哪怕这些记忆和渴求只是水中之月镜中之花。她总可以低头冥想，总可以悄悄地自行白日或黑天做梦，至少可以在梦中悲泣，而不触犯刑律乡规民俗。

而她的妈妈和好友杨巨艇，竟然连片刻的孤独遐思的机会也给她剥夺了，连片刻的心灵感应（也许这种感应实际上并不存在，但总该慷慨宽宏地给她以自以为存在的权利吧）的可能也给她剥夺了。她是多么的不幸啊。至少有半个小时，她的阴差阳错的感觉坏极了，像是睡得正香的时候给她端来了她从小最爱吃的莲子羹，像是吃着吃着和平餐厅的冰激凌忽然发现手拿着的勺子里换成了东来顺的涮羊肉，像是刚穿上绸缎旗袍就把她推到了游泳池里，又像是不仅脱光了衣服，而且正在进入高潮，却发现自己怀里的男人换了模样、姓名和身份。她一阵恶心，从食道里漾出酸苦的水，她强忍耐住自己，没有在杨巨艇面前做出什么事发出什么声说出什么话，她跑到卫生间，哇的一声，呕吐不止。

# 第二十五章

许多年以后,经济有了很大发展,观念有了大变化,市场经济已经无疑,老中青男女作家纷纷写自己的性经验性苦闷,还有想象中的或现实中的性放纵,虽然关心世道人心的人士和部门对之进行了认真的规范,但被戏称之为"性大潮"的那股潮流依旧汹涌澎湃,回天无术。此时,老了老了的雪山,突然发表了他的首篇短篇小说,小说的题目叫做《夜与床》。发表这篇小说的时候,雪山已经兼任了一所名牌大学的文学院长,几家有影响的文化刊物的学术委员,当选为一些文学团体的理事,为许多文学评奖当过评委或者颁奖嘉宾。总之,他当时已经是誉满全国乃至半球(即略低于全球)的知名作家特别是文学活动家了。他总共没有发表过几篇文章,小说则从来没有发表过。但是种种文学活动少不了他。他属于本地特有的一种不以写作为主体业务,而是以公共关系活动——发言说话串门开会——为主要存在方式与文学活动方式的作家。

他的小说写得还不错,他写一个女教授和她仰慕的一位电影大明星在一间卧室里的一张双人床上待了几夜。没有任何人知道这几夜他们是怎么度过的。大明星是男性,那当然啦。崇拜这个大明星的风度的女人很多,这位大明星也很喜欢和一些女名人交往。大明星在文章里、讲话里,更不要说在私下谈天时候,常常抨击中国在性问题上的封建保守,自戴枷锁,画地为牢。他最喜欢举一个例子,说明我国是多么需要全面学习西方:说是东北,一对夫妻结婚已经十七年了,因无小孩到医院去检查不孕症,却发现那女人还是处女。他喜欢用这个事来说明中国的落后与社会主义实践的有问题。同时,结婚十七年两个人不懂得什么叫做爱也表现了中国文化上的痼疾:存天理,灭人欲,其实是灭绝人性。大明星长得样子很像美国动作片大牌明星史泰龙,深受女观众的心仪。但是对于他的状况有一些不负责任的流言,他自己则说是搞极左的年代挫伤了他的机能。反正他的风流韵事不像人们想象的那么多,就是说他说的比做的走得远。

而雪山作品中的另一位主人公,即那位女学问家,以研究本国的女同性恋问题而著称。就冲这个研究领域,人们不能不叹服她的观念的先锋性。文化的保守使俗人们常常对先锋性感到不安。她的论文不能顺利发表,她在公众中的影响似乎被有意识地控制,她做学术讲演的时候总是安排在狭小的教室里,即使要听的人太多,需要动员公安人员维持秩序,也不提供更大的空间。她在海外比在中国更有名,动辄被邀请到北欧、北美、德国、荷兰、日本和韩国去讲学,挣了不少外汇。尤其是,她本人长得相当漂亮,本身就充满性感,再研究性方面的问题,便给人以极危险极魅惑的感觉。人们特别是男人们往往认为,只有丑女以及丑男才适合大大方方地研究性啊、生殖器啊,才适合去当妇产科大夫的,理由是这样的人才能摆脱本身的性困扰——把"性"带进纯科学、纯理性、纯思辨和纯逻辑的理性王国。

还有一个有趣的问题:她本人是不是同性恋者?她结过婚,五年中有过两次人工流产记录,后离婚。她的前夫完全否认她有同性恋倾向。她本人倒是常常传出与××著名男士"拍拖"(这是一个从香港转口输入中国内地的词儿)的逸闻,事出有因,查无实据。各方对这一类传闻也不怎么追究,这,据女教授说是中国社会取得了长足进步的表现。

如此这般,女教授与男明星感情甚笃。雪山这里加了一段议论,当然评论家对小说里加议论的做法的评价各执一词,赞同者拿出米兰·昆德拉做范例,异议者则认为昆德拉的写法其实是一种小说写作上的取巧。那么雪山以中国的昆德拉的口气说的是：一般人能接受的是男教授拍拖一位女演员，而不习惯女教授爱上一位男演员。这本身就是男权中心所造成的偏见在作怪。其实正像其他事情一样，男女间的一切都是双向的，有来就有往，有矛就有盾，有爱就有被爱，有怨恨就有被怨恨。

两个人因了志趣观念上的合拍而成为好友，他们相处过一个晚上，也曾经传出了这样那样的故事。而后，第二次，又是同处一夜。在同一间卧室，这间卧室里只有一张双人床。据说两个人谈了一个晚上的电影艺术与政治、巴勒斯坦问题与波黑局势、国企改革与外贸体制，而且，两个人还谈了一晚上爱情和性，但是……

**但是**以后的六个点点，成了一个疑案，成了一个历史的空白，成了一个学术与艺术上的"哥德巴赫猜想"，因为两个人并非庸常男女，在各自领域，他们都将留下自己的印迹。此后两个人一直保持着最亲密的友谊，情同情侣，但是并无亲密接触。

雪山的小说在网上被热炒了一下，雪山也因此名声又大噪了一次。紧接着，网上有人揭露这篇小说是抄袭自尼加拉瓜的一篇名作。雪山发表声明说绝无此事，并表示要委托律师以维护名誉权为由起诉那个揭发他抄袭的人，索赔八十万元港币。后来又有人在网上说，这件事取材于八十年代中期的一件真事，事关一位女作家和一位大名鼎鼎的理论家。雪山又发表声明，指天划地：小说纯系虚构，系灵机一动的产物，如有雷同，纯属巧合。于是一张负责文艺导向的报纸载文指出，所有这一切都是商业炒作，都是作家脱离生活、脱离实践、脱离人民、脱离创造历史的伟大斗争闭门造车的结果。

这是后话。

青狐与杨巨艇的午夜聚首如何如何，后来流传出了几种版本，一是李秀秀版：她说那次杨巨艇午夜访问青狐，被青狐轰跑了。李秀秀说青狐的特点是，越是对所爱的人失望，就越容易将思恋变成嗔怨变成仇恨，正如青狐之容易陷入爱河，她也极易落入恨潭。她对杨巨艇的不速之访的反应,先是呕吐一气,吐完了,她伸出一只左手,指向房门,说了一声:"请!"就再也不搭理他了。说是这给了杨巨艇一个深刻的教育,他第一次感受到并不是所有的女性的房间的门都会为他而开。

与此同时,人们感觉到,近几年一直为青狐奔走呼号,当够了催巴儿与吹鼓手的李秀秀,与青狐的蜜里调油的友谊,已经盛极而衰,盈尽自亏,正在走向反面。

雪山的版本略有不同,他说青狐轰了杨巨艇不假,但是青狐的母亲热烈地留下了巨艇。平时看不见,偶尔露峥嵘,老太太严厉地责备了女儿,并陪巨艇兄谈了一夜中国政治体制改革。为此,母女反目,青狐说了一些极难听的话。不久,老太太得了脑血栓,语言中枢受到压迫,后来碰到一位著名中医,也是青狐的小说的爱好者,是青狐的追星一族,他用了十二服药,结合针灸,治得老太太能说一些除了青狐别人听不懂的话了。

问题在于雪山的儿子雪堆,虽然此时只有十八岁,但青出于蓝而胜于蓝,上知天文,下知地理,阴阳采补、丸散膏丹、刮痧拔罐以及前后五百年诸事无不通晓,其风采与乃父比有过之而无不及。他的绝密版本是:青狐那一天终于实现了与杨巨艇的深情燃烧。被妻子张风搞得近二十年委靡不举的杨大官人,终于在青狐阿姨的耐心培育下重振雄风,完成了他作为英俊威武的男人的神圣使命,帮助我国女作家们在"寻找男子汉"的作业中初战告捷,也为我国那个年代的思想理论文艺阵线填补上了一个空白点,了却了一个遗憾。壮哉巨艇!善哉青狐!美哉中国的二十世纪八十年代,不但是恋爱的季节二度,而且是壮阳的季节了!

雪堆还有一个重要的惊世骇俗的考证,他断言青狐与李秀秀的来往有同性恋倾向。(李秀秀对此说不否认,而且一听到别人问就笑得极美极媚。而青狐一听就怒火中烧,大骂操你妈。)他的根据一共有十八点。他断言上一代两代十代百代千代泱泱中华的核心问题是性压抑,"文革"的爆发是五千年性压抑能量蓄积的总喷射,中国的命运是从性压抑变到性爆炸,然后渐渐走上正轨,融入世界,全部过程大约需要两个五十年,一个世纪。

内情到底如何,这里暂不穿凿。总之,那是一个拨乱反正的年代,是一个百废俱兴、全面落实、心想事成的年代,是一个填补遗憾、同时一些人又留下了更多遗憾的年代。

青狐这短短一年之中几乎实现了她半生想实现而没有实现,也没有可能实现的所有的梦。一个是她被选为一个文艺机构的副所长。从而给她家安装了电话。为安装一个电话,所里付给电话局座机费、线路费、号费、线费、劳务费近三千元人民币,她本人还送了安装工人两瓶二锅头白酒。如果没有公家支付,她一年的工资也不够。电话安好了却不能立即通话,她为之心焦欲焚,一会儿一拿起听筒,直怀疑自己的电话只是一个聋子的耳朵——摆设。电话安装了三天以后,清晨五点四十分,青狐忽然睡不着了,她想拿起听筒,又觉得自己太浮躁,用意志压制自己试电话的冲动,自我斗争了二十分钟以后,六点整,心跳着拿起听筒来了,竟是一阵悠长悦耳的嗡音。她兴奋地叫了起来,使母亲也连忙穿衣起床,两个人一起试听世上最美妙的乐音:电话嗡响,像提琴又像大管,像蜂群又像春风,像激动的哭又像快乐的呻唤。她并且示范地用电话拨报时台,听"下面音响,噔儿,六点十四分半,下面音响,噔儿,六点十五分……"拨气象台,听"风力二到三级,风向偏北……"拨查号台,听"04,23号,请问您查哪儿?"拨障碍台:"我这儿电话听不清楚……我的电话号是……噢,现在清楚点儿了,要不过一会儿我再看看……"青狐一高兴,拨通了119。"哪里有火警?快报您的地址!"那边的话音里隐含着杀气。"噢,对不起,我想试试这个号灵不灵。""同志,不要这样开玩笑,这样做的话,您要负法律责任。"我的妈呀!真想再给匪警台110也打一个电话,告诉他们她这里来了土匪,共二十七个半,带着三支自动步枪,两个手榴弹,五把匕首……一架武装直升机立即受命前来,呼啦,三十辆装甲车载着全副武装的警察开到她的楼门前!现在的电话网络里有她这一号,她享受着超级的安全服务。

很好。电话线的嗡声是美的。拨通以后短促的"铃"声是美的。报时的人,报号的人,准备查线和接接头换话机的人的声音也是非常美丽的。连严肃的救火者——他们是否人人戴着铜头盔,像米开朗基罗所画的那个巡查者那样——说话的腔调也是好听的,像荧屏上的小品。

现在已经不兴她的前半生习惯了的那种丧丧的说话腔调了,那个时候动不动就是:"人若犯我,我必犯人!""狼子野心何其毒也!""尔曹身与名俱灭,不废江河万古流!"

多年以后,青狐写过一篇小说,描写一个可怜的老人家里安上电话后的狂喜心情,反衬他其实是多么贫穷和不开化,而他由于欢喜过度,犯了脑血管疾病,病后遗留下了下肢瘫痪与语言障碍。但他没有事的时候,情绪好的时候,仍然喜欢坐着轮椅给人拨电话。从此他的亲友们时不时会接到一个出不来正常声调的电话,听到一种啊啊嘶嘶咯咯的怪声,亲友们知道是他来了电话,就说一些安慰的甜蜜的话语给他听。但是他的这种无法正常沟通的通话,很快使亲友们讨厌了,受不了啦,特别是他的一位弟媳,原来就神经兮兮的,说是听了他在电话里欲言难出的声音,她觉得恐怖,后来发展到接到他的怪电话就发作癫痫症,俗话叫抽羊角风。为此,弟弟一家更换了电话号码,缴纳了换号费二十四块四,从此与哥哥失去了联系……这篇小说翻译成了六个国家的文字,被认为是具有悲天悯人的人文情怀的优秀作品。

安了电话不久,青狐打电话的瘾远远没有过够,她又接到通知随一个作家代表团去欧洲访问。行前开了两次会,会议的严格、呆板与人人欠一百吊钱的气氛,使她深信开完了会后将有一个奇妙的自由的超级旅行。她知道代表团的团长是王模楷,同行的还有一位既是演员又是作家的名流大姐,还有袁达观。得知是王模楷当他们的团长后,她快乐得几乎闭过气去。名流大姐也令她心仪,何况她还会讲几句英语法语,她一见人就喊"wonderful",姿态比美国人还美国。袁达观先生也是乐得合不上嘴。外事部门特别动员代表团成员们要穿漂亮衣服,做好头发,戴首饰装饰,带高级化妆品等等。有关领导还讲了一大堆不要随便放屁吐痰(说是当年李鸿章向皇上介绍外事工作的诀窍时概括为"忍屁吞痰"四个字),吃饭不要吧唧嘴,说话时不要用一根食指指对方,喝汤不要稀里呼噜,握手时目光不要看着别处等外事礼仪。说得青狐面红耳赤,觉得说话人污辱了我炎黄同胞。果然,袁达观提出抗议,他说:"这些我们自己适当掌握一下也就可以了,不必说得那么繁琐。各国有各国的习惯,未见得都得统一到欧洲标准。我到日本参观过茶道表演,人家日本人,喝茶不但喝得吸溜吸溜,最后还要嘬呷出哨声来,那才叫喝得过瘾,喝得入港呢……"他说得大家哄笑。青狐从来没有想到袁达观能说出这么精彩的意见,看来改革开放的威力大矣,对改革开放后的人儿,要刮目相看。人不可貌相,海水不可斗量,能混到文坛上讨几年生活的人可说是个个身怀绝技,不会是白吃饭的。

　　打扮自己,这至少与出国本身一样令人兴奋。青狐找出了妈妈当年的一件旗袍,找出了五十年代末自己买的一双高跟鞋,又从街头刚刚出现的摊贩手里买了两件裙子、两套套装和一些丝袜子。她买了一身薄如蝉翼的黑绸紧身衣和一件绛红色西式长裙和雪白的衬裙。她拿回家试装,黑绸上衣穿上,胸乳仍可看个一清二楚,再加多厚的胸罩也仍然显得唐突欲裂。拨乱反正以来,连她这个四十岁的女人的乳房也变得有了点模样。这叫什么来着?夕阳无限好,只是近黄昏……裙子虽然很长,几乎够得着地面,而且加了绝不走光的衬裙,但是穿上以后一走路屁股扭来扭去,小腹的球面也十分明显,过紧的衣裙走起路来碍腿碍脚,她决定第二天去退货。她别别扭扭地想,女人穿衣服,又要遮够,又要显足,可真叫麻烦,还不如干脆脱光,大家脱光,你看我,我看你,看个痛快。要不一人发两片麻袋,蒙头盖脸地一捂,也不错。他娘的,目前中国女人完全没有穿衣服或者不穿衣服的宽阔空间。就她这几身衣裳出国访问,能不丢中国人的脸吗?

出行前一个晚上,青狐好像得了热病,她躺在床上冒汗,左右翻身,上下打挺。她一会儿一拧开灯看表,她半梦半醒,好像荡漾在水波上,好像是晕机或者晕船,好像是消化不良。她哭哭笑笑,觉得自己没劲。幸亏她不是国务院总理,她要是总理或者外交部长,整天坐飞机出国,还不得高烧八十八度变成焦炭!她提醒自己,要是再烧包,等不到登机先得犯脑溢血、心肌梗,至少也会是急性肺炎。她出汗太多,只好夜半起床洗淋浴。她新买的电加热水箱和淋浴喷头。电加热水箱是最简单的一种,里头有一根棍子似的电炉丝,先加水,加满了,通电,二十五分钟后,水温差不多了,快洗。洗慢了,热水没了,您就抓了瞎,要用热水,再等二十五分钟。她起来得急了,还没加水,先通上了电,过了可能有三分钟,她想起来了,赶紧放水,"嗞……啦……噗!"加热水箱坏了,电热棍再也起不了作用了。青狐大怒也像是大喜,她干脆开开冷水,冲,照着脑袋脸蛋屁股蛋就猛冲。她的胡作非为把已经患了初期血栓症的母亲吵醒了。母亲发出不清不楚的叫声以示抗议。她不无得意地回到床上。

她怒气冲冲地睡着了,一边做着噩梦,梦见自己与人厮打、肉搏,揪头发、咬耳朵、踢下身、撞头,打得喘不过气来。她老是使不上劲,但敌手也软不塌塌的,不能威胁她。最后她打出一拳,打得自己肩酸背痛胳臂抽筋。幸亏眼睛睁开了,她才没有在左臂的极端不适中昏死过去。天有点微亮啦。

她一骨碌爬起来,想不到在极端恶劣的睡眠后有如此美好的心情。她已经好久没有赶早起床了,自从她的写作被社会认可被有关部门肯定和有关领导赏识之后,她就不需要按时上下班了。她已经是自己的主人,自己的时间的自由支配者了。她想什么时候工作就什么时候工作,想什么时候无所事事就什么时候无所事事。这真好,这跟实行了共产主义一样。一九五八年她高中毕业,赶上了"大跃进"，她去到山区炼钢，为一年钢产量翻一番，全国达到年产钢铁一千零七十万吨而苦战奋斗。她连续三个晚上没睡觉站在炉边"炒钢"，身子晃荡着，腿哆嗦着，眼睛前头一片黑一片火，然后领导告诉她这样就是要过共产主义关啦。她实在想不到搞共产主义还要过关，跟去西天取经要经过九九八十一难一样，而过共产主义关是不能睡觉的……现在，经过伟大的拨乱反正，经过她本人的文学上功成名就和政治地位上芝麻开花节节高，她可以想睡多长时间就睡多长时间了。

赶早起床给她以类似鸡鸣起舞的兴旺感与伟大感。出访派出单位派来的小汽车来接她，送她去机场，这给她以要人感。如果接了她不再接王模楷和袁达观就好了，她一个人坐在汽车后座上才会有一种分外浓烈的天降大任于斯女之态。

办理登机手续的时候天方大亮，她想，别人的这一天跟往日并无区别，而她，这一天要出国访问了。青狐心里似乎有一首歌儿开了头，她似乎在唱：

> 今天我要飞向远方，
> 飞机大清早开始飞翔，
> 飞过森林和田野，
> 飞过群山和海洋……

也许歌词没有这样清晰，而只不过是无字的领唱。也许这是一首尘封古久的歌，蓦地被她记起。也许这是音乐歌曲方面她的第一次创作，叫做处女作的。"处女"两字竟使她感到莫大的伤痛和屈辱。过海关，填写申请出关出境的各种表格，出生年月日、姓名、曾用名、出行目的、航班、护照号、有效期……所有项目都具备一种庄严。然后是行李与手提行李，没有带外币，没有带人民币，没有带文物，没有带齐白石字画，也没有带原子弹样品。好了，放行。出示机票，出示护照，交出表格，验明正身，交运行李，出示手提物品，领到登机牌，站到边境检查窗口下面,再出示护照,出示自己的脸孔,请边防警察验对照片、盖章,然后领回护照,出境。她已经离开了伟大的、让她苦让她甜、让她哭让她笑、让她爱让她怨,让她变成癞皮狗又变成人五人六的祖国啦!

这一切过程、这一切心情的延续和变异,像是一首歌曲,更像是一组舞蹈,她的所有姿势:出示这个,拿回那个,凑过去,撤回来,迈步,向前,停止,稍息,起步走,微微俯下身体,挺直,转身,快两步,慢半拍,一笑,再一笑,前视,斜视,左一瞥,右一回眸,捋一下头发,再甩一下,跑两步,再一回头,这不是很连贯很自如完全一气呵成的舞蹈吗?

当然这更是一种仪式,是从伟大祖国走向世界的庄严生动仪式。

如舞如歌,如诗如梦,如礼如仪,她与朋友们到欧洲去。是邀请方提供外航机票,机舱里讲的是英语法语西班牙语,提供的是外文画报,画报的封面封底彩页上有无数美女,美女耸着胸,美女半露着乳,美女扬着头,美女叉着或扭着腰,美女劈着腿,美女眯着、乜着、斜着眼——水汪汪的眼,美女张扬着、诱惑着、微笑着、大笑着、傻瞪着……所有的姿势和眼神儿都是中国传统所严禁的。她们不懂得夹紧双腿好夹住那个罪恶的×,她们不懂得含胸缩颈以守妇道,她们不懂得笑不露齿行莫摇裙,她们不懂得哆里哆嗦一副"奴家""贱人"的规格,她们一看就是一些个偷汉子杀亲夫不要儿女淫荡无耻的怪物。她们在中国早就送去劳动改造至少是劳动教养去了,如果不是骑木驴游四街或者被活埋了的话。幸亏夏桀商纣那个时候欧洲人还都是猴儿,如果褒姒妲己一个是法籍一个是美籍的话中国早就亡了三千年了!

机舱里飘散着浓浓的香水气味,这气味使青狐头疼然而兴奋。代表团的人的座位都是在最后排,这使青狐的情绪多少受到点打击,因为这使她敏感到种族歧视和社会制度歧视意识形态偏见。但是前排的金发红发和大个子使她觉得有意思。曾几何时,她卢倩姑已经和鬼子们同坐一架飞机去西洋外国了。过去和鬼子打交道本来是周总理老人家的事。您是多么辛苦!

开始送饮料了,离地不知几百米或者几千米了。她飞在白云之上。饮料,什么叫饮料?drink,drink 不就是水吗?干吗绕脖子叫饮料啊?把馒头叫食品并不使她困惑,因为食品里还有米饭、面条、核桃酥、虾片、酱豆腐……而喝的除了水和茶还能有什么?酒?酒不是饮料,如果酒是饮料,川贝枇杷露与她历史上用过两次的镇静用口服水合氯醛也得算饮料了吧?

然而是饮料。她换着种类喝。鲜橙汁与苹果汁就不用说了,喝完了从口腔到肚腹都如舞如歌如串了气,魂儿是如仙如妖;如一个老狐狸吸日月之精华、山水之灵气,终于炼成了人形。从小她就特别同情也可怜狐狸的修炼,太苦太苦,仍然不完全算是一个女人,而只算是狐狸。她自己就是一个一直渴望取得人的资格却总也修炼不好的狐狸呀!

为什么西红柿也榨成那么漂亮的浓汁?为什么连凉水也装在印有色彩斑斓图形新颖的商标的洋铁罐里,还叫什么 mineral water?青狐喝了一罐 mineral water 以后,对于矿泉水没有任何印象,甚至她还奇怪,又不甜又不酸,又不香又不辣,又不像崂山矿泉那样冒泡儿,又不带色(读 shǎi)儿,干吗装到那么漂亮的罐子里?

她对洋铁罐子爱不释手,就偷偷把小罐子装到自己的手提包里去了。装好以后,她左顾右盼了半天,第一她怕外国人看到她收起了小罐子,第二她怕空中洋小姐来了发现她没有交回小罐子,如果洋小姐追究:"夫人,哪儿呢?您的小罐子?"她怎么办呢?坏了,我做了对不起祖国对不起欧洲对不起中欧人民友谊的丑事。她尤其怕的是袁达观发现她的秘密。她不怕团长王模楷,却怕袁达观。

飞行途中有两顿正餐,口味虽然怪一点,起码东西样样干净又极富营养,令青狐兴奋。如果在中国一代代人人都吃这样的饭,何愁国人不个个人高马大、性感销魂、所向披靡、无往不胜!何须苦苦地进行什么爱国主义、民族自尊心的教育！恐怕那时候需要进行的是警惕自吹自擂、不要称王称霸的教育。主菜之后上了一块红色圆饼状的东西，中心厚圆，周边薄，如猪油胰子，如不明飞行物。青狐看此物颜色鲜艳，沁人心脾，着实地爱死个人儿，就囫囵着咬嚼起来。这才发现，内里原来是干酪，又名芝士，或曰"气死"，似臭实香，据说营养足顶得住两碗红烧肉，吃了立时四肢长劲，滋阴壮阳。只是外表虽然鲜红欲滴，原来不过是一层蜡皮，她竟然连蜡皮一起吃下去了，愧杀人也。洋空中小姐来收餐具托盘，到了她这儿，发现没有红蜡皮了，怎么办？刚才少了洋铁罐，现在少了红蜡皮，这不是又一次现了眼了吗？祖国啊，我是您的不肖女！

这时候却听到袁达观叫起来了，他无师自通，剥掉了红蜡皮（这使青狐五体投地，毕竟是老同志呀），吃了一口"气死"，喝道："稀吗东西？大便的味道！气死我了！"

随团翻译与秘书说："是'气死'。"

"是啊，是气死我了。"

"'气死'是牛奶做的，发了酵，脱了水，很有营养的。"

"太臭，太臭，外国人哪里懂得饮食？世界上只有中国人会吃……"袁达观深深地为外国人吃臭"气死"而叹息。

看看没有任何人注意自己的吞食红蜡皮与隐藏小金属罐，青狐稍稍放下一点心来。

在回国半年以后，青狐得知，那个精巧的小容器叫做易拉罐。

穿着高跟鞋，束着金发的洋空中老小姐走过来收拾饭后残局时，根本没有多看青狐一眼，而只顾匆匆忙忙地往运物车上塞插各种一次性餐具垃圾。青狐好感谢洋人啊，这些个极端个人主义者根本不会对你感兴趣的啊，你即使连塑料刀、叉、勺、匙、盘、碗、纸巾、装盐胡椒糖的纸袋全吞下去，只要你不按那个画有服务员的形象的铃儿，她也不会多看你一眼的。"鬼妹"们何等的可爱哟！

两顿正餐之间关上窗板，熄灭了大部分灯，旅客们休息睡觉，同时白色屏幕放下来开始放映电影。看电影要戴耳机,用耳机要花三个美元。我的妈,八十年代初期的中国人有几个人舍得为一个破耳机花三个美元?她一共只有七个美元,她的访问日程加上往返飞行只有七天,国家给她发放了七天的零花钱,每天一美元,她总共趸了七美元。她第一次看到了美元,觉得一些不起眼的墨绿色纸头会有这么大的名声,委实不可思议。

飞机经停德黑兰,本来经过苏联领空飞要近便得多,由于中苏交恶,宁可经停近东。德黑兰正在发生政权更迭,有志于现代化但又陷于腐败泥坑的巴列维国王流亡,原教旨主义的霍梅尼掌了权。由于伊朗国内形势紧张,经停的民航机旅客一律不准离机,当然也就不能进候机室休息。一些旅客走到舱门观看德黑兰机场风景与气氛,青狐按捺不住好奇心也跟随着往前走。她走得急了些,碰到了前边一位绅士,绅士立即回头看了她一眼,并给她让路,用手示意说:"Please!"弄得青狐非常不好意思,国外国外,现在已经是国外了,怎么能像在熙熙攘攘的本国那样争先恐后,挤过来钻过去?

走到舱口,她首先感到的是一股热浪,这里的天气何等炎热。她看到了一些灯光,一些画着各种标志与涂写着各种文字的大型客机,她看见了一些戴着绿颜色袖标的机场工作人员,看见了机场远处的曲折蜿蜒的地平线。她有一种奇妙感。后来回到座位上,王模楷告诉她伊朗现在有支持霍梅尼的青年组成的类似"绿卫兵"组织,令青狐肃然起敬。

再起飞以后,旅客纷纷进入了梦乡。青狐理论上认为自己该睡,其实一秒钟也睡不着,她的激动心情静不下来。她觉得奇异,她无法正确地设想自己究竟是在什么地方。嗡嗡的响声与轻微的颠簸提醒她是在飞行中,在道格拉斯10型飞机上,是在一千一百米的高空,就是说离地面超过了一公里。欧亚大陆之间,里海、黑海、波斯湾与地中海之间?她摸摸索索,好不容易开开了头上的灯,她从提包里找出了《世界地图》册,越看越不明白。她昏昏沉沉,把地图掖到屁股后面,闭上眼打算休息。这时飞机突然猛烈地颠簸起来,舷窗咯咯地响,机身抖个不住。青狐担心这薄薄的铝壳与铝翼经不住这样的摇荡与震动,但是她不知如何是好。她甚至想到了失事的可能,虽然她知道可能性很小,但很小并不等于全无。有这种危险使得出访更加威严震撼。她想到这里反而平静了许多。呜……生命可以原地踏步,可以蠕动爬行,可以御风升空,可以越洋万里,可以如虫如蚁如阿米巴,可以做牛做马做被宰割的羊鸡,可以如燕如鹰如鹏鸟,可以如虎如龙如雷雨闪电,可以指挥评点手心手背呼风唤雨燃烧爆炸名扬寰宇,人啊,你们是怎样的不同啊。这里有一只智慧的和美丽的狐狸,她终于得到了机会,她终于炼就了不凡的人身!

直到这时候她才感到了几分庄严,在她们的背后,是一个国家:吃尽苦头,走尽弯路,几千年历史,立志惊天动地,个个血海深仇,聪明得赛过狐狸,勤俭得胜于苦行僧,怔忡得像是深度睡眠,祖国,终于要走向世界了。

现在让我们暂时离开这部小说,去欣赏一幅人体黑白摄影艺术作品:一个躺在小小码头上的女人,背景是一片汪洋。码头是一条条细木片钉成的矩形"台面",如一个木桌直立在水面上。女人笔直地平躺在木桌上面,小腿和双臂都超出了码头的宽度,这样,腿特别是双臂都自然向下倾斜,身体略呈弧形,弧心在下方。一条腿收拢拱起,如一座小丘,它的棕黑色的阴影遮盖了女人的小腹;另一条腿完全伸展在水面上。而两只臂膀自然地垂向后下方。她的四肢和身体都很颀长,挺拔起伏成为人体的长卷。月光照亮了洁美无瑕的女人体面,胴体表面映出了一片青白的光,与身体上照不到月光的棕黑部分、身体下面码头上映出的深黑的完整的人体阴影以及成为浩瀚的背景的天共水的漆黑空洞成为对比,使女人身上月光更加纯洁明丽清凉。而背景的漆黑如给女人披上拖上拉长了押大了的夜礼服,如一件硕大无朋的弥漫的百褶黑裙打散开来,黑夜与水把女人装饰得更加动人,仪态万方。月光照在女人身上再反射过来,有一种惊人的明晃晃的效果。尤其是女人的脸面、颈面、胸面、上腹面与右膝头与左腿面和脚面,晶莹如薄玉,令人叹服,令人赞美,令人感动,令人落下喜悦的泪花。照片的整体结构大致是上黑下白,下面的白光如一个∩符号,靠人体与码头把全幅照片映亮。木码头也很光亮,你可以清楚地看到木板木片木纹木沟木疤,它衬托着女人的身体,但毕竟是木质,不能与光滑凝脂的皮肤相比。水面与天空连成一色的黑,左下方有耀眼的光点闪烁,下方与后方有波光的横纹,有一个圆圆的欲爆的光点,右上方有类似树影的晃动。水虽然黑,观众仍然感到了水面的无垠、神秘、波动和反光。女人的身体挺拔完美,铺陈了美丽的波动,像一个明媚的发光体**悬浮**在水面上。这是一幅照片,这是一个女人与整个宇宙的面对、默契、无言的承受、照耀与抚慰。万物万有,五行四大,纯粹为整合为一个女人和她的黑亮的世界,或者是一个无垠的世界与它的皎洁的女人。如果说照片里没有月亮,这个女人就是发出青光的月亮。如果说照片里没有鱼,女人就是一条无与伦比的大鱼,比鱼还漂亮。如果说照片里没有天鹅,这个女人便是一只雪白的天鹅,伸展在湖海上。如果说照片里没有丘陵,这女人的身体便是雪山横亘。如果说照片里没有波浪,这个女人就是动静有致的波浪。如果说照片里没有音响,这个女人就是一部交响,就是我的长篇小说新作的最新乐章。

你几乎可以看到她身体上的细细的绒毛的反光,你几乎感受到了仰卧在水上的女人的身上的芳香。是一片天籁,一片真诚,一片月光,一片汪洋,一片女人的袒露,毫无保留的赤诚、期待、美丽、光明、静谧、率真和向往。当然也有一点傻气,像所有拍摄人体照片的美丽的女子,像所有的非把自己暴露个一丝不挂不可的女作家,怎么可能没有傻气的**献身**冲动,以身饲虎的决绝与对于种种所谓自我保护条例、文明规则的遗忘?

这张照片不能不让人想起中华古老文明对于女人和太阴,即月亮,和太极图里的那条黑鱼,和坤卦——三条从中间断开的线段,和水、水性的整合感悟,不能不让人想到吸收月之精华的修炼成人体的狐狸故事。当然,也应该想起外国文学中的美人鱼、天鹅、睡美人和会唱歌的令帆船颠覆的海妖以及古今中外一切一切的对于女性的描绘、吟咏和思量。

请接受我的这个小小的礼物,亲爱的青狐,我的好友,我的仅仅存在于想象中的女主人公精灵,我制造的这个已经快从照片与精妙绝伦的汉语汉字描写中走将出来的形象。五十年来,我还没有写得这样成功过。请看,由于小说作者与卖炊饼的武大郎、与鲁迅翁笔下的豆腐西施一样会考虑到糊口的需要,小说作家其实也难以免俗——本书难免对于笔触的穿透力的炫耀,对于言语的犀利与尖刻的卖弄,还有假设的隐私(这是一个"卖点"),还有男性小说家赖以吸引读者看下去的看家本领——独树一帜的冷面杀手般的骄傲自负。作家的执拗在于,你说煤炭是黑的,我偏偏能够写出煤炭的白皙。你说冰雪是冷的,我偏偏能够写出冰雪焐开了一锅糨糊汤水。即使是神仙也经不住作家的 X 光眼珠全息扫描。这样,会不会已经冒犯了青狐呢?对不起,亲切的幻影、朦胧的镜花水月、深山断崖下的玉面狐狸、大耳赤狐,你炽热疯狂与寂寞孤独的灵魂永生,你永远才高北斗、心如孩提。对于你的一切缺点弱点的渲染,其实都在于给出一个可信的**理由**。最后,我愿意献上这幅摄影作品,表达我对于您的深度印象,并请长篇小说的读者与我们共享这永远的赞美和惆怅。

# 第二十六章

就在青狐他们出国访问的时候,W省省委关于杨巨艇扰乱视听、破坏各级领导班子的团结,挑动知青之间、工人之间、劳模之间的矛盾斗争的"情况快报"已在各有关单位传阅。左一份内部参考资料右一份内部参考资料,上面都载有与杨巨艇有关的报道,大多是说他生事和干扰当地工作,也有少数材料对他的评价尚可,例如他讲过一点儿对十一届三中全会精神肯定的话。杨在W省讲演,妄评中央,说×××、×××是保守派是反对改革的。杨在X市座谈,质疑民主集中制,并且为西单民主墙鸣冤招魂。杨在××大学提出来要批毛。杨支持一个农民研制新型喷气飞机:一份材料说这乃是骗局,另一份材料说这也并非完全不可能,毛主席也说过,很多重大发明都是没有受过专业教育的人撞上的。

说是还有一份更机密的材料,上有领导同志对于"整肃"杨某的批示。关于这份绝密件传得离奇,连香港的《×××》、台湾的《匪情研究》之类的杂志与美国一家通讯社都发了有关消息,颇有中国即将转向、二次"文革"即将开始的兆头。国内媒体上也出现了杨巨艇将被迫搁笔的报道。海内外谁都知道有这份严厉的密件,但没有任何人知道此件的详细内容,也始终没有一个人承认看过此件。

按:本小说作者为写作而得到有关部门批准,去查阅过档案,没有找到此件。坚持有件的人说是档案馆里无密件,就像著名东方学家、诗人、小说家和杂家金克木教授讲的:中国历史上往往是"情场无爱情,官场无政治(政见、纲领、党派、辩论……),商场无费厄泼赖(公平竞争)"一样。但也有人说那一年的所谓"杨巨艇密件""寒潮事件",压根儿就是文人虚构加上港台唯恐中国内地不乱的极右翼三流记者的幻觉,是已经脆弱得神神经经的中共问题专家假想中的大杀伤性武器,根本没有办法核查。

与此同时,文艺界、理论界、新闻界、教育界、出版界等"战线"上,不良动态或曰阶级斗争的新动态——也有人认为是思想活跃的可喜局面时有所报。A教授露骨提倡全盘西化,特别是多党制轮流坐庄和三权分立。B研究员否定党的领导。C老爷子怀疑四项基本原则。D作家否了毛泽东。E女诗人说中国人种有问题,为了改善中华品种,必须有两亿中华儿女与欧洲人通婚,用杂交优势克服品种劣根性。F先生指出如果当年不抗日,干脆当日本的殖民地,中国的国民经济当比现今高三倍。G导演提出"脱"是拯救国产电影的不二法门。H理论家提出需要从德国引进一个国务院总理……人人都有妙计良方奇策窍门,人人都是古老中华的唯一孝子,是唯一能使沉疴中的母亲起死回生的神医;同时人人都觉得别人的方与剂与计是祸国殃民,是别有用心,是吃多了巴豆大黄,是忤逆,是给祖国妈妈下毒,极可能是受了帝国主义派遣——过去叫帝国主义的走狗,后来叫西方霸权主义的马前卒。

老百姓中流传着另外的小道消息。说是对包产到户有不同看法,在会议上有争论。说是某部级老作家正式声言,绝对不写包产到户。说是××同志到了深圳特区,痛哭道:"(革命)只剩下一面旗子了!"又有人编出歌儿来:"辛辛苦苦几十年,一夜回到解放前。"还说是:"共产党,像太阳,照到哪里哪里亮(语出歌曲《东方红》)。党的政策像月亮,初一十五不一样。"说是现在仍然是"引蛇出洞",下一步不定怎么样。说是大街上卖国民党革命委员会的机关报《团结报》的报童大喊:"买报来买报来,快看国民党的报哇!"说是改革开放的政策是搞不下去的,搞下去就会自取灭亡,"**趁着共产党还没明**

**白过来**,能赚几个钱赶紧赚吧,您哪!"

还说是哪儿哪儿要搞礼仪小姐大赛,几位革命先驱大姐批示指出这是变相选美,是拿女性当玩物。说是浙江某地介绍地区发展经验,一靠政策,二靠机遇,经当地方言一讲,便是一靠警察(政策),二靠妓女(机遇)。说是广东词语新组合,叫做"繁荣娼(昌)盛"。说是红色娘子军的革命根据地现在成了"黄色娘子军"的大本营。说是某个电影里有青年军人做梦娶媳妇的镜头,被删,乃有怪话曰:"真厉害呀,连梦里娶媳妇都不让!"说是某小说写了国营企业的窘态,被好几个有关上司严厉批评,结果此书被更高级的领导人看了,说是写得不错。说是某一首抒情歌曲被禁止了,实际上唱的人更多了。说是歌曲《社会主义好》中的一句词"帝国主义夹着尾巴逃跑了",已被改为"帝国主义夹着皮包回来了"。说是广东成了全国改革形势的晴雨表,改革形势大好,大家学习广东特别是深圳珠海经验,改革受挫,去广东出差的都是纪委监察部的干部了。广东人乃总结说,广东是"香三年,臭三年,不香不臭又三年"……

有一个被公开批评的作者写诗道:

我愿意做打破坚冰的春雨中的一滴,
好像欢乐的热泪洒落在待放的花间……

好令人感动呀。而诗写得又是那样纠缠,柔弱,悲哀,剪不断,理还乱。钱文从中看出兆头不妙。

钱文已经等待了太久,才等到了这一天。然而人们似乎不愿意就此袖手与歌舞升平。他们有太多的困难太多的不满太多的话,他们沉默得太久了。他们喜欢大声疾呼,喜欢锣鼓喧天、大炮轰鸣,把不良的一切腐朽的一切(一百多年了,多数仁人志士认定身旁的已有的一切多半是腐朽垃圾)**连根拔**(这是当年老解放区人民创造的一个政治术语)。毛主席讲新生事物要大喊大叫,我们这个压根儿就喜欢大喊大叫的民族(从各种戏曲中可以看到这一特点)都学会了喊叫,反对毛主席共产党的也学会了喊叫,比嗓门儿。这里,需要的是彻底、是犀利、是继续语言的狂欢和政治的拼搏。人们喜欢思想的航空母舰,一架架轰炸机从它的跑道上起飞,一枚枚鱼雷从它的舷侧发射。

中国人就是喜欢航空母舰,不待见给他们提供鱼虾贝蟹的渔船。喜欢大杀伤性武器,用林彪的话叫做"精神原子弹",不待见精神维生素丸。相信巨变不相信改良(改善),就是要横扫千军如卷席,不待见小打小闹、修修补补、积积攒攒。就是要立即做出结论:大忠大奸,大白大黑,一面是战士,一面是蛆蝇,不是烈士,就是叛徒,不是改革先锋,就是保守混蛋,不是清官包公,就是赃官严嵩……然后抬出虎头铡,对准坏蛋们的脖颈,一家伙按下,血溅九丈。

还有,不管是谁,不管以什么名义什么方式,任何人如果劝告一下航空母舰,如果指出航空母舰的炮火并非回回打中十环,而是或有误差,误差可能达二十八公里或四百八十英里,那么全国全世界就会哗然……其实不仅中国"文革"中讲究抓**大方向**,外国人与本国的精英们也是抓大方向,说下大天来,他们认定航空母舰的大方向对。

而另一头是白有光,是紫罗兰。说起这些事儿来白有光常常泪眼婆娑,悲从中来。党的文艺事业怎么能够成为这个样子?从前,当个领导真是无限辉煌,直如战区司令,手一挥,多少个敢死队冒着敌人的炮火冲锋陷阵。那时他们不是领导,现在,当个领导真是八面挨骂,如牛负重,偏偏他白有光当上领导了。他怎么能忍心看着鲜血凝成的、烈火炼就的革命的文艺事业瓦解在他的手里?偏偏最高方面也不完全支持他,那个接见青狐的高位者,就讲了许多没有原则的话。路线呀路线,当中央路线是正确的时候,文艺上仍然有错误路线的肆虐,当中央的路线有问题的时候呢?他悲愤无地。

别的人家,夫妻俩常常是一个急性子,一个慢性子,你急我不急,我急你不急,你给我压火,我给你消气。然而白有光与紫罗兰两口子,则从来是你气十三章,我气十三章半,你跳二尺五,我跳三尺三。

两个人交谈文艺界的问题,越谈越激烈,肝儿疼肺炸。

　　开了两次会没有达到预期效果,回家又与紫罗兰火烧火燎地交谈了两次后,白有光住了院。赢得了理想职务,白有光最喜欢干的事一曰开会二曰住院。工作顺利,开会,贯彻意图,指出不良倾向,高屋建瓴,势如破竹。工作不顺利,住院,高级病房,护理周到,有益健康,打针吃药,病体雍容,姿态老到。

　　而白有光一住院,紫罗兰便左一个电话,右一个电话,通知各位老上级老同事老战友和新骨干新领导新亲信。打电话时也是叫你没商量:"唉呀,你这么大官啦,还不来看看我们家白同志呀,你好几年没有见他啦,你是日理万机啦,你别跟我们摆架子呀!"于是这个来了,那个来了,人气提起来了,该造的舆论造了个不轻。真灵,紫罗兰电话指挥的效果是百分之九十三,她打一百个电话,对七个人没有作用,另外九十三个前来探视,携带果篮、鲜花、乌鸡精、合成蛋白、乳品、三鞭酒和浓缩中华鳖汤。这九十三位人物中,有部长级的,有司局长,有老专家,有地方上的领导。他们的看望如同给白有光进补神药,通过交谈掌握了信息,领会了方略,增强了斗志,感到了幸福。而幸福的源泉是紫罗兰!

　　三十年的经验了,白有光清清楚楚地知道,文艺界这样作(读zuō)下去,绝对没有好下场。他知道什么叫文艺,什么叫革命,什么叫共产党,什么叫《延安文艺座谈会上的讲话》。够了,资产阶级的、封建阶级的、大人先生老爷太太的文艺,腐朽颓废的文艺,闲情逸致的文艺,神经末梢的文艺,象牙塔的、假洋鬼子的、资本家的丧家的乏走狗的、小布尔乔亚的可怜兮兮的文艺……滚!我们的文艺是开天辟地以来没有过的劳动大众、工农兵的文艺!是靠着不知道恐惧为何物的,敢教日月换新天的,视死如归、视旧的一套如草芥的共产党才创造得出来的文艺!党呕心沥血、日夜劬劳、苦口婆心、挥汗如雨、如火如荼而又壁垒森严地手把手地教着这些文艺人,才有今天。有一个故事令白有光极为感动,就是周总理给红线女讲解演电影与演粤剧之不同,一个已经红里透紫的电影明星与粤剧红星虚心接受总理的谆谆教诲,令人五内俱热!

而文艺人们稍一松懈,领导稍一走神儿,刺溜,噗,又滑到资产阶级封建阶级的老泥塘里去了。

紫罗兰的名言:"三天不打,上房揭瓦!"

他憋气的是他好容易掌管这一摊子事了,不仅政治上无知的文艺人们不听他的话了,一些有级别的文艺领导人也不怎么买他的账了,他的职位贬了值!想当年的文艺领导八面威风!揪出托派王实味,揪出宣扬武训宣扬胡适的《红楼梦》研究的资产阶级权威,揪出胡风反革命集团,揪出大大小小那么多资产阶级"右派"分子,揪出邓拓吴晗廖沫沙,带出彭真、罗瑞卿、陆定一与杨尚昆,接着是刘少奇!那时的政治运动,哪一回不先围歼它几个作家?战旗飘扬,战鼓嘹亮,腥风血雨,得风气之先,那个时代抓文艺这一摊子是何等的威猛雄健。其实文艺人的普遍特点就是气壮如牛,胆小如鼠。如今呢,你是满心好意,委曲求全,爱护作家,保护诗人,拉扯歌手,提拔画家,推崇戏剧电影,致敬书法舞蹈,你们给大家当勤务员,当后勤部长,你不消灭他了,你不收拾他了,他反而瞧不起你了,他要骑在你脖子上拉屎巴巴了。

不登泰山,不知道天地之大。有了一个职位以后,白有光才知道自己是怎么样的人微言轻。真是做官方知官太小,号令岂知令难行!在重要的会议上,他的座次是在后排。参加宴会,他的席次不在主桌。进某个地点,他只能进到外围院子,只比接待来信来访者的会客室靠里一道门儿。讲起话来,好多人不认真听。很多有关大事的决定,并没有事先征求他的意见。传阅文件,他的名字列在最后,而他的名字前边有一个"及"字,即"请××、××××、××、×××及有光同志阅"……

不知天高地厚的杨巨艇闹腾,这不奇怪。说实话白有光对杨巨艇印象还不错,因为紫罗兰喜欢杨巨艇。按紫罗兰的说法,杨某是一个绥德汉子,米脂的婆姨绥德的汉,是上等。杨巨艇未必是绥德人,但他有绥德人的挺直的腰板、宽肩和高大身材。其次杨巨艇有他的简单明快之处,他的伟大在于天真,他的智慧在于自信,他的威风在于分明,他的水平在于一眼看穿一切复杂的事物,他的理论在于非此即彼,他的热情在于什么都掺和,他的魅力在于敢冲敢打敢甩敢抢敢扣敢砸。浑身是胆雄赳赳,浑身破绽(空子)凉飕飕。这样的人不怕他闹到爪哇国去。这样的人在领导层中没有地位,永远威胁不到白有光。这样的人存在,正证明了需要有白有光的权威和领导地位,而又证明了白有光的开明和肚量。

昏头昏脑的还有小流氓米其南,小娼妇青狐,一批硬是被捧上了天的中青年作家。他们不懂事情有可原,收拾他们应该不难。问题是一些文艺界的领导做他们的后台。例如,怎么他的好友犁原与张银波也跟着闹哄?犁原是想当青年精神领袖,文艺青年听到几句好话能不给你跪下?

而张银波经过"文革"完全变成了一个婆婆妈妈的老太太,成了眼泪汪汪的忏悔者。今天怕吓着这位作家,明天怕惊着那位诗人,今天要爱护这家刊物,明天要替一家要给梁实秋出散文集的出版社说项。昔日之革命女杰,而今为一傻婆子喽!

更令白有光不安的是那位高层领导老同志,听说他居然找了青狐到家里谈话。他怎么不事先问问他白有光的意见?他是老糊涂了吗?他也想树点个人形象了吗?在这么高的地位上,做事这样不慎重,今后叫下边的人怎么工作?

给钱文安上一个领导职衔,又不让安排实职,却又要解决级别待遇诸事,显然也是此老的主意。此老的一个特点就是出尔反尔,一会儿一个主意。一个钱文一个王模楷,他早就警惕上了。这两个人聪明,老到,年富力强,做过实际工作,也受过多年党内生活的熏陶锻炼。他们二位创作上如日中天,说话也头头是道。但是这两个人太能干了,不好驾驭。这两个人讲起马列主义来总有那么点靠不住的气味——列宁当年就这样说过布哈林。布哈林味道不对,终于还是被斯大林处决了。就拿钱文的诗来说,他这么大岁数了,居然也有点朦胧。大是大非的问题上怎么能朦胧?共产党员任何时候都不能隐瞒自己的主张。而王模楷的小说一个海里游泳迷了路居然写了一万多字,不是行军,不是泅渡,不是作战,不是为国争光,你半夜里游什么泳?纯粹是吃饱了撑出来的。气味不对头呀!主席早就说过了,看到什么听到什么,先要用鼻子闻一闻。一九五七年"右派"分子才提出来,遇事需要用脑子,不能只用鼻子。

然而,什么什么都不一样了,叫喊什么年轻化专业化,这两个人不就成了劲敌了?王模楷更深沉一些,更危险。幸亏王模楷"文革"当中有那么一段,抓住这一段他就难以在短期内翻过身来。

紫罗兰打电话叫钱文来医院看望白有光,钱文不想来。从听到要任命他如何如何的消息后,钱文就四方奔走,坚辞不受,他不希望自己挂上任何领导职务。

王模楷出国前与钱文有一次简单明了的谈话。由于王模楷的话太直截了当,令钱文簌簌发抖。王模楷说,理想永远不可能与现实画等号。理想实现不了,是空想。理想实现了,也就开始走形。

理想主义富有批判性。现实主义富有建设性。一百五十年过去了,中国,批判的锐气远远胜过了建设的实干。

由于我们的言路还开阔得不够,大炮牛皮就很容易成为英雄。"文革"当中有一个人敢站在胡同里骂一声:"我操你妈!"这当然就是英雄,这就是先驱,他理当得到寰宇喝彩。可能他也算是推动了国家的进步了吧。

在一个法制国家,在一个人们的名誉权受到保护的国家,指名道姓一骂一片,根本就不可能。一切的冤屈、不义、犯罪当然只能依靠法律解决,依靠司法解决,怎么能设想找一名著作人替你写文章伸冤呢?

小农如果学会了政治,那么他的政治并不是济世的理想与胸襟,不是一定的政纲政见，毋宁说对于他什么政见都没有关系，关键在于"金牌宣银牌调，我端端正正，正正端端，大摇大摆上了金殿"，叫做"龙车凤辇进京城"。这前一句词出自《大登殿》，后一句词出自《打龙袍》。所以"官场无政治"。

其实王宝钏的政治理念还算有点大气，她能含冤受屈，剜野菜为生，苦守十八年寒窑，对于当上皇后，并没有预期。她是风险投资。等而下之的人物不会有这样的远见卓识，只有勾心斗角，只有嘀嘀咕咕，只有拉一批打一批，只求你听我管，我令你行。

一个文人，又当了领导，多有不忍之心，会时而表现出软弱与畏缩。为了大局，他当然要维护那些粗放的指导，于是尴尬为难，可又不肯放弃。另一种选择，另一个角度：文学也罢，艺术也罢，说起来都是小道理，维护无产阶级政权才是大道理，必要时必须横下心来，杀伐决断，六亲不认，这也是一种刚正之气。我理解这种选择，我不喜欢的只是选择了却又拉拉扯扯，鬼鬼祟祟，嫉贤妒能，阴阳怪气。

然而，我们要面对的不仅是一时一地的领导，我们必须面对昆仑山和长江，我们还要面对满天星斗：屈原，李白，苏轼，还有普希金和拜伦……

大家都要面对，大家都要面对子孙的责问：**你们留下来的文章在哪里？**

权威是一切国家的立柱，问题是柱石间也悬挂着秋千、绷床、安乐椅，于是得天独厚的人坐在上面荡来荡去，高高在上而且咄咄逼人。

你是说……

说谁并不重要。荡得大发了，就会激起逆反心理。

不要以为挨过整了就是圣人。挨完整干脆变成鳗鱼、变成狐狸、变成老鼠、变成梦游者的，有的是！

只要文艺界有是非就一定有人往前冲，越是搞不成文也搞不成艺的人越要冲。

也有人在等待一场新的文化革命至少是文艺整风,他们相信中国肯定会再来一次两次几次阶级大斗争文化大革命的。不能说他们没有道理。

另外有人则是等待中国现行体制的土崩瓦解,他以为他能够拯救中国。

上述两类人互相制约又互为存在的依据。

青狐呢?你对青狐什么看法?

青狐是一个天才,也许是一个无知的天才、傻天才。再加上感情,她会给读者提供许多新东西,她会受到读者的喜爱。她的某些作品也许会被后人提起。经过长期的荒芜,她一下子红里透紫是必然的。然而任性会使她走上绝路,她一面大放光芒,一面丑态百出。她的才能加上感情早晚会把她自己烧成灰烬。我们还是要帮一帮她呀。

奇怪,王模楷讲得眼圈都红了。

王模楷说,生命是急促的,历史更是一个**粗心的大师**。历史虽然懂得大处落墨、大气磅礴、天若有情天亦老,但是从来不刻意前后呼应、精雕细刻——那样创作的都是小作家。历史有时候虎头蛇尾,有时候草草收场,有时候昙花一现,突然变脸,冷锅里冒热气。历史常常患流行感冒、疟疾、便秘,蛮不讲理却又是怎么说怎么有理。

王模楷说,我们生活在一个急急忙忙,办事粗线条的时代。革命要求简约:是不是反革命?敌还是友?回答问题从来是非此即彼。革命胜利的速度超出了革命领导人的估计。建国、坐江山,不可能等待你准备蓝图。一个运动又一个运动,一个口号又一个口号,改过来,改过去,压根儿没有踏下过心。对于文艺,讲了不知道多少话,做了多少批判和纠正、改组和重组,都想解决文艺工作的方向问题,却至今没有一个人敢说"方向问题解决了"。合着那么长时间过去了,别的事都前进了一大截了,只有文艺界成天练"向右转""向左转""向后转"天天是"把颠倒了的再颠倒过来""重写文字史"……然后是各说各话，自说自话，什么时候说什么时候的话。关上门称王称霸，小圈子里你好我好图个吉利：一天等于二十年，转眼又是新纪元。现在，又粗线条地改革开放起来了。偏偏我们搞的文学是个细活儿，像你说的，我们要面对的是昆仑山和黄河长江，是满天文学星斗，是无情的文字史、文学史和整个文化史民族史国家史世界史，历史只相信作品……

　　王模楷说，社会根本没有让知识分子卯足了劲广开言路的承受力。而中国的知识分子，又都那么急迫而且粗放，全民的急迫和粗放。现在，哪儿还有踏踏实实做事做学问的知识分子？好像是怕过了这个村没有这个店，成了集贸市场上的商贩，急切地推销自己。每个人都自以为是良医，这么多良医给伟大祖国妈妈治病，足以把妈妈治死二十次。几个星期过去，就出来一批新的名人，就像运动里几个星期过去就可以"消灭"一批名人一样。争鸣，鸣出来的绝非个个是科学真理，鸣出来的首先是各式胡说八道、廉价谬论。齐放，放出来的绝非个个是鲜花奇葩，放出来的首先是野草闲花，如果不是吗啡鸦片。不付出这样的代价就**永远**不会有百花齐放百家争鸣。付出这样的代价又怕等不到学术昌明、文艺繁荣，于是先乱起来。在中国谁敢放心，谁敢大胆改革开放，谁敢睡踏实觉？为了达到繁荣富强，民主法制，我们还要经过九九八十一难。

　　西欧北美，知识分子精英聪明得很，大学里什么妙论高论超前之论都有，哈佛大学的费正清五十年代就提出来，美国应该帮助中国实现现代化。他们的老百姓确实真有傻的，头脑太简单了。

　　而中国，老百姓很机灵，什么是真的什么是假的，什么要反对什么吗也别说，不识字的老农一听就明白。而知识分子精英们却动不动犯傻，动不动批判那个不应该批判的，追求那个不可能实现的，丢掉那个好不容易积淀的。他们崇尚大言，赞叹乖戾，轻蔑常识，向往爆破，勇于内斗，与人为恶。他们动不动煽情，动不动亮相——精神健美秀，祭起条条当法宝，急于求成而又气急败坏，硬是不了解名词概念与事实的区别,大地与云端的区别,今天与昨天的区别,望文生义,对世界也只有一知半解。

王模楷的话令钱文面如土色。王模楷一笑,说:"但愿我说的都是屁话。"至于钱文担任某个职务的问题,王模楷说,中国是一个以权力带动一切的社会,没有权力空间的地方也必然有权力介入。与其讨论这是否合理,你首先得问问这是不是事实。我们的介入也是承上启下。现在,不仅白部长、白有光、赵青山、袁达观认为我们靠不住,就是犁原也断定只有他才是真正革命的。而再过二十年,再找我们这样同心同德与顾全大局的,不容易啦。当然为了各自的利益,也还会有各式各样的旗号。至于挂职,我主张可以,只写一个诗,你难以度过这一辈子,你总要做点事,你担任某个职务,至少可以顶掉一个坏人。

王模楷说,我讲的是一些丑陋的真理,当然不全面。美丽的真理不需要我说,你知道的肯定比我还多。真理不一定都是美丽的。但是中国也罢世界也罢,已经有了点模样,还会有更多的精彩。中国的事是麻烦的,永远麻烦,二百年以后也麻烦。世界更是如此。谁认为自己可以扭转乾坤,谁就是有病。然而,你可以努力美丽,你可以使事物往美好一点的方向发展,这就是历史,这就是命运,这就是生活。

钱文又惊又服,他甚至觉得恐怖。他现在懂得了明察秋毫是不祥的。他恳请模楷做点事,模楷说他的处境特别是他在"文革"中的戏剧性的经历,使他不可能再做冯妇。他乐于以写小说为生,以写小说自娱,以写小说贡献社会。王模楷还说,这些话本来不应该说,不该泄露,叫做"**天机不可泄露**",说早了不但会被误解也会误事,**把话说早了的人都该死**。记住:不要指望别人会把一切都弄清楚,**不清楚就是清楚,太清楚了就是大糊涂**。

钱文悚然。除了他仍然坚持不接受任命以外,他差不多全部同意王模楷的分析,虽然有些他听不明白,例如中国知识分子精英太傻的一节。然而他仍然认为王模楷的话惊心动魄,他宁愿不听这样的话,他宁愿天真一点、勇敢一点。而且,从这次谈话起,他为王模楷而不无悲伤,想起王模楷他不免有一点气。

最坚决主张他出任某某某的是儿子钱远行。这也是他弄不明白的。本来他一直担心儿子太乖张太另类,儿子还要搞什么自发刊物搞什么非法聚会。怎么又摇唇鼓舌地说服他去任职呢。儿子竟然对他说:"你那套清高其实只是脱离生活脱离现实,你当个什么什么至少对我们青年人好一点。是好一点好呢,还是坏一点好呢,你说!"

……紫罗兰长着一对迷人的凶恶的大眼睛,流光溢彩,顾盼含嗔,因为迷人与骄傲而时现凶恶,因为夸张卖弄凶恶而更加迷人。柳眉倒竖,杏眼圆睁,呆板的八字套话由于有了紫罗兰的活生生的体现而恢复了活力。凶恶的另一面是热烈和痴情,言必下命令也是交情,矫情和倔强也是一种袒露,咄咄逼人的后面是撒娇恃宠——其实是卖弄风情。人啊,特别是女人啊,你们的表现早已超越了价值判断与利害计算!

钱文想起京剧《杀嫂祭兄》:穿着可体的白色缎子袄的细高挑的潘金莲,她闪转腾挪,她鹞子翻身,她虚情假意,她蜂腰健腿,她由生命本能衍发出挣扎、躲避、引诱、恐惧、惊险体态、高难舞姿、风雨雷电、瞬间即逝。匪夷所思的决绝与强烈的美,令人不平令人嗟叹的卑微与至情,桃之夭夭,李之灼灼,疯狂饥渴与永远被阻隔着的欢喜,是人生的一幅灿烂风景。

紫罗兰的召唤不可抗拒。钱文终于应紫罗兰之请,更正确一点说是从紫罗兰之命,去医院看望白有光了。

白有光斜靠在病床上,眼睛看着天花板。钱文猜测,当年白有光肯定有一个他最羡慕最心悦诚服的上级,喜欢半躺半坐地接见下属。在没有担任现在职务以前,白有光很少在工作时采取半躺半坐姿势,而在担任他们贤伉俪志在必得的职务以后,他即使在办公室里也是半躺在沙发上乃至木椅上,这使钱文担心那椅背禁不住日益见胖的体重,领导会摔到地上。

白有光首先告诉钱文,那位接见过青狐的老领导,又反对钱文担任他的副手了。

钱文喜出望外,却也有几分失落。人是庸俗的动物,免俗,谈何容易?只有东菊……

白有光静默了一会儿。他不明白,为什么钱文听到这个消息不沮丧,不埋怨老领导。他想起了党是娘来俺是孩的顺口溜,更感到钱文是异类。

如此这般,白有光说的最多的是对犁原的不满,说得感情激动。钱文也奇怪,犁原在他住所的客厅里,几月几号星期几,与李秀秀还是雪山,与某某某说了他什么,他都门儿清。他说别的话有时候犯点结巴,有些音例如子与纸、徐与习、使与喜还发不清晰,也有说着说着把名字安错了,即张冠李戴的情形,但是一说起犁原来,他不但明察秋毫、准确细腻,而且是滔滔不绝、罄竹难书。

白有光首先讲了一下上下四方对文艺界的责难。他希望钱文明白,文艺照目前这个样子发展下去是不行的,有人叫,有人闹,有人包庇……最后正气还是要上升的,歪风邪气早晚是要打下去的。

其次,白有光恭维了钱文几句,说钱文创作正旺,说话比较方便,而他是一瓶子不满半瓶子晃荡,说话没人听。所以他再次表示希望钱文能出面开一个作家诗人的座谈会,批评一下文艺界的歪风邪气,呼吁一下各级党委加强对文艺工作的领导整顿。到了搞一次文艺整风的时候了,虽然我们不一定采用文艺整风这个名词。

钱文一面点头一面思索,发难吗?发起对《海瑞罢官》的斗争,然后发展到《燕山夜话》,然后发展到"彭罗陆杨"?冲锋吗?他安安静静地住在医院,你带上几个人呐喊叫阵引弓欲射?不是也有领导同志这样说吗:"莫把苗头当过头,莫把支流当主流……"他们不希望让心有余悸的多灾多难的文艺界又狼奔豕逐,叫苦连天。他们再不想留下向手无缚鸡之力的文艺人们滥施淫威的记录。更不要说文人们自身了,他的同行们希望什么、不希望什么、害怕什么、痛恨什么,别人不知道,有过二十年莫名其妙的"右派"经历的钱文还不知道吗?现在用六十年代的做法,行吗?

然而他希望国泰民安,国泰民安的关键在于领导层的踏实。你喜欢也罢,不喜欢也罢,你都无法否认:离开了一个强有力的、正确的、讲民主合民心的领导,中国就不知伊于胡底。

怎么办呢?

讲了一段,看到钱文一直是洗耳恭听,白有光渐入佳境。他直起了一点腰,咳嗽了两声,嘴巴动了动,好像是在嚼一只炸铁雀。他又说起雪山来了,他说雪山这个人很坏,打着他的旗号招摇撞骗,造谣生事,喧嚣鼓噪。说到喧嚣鼓噪这四个比较文绉绉的字儿的时候,白有光的嚼铁雀的口型运转到了极致,舌头啧啧作响。"雪山这个人,一定要从**意识形态**的队伍当中清除出去。"他严厉地说,说得钱文后脊梁背上冒凉气。钱文也不明白怎么忽然出现了"意识形态"一词,这个词一出,事态更严重了。这个词给人一种压迫感,不祥感。白有光进一步讲了他的一些战略性长线思考:抓文艺抓作家,作家听话了正确了,唱歌跳舞画画演戏的都好办。作家先抓党员作家,党员作家端正了,非党作家也就好管了。党员作家的创作评论各项活动,要依靠党的基层组织抓,党员作家要写什么东西,要向党小组党支部请示汇报,写作中出了问题,要在组织生活里接受群众的帮助即批评教育。还要组织写作班子,有领导有组织地搞创作。要批评,要斗争,不能软弱涣散。要搞一个条例,把作家们特别是党员作家们的生活工作规范起来。青狐已经入党了,好,太好了,入了党就得听党的,首先是党员,其次才是作家艺术家,党内没有特殊人物。创作,创作也不是大撒手随您便,要有计划有安排有重点,我们的文学是全然与旧世界的文学不一样的文学……

告辞前钱文表示目前确实问题不少,怎么样开展工作可以再研究一下,有光同志的意见他要认真思考。请有光同志放心,文艺人的大多数还是通情达理的,是不希望我们的国家再乱一场的。同时请有光同志别着急。特别是对于犁原同志,他是个好人,说话随便一些,其实无关宏旨,请有光同志多从党的整体事业包括意识形态事业的大局来抓大问题,不必太重视犁原说了您什么什么。钱文还说到他自身的一个原则,绝对不相信背后谁说了自己什么什么的传话。因为如果可以向你报告谁谁说了你,也就可以向别人报告你怎样说了谁谁。

钱文尽量把话说得婉转,但是白有光的脸上还是红一阵青一阵。钱文想,完了,白有光是不喜欢他的谈话方式与看问题的角度的。

白有光提出,正式的职务不必担任,那样的话行政事务会太多,但是他希望钱文担任他的部门的联络员,这样便可以参加视察一切文艺界的活动。

白有光说这个话的时候目光一闪一闪,好像在做心理测试题。

钱文连说了五遍"不行",同时他非常难过。他知道,他要为他的拒绝付出代价。

离开病房以后,白有光的秘书追了上来,他长着一副扁扁的脸孔,扁扁的头型,他更像是一张照片。他嗫嚅地对钱文说:"请你劝劝首长,他老是生犁原同志的气,这样会影响首长的身体健康……"

钱文无话可说,他说他完全同意秘书同志的看法。他只有给白有光的秘书一个苦笑。

钱文给祝正鸿打了个电话。祝正鸿说,满莎已经奉调来到白有光麾下,他与白有光的文艺见解完全一致,他对白有光受到的几方面的夹击的处境深表同情和愤慨。祝正鸿说,他自己对雪山、犁原、李秀秀等人每天制造的毁损白有光的流言蜚语也觉得实在不怎么样。他说,白有光本来很怀疑钱文是与犁原一路的,祝正鸿给他讲了许多,才取得了白有光对钱文的信任。钱文唯唯,眉头皱得更深了。

我不行,我一辈子最痛恨最恶心最悲哀最痛苦的就是吗也没干,先卷到鸡巴毛炒韭菜、狗扯羊肠子的人事纠纷里。与陷入或者应付这样的人事纠纷相比,我宁愿死!

## 第 二 十 七 章

你无用之人有了用处。你井底之蛙有了一睹天下的机会。你可怜的小瘪三抬起了本来也是自有特色的头颅。你喑哑的嗓子唱出了自己的喜怒哀乐之歌。你新起的莫知其就里的笔名以"青狐"和"Qing Hu"两种字样出现在印刷光洁、质地坚硬的代表团活动日程卡片和你的专用名片上。而长着鸡一样的手爪、骆驼一样的腿子、狗一样的脸庞的,双目无神、常常是奴颜婢膝地傻笑着的卢倩姑同志,早已不再年轻的你,来到中欧的绿草之上,与戴着遮阳帽、穿着飘扬的衣衫、发出银铃般的笑声的孩子和他们的美丽的母亲们在一起。

你也在草地上跑了几步,绿草如茵、如绒、如锦缎、如波浪起伏的海面、如秀发、如洒下的温情、如上苍对于可怜的好日子无多的人类的安慰、如家、如毯、如初次得到的爱怜。不管你跑步的姿势怎样的令人作呕,不管你已经是怎样的人老珠黄,大势已去,你心里至少还有奔跑,还有绿色,还有青春,还有被求爱者追逐着的快乐和娇媚。女人的娇媚只能短期地存在于脸庞,却永远地存在于心头。

这是一个多雨的国家,这是一坪没有泥泞、没有尘土、没有风沙、没有绊人的石块的草地。雨后的绿草更加湿润光泽,细小的白花蓝花黄花与紫红色的花儿在草里开放,成为鲜嫩和温柔的绿色的一部分。而这种从没有见过的绿色使你潸然泪下:世界什么时候染上了这样甘美的颜色,它如何让粗粝的伤疤累累与起满毛刺的青狐忍心面对,它岂不是要摧毁青狐的野性的几近麻痹的灵魂?

这样的草地是**可怕**的,它制造了虚幻的美好,让你觉得原来自己的生活自己的经验全无是处。雨后夕阳,草色的碧绿衬托得夕阳金黄。还有深蓝色阴云的遮蔽与散开。还有似虹非虹的彩色光带的晃动。还有即将变暗的蓝天,晚风,晚霞,因雨而益发动人、令人泪下令人倾心的草香。晚风响了,鸟儿的翅膀扇动了,遥远的赞美唱诗的声音传来了。

　　响起来的更有晚钟:教堂的钟声,当铃当,当铃当,当铃当……钟声悠远如梦境,平和如湖水,质朴如土地,连绵如岁月,固执如痴呆,纯净如秋天的月亮,温柔如母亲的泪,诉说如孩子的委屈,真挚如新娘的笑容。钟声融化了青狐的恶劣的又臭又硬的狗屎一样的心。她任凭眼泪在腮边悬挂,庶几知道自己还活着,还有一点剩余的聊资咀嚼的悲凉。

　　四面是古老风味的小楼,小楼房间的每一个阳台上都是木制的泥土槽子,槽子里盛开着以红色与粉红色为主的鲜艳夺目的花。这是一个鲜花的国家,这是一个绿草的国家,这是一个喷泉和雕塑的国家。说是二战以后这个国家已经满目疮痍,但是幸存者立即养起了花,于是人们感觉到他们仍有希望。一切既古老又洁净,既舒适又美观,美观得叫你觉得过分,觉得其实不一定那么讲究,太讲究了就缺少了随意自在,缺少了仙风道骨。给人以凸凸凹凹的雕塑感的是大理石的装饰材料。暗红色的教堂尖顶上有雄鸡形状的风向标与指向天堂的十字架。圣母,永远在那里倾听,在那里关注,在那里佑护。可悲的是圣母不属于中国,不属于青、狐、同、志。有古老的骑士与洁白的处女雕像,它们与历史一同沉寂。四周还有几株树木,高大的树冠上有鸟巢,有一只鸟飞来又飞去飞回,这只鸟似乎在等候你,这只鸟愿意与你永远在一起。四面或者某一面某一端有风琴和钢琴的声音飘来,乐曲在向往玛丽亚,在流连莱茵河,在吟咏玫瑰和勿忘我花,在描绘鳟鱼和橡树,在呼唤爱情。精致的西洋的幻梦,西洋的讲究,西洋的调子。来到这样的地方就像豪华马匹的四蹄踩到了圆舞曲的节拍上，就像一叶小船驶入了曲折万端而又天衣无缝的水道里，就像蒲公英的白绒花飘飞于摇曳的春风，失落自我，无法自持，只能随天籁地籁人籁而动而泣而起伏而迷失，只能随这路径这轻重这快慢飞翔升华，升入天国，化为天使。你已经忘记了昨天的和人间的、故乡的和周边的、一小时以前和一小时以后的一切。

然而你仍然禁不住热泪盈眶，同样是古老的国家，为什么我们自己的家园破烂成那个样子、贫穷成那个样子、肮脏成那个样子……而且我们抛头颅洒热血，我们夜以继日，苦战鏖战，我们革命加拼命，拼命干革命，我们学雷锋学焦裕禄学王杰学麦贤得，我们熬红了眼斗红了眼急红了眼……我们从前是饥寒交迫的奴隶，后来是饥寒交迫的主人……

然而你仍然不经受不接受洋教师爷与假洋教师爷。在一次与大学生们的见面会上，一位刚从中国内地出来不久的留学生突然发难，他大声疾呼，中国这样不对，那样不好，侵犯了民主，损伤了自由，剥夺了人权……然后他激愤地大叫道："中国的作家们，你们到哪里去了？你们做什么去了？"

"我们到哪里去了？我们在中国。那么您呢，您在哪里呢？您这是在哪儿呀？"王模楷答道。他的回答引起了一片笑声。

"我们在中国的首都或者外省。"青狐补充说，"请问这位同学，您准备什么时候回到那里？怎么样去帮助我们的人民、我们的父老兄弟？至于您问我们在做什么，是的，我们在写小说、写诗，因为读者想看更多的作品。我们在做我们想做的事。您在做什么呢？您在责备我们，您在要求本国的作家去冲啊杀啊……您要求中国的作家，还有中国的种种人物提供一个更好的生活、更好的环境。您挺会要求的啊，您真舒服啊！"

你的话使全体华人与会者哈哈大笑。

你知道你的话使王模楷开心，你知道你是帮助了王模楷、帮助了国家、帮助了中国共产党。你愿意为了王模楷而说一些话做一些事，你不接受洋与假洋的教师爷的手把手的教导。

还有一次在大学的讨论会上,一位先生大讲马克思主义已经过时,讲中国要改革开放一定要放弃马克思主义。青狐说:"我相信马克思主义,因为世界上还有不平,还有压迫,有剥削,有贫与富、强与弱的矛盾。只要世界上还有种种的不公正,就永远不要期望人们会忘记马克思主义。"

她这次讲得很沉静,有点淑女风度了。

一位据说是来自香港的"中共意识形态研究专家"激动地结结巴巴地向与会人士指出,青狐已经加入了中共,她一心追求与中国政府的合作,她现在是为中共官方说话的。

青狐反而笑了。她从来没有考虑过由谁来执掌国家的问题,她从来没有考虑过这里有什么力量能够代替共产党,她的希望就是共产党能够把国家治理得好一点,再好一点。

于是她说:"刚才说话的那位朋友是不是要求我们推翻共产党呢?"

有两人尖叫,鼓掌,跺脚,手舞足蹈。

"——还是您自己推去吧。"青狐用右手在眼前一拂,她的姿势潇洒而且欧化。

大家笑成一团。青狐绷了一会儿,终于也哈哈大笑。不知道青狐的笑容笑貌有什么奇处,人们随着她的笑又笑了一回,个个开心。

又有一位欧洲本土的女孩子问:"中国的作家们,你们在中国生活得愉快吗?"

她说话的时候紧蹙着双眉,一副难过、同情、怜悯的样子。

王模楷说:"当然,我们经历过真正的艰难,我们也体会得到什么是大有希望,什么是来之不易的一个比较正确的发展道路。"

意识形态专家突然大发雷霆,又急急忙忙地站起来向在座的听众揭露王模楷曾经是"文革"时期的座上客,和"中央文革小组"的人一起上过天安门城楼。

王模楷向他笑眯眯地说了一声："谢谢。"

而青狐的反应是："哟，您在中国的时候肯定参加过'文革'中的红卫兵组织的'揭老底战斗队'。"

在座的华人大笑，本地人听不明白，脸上显出迷惑的神色。

呵，朋友，你舒适的与自命不凡的教授，你富足的与少见多怪的学者，你吗事不懂的大孩子们，你以为自己就是真理就是世界就是上帝的优越者们，你们就好好地在草地上脱掉大部分衣服晒太阳，在飞机场拥抱接吻吮吸十五分钟，在遮阳伞下喝干白葡萄酒并且吃极甜的甜食，然后再减肥、长跑、参加各种健身俱乐部，并且在汽车上嗷嗷叫着做爱吧。如果你们自以为能帮助野蛮的中国，拯救愚昧的中国，那么好，请给我们带来一点技术、一点学问、一点资金吧，但是请不要自以为是中国人的救星，不要耳提面命地教导我们，不要动不动在我们的身上搔痒痒（用马尾毛）逗蛐蛐儿。不要以为你的那点 ABC 我们不知道，不要以为你的那点 ABC 就够用了，就可以扭转乾坤了吧。

而我们将照旧过着我们的艰难的日子，迈着我们的进两步退一步的秧歌舞步，争论着你们听也听不懂的白猫黑猫、姓社姓资、务虚务实、手软手硬、认真贯彻、保持一致、白马非马、毛之焉附，喝我们的糁子粥，炸我们的臭豆腐，开我们的表态大会吧。

你别无选择，你必须如此。

又是演员又是作家的名人则专门转移话题，用一种身体的动作，迷人的姿势调整，乃至用怪声把众人的目光吸引到自己身上。这倒挺不错，真是大米面当粉搽——一个人一个打扮。

草地的那边就是王模楷。知道与她同行的有王模楷以后，青狐全身一直着着火。她愿在这次欧洲之行中化为灰烬。所有的空间中都有王模楷的存在，包括声音和形体。所有的快乐中都有王模楷的共享。所有的出远门、洲际飞行中的恐惧里都有王模楷的纾解和分担，所有的笑语、神采、礼节、应对和满足里都有王模楷的活力与参与。她幸福。

与东道主一起,他们乘游船行驶在流经欧洲九个古国的大河里,两岸是古堡式的建筑,是时而一现的紫色琥珀色的小教堂,是鲜红的罂粟花与密集的橡树。青狐走上甲板,让河风吹乱自己的头发。她看着迅速逝去的流水,用手指梳拢着长发,与王模楷谈他的小说和夜泳。他只是含蓄地笑着,他应该是谦虚地说:"我那是写小说。我就没有写暴风雨。"当然,那不是一次溺水急救的记录。但是你为什么说岸上有一个人在等待着小说里的"我"呢?她欲问没有问,她毕竟没有理由认定那个等待王模楷小说里的"我"与她本人有什么关系。她便改换话题与王模楷谈她与领导老人的交谈。王模楷不停地点着头。她与王模楷面对面地在船上吃自助午餐,王模楷帮助她清除桌面上的蚂蚁。王模楷吃完午餐台布上餐巾上碟子里杯子里刀子上叉子上茶匙上都干干净净,而她弄得到处是碎屑是残汁是垃圾是剩余,她不好意思。

　　到达欧洲的第一天晚上她换了一件新衣裳,她特地穿上新衣敲响了王模楷的房间的门。王模楷开开房门后第一句话却是:"有什么事吗?"他最后也没有注意到她的新装,没有发表评论。

　　而今天在船上,他在思想、他在感动,却显然是感动他自己的、思想他自己的。他脸上显出了感动的神色,他渐渐地走近了青狐。青狐觉得终于有什么伟大的辉煌的事情要发生了,她用灿烂的笑脸去迎接王模楷,她的脸上显出了期待的光辉。王模楷似乎轻轻摇了摇头,这不易觉察的摇头令青狐心头一阵收缩。她后来恍惚听王模楷说:

　　"什么时候中国也能有这么美丽的游艇啊!"

　　于是青狐大声笑起来,她笑得特别自然、特别尽兴,她从来没有笑得这样纯洁、这样放纵。她鬼鬼地回应王模楷说:"那就要看你们的啦!"

　　"就看今后了,再不能折腾啦……"王模楷说。

　　她又挠一挠自己的头发,把好不容易梳拢了的头发干脆弄乱,她哼了一声,好像一只夜鸟的鸣叫。

王模楷停在了那里,不知道他又想什么去了。

……没有办法,中国已经没有男人,中国已经没有爱情。该死的王模楷,他精通政治又精通小说,看来他只能写独自一个人夜间游泳了,他早晚淹死在大海里。

从船上下来,青狐的眼里心里仍然不间断地流着河水。涟漪、水花、一掠而过的教堂、古堡、花草……她无论如何也静不下来。她的心河流得太快了,她无比晕眩,她兴奋得难受。在快到午夜的时候,她给王模楷打了一个电话,她颤声说:"你来一下好吗?我带了一件我妈当年的旗袍,你看我穿上好看不好看?"

她感觉王模楷沉吟了一下,这个沉吟使她哭起来了。又是一只小狐狸,她在那里膜拜月亮,她期待着月宫中的神祇给她一个回答。她希望有一次真情的体验,有一次疯狂和忘却。然后,没有任何然后。

然后你记不清王模楷说了什么,反正他的意思是天已经晚了,他已经休息了,他拒绝到你的房间来。

在海滨他还不是这样,我哪里做错了?我哪里对不起你?

第二天她听到了那位女演员兼作家在王模楷房间里大声喧哗,又不是演话剧,你何必那样共鸣自己的声音?她气极了,她可惜自己没有带任何燃烧瓶、汽油弹,如果有,她会立即将家伙向王模楷的房间掷去。

当她得知袁达观在旅馆看了大半夜的色情电视并且席卷了房间迷你酒吧里的小瓶洋酒,引起了东道主拒付的财政交涉后,她低声却毫不留情地用大荤大素的粗话大骂了一顿,话语之粗令王模楷为之脸红。

青狐不明白,为什么话很多、革命性也很强的袁达观见了外国人就成了哑巴,他从来没有回答过一个尖锐的问题,他从来没有说出过一句关于中国的完整的话。而只要是外国人不在,他就大骂这个提问题的人反动,那个说话的人对华不友好。

在与对方的一个女作家一起用饭的时候,外国女作家说到当地发生的一次女权主义游行,说是游行中打出的标语中有一条是:"不要性骚扰,只要性高潮!"青狐问道:"**什么叫性高潮?**"

欧洲女作家大惊失色,她看着你像是看一个怪兽,半天,张开嘴合不上。

第二天当地的一家晚报报道说:"中国著名爱情小说女作家,不知性高潮为何物……共产社会一至于斯!"

一张华文小报的记者把电话一一打到代表团团员们的房间。青狐再次确认,她就是不知道性高潮这个词,她没有听说过这个词,她个人也从没有这方面的经验。王模楷则说,中国人有中国人的名词,例如"兴起",例如"入港",例如"倒凤颠鸾",例如"遍体酥麻"……王模楷说,中国文学对于性当然不陌生,《金瓶梅》《肉蒲团》……这样的作品有的是。但毕竟风俗习惯有所不同。就像接受了礼品,欧洲人立即当众打开,表达对友人的赠予的称赞和对礼品的惊喜。而中国人要表达的是友谊重于礼品,小小物品不足挂齿,不必当面查验,宁愿等客人走了之后自己悄悄打开礼品观赏。性是上帝给人的一件很好的礼品,欧洲人愿意当众打开,中国人愿意私下观赏,不同。

袁达观大骂采访的记者,并声称:"我是一个人,不是一头驴子!"

小报刊登了三个人接受采访的情况,并评论说:王模楷的妙论堪称一绝,青狐的回答令人震惊,而袁达观的回答使人绝望。

青狐妙语惊人。她在另一次有关性高潮的谈论中对几个外国记者发布了一个经典命题,这个命题理应收入《大不列颠百科全书》和中国中央电视台的"名人名言":"**我不喜欢资产阶级性骚扰,也受不了无产阶级性高潮……**"

王模楷听了她的话笑得几乎倒在地上,而袁达观听了表现出一种"是可忍,孰不可忍"的样子,鼻子不是鼻子,眼睛不是眼睛。

"反了天了,反了天了!"袁达观的表情在说话。

记者当中有一位英俊的中年男子,人们称他为雷先生。雷先生身材高大,宽大的前额与下巴、深眼窝与大眼睛。他自称父亲是中国人,母亲是民主德国人。他拿的是中华人民共和国护照,东柏林允许他自由出入。他与一家西柏林媒体签订了合约,为这家媒体做新闻和采访。这样他也持有西柏林和联邦德国的居住证件,并可以在东西欧大多数国家跑来跑去。而且,人们说,这位先生的妻子是华人,有两个孩子,他们在东柏林住家,享受着低廉的房租、教育、文化消费,低廉的物价和各种社会福利。雷先生还有一位女友,住在西柏林,是德国人。

英俊的雷先生的身材、长相直到举止,使青狐频频想起杨巨艇,然而他们两个人的命运是何等的不同啊。雷先生生是来享福的,杨巨艇生是来发愁的。一切荒谬、纷争、畸形都为雷先生所用,成为雷先生的舞台和资源,而同样的一切都给杨巨艇带来苦恼。

雷先生和摩登入时的金发女友请青狐吃了一顿晚饭,先生说话的嗓音极其特别,嘶哑、低沉、悲壮、富有磁性,天生的摇滚歌手的嗓子。雷先生的脸上充满了迷人的微笑。雷先生的眉毛是飞扬的、幸福的、充满生理的满足的。却原来,雷先生的整个青年时代都是在中国度过,他参加过红卫兵,接受过毛主席的检阅。他说他读了青狐的作品,非常喜爱,非常崇拜。

然后几天的时间青狐耳边一直响着他说话的好听的声音,这声音使她失魂落魄。她想起了她少女时期的梦,她设想过一个最可爱的男人,那个男人差不多就应该是这样的。她觉得与雷先生的邂逅使她少女的幻想实现了,在她即将变成一个老太太的时刻。

最后一次,已经是最后一次机会了。

五十年代流行的匈牙利民歌:

> 快快和我结婚,快快和我结婚吧。
> 要不然,你就拾不到一朵玫瑰花……

然后她将老掉,她将秃掉白掉头发和眉毛,她已经长了不少白发了。她即将停止来潮。她的全身特别是乳房肚皮和屁股将会松垮兮兮。她将长出一个烂橘子皮似的脸孔。不仅牙齿会脱落,一说话还将发出老年式的恶臭的胃气。她将不再成为一个女人,而只是一个正在腐烂的女子的躯壳。

转眼之间。

于是你严厉地责备自己:你为什么这样轻浮？你是一个滥情狂？

我不是滥情狂——你自己回答自己——其实我至今并没有真正爱上过任何一个人,命运使我的生活中出现过一个又一个男人,他们或者是我所压根儿不喜欢的,或者是压根儿不爱我或者不敢爱我的。人生是一个残酷的捉弄:你越是看重爱情,你越是得不到爱情。你越是看重荣誉,你将得不到荣誉。你越是看重文学和艺术,文学和艺术离你也就越远。你越是看重良心,你越是会受到丧尽天良的人的欺骗。渴望成功的人只能得到失败,渴望健康的人只能得到病夭。渴望幸福的人最痛苦,渴望伴侣的人最孤独。真正成功的人对自己的成就不以为意,真正光荣的人对自己的荣誉视如无物。与自己的伴侣终生相处的人只会挑剔埋怨对方。没有爱情,我的狗屁小说有什么意思？

我愿意为我的所爱而牺牲一切、而化为灰烬、而承受一切凌辱。为什么我就找不着一个我爱也爱我者？

我愿意与所爱有一次美满的相处,然后,杀就杀吧。

女人啊女人,可怜的可悲的可耻的可诅咒的女人们,玉面狐狸的妲己们,被法海压在塔下的白蛇们,为了王子而化为灰烬的美人鱼们,被魔鬼变成了癞蛤蟆的华西丽莎们……你们的美丽换来的是无穷的灾难,你们的热情换来的是极尽所能的侮辱,你们的欲望换来的是炼狱的罪孽——中国外国、古代现代,谁能无情？谁能有爱？谁能无罪,谁能免祸？谁得到了、谁——终其一生而一无所得？

你在旅馆的房间里对着镜子做出种种姿势与体态,你在房间的穿衣镜前一件件脱掉自己的衣衫,你还做出各种笑容和愁容,你做出了与人拥抱的动作。你不能,你没有把握说自己是一个美丽的女人,你已经老了,然而你仍然不平,你毕竟是无比的可爱、聪慧、情深意长、风情万种……而这一切,从十几岁就闲置着、浪费着、被泼上污水、被绞杀生机。

然后你赤裸着身躯跳起了"的士高"或者"敌死狗",你看过前几年红得不得了的影片《小街》,影片的结尾有三种设想——这也够洋的了。其中一种是张瑜扮演的女主人公最后变成了花天酒地的颓废少女,颓废的标志是她跳起了迪斯科,她和她的颓废伙伴们跳得何等漂亮! 一时许多老中青男女都半明半暗地学开了迪斯科。青狐练了多次了,总是扭不像。一位懂点舞蹈的人告诉她关键在于提胯,美就美在屁股的扭动上。真不知道中国人把身体分成三六九等的道理何在,为什么我们的舞蹈不敢考虑屁股的动作,搞得一大堆中国女人不长屁股。她悻悻地想。

你就属于不长屁股的最后一代女人。所以你跳不好敌死狗。你这是怎么了,在欧洲的旅舍里裸体跳起了敌死狗?如果喜欢搞性骚扰的资产阶级在你的房间里安装上微型摄像镜头,天啊,他们的情报机关会不会以你的敌死狗录像为要挟,要你参加 NATO (北大西洋公约)的间谍组织? 资产阶级的性骚扰,会不会变成露骨的八国联军的强奸?

与此同时,你闻到了一股酸味,有点像泡菜。这难道是她的身体的味道吗? 长久的搁置、贮存、**捂盖子**,你想起了最后一个词是毛主席最爱用的,你疯笑起来:我怎么发出了泡菜的酸气?

你盼了两天,到了你离开欧洲回国的前夕,你终于又接到那位享受到了东方与西方、社会主义与资本主义两方面的一切便利一切优越性的混血男人的电话,他邀请你去一个 fair,他特别说明,他只有一个人。你不管不顾地赴了约。他向你解释,在英语里 fair 代表公正,代表庙会集市,还表示美丽的女人和白皙的皮肤。他说话的时候眉毛一挑一挑,眼睛一闪一闪,眼珠上好像有几个火星在跳动。

你前来赴约已经包含了一种决绝,傍晚代表团本来有一个总结会,你没有参加,你趁王模楷忙碌,含糊其辞地说了一句话便出来了。你是跑出来的,仿佛走慢了会被同志们抓回去。你来到果然如中国庙会一般搭满了帐篷的空地。你听到了雷先生的风趣的言语。他建议一起吃一点小吃,你们一起喝了香肠土豆汤,吃了炸鸡翅和冰激凌。你要的是巧克力冰激凌,他要的是草莓冰激凌。吃了一点你忽然停下了,你闻到了他的冰激凌的芳香,你感到了吃过香肠和鸡翅之后再吃巧克力未免太腻。善解人意的雷先生立刻将自己刚吃了一点点的草莓冰激凌推给了你,而把你的已经吃掉了大半的冰激凌拉到了自己面前,他说:"我们换着吃吧。"

这种亲昵和华人情调使青狐几乎晕了过去。她知道西方人吃饭都是严格地各吃各的,一家人也是如此。她知道努力学习西方的中国正在提倡分餐制。她相信那草莓冰激凌盘子上还留着他的气味,小巧的茶匙上还留着他的口水。而巧克力冰激凌盘上的一切都属于她。她模模糊糊看到了巧克力冰激凌上的她的口红的痕迹。

她来不及做出反应,雷先生已经抢先把她认定是带着她的口红的巧克力冰激凌吃下去了。

好像是小孩子,我们好像是两个小孩子。好像是姐姐和弟弟。我想,他大概比我小三到五岁。

于是在挂着红红绿绿的彩灯的集市上闲逛。你看着什么都那么新鲜有趣,却又不无熟悉。你们经过一个大大的手摇八音盒,音盒里传出你早在初中时就熟悉了的欧洲民歌和古典歌曲旋律。有一首你学的时候好像叫什么《将军得胜归》:骚米法骚多,瑞米法骚法米瑞……有一首你曾经会唱它的后配的中文歌词:"老渔翁,驾扁舟,过小桥,入清流,一蓑笠,一轻钩,快乐悠悠……"还有一首应该是巴哈的赞美诗吧。由于发条时紧时松,音调也就时高时低。过往的人们在为八音盒摇手柄的人面前的小纸盒里丢下一些钱币。

"是乞丐吗?"你问。

"也可以说是。他们是大学生,他们愿意参加 fair 的活动,他们喜欢这里的热闹劲儿。你知道我们这里常常是安静的,太安静了。咱们那里什么都缺,但是绝对不缺少红火。这里不一定缺许多东西,但是缺少集体的闹闹哄哄。"

"那么,他们为什么要钱呢?"

"他们也在为集市增添色彩,他们是在为顾客服务,他们的八音盒很老式很典雅,他们也需要钱,大家都需要钱。为什么不要?"

多么的不一样啊。

你们还参观了旧货市场,蜡烛与烛台、羊皮旧书、银器与铜器、耶稣与圣母像、老唱片、首饰、绘画与镜框……你喜欢看,更喜欢去闻,你闻见了欧洲的文化的气味。

雷先生坚持给你买了一只旧手镯,只有单拨儿的一只,据说是木头做的,但是做工非常精致。

你们到了一个外表看像马戏团表演的场子。雷先生建议进去试试游乐项目。雷先生特别说明,这里的活动还是比较健康的。

你们乘坐了旋转的秋千,乘坐了荡船,乘坐了不但平着转而且上下波动和震摇的转椅。最后雷先生建议你试一下翻滚过山车。你稀里糊涂地上去了,你突然头晕目眩,你觉得四面八方都是灯光,而后灯光摇曳,灯光变成了光弧光环。灯光像泉水一样喷涌放射和下落,灯光摇摇摆摆,颤颤悠悠,断断续续,座位发出猛烈的抖动,你好像正在从座位上被抛出来。你的耳边呜呜地响。过山车停了,你却下不来了。你面色惨白,眼前一片模糊。

是雷先生把你抱了下来,你完全处在他的怀抱里,你靠在他的身上。你觉得你完结了,你已经陷入到泥潭。

后来总算缓了过来。雷先生的态度平静。你们一起去了灯红酒绿的酒吧,仍然是只有你们两个人。你看了看表,已经快到午夜了。你已经尝到了罪恶的全部兴奋与甜蜜,这使你浑身颤抖,这是一篇真正的小说,你终于不仅在纸上写小说而且在生命里实行小说和故事了。

你拿着一杯雷先生给你点的杜松子酒加苏打水,加冰块和鲜柠檬,你的脸已经由刚才的翻滚过山车上的惨白变成了绯红。你自知你还从来没有这样美丽过,你从雷先生的目光里读到了赞叹和欣赏,也许是迷醉。你闻到了这种过去没有机会喝过的酒精饮料的爽人的香气。你的手越来越抖,你还没有喝就撒了手,你把酒水全部泼到自己的膝上。杜松子酒的泼洒使你骤然变得沮丧,你意识到自己的懦弱和拙笨。意识到你是多么老土、多么农民、多么游击队的干活。你想,仍然**只是**一篇小说的契机,仍然是千篇一律却又令人神魂颠倒的绝望的狗屁爱情。

十五分钟后酒吧里开始了震耳欲聋的滚石乐表演,有一个金发女孩儿唱着歌。女孩子做着一些舞蹈动作,动作显得拘谨,她大概只有十六七岁,初次到酒吧献艺。滚石乐的声音太响,青狐觉得自己的牙齿因为剧烈的震摇而变得松软,有点腐朽,她的牙齿本来就不算好,她坚信再听几次滚石乐她满嘴的牙齿都会脱落。同时巨大的声响驱走了她的一切思想、意识、情绪、构思、兴奋和好奇,驱走了一切责任感、自豪感、使命感和罪恶感直到别的感。在这一瞬间,她突然刻骨地体会到了资本主义的空虚的悲哀。一个绝望的人,怎么可能不需要这样的强刺激呢?这不是滚石乐,而是全面强暴,一种全面的堵塞挤进占领侮辱和摧毁的强暴。她的一切都被滚石乐的声浪所占领所取代所驱逐,她已经不复存在,她空前的困倦,她的眼睛怎么也睁不开了,英俊的混血儿先生的说话她无力回答。也许是五分钟,也许是三分钟,也许只是一分钟,反正至少是一分钟,她睡着了。

她不仅睡着了,她看见了,她再一次看见了她心中的那只狐狸,这次是一只毛色红褐的大耳狐,它的毛皮是美丽高贵。它正在狂奔,它四爪离地飞翔。它的身体忽大忽小,忽长忽短。后来,狐狸一动也不动了,它原来只是刻在石壁上的一个浮雕。活泼的引诱人的狐狸变成了呆板的浮雕,青狐伤心地哭出了声。

然后她睁开了眼,她闻到的是刺鼻的烟味和酒味,还有欧洲人体的狐狸味。她耳朵里仍然是震耳欲聋与震耳欲聋。

雷先生表示:"青狐小姐,您累了,咱们走吧,您该休息了。"

他为什么称她为小姐?这不是无异于提醒她她已经是老妪了吗?

他为什么连一丝失望的神情都没有?

莫非都是她一己的神经兮兮?黑夜的白日梦?

资本主义不但有性骚扰,而且有性谋杀。

青狐哭了一夜。

(回国以后,青狐与雷先生又通了许多封信。为这些信,她花了许多时间和邮资,她一次又一次地思索申请离境到欧洲投奔这位先生的可能性。仅仅是这样一想,她也觉得自己没有枉活人世,没有白走一遭。此后十年,雷先生是她的差不多所有国际题材新作的灵感的源泉,她的一切作品中都有一个遥远的雷先生的影子。

此后,青狐又多次去过欧洲,阴差阳错,她再也没有见过雷先生。她终于悟到,这是上苍给她的恩宠,她已经越老越不成样子了,她其实压根儿就没有想再与雷先生见一次面。如果她真的想见雷先生,她早就见到了。她已经懂一点弗洛伊德了,她知道一切失误后边都有自身的故意。

二十年后,她一想起这位英俊的朋友就旧恨新仇、痛心疾首。世界上竟然有这样狡猾的动物,把中国人的诡诈和欧洲人的自私冷酷融合在一起。她在一篇小说中描写了这样一个人物,把他骂了一个狗血喷头。)

回国前,王模楷从我驻外使馆的一位刚刚回国述职回来的工作人员那里听到了有关杨巨艇的密件和其他有关情况的传闻。还有一条刺激性的新闻:米其南已经遭到逮捕。这条新闻是外国通讯社首先报道的。两条新闻加在一起,外电大谈中国新一轮的对于知识分子的整肃。王模楷向青狐与袁达观谈起了这些情况,袁达观兴奋之情溢于言表,他说:"早该整了!"这回是青狐面红耳赤了,她骂道:"这些个混蛋!"王模楷始终不知道她骂的是谁,论理她不像是在骂杨巨艇,也不像是骂米其南。那么,她是骂袁达观?

"你说呢?"青狐直截了当地追问王模楷。

"情况很复杂呀。"思路清晰,口齿伶俐的王模楷说得含糊吞吐,复杂云云,说的极其一般化,应该说是大失水准。青狐冷笑了一下。

第二天清晨,青狐的眼睛都哭肿了。王模楷问候她,她什么也没有说。

登机回国的时候,青狐咕哝了一句:"太不公平了。"她终于明白了,她只有一个亲人。过去、现在和将来,命中注定,亲人就一个,除了母亲,再不会有第二个伴侣了。

我、的、报应、啊。

# 第二十八章

时机终于到来了。文艺界、思想理论界、新闻出版界的问题与"民愤"(或官愤)终于积累到了一定的程度,引起了上面的过问:严厉批评了歪风邪气,也批评了这些方面的领导班子的"软、懒、散"(三个字挺押韵),准备采取一些措施。白有光总算等到了这一天,他振奋起来,认定上面的意图已经证明了他才是代表正确路线的。而其他许多文艺界的老爷子,那些虽然当了多年领导但是始终不能忘情于创作和研究的文人,那些以文人的代言人自居、却不以党和政权的代言人自居的人物,包括在自己的家里接待过青狐的更高的老领导,包括不积极地投入意识形态领域斗争的更高的领导,更不要说犁原张银波之流了,都犯了右倾错误。现在等待着白有光的是无产阶级的革命胜利的喜悦,是对待党和国家的命运的责任心与主导权。而等待着犁原等人的是可耻的失败,是成为向隅而泣的可怜虫。

白有光满怀希望地出院了。

杨巨艇的被"参"与米其南的被拘留是使人兴奋的事件,这说明,一批文艺人"文革"以后哭哭叫叫、吵吵闹闹的时期已经结束。党已经适时地,或者按白有光的想法是略迟地板起了面孔。几位文艺界的老人儿近来喜欢讲什么保护作家,好吧,保护你们。那么你们是不是也要保护领导呢?你们是不是也要保护你们的保护者呢?一位当年的神童作家后来的"右派"现在的积极分子讲得好:作家有义务保护保护者,就是说,作家有义务少惹麻烦、少做出格的事情。

袁达观出国回来,给白有光写了一份材料,揭发青狐在国外擅自离团、深夜不归、胡说什么"无产阶级的性高潮"以及为杨巨艇鸣冤叫屈的问题。白有光见材料大喜,先拿给紫罗兰看,紫罗兰立即指出如果还有关于王模楷与犁原的材料就更好。白有光说不是已经有一些材料了吗?紫罗兰只是冷笑。白有光便说那些材料实在是整理得太不像样子。他最感缺少的是善于整理错误思想倾向材料的干部,尤其是钱文,根本整不出材料来嘛。紫罗兰早就提醒过他,祝正鸿说到底是钱文的老同事,满莎也是一样,这样的人怎么能安插在自己的身边呢?靠他们能整出钱文的材料?见鬼去吧。

白有光告诉她,他已经示意干部部门把祝正鸿调走,至于满莎,可以缓一缓,这一类的事处理得太急了反倒不美。我们党有很多规矩,例如任人唯贤啦、五湖四海啦、还要用反对过自己的人啦等等,都是毛主席提出来的。

紫罗兰哼了一声,说:"想不到你还这么书生气!"

白有光不想出面,便让紫罗兰去与袁达观一谈。紫罗兰还是老做派,打电话要袁达观来看望她。

袁达观突然犯了脾气,他表示自己是一个"老同志",白部长应该亲自给他打电话。白部长不打电话,你代表白部长打,已经是差了一层了,还让我去看望你,你们也太过分了。

紫罗兰马上变了一副腔调,她撒娇地说:"哟,您怎么这样跟我说话,我是个女同志,我是个病号,我的肺部有阴影,一只腰子也坏了,我现在一天只吃三两粮食。您跟我摆什么谱儿啊您,谁不知道您是鼎鼎大名的边区青救会长,谁不知道您老和毛主席照过相和朱总司令握过手?您提白有光那个倒霉蛋干什么?他每天忙得连放屁的工夫都没有,现在还有谁支持他?他不依靠您还能依靠谁?你没有听说过我吗?正因为我佩服你尊敬你才让你来看我,我是有名的见官大三级,张老周老吕老都是他们来看的我,怎么了,您不行?您和我过不着?"

张老周老吕老,她没有提焦老,然而袁达观立即想到的是她根本不提的焦老,于是他转怒为喜,答应第二天傍晚来"看望"紫罗兰同志。

说了一车废话,叽叽嘎嘎笑了一回,袁达观揭发出来的王模楷的问题只有一条,当国外的反动分子向党向社会主义向中国猖狂进攻的时候,王模楷竟然回答了"谢谢"二字。不成不成不成,紫罗兰当即嗔怒摆手,好像是一个亲切的老师不得不给一个自己心爱的学生不及格的分数。

这回是袁达观结结巴巴,出了一脑门子汗。从紫罗兰的神色,从紫罗兰的骄傲的亲切、锋芒毕露的一盆火与恨铁不成钢的嗔怪当中,袁达观感到了自己的拙笨无能,辜负了紫同志的期望。

面对紫罗兰的大眼睛、唱歌一样的共鸣良好声音、理修得整齐蓬松的头发,闻着从她身上发出来的一股新型香皂的芳香之气,袁达观诚惶诚恐,汗流浃背了。他想起了自己的爱吃大蒜和爱穿解放鞋的老婆,他欲哭无泪。他恨不得找到地缝儿钻进去。

袁达观又提出问题说,这次出国同行的并没有犁原,他对犁原的材料不掌握,无从写起。

于是紫罗兰莞尔一笑,什么话也不说了,只是瞪看着袁达观。袁达观只好讪讪地告辞。

告辞时候紫罗兰紧紧抓住袁达观的手不松开,她极力劝勉他要坚持斗争,要多讲一点话。她说,你不知道啊,现在有光说话很困难呀,正确方向的作家现在被整得是半死不活呀,很多情况我没有办法告诉你呀。我们还是要斗争的,我们还是要胜利的,红旗是还要打下去的。我们说话,我们要说话,我们一定要说话!

白有光召集了一批虽然名不见经传,但是磨拳擦掌准备在文艺界大战大斗一番的积极分子开动员会。动员会上积极分子们斗志高昂,义愤填膺,你一言我一语,边揭边批边骂,揭露出一件件一堆堆一串串文艺界的问题。

犁原、钱文等人也被邀听会,他们都深觉尴尬。第一,参加会的积极分子,他们差不多是一个也不认识。从哪儿冒出来这么多文学家呢?没听说过他们写小说,没听说过他们写诗,没听说过他们写评论,没听说过他们当编辑、搞教学、作装帧,或者哪怕仅仅是在文学院或者某地作协当过打字员当过干事。在咱们这里,找画家、音乐家特别是器乐家、雕塑家、变戏法的说评书的耍坛子的都很难,就是找作家容易,你说谁是作家谁就是作家。果然,短短几个月,白有光已经有一个"自己的队伍"了。第二,意见一面倒,呼呼呼地刮大风。第三,白有光吗也不说,脸部无表情,只是让大家"说一说""讲一讲""再讲一点嘛",不咸不淡,不阴不阳。他到底同意不同意这些积极分子的炮声轰轰?你不能不犯点儿嘀咕。第四,都挺硬气:"乱得不能再乱了!""还要不要为人民服务,为社会主义服务?""是同心同德的文学还是离心离德、不同政见者的文学?"各种现成的言语武器如雷如雨,如风如电。

　　而且,从袁达观开始,一些发言点了犁原、钱文、青狐、王模楷、张银波、米其南……的名。更不要说雪山了,与会的积极分子一致要求将雪山从文艺队伍中清除出去。他们说雪山是一个骗子、挑拨是非者、不学无术者和造谣车间主任,同时雪山是一个一贯玩弄女性的流氓。

　　就在动员会的前十天,米其南因涉嫌流氓罪被警方拘留。有了这么一件事,大家都变得兴奋肃穆起来。袁达观甚至在发言中由此说开去,表示坚信中国大有希望,文艺大有希望,社会主义大有希望。

　　会议进行到第二天,传出了又一个爆炸性的消息:青狐在回国途中接受了某西方媒体的采访,为杨巨艇鸣冤叫屈,大骂"迫害杨巨艇,扼杀言路"的当局有关部门。人们还从西方媒体上看到了青狐的"光辉形象",她的脖子上戴着一个金属项链,连着一个小小的金十字架。于是与会者群情激昂,大呼"这是敌情",是"公然向无产阶级挑战""是可忍孰不可忍?"

袁达观这个时候指出："为什么让这样政治上不可靠的人出国？她为什么起个笔名叫什么'青狐'？青狐，就是蓝色的狐狸嘛，就是公然的牛鬼蛇神嘛。她在外国与小报的记者讨论性骚扰、性高潮的问题，有失国格！我们总不能把口子开这么大呀，狐狸精白骨精，牛鬼蛇神色情间谍都出来了，我们跟着毛主席打了几十年的仗，难道是白打了不行？我们的成千上万烈士的鲜血，难道是白流了不行？这样乌烟瘴气，我是死不瞑目啊！"

袁达观说得动情，流出了热泪，擤起鼻涕来了。

"让王模楷同志来谈谈这个情况吧，你是访问团长嘛……"一位积极分子说。

犁原对钱文耳语，说："这个人是'文革'中的造反派头头……"

王模楷并不了解人们所说的青狐接受采访的情况，青狐乘飞机的时候没和他坐在一起，而是单崩儿与一个会讲中文的外国男子坐在了一起。正在他陷入尴尬的时候，白有光慢条斯理地插嘴说："其实，这次出访并不是王模楷同志自己挑人组团，主要是那位老领导同志……"他的话没有说完。这是白有光的一贯风格，话只说半句，下半句谁说谁负责。

白有光的话令大家一怔，正在发言大批青狐的袁达观竟不知道该怎么样继续下去了。白有光提到的人物太"大"了，这使袁达观不知道说什么好。他沉默了将近一分钟，忽然，好像摸到了一点白有光的脉搏，脸上显出了一不做二不休的决绝表情，说："不管是谁，做得对的我们就要拥护，做得错的，我们有意见，我们要说话，我们要放炮！"

于是白有光淡淡一笑，低下头，看秘书刚刚送来的新文件去了。过了一会儿，他向钱文示意，让钱文发言。

钱文感觉不好。显然，这里的问题深了。白有光不仅要指挥文艺界，而且矛头向上，直攻爱护青狐也爱护他钱文的那位领导。白有光的政治视野，大了去了。

钱文想起了他奉白有光之命召开的文艺人的座谈会。他敏感到白有光希望他出来打第一枪,然后一批积极分子跟上来,形成一种气势,而白有光自己则引而不发,进可攻退可守,立于不败之地。这样一种受命、这样一种角色,使钱文感到屈辱。

从前,对于钱文这样的人,文学是革命的另一面。文学总是带着自己的批判与理想的激情,渴望着旧世界打个落花流水,鲜红的太阳照遍全球。文学召唤着革命、美化着革命,革命充实着文学、吸引着文学。他相信,没有文学的革命是粗鄙的革命,没有革命的文学是空虚的文学。他从来反对以文学的名义反对革命,正像他最不愿意以革命的名义压制和消除文学。他完全理解,共产党不是共和党不是社会民主党,共产党以革命的手段全面改造与重建社会为己任,就要过问文学、抓文学,因为文学在旧世界的破坏与新生活的建设当中可以发挥革命性的伟大作用。但是为什么,直到今天,包括最开明最善意的领导人也只是从文学题材上即文学作品"反映"了什么什么,"讴歌"了什么什么来评价文学,这难道不是一种遮蔽一种简单化吗?

而当确实有人以文学的名义嘲笑和指责革命,而又一直有人以革命的名义整肃清理文学的时候,他是多么的痛苦多么的尴尬啊。

他便奉命开了会,但是不发挥、不带感情、不加码、不点任何人的名字。他按照已有的正式文件照本宣科谈了自己的体会,谈了今天的相对比较正常的局面来之不易,谈了大家都有责任共同维护这样一种大有希望的局面。参加会议的其他人也是多一语不如少一语,官话官说,公事公办,原则话讲了一堆。不仅如此,钱文的发言还重提了批《武训传》批俞平伯,批胡风批丁玲,批吴晗批邓拓,历次运动中的荒唐悲剧,论证再也不应该、不可能走极左的老路。这样的一次会议没有达到白有光的期望,白有光从此对钱文愈加躲躲闪闪,虚虚实实,招架委蛇,目光闪烁。但是由于钱文开了这次会议,雪山对钱文也大为不满,到处讲钱文的坏话,意即钱文已经被"招安"了,已经是文艺人尤其是中青年作家中的异类了。

第二件事使钱文不安的是祝正鸿突然调动了工作。据祝正鸿透露,唯一的原因是由于白有光发现祝正鸿与钱文过从甚密。其实他们俩根本谈不上有多少过从。祝正鸿没有多说,但是钱文发现白有光是一个相当狭隘和多疑的人。而且不仅祝正鸿,连满莎也感到在白有光这边待不下去了。钱文知道,对于文艺看法,其实满莎与白有光意见完全一致,他是衷心赞成白有光理解白有光的。怎么办呢?今后怎么相处下去呢?

第三,米其南的被拘留,使钱文感到沉重。米其南的自诩为林黛玉的妻子小六儿来找钱文,哭哭啼啼。同时她扬言并不是米其南猥亵了少女焦某,而是少女焦某把米其南拉下了水,她手里有两封小焦的信,可以证明。她扬言,如果不尽快释放米其南,她准备公布这两封信,然后到某某公共场所自焚。

白有光与紫罗兰兴奋起来。雪山与李秀秀则干脆说米其南的"进(拘留所)去"是紫罗兰在焦老面前"点了眼药"。雪山说白有光目前最需要的就是出一件米其南这样的事,露一露牙齿、显一显威力。李秀秀说自从米其南"进去",白有光两眼放光。雪山说现在白有光的脸像一只狼。李秀秀补充说,紫罗兰的脸则更像一只虎。这些话传来传去,一直传到了香港(也许是一些人故意提供)。香港的一些反共杂志大登这方面的消息,真真假假,闹闹哄哄,添油加醋。

我为什么要受这个罪?我到底怎么啦?我并没有乱搞男女,我并没有横冲直撞,我并没有有意于任何职位,我并没有东跑西颠,煽风点火,大言欺世,浑水摸鱼!都那么不冷静,都那儿急赤白脸,都那儿没事找事,顺我者友,逆我者敌,人人都要伸一腿,生恐自己派不上用场,如王模楷所说个个急躁匆忙粗枝大叶火烧火燎要死要活一样,我有什么办法好想?

白有光再次示意钱文表态。钱文越想越窝囊,他想干脆说一说自己的看法,他希望用一种新的更文明更理性的方式研究这些问题,他希望从容讨论,摆脱在意识形态领域搞无产阶级专政的旧习。但是一股窝囊的情绪在他胸中作祟,他刚一张口就剧烈地咳嗽起来,嗽得翻肠倒肚,眼黑喉辣,头晕目眩。他整整咳了两分钟,使与会者失色。

而犁原一直是变颜变色、长吁短叹,每半个小时上一次厕所。他上厕所上得白有光斜眼看他,目光中带有不满和警告的神态,于是犁原干脆上完厕所不回来了。据说他与工作人员打了招呼:身体不适,打道回府去也。

王模楷接了过来,他说钱文的气管与声带都应该彻底检查一下,他说所以他建议钱文先休息休息,他要发言。他说文艺界不比旁的界更好,也不比旁的界更坏,当然有问题,中央还出过"王张江姚"嘛,部队还出过林彪黄永胜嘛。他说他主张谁有病就解决谁的问题,谁有病就给谁打针吃药,是什么病就吃什么药。不能一个人有病大家吃药。不能不同的病都吃一样的药。米其南的问题并不代表文艺界,而只是他个人的事。杨巨艇介入的劳模纠纷,其实也并不新鲜,其实是司空见惯,同样对文艺工作没有代表性。再说杨巨艇压根儿就不是文艺人,他热衷的是理论与时事评论。至于青狐,她是个艺术家,她既不是前一阵说得那么爱国先锋革命志士,也不是敌对势力。此次出国,在一些关键场合,青狐的表现实在是太好了,比起一般出访者不是更差而是更好。女作家好动感情,新党员无法与老同志相比。而且历史的教训值得记取,外电的报道不一定准确,不能看了外电上的一则报道就轻率地对自己人开刀。

王模楷发言的时候轮到了白有光脸上青一阵红一阵,他突然变了音,叫道:"怎么讨论?连会议都不参加还怎么讨论?"他忽然变颜变色、变腔变调,他美好的嗓子中钻出了裂帛音,全场怔在了那里。过了一会儿,大家才明白他的终于制不住怒是为了犁原的退场。这使钱文感到意外,本来他很佩服白有光的避坐后排,静观冲杀的谋略,却原来再老到也有突然起火的时候。

白有光按下气,苦口婆心地劝诫大家:我们的立场只能有一个,我们考虑的应该是同一个问题,我们使用的应该是同一的语言,我们加强的是同一件事。难道还有什么怀疑吗?必须斗争,斗争才能让人们警醒起来、兴奋起来、团结起来,愤怒出诗人,一团和气只能出孬种。斗争才能革命,一团和气只能断送革命。其实这些都是最简单的 ABC,这样的 ABC 还需要白有光说破嘴皮子,他不能不痛心疾首。

　　白有光压低了声音,气从丹田往上撞,声带和喉头努力刹闸,他的声音颤抖起来。他完全不明白,敌对的思潮势力猖狂进攻,枪炮已经大作,还有什么好讨论好扯皮好穷白话的。既然是同志,这时候还不拿起枪支回击吗?这时候还要商量是打敌人的脑袋还是瞄准敌人的脚丫子乃至究竟可不可以向敌人还击吗?

　　他原来虽然官不大,但也没少参加讨论文艺问题的会议,这样的会议从来是不开就成功了的,党的思想、党的立场、党的斗志,无可抵挡。会不用开完,思想已经统一,战斗已经打响,枪弹已经出膛,杀声已经喊起。革命者穷追猛打,而犯错误的文艺工作者检讨认罪,把自己骂个狗血喷头,仍然得不到宽恕。这才是我们的战斗的文艺啊。如果是毛主席,一句话就横扫一切歪风邪气!

　　而王模楷公然跳出来唱反调。白有光真后悔呀,叫这么个王某人来参加什么会!王模楷说:"我们现在是执政党,只有调动各方面的积极性,繁荣各行各业的工作,才符合党的执政的根本。"党没有自己的利益,只有民族的国家的人类的利益,中国是一个文明大国、文明古国,最好地、最开放地发展文艺事业,应该是党的执政目标之一。

　　总之,这次在最佳时机召开的会议,仍然没有达到预期的效果。原来,白有光的积极分子们有一个特点,他们凑到一起,你一言我一语,调门越来越高,所向披靡全无敌。而只要有一个认真的不同意见,就全都傻在那里。这是令白有光跌足长叹的。

　　会后几天,米其南放出来了,据说是姓焦的少女找了自己的叔爷爷,紫罗兰的"爹爹",她愿意挺身而出证明米其南没有引诱自己,而是自己引诱了勉强了米其南。这样一个结果反而使小六儿痛不欲生,两个人吵架吵得双双昏死过去,醒转后米其南表示宁愿重进拘留所。不久米其南发表了一篇小说,描写夫妻二人的感情心理,在医院判断丈夫已经身患绝症以后,妻子完全谅解了丈夫的一切,包括丈夫曾有的各种风流韵事。在经过抢救丈夫转危为安以后,妻子立即恢复了对丈夫的冷战。读了这样的不打自招的所谓小说,钱文叹道:"连起码的艺术想象力也退化了!"

杨巨艇的威信是越整越高,气焰是越批越盛。白有光本来准备开一次会研究研究怎样约束一下杨巨艇的事,紫罗兰制止了他。紫罗兰说,杨巨艇好比知识界的一个把手,一根辫子,留下这个手柄,随时可以操作转动,随时可以吁请干预,随时可以发出警报,随时可以拧紧螺丝,随时可以说明证明:形势严峻,犁原有责……不到最最紧迫之时,不如暂时不动。

殊途同归。王模楷也曾经劝告钱文,必须容忍,有时候还要适当保护杨巨艇。因为杨巨艇是一个符号,是一道交通黄线,是信口开河、胡抡猛砍亦即言论自由的一个标志,是人民群众的某种逆反心理的一扇宣泄阀门,只要杨巨艇还好好地存在着活动着人五人六着,防民口防大川的事情就不会搞得太过分。如果各种胡说八道都被容忍了,那么苦味的真理,超前的想象同大胆的创新……种种有价值的东西,也就不那么容易被命名为奇谈怪论或猖狂进攻而被扼杀了。

王模楷还谈了一个观点:为了做成一点事情,你需要掌一点权,为了权,你必须做一些你不习惯做的事,而自命清高的文人,往往不愿意做这些事。

钱文似懂非懂,他本来已经觉得自己太政治化了,他有时候感到悲哀。他羡慕那些天真烂漫的,至少是做天真烂漫状的我行我素的作家诗人。他羡慕遗老遗少,他羡慕春兰秋菊,他羡慕放浪形骸,他羡慕云山雾罩,他羡慕招蜂引蝶、风流倜傥,他已经感觉到,他的所有的对革命的追求,救国救民的关怀,党员干部的自律……最终会受到雪山、李秀秀式的轻薄为人的人的非议,他极可能在某个时机被埋葬,或者被白有光和紫罗兰,或者被赵青山和白部长以及袁达观,或者被雪山和李秀秀以及雪堆和他自己的儿子远行。然而他已经没有办法重塑自我,他无法提供另一个不同的钱文了。

没有想到,王模楷的政治比他高明得多。他钱文没有这样高明,如果有这样高明,就不是现在的钱文了。有什么可说的呢?中国百十年来,人人都是政治家,权家店的农民也整天研究权力的分配、再分配与政策的调整。十亿十几亿政治家,人人注意权力分配,人人认为别的事一钱不值,一个泱泱大国无人在意稼穑,无人在意农桑,无人在意科技,无人在意金融,无人在意打球,无人在意风花雪月,如果发展到这一步,事情该有多么可怕!然而他钱文不行,他宁愿终无大用,他宁愿急流勇退,他宁愿过做酸奶、养猫喂鸡、炸奶油炸糕的平凡日子。对于他,现在的自由已经够用了,他要的是平凡、是一点点自在、是处境上的自在,不是别的高调。

白有光的这次出击没有成功,米其南被释放了,令白有光顿足长叹。人民民主专政的威力没有能显现出来!我们的阶级斗争的锋芒哪里去了?我们的无产阶级专政的利剑哪里去了?我们的毛泽东思想的威力哪里去了?杨巨艇也有人保,也有大人物说他的好话……收拾一个独行大侠杨巨艇有什么味道?青狐这个娘儿们已经站在革命的对立面了,居然上边也有人说了话,说是不能要求一个女作家像一个政治家一样行事。纪委的人找有关人士调查了一回青狐出国的表现,最后也不了了之了。唯一唯一,是上面处分了一个文化部副部长,这个处分也已经吵了半年了,最近才落实。他批准内部放映的一部参考片里,以表现原始人的生活为借口,银幕上出现了成群结队的男女裸体镜头,家物件齐全无缺:有馒头有洞口,有棍棒有杂毛。为此,他受到了严重警告——这无异于杯水灭火、纸棍打屁股,用紫罗兰的话说:这是给搞自由化的人挠痒痒。

难道我们已经这样庸俗这样假仁假义,这样充起好人来了吗?

尤其是,不论是犁原与张银波,不论是钱文与王模楷,没有一个人死心塌地地跟着他干。这样下去,还有党对文艺工作的领导吗?

令白有光黯然神伤的是硬是整不好他们的材料。整不好材料,就无法吁请上边干预,无法吁请上边剥夺这些人的文艺头面人物的资格。何况上边也有人保护各种牛鬼蛇神。

白有光几乎是绝望了。

而紫罗兰比他的调子还要高八度,一见他就谈这些问题,一谈这些话题就眼珠发红,热泪盈眶,于是冲冲冲,至死不投降,党规国法,还有中央……

"中央怎么样?"白有光对紫罗兰说,"共产党的哲学是斗争的哲学,怎么现在变成调和的哲学啦?中央,中央,中央……如果毛主席还活着……"

最后一句话使他想起苏联"反修"小说《叶尔绍夫兄弟》,小说里的头号正面人物是州委书记,当书记面临正在变"修"的苏联社会种种奇形怪状的时候,他犯了心肌梗死,他哭号道:"假如列宁还活着!"

苏联的这部小说的作者是居住在列宁格勒的柯切托夫,他的小说很合乎当时的中国人的反修口味,可惜的是此人同时又是极其反华的所谓"苏维埃爱国主义"者。

曾几何时,当年批修反修的革命堡垒,中华人民共和国的忠诚的革命者白有光,也要声泪俱下地发出同样的悲号来了。

"但是我们不能屈服。"紫罗兰走了过来,拉住白有光的手,她说,"我就不信一只狐狸能够成了正果,我就不信一群右派当真能让国家变色!红色的江山是打出来的,是杀出来的,是鲜血和头颅换来的,能毁在几个遗老遗少、大爷二爷、小姐姨娘娼妓,还有一批小爬虫、变色龙、长舌妇手里?我不相信!"

紫罗兰的声音愈来愈激昂了,如果别人这个时候进入到她家,会以为两口子正在排演一幕话剧。

"吃里扒外呀,最可恨是吃里扒外呀!"紫罗兰终于控制不住自己了,她大喊大叫,边哭边说,"咱们共产党里出了奸细,出了叛徒,出了软骨头!"

"你算说对了!"白有光跺起脚来,"我还不敢这么说呀,还是你勇敢!共产党从它建立的那一天起,就有人,而且是中央的人,陈独秀嘛,经不住资产阶级的威胁利诱,就有人向资产阶级低了头!"

紫罗兰手舞足蹈:"脑袋掉了碗大的疤,砍头不要紧,只要主义真!宁可砍头,决不低头!宁愿站着死,不能跪着活!敌人不投降,就让他灭亡!战斗正未有穷期,冬天来了,春天还会远吗?到了(读liǎo)儿到了儿,让他们嫉恨去吧,我一个也不宽恕!有向着灯的,有向着火的,我们不是少数!早就说过了,你有五百万知识分子,我有五百万人民解放军!小车不倒尽管推!斗争,这就是我们的事业、我们的快乐、我们的理想!"

紫罗兰念念有词,白有光感到意外。他的妻子、革命伴侣竟一口气说了这么多表达斗争意志的豪言壮语!现在还有几对夫妻会这样说话?他震动了,他感动得涕泪横流。他们两个干脆抱头痛哭,大放悲声。

"等革命高潮再起来的时候,我要申请一份工作……"紫罗兰说。

"什么工作?"白有光有点听不明白。

"行刑队!我要当行刑队员!我要亲手一个一个枪毙这些文艺界的反革命!"

白有光笑了,他仿佛看到了妻子行刑的雄伟场面。他笑着说:"不必想得这样过分。别人不知道,咱们还不知道文艺界这些个家伙!真到了那个时候,咱们面前一跪就是一片。这些个反动派,给咱们下跪还唯恐来不及呢!到时候,你去写一点儿讽刺诗、讽刺歌曲吧:你你你,你这个坏东西……"

两人破涕为笑了。他们确实积累了这方面的经验,一场整肃运动开始,文艺人吓破了胆,哭的哭,叫的叫,捶胸的捶胸,自打嘴巴的打嘴巴……而他们俩既坚持原则予以严厉批判,又苦口婆心帮助对方转变立场,叫做拯救他们,叫做为了他们而与他们斗争,享受着战胜者的威风与愉悦,享受着改造他人的导演兼考官的乐趣。这一天或早或迟,一定会到来。

　　此后,白有光屡屡与自己信得过的人说:"我与紫罗兰同志进行了一次充满政治激情的谈心……现在世界革命处于低潮,社会主义处于低潮,机会主义泛滥成灾。但是让我们等待吧,高潮会到来的,一定会到来!"

　　他的话与青狐在国外关于骚扰与高潮的谈话都传开了。两种经典论断在文人骚客的嘴皮子上胜利会师,和平共处,互证互补。

# 第二十九章

时间到了二十世纪末叶。

有一个远郊风景区修建了度假村青月山庄。度假村的一个平平的山头南面地势开阔,适合中秋赏月,写了匾叫做望月台,来年望月台上修起了中式楼阁:带着雕栏画柱的三层小楼抱月楼,善做淮扬名菜兼安徽菜。人们窃窃私语,说这里的几样菜肴都是国家领导人喜欢吃的。只是由于一些规矩,不好明说。九十年代以后,全国出现了不少以"毛家菜"标榜的湖南菜馆,深受各地前来的游客欢迎,特别是台湾同胞由于过去缺少走近伟人毛氏的方便,更愿意到内地来一品毛氏喜爱的辣味、腊味、鱼虾、糯米、臭(豆腐)干子等。但是后来有一家川菜馆也想走这个捷径,推销自己,被制止了。

不断地有内内外外、红道白道黑道的朋友在这座地势高耸的抱月楼上用餐,小楼夜夜起东风,形势一片大好月明中。这里有望不尽的高天明月、峰嶂山峦、平原河谷、田地道路,有吃不尽的干红茅台、水鱼龙虾、肉鸽扇贝、鲍翅燕窝。

从抱月楼绕后山,一条羊肠小路,顺小路蜿蜒而上,高了再高,高了再高,无路,山势高耸如石壁,石壁倾斜,给人以欲堕欲压下来的感觉。然后只剩下窄谷,窄谷里是历年山洪冲下来的碎石块,望之如望定格的山洪,惊心动魄。就是这道堆满碎石,如流如瀑如带的狭窄山沟,被村民命名为"狐狸沟"。说是老年间这里有许多狐狸,村里也就有许多故事。丢失财物,夫妻不和,大姑娘肚子大,寡妇门前传出是非,突然发家,生出怪胎,患上怪病或沉疴痊愈,以及阳痿阳亢,阴冷骚浪……种种花样都与狐狸沟的狐狸有关。再沿着这个碎石沟往上爬,说是深处高处有一个高大迷人、神功精湛的老狐。历史上几次有人试图爬到极高极深处,一睹狐狸精的风采,但是不是越爬高越害怕中途折回,就是崴了脚扭了膝遇到了毒蛇巨蝎黑蜂和带着锋利锯齿的野草,挂彩铩羽而归。据说"大跃进"中有一个人上山猎狐,被滑坡的山石砸死。

一九九〇年夏,已经名扬四海的青狐来到这里度假与写作,听到了这里的故事,她很激动。一天晚上,她到抱月楼吃淮扬菜,花了好多钱,全部由接待单位报销。她还喝了半斤加热的"女儿红"酒。说是吃淮扬菜地方的风俗是生下女儿便酿成此酒,存入窖中,等女儿出嫁那一天开封饮用。那天陪她来的作协分会工作人员回城度周末。青狐酒后趁着月光独自向深山中的狐狸沟走去。虽然磕磕绊绊,深一脚浅一脚,她走得十分愉快。月光是美丽的,千姿百态的山头、石块、乔木灌木、枯树野草、鸟兽粪便的黑影也是美丽的。夏夜,山中弥漫着植物芳香,她如醉如狂。

直到第二天上午十点她才回到度假村,此前度假村的管理人员与服务员已经四处登山寻找。度假村的人吓坏了,他们已经被交代过:要好好照顾青作家的休息与写作,青作家是国家一级作家,是每月一百元国家特殊贡献津贴获得者,是市人民代表大会代表,副厅局级待遇,是与××、×××、××××等重要领导握过手合过影并环游访问过三十多个外国的大作家。青作家"失踪"了?他们有几个脑袋敢于承担这样的政治责任、文化责任与历史责任!

青狐回来,任什么话也不说,无人知道这一夜她是怎么度过的。一年半后,她发表了她惨淡经营的仅有十二万字的长篇小说《深山月狐》。书商认为这个年头,只有不长的长篇才好销。她在这部小说里描写了山谷的美丽与神秘、坚硬与险峻、奇绝与恐怖,山民男女的爱情的勇敢与放浪,她的许多性描写令包括米其南在内名声在外而又色厉内荏的男作家面红耳赤、气短心跳。

《深山月狐》写道：山村最美的女孩子名叫月月，月月从小喜欢男子，愿意为天下所有的男子献身。她有圣母胸怀，观音慈悲，山花烂漫，白云纯洁，更有山羊的矫健与敏捷。她常常被老少男子倾心，她的善良情怀使她不愿意拒绝任何人，她可怜那些干着重活，出着臭汗，傻呵呵硬邦邦见着女人恨不得撞向岩石的上大火的男人。她一次次地与这个男人好了又与那个男人好。

青狐重点写了她的三次情史：一次是在年过二百的老橡树上与一个小伙子交合。云雨完毕，小伙子从树干上跌到地上，摔得遍地脑浆。为此，月月被关押三年。一次是她在山溪林场的云杉木排上与林场最英武的伐木工人做爱，做着做着爱，木排突然解缆，随水漂流下去四十公里，最后撞到大青石上。第三次是在一个岩洞边与村外的一个搞商品经济的人野合，进入高潮（小说作者显然已经完全懂得什么叫高潮了）。这时，岩洞里出来一只野狼，野狼绕了他们三圈。第三圈上，野狼正待扑上去，忽听月月一声极尽兴奋的怪叫，野狼受到惊吓，心脏破裂，当场毙命。月月二十九岁，前后受到七次关押，五次批斗，正式戴过一次坏分子的帽子，但是她仍然受到村内村外人民的喜爱。

（这种类型的人物在当今，一般都是作为济世圣女，被中年男作家塑造向往。）

三十岁后月月洁身自好，脱胎换骨，立地成佛。她常常深夜独自进入危险深山，独自欣赏深山夜景，她与山、月、石、树、草、涧水与松鼠野兔相亲，她是自然之女、山野之女，回归大荒。她是美神、山神、树神、狐神、爱神。村里的人传说着，她进入深山的目的是为了向一只来无影去无踪的老狐狸拜师学道。

月月在任何情况下都不承认她见过深山里的狐狸精，包括在风化建设与破除迷信活动中接受审查的时候。

由于名声不好，月月一辈子没有结婚。直到弥留的时候，她才告诉了她最早的一个相好：她在深山看到过一只狐狸，那只狐狸在迷蒙的月色中向月亮跪拜。她常常晚上进山，是为了与狐狸一起拜月。

那只狐狸只可远看，走近了，则只有一块巨石，如狐如狼，如老妪如大冬瓜。

许多年后，这里开发改造，成为著名风景区。到处修了索道滑道，旅舍餐馆，咖啡酒吧，舞厅乐池，停车场桑拿室，美容美发足底按摩……施工的民工在山沟深处发现了一具老狐狸的遗骸。公司专门运来黑土为狐骸修了一座坟墓，命名为"狐仙墟"。又在狐仙墟边塑起了月月雕像，美术大师为月月设计了人生至美的半人半仙形象，具有飘逸的性感与救世的坦荡胸怀。据说美术大师是到女子监狱里找了一个无期徒刑的囚犯当模特儿，果然与俗人不同。从此，这里的旅游更加火爆。

这部书的出版，使青月山庄的经营者受到启发。他们进入狐狸沟深处，找到一块巨石，如果你一定要说它像狐狸也未尝不可。山庄正式为巨石挂牌，牌子上用中文和英文两种文字写着"月狐石"和"Moon Fox Rock"。举行揭牌仪式，请了数名退居二线省、部级领导剪彩。

《深山月狐》出版以后，凡来山庄的游客都要登山进沟，不看到月狐石不算来过度假村。

《深山月狐》客观上大大帮助了青月山庄度假村的生意，度假村老板登门拜访了著名女作家，赠送给青狐一百张免费入住度假村的礼券。山庄从此不定期给著名女作家"进贡"时装首饰，其中有法国郎可玛高级胎盘化妆品，美国维多利亚的秘密牌内衣。青狐笑纳了这些礼物。老板得寸进尺，乃提出要在青月山庄大门悬挂女作家的肖像，青狐当即变色，予以痛斥：

"别以为你有几个臭钱就能做到一切！你要挂像，可以挂英国女王的、荷兰或者丹麦女王的，要不就是斯里兰卡或者孟加拉总理的，就是不能挂我的像！"

这次老板受到了应有的教训,他无法理解女作家的脾气的迅雷不及掩耳的突变性,更不理解挂什么女王、总理照片的逻辑,但是他明白了:作家不好伺候。

青狐的新作在文学上也获得了巨大成功。有论者指出,《深山月狐》批判了现代性,批判了发展主义、消费主义与科学主义,崇尚自然,守护家园,回归大地,恪尽有机知识分子的批判使命,坚守诗意,抵抗全球化、一体化、数字化与标准化这四化,为人类指出了方向,证明中国当代文学的思想观念已经进入了新境界,已经毫无愧怍地融入了世界。有的人则指出,《深山月狐》彻底摆脱了毛文体的束缚,说明我国作家的文体自觉与语言自觉一日千里。有的大学文学教师认定,月月就是狐狸,狐狸就是月月,这是天人合一的传统哲学精髓的新例证,也是一分为二与合二为一的思想核心的新发展,是东方文化正在取代西方文化地位的一只报春的燕子。还有的认为此书既是长篇小说又是新闻报道,还带有语言推敲的学院气和信口开河的江湖气,非驴非马非骡,从而完成了跨文体创作的新收获。

雪山的儿子雪堆指出,本书的性描写体现了性描写的后现代化:既是性的极致,也是性的解构,既是性的神学化,也是性的喜剧化——反映了人类对自身反思的新高度。此时青狐已经与许多评论家、作家同行交恶,与李秀秀更是早已反目成仇,过着孤独从而清高的日子。但是此书出版后她参加各项活动,身边都有雪堆陪伴。

然后青狐因此书连连获奖。然而在《深山月狐》红里透紫的时候,她正式宣布封笔。她回答记者问时说:"写完《深山月狐》,我相信我的写作的可能性业已完结。"

于是称赞、叹息、遗憾、迷惑,从中论述中国的作家已经从必然王国进入了自由王国的,认定青狐已经自由得没法再自由,伟大作家与伟大作品正在出现已经出现将要更出现。而从青狐的搁笔中体会到中国作家的难言之隐的,则论述中国的文艺自由还有好长好长一段路要走,中国本土作家要获得**诺尔贝**(!)文学大奖至少还得五十年后,即须要等目前在世的中国作家全部寿终正寝,死光走净散尽。

然而数月后青狐又发表了一部中篇小说。编者按:

> 这是青狐同志宣布封笔前的旧作。写罢,由于作者一贯的挑剔与负责精神,一直不愿意拿出来。近日,出于对本刊的信任,作者同意本刊独家发表,以飨读者。

这篇小说描写冷战时期被对方力量团团围住的一个孤岛,两个阵营的男女的无望爱情。小说极好地描写了大旅馆的自动旋转门,午夜时分旅馆大厅的气氛,还有集市游乐场、咖啡馆与滚石乐酒吧。全文贯穿着对美国电影《爱情故事》的主题歌的描绘,它的不安,它的投入,它的渴求和没有希望。文学圈内的人对此作评价尚过得去,但是读者并不在意。人们说这是因为冷战已经结束了,飞快地结束了。

> 弃我去者,昨日之日不可留,
> 乱我心者,今日之日多烦忧……

曾几何时,昨天已经古老。

很难说是否由于这篇新——旧作的不够成功,青狐的情绪一落千丈。二十年来,卢倩姑从一个默默无闻的小干部变成了享誉海内外的大作家;从一个每月到月底就揭不开锅的小职员变成一个有车有房有人民币加各种外币硬通货存款的新兴人物;从一个与母亲相依为命的小女人变成了观光环宇、踏遍五大洲四大洋的世界公民。她得到了许多人的羡慕与钦佩。

然而,在这篇关于冷战时期的爱情的小说发表以后,青狐不但从此搁笔,而且到处哭丧着脸。我究竟写过一些什么呀?谁提到她的作品,特别是她早期的作品,她就会生气,她就会骂街。她对记者宣布:她业已决定收回她的全部文学创作,宣布无效!她气得不行。我完了,我只不过是一个牺牲品,我孤独,我寂寞,我迷茫,我平生没有写过一篇自己满意的作品,没有交上一个换心的朋友,没有穿过一件合身的衣装,没有住过一套舒服的房子。尤其是,没有爱情,只有自欺欺人;没有真心,只有虚情假意;没有高潮,只有无穷的你骚扰我,我骚扰你,自我骚扰,互相骚扰。

我的生活,你的生活,他的生活,她的生活,都是狗屎。

采访她的记者不敢一字不易地照发她的谈话,怕出政治上的问题。记者做了一些修改,她大怒,不同意发记者的修改稿。后来她的谈话在海外发表出来了。后来她也不承认那个海外稿,而且扬言要与海外媒体打官司。

> 长空万里送秋雁,对此可以酣高楼。

一九九〇年初,钱文终于辞去了他的本职兼职,专心写作和读书。他在远郊区买了一所农家房屋,他常常住在那里。他写了一本书又一本书,然而书太多了,书多为患,反而不那么被人关注。

雪堆带领几个七十年代(出生的)诗人,发起了对钱文的批评,断言钱文的作品是毛文体产物,而钱文作为诗人,基本上是主流文化的最后一个代表。他们断言,我们本来生活在正在喷火的活火山口上,然而钱文之流用一个个洋灰钢筋井盖盖住了火山口,然后在火山口盖上载歌载舞。钱文不除,烈焰就喷薄不出来。钱文不死,巧伪不止。钱文不废,文学无味。钱文不臭,文学无救!钱文之后,再无钱文。钱文之前,安有钱文?

雪堆他们早在八十年代中期就宣布:钱文已经过时。后来,在一九九四年、一九九八年和二〇〇二年又宣布了几次钱文的过时,这使钱文开心。他说,他的过时恰如马克·吐温的戒烟,马克·吐温的名言是:"没有比戒烟更容易的了,我已经戒过许多次。"

钱文对自己也不满意,为什么他老是那么清醒,为什么许多事他都看得清清楚楚,为什么别人火冒三丈、兴奋若狂、痴迷陶醉或者哭爹叫娘的时候他老是不火、不狂、不醉、不哭?他还能算是一个诗人吗?他曾经希望充当一个桥梁,然而谁需要这样的桥梁呢,谁承认这样的桥梁呢,谁待见这样的桥梁呢?如果他偏激,他也许成为一个英雄。如果他胡闹,他也许会成为一个伟人。如果他发了疯,他一定能够成为诗仙诗鬼,弄不好还可以得国际大奖。

而现在他什么都不是。不是领导、不是诗人、不是天才、不是庸才、不是文人、不是武人、不是政治家、不是书生、不是道德家、不是精英、不是普罗、不是布尔乔亚、不是世界公民、不是爱国志士、不是知识分子、不是工农大众……

他一直在就《白蛇传》的故事写长诗。他写自然的神秘、生命的诞生、人间的诱惑、爱与恨的纠缠、蛇一样的怨毒与僧一样的灭绝人性——然而"灭绝人性"也是"人性之一种":积大半生的经验,他已经发现,人不仅是要满足和张扬自己的人性,人们还渴望着约束、压抑、扼杀直至灭绝自己的人性。许多道德家、活神祇、硬汉、极端主义分子、法西斯分子与恐怖分子……都能做到后一种"灭绝人性"的人性。法海的行为出自他救许仙斯民于水火的使命感。为什么一定要用阶级斗争的两分法把法海视为反动派呢?他写,许仙是爱白素贞的,青蛇是爱白蛇的,法海其实也是受到了白素贞的诱惑,爱上了白素贞,才视白蛇如不共戴天的死敌的。他们三个都爱白蛇,而爱白蛇是一个危险的勾当。爱本来就是冒险。爱是一种自焚,是人体炸弹。他写战争,爱与爱的、恨与恨的、爱与恨的与恨与爱的之间的战争。爱与仇恨与爆炸与毁灭本来就分也分不开。他甚至想把自己的某些体验写到许仙身上。他已经写了无数行,改了无数次。他就要完成了,他不想发表。

他发现,所有的专家名人都善于把复杂的事物简单化。他也简单化吧。他老了,他软弱而且常常退缩,今天使这一方,明天又使那一方失望。今天使这一派,明天又使那一派跌足。除了写人、蛇、僧与佛,他嫁接了三株柿子树,培植了两株香椿、两株杏树、两株山楂、两畦草莓、两畦黄瓜。他把从美国带回来的一串大风铃悬挂在树上,风铃如管风琴,时时奏出非常接近巴赫旋律和京剧西皮流水的曲子。

他能够一下子听半个小时风铃,如迩如遐,似喜似悲。

他喜欢看星星,他的住房在山脚之下,有时候要比在平原上晚两个小时才看到月亮的初升,特别是下弦月。星星倒是看得很好,颗颗如钻石落到眼前,洗涤洁净,镶嵌平整,闪耀清冷,俯拾即是。

毕竟人活一辈子能看到许多星星,看到星光下的生活沉重而又有趣、奇妙而又热烈,不拘一格,时有惊人之笔。

中国的生活正在发生大的变化。不必与前四部"季节"比较,就是与本书主要部分描写的二十世纪八十年代比较,你也"当惊世界殊"——"换了人间"了。人们的体验已经不限于两分的黑与白的对照,钱文欢呼这样的变化,同样也多少感到一点失落。

而白有光、老白部长和袁达观再加上赵青山正式向中央写了信,附有好几份材料,论证一些活跃人物实际上是暗藏的党内不同政见者,是最危险的阶级敌人,至少应该还他们以本来面目。

一九九二年白有光因年龄过杠离开了领导岗位。用紫罗兰的话,叫做"我们那一位已经扫地出门"。那么多年,一无所成,一无风光,他最想做的事几乎没有一件办成,他希望开的会议没有开,他希望臭的东西没有臭,他希望香的东西没有香,他希望上边下边旁边表个态赞扬他,硬是没有人表。他一直含辛茹苦、苦苦死守,并没有得到应有的酬答。他率领一些有志者整理的文艺界错误言行与错误思潮错误倾向的材料累计净重共达三十多公斤,每次都以极密件报告上去,却多为肉包子打狗一去不回。

他冤屈满腹,牢骚如山。一说起国家的事文艺的事来就气。**我们最最担心的事情终于发生了**,他天天骂中国的××××。他写了一幅中堂:**"低潮至矣,高潮远乎?"**

而他自己也不明白,怎么连鬼影子都没有了?都忘记了我?都忘记了革命?都忘记了毛主席了吗?

偶尔有老友来,他一开口就是一肚子不合时宜,百分之百格格不入,使听的人也不好受。而别人刚刚告辞他就站起来送客,别人后脚跟刚刚离开他的住屋的门槛,还在说着惜别与保重的友好话语,他就"咚"的一声关上了门。

领导关怀,给白有光一类老同志装修了房子,他的金属房门兼有防火、防盗、隔音功能,一关就关一个铁面无私。

他有时候想起自己年轻时在革命根据地度过的难忘岁月,上大课、小组会、发和穿军装、大秧歌、腰鼓队、决心书和大红花。他想起暗夜的行军,深一脚浅一脚地蹚水过河,半夜响起的军马嘶鸣。他想起了战地文工团急行军途中的快板,战役后的庆功晚会。他想起领导的接见与敬酒,想起前线捷报传来时的高歌狂舞……他更想起自己担任领导以来一次次的讲话、**提法**、坚持、辩论、表白、发脾气、求援报告……一去不复返了?

紫罗兰最拿手的给别人打电话叫人家来看望她和她的老公的买卖,已经渐渐不灵。有一位他们夫妇一厢情愿地认定是他们的老部下的年轻人升上了高位,紫罗兰立即拨电话要人家来看望,结果人家硬是没有来。紫罗兰大怒,再电话,再不来,再电话……

不能便宜了他们!今天要报销,明天要换车,再一天要补助,还要换房换秘书换医疗定点……就是为了两张京剧票,紫罗兰也不惜闹到有关领导之上的领导之上的有关领导那里去:"听说你们有一个精神,今后给我们发票从严掌握,是吗?"像历来一样,紫罗兰的话语总是横空出世,搅起泥浆三尺。接她的电话的善良的现任领导总是先心跳数十秒钟之后,才慢慢弄清该女士究竟要的是什么东西。原来——如此!好好好,对对对……越是好好好对对对,越是出不来那口恶气。

杨巨艇由于文章越写越多,立论越来越高,痛斥越来越痛,响动越来越大:人们渐渐听惯,掌声也就渐渐稀落。但是杨巨艇有个好处,他不大注意别人的反应,他对一切照讲不误,照分析不误,照壮怀激烈不误。只是他看着自己的救国救民忧国忧民的文字越来越抵挡不住《裸体写真》《性感三部曲》《高潮驱使你吆喊不休》《下半身与下半夜》等畅销书的大面积影响,他无法理解。他多次宣称,怎么有了一点创作自由却用成了这个样子! 他痛心疾首不是为了个人的写作受到冷淡而是深感国民素质的不成体统,深感精神的大纛已经无人支撑。有一次他去大学讲演,他说:"这样下去,中华民族要灭亡了!"说完,听者竟笑了起来,他没有能讲完自己要讲的话。

杨巨艇在国外的名声倒还可以,他的出访愈来愈频繁,硬通货也挣了一些。他接受的采访也愈来愈多。有一次他在国外连续住了一段时间,他听说了一些当地两个教授之间的纠纷情况,他同情其中一个女教授而不是男教授。他一冲动,写了一篇文章,想就此发发言。友人知道,连忙制止,告诉他他的文章如果发表了,完全可能因此而吃官司。他只好作罢。从此他下了决心还是要回国,回国才有用武之地。

话说多了难免说出漏洞,如他预言某个国家要垮台某个人物要被推翻某次选举谁谁会输个一塌糊涂……预言得多了,实现得就相对少了,以至一个外国记者问他:"亲爱的杨先生,您为什么总是错的?"

杨巨艇这时表现了他的绅士风度,他只不过是微微一笑而已,下次继续接受采访,继续预言时事、政治、国际、国内、区域战争、物价、球赛……

他转而积极投身于西部大开发,他相信西部的未开发的土地也许正等待着他的开拓。他认为开发首先是思想的开发、精神的开发、人才的开发、观念的开发。他去西部数省就是要发现西部省市领导班子中的教条主义、官僚主义、腐败无能和不合时宜的种种陈规陋习。据说他在宁夏河套地区见义勇为,以七十三岁的高龄与偷窃一位女士的手机的盗贼搏斗,肝部被歹徒刺了两刀,头部也受到了钝物击打,严重的脑震荡使他变成了半植物人。医生说治疗还是成功的,预后应该良好,但是人们必须保持耐心。

海外一杂志说杨巨艇其实是受到了保守派和鹰派的谋杀,个别外电转发了这种说法。这个说法给了青狐极大刺激。转了一大圈，青狐总结，一辈子她真正爱了的只有杨巨艇。爱就爱了，至于他们的关系是否合法，与他是否可以交欢好合……这些形而下的问题，她不屑一顾。

她跑到宁夏的医院去看望杨巨艇并准备调查杨巨艇受伤始末。结果，她受到杨巨艇的发妻张风的驱逐。她耐心地说服张风："你是他的妻子，是他终生的伴侣，对于这一点是没有任何怀疑的。然而我是他的朋友，是他精神上的伴侣。我在他的病房里同样笃定能够促进他的记忆的全面恢复。请看，当我叫他的名字并且告诉他我是谁的时候，他的睫毛是怎样的颤动啊！"

青狐坚信这个时候只有她能够救助杨巨艇，她耐心地对张风进行说服争取，低声下气。然而张风蛮不讲理，坚持要把她轰走，并当着她的面叫医院的保安人员前来，与她吵闹。最后青狐不得不慷慨激昂地指出，张风名为杨某的妻子，实际上一直迫害着折磨着杨巨艇，她举出了一些例子说明杨巨艇早就不爱她了。有张风在，杨巨艇只有死路一条，听任张风留在杨巨艇身边，是不负责任。但是医院的人和保安人员全都站在张风一边，硬是驱逐了青狐，根本不理会青狐的雄辩的论据与青狐的天才作家身份。青狐的离去是何等的悻悻！这位在大学里教哲学的张风，说话的时候前额上显出三条纵深的竖纹，完全是一只美洲豹！看来并不需要有缺陷的政治体制，只须多一些有缺陷的老婆，就足以把精英们的头脑扼杀殆尽！

这次打击具有致命的性质。青狐认定，她在二十世纪的生活失败了，她的全部创作失败了，文艺在新时期的追求失败了，人类文明与迄今的文明史失败了。

于是（二十世纪末以来）青狐愈来愈倾心于修炼气功。在一次身体检查中发现她的肺部有纤维化现象，医生要求对她进行活检，她拒绝了。她连续做了好几次梦，梦见自己在深山中拜月修炼，她的心脏怦怦不已。她决定：要练气功。

她已经失去了对写作的兴趣,她已经没法再与杨巨艇接近,她的飘忽不定的热情转向了气功。她购买了大量讲气功练习的书,她边读边做边实验边研究边修正。她想起了为了减肥而接受脚底按摩时认识的一位气功大师。她与这位大师做过多次切磋,她变成了气功发烧友。

她集各派之长,创造了一种新式气功练法,既意守丹田又随心所欲,既长呼短吸又忘呼止吸,既手舞足蹈又无形无迹。她自称练的是一种"仙狐功",每天清晨和深夜在针叶林中,她以狐狸的姿势和舞步吸吸呼,呼呼吸,呼吸呼,吸呼吸,吸呼呼,呼吸吸,左右左,右左右,左左右,右右左,左右右,右左左……她已经感到了真气热腹冲顶,她等待着灵魂出窍,腾云驾雾,上天入地。有评论家对她不写小说改行变成了气功发烧友深感惋惜。也有人说她正是因为再也写不出小说才改练气功的。反正她的气功越练越登堂入室。反正她再也没有去给肺胸去照 X 光片,她也一直没有任何肺结核或肺癌症状。

她对一本极畅销的休闲刊物记者发表谈话,说是她练气功练到极致,常常感到自己变成了一株南瓜,有藤有叶,有皮有瓤有子。还有一次她正在与学友们同练气功,发现旁边一个练习者心不在焉。青狐甚是恼怒,便向她发功,将她变为一株南瓜。果然,练习完毕后那人大惊失色,声称自己没有专心练习,不知怎么回事,蓦地变成南瓜,欲说无声,欲动无力,恐惧异常,心想一命休矣……听完,青狐给她一个冷笑。

李秀秀到处报道说,为了此次采访,休闲刊物给青狐付酬上万元。

后来由于取缔"法轮功"邪教事,青狐的"狐功"也感到多有不便。青狐便给自己的各国朋友写信,想移民外国,教授小说写作与"狐功"。她希望得到外国友人帮助,无回应。青狐发现,外国人也是一派势利眼,她现在边缘化了,人老珠黄,没有什么人认真搭理她了。

雪山在二十世纪的最后十年在国外待了好长一段时间,回国后醉心于宣布这个那个的"过时"。他先后宣布过马克思、列宁、鲁迅过时了,革命过时了,邓小平过时了,苏联过时了,美国也过时了。现实主义、现代主义、弗洛伊德、罗素、杜威、尼采、萨特、加缪、海德格尔、福柯、哈耶克、法兰克福学派也都过时了。巴尔扎克、托尔斯泰、惠特曼、海明威、博尔赫斯和加西亚·马尔克斯都过时了。赵树理、孙犁、艾青、郭小川、北岛、余光中都过时了。钱文过时了,王模楷过时了,青狐也过时了。他庄严宣布,他雪山与他宣布的"过时论"本身已经过时了。

他一面从未停止过咒骂白有光和紫罗兰(但从不忘记表达他对紫罗兰"打是亲,骂是爱"的特殊感情),一面热情地发现着毛泽东后期理论与实践中的超前后现代意识:反体制、政治波普、反全球化、反科学主义与唯生产力论以及批判现代性等。他用西方的后现代解释毛氏的一些论点,让你听起来既不像毛泽东思想,也不像后现代主义。他的一切发言都使你始则惊,继则赞,后而叹,越来越一头雾水,终于不知所云。同时,不管讨论什么问题,没有雪山与会,就会索然寡味。

他继续走到哪里都带上一本日语教科书,与二十几年前同样的一本,他始终在学习,坚持不懈。

他是全国也许是全世界唯一一个从来没有出过一本书的著名学者与著名作家。他自称继承了孔子的述而不作的传统。他的名气一直传到外国,他数次越洋开学术讨论会。他被北欧一所大学授予名誉博士头衔。据说他多次被提名授予许多人望眼欲穿乃至成了"情意结"的一个类似诺贝尔文学奖的世界人文大奖。他特别注意各种学术信息,注意交友。他深信"文革"期间红卫兵总结的处世与权术经验是正确的:与其去学某一种专业知识,不如去结交一个有此种专业知识的朋友。

雪山有一种特殊的本领,如果上午他听说了一点信息,比方说听说日本人发明了清晨喝自己的尿以健身,下午他就会大谈医药卫生方面的东方学派问题,并举出某个爪哇国吃屎健身的例子,说得那位传播日本人的喝尿健身法的先生也为之啧啧称奇。下午他听说了意大利某个工会反对全球化上街游行,晚上他就会在一个大会上轰轰烈烈地宣布,"全球化"早就臭了,加入什么 WTO,还不如加入反美圣战!于是那位传播意大利工会的情况的女士,深感雪山永远走在世界潮流的前面,一鸣惊人,振聋发聩。

雪山的特长是善于捕捉新鲜论点与珍稀事件,然后加以文学性的发挥与市井式的通俗演绎。在一次讨论环境会议上他突然大讲五亿年后地球两极将产生交换对掉现象,同时,地球上的生命将全部消灭。那些因了空气不纯净、水污染、食品不安全……而忧心忡忡的专家与干部们,听到这样伟大的宣告,一时耳目为之一新、心绪为之一振,虽于议题无补,却也是必要的调剂。在另一次讨论小说会议上,雪山突然宣布:小说?帽儿啊!现在还讨论什么小说,小说已经和正在进入博物馆,不仅是小说,音乐、舞蹈、戏剧、电影、学校教育……通通都要被电脑所代替。打开电脑,只要有足够的和最新的软件,你要作曲就能作曲,你要听音乐就能听音乐,你要写小说就能写小说,你要听小说的朗诵您就听朗诵,岂止是朗诵,说改编成什么剧种就改编成什么剧种,连时装业也将要被电脑所替代,你要穿合体的衣服吗?用电脑的一个终端扫描一下,再给几个命令,一小时后衣服就送来了,无可挑剔。将来人的生活主要是一部电脑,突然发情了,也可以通过电脑解决做爱的任务,电脑也一定要走人性化之路的,就是说电脑或早或迟必然要介入人们的性爱,用多媒体的方式满足人们的性爱要求!

他是认真的?他是在打岔?科学幻想?学界通才?单口相声?最新学术发言人?除了那一本二十年如一日的日语教科书以外,他没有学过任何外语,然而不论你谈哥斯达黎加还是瓦努阿图,马里还是南极漂流站,他都是张口就来、无所不晓,更不要说伊拉克了。他

青　狐

曾经预言乔治·布什要栽在萨达姆手里,后来又预言美伊战争后世界的政治地图要重新划分。他讲什么都是活灵活现生动有味,越是严肃的学者越是觉得需要他的出现。没有他,坐冷板凳的知识分子们的生活将是多么僵硬和干瘪呀。

李秀秀在五十多岁上结了一次婚,四个月后离婚,但是从丈夫手中接管到了一个服装店。她一心经营服装业,对文艺消息再无兴趣,人们的生活中缺了她的信息,不免失落,但是由于电视节目越办越直接生动及时,人们庶几忍受住了文坛失去李秀秀的缺陷,把过去听李秀秀的消息的时间放在看电视小品与了解歌曲 CD 畅销排行榜上去了。

只要一有机会,秀秀就要讲青狐的坏话。她说,在一家西餐馆里,青狐与雪山和雪山介绍的一家书商一道用餐,并谈判出版青狐的小说全集的事。一句话不合,青狐把刚刚上到 table(到了二十一世纪,李秀秀说起话来也带英格利市了)的法式乡下洋葱浓汤泼到了书商脸上,造成了书商的二度烫伤。据悉,人家已委托律师状告卢倩姑的故意伤害罪并索赔二十万元人民币。

各方期待的官司并未展开,使李秀秀的威信大受影响,估计这也是她弃文从商的原因之一。至于青狐说起李秀秀来,那就都是粗口了。以青狐之身份之相貌之地位大骂荤词儿,使青狐平添了几分野味性感。

进入新世纪之后,李秀秀突然发布了一个惊心动魄的消息。这时王模楷终于"重入仕途",担任了有人骂有人妒有人羡有人惊更有人攀援围绕的某大单位的党委书记。都说王模楷已经基本上写好一部惊天动地的长篇小说,堪称东方新史诗,只是由于他现在任要职,不好拿出来。人们都在拭目以待,等着自己被王模楷的新作所震动、所启发、所教育、所激励。对此,王模楷笑而不答。

而此时李秀秀发布:早在半个世纪前,"反右"运动中,王模楷被迫与发妻离婚。他有一个孩子,他迟迟没有再婚。后来孩子大了,他看中了青狐,他对青狐极有兴趣,满心希望与青狐结成连理。但是很快,他发现了青狐的神经质与泛爱倾向。他对人说,青狐的所爱像天上的星星一样多。他对人说,青狐的爱情像雨点一样击打着大地,像美国空军的新式武器一样富有笼罩力与杀伤力,他退缩了。

听到此话的人们都认为这不像王模楷的话,而更像李秀秀的话。

"青狐呀,她是心比天高,身为下贱哪,您哪!"

说是人们认为——说到这里李秀秀转而用不确定的集合体来充当主语——一个女子像青狐这样的追求爱渴望爱争取爱为爱而斗争是太可怕啦,被青狐这样的大师级小说家所爱是危险的,爱过了之后再被她占有、挑剔、否定直到仇恨……是天大的灾难。

女子是善于打中女子的要害的。她的话自然传到了青狐耳朵里,青狐听了几乎死过去。

也就是在这个传言以后,青狐与母亲的关系更加冷淡。老母亲的脑血管症又加上了老年痴呆症,二症合并,迅速发作发展。

钱文的儿子远行的发展也颇有新意。钱文本来一直担心儿子会与中国特色的社会主义不相容,想不到的是儿子后来与焦姓女孩成了伴侣。这使钱文与东菊难受了几个月,他们没有理由反对这个结合,却有理由感到十二分的不开心。

几年之后,钱远行通过焦家的关系,竟然一步登天担任了一家大旅行社的总经理。远行从此不再大言炎炎,不再写诗论文,不再仰天长啸,而是极精明地计算掌握,颇富创意,成为极被看好的一位"官商"。极少数情况下,远行喝多了 XO,还要务虚式地愤世嫉俗一下,高屋建瓴地骂时弊,骂得潇洒超拔,如神仙一流之蔑世。他自己开着一辆原装"宝马",常常询问父母要不要到某大宾馆一住,享受桑拿、保龄球、游泳池、足底与周身按摩、美容美发。被谢绝后,他又拿来了燕窝鱼翅虫草野山参黄芪淮山药蓝鲸鲨脑白金,并详细地给父母介绍补药的成分、功能与服用须知。讲完后,钱远行表示他正在为父母购买一套 town house,面积二百五十平方米。远行甚至猖狂出言:

"你们这一代人太可怜了。"

钱文苦笑。

与此同时,中国经济发展、人民生活提高、社会进步,举世公认。各行各业,更是新人辈出,风流在今朝:个个上知天文,下知地理,左右开弓,中外齐贬,上溯孔孟,外交美、法,读过哈佛牛津,读过中央党校,懂市场经济与WTO,懂人情世故与权力决定一切。他们一面申请入党,一面抨击官方,一面恪尽忠孝,一面静待老人让路"白白"。他们既是好同志,又是独立自由知识分子,既有博士学位,又有局级(职别级别)待遇,既给下属干部用中文讲社会主义、三个代表,又用英语给外来宾客讲 human rights、democrasy、law system & post modern(人权、民主、法制与后现代),中体西用、西体中用、体用互补、声东击西、郢书燕说,端的十分了得。

而我们熟悉的一些人和事,都变得愈来愈成为回忆——或者更正确地说,已经没有什么人去回忆了。

也许,人们愿意生活在没有回忆的快活里。

2000年2月开篇于北京
2003年5月完稿于青岛中国海洋大学
2003年8月定稿于北戴河创作之家

人民文学出版社2004年初版